梁晓声文集·长篇小说

10

黄卡

青岛出版社

第一章

晨雾像最新的丝棉,新得仿佛带着刚刚缫出来的茧子的蒸汽,被织成了薄得不能再薄的帏幔,一幅又一幅地悬垂在天地之间,将人眼前的景物一概地遮挡住了;又仿佛巨人在什么地方搅成的一大团棉花糖,然而并不打算享受,只不过孩子似的搅着玩儿,之后就抛弃在这里,抛弃在城乡的交会处,任其自行地化开去。是的,它的确湿漉漉的,带着拧之欲滴的水汽似的。那种湿性,凉沁沁的,是在夏季的夜晚体温降低了的河水的气息。那一条河叫奶奶河。相传在很久很久以前,有一个亡了父母的孩子与奶奶相依为命。奶奶也死了,孩子就整天哭,结果他的泪淌成了一条河。奶奶河由东向西,从城市的正中流过,出了城,一分为二,一条继续向西而去,一条改了河道,调头奔南。人若吸吸鼻子,则能嗅到雾气里有丝丝的甜味儿,是从庄稼地散发过来的,再有个把月就该立秋了。无论土地上的粮豆还是菜棵,都开始努力孕育它们的成熟了。在这样的时候,季节本身都是甜的……

但这会儿人是看不到周围的庄稼的,也看不到城市街巷的面貌和远处的轮廓。是的,是的,景物一概地被晨雾遮挡住了。城市的这一处边缘,乡村的这一处边缘,仿佛全都被雾气氤氲在一起了……

雾气深处，从乡村的那一方面，传来了吱呀吱呀的，有节奏也挺好听的响声。那是担子在人的肩上，随着人的脚步一颤一颤发出的响声……

那响声是这城乡交会地带每天最早的晨音。

而此日是公元一千九百五十四年夏末的一个日子。

新中国已经成立五年了。全国所有城市的居民，都已先后获得了共和国颁发的"黄卡"，也就是城市居民户口本。它是中国对某个中国人或某户中国人家居住在城市里的资格的权威认可。一九四九年以后，它可以随时被给予；也可以随时被取消，或剥夺。倘一个乡村人要变成正式的城里人，那么他或他的一家，就要千方百计获得共和国颁发的城市居民户口本。除此之外，别无他法。而一个乡村人企图获得此种资格，是"难于上青天"的。城市居住权，对于城里人而言，乃最普遍最基本的人权；而对于乡村人，那就是不敢幻想的特权了。这特权究竟特殊到什么程度呢？没有市长和市委书记们亲自过问，是任谁也无权批准的。当然，比市长和市委书记们更大的官员如果发话了，那么又只不过是一件容易之事。然而在共和国始创初年，越大的官员，对这一特权的态度越是谨慎的。当年指斥他们"腐败"的理由之一，往往便是他们将他们原本是乡村人的亲戚"变"成了城里人。倘查有实据，仅这么一条，轻则政治形象受损，重则受到党纪或政纪处分。故在这件事上，连共和国的功臣和元首们，也都是尽量严格要求自己以身作则的。但是要取消一个人或一户人家的城市居住权，那则简单多了。一句被共和国的某级官员认为是发泄了对共和国不满的言论，就足以剥夺一个人或一户人家的城市居住权。那么，这个人或这户人家以后的子子孙孙，就几乎永远没有再居住在城市里的资格了。而即使在乡村，他们也往往被划入乡村人的"另册"了，变得比祖祖辈辈生活在乡村的人还矮三分……

城市居住权一旦意味着是一种特权，城市居民户口本，就不可能不被城里人视为第二生命。

这一座城市的情况却有些例外。

它的居民,当然地,也几乎全部都拥有了政府颁发的户口本。只这一带,也就是城乡交会的这一处地方的人家,还迟迟地没发。因为这一处地方城与乡是未免太靠近了,近得仅一路之隔,而且是一条自然形成的,不曾被施工修筑过的土路。土路一段宽,一段窄,极不规则。路的这一侧就是城市边缘的一条街道。一些人家的门窗或一些小店的铺面临街而开,路的那一侧就是乡村的田地。夏秋季节,城里人家晾晒在门窗前的衣物,往往被风一吹,就飘落到乡村的田地里去了。而田地里蝈蝈的鸣唱,一旦交响成曲,又是城里人家的门窗挡不住的聒噪。城里人家的小孩子如果哭闹了,家长往往命令他们的大孩子,去到乡村的田地里逮一只蜻蜓一只蝴蝶一只蝈蝈蚂蚱什么的,回来哄小孩子不哭闹,便当得如同到自家的露天仓库取一样东西。而大孩子往往会顺手牵羊地从乡村的田地里偷摘一只西红柿一根黄瓜或一个香瓜。乡村的孩子,则往往受大人的指使,将自家的鸡鸭鹅猪撵过路来,东刨西拱地找些吃的。那些家禽家畜们,对城乡如此靠近倍感幸福。天黑前,它们皆会大摇大摆地打道回府。城里人家,对它们来来去去的也习惯了。仿佛那一处城与乡交会的地方,如果没有了它们来来往往,就奇怪了,不大对劲儿了。在田地的后边,一里以外,便是村子了。因村头村尾老柳成林,叫大柳树村。

而路这一侧的街道以前叫富贵街,现在叫广华街。住富贵街上的人家都是城里的穷困人家,下等人家。给自己所居住的街取一个与他们的命况恰恰相反的街名,能使他们获得某种心理满足和地理优势感。

如果,广华街上的人家都是城里人家,那么户口本早就发给他们了。

但广华街上的人家并不全是城里人家。有些人家在街上占据着两三间房屋,但一经调查,几年以前,也就是一九四九年以前,原是土路那边的乡村人家。大柳树村或别的村里,还有他们的乡下老宅和院落。村里还分给了他们土地。有些人家在街上只住着小小的最不起眼的房屋,看去像流浪者暂落此地的临时栖身之所,但左邻右舍又都可以做证,那是几代居住于城里的正宗城市人家。论资格,可谓是"老城里"人家了。据这座城市的户口注册统计人员估计,富贵街上三分之一左右并非城里人家,起码一九四九年以前并非城里人家。究竟哪一户人家原本不是城里人,哪一户人家又原本千真万确是,统计了几次也分不清。这一条街上的人家,一九四九年以前是流动性很大的。昨天一间房子里住的还是张姓人家,几天后就可能易了屋主,住的是一户李姓人家了。一九四九年以后,才渐渐地都稳居下来。既然相互间缺乏历史性的认识和了解,那么无论哪一户对哪一户的证明或反证或相互证明、相互反证,就都没有特别值得采信的意义了。

这一处城乡交会地带形形色色的人杂居的状况,令建国初年城市人口管理部门的官员和具体工作人员们头疼不已。

……

晨雾渐淡,变得微微有那么一点儿红了。

太阳升起之前,首先映红了它"床头"那一片天空,接着就濡染了晨雾。

扁担吱呀吱呀的颤悠声,越来越接近广华街。

终于,被濡染红了的晨雾中,显现出一个瘦小的人影。看上去,他扁担两头的分量都不轻。然而他的身材虽瘦小,却蛮有把子力气似的,腰不弯,肩不斜。他一手搭在前半截扁担上,一手后伸。由于个子矮,怕所担的东西拖地,他的扁担无绳,两端直接是钩子。前边担几层屉,后边担一只小炉,炉内炭火正红。

看得见脚下的路了,他越走越快,扁担也吱呀吱呀得越来越欢了。

他就是我们的主人公,确切地说是主人公之一,三十九岁的黄吉顺,家住大柳树村。从前的中国男人结婚早,三十九岁的黄吉顺已有两个人见人夸的女儿了。大女儿叫大翠,十九。二女儿叫小芹,小姐姐两岁。他做梦都想再得一个儿子。可他女人自从生下了二女儿,就患了一种产后的病,怀不住孩子了。怀是又怀过两次的,却都流产了,也没法儿知道是男是女。但黄吉顺认为肯定都是男胎。他羡慕别人家的儿子甚于别人羡慕他的两个女儿……

不过今年以来他不再因为膝前无子而经常愁眉不展了。因为城里广华五金厂张广泰张师傅的大儿子张成民,转眼就要是他女婿了。张成民正在城里读师范,秋天毕业。经两家商议,成民和大翠的喜日子定在中秋节。而他的二女儿小芹,也和成民的弟弟成才,很是经常很是公开地亲热在一处了。他估计,成才那小子,迟早也得做了他的女婿,甘当他的半个儿子。

广华五金厂在城里是一家老字号的厂。城里每户人家都有"广华"出产的东西,厨具是自不待言了,木匠师傅们用的凿、锤、斧、刨四大件也都是,他们离不开的钉子更是。谁家要买把锁,换个新的门窗插关,当然要买"广华"的。

用现今的说法,"广华"是名牌。虽是一家小厂,产品却林林总总畅销全市。而张广泰师傅,则是"广华"的无形资产,人物商标。用现今的说法,也可以叫作"形象大使"。"广华"因张广泰而字号不倒,张广泰因"广华"而鼎鼎大名。张广泰在生熟铁活儿两方面,都是技艺高超的能工巧匠。他在"广华"的角色,那也可以说是德高望重的"总工程师""总设计师"。小芹便是他收的唯一女徒,而她当众称成才"师兄",只他们俩人时叫他"成才哥"。

能与鼎鼎大名的张广泰"亲家"相论,黄吉顺在人前觉得是种无上的荣耀。而成民成才兄弟,那也都是品貌双全,引得待嫁的大姑娘们含情脉脉看待的小伙啊!能有俩那样的女婿,难道还抵不上一个亲生的儿子吗?就算又得了一个亲生的儿子,倘不孝那不是还莫如没有?往往这样一想,黄吉顺就又转人生的沮丧为得意了……

黄吉顺每天担着馄饨挑子来广华街卖馄饨,屈指一算有七八年历史了。他人生最大的夙愿,便是在广华街上拥有一间自家的铺面,那他就不必每天担着馄饨挑子从大柳树村早早地赶过来了。但是一九四九年以后,由于广华街上的人家渐趋稳定,这一条穷困人家居住的街也变得寸土寸金起来。他空攒下一笔血汗钱,却没机会了却夙愿。

当他跨过土路,来到广华街上,在老地方摞下挑子时,天光已亮,雾已散尽,太阳升起在头顶,宣告着一个明媚的好天气开始……

从土路的尽头,一辆漆色剥落,破旧得使人难以相信它居然还可发动的大客车缓缓移动过来。漆色剥落处的铁皮锈迹斑斑,看去像一只巨大的瓢虫。背上捆满行李箱,显得不堪重负。一九五四年,中国的第一辆大客车还没问世。那是一辆名曰"道奇"的英国产的大客车,不知怎么,该退休了却留在中国了。它走走停停,看去不但不堪重负,而且还不情愿为中国人超期服务似的。

一些每天早晨必定按时惠顾黄吉顺馄饨挑子的常客,都不急于走向他,而站在广华街上观望那辆"道奇"。

黄吉顺明白他们心里怎么想的——倘正捧碗吃着,那车开过来,一时飞土扬尘,鸡飞狗跳的,躲也没个躲处,不是吃得很不顺心吗?

他也耐心地守着挑子,观望并等待那车开过去。

破车渐渐驶近,后屁股乌贼鱼似的喷出一股股浓烟。也不知从哪儿发出"呜噜呜噜"的响声,如同患了肺气肿的老头儿。

"呜噜,呜噜",它停了。"哐当"一声,车门开处,下来个女售票员,转到车后操起鼓风机把手,"哗啦哗啦"用力摇。司机也拼命踩油门,大"道奇""呼,呼"地用力,可就是原地不动。

"同志们,下车推一下!"

车门又"哐当"一声敞开,下来些人,转到车后,从左往右推。

"使劲呀!""嗨!""嗨!""嗨呀嗨!""嗨啦啦嗨!"

大"道奇"动起来。"呜噜,呜噜"。

"再使劲呀!""嗨呀,嗨呀!""嗨啦啦啦啦,嗨啦啦啦!"人们自动唱着:"嗨啦啦啦啦嗨啦啦啦,天上出彩霞呀,地上开红花呀,中朝人民力量大,打垮了美国兵呀,全世界人民团结紧,把反动残余连根那个连根拔！"

欢快的歌声里，大"道奇""呜噜呜噜"向前爬，开始有人放手上车。忽然"嗞"一声，后轮一个车胎撒气，车身歪一下，又停了，脑袋探在土坯城门外，身子还在城门洞里。进城的，出城的，只有侧着身才能挤过；挑担的，推车的，都在城门里外默默等候，没人抱怨。

"同志们，再推呀！""推呀！""嗨！""嗨呀！""嗨呀！！""中朝人民力量大呀……"欢快的歌声又响起来。

大"道奇"又被"力量大"推动了，终于爬出城门。

它是辆什么样的老车哟，它的油漆是红的还是紫的？有红有紫还有黑，白铁皮露出苍老的黄色，人们还不知道什么叫"迷彩车"——它大概可算出现在中国的迷彩车的第一代。

车是不能坐了。大家跟着它走，所幸它的速度比人走的还慢。小孩子从车窗里探出头向外看，往人们头上扔糖纸片儿玩儿。

路面坑洼的积水，在阳光下耀眼，偶有性急的愣小伙子脱了鞋，赤脚行走，多数人在坑洼和乱石间绕行，"得过且过"。

张广泰也走过来了。他穿件旧中山装，制帽浅摆浮搁在头上，倒背双手，昂首安步。小芹穿短袖衫，外套大工装裤，手提两只饭盒，跟在师傅后面，东张西望，漫步逍遥，颇骄傲。他们后面不远，张成才手拿弹弓敲饭盒，敲出鼓点儿来。

黄吉顺的目光刚注意到他们，猛听一片骇叫——一匹惊马，拉一辆满载青菜的铁轱辘大车，从人们后面蹿来。马疾车快，人人慌乱躲闪。黄吉顺被撞倒了，他的炉子也被撞倒了。炉子上的水浇在炭火上，一时间煤灰四起，扑他一脸热"粉"，待拭清双眼抬头悻望，惊马大车早远去了。他慌忙爬起，见炉子横在一旁，炭火全部滚出。炉膛泥裂了，掉下几块儿。用现今的说法，那炉子是储水烧水"一体式"的，是亲家张广泰高超铁匠手艺的集大成。他连连顿足，对赖以谋生的炉子真是心疼急了。撒了遍地的炭火烫了别人的脚，被烫的人们无不吱哇怪叫，指骂黄吉顺。车老板攥着鞭子奔至,黄吉顺一把揪住他,气不打一处来地大叫:"哪去?!"

车老板急如救火,边挣身边吼:"你拽我干什么?我的车!"

"你还冲我吼!你看我的担子!你得赔我!"

"放开我!再不放开我,马车在前边撞了人,你也要负责任的!"

黄吉顺却哪里肯放开他?起先一只手揪住他,这会儿反倒两只手牢牢地揪住他了,冷笑道:"跟我讲歪理是吧?那好,别走了。咱俩把理讲清楚!"

二人正纠缠得不可开交,前边人们一片嚷——都说"没事儿啦没事儿啦","广华厂"的张师傅把惊马拦住了。

果然,人们纷让,张广泰受夹道欢迎似的,笑微微地牵着马踱蹀来。

黄吉顺见亲家来了,而且是拦住惊马的有功之人,便觉着有了撑腰的,冲张广泰大声说:"亲家你来得正好!他若不赔我炉子,你就替我扣住他的马车!"

张广泰劝黄吉顺先放开人家,说什么事都好商量嘛。黄吉顺认为亲家要替他主持公道,接下来就开口索赔了,于是满脸得意,立刻变得孩子般听话,终于放开了车老板。

张广泰交了缰绳,拍着对方肩嘱咐:"这马你得调教调教,街心闹市地毛了,多危险,走吧走吧!"

车老板感激不尽,连连拱手作揖,吆转马头时说:"人和人多不一样!一逢事儿,人品就比出高低来了!"

黄吉顺又火了,一面大叫:"你说什么屁话呢!"一面欲追上去不依不饶。

张广泰挡住了他,笑道:"何必呢,何必呢,马毛了也不是他愿意的!"

黄吉顺眼睁睁看着车老板牵马自去,觉得太便宜对方,指着炉子埋怨亲家:"你怎么能不替我扣住他的马车呢?我的炉子这样了,我今天生意咋做?"

张广泰仍一脸的憨笑,安慰道:"我修我修!来,我帮你抬到我厂里去。一顿饭的工夫以后,保证你今天的生意继续做!"

待黄吉顺又摆开了他的馄饨挑子,那地方已经过了人流高峰,很是清静了。

八角门方面有三个人,一个拿根画着红白道道的长杆,另一个跟在后面拉条皮尺,第三个支起个三条腿的望远镜,嘴里吹哨子,左手挥动小红旗,右手拿笔在小本上记什么。

黄吉顺靠前去搭讪揽生意:"几位,这是忙什么呢?"

吹哨子摇旗的不理他,抱杆的离得远,拉皮尺的看看他,白了他一眼:"你看忙什么?"

黄吉顺又眨眼问:"没看出门道来。莫非,丈量土地?"

拉皮尺的看也不看他:"要在这儿修马路。"

"修马路?在这儿?"黄吉顺大惑不解。

拉皮尺的又白了他一眼:"不在这儿,来这儿测量个什么劲儿?"

黄吉顺倒也不觉得自讨没趣儿,他是"醉翁之意不在酒"。他要看准的生意,那是非转弯抹角地做成不可的。

他恍悟似的"噢"了一声,回到摊前,几把收拾了,挑起担子走过去,重新放下,抖开块雨布就地一铺,又凑上前去满脸堆笑地搭讪:"三位,为咱百姓修路,辛苦了。我替这一带的百姓谢你们!三位请歇歇,吃碗馄饨咋样?刚包的,薄皮儿鲜馅儿,煮熟了玻璃纸似的,透明儿。上等佐料,老汤陈醋,三位无论如何可得领我这份情!"

那三个人见他表情谦卑,一团和气,说的话很令自己受用,碗筷油布也显得干净,相互对视,统一了心思,于是一个个蹲在了他的油布旁。

黄吉顺暗喜,麻利地拨旺火,揭锅盖下馄饨……

为了让那三人每人吃他两碗而不是一碗馄饨,黄吉顺一边周到地服务着,一边没话找话引他们聊。他极有引发他的吃客们聊的经验。他知道话题应该在哪儿留有空余,让对方将与他们相关的事儿充分地讲

9

下去,而自己做忠实的倾听者。每每地,吃他馄饨的人,因为话匣子一打开收不住了,而由原本只想吃一碗,最终竟多吃了一碗,甚至多吃了两碗……

于是那三人你一句我一句轮番告诉他:政府下决心要改造和治理这一片城乡接域、工农杂居的地带了。路一修好,便以路为界。房子在路这边的,要发给城市户口本;在路那边的人家,统统都要归到乡下去。

黄吉顺一听,不禁地发呆,呆了片刻,不禁地发愁。他以抗议似的口吻说:"政府这么做欠考虑吧? 怎么能以一条路就为城乡的界了呢? 如果哪一家明明是城里人,房子被路隔到那边去了,就将人家归到乡下,那也不通情理呀,让人不服啊!"

三人中的一个就认真了,教诲道:"你以为政府做事儿只图简单吗? 实底儿透露给你吧! 哪家原本是城里人,哪家原本不是,早就暗中调查得清清楚楚的了。修这条路的方案,那也不是马马虎虎就定下来的。要不能破土动工地不修一条笔直的路,而修一条斜里带弯的路吗? 你不必替政府操心。原本是城里人家的,一户也隔不到路那边去。原本是乡下人家的,想浑水摸鱼拿到城市户口本也不那么容易。除非……"

言者无心,听者有意。

黄吉顺不动声色地问:"除非怎样?"

三人中的另一个说:"除非在修路之前,在路的这边盖起自家房子! 几天后就开来掘土机了,谁家有那能耐?"

并且,还展开一卷图纸让他看。

黄吉顺仔仔细细地看,问着:"倒是,谁家也没有那能耐。可如果两家在路修好之前,把房子对换了呢?"

"这政府就管不了许多了。政府办事,是有原则的。原则是为全局定的嘛! 哪两家偏偏在这条路修好之前对换了房子,那是他们个人之间的问题……"

"也就是说,换到路这边住的人家算幸运,换到路那边的人家算倒霉了?"

"我可没这么讲,这是你领会的意思,再来一碗!"

"行啦行啦,卷起图纸吧!也给我来一碗……哎我说卖馄饨的师傅,我们告诉你的,你可别四处讲!这是还保密的事儿!"

"不讲不讲,我不是个给政府添乱的人!"

盛馄饨的黄吉顺,心已不在生意上了……

那一天是张广泰生日。

还没公私合营,厂还是私家的。厂长一向很敬重张广泰,想到那一天是他生日呢,下午送他二斤点心、两瓶罐头、一瓶酒,放了他半天假。

他家住个小院儿,院子里两间屋。东间炕头墙上吊块儿木板,搁台收音机,是他和老伴住的屋。西间大几米,俩儿子住。长子成民考入师范后住校,是团委书记,每星期回家住一宿。学校活动多时,兴许半个月一个月也不回家。弟弟成才倒乐得平素关起门来铆铆焊焊,占山为王,把间屋子快变成他的车间了。张广泰回到家里时,收音机正播送长诗《王贵和李香香》。窄院里,南墙下,小棚小灶,妻子王玉珍正在热水锅旁拔毛净鸡。

他问:"把只刚学会打鸣的小公鸡杀了?"

妻子说:"心疼啦?今天不你生日嘛!"

他站妻子身后说:"是有那么点心疼。那小公鸡跟我有感情了。今天是我生日,你也犯不着为我杀它。生日不生日的,我有口什么菜,还不能佐两盅酒?你倒手快!"

妻子撇嘴道:"滚一边儿去!不给你预备下一盘荤腥的,你定挑理。为你杀鸡,你倒假慈悲起来了!……"

他又绕着院里一棵香椿树转圈儿,嘴里喃喃自语:"你灶下一生火,这棵树就遭殃,我把它从小树苗侍弄到一人多高,它却早晚要毁在你手里!"

　　妻子正闷着,就成心和他斗嘴:"怎么是要毁在我手里?你和成才父子俩不吃饭啊?你们不吃,我就省得做了。这院子里也没烟气熏你那棵宝贝香椿了!我倒要问问你,当初咱们亲家上赶着要和咱们换房,你为啥不换?家住农村,那是多大院子,而且三间房!一间咱俩住,两间儿子们成家住,美死的事儿!还不影响你父子上班,才多走二里来路……"

　　张广泰说:"那时成民和大翠不是还没对上象吗?"

　　妻子句句紧逼地说:"现在后悔了吧?今年夏天成民就毕业,八月十五是和大翠的喜日子。到时候你让成才当弟弟的住哪儿去?"

　　张广泰说:"我跟厂方提过。成民结婚后,只得委屈成才先住厂里的值班室了。"

　　三年前黄吉顺要与他家换房子而他拒绝了的事,是张广泰如今很是后悔莫及之事。他不愿听妻子数落自己是一家之主犯的一大过失,边嘟嘟哝哝地回答边明智地撤到屋里去了。

　　妻子却非要使他悔上加悔似的,一手拎着鸡腿,一手继续拔毛,跟至门口连连问:"后悔不?后悔不?啊?你说你后悔不?……"

　　"哎呀你呀!你让我耳根清净一会儿行不?"

　　张广泰一头倒在了炕上。

　　听着《王贵与李香香》的播送,深怀着对当年之事的悔,渐渐地他睡了……

　　他睁开眼时,天已傍晚,小炕已放在炕头上了,酒瓶已开盖了,烧鸡的香味在屋里飘着。

　　妻子说:"起来喝吧,一年三百六十五天,今天允许你喝个醉!"

　　张广泰坐起,眼扫着桌上的碟碟碗碗,高兴了,挠挠头忍着酒馋说:"等成才回来,我要他陪我喝一盅儿。"

　　王玉珍将双筷子往他那边的桌角一放,反对道:"等他干什么?又不是他生日!不许你怂恿他喝酒。"

张广泰笑道:"成民不在家,有我小儿子在眼前,我喝着才高兴。"

王玉珍也不禁笑道:"你们父子俩呀,一块儿上班,一块儿下班,在家你是他爸,在厂他是你徒弟,除了睡觉他不在你眼前,还有什么时候不在你眼前。你就没个烦他的时候?"

"背后说我了吧?"当母亲的话音刚落,成才已从外一跃而入,猛然出现。见炕桌上挺丰富,喜叫一声,抓起筷子就要先夹一块鸡肉吞吃。

当母亲的打开他手,训道:"今儿你爸生日,你爸还没动筷子呢!"

成才愣了愣,忽地下地,又往外去。

张广泰莫名其妙地问:"哪儿去?"

"就回来!"

成才的话声已远。

张广泰两口子正纳闷儿,黄吉顺的二女儿小芹拎着两瓶酒进了屋。

小芹自然是一进屋就叫师傅。她不像她姐大翠那么腼腆,是个活泼的姑娘,也是个快乐的姑娘,整天乐盈盈的。

张广泰喜欢这女徒,当成自己女儿似的。

他说:"嘿,你这是干什么?"

"给师傅您拜寿!"小芹放下酒瓶,双膝一屈,便要跪下磕头。

王玉珍忙扯住她,笑道:"别,别,不兴这个啦!再说,你师傅才迈进四十的门槛,他的生日那也配叫寿?"

小芹一本正经地说:"我师傅是谁?全市只有一个广华厂,广华厂只有一个张广泰!我师傅名气响着呢,当然配!"

张广泰乐得合不拢嘴:"这话我爱听!徒弟,上炕,陪师傅吃口菜!"

王玉珍推着她也说:"你一来,看把你师傅高兴的!快上炕坐吧!"

小芹在师傅家是不见外的,脱了鞋,上了炕,学师傅的样儿,盘腿坐在师傅旁。

张广泰看着小芹拎来的酒,嗔怪道:"你个小学徒工,一个月就那十几块钱,不是乱花吗?"

13

小芹说是她爹黄吉顺亲自买的,并几番促她赶快送来。

张广泰听了越发高兴,等不及成才陪了,自斟自饮了两小盅,顿时微微红了脸,大夸小芹是名好徒弟。夸得小芹也洋洋自得心花怒放。正夸着,成才又回来了。他刚才猛地想到他下在野地里的夹子,跑去看顾夹住什么没有。倒不算白跑一趟,带回两只麻雀。王玉珍接了,说也不够添盘菜的呀,干脆用泥包了烤烤,给你们俩孩子吃着玩儿吧,于是便去弄。

左右有两个年轻人助兴,张广泰备觉自己这个生日过得有幸福感。其实他毫无酒量,也从不贪杯,只不过喜欢有酒喝的满足和气氛罢了。而成才小芹,哪里会久陪他呢!各自胡乱吃了几口,就借故离开,双双到成才屋里,掩上门,鼓捣技术革新去了。

王玉珍把烤熟的两只麻雀给他们送去,之后自己坐在丈夫对面相陪。

她问:"亲家公一向死抠,怎么晴天响雷地给你送酒来?"

张广泰说:"你问得怪,谁跟谁啊!今天不我生日嘛。再说两家又是亲家了,我就要当他大女儿的公公了,他能一点表示没有?"

忽听院儿里拖腔拖调一声叫:"广泰在家吗?"

分明是黄吉顺亲自来了。

张广泰两口子忙下炕,将黄吉顺迎入屋里,让到炕上,两个男人自然动筷子之前先干了一盅。

张广泰此时已饮了四五小盅了,显着三分醉意了。他口无遮掩地说:"吉顺啊,今天晌午,我还想你来着。觉着当初挺闪你面子的,刚才那一盅干过的酒,就算老哥我当面向你道歉了吧!"

黄吉顺多机灵个人,一听就明白他指的什么事儿了,表面上却装出一脸的糊涂,懵懂似的问:"当初?哪年哪月的当初?那个当初你对我怎么了?还用得着道歉?"

张广泰说:"就是三年前你想与我换房子的事啊。唉,人无前后眼,那时候,怎么会想到咱们两家是现在这种关系呢?"

黄吉顺本是为旧话重提才来的,让小芹先送两瓶酒,是种铺垫,没想到张广泰主动说起了,正中下怀,又听出张广泰话里有点悔,暗觉此次大有希望换成,但是却不忙着由自己敞开窗子说亮话,而是采取欲擒故纵的策略,进一步试探。

他嘿嘿一笑道:"以往的事儿了,不提也罢,不提也罢……"前言说着不提也罢,后语立刻跟上,话题陡转,一脸严肃地问,"可是,你们打算叫成民和大翠住你家哪间屋呢?"

问到了自己家颇为难的事儿,王玉珍自认为不便插嘴多言,借故热热菜也离开了。

张广泰叹口气说:"还能住哪儿呢,他们小两口日后住那间大屋呗。"

"你那大屋比你这间屋也大不到哪去,那样成才住哪儿呢?"

张广泰就又将打算安排成才住厂里的话说了一遍。

黄吉顺道:"那可太委屈成才了,也不是长久之事啊。"张广泰就又叹了口气。

黄吉顺见火候到了,提议再干一盅。放下酒盅,自己一只手亲近地按在张广泰一只手上,虔诚之至地说:"亲家公啊,今儿你生日,你犯不着长吁短叹的。你们张家的难处,我们黄家不能看在眼里不管是吧?谁叫咱们是亲家了呢!干脆,我解你的难,咱两家还是把房子换了吧!"

张广泰一愣,连连摆手,不大好意思地说:"使不得,使不得,当初我不干,现在我怎么能……我旧话重提可不是为了……"

他一时不知说什么好了。

黄吉顺道:"哎,你再说就太远了!虽然大翠就要是你儿媳妇了,可她到底是我的女儿啊!为了女儿们住得宽敞,我们之间还有什么计较的呀!"

一番话,说得张广泰心里热乎乎的,极受感动。

黄吉顺又道:"把他们的事儿办了,我家里就多个小芹了,你两间屋

15

正好住下我们三口儿。小芹再一嫁出去,我们两口子住两间屋,不是该挺知足的嘛!"

"你话当真?"张广泰简直不认识黄吉顺了。而且,回想当初自己怎样拒绝,再看今日黄吉顺何等虔诚无私,他倍感羞愧了。

黄吉顺信誓旦旦:"闺女都给你们了,不当真行吗?不过呢,我了解你是个不爱占便宜的人。你要是觉得实在过意不去,那就贴我些钱吧!那样你心里会安生多了,是吧亲家?"

张广泰喜出望外,替自己和黄吉顺斟满酒,连说:"是啊是啊,来来来,今天喝个痛快!"

黄吉顺还提出选个日子,找位证人,立下字据,不能办口说无凭之事。

他不这么提,张广泰是绝想不到的,即便心里想到了,也断不会变成嘴上的要求。由黄吉顺主动提了,他自然满口同意。而且,一扫以往对黄吉顺的成见,认为他办事有板有眼,暗暗打心里佩服起来……

那会儿王玉珍见没自己什么事儿,去往黄吉顺家闲聊。赶上大翠妈于凤兰和大翠在明间里包馄饨,便帮着包。大翠擀皮儿,一个供两个,双手飞快,把截小擀面杖滚得让人瞧着眼晕。

王玉珍一边包,一边偷眼端详大翠。大翠本就俊俏,像画上的古美人儿似的。王玉珍则越看越爱看,心里将没过门的媳妇喜欢得没法。

大翠妈笑道:"行啦,别看起来没够了!过些日子不就是你儿媳妇了嘛!那时成天价尽够你看,这会儿还是一心帮我包馄饨吧!"

大翠也忍不住扑哧笑了,羞红了脸,丢下擀面杖,一扭身跑入了西间屋。

于凤兰和王玉珍相视一笑。王玉珍喜滋滋地说:"也不知他张家哪辈子烧了高香,得了你们大翠。"

于凤兰说:"她,我倒不用操心了。就是那个小芹,啊呀,愁死人。你说,都是我生养的,这个,心眼在肚子里,文静,什么营生,边上看看就会了。那个,就是个野小子,一天到晚,破马张飞的,哪是个女孩儿样?自从跟她大爷去学徒,可倒好,工装一穿,把头发掖在帽子里,那个脸也不说洗干净,油渍麻花的。唉,有了她,关老爷不用周仓扛大刀了。"

两人又都笑了。

于凤兰笑罢道:"将来谁家敢娶她呢?可愁不愁死人?"

王玉珍说:"再大一两岁就好了,一人一个性情嘛。我那两个呢,不也是一人生养的?那个成才,哪点儿像他哥?一提念书,用鞭子抽他推磨似的!"

于凤兰沉吟一下,压低声音说:"我觉得你们成才和我们小芹在一起也挺对劲儿的。"

王玉珍所见略同地说:"我也那么觉得。要不,你干脆把小芹也给我们成才算啦!"

于凤兰一撇嘴:"瞧你,得寸进尺了!"

王玉珍说:"怎么是我得寸进尺呢?你刚才还怕她嫁不出去,替她愁!"

两位当母亲的,由于亲家关系,越聊越知近,真一句假一句,笑一阵嘀咕一阵,好不开心,好不幸福!

王玉珍走时,于凤兰喊:"大翠,你摘的瓜呢?"

大翠应声从西间屋迈出,挎着一篮香瓜,冲王玉珍笑笑,先出门去了。

"哎呀,又给我捎东西!"

"自家房前屋后栽种的,不是金银财宝!"于凤兰又对王玉珍附耳道,"人家大翠是挑着摘的,单给你这婆婆留的。还不是媳妇就有外心了!"

两个女人相扶相挽,一时仍亲近得撕扯不开似的……

睡前,张广泰将黄吉顺又提出换房的事说了,王玉珍想了半天想不明白黄吉顺图的什么,总觉得他另有心计。

张广泰说:"我们也不能老眼光看人,我们的眼光不见得看得准。"

王玉珍嘟哝:"可别是他喝了两盅犯糊涂,明儿又反悔。"

说得张广泰也半信半疑起来。转而又一想,不可能,前后两次提出换房,都是他黄吉顺主动哇!至于他究竟图什么,张广泰懒得想。他说也是为女儿大翠住得宽敞,那么张广泰宁肯相信这是他为女儿的无私考虑……

广华五金厂一溜五六间厂房,但院子可不小。不小的院子,快些被铁锭钢丝破铜烂铝的占满了。

张广泰亲自指导下新砌的一座扒钉炉子,在第三车间里占中央地位。

翌日,张广泰掌钳蘸火,小芹生猛小伙子似的抡大锤,叮叮当当敲砸不停,汗珠噼里啪啦往下掉,越抡越带劲儿,越精神抖擞。师徒二人打出的扒钉甩了一地,旁边,两人用草绳把扒钉扎成捆,往木箱里装。炉子往里,是黑白铁摊,修铁壶,敲烟筒,同样"叮当"响,成才正和一青年画线破一张铁皮。再往里有人修自行车,胶带铁轮,乱七八糟,几个人手忙脚乱对付一辆破摩托,里边的是制洋钉的两台老车床,缓慢转动,"咣当咣当"地响着掉出钉子。整个厂房里烟雾黝黑,横挂两条红纸大标语:"工人有力量,学习张广泰。""窍门遍地跑,看你找不找"。

休息时,小芹告诉师傅,她父亲黄吉顺请师傅下了班去"二友居"饭馆一趟……

张广泰去了"二友居",见没几个客。黄吉顺和李三桐占西北角一张圆桌。桌上有一盘花生米、一盘猪头肉、三只酒盅、三双筷子、一瓶白酒。黄吉顺的眼就没离开过门,张广泰一进来,他这边已起身相迎。

二人落座后,张广泰说:"亲家,看样子你是为字据的事儿啰?怎么还麻烦到李先生头上了？"

那李三桐六十多岁，读过几年私塾，写得一手好字。解放前，在一家律师事务所里当差，干抄抄誉誉的事儿。穷人惹了官司请不起律师，就将他视为"法律顾问"，只要多少给他点儿什么都可以的"意思"，他便甘于效劳不遗余力。所以，也曾算位街面上的人物，起码在百姓心目中是人物。解放了，律师们或躲香港去了，或溜台湾去了，只有他留在了新中国。新中国有新中国的法律。他失业了，岁数也大了，便常在邮局里坐着，代人写信填汇单，挣点儿烟酒钱。好在积了点儿家私，手头太拮据了就当一件，活得倒也逍遥体面。老人们都念他从前的好，仍挺敬他，称之为"先生"。

黄吉顺不言语，只笑，朝李三桐使眼色。

李三桐轻咳一声，谦虚地说："快别叫先生，不兴叫先生了，叫……同志吧！替你广泰师傅和你的亲家尽点儿举手之劳，在我，乐而为之嘛，乐而为之嘛！……"

他说的是心里话，他对张广泰也是极为尊敬的，以往碰上了，总是主动打招呼。刚解放没几年，工人阶级的地位，真个是芝麻开花节节高。何况，张广泰不是普通工人，是工人中名字直接代表几种名牌产品的名人。事实上，他主要是冲着张广泰而不是冲着黄吉顺才来的。

那年月，写契约之类，皆用宣纸。

张广泰对面望着李三桐，虔诚地说："咱俩称不得同志。到什么时候，手艺人也不可以在文化人面前竖尾巴。所以，叫你李先生叫定了！"侧目又对黄吉顺说，"我不会猜错，连纸也肯定是人家李先生的。"

黄吉顺仍是只笑不言语。

李三桐便从兜里掏出预写了的一份合同，轻慢地展开，以极有余地的口吻说："广泰师傅，你们两家换房之事，我已听你亲家讲明白了。这只是初拟的字据。我念，你二位听。听完了，我写的有什么不妥之处，你二们尽管照直提。我改了，再替你们誉一份……"于是低声念起来，"立据人,大柳树村黄吉顺,广华街 15 号张广泰,经双方协商……"

张广泰一颗颗往嘴里抛花生米,有一搭没一搭地听着,心里并不将那字据想得多么重要。

李三桐念完,看看张广泰,看看黄吉顺,问有什么问题没有。

张广泰则问黄吉顺:"亲家,你听了呢?"

黄吉顺说:"我听得是一清二楚明明白白啊,谁的手笔写的嘛。"

张广泰点头道:"那是。成!"

"要是你听着也成,咱二人就把指印按上了吧?"黄吉顺又亲热地将自己一只手按在张广泰一只手上。

这回轮到张广泰笑了:"你呀亲家,太急了吧?也没印泥啊!"

不料黄吉顺竟带了一盒印泥来。

于是二人将指印按下了。

李三桐提醒:"照理,得两份,你二人一人一份才对。"

张广泰说:"我算了,我亲家留份就行。我们两家,字据不字据的,谁家还能坑骗了谁家嘛!"

于是黄吉顺揣好字据,提议开始喝酒。

酒瓶刚开了盖,张广泰发现广华厂的厂长朱存孝也来了,便将朱存孝请过去坐。

小酒馆里客渐多。张广泰、朱存孝、李三桐、黄吉顺,都是人们熟得不能再熟的人。而且,四人中又有三人堪称这一带的名人,大家自然爱往他们桌前凑。一时地问寒问暖,夸德祝寿,相互敬酒,交叉干杯,好生热闹。

趁着热闹,黄吉顺将字据掏出,展开来当众高声念了一遍,醉意显明地请大家都做证人。

张广泰以为他真醉了,庇护着,不许他再喝,也不许别人再敬他酒。

其实,黄吉顺哪里是醉了。他是佯醉。他成心制造那证人多多的效应。

事关张广泰张师傅,字据又是劳李三桐李先生的手笔写的,自然人人都愿表现出由衷的态度。

于是乎小酒馆里一片喊声:

"我们都是证人!……"

"我们都是证人!……"

人人都觉得做张广泰师傅和他亲家换房之事的证人,是责无旁贷的。

黄吉顺回到家里,竟只字未对妻子于凤兰提两家换房之事。

第二天,小芹听张广泰说了,在晚饭桌上问父亲,他才幽幽地说确有其事,承认已立了字据。于凤兰顿时哭闹起来,摔了碗,冲丈夫嚷叫:"这么大的事儿,你不跟我商量,瞒着我,预先连点儿口风都不漏!哪天说声搬家,我就会跟你们搬了?我不搬!"

黄吉顺异常平静地说:"我怎么没跟你商量过?三年前你不也是同意的吗?"

于凤兰骂道:"你混蛋!三年前是三年前,现在是现在!三年前你图住城边上卖馄饨方便,现在你图的什么?"

黄吉顺仍那么平静地说:"现在我图的还是卖馄饨方便。"

于凤兰啐他一口:"打进你们黄家门,我就没过一天舒心日子,一步步往下坡出溜!现在,连三间大房都住不上了……"

黄吉顺指着她说:"你呀你呀,头发长,见识短。我是为这个家好!连这个家下辈子人的命运都考虑着了。到时候,你们就知道我这一家之主的良苦用心了!大翠,小芹,劝劝你们妈!……"他起身一脸平静地离开了饭桌。

大翠小芹姐俩,并不像她们的母亲那样,觉得两家换房之事,对自己是什么冲击波。她们显得比她们的父亲还平静。甚至,感到事情有意思,相视偷笑。

大翠说:"娘,你别这么闹啊!让我公婆那边知道了多不好。换就换吧,我在这边,这边不照样是你的半个家吗?"

于凤兰停止哭闹,训道:"你还没正式嫁过去呢!就开始公婆长公婆短的了?现在,我是这宅院的主人,以后,两家处得再亲,也只不过算我半个家了!"

小芹也不失时机地劝道:"娘,别忘了还有我呢!以后我和成才……这边不就有你的两个半家了?两个半个合起来还不是一个?不就等于我和姐姐替你继续守着这宅院当着这儿的家吗?……"

于凤兰听了两个女儿的话,觉得也不无道理。细想想,哭闹不休也多余,于是破涕为笑。

她问小芹:"你和成才……也能像你姐和成民一样?"

小芹大言不惭地回答:"就看我黄小芹最终愿不愿把幸福的彩球抛给他张成才了!"

于是大翠向她刮脸皮,讥她没羞。

于是当妈的反过来劝小女儿:"抛给他抛给他!只要他肯接,干吗不抛给他?我觉得成才耿耿直直也是个好小伙!……"

黄吉顺听于凤兰不哭了,反而听到娘仨一阵阵低笑,十分纳闷,想不明白两个女儿用什么高招儿将妻子哄好了。

睡前,于凤兰问丈夫:"说说,你那良苦用心,究竟怎么回事儿?"

黄吉顺张了张嘴,欲言又止,一翻身,佯装打鼾。

于凤兰猜不透他葫芦里到底装的什么药,索性也就不枉费心思猜了……

十几天后,两户人家齐心协力把家对搬了。

王玉珍见于凤兰似乎也搬得忙忙碌碌,高高兴兴,心中便无不安了……

黄吉顺在张家原住的两间小房里指挥大翠和小芹扫墙、安放桌椅,于凤兰坐在小院衣包上抹眼泪。成才进院来，诧问："婶，我爸叫我来帮忙，你怎么哭了？"

"扫灰迷了眼。"于凤兰不好意思起来。

成才又问："我干什么？"

黄吉顺在屋里喊："成才，来！"

成才进屋，黄吉顺塞给他一把镐头："把这个老灶给我砸了它。"

"好。"成才抡起镐头猛力砸下，发出沉闷的一声响。

响声里，原张广泰门外的香椿树下，躺着被砸坏的馄饨炉灶。临大道的房后墙，开了个半人高的宽窗，窗旁，摆了张旧桌，竟还有两人在这里吃馄饨。

黄吉顺殷勤招待："两位，有新鲜的大馅水煎包子，来几个？"

两人摇头。黄吉顺殷劝："尝尝吧，我这儿新开张。便宜！"

一人问另一人："来俩尝尝？"

不待人家点头黄吉顺喊："来两盘。"

窗口里立刻递出两盘水煎包，黄吉顺放在两人面前。

挺斯文的那人道："倒挺快的。"抬头看后墙宽窗，又前后左右四向看了看，"你这个地方……行！"

黄吉顺笑嘻嘻地问："怎么个行啊？"

那人天机不可泄露地一笑："到时候你就知道了。"

从东来了一伙人，提桶的，拉绳的，拿着长尺杆的，见有的房子，在墙上写个"拆"字，一路画石灰白线，钉木橛，拴绳子。黄吉顺跑来跑去朝他们画线的走向方位瞭望。

两人吃完，对黄吉顺一番称赞后算账付钱，黄吉顺点头哈腰应承。两人正要走，那伙人突然吵吵嚷嚷拥了来，为首一个大个子对挺斯文的那人叫："好你个林科长，躲在这儿监视我们！不知道我们的劳动态度？啊？同志们，大家说，怎么办？"

其中有人喊："叫他请客！""对！不能饶了他！""吃馄饨！"

吵着嚷着,便有人在林士凡身上掏摸。林士凡"哈哈"笑着,伸开胳膊,任他们翻兜。

有人叫:"我知道,他从来不带钱!抓会计,别叫他跑了!"

于是大伙一齐扑住会计,按住,在他身上翻。林士凡趁机闪身出了人墙,笑道:"这帮浑虫!好了好了,别闹了!一人两碗馄饨,一盘水煎包!"

伙伴们发出哄叫和笑声。会计无奈地吩咐黄吉顺:"给他们煮吧。"

林士凡对众伙伴苦笑:"我的工资给你们小组吃了!"

伙伴们又发出哄笑:"活该!""我们就盼你来监工!"

林士凡正色道:"我可告诉你们,不提前完成任务,看我大会上怎么擂你们!"

黄吉顺眉飞色舞地对窗口喊:"十二碗馄饨!六盘包子!"转身奔向林士凡,"您是科长同志啊?"

林士凡点头:"会计给你付钱。"

黄吉顺摆手:"不是钱的事。"

林士凡一怔:"什么事?"

黄吉顺恳求:"您把汽车站的牌子竖在我这儿吧。"

林士凡摇头:"那是交通局的事,我不管。"

黄吉顺纠缠他:"你给说声嘛,我姓黄,叫黄吉顺,馄饨黄,这一片没人不知道我。你把站牌竖在这儿,今儿大伙的馄饨包子,算我请客,一文不收你的。"

林士凡不容啰唆地轻挥了一下手,看也不看他。

《刘巧儿要自己找婆家》的戏曲声里,城建战线的人海战卷地而来:

一群人光膀子拆白线以内已经腾出的空房子;众多人抡镐刨土,从地下挖出大石头,往白线外翻滚;有人在筛土;有人在用钉耙耙土,把卵石搂成堆;有人从马车上往下卸石灰;有人从马车上往下卸红砖;有人往空出的大车上装卵石;有人在白线外垒锅灶,砌砖墙,盖工棚,整个工地尘土飞扬。

黄吉顺在人群中一块一块往平板车上抱大石头。一块石头太大,力不从心,抱不起,一辆老轧路机却"吭哧吭哧"由东开来了。

黄吉顺吃力地掀动大石头,眼看轧路机过来了,两个施工的人来帮他——他们乐得让他把大石头都搬走,省心省力。

但是石头太大太重,纹丝不动。

轧路机渐渐近了。

黄吉顺的大石头还没搬上车。

轧路机司机大喊:"找死啊?"

一小伙子学侯宝林说的相声《醉酒》,向司机横胸划脯喊:"你从我这儿轧……过去!"

司机笑了。

小伙子向司机招呼道:"下来帮一把!"

黄吉顺也向司机歉愧地笑了。

大翠肩套绊绳,驾辕拉着装满大石头的平板车,在黄土大道上一步一步前走,汗流浃背,蓬头垢面,汗水顺鬓发流进眼。

张广泰和小芹从后走来,张广泰见状,吩咐小芹:"去换你姐。"

小芹不情愿:"不!"

张广泰一皱眉:"怎么不?"

小芹理直气壮:"我是工人。"

"工人怎么了?"

"领导阶级。"

张广泰以教导的口吻说:"工人首先是劳动者才能当领导阶级。"决断地命令,"去!"从小芹手里拿过饭盒,放在车上,自己伏身弓腰从后推车。

小芹不得已,走前拦住大翠,示意,大翠把绊绳交给小芹,回头见张广泰在后,走到车后,眼泪汪汪,伏下身低头推车。

平板车滚动起来,张广泰问大翠:"你们要这石头干什么?"

大翠说:"我爹要改房子。"

张广泰不解:"改房子?"想一想,"改改也好。你爹怎不来拉?"

大翠情不自禁,头一歪,磕在张广泰肩上,抽搐地哭了。

张广泰痛楚地说:"你爹也是为个家呀。快了,八月十五眼看到了……"

小芹拉车,张广泰和大翠推车,来到张家旧居、黄家新住的房西。房西两棵香椿树下已堆了许多大石头,两棵树被砸得皮开肉绽,张广泰惋惜地怔怔看,黄吉顺出门来道:"呀,亲家,你帮忙来了?进家坐。"

张广泰质问:"亲家,我不是给你说过吗?这两棵香椿,你好好侍弄着它,春里是个吃食啊。"

"啊啊,侍弄着它们呢。"黄吉顺心不在焉。

张广泰又说:"还有,大翠这么大的闺女啦,这种粗活儿,别叫她干啦。"

大翠端来一盆水:"大爷,你擦把脸。"

"就是就是,我一个人……人家修路的不要……不拣点儿,汽车也拉走了……"黄吉顺抽身欲走。

张广泰扯住他:"别叫她再拉了。我找几个徒弟来帮你一下,啊,再叫她去,我可不答应。"

黄吉顺满口答应:"啊啊,没拉多少,没拉多少。"

张广泰走了。

黄吉顺望着他越过大道的背影,像要笑似的地自言自语:"管起我的事来了。"

大翠和小芹在小院里洗脸。小芹打趣大翠:"你公公心疼你啦?"

黄吉顺在院门外喊:"大翠小芹!"

大翠应道:"听到了!"

黄吉顺又喊:"叫上你娘,都拿绳子,再去拉一趟!"

第二章

城郊四野，天高气爽。广华大街已铺成柏油大路，坦平闪光，东面的八角门楼不见了，大街豁亮，东通城里，西去田野，不见尽头。

收尾工程队在清理碎石垃圾，电工局的人在马路两边挖坑埋路灯电线杆，蹄子钉着橡胶的马拉着橡胶轱辘大车在路上来往。由于街面宽敞，倒显得人车稀少。

黄吉顺的馄饨铺翻修一新，原来的小屋变高了，大了，宽了，长了，半人高的宽窗，变成大宽门，房檐前出接厦，新檩新柱新石础。地面铺红砖，坦平，六张红漆方桌，围放红漆长凳。房西的大石头堆不见了，两棵香椿树也不见了。

屋里，两小间变成三大间，长面案、高菜墩、洋灰灶，各种佐料瓶瓶罐罐的长台，一溜靠门后东北墙。炭薪杂物、粗笨家具一溜靠门后西北墙。西山墙开便门。当中一溜高墙柱屋檩，开三个门通各房，总体结构是：屋前面，门外厦下，门市营业；屋里面，北为操作厨房，南三间住人。

炉上，火旺水沸；案上，酒坛杯盘，鸡鸭鱼肉，熟包子，生馄饨，层层叠叠。应邀宾客络绎来到，都进门欣赏一番，然后出门在红桌旁坐下，喝茶闲聊。

广华街东面来了广华厂的贺礼队，厂长朱存孝，穿新中山装、新皮鞋。在他身后，跟随二十几个员工，有几个抬一红绸结花的黑底金字匾："新新居"，有几个拿锣鼓、鞭炮，大家一派喜气。

黄吉顺穿戴一新出门来，向宾客们道谢，请茶，遥见广华厂的贺礼队，忙回房，在三间房间出此进彼，催在梳洗打扮的于凤兰和大翠小芹："来啦！快点！"又骂于凤兰，"看你那脸，核桃皮一样！"

于凤兰生气了："你还想靠我脸拉生意？"

黄吉顺埋怨说："也把你那沟里的老灰洗干净了！"说罢，急急出门去迎接贺礼队，"哎呀，朱厂长！真是大驾光临，大驾光临啊！吴师傅，汤师傅，各位小师傅们，都请坐，都请喝茶！"在他的照应下，员工们都在桌旁坐下了，端杯喝茶。

黄吉顺满心欢喜地瞧了瞧那匾，向朱存孝敬烟："您真有心，送我这么大的匾！多谢！多谢！"

朱存孝把烟轻轻推开："黄掌柜，我不吸烟，这小芹都知道……"

黄吉顺又把烟递来，一脸虔诚地说："那，这一支烟，您今天怎么也得给我点儿面子！"

朱存孝只得接过烟，任由黄吉顺替他点上。他举目四周打量一下，笑道："黄掌柜，地点不错呀！在咱们这一片儿，您这也算黄金地面儿了！"

黄吉顺踌躇满志："凑合，还行，还行。今后还得多借各位的人气！"

朱存孝颇钦佩地说："这里原是张师傅家住的，你可算换值了！这广华街一扩，谁再想在这么好的地段拥有一家铺面儿，那可就只能是做梦啰！"

黄吉顺头一歪："两家亲家嘛，我那是三间大房，他们张家图的住着宽敞。我呢，就顺便开家铺面，算不得有什么眼光。"

来客中有人大声说："哎，黄老板，说你有眼光，你干吗还非不愿承认呢！"

另一人也大声说："你们看大家一口一声黄老板，把他心里得意的！"

黄吉顺矜持地笑了："哪里，哪里。"

朱存孝进了门，东西看了一眼："这三间也不小啊！"

黄吉顺掩饰道："我改了改，凑合。"

朱存孝客套里夹着调笑说："宝地您占下了，将来发达了，若是我碰到难处，向您伸手，您可得拉一把呀！"

黄吉顺应付自如："啊呀，看你朱厂长说的，你拔根汗毛比我腰粗，你那大厂子，每天扫的铁末子也抵我忙活几个月的。我能不向您告帮，就谢天谢地了。"

朱存孝认真起来："我那小摊子，解放前没气了，亏得新政府实行经济恢复，现在算又活过来了。唉，国家第一个五年计划，三年经济恢复，现在各行各业，都往前奔，可是我……唉，像广泰师傅那样技术熟练的人手，没有愿意进我那小庙的。没有好人手，发展不起来；发展不起来，就要被淘汰。你家小芹，还行，能吃苦，跟广泰好好学两年，成，能出息把手。"

黄吉顺虚浮一笑："还得您厂长多栽培呀！"

朱存孝说："别这么说，别这么说，那还是得靠年轻人们自己努力。"

一青年工人问朱存孝："厂长，时候不早了，挂匾吧？"

"等张师傅来了再挂。"

"不是说得赶回厂里干活吗？"

"还是等等，等等。差不了那一刻半点的。"

黄吉顺凑上前，热情地说："对，对。今儿是我开张的日子，师傅众人们来了，我也准备了，中午都在这儿喝几杯，也是给我壮壮门面！"

忽然有人喊："看，成才来了！"

不远处，成才在前，吴发林在后，二人抬了两扇石磨，汗流满面地走来，左右追随着些嘻嘻哈哈的孩子。成才胸前，好像还吊个小布袋袋。

几个青年工人立刻迎上去接替他俩，黄吉顺迎向成才："哎呀呀，哎呀呀,你看看你,你看看你,这么沉,要是累坏了你,你家里你厂里,那得多少人埋怨我啊!"

吴发林揉着肩膀嬉笑道:"老丈人,光心疼他,不心疼我呀?"

黄吉顺说:"这小子,开玩笑也得注意个场合!"

众人都笑了。

进了门,朱存孝问成才:"成才,这是你们家送的礼吧?"

成才点点头:"我爸说,以后我黄叔叔这儿,可以磨豆浆,炸油条,那早点的样数不是也多了嘛!"

朱存孝点头道:"这礼送的,可真够重的,不愧是张广泰张师傅的风格,实诚得掺不进半点儿水分!"

成才用衣襟擦汗,问:"小芹呢?"

黄吉顺一撩眼,多心地问:"找她干啥? 你俩还有事儿?"

成才说:"没什么事儿。她让我做的半导体,我给她做好了。"

张广泰在大柳树村里到处寻找狗:"虎头! 虎头! 虎头! ……"他看见一条大黄狗,紧走两步,"虎头! 来来来,跟我回家去!"

那狗一回头,朝他龇牙——虽也是黄狗,却是黑脸的,张广泰不禁倒退一步。

回到家里,王玉珍问他:"没找见?"

张广泰看看狗窝旁的食碗说:"你看,从昨天上午起就没见影儿,也没吃一口食,我怕饿着它。"

王玉珍肯定地说:"准是又跑到黄家那边儿去了。"

张广泰摇头:"它对城里那边不习惯,按理昨天应该回这边窝里来睡的呀!"

王玉珍推他一把:"哎呀,你就别操心一条狗了! 快到亲家那边去帮着张罗张罗吧! 去晚了,让许多人都等你,那多不好!"

张广泰一边往外走一边问:"成才呢?"

"你不是打发他到厂里去找个师兄弟,帮着抬去你那份儿礼吗?你那可算是送的什么礼?"

"我考虑的是实用!"

张广泰在广华街上看到了小芹:"小芹!"他紧走两步,跟了上去。

小芹正边走边抹眼泪,听见张广泰叫她,她擦尽泪,勉强一笑:"师傅。"

"怎么了?"张广泰疑惑地问。

"没怎么啊。"

"看见虎头了吗?它没过你家这边儿来?"

小芹将脸一扭,快哭了:"师傅,虎头它,一早孙喜禄家套去了……"

张广泰着急地说:"哎呀,哎呀,你们家怎么就……孙家那是卖狗肉的!快,快跟我去带它回来!"

小芹终于哭了:"晚了……我就是从孙家回来的,已经……"

张广泰连连顿足:"唉!唉!我和你爹换房子时说好了的……我不移走两棵香椿树了,虎头归我家养了。你师傅我从小就喜欢狗……不行!好他个孙喜禄!这事儿不能就这么完了!走!走!跟师傅一块儿找他算账去!"

小芹拉住了他,不自然地说:"师傅,别去了,是我爹,又用虎头,换了人家一副旧桌椅……"

张广泰呆住,良久才跺足道:"这……这……可虎头按理说已经是我家的狗了呀!"

张广泰皱着眉和小芹走入黄家铺门,众人见他来了,都站了起来,热忱地跟他打招呼。成才趁机和小芹躲到后边去了。

黄吉顺喜笑颜开地说:"亲家!我的亲家!大家就等你了。你再不来,可就急死我了!"

张广泰看他一眼,一言不发地坐下了。

大翠红脸含羞地走上前,给张广泰沏上茶。朱存孝看大翠一眼,喜笑道:"不用说了,这是小芹的姐姐。"

黄吉顺笑道:"是,是。"

朱存孝对张广泰扭脖子挺胸地赞美:"张师傅也是福命啊,大儿子,上师院,一毕业,国家干部,再有这么个好媳妇看家,老爷子尽坐着享福吧!"

张广泰心中恼火,勉强笑道:"朱先生,托你的吉言,同福同福。"

李三桐穿长褂着布鞋,从东沿街稳步走来,黄吉顺忙迎上前,搀着他:"您老人家,不近的,哎呀,哎呀,快坐快坐!"

李三桐真诚地说:"道喜道喜。"双手递过一副红纸对联,"我的一点意思,请贴起来。"

"谢谢,谢谢!"黄吉顺客气地连连点头,接过对联,展了开来。员工们都围过来看,只见上面端正地写着:"高朋满新居,酒香溢广华。"规正的字体令众人啧啧称赞,连声叫好。

李三桐得意地指着"广华"二字向大家解释,"这个广华是说咱广华街,啊。"

黄吉顺问朱存孝:"那么,咱们把匾挂起来?"

朱存孝点头:"好吧。同志们,动手! 敲打起来! 放鞭炮! 挂匾! 把对联也贴起来!"

锣鼓鞭炮声招来过路人驻足观看,几个员工争着往红柱上贴对联、往厦檐上挂匾。张广泰冷眼相看,目光不期然落在贴上对联的两根厦柱上,怔住了,起身走过去围着细看,然后,将黄吉顺扯到一旁,低声问:"那两棵香椿树呢?"

黄吉顺指一下厦柱:"在这。"

张广泰脸色陡变:"你把它们砍了?"

黄吉顺无所谓地点点头:"就个材料,派个用场。"

张广泰来气了:"我不是叫你好好侍弄着它们吗?"

黄吉顺平静地说:"是啊,这不刷上漆了吗?"

张广泰心里痛楚,脸上恼怒,顿足道:"哎呀,你这人,你这人,我怕你会有这一着,千叮咛万嘱咐地,你却果然……我和成才为什么用这大粗杠子抬磨来?还不是想到了你也许用得上?"

黄吉顺走到墙边,翻来覆去看那杠子:"好硬木,用得上,用得上……"

张广泰念着那两棵香椿树,不由走到后院,看见两截残留的树根,愈发心疼,回到屋里指着黄吉顺说:"你,你叫我说你什么好。"

"那就什么也别说了啊,再说不是成心扫我兴了吗?"黄吉顺转身拍手,大声说,"各位,各位嘉宾贵客,现在,开酒吧,开酒吧!大翠,小芹!和你们娘,上菜!上菜!"

"亲家,冲哪方面,你也得坐首桌!替我陪好朱厂长,三桐老先生!"黄吉顺将张广泰扯到首桌,按坐下去。

张广泰压住火,默不作声,与朱存孝、李三桐等同桌人碰杯,连饮数杯。

于凤兰端上一盆热气腾腾的肉,对张广泰说:"亲家,你可得吃好喝好啊!"

张广泰沉着脸应酬道:"你忙你的,你忙你的!"

同桌的吴师傅夹了一块放进嘴里,扭头问汤师傅:"吃出来了吗?这是狗肉啊!"

汤师傅吃了一块,连说:"香,香!"对张、朱、李三人用筷子指点着肉盆,"你们也吃啊!"

黄吉顺恰巧这时擎杯走来,高兴地说:"亲家,各位,十分感谢!我这人做事,就是喜欢个场面!"

不待别人有所反应,张广泰一把抓住黄吉顺腕子,指着肉盆冷冷地问:"那是什么?"

黄吉顺一愣,随即一笑:"亲家,那是盆狗肉,你还没尝?"又低声解释,"这桌是肉多,别的桌是汤多。"

张广泰仍旧抓着黄吉顺的手腕,不错眼珠地盯着他:"我问你,哪儿来的狗肉?"

黄吉顺笑了:"这,孙喜禄家送过来的。"

"我再问你,虎头呢?"张广泰脸上寒色渐浓。

黄吉顺又一愣,随即遮掩地笑道:"亲家,你醉了?不吃狗肉,一句句单问狗干什么呢?"

张广泰擎起酒杯,一饮而尽,将酒杯往桌上重重一顿,猝然而去。

"哎你!……"黄吉顺一时失神,随即掩饰道,"他有事。来来,我们大家坐吧,来,喝酒。"

朱存孝察言观色,转眼沉思,拱手向黄吉顺一揖:"道喜道喜。时间不早了,张师傅有事,我也有点事,告辞了。"言罢起身。

黄吉顺忙阻拦:"朱厂长,别走,他确实有事,您坐着。"

朱存孝一笑:"我也确实有事,您忙着。"竟走了。

广华厂的员工们你瞅我,我看你,一个个默默地起身离去。黄吉顺忙又劝阻:"哎哎,师傅们,都坐,都坐,别走啊,别走啊……"

但是,没人回头,商量好了似的,一哄而去。那些应邀来贺的众宾客们,见状也三三两两没趣地悄然散去。杯觥交错的喧嚣热闹,一会儿工夫就变成了满桌杯盘狼藉的尴尬冷清。于凤兰和大翠呆住了,不知如何是好。

小芹终于哭了:"我师傅生气了。是他对厂长说的,今儿我们开张,大家才来送匾。"

黄吉顺也生气了:"他张广泰,不顾亲家关系,为两棵树跟我撕脸皮,值得吗?"

于凤兰埋怨他说:"是不该砍那两棵香椿树。"

黄吉顺一瞪眼:"不是有用场嘛!"抬头看看金字大匾,又说,"匾,反正挂上了,随便吧!"回头见李三桐呆若木鸡地仍在桌旁,忙掩饰尴尬地大声说,"李老,您快喝茶!"

李三桐犹犹豫豫地站起身:"好像,我也有点什么事。嗳,我,这就,也告辞吧。"说着,向半空金匾作个揖,"啊!"点点头走了。

小芹抹着泪说:"我师傅还为虎头的事儿!"

"我就猜到了是你多的嘴!那早已经不是条小狗了,一顿吃的比你们姐俩吃的还多!又天天往这边跑!"黄吉顺又一瞪眼,手指小芹,"你处处和我作对!"

小芹捂着脸跑了出去。

黄吉顺环视四周,一时不知如何是好。他忽然望见有两名埋电线杆子的工人,急忙走出店,凑前道:"两位,今儿我饭店开张,你们是头一份,来吃碗馄饨。你们是工人,领导阶级,老大哥,我图个吉利,不收你们的钱,啊,来,坐。"

两名工人先莫名其妙,相互看了看笑了:"不收钱?"

"说的就是,不收钱,来。"黄吉顺转身招呼大翠,"端两碗馄饨!"

大翠端来馄饨,两个工人高兴地吃起来,不由得向黄吉顺道谢:"老同志待人这么和气,和气生财,你这买卖一定发大财。"

黄吉顺探过身子,赔笑道:"求你们在我这埋一根怎么样?"

工人探头前后望了望:"啊呀,距离怕不对呀!"

黄吉顺讨好地一笑:"嗨,距离还不是你们定?你们在哪挖了坑,电线杆子就往那里栽呀,是不是?"

工人为难了:"要是差一尺半尺的也许还可以,相差太大,我们要挨批评。"

黄吉顺一仰头:"谁拿尺来量?"

工人认真了:"哎,那可不行!大街上竖着,一眼就看出来了,我们那些工程师的眼可厉害了。"

黄吉顺眨巴眨巴眼睛:"埋得离我这稍微近一点,行不?"

两名工人停箸不吃了,互相看看,商量:"行吗?""吃了再说……"

张广泰回到家里,怒目圆睁挺在炕上。王玉珍摇着蒲扇坐在一旁劝他:"树也罢,狗也罢,已经那样了,生气有什么用?还不是白生气吗?亲家之间,你得带头担待,可不好让两个儿子看出你对黄吉顺不佩服。"

张广泰气哼哼地说:"我就是不佩服他!没他那么办事儿的!要不是冲着孩子们的亲事,我张广泰和他来往?"

王玉珍用蒲扇打他一下:"还说!说什么呢!小心让儿子听去……"

广华街新区街道办事处户口登记处暂设在一所废弃的大空房里。男女老少围着一张书桌,等待桌后的潘凡登记户口。潘凡是个转业军人,穿旧军装,小青年,面容标致俊秀,说话有点不明显的口吃。每登记完一户,他把户口本郑重地交给户主,然后叮嘱一声:"保存好了,以后凭这个买粮食。"

人们高兴地接过户口本,有的人好像并不重视,随手揣进兜里,有的人比他还重视,双手捧着红色的小本本,像捧着个金疙瘩。

黄吉顺在人丛中活动,仿佛和谁都认识,主动与每个人招呼:"来了。""办好了吗?""有空到我那坐。""新新居,一条街上的邻居。""有空到新新居去喝茶。""我们广华区的人家,每天早点头三碗豆浆不收钱。""对,不收钱。"靠这"自来熟",他不慌不忙,潇洒自如地挨到了桌前,等待一个在登记的老年妇女。

"还有吗?"潘凡头也不抬地问。

"还有一个。"妇女有点怯怯地回答。

"姓名?"

"叫好。"

"呃?"潘凡疑惑地抬起头。

"小名叫个好,我们的意思是:他赶上好社会了。写个'好儿'也行。"

"大名。"

"还没商量好取个什么大名。他爸爸跟他爷爷姓,他跟他爸爸姓。"

潘凡一时被闹糊涂了:"怎么回事?他爸爸姓什么?"

"前面写着呢,他爷爷姓吕,他也姓吕吧?啊?"

潘凡醒过神来笑了:"好,姓吕。叫吕什么?"

"吕好儿,行吧?"

"行。"潘凡边写边问,"性别,男的女的?"

"还不知道呢?"

潘凡又被闹晕了:"啊?不知道?几岁?"

老年妇女想了想:"也还没……我算着,再有二十几天就该落地了?"

"落地?怎么落地?现在在哪?"

"现在,还没落地嘛。还在他妈,说怀里吧。"

年轻的潘凡真糊涂了,也急了:"到底在哪?"

黄吉顺倒是明白了,对潘凡笑了笑:"还没落地,就是还没出生,同志您还没结婚吧?"

潘凡羞涩地笑了:"还没出生不能登记。"

老年妇女听说不能登记,吃了一惊,瞪大眼睛:"哟,那吃什么呀?"

潘凡耐心解释:"等他出生了,再登记,一样有他的商品粮。"

黄吉顺也向老年妇女解释:"对,只要大人是城市户口,孩子什么时候出生,都是城市户口,也吃商品粮。还有要登记的吗?"

老年妇女一副恍然大悟的样子:"这样啊。"

潘凡把户口本推给她:"保存好了。"

"知道知道。"老年妇女接过户口本,掏出块皱巴巴的手绢小心翼翼地包了起来。

黄吉顺向潘凡点头笑笑:"新社会,大家都没经历过,有些政策都是头一回。"

潘凡没言语,公事公办地拿过新户口本:"住在哪?"

"广华街十五号。"黄吉顺不自觉地挺了挺胸膛。

潘凡抬头看看他："噢,新新居饭店？"

"对对,您也知道了？"

"查看过。有人对我说,你和亲家换房,就是为了落个城市户口？"

"哪里话,没有的事！我们是两亲家,一家人。"

"别说了,你亲家后悔也晚了。好吧,登记你的,姓名？"

黄吉顺一一说了,潘凡一一登记了。看着那重逾千斤的公章按在上面,黄吉顺的心竟一下提到了嗓子眼。他做梦般地接过户口本,暗地里掐了把大腿,真疼！

回到家里,黄吉顺像窃得奇货的贼,喜幸地从怀里摸出户口本,悄声对于凤兰说："从今以后,我们是城里人了。"

于凤兰接去仔细端详,却没多少的热情。

黄吉顺激动地说："住在大柳树那么多年,做梦我都想回城里住,可是没钱买房,做梦只会难受。现在政府把我们装进城里了。城里和乡下,自古就是一个天一个地。我小时候,住在城里龙王街,那是什么日子！店伙计掌柜的,围着转,想吃什么,想干什么,说一声就行了。"

于凤兰一撇嘴："那得有钱。"

黄吉顺越发感叹了："是啊,倒霉在我那老爹,把家业输光了。只好搬到乡下住,你也跟着在乡下受煎熬。现在有了这东西,我们总算又是城里人啦。不能不说新政府好啊。好就是好,我们总算没白活,赶上共产党的天下了！"

于凤兰忽然问道："张家也有吗？"

"不知道。他们是农业区,有也是农业区的。"黄吉顺轻描淡写地一歪头,又得意地说,"那,区别可就大了。我估摸着,越往后越大。"

于凤兰奇怪地问："咱们没搬过来时,农村那边也没户口哇？"

黄吉顺说："听说以后也有了,一村一个,集体的。"

于凤兰又看户口本："一村一个还省事儿了呢,不用自己保管了。"

黄吉顺夺过户口本,拿出红布,边包边说："你懂什么！有了它,以后人和人肯定不一样了!"

　　张广泰正在厂房里打扒钉,铁锤敲打出震耳的响声。小芹在旁边呼呼拉风箱,满脸的灰,汗水冲刷出一道道白杠,忽听有人喊:"广泰师傅!厂长叫你!"

　　张广泰放下铁锤,走进经理办公室。朱存孝已在坐等他,见他进门,忙起身迎接,很客气地招呼:"张师傅,坐。"

　　张广泰坐下问:"什么事?"

　　朱存孝说:"有点事,我接到通知,新华区的厂家、商号都归街道办事处领导。咱们也在内,厂里的工人,都要登记。"

　　张广泰觉得不是什么大事,就随口说:"噢,那就登吧。"

　　朱存孝面有难色:"可是,要是城区的居民户口本才能登记。"

　　张广泰有些莫名其妙:"居民户口本?"

　　朱存孝面带愁意:"你还不知道这事吧?"

　　张广泰蹙眉道:"不知道,没人给我说啊。"

　　朱存孝点头:"现在我就得给你说了。通知说得明白,咱们厂不得使用农民。"

　　张广泰理直气壮地说:"我也不是农民,和我有什么关系?"

　　朱存孝又点头:"是啊,你是工人,可是,你有城区居民户口本吗?"

　　张广泰笑了:"没有啊,不知道嘛!"

　　朱存孝叹了口气:"没有城区居民户口本,就不能登记。不能登记,就不能再来上班了。不光你,成才也不能来了。"

　　张广泰一惊:"这是什么话?我一直是工人,怎么不能登记?我不能登记谁能登记?"

　　朱存孝同情地说:"是啊,我也是跟他们这么说了,你是我广华厂的顶梁柱,可他们说,没有城区户口本的,一概不许登记。"

　　张广泰急了:"你说那个他们是谁?我去跟他们说。"

"街道办事处的工商管理所。"朱存孝无奈地说,"现在厂里,广华街以南的人,都拿到城区户口本了,你住在广华街以北,是农业区,不发城区居民户口本。你看这事?"

张广泰呆了,皱眉思谋一阵:"这事,得你拿主意。厂子是你的,你是东家,又是经理,还是厂长,什么事不是你说了算? 你说怎么办就怎么办,你给我登记上好了。"

朱存孝摇摇头,真诚地说:"张师傅啊张师傅,不行,新政府的号令,谁敢不遵守,你没城区户口本,我给你登记上,一查就查出来了,了不得呀! 没见刘青山、张子善,那是俩多大的官,说枪毙就枪毙! 新政府办事可不含糊! 不是老蒋那样了。"

"那我怎么办?"张广泰没辙了,沉默下来。

朱存孝慢条斯理地说:"不用说你也知道,我愿意放你走吗?"

张广泰没说话,朱存孝又开口道:"我倒想了个口实,你住到街北还没有多久,这是个条件,你不妨去要个户口本来。"

"唔!"张广泰询问地看着朱存孝。

朱存孝说:"有枣没枣打三竿子,不妨试试。"

张广泰眉毛一掀:"好,我去。放心,我想我一去就要得回来!"

朱存孝点头:"我这等着你,要来了,我立马上工商管理所去报告,怎么样?"

张广泰手往桌子上一拍:"你放心你放心。"

朱存孝又提醒他:"越快越好。"

张广泰起身出门,朱存孝又招呼:"哎,张师傅,回来。"

张广泰回过头,朱存孝压低声:"新政府办事,固然讲个直截了当,可是你,稳着点,不用胡同赶驴,慢慢说。知道吗?"

"知道。"

张广泰回到炉子旁,问小芹:"小芹,你家拿到户口本了吗?"

小芹抹把汗说:"不知道啊。"

"你看着炉子,拉粗条,拉出几根算几根,啊。"张广泰拔腿就走。

小芹在后面大声问他:"师傅哪去?"

张广泰头也不回:"我有点事。"

出了广华厂,张广泰在门外四望一下,犹豫举步向南走。在胡同口,他问一个青年:"小伙子,新华区街道办事处在哪?"

青年抬手一指:"往南,见胡同往西,往前走,见十字右拐,再往东,几步就是。"

张广泰道声谢,急急地朝胡同走去。转了俩弯,他又拦住一名妇女问:"同志,街道办事处的工商管理所在哪?"

"往西。"

张广泰依着指点走过去,却没找到。他急了,没头苍蝇似的连闯了几个大门,进了几处民房,找到几个政府干部和居民。他们虽然都对他表现了极大的热情,却没人直截了当地告诉他街道办事处在哪。在和这些人短暂的接触间,在与这些人简单的三言两语的交谈中,有的对他讲述新政府的政策,有的对他讲述城市户口的重要,有的听说他是工人,便对他说工人阶级应该在各方面带头拥护政府的什么什么的,渐渐,他得出个模糊的结论:他,张广泰,作为一名老工人,应该拥护党的每一个政策,要做出工人阶级的样子。现在国家是经济建设的恢复时期,还有很多困难;他是个老工人,要站在国家主人翁的立场,为国家着想。自己做点牺牲,受点委屈,为国家克服困难,将来国家建设好了,自然忘不了他的贡献……但是,这些道理却不能使他完完全全平静下来。

当张广泰为户口本跑断腿的时候,林士凡正在仰看新新居的门面,大翠出门招呼他:"您要吃什么?有馄饨,包子,都是新鲜的。"

林士凡见了大翠,眼睛一亮,赞叹:"才几天不见,变样了。"

大翠脸一红:"说什么呢?"

林士凡脸上带笑:"你不认识我了吧?那天,一帮施工的人在这吃馄饨,我付的钱。当时这儿是个小窗口。"

大翠只得说:"不认识。您是吃馄饨还是包子?"

林士凡笑得更亲近了:"两样都吃,一盘包子一碗馄饨。"

大翠刚进门去,成才满头大汗走来,在桌旁坐下,拿起壶倒茶就喝。大翠端来馄饨和包子,放在林士凡前,擦手站在桌旁,林士凡边吃边拿眼溜大翠:"买卖好吗?"

大翠低了头应付他:"还可以。"

林士凡没话找话:"我早说过,这是个好地方。你在这管门市?"

大翠点头,转向成才:"别喝凉茶,屋里有开水,自己倒去。怎没上班?"

成才抹了把脸上的汗:"厂长叫我回家等我爸。"

林士凡又问大翠:"怎么不上学?"

大翠不愿看他,背身道:"没考上。"

林士凡又问了句:"高中毕业了?"

大翠不说话了,只点头。

"可惜!"林士凡的语气里夹带着同情。

"有什么可惜的?"大翠讨厌他了。

成才从林士凡的眼光里看出了点什么意思,向林士凡嬉笑道:"她长得好看吧?"

林士凡点头笑笑,表示同意。

"她是我们这一片的大美人!有文化!"成才故意把大拇指翘上了天。

林士凡听得眼泛羡慕,直勾勾盯着大翠。

成才又嬉笑道:"你尽管看吧,她是我嫂子!"

林士凡立时大窘,赶紧收回了目光。

大翠含笑谴责成才:"成才!"

成才说:"你没见他猫抓老鼠一样看你!"

林士凡又羞又急,恨地无缝。

成才却越说越得意了:"前天我嫂子去看戏,买票的时候,买票的争着看她,把售票处挤塌了;进了剧场,看戏的争着看她,把剧场挤乱了;台上演员看她,把戏词忘了;乐队看她,乱吹乱打。结果全剧院大乱,戏台也给挤塌了,压死踩死三十多人,你没听说?"

大翠先还用眼神嗔怪成才,到后来实在忍不住笑了,转进屋去了。

林士凡越发狼狈不堪,吃不能,走不是。成才却越开心了,紧着穷寇追:"你跟着进我们家去再看看她?"

林士凡火了,却又无理发作,只好起身撂下一句:"别想我会再来!"馄饨没吃一口,恼恨着走了。

成才却又踮着脚尖,冲他背影喊:"再来呀!吃饭要钱,看我嫂子不要钱!"

大翠笑着走出门来:"成才,你跟谁学的?"

成才嘻嘻一笑:"这还用学?嗳,姐,厂长叫我来问,你们的居民户口本拿到了吗?"

大翠摇头:"不知道。"

张广泰来到新新居,神色沮丧地问大翠:"你爹在家吗?"

"在。"

黄吉顺和于凤兰正在屋里包馄饨,黄吉顺闻声一怔:"户口本!"

于凤兰催他:"快去看看。"

黄吉顺拍拍手上的面粉,笑着迎出门:"亲家,来啦!"

张广泰急问:"你领到户口本了吗?"

黄吉顺装作不解地一怔:"户口本?领了。怎么了?"

"什么样?"

"就是,一个红皮小本。"黄吉顺边说边比划。

"拿给我看看。"

"看看?看它干什么?"

"给我看看嘛。"

"我找找。"黄吉顺转身进屋去了。

于凤兰出门笑道:"她大爷今儿歇班?"

"啊。"张广泰心不在焉。

"小芹怎不歇?"

"啊? 噢,叫她干几个活。"

这时黄吉顺在房里喊:"大翠妈!"

"什么?"

"来!"

于凤兰进了屋,黄吉顺拉近她:"看出来没有? 他那气色!"

"怎么了,不就是看看户口本吗?"于凤兰没明白黄吉顺的意思。

黄吉顺做贼心虚:"看看倒不怕,我怕他要抢! 他们农业区不发城市户口本,他看见了我们这个,不红了眼?"

"不会。他抢去有什么用? 也没写着他的名!"于凤兰不以为然。

"他给我撕了呢? 我们怎么办?"

"不会,平白无故,他撕我们的户口本干什么? 给他看看吧。"

"不得不防,万一出了事呢? 去,告诉他,找不见了。"黄吉顺额头冒汗了。

"啊呀! 这点事你也推我出去打头阵。"

"这可不是小事,去,你去给他说!"黄吉顺推她一把。

"要说你说去,两亲家还腰里别着宝盒子?"

黄吉顺无奈,硬起头皮出门对张广泰说:"你看这家乱成什么样子! 一个户口本,就这么个小玩意,你抓我拿,人来客往,找不见了。"

"你是在哪儿领到的?"张广泰十万火急地问。

"办事处的户口登记所。"

"在哪个地方?"

黄吉顺眼珠子乱转,神色稍有不自然:"现在,可说不准了,扩建区都是新成立的机关,他们还没有准办公地点,一天一个地方。你上派出所去打听打听?"

"派出所在哪?"

"我也不知道。"

张广泰转头喊:"翠儿,你帮我去找找。"

黄吉顺忙阻拦:"她更不知在哪里了。"

张广泰瞪眼道:"叫她帮我打听。"

"我这儿还有买卖要她照看呢。"黄吉顺一脸的为难。

于凤兰插嘴说:"叫她去吧,买卖有我看着。"

黄吉顺这才不得已地说:"啊啊,行,早点回来啊。"

张广泰带着大翠快快地走了,于凤兰忧愧并发:"换房子换出个城市户口农村户口来,这事,想想就叫人觉得别扭!"

黄吉顺一板脸:"别扭什么?"

于凤兰不服气地说:"你不觉得别扭?本该他们是城市户口,一换房,我们是了,他们倒不是了。"

黄吉顺态度强硬:"这是政府的规定。"

于凤兰不敢再与他争辩,只得低声唠叨:"眼看两家要办喜事当亲家了。他们怎么想?能高兴?"

"他们怎么想,高兴不高兴,我们都没办法。喜事嘛,看看再说。"

"看什么?她婆婆给我说了,衣裳彩礼他们都治办齐了,只等成民回来。"

"是啊,要等他回来。他回不来怎么办?不是说在等分配吗?八月十五前分配了,他回来就办,八月十五前分配不了,回不来,怎么办?还有我得看看他分个什么工作。"黄吉顺一眯眼,在心里把小算盘打得噼里啪啦响。

于凤兰一愣:"怎么还要看他分配个什么工作?"

"当然要看他分配个什么工作。"

"啊呀！分配个什么工作不都得给他们办事？"

"你以后少这么说！"

于凤兰看着黄吉顺发愣："怎么又不一样了？"

黄吉顺神情得意起来："他若是分配了个好工作，没话说，若是分配个不起眼的工作，我可得想想再说了。"

于凤兰惊疑道："你要干什么？"

黄吉顺嘿嘿一笑："看他分配个什么样的工作再说嘛。"

于凤兰看看他，更惊疑了："你？你肚肠里又绕的什么主意？"

黄吉顺说："没绕什么主意，到哪时，说哪时。"

张广泰和大翠走进新华区派出所，一个民警接待他们："什么事？"

"来办户口本。"张广泰急切地说。

"住在哪里？"

"广华街。"

"噢，潘凡！"

潘凡应声走了出来："什么事？"

民警指指张广泰："户口。"

"跟我来。"潘凡率先出了派出所。

张广泰和大翠也跟着出了派出所，过街巷，走进一小屋。屋里站满人，大家见潘凡来了，都恭敬地点头。到了小桌前，潘凡拉过小桌子，坐下，翻开笔记本，看了看："赵志道来了吗？"

"来了。"一个小老头没好气地走到桌前，推开了张广泰。

"老赵同志，你的事，我们研究了，还是不能给你发户口本。"

"这就奇怪了，你们怎么研究的？我的房子在大道当中，你们画线的时候，说得明明白白，给我盖新的，我没说话，新政府嘛，老百姓拥护，没有说的。拆就拆，你们说给我盖，盖就盖，盖在哪儿我也没问一声，新政府嘛，办什么事，老百姓放心。可是，你们给我盖在马路以北，以北就以北吧,我也没说话。现在,发户口本了,好,没有我的。嗨,我的老房子是在大道当中的,为什么不给我户口本?你们怎么研究的?"

潘凡不急不慢,听老头说完了,才笑眯眯地说:"老赵同志,我们是这么研究的:你的老房子,说来是在大道当中,可是,测绘图上标明,它在中心线以北,所以把房子给你盖在路北,这是不会错的,有测绘图为证。路北,政府划的是农业区,所以,不能发给你家城区居民户口本。这件事,我们都要服从政府的决定,户口本,得按规定发。"

"我的房子是在大道当中啊!怎么成了以北了呢?"赵志道气呼呼地不依不饶。

"你要相信政府的测绘人员,他们秉公办事,和你无冤无仇,不会故意把你们划到路北去。啊!"

"你这么说不行,我可以给你找证人,证明我的老房子在大道当中。"

"老赵同志啊,就算你的老房子在大道当中,现在你住在了路北的新房子,划归农业区,就是农业区的人,按规定就不能发给你城市居民户口本。"

"我不住路北了!"

潘凡笑了:"那怎么行?要是都像你这样,从路北搬回路南来,不是乱了吗?再说,你搬到路南来,住哪里?"

赵志道毅然决然地说:"我找房子。"

潘凡摇头:"晚了。路南的住户,我都进行过摸底调查,你要搬到路南来,得经过区政府批准。"

"你不就是区政府的人吗?你给我批准!"

潘凡又笑了:"老赵同志,我是办事人员,没有那个权力,你这个是要政府全体讨论,全体通过才行!"

赵志道很悲壮地说:"反正今天不发给我城市户口本儿,我就不走!"

潘凡站起来,表情也严肃了:"怎么,逼我当着这么多人的面儿,把你的家底儿抖出来?"

赵志道声音小了:"抖吧,我们家又没有见不得人的事儿!"

潘凡说:"那我就抖了!你家,你是农民,对吧?你父辈也是农民,对吧?这也没什么,我们这些人,三代以上差不多都是农民。可你们一家六口,老老少少男男女女,都在路北大柳树村分有土地,啊!你们不能又在农村分有土地,又在城市里吃商品粮啊!再说原先大道当中那幢房子,那是你们家的吗?不是吧?那是你一个远房侄子的。人家参军入伍了,只不过让你家照看一下房子。"

赵志道犹自强词夺理:"可他总是要复员回来的!"

"我们通过部队上征求过他本人的意见,只要他复员分配到城里了,政府是要负责给他安排工作的。那就当然要发给他户口本儿。而且呢,单位也要帮他解决房子问题。这些,和你家没什么关系的呀!你一次次找我来要城市户口本儿,没什么道理啊!"

一直在旁边平息谛听的张广泰,神色渐渐愁苦黯淡。围着他的人,挤得他透不过气。大翠愁色比他还浓,低着头也不敢看他一眼,摆弄辫梢儿。

"岂有此理!岂有此理!……"赵志道嘟哝着悻悻而去。

潘凡见赵志道走了,就对周围的人说:"我们受政府的委托,办理一切的户口问题,那是一手托双方,既要对百姓负责,也要对政府负责啊!要都像刚才那个人似的,我们具体的办事人员就束手无策了!"

他左右看了看:"那位张广泰师傅呢?"

"我在这儿。"

"您跟我到里屋去一下……"

张广泰默默跟着走进里屋,潘凡关上门说:"张师傅,您亲眼看见了吧?"

"看见什么了?"

"我们的工作有多难啊!除了今天来的这些人,统计下来还有一二百户呢。都是这样那样的借口,不想再当农民了,不愿再种地了!有些情况我们也同情,也在向上级反映,力争帮助合理解决。可十之八九,那是胡搅蛮缠,无理取闹!"

张广泰刚才就被挫了锋锐,再听他这么一说,极为难地说:"可……我不是不愿……我也有我的难处啊!我一家没有城市户口本儿,我和我二儿子那就当不成工人啊!"

潘凡将张广泰拉到窗前,耳语道:"你家的情况也特殊,该考虑合理解决。请相信我的话!但是今天,我希望您这位受人尊敬的工人师傅,替我们起个带头作用。"

"可我……怎么起呢?"张广泰一头雾水。

"心里有什么感想就说什么感想呗!也不过是工农一家亲,国家很快就会消除城乡差别那些话!你说比我说对他们有影响力,求求你了!"

张广泰正沉吟犹豫着,却已被潘凡推出了里屋。一出屋,潘凡就大声说:"诸位,诸位,张师傅有话要对大家说!"

张广泰干咳一声,不得已地说:"同志们,划到了街北的同志们,大家不要在这儿磨了吧!刚才潘同志跟我交底了,我们哪家哪户的情况,政府那都是预先经过了调查的。该发的自然会补上,不该发的磨也没用啊,是不是?新政府千头万绪的,不容易。大家也要体恤政府啊!再说,什么农村人啊城里人啊,不都是新中国的公民吗?将来消除了城乡差别,生活在哪儿不一样啊!"

人群里有人问:"消除城乡差别,那得几年啊?"

张广泰不知道怎么回答了,只好看着潘凡。

潘凡满有把握地说:"实现共产主义,也不过十年二十年的事儿。城乡差别,工农差别,我看长则十年八年,短则三年五年就没差别了!新中国嘛,实现什么还不快?"

有人听了说道:"要是那样,倒敢情好!"

都到这份上了,张广泰只好说:"我首先表态,我不再来给新政府添乱添烦了！"

潘凡借势扯旗："诸位,大家都要向张广泰师傅学习啊！都先回吧,先回吧！"

等众人散去了,屋里只剩下了张广泰和大翠。

"张师傅,感谢了！你看你带头作用一起,情况就不一样了吧？"潘凡从兜里掏出个小本儿,翻开来看看说,"你家的户口问题啊,我摸底调查的时候就听到反映了。你那个亲家,在广华街一带无人不知,无人不晓,叫馄饨黄？"

张广泰点点头："对,有这么叫他的,那是他养家的手艺。"

"可是,人家背后叫他'混蛋黄',听见过吗？"

"没有。"张广泰一怔。

"他以大换小,换你的房子,当时邻居就猜,不知他肚子里要的什么猴,现在大家都明白了,只有你还在他肚子里翻跟头！"

这番话使张广泰惊诧不已,沉思起来,而大翠却是听得无地自容了。

"你家发不到户口本儿,那是因为上了他的圈套啊！不过你放心,冲你今天的好表现,我们一定替你向上级反映你的具体情况！"潘凡又转向大翠,"你是什么事？"

"我……我……"大翠不知道该说什么好了。

"她是陪我来找你的。"张广泰替大翠解了围。

潘凡顿时醒悟过来："噢,啊呀,刚才,我该死我该死！刚才那几句话算我没说,没说。"

张广泰"呼"地转身离桌,大翠想去扶他一下,中途又自惭形秽地缩回了手。

张广泰怒冲冲大步直奔新新居,黄大翠怯生生跟在后面。到了新新居前,张广泰停步歪头眯细了眼,注视着厦下忙着招呼客人的黄吉顺和于凤兰。

黄吉顺也发现了他们,站定望了他们一刹,转身又忙去了。

张广泰转身前行,过了小桥,发觉大翠还跟在后面,他站住问:"你哪去?"

大翠惶惶地说:"送你回家。"

张广泰一挥手:"不用!"他正在气头上,手无轻重,大翠被他一下刮倒在了水渠中。大翠鞋子裤脚全湿了,爬上水渠,神情复杂地望着张广泰的背影,两行清泪滴了下来。

张广泰并没发现这一切,径自大步走回了家。一进门,王玉珍问他:"回来了?"

张广泰不响不答也不转头,进屋重重地坐在了椅子上。

王玉珍急切地问:"怎么了?"

张广泰猛一拍桌子,低声自语:"能活,死不了人,怎么都能活。"

王玉珍莫名其妙地看着他:"到底是怎么了,进门就一惊一乍的?"

张广泰把事情告诉她,两眼发直地空望着屋外。

"当初真没想到有这一步。我还是不信,黄吉顺能诚心给自己的亲家做这种圈套?"王玉珍叹了口气,觉得这事太不可思议了。

"我也不信,可是人啊,一为了自己,什么缺德事都能干出来。亲家又怎么了?一样!"

"不信,我不信。"王玉珍还是难以接受,一个劲儿摇头。

"信不信由你,事可在这摆着了。"张广泰也叹了口气。

"你不该朝大翠撒气,眼看要过门了,当公公的把儿媳妇搡倒河沟里,说出去多难听……"

"唉,要不为她,今儿我非当面骂黄吉顺一顿不可,看他还有没有脸在广华街住!"

于凤兰轻拍着大翠的房门:"翠!给妈开门,听话。"

大翠的屋里却没声响,于凤兰对着门缝柔声道:"有什么话,给妈说,开开门。"

黄吉顺正门前灶后地忙买卖,厦下客人多,都嚷嚷着催快。黄吉顺忙得满头大汗,他命令于凤兰:"来看锅!"

"你不会看?! 翠! 开门!"于凤兰继续拍门轻唤。

"你跟她有什么话忙过这阵再说! 看锅!"黄吉顺看着外面的客人,又是高兴又是焦急。

于凤兰埋怨道:"就知道你惹的祸! 一下午不见她一点动静,你就不管了?"

黄吉顺急步走到大翠房前,语带责怪地喊:"大翠! 出来看锅!"

门外等了半天的客人不耐烦了,纷纷交头接耳地抱怨。有人很不满,骂骂咧咧的:"生意还做不做了,这阵工夫,他妈的老母鸡都抱出两窝鸡崽了。"说完,竟走了。这一走,又有几个人也跟着离去,门外的人逐渐少了。

黄吉顺气急败坏,重重地拍着大翠房门,吼道:"你给我开门!"

于凤兰埋怨他:"当初你砌这么高的墙!"

黄吉顺猛一肩撞开大翠房门,就见大翠蒙头躺在炕上,于凤兰忙上前揭开被子:"翠。"

灯下,大翠头发散乱,低头流泪,于凤兰愁眉不展,小芹哭丧个脸,黄吉顺一派庄重,慢声细气地说:"你们不用闹,换房子的事,若不是为大翠,我不会跟他换。现在城市户口农业户口分开了,若不是换了,我们也得是农业的集体户口了。"

小芹噘着嘴说:"可我师傅登记不上工人了!"

黄吉顺说:"这能怪我们? 国家的规定谁敢不从? 我们能为他打抱不平? 能打抱出个什么来? 话还得往家里说,我是你们的爹,你们的娘是妈。做父母的,不能落儿女怨恨,像你们爷爷那样,祖上给他留下一大片家业,几个晚上全输了,后悔得了不得,临死,拉着我的手,眼泪八擦地对我说:'孩子,别恨我!'我能不恨他吗? 可是,唉,他是我爹呀,我能叫

他带着难受死？不能，直到我点头，他才咽下那口老气。我不恨他，恨他
是不孝。他给我当了镜子，我不能像他，临死落难受，人活一辈子，不为
儿女为什么？你们俩，有一个是男的也好。可是，就算你们是闺女，我也
不能委屈了你们！我做梦都想着怎么再使我们一家成为城市里人！我
卖馄饨，开饭馆，辛辛苦苦，为个什么？争个什么？为争个人样！农村人
再觉得是个人物，那在城里人面前也矮一截！现在好了，我们一家终于
又是城市人家了，你们的爷爷，地下有知，也是会支持我的做法的！"

小芹快哭了："张家恨我们，我们就没有人样。我姐心里难受，我也
没脸见人。"

黄吉顺训斥道："有你什么事？你跟着掺和？"

小芹的眼泪终于滚了下来："咱家名声不好。"

黄吉顺一拍桌子："狗到天边吃屎，狼到天边吃肉。谁吃不着，怪它
没有本事。"

是夜，张广泰做了个梦，他梦到潘凡将户口本颁发给他们了。户口
本特大，像一份大证书，而且，是红绸布面儿的！把他喜得合不拢嘴。

他双手将户口本捧抱胸前，走在街上，赵志道看见了他，拦住问："你
不是当众说了要做榜样么？我们听了你的都不去闹了。你可好，现在自
己倒要来城市户口了！啊呸！"

又走来一个妇女，也拦住他问："谁都知道你家跟黄家是亲家！说不
定你们两家做下了扣，多骗政府一份城市户口本儿！"

接着走来一个男人抢户口本："你们两家多骗这份儿，应该是我们家
的！你还是做你的榜样当农民去吧！"

一时间走来许多男女，围住他，都要抢他户口本儿，他双手护着户口
本蹲下了。众人都指责他，啐他，蔑视他……这时，他被王玉珍推醒了过
来："哎，醒醒，醒醒，手压胸口了吧？"

张广泰一下坐起来，心有余悸地说："我……没什么……做个噩梦……"

　　"这么大个人,还做噩梦!"王玉珍翻身又睡去了。

　　张广泰黑暗里摸索到烟盒,抽出一根点上,烟头一红一红,把他沉思的脸映得一明一暗。他心里翻江倒海:户口本啊户口本,我本是苦苦求你,没有你我这个老工人和我的儿子都进不了工厂,我拿什么养家糊口!可一梦醒来,却又有些怕你了。男子汉大丈夫,说出的话泼出的水!我张广泰好歹是个人物,究竟还是畏惧"当众装积极,背地里搞名堂"的罪名,揣着你,我怕顶不住一二百户人家火辣辣的目光。难啊,难,难,难⋯⋯

第三章

第二天早晨,张家一家三口正在吃饭,张广泰放下粥碗,郑重地说:"我要跟你们交个底。"

王玉珍和成才停止吃饭看着他,等着他的下文。

张广泰说:"不错,潘凡同志是私下里答应过我,咱们家户口的事,要个别考虑。但,那不是他一个人做得了的事,得一级一级往上报,一级一级批下来。他说也许要好久的时间。"

王玉珍脸上带出点喜色:"再久,还能久过一年去?"

成才说:"就是!"

张广泰又说:"究竟要等多久,我看潘凡同志心里并没个准谱,我心里更没谱。"

成才把半个饼子往桌上一拍:"爸你也真是,你说你当众跑到那种地方表的什么姿态!"

张广泰生气地说:"怎么是我跑那儿去? 我不是去要户口本的吗? 我……我不是一时被动员得没了主张了吗?!"

成才嘟哝道:"反正我没当众表态! 到时候……"

张广泰脸一沉:"怎么? 到时候怎么? 你小子要分家?"

王玉珍劝成才:"成才!别多说了,先吃饭,吃饭!"

成才却一赌气,起身跑出了家门。他跑到村外,对着一棵大树啐骂:"黄吉顺,你不得好死!""我扇你个一肚花花肠子的老东西!"他一掌朝树扇去,结果疼得捂着那只手乱蹦。他又踢树,还不解恨,抽下皮带,一只手拎着裤腰,一只手挥动皮带鞭打大树。

成才正起劲儿地宣泄着,忽听背后一个脆脆的声音:"嗨!"

成才停住手,转身一看,见是个姑娘。

姑娘好奇地问:"你是谁?"

成才没好气地说:"你管我是谁!"

姑娘微微一笑,取笑他:"一个大小伙子,拿棵树当冤家,在这儿撒起野来没完没了,也不怕人笑话!"

"你敢笑话我!"

"我已经在笑话你了!"

"我!……"成才举起皮带,作势要抽姑娘,却不料裤子没抓牢,一下堆落到脚面上,把成才闹了个大红脸。姑娘忍俊不禁,笑弯了腰。成才赶紧提上裤子,灰溜溜地躲到树后系皮带去了。

姑娘直起腰,脸上还带着笑,走到他跟前:"我叫曲彦芳。如果我没猜错,那么你是张成才。"

成才头也不抬,边手忙脚乱地系皮带,边往树另一边躲。

曲彦芳却不放过他,跟着他又到了树的另一边:"说吧,你遇到什么不平事了?"

成才一急,皮带断了,他无奈地揪着裤腰光火地说:"哎,你一个大姑娘家,怎么不知道害羞哇!"

曲彦芳一愣:"我怎么了我害羞?"

成才窘着脸指指自己的裤子:"你没见我!……"

曲彦芳却不以为然地说:"我又不眼瞎,我当然看见了!这是你应该觉得害羞的事,我害的什么羞?"

成才张张嘴,瞪着她一时不知说什么好,恨不得找个蚂蚁洞钻进去。

曲彦芳扑哧一笑,这儿一把那儿一把拔草,一边麻利地编着搓着,一边又问:"说啊,遇到什么不平事儿?"

成才用力地拎着裤子:"你管不了!"

"你怎么知道我管不了?大柳树村的事我能管一半儿!"

"别把我当成大柳树村的人!"

"可你家已经住在大柳树村了,你已经是大柳树村的人了。你是不是因为你们家跟黄家换房子的事想不开呀?"曲彦芳将一条搓成的草绳递给成才,"先凑合着把裤子系上吧!"

成才一边系裤子一边恨恨地嘟哝:"黄家没一个好人!"

曲彦芳不同意他的话,摇头说:"这么说不正确吧?我看大翠就好,小芹也好,她们的妈也好。她们全家,就黄吉顺一个不好罢了!"

成才靠着树干往下一坐:"大翠小芹从前是好,现在也算不上好人了!"

曲彦芳坐在了他旁边:"她们现在怎么不好了?"

成才手往地上一指:"明明地,是她们和黄吉顺合起伙儿骗我们家人上当!"

"你这么说太冤枉她们了!也许她们也和你们家人一样,事先没想那么多……"

"你替她们辩护?!"成才急了。

"是我爹嘱咐我帮着做做你们家思想工作,好让你们全家安心务农,要不我才不陪你说这么一大堆废话呢!"

"安心务农?你爹是谁?"

"我爹叫曲国经,大柳树村的村长。"

成才不由得站了起来,俯视着曲彦芳,像瞪着一个小妖精。

曲彦芳指着身边说:"你站起来干什么?坐下,坐下。告诉你点儿让你听了高兴的情况——大柳树村没有不欢迎你们的!你想呀,我们走了一个黄吉顺那种自私自利的家伙,多了你爹一个工人师傅;走了大翠小芹两个村里指望不太大的小女子,多了你和你爹父子两个好劳力,这是我们大柳树村的运气啊!大柳树村占了大便宜了,我们可缺男劳力啦……"

成才一步步后退,大吼:"我听了不高兴!"转身便跑。

曲彦芳站起来,大声喊他:"你给我回来!"

成才不听,继续跑,跑着跑着,裤子又掉了,惹得曲彦芳又笑了,自言自语道:"跑?往哪儿跑?跑到天边你也铁定是大柳树村的农民了!"

朱存孝站在广华厂门外面带微笑迎接工人上班:"来啦。""好好。"

他看见张广泰过来了,急忙把他拉到一旁,低声问:"我特地在这等你,拿到户口本了吗?"

张广泰懊丧地摇头,朱存孝又一拉他:"进屋说话。"

进了厂办公室,朱存孝叹气道:"工商所又来通知,登记了的学徒工都不作数,都要重新登记,要有两个老师傅签字推荐,再由我厂长签字,然后送上去,他们批下来,根据厂方资本,该用多少人用多少,我们这,老师傅有谁?除了你还有个袁师傅,倒是两人,所以你还得帮我一把。"

张广泰自嘲道:"我自己都不是工人了,还能推荐别人?"

朱存孝说:"这一条只好我出面去说了,你尽管签字好了。我倒想,他们认可了你的签字,也许还是给你办登记的个好口实呢!若是能成,连带着把成才也转上他。"

张广泰长吁了一口气:"好吧。"

出了办公室,张广泰来到炉前,脸色铁青,不言不语凝视着炉火。小芹慢拉风箱,观察他。炉里已经飞出钢花,可他仍不动。

小芹提醒他:"师傅,出花了。"

张广泰把手里的长钳交给她:"你掌钳吧。"

"我掌钳?"小芹不解地看着师傅。

"记住两点,拉到这儿来回炉的,多是杂铁,钢少,功夫全在蘸火上。花多花少看准了,蘸火才能把住成色。再一点,条子两头收尖定要圆,尖不圆,扒钉不是往外撑了木头,就是把两块木头往一起挤,砸不实,这个厂的扒钉用户抢着买,就好在这两条上。"

他说完了,小芹却不动。他催促道:"掌钳。"

"我才不呢!"小芹把长钳一扔,起身走了。

张广泰坐在炉后,呆住了。呆了一阵,他盖了炉火,双手一拍,起身出了厂门。

回到家里,刚进院子,张广泰便听到成才的嚷嚷声:"你走!别得着便宜卖着乖,又来装好人儿!滚!"

张广泰在屋门口,与往外跑的小芹撞了个满怀。他一把抓住小芹手腕,训成才:"你欺负小芹干什么?"小芹看了一眼师傅,哭了。

成才横眉怒目地说:"她说她不当工人了,叫我去顶她的名额!"

张广泰忙说:"不成不成不成,你好不容易登记上了。不成!"

小芹抹泪道:"学个打扒钉的工人有什么了不起?"

张广泰劝道:"你可别看不起打扒钉,这是绝活。我已经和朱存孝说好了,再留在厂里教你几天,把你带出来,我再退厂。"

"不!说什么我也不学了。"小芹拧身跑了出去。

一口气跑回家,小芹上气不接下气地说:"我再也不上厂了。"

黄吉顺冷声冷气问:"奇怪,好不容易转上了工人,怎么不学了?"

小芹没好气地说:"把人家骗到北街,登记不上城市户口,当不上工人,一家人怎么过?"

黄吉顺领悟了:"你这孩子,怎么是我们骗他们呢?两厢情愿换的嘛,你不知道?"

小芹又哭了,恨声恨气地说:"我没有脸进厂!师傅走了,也没人教了。有人教也不学了!"

于凤兰走进门来:"啊呀!这是吵什么?"

小芹不理,进了小屋,气冲冲地使劲摜上了门。

于凤兰埋怨道:"她懂什么? 和她吵!"

黄吉顺骂道:"浑东西! 学着撒野!"

这时,门外有人喊:"同志! 有人吗? 吃饭来喽!"

"来了!"黄吉顺向于凤兰使眼色,催她出门,于凤兰喊:"大翠!"

大翠应声出门,见客人是林士凡,不咸不淡地问:"吃什么?"

林士凡笑嘻嘻地说:"两碗馄饨,两盘包子。"

"就来。"大翠回身进房,开了灶,却听见父亲在低声狠骂母亲:"看你养了些什么?"母亲则回嘴道:"你说养了些什么?"

大翠看着满锅沸水翻腾,忘记了下馄饨,两弯好看的眉毛痛苦地皱起。

林士凡在门外乐得挠心地叫:"快点啊,我还有事呢!"

大翠这才回过神来,把馄饨下到锅里。大翠端馄饨放在林士凡面前,林士凡两眼色眯眯地说:"我是饿着肚子赶到这儿来吃你们这一口的!"

大翠不看他:"淡了自己加盐!"

这时,王玉珍来到厦下,笑着对大翠说:"翠,来,量量。"说着,拉大翠进了屋。

黄吉顺一见王玉珍,忙做出笑脸:"嫂子来啦。"

王玉珍说:"真奇怪,这领口就是结不上,裁得明明对呀。"

大翠穿上花布衣,结了领扣:"挺合适的。"

王玉珍看来看去,说道:"怪了,怎么到这就合适了? 我穿上,怎么也结不上脖扣子。"

黄吉顺"哈哈"笑着说:"你不看看你多胖!"

王玉珍和于凤兰都笑了,王玉珍拍拍自己额头:"这可真是老糊涂了!"

林士凡在外面偷眼看着穿了花衣的大翠,神旌摇荡,筷子夹起的馄饨忘了吃,滑溜溜地又跌进了汤碗里,溅起的汤水烫得他龇牙咧嘴。

又入夜了,新新居早已亮起了灯,于凤兰站在厦下焦躁地四望,小芹出去了到现在还没回来。大翠房里也亮着灯,大翠正在给成民写信:

"成民,你好吗？我一直在盼你回来,盼八月十五这一天。有许多许多事要对你说,可是又不知怎么说。你的工作分配了吗？是什么工作？到哪里？八月十五前能回来吗？"

写着写着,大翠不由停下笔,陷入沉思。

黄吉顺正在屋里数钱,于凤兰在外面守望了半天也不见小芹的人影,她忍不住转身进屋,对黄吉顺说:"都半夜了,还不回来!"

黄吉顺冷声冷气地说:"不回来我清闲!"

于凤兰埋怨道:"啊呀,跟孩子怄气! 亏你是个爹! 快去找找吧。"

黄吉顺不动身:"不用找,饿了就回来了。"

于凤兰急了:"一个闺女,夜里在外头,万一出点事……去找找吧!"

"养这么些东西。"黄吉顺气呼呼地下了炕,走出门去。

于凤兰走进大翠屋里,坐在床上,连声叹气。大翠只当没听见,不响不动。

"不要怪你爹,他是为你们脸上有光。"

"有什么光？"大翠的泪流了下来。

于凤兰劝道:"哭什么？ 八月十五快到了,到时候打发你走。"

黄吉顺借着灯光房前屋后转了一圈,不见有人。他又过了大街,往北,往黑黑魆魆的田野一阵瞭望,再往树丛搜寻一遍,也不见个人影,悻悻地回了家。

"回来没有？"黄吉顺进门就喊。

"没有!"于凤兰从大翠屋里出来了。

黄吉顺狐疑地说:"上张家去了吧？"

于凤兰催他:"你去叫一声。"

黄吉顺却推她:"我不去! 你去!"

于凤兰不依:"半夜三更的,你去叫一声怕什么?"

黄吉顺瞪眼:"不去!"

于凤兰长叹口气,到底放心不下女儿,径自出门去了。黄吉顺随后跟着,两人过大街,到了大柳树村头,黄吉顺停住,四下里望。

于凤兰到了张家门外,犹豫一刹,强打精神,喊道:"小芹!"

半晌没有回声和动静,她又喊一声:"小芹!"

还是没有回声和动静,但张家房门一响,院门开了,张广泰走了出来:"果真是你? 我听着像你的声。"

"张哥,小芹在这儿没?"

"没有啊。"

"这孩子,这么晚了还没回家。"

"啊哟,哪去了?"

"不知道啊!"

"快找找!" 张广泰返身回屋,拉起成才,"起来,成才,起来!"

成才揉着睡眼问:"干什么?"

"去,找找小芹。"

"找小芹?" 成才迷迷糊糊地问。

"快去! 小芹这晚还没回家!" 张广泰推他一把。

成才又揉了揉眼睛,突然醒过神来:"没回家?"

"你知道她在哪?"

"不知道。" 成才摇了摇头。

"快出去,帮忙找!"

成才急忙出门,张广泰跟在后面。两人出了院门,却不知该往何处去,张广泰问成才:"傍晚我不是叫你送她回家吗? 你把她送哪去了?"

"我看着她过大街了。"

"快各处找找!"

"小芹!" 成才扯起嗓子大喊。

"轻点声,四邻八舍都睡了!"

"不大声,她能听见?"成才弯腰边寻找边低声喊,"小芹,小芹!"自知声音太低,就又扯高嗓子喊,"小芹! 小芹!"

听见成才一声声叫"小芹",黄吉顺和于凤兰都停步。于凤兰说:"他们帮着找呢。"

黄吉顺却愤愤地说:"诚心嚷嚷开叫我难堪!"转身就往回走。

张广泰却追他们来了:"黄吉顺!"

黄吉顺停住脚步,于凤兰迎了上去:"张大哥。"

"孩子临走说什么了?"

"什么也没说。早上上班走了,再没回来。"

张广泰定了定神:"你们回南边去找,我和成才在这边找。"

黄吉顺和于凤兰回到新新居,只见大翠在磨豆浆,仍不见小芹的人影。于凤兰摊开小芹房门看了看,摇着头叹气说:"野成什么样!"

黄吉顺断然说:"一定在张家,要不张广泰怎么叫我们回来呢?"

于凤兰一愣:"在张家也该送回来了。"

走到大柳树村头,张广泰严肃逼问成才:"傍晚她对你说些什么了?"

"她说……她说什么你不是也听见了么? 先说些对不起我们张家,对不起师傅的话,接着又让我顶她登记上名额! 我才不信她说的是真心话!"

"住口! 你回家睡吧,我再找找我徒弟……"

成才不满地说:"自己都快上不成班了,还徒弟徒弟的!"

张广泰瞪他一眼:"再说我揍你!"

成才说:"我不回家,我们还是分开找吧。"

张广泰点点头,嘱咐他:"找着,你要一直把她给我送到家门口!"

天色微明,曙光又现,广华街上渐渐人来车往地热闹起来。新新居门外厦下有人来吃早点,大翠在门前照应着,于凤兰在灶上忙得一头大汗。张广泰来到厦下,问大翠:"小芹回来没?"

大翠对他向屋里使眼色,于凤兰却在灶上应道:"张大哥,没有,还没有。"

大翠向他使眼色又打手势,招呼他进屋,张广泰随她进屋,大翠推开房门,只见小芹正睡在炕上。

大翠进屋把小芹拉了起来:"师傅来了!"

小芹起身叫道:"师傅!"

于凤兰回身见状大为惊讶,责骂大翠:"怎不给我说一声?害我一夜睡不着!"

大翠不答话,出门到厦下招呼客人去了。

张广泰对小芹说:"洗洗脸,吃早点,跟我上班。"

小芹说:"不去。"

张广泰开导他:"哪好这样?快,洗脸。"

小芹执拗地说:"不去。"

张广泰正色道:"师傅的话都不听了?!"

小芹赌气地噘着嘴不说话。

于凤兰说:"张大哥,你先喝碗豆浆,吃几个包子,我叫她洗脸。"

"我不饿。"张广泰迈步就往门外走。

于凤兰急忙进屋喊黄吉顺:"回来了,在大翠房里。广泰来了,快出去跟他说句话。"

黄吉顺不动身:"我听见了,叫他领走吧!"

灶上,大翠往饭盒里盛满一格豆浆,装满一格包子,恭敬地递向张广泰:"大伯……"

张广泰看也不看,沉着脸冷冷地说:"我早上吃了。"说完,昂然而去。

小芹把饭盒接在手里,大步跟随着出门去了。

黄吉顺从屋门缝里看见张广泰走了,疑惑地问:"张广泰登记上了?"

于凤兰愧疚地说:"不知道。还去上班,大概是登记上了,要不,我真觉得对不起人家。"

黄吉顺烦恼地斥责她："对不起对不起,这世界上谁对得起谁? 我们卖一袋子面的馄饨,还算算多赚了几块呢,你说对得起谁?"

于凤兰争辩道："那是咱卖辛苦,该赚。换房子的事,我们对不起人家。人家到现在没对我们有一点差池。"

黄吉顺不以为然地说："还不是为大翠!"

于凤兰说："不为大翠还为你,日子快到了,两家该走动着,要不哪像两亲家!"

黄吉顺低头梗脖子,狠狠地说："我不是说了吗? 大翠的事,要看看张成民分配了个什么工作再说。"

于凤兰一怔："分配个什么工作不一样得办?"

黄吉顺更进一步坚定地说："那可不一定,得叫他分个好工作。要是八月十五那几天正好有好工作,他回来,不是要漏过去? 成亲,早天晚天怕什么?"

张广泰雕像一样呆守在车间的红炉旁,炉火冒生烟,他不拉风箱,不动锤。经理室里,小芹站在桌旁,面色痛苦又坚决,朱存孝面有难色:"唉! 你这个想法……" 话没说完,又连连摇头。

小芹央求道："反正一个萝卜一个坑呗,有个人顶着就行了嘛!"

朱存孝还是摇头："小芹,事情不是你想的那么简单! 政府有政策,我何尝不想留下张师傅? 留下成才也好啊! 可是不成啊!"

小芹没好气地说："成不成在你,反正我再不来了。"

朱存孝问："你的意思,要成全他们爷俩?"

小芹点头："是。"

朱存孝又问："可是,只有一个名额,你成全谁呢? 你师傅? 还是成才?"

小芹咬咬嘴唇："我师傅。"

朱存孝说:"我和你师傅商量吧,去叫你师傅来!"

小芹回到炉旁对张广泰说:"师傅,厂长叫你。"

张广泰进了经理室,朱存孝向他点头示意请坐。等待他坐定,朱存孝叹口气:"怎么办?"

张广泰虽然满面愁容,但却从容地说:"该怎么办怎么办。"

"小芹想叫你顶她的名额。"

"我已经知道了,不成。"

"这姑娘,心眼不错啊!她说你不顶她,她也不来上班了。"

"我劝她来,你放心,她听我的。"

"那,只能委屈你们爷俩了。"朱存孝惋惜地叹了口气。

"没什么,工人嘛!"

朱存孝点点头,从抽屉里拿出两沓钞票和两个红纸包:"一起这么多年!说句心里话我是不愿你们走啊,可是真没法子。这是你们爷俩这个月的薪金。"推过钞票又推过红纸包,"这是我的一点心意。收下吧,以后,有空,来厂里看看,坐坐,喝杯茶!"

张广泰点点头,收起钞票和红包。

张广泰走出广华厂大门,倒背双手,头顶制帽,昂首稳步前行,小芹手提饭盒、脸盆毛巾、卷起的工装跟在后面。到了新新居前,张广泰停步回头对小芹说:"行了,你回家吧,下午早点去上班,不要为这件事耽误了你的前途。"

小芹眼泪汪汪地说:"我把你送回家。"

"不用了,我在这站一会儿。"张广泰说着就要从小芹手里拿东西。

"我给你送家去。"小芹走过小桥向大柳树村走去。

张广泰凝视着眼前的新新居,又远望秋季的田野,神色怆然。心里翻腾着一种带有哲学色彩的思索:"人常要在一种无可奈何的矛盾中生活,忍受酸楚和痛苦。解放以后,我张广泰自从得了工人身份那天起,就打心眼里要做出个工人应有的姿态,现在,事情到了这一地步,无论如何,我还得摆出个工人的姿态,不管心中有多少苦楚,工人应有的姿态不能丢。哑巴吃黄连还能皱皱眉头,现在我不能蹙眉头……"

忽然,黄吉顺从后面走过来:"在这溜达呢?"

张广泰泰然而应:"啊!"

黄吉顺笑道:"到我那坐坐?"

张广泰豁达地说:"不啦,这儿清闲。"

黄吉顺硬拉他:"哎,来吧来吧。"

张广泰应付地推辞说:"不啦不啦。"

黄吉顺又问:"成民有信吗?"

张广泰摇头:"没有。"

黄吉顺低声问:"分配工作的事,有信吗?"

张广泰还是摇头:"没有。"

黄吉顺又亲切地问:"什么时候能分下来?"

张广泰说:"不知道。"

黄吉顺把声音压得更低了:"八月十五能分下来吗?"

张广泰一仰脖:"不知道。"

黄吉顺说:"啊呀,这个事情!"

张广泰抬头看他一眼:"什么事情?"

黄吉顺说:"我是说他和大翠的事,怎么办?"

张广泰说:"该怎么办怎么办。"

黄吉顺又问:"他能回来吗?"

张广泰说:"当然能回来。"

黄吉顺更亲热地说:"我的意思是,别为成亲的事,耽误了他分个好工作。"

张广泰平静地说:"什么样的工作都好。师范学院的毕业生,干什么也是好工作。"

黄吉顺点头:"倒也是。不过能争个有出息的工作,还是叫他争啊!"

张广泰说:"什么工作都有出息。看他自己,我不管。"

黄吉顺笑着说:"话是这么说,可是到底也有个好坏之分。有的机关有发展,坐在办公室里,有人给扫地打水,打打电话动动嘴,就是办公了,机关扩大了,水涨船高,年年有提拔的机会,那是什么工作! 有的呢,满街跑,风吹日晒,碰上难缠的事,受的批评比挣的钱多,那又是什么工作! 依我说,叫他等个好工作要紧,成亲的事,等分了工作再办也不迟。晚几天有什么关系,你说呢?"

张广泰仍气宇轩昂地说:"我没有可说的。"转身稳步而去。

黄吉顺在他身后喊:"不到我那坐坐?"

张广泰头也不回地大声说:"不啦。"

黄吉顺又喊道:"回去和亲家母商量商量,给我个回话!"

张广泰站住了,却未回身,也未回头。

张广泰走过广华五金厂,正巧有几个青年工人走出来,都礼貌地和他打招呼。他心情沉闷地连声"嗯""嗯"着,看也不看他们,径直往前走。

一青年工人说:"这下,张师傅和成才,惨啦!"

另一青年工人说:"唉,明摆着,叫黄吉顺坑了!"

张广泰又站住了,转过身来往回走,他板着脸问:"你们刚才说什么来着?"

青年工人们怯怯地说:"没说什么呀。""师傅,我们是替你……"

张广泰摆摆手:"给我打住! 我警告你们,我和黄家是亲家。如果因为你们那种话,破坏了我们的亲家关系,我可唯你们是问!"

一青年工人鼓起勇气:"也不光我们那么说,全厂的人包括整条广华街上的人,都那么说……"

张广泰严厉地说:"别人怎么说我没听到,你们说我听到了! 以后,连你们听到别人那么说了,都要把我的话对他们讲讲。记住没有?"

两个青年工人相互看了一眼,诺诺连声。

张广泰回到家时,成才和小芹凑在一起组装矿石收音机,成才头上套着耳机,瞪眼侧耳听。

张广泰走近小芹,轻声说:"小芹,我再给你说一遍,政府的事,厂里的事,大人的事,你都要听话,该上班,上你的班,听见吗?"

小芹不吭声,成才却叫:"听见了!你听听。"把耳机套上小芹的头。

小芹听了一阵,摘下耳机,毫无情绪地说:"周总理在政协作报告,讲国民经济,农业互助组的事。"

成才摘去耳机:"我听听。"

小芹没兴趣地说:"不清楚了,'嗞啦嗞啦'乱响。"

成才转动着收音机的旋钮,疑惑地问:"怎么没了?"半晌,摘下耳机,兴致勃勃地说,"这种矿石的就是不行,等着,我给你安个交流电的,全家都能听。"

张广泰不管两个年轻人瞎鼓捣,进了东屋,似带着气却又似不在意地对王玉珍说:"黄吉顺给我说,叫成民在学校等个好工作,意思是不要管八月十五不八月十五的。"

"还要往后拖?"

"他这么提出来了,我不好说什么。成民分什么工作,我们不能阻拦他。"

"可不!怎么还没分下来?真急死人。要是往后拖日子,我怕夜长梦多,拖出什么枝节来,怎么办?早点办了,他上哪大翠跟着上哪,我们就没有心事了。"

"学了三年,分配工作,也真是罗成叫关的时候。工作,确实也不都一样。"张广泰忍不住叹了口气。

"我怕三拖两拖把他和大翠的事拖黄了!"

"不会。"张广泰自信地摇摇头。

"保不准。"王玉珍还是担心。

张广泰思索着,轻声说:"不至于。"

两人正说着,忽然听到院里有人喊:"张广泰在家吗?"

"谁啊?"王玉珍出门一看,见是一个老人,肩扛两把锄,腋下夹两把镰刀,站在院心。

王玉珍不认识他,问:"你有什么事儿?"

"广泰在家不?"

"您是哪位?"

"我叫曲国经,咱们一个村的。"

"噢,您啊,进屋说话吧!"张广泰迎出屋来,对王玉珍心怀敬意地介绍,"大柳树的老村长,党支书。"

王玉珍应承道:"进屋吧,进屋吧!"

曲国经说:"不了。我要下地,顺脚来看看你。黄吉顺没给你们留下农具吧?"

王玉珍说:"想留下把锄来的,他和成才都说不要。"

曲国经问她:"为什么不要?"

张广泰在一旁说:"市里那边的潘凡同志说,以后争取给我们补上一个户口本。"

曲国经笑了:"我认识他。没补上之前,我就得拿你们当大柳树村的一户农民对待。这两把锄,两把镰,算村里分给你们的。广泰,明天我来带你下地。"

张广泰疑惑地问:"下地?"

曲国经说:"我给你安排点活儿。我知道,你在这里,除了一块小菜园子,没有大地,过两天,我跟几个互助组商量商量,看哪组能收留你。"

张广泰更疑惑了:"收留我?收留我干什么?我是工人啊!"

曲国经又笑了:"知道,爷俩都是工人。还有个大学生,有国家安排工作,我们不管。你们爷俩,张成才,我想来想去,把赵孤老的担子给他,还合适。赵孤老什么也没留下,就剩个锔锅担子。成才不是学的黑白铁吗?叫他先在村里转悠着,锔个锅了盆的。然后,叫他到周围各村去揽活,自食其力,就算安排了。你呢,不大好办,大柳树没有铁匠炉。"

张广泰两眼发直地看他,一时转不过弯来。

"咱们大柳树,被评上'新农村'了。家家都参加了互助组,没一个闲人。你也不能例外,你也得下地。"

"我下哪里的地?"张广泰满头雾水。

"我不是说给你安排吗?工人觉悟应该比农民高,来到农村,也要起工人阶级的三大作用。呃,带头作用,桥梁作用,模范作用。带关系来了吗?"

"什么关系?"张广泰更糊涂了。

"你还不是党员?"

"我怎么会是党员呢?"

"怎么?不稀罕入?"曲国经一脸严肃。

"不不不,我不是那个意思。我是说,入党,那得很先进的人物。"

"你这人,身上有种先进性,这一点我各方面了解过。明儿哪也别去,我来带你下地,啊?"

"明儿,我不能跟你下地!"张广泰摇头。

"有什么事吗?没什么事就得下地呀,在农村不下地,秋后没有粮食,你一家四口吃什么?"

"我再说一遍,我是工人。"张广泰不耐烦了。

曲国经不愠不火地说:"我也再说一遍,你原来是工人,现在得当农民了!没有厂子上班,没有工资,不种地,喝西北风?"

张广泰哑口无言,成才在旁傻瞪眼。小芹双颊通红,眉头紧锁,过了片刻,快步出门而去,成才急忙追上去,拉住她:"小芹!"

小芹一甩手:"干什么你?"

曲国经离开张家的时候看见了小芹,他说:"小芹,回去告诉你爹,就说我说的,佩服他的高明。"

小芹愣愣地看了他片刻,跑了。

张家院里,王玉珍嗔怪张广泰:"你也是,人家好心,又是村长,你就先给人家个面子,下几天地怕什么的呢?"

张广泰一跺脚:"哎呀你,别烦我!"

在新新居的厦下,于凤兰正忙着招呼客人。屋里,菜案上堆满菜、馅、揉过的面,大翠在"乒乒乓乓"剁肉馅,汗湿衣背。小芹跨进门来,叫一声:"姐!"便拉大翠进了房,急问,"成民给你来信了吗?"

"没有。"

"你不是给他写了吗?"

"写了没寄。"

"啊呀,怎不寄呢?"

"怎么了? 你这样子。"

"成民再不来,拖过八月十五,你们的事就要拖黄了。"

"谁说的?"大翠一惊。

"咱爹跟我师傅说叫成民在学校等个好工作,要改你们的日子,我师母还说,怕咱爹把你们的亲事拖黄了。"

大翠怔住了,小芹催她:"你还愣什么? 快去找成民,叫他快回来!"

"哪能随便叫他回来? 要等分配呢!"

"去看看他也好啊,打听打听! 八月十五能不能分下来,心里好有数啊!"

大翠点点头,其实,她一直都想去看看他的。

本来看惯田野景物的大翠不该对其如此多情,然而坐在汽车上的她的眼神和表情在说明她对这田野有一种难以表达的情怀。她和张成民曾在这涂满秋色的田野上并肩徜徉,她曾向张成民朗诵过她的诗作,那时候,她是个高材生,眉目顾盼间,对他有一种维护自尊的矜持,这矜持里还潜藏着一丝少女情窦初开的骄傲的细流。对,就是在远方山

下那片田野的那两棵芙蓉树下,她曾声调柔弱缠绵地朗诵过她写的一首诗:

> ……谷穗的耳鬓互相厮磨,轻声诉说那个可怕的雷雨之夜,闪光里,我没看见你,你也没看见我,我们是那么的孱弱。

> 豆荚爆裂了,调皮的小圆豆们,跳下地嬉戏。我们都来发芽吧,看谁长得像爸爸,谁像妈妈。

> 一片豆叶悄悄地落下,等待着,等待着,等待什么?我要看看,冬季有没有美丽的朝霞。

朗诵完了诗,她侧头看成民,等待他的品评。成民沉思一阵后说:"前面很美,后面太伤感了。"

"没有伤感,欢乐便没有生命。你说,冬季有没有美丽的朝霞?"

"当然有,只是没有被人们注意罢了。"

"一年四季,你喜欢哪个?"

"春和秋。"

"为什么?"

"有希望和实现。"

"你现在希望什么?"

"不敢说。"

她掩口笑了。

"现在我敢说了。"

"不许说!"

"那怎么办?"

"等待。等待我们都升入大学。"

……

还是在那两棵芙蓉树下,她痛不欲生地哭泣,成民轻抚着她:"我很意外,你从来没有晕场,这次怎么了?"

她痛苦地摇头,只是哭。

"我等待,希望你也等待。"

"希望会实现吗?"

"我相信,只要你等待就会实现。"

就这样他们亲吻了。希望在亲吻,亲吻是希望。等待在亲吻,亲吻是等待……

市立师范学院在郊区,校园宽阔,树木葱郁,有的树已现秋色。已经放假,但还有待分配的毕业生在校园活动。一间教室里,张成民正在讲台上对五六十个毕业生讲话:"……现在,有的同学还在犹豫,在考虑。我也在犹豫,在考虑。如何决定毕业的去向是一件大事,每个人都认真考虑是正确的态度。我们主张个人的志愿与国家的需要相结合,我们鼓励以国家的需要为个人的第一志愿。但是,我们也反对一时的头脑发热。这种一时头脑发热情况之下的积极表现是靠不住的,是不值得树为先进典型的……"

他扫视全场,全场极静,转头间,忽见大翠在窗外注视他。两人只交换一个眼色,大翠便闪出窗外了。

成民继续讲:"作为团委书记,我知道许多同学都在看着我。老实讲,我也有我个人的种种矛盾心理。但是,我正在和自己进行思想斗争,我正在说服自己。而我是这样的一个人,一旦决心下定,那就一生无怨无悔!……"

大翠隔窗相望,见成民挥舞着手臂,样子极为潇洒,她听得入神,眼睛里闪射出敬佩和兴奋的异彩。

成民是最后一个从教室里走出来的人,大翠崇拜地看着他,真心地赞道:"你讲得真好!"

"嘴变甜了,跟谁学的?"成民牵了大翠的手,"你怎么来了?我们边走边说,顺便带你看看我们学校。"

大翠的脸腾一下红了,偷眼看了看四周,也不好抽出,就任由成民牵着了。

"我来看看你。"

"咱俩八月十五就办喜事了,以后让你天天看个够。"

大翠嗔怪道:"没正经的!"忽又叹气道,"就怕……就怕我爹阻挠我们,你父母也这样担心。"

"事是我们俩的,我们想什么时候办就什么时候办,想怎么办就怎么办,谁也无权干涉。"

他们漫步在校园水池旁、小亭旁,张成民说:"我还得在学校过几天,有些同学还没分配出去,看样子真得拖几天。我是团委书记,又是毕业生的学生代表,工作很多。"

他们站在树荫下,张成民继续说:"父母的话,当然应该听,但是封建的东西,不能接受,要不还算什么新中国的青年。"

大翠仰望着他,亲切地说:"你上了高校,到底比以前变化了。"

"是吧?我不知道。"

"有一股青年英雄气,一种我说不出来的……精神。"大翠欣赏地说。

"你别夸我了。"成民笑了。

"真的。今天听见你讲话,我真高兴,觉得我……我挺骄傲。"

"是吗?你高兴我也高兴。"成民又笑了。

"可是我心里又真害怕。"

"怕什么?"

"我怕你。"大翠声带咽色地说。

"怕我?我可怕?"

"我没像你,考上高校,高中学的点功课,三年来,都剁进馄饨馅去了,将来,我要成个没有文化的废物。"

"你怎么这么灰心?我们是新中国的青年,都会有所作为的。你可以选择适当的职业。"

"我也怕我要成了你的累赘。"大翠低下了头。

成民劝慰她:"怎么是累赘呢? 我正希望你的帮助呢!"

"我能帮助你什么? 你不嫌弃我就好。"

成民生气了:"你说些什么? 想到哪去了?"

大翠一下扑到他肩上,紧搂住他。

"我们是从同班学习活动中互相了解的,正是这种了解,产生了爱情,我们是两颗透亮的心在相爱,你怎么想到什么累赘了?"成民轻轻揽住了大翠的腰。

"可是我觉得,现在……爱不爱……只有你能说,我……我不能说了。"

"为什么? 你怎么不能说? 还要我再给你发誓?"

"不要不要,那太俗气了。"

"就是嘛,这句话就说明你心境还是比我高。"

"不不,你别这样说,这样说,是抬高我。我自己知道我自己,我已经游进小市民社会的大河了。你还没尝到这条大河里的水是什么味儿!我父亲,是这条大河里游动的一条老泥鳅,什么缝他都能钻,什么弯他都能拐,太可怕了。现在,我唯一的希望就是你了。"

"不要怕,一切决定在我们俩。我们的希望能不能实现,我们的前途是不是光明,全决定在你和我。我们不需要甜言蜜语,靠那些东西维护爱情,本身就是虚假。"成民在她背上呵护地轻轻拍打着。

"我把一切交给你!"大翠在他肩上点点头,主动亲吻他。

忽听有人低声说:"哎呀,同学,找个我们看不见的地方!"

两人侧头看,见一对情侣站在小亭后的树丛间,向他们笑。两人羞笑着拉手跑了。

新新居中,于凤兰快速地包着馄饨,像变魔术,竹筷一抹,手指一旋,一只馄饨便从手中落下。她还要看锅、配碗、洗碗,忙得不亦乐乎。黄吉顺门里门外招呼客人,抹桌椅、收钱算账,收拾碗盘,也"不亦乐乎",他抱一撂碗进屋问于凤兰:"她到底哪去了?"

于凤兰盛给他一碗馄饨:"不知道。快端去!"

黄吉顺气愤地说:"连她也野了! 都是你护出来的!"

傍晚的饭潮过去后,黄吉顺和于凤兰忙得筋疲力尽,已无心吃饭,却见大翠进门来了,黄吉顺喝问:"你上哪去了?"

"去看成民了。"

"看成民?"黄吉顺惊叫一声,转头又问,"他分配了吗?"

"还没有。"

"什么时候能分配?"

"不知道。"

"八月十五能回来吗?"

"他说不分配了工作,他不回来。"

"噢。没说能分个什么工作?"黄吉顺似乎领悟了什么。

"他也不知道,他还没作出决定。"

"噢。等着吧。"黄吉顺似乎又领悟了什么。

当晚,夜阑人静时分,月光满地,秋虫鸣声细长凄婉。新新居厦下的灯影里,大翠和小芹亲昵地相依相偎在红漆桌旁。

"姐,成民拉过你的手吗?"

大翠推小芹一下,表示默认。

"拉手就是恋爱了吧?"小芹偏着头问。

"得看后来,后来成了,可以算。"

"啊!"小芹惊叫一声

"怎么了!"大翠奇怪地看着小芹。

"成才拉我两次手了!"小芹快要哭了。

"怎么拉的?"大翠笑了。

"那天,我见他在大柳树村外发呆,我知道他是丢了工人身份难过,我也不知怎么难受得恨不能要哭,我叫他去顶我的名额,他说不

77

去,还说,'你是个好人'。他握了我的手,把我的手都握疼了。还有,今天,我从他家跑出来的时候,他,他拉住了我的手,我甩开他的手跑了回来。"小芹小心地问,"姐,那算恋爱了吗?两次都是他拉我的手。"

大翠扑哧笑了。

"你笑什么?那算吗?啊?姐,你说呀!"小芹撒娇地晃着大翠的胳膊。

大翠紧紧搂住她:"不定呢,也许算,也许不算。"

"啊?!要是算了怎么办?"小芹大吃一惊。

"要是算啊,"大翠故意沉吟了一下,怪腔怪调地说,"那你只好死活嫁给他啰!"

"啊,姐,你骗人,你好坏。"小芹听出大翠是开她玩笑,笑着跟大翠打闹成一团。

张广泰极不习惯地提一柄锄跟在扛锄的曲国经后面走在田间,往昔工人的尊严受到了屈辱,脸上的肌肉跳动。大田里,七八个一群的男女老少,在各处收早玉米,掰穗子,砍秆子,不慌不忙,颇具田园风光之美。

曲国经边走边说:"把锄扛着,得叫他们看着你是把庄稼手。"

张广泰不得已,很不情愿地扛起锄。

曲国经眯眼四望:"春种秋收,这是正经。没有农民,没有粮,皇上也得挨饿。所以说农业是基础,就这话。"

来到一处地边,几个人看见张广泰,凑了过来。曲国经问曲大禄:"能不能帮帮李寡妇她们?"

曲大禄犹豫地说:"成啊。"

曲国经说:"我叫她们给你们做点好吃的。推磨压碾的,换你们几个人工。"

曲大禄还是不痛快:"成啊。"

曲国经介绍说："这是张广泰,就是和黄吉顺换了房子的,他不会庄稼活,以后是大柳树的人,什么事都多照应点。"

曲大禄挠了挠眉毛："成啊。"

曲国经又说："他家有个大学生,以后咱村写对子、写标语搞宣传什么的文墨事,又多了把手。他媳妇儿就是黄家大翠。"

曲大禄点点头："成啊。"

曲国经火了："怎么老是成啊成啊?"

曲大禄委屈地说："你村长说了,我们能不成?"

曲国经引着张广泰继续往前走,边走边说："这是农民,看见了? 表面上木头一样,可心里有他的算盘,都是不见兔子不撒鹰。"

"老村长,我也不是看不起农村,看不起农民。我父亲,我儿子们的姥爷,那都是正儿八经的农民嘛! 农民有农民的毛病,但是他们也有他们的优点啊!"

"这话我爱听。要不我怎么说你身上有种先进性呢!"

"可我……一旦不是工人了,我一点儿也找不到当农民的感觉了呀!"

"我也不是非要把你由个工人变成农民不可,但……我不教你怎么当个农民,那我又该拿你怎么办呢?"

张广泰张张嘴,无话可说了。

曲国经又语重心长地说："你呀,吸取教训吧!"

张广泰忍不住在心里嘀咕："黄吉顺,黄吉顺,你倒算是个什么亲家! 你就是设下圈套把我坑了!"

张广泰随曲国经来到一处田边,几个妇女围了过来。李寡妇高兴地说："给我们送帮忙的来了?"

曲国经指着她们身后的庄稼说："别尽盼帮忙的,不是跟你们说了吗,要自力更生。把苞米穗子、秸子收拾好了,放在地头上,我找人帮你们往家搬。"

李寡妇辩解道:"都没力气砍秸子!"

曲国经说:"不能什么都等人帮忙,这是张广泰,和黄吉顺换了房子的……"

李寡妇打断他,笑道:"我们早知道了,黄吉顺!……哼!"又瞟张广泰一眼,"不过大翠倒是个好孩子……怎不叫你家大嫂出来?怕我们看见?叫她参加我们寡妇组吧,你也跟了来,我们寡妇就有男人啦。"

寡妇们"哈哈"笑了。只有一个年轻妇女,在一旁瞪着两眼恐惧地看着大家。她名叫李秀英,外号叫"小顶针",是本村地主李文江的女儿,丈夫死了,回娘家来住,伺候有病的老爹李文江。

曲国经笑了:"干你的活吧!"

张广泰随曲国经来到又一处田间,曹有贵正在装车,见了他,高叫:"张师傅!来住了?"

曲国经对张广泰介绍道:"他们是个'好汉组'。"

曹有贵眉飞色舞:"没错,兵强马壮,家家壮劳力,家家有大牲口。张师傅,以后有用车的事,叫我一声!四挂大车!"

曲国经对曹有贵说:"你们商量一下,帮李寡妇组一把。"

曹有贵颇有"好汉组长"的样子,笑着说:"行。得给喝酒,还要香烟。"说罢,匆匆跑走了,从苞米棵中拉出曹天柱,边走边对他耳旁说什么。曹天柱向张广泰笑着点头:"张师傅。"转向曲国经,"村长,叫张师傅参加我们'好汉组'吧,他家的粮食,我们包了。怎么样?"

曲国经摇摇头:"不怎么样!"

曹天柱说:"哎哎,上级不是叫我们组织点心(典型)组吗?叫张师傅跟着我们,我们给他盘个炉子,找个风箱,再找两把大锤,我们就有工业了,还不够点心?"

曲国经一笑:"你算了吧,张师傅有张师傅的去处!"

两个人走到一棵树下站住了,曲国经摸出烟袋,装上烟丝,点火抽着,对张广泰说:"咱们大柳树,杂姓,以前,闹宗派,土改以后,好点了。组织互助组,又变了,劳力强的拉劳力强的,剩下老弱病残没人要,说是劳动能加强团结,不是那个事,得看什么样的劳动,大工业生产行,小农生产不行。李寡妇组,是个愁。曹天柱心眼多,见了你,又想拉进典型组,你不要去,过几天看看再说,经他一说,我倒有了打算了。"

中午,张广泰回到家,王玉珍端来盆水让他洗手脸。大翠来了,王玉珍喊她:"翠儿。"

大翠说:"我去看成民了。"

张广泰问道:"他什么时候回来?"

大翠说:"还有好些学生没分配呢。他是学生代表,得大家都分配完了,才能分配他。"

张广泰担心地问:"那得等到哪年月?"

大翠摇头:"不知道,反正得等都分配完了。"

王玉珍问:"八月十五能不能回来?"

大翠又摇头:"不知道。"

月亮升起来了,张广泰和王玉珍都在院里看成才收拾铜锅担子。

张广泰长吁一声:"若不是为大翠,我饶不了他黄吉顺!"猛然起身,自己找起一杆锄,又对成才说,"成才,你也扛上锄,跟我走。"

成才干瞪着他,不动。

张广泰火了:"你聋了?"

成才这才不情愿地起身扛起了锄。

王玉珍问:"天都黑了,哪儿去呀?"

"你别管!"张广泰撂下这句话,扛锄走了出去。

月光下,一片苗地边,张广泰像模像样地在示范:"有人教我的,锄地要这样——前腿弓,后腿蹬,心到,眼到,手到。你跟我学!咱们就是当三天五天农民,那也要当出个样儿来! 不能叫别人笑话!"说罢,锄下一丛"草"。

成才手里拿着那些"草"看了看,喊道:"爸,你别瞎锄了! 你并没锄下草,锄下的是萝卜秧!"说完,顺手扔到了地上。

"唔? 那你别扔地里呀! 你不会扔远点儿吗?"

成才把萝卜秧捡起来扔到远处,问:"爸,你还学了点儿别的没有? 要是学了,先教我容易干的!"

"简单的?"张广泰想了想,"有。"

张广泰跟成才抬着一捆苞米秸来到一家房前放下,张广泰解开绳子。随着门响声,李寡妇惊讶地叫:"呀! 是张师傅! 你还真来了! 快歇着吧! 进家歇! 啊呀! 这多不好意思!"

张广泰说:"我们不会农活,先学点能干的!"

李寡妇笑了:"啊呀,这可怎么说的!"

第二天,李寡妇紧追着曲国经央求道:"把张广泰给我们寡妇组吧,昨晚他就帮我们了,是个好人。"

曲国经不同意:"他是好人,也得你们'自力更生'!"

成民背着行李来到新新居门前,饶有兴趣地看着这幢新房子,不觉到了厦下,大翠从里面跑了出来:"回来了?"

成民兴冲冲地说:"回来了。"

大翠面带喜色地问:"分配了?"

黄吉顺闻声从屋里出来,笑道:"哟,成民,分配了?"

"分配了。"

"分在哪? 什么机关?"黄吉顺急急地问。

"回大柳树。"

"可不得回大柳树,家嘛! 分在哪机关单位?"黄吉顺笑了,他以为成民在开玩笑。

"大柳树。"

"这孩子。说说,什么单位?"黄吉顺亲热地笑道。

"回大柳树,教小学。"

"怎么跟我也说笑话?没大没小。"黄吉顺又笑了。

"不说笑话。真的,我要求的。"成民认真的表情,使黄吉顺的笑容渐渐消失。

于凤兰想勉强做个笑,竟没做出来,倒是要哭了。

大翠看看爹,看看妈,说:"师范毕业就是教学的。"

"你们怎么这样看我?"成民很奇怪。

黄吉顺干咳一声,成心扭转话题:"成民啊,不说你的分配了,说点儿别的,你好像对我们两家换了房子不惊不讶似的?"

成民看了大翠一眼,接过大翠的毛巾,一边擦汗一边回答:"这有什么可惊讶的!大翠去我学校看我时告诉了我,所以我有思想准备。叔叔把我们从前的家扩建得挺不错的。"

"承蒙夸奖,承蒙知识分子夸奖了!"黄吉顺讪笑着,斜睨了大翠一眼,又问,"那,大翠她怎么告诉你的呢?"

"大翠说,你是为我和她结婚考虑,说我爸妈也完全同意,两家一拍即合的事,我也高兴啊!叔,谢谢你啊!"

"谢我干什么?"

"谢你为我和大翠考虑啊!"

黄吉顺又睨大翠一眼,不咸不淡地说:"是啊,我不能不考虑啊!"

成民听出了他话中有话,疑惑地看大翠,大翠小声嘟哝道:"阴阳怪气儿。"

黄吉顺耳灵,听到了:"你说什么?"

大翠佯装一本正经地朝外看看天:"我说,像是要阴天了。"

始终插不上一句嘴的于凤兰,这时才抢到了说话的机会:"哎呀,你们这是干什么?隔着窗子尽说些多余的话!大翠,你也是!没见成民一直背着行李拎着东西啊！还不把他接进屋来坐下歇歇！"

大翠刚欲出去，黄吉顺故意端起一笼包子挡住她："你们娘俩才多余呢！别忘了人家成民还没回自己的家呢！"

成民微笑了一下："婶，毛巾放这儿了，改天再专门来看你们。"他说罢，转身就走。

于凤兰欲迈步，黄吉顺厉声说："站住！相跟相随的，不怕人笑话啊！"

于凤兰为之气结："你！……谁又能笑话什么?!"

大翠生气了，哼一声，扭身进了自己的屋。

第四章

广华街道办事处,潘凡在打电话:"喂,你怎么还不往上报啊?什么? 挨你们处长训了? 我们报告里把事情写得很清楚嘛! 喂……" 显然,对方把电话挂了。

他的一个同事问:"潘凡,怎么答复的?"

"说咱们送上去的报告压在他们处长手里了,至今没往局长那儿送! 我多次问他,他也问了他们处长一次,结果挨了他们处长一顿训……"

"为什么?"

"他没讲……"潘凡耸耸肩,坐在那有点发愣。

"潘凡啊,我看这事儿就此打住吧! 反正张广泰家也再没人来纠缠你,咱们街道办事处也尽心尽意了。"

"我当面对张师傅承诺过的,他家户口本的事情情况特殊,不补发对人家实在不公平。咱们小街道办事处也毕竟是代表着新政府形象的! 不行,不能就这么拉倒,我到局里亲自去找那位处长谈谈!"说着,潘凡从衣架上摘下单帽,戴上出门了。

"不碰一鼻子灰才怪呢!"他的同事直摇头。

潘凡经过新新居的时候,黄吉顺眼尖,看见了他,手里忙活着,嘴里招呼他:"潘同志,哪去啊?"

潘凡停下脚步,敷衍道:"去办点儿事。"

黄吉顺笑着说:"路过,也不说进来坐坐,喝杯茶?嫌我这门面小哇?"

潘凡走到窗口,抬头望着匾说:"我倒想进去坐坐,也想喝你杯茶,可我这双腿反对,我这张嘴也不赞成。"

黄吉顺嘿嘿笑道:"潘同志真会开玩笑!"

潘凡话里有话地说:"哪里有你会开玩笑?你黄吉顺这回玩笑开大了!称心如意了吧?"

黄吉顺笑呵呵反唇相讥:"听潘同志这话,好像对我一家成了城市里人有那么点不高兴?别忘了,我们家户口本可是您亲手发的!"

"你疑心了。你一家成了城市里人,我有什么不高兴的?你一家吃的是国家配给的商品粮,又不是吃我的一份儿口粮!不高兴的人肯定是有的,只不过不是我罢了!你忙着,不搅扰了!"潘凡说完,转身走了。

黄吉顺眨眨眼,一愣一愣的,望着潘凡的背影,他哼了一声:"谁爱不高兴不高兴,我自己心里高兴就行!"他将一团面往案子上啪啪拍着,哼起了京剧。

潘凡见到了民政局的王处长,王处长官气十足,一手拿报,一手握杯,头也不抬地问:"你刚才说你是哪个机关的?我没听清。"

"广华街道办事处的。"潘凡只好又说了一遍。

"哦,街道办事处的。接着说,接着说……"

"处长同志,您可以不看报么?要不我再说一遍,您肯定还是没听清……"

王处长悻悻地放下报纸,不高兴地瞪着潘凡。

"毛主席在《为人民服务》这篇文章中说,我们的同志不论职务高低,都是人民的勤务员。在这一点上,我们是平等的。我可以坐下吗?"潘凡说得理直气壮。

"那,坐吧!"

潘凡坐下后说:"关于广华街 15 号原先的住户张广泰一家的户口问题,我们街道办事处打过一份报告……"

"噢,那件事儿。你别往下说了,我有印象,想起来了! 可报告为什么不打给公安局,而打给我们民政局呢?"

"上级有指示,一切居民的户口问题,先经由民政局进行调查核实,再向公安局提出补发建议……"

处长竖起了手掌打断潘凡:"这个我知道,这个也不必往下说了!"

"是您先问,我才说的。"

"在这儿,你们打的报告……" 处长翻出了那份报告,翻看着又说,"难怪被我压住了,我压得有理啊! 白纸黑字,这上边写着:张广泰的户口问题是由于换房子引起的,而且还是亲家间换房子! 这算什么特殊情况? 自己无事生非嘛! 瞧,这一段白纸黑字又写着:张广泰当众表态,愿意理解和体恤政府的难处。这不是很好嘛! 而且,他们一家已实际上住到大柳树村去了,再没到街道办事处讨要户口本,更没有什么强烈的不满情绪。"

"处长,正因为如此,所以我们街道上认为……"

处长又竖起一手掌:"你们的认为已写在报告上了! 你不必多说,不必多说!"他站起来,教训道,"奇怪呀,奇怪呀! 一名老工人,当众表了态,起了榜样的作用,而且实际上已经率领全家住到农村去了,可我们街道上的某些同志,却替他感到委屈起来,先是替他打报告要求补发其户口本,接着亲自跑来要! 国家正掀起农业生产的新高潮你知道不? 那就得扩充农业的强壮劳力! 个人利益要服从国家利益嘛! 一户原先的城市里人变成一户农村人家,国家将来就少配给几份城市口粮! 你们头脑里怎么想的? 我看你们的思想方法成问题,所以才有了这么一份正经八百的关于户口问题的报告。"

"处长,把报告还给我吧!"

处长将报告朝他一丢:"这就对了! 回去好好寻思寻思,你们这样做,对吗?"

潘凡抓起报告,起身而去。

潘凡在挂有"局长办公室"牌子的门外徘徊了一阵,终于鼓起勇气敲响了门……

成民在院子里边洗脸边兴冲冲地向张广泰和王玉珍述说:"我是年级的团委书记,又是毕业生代表,又是工人家庭出身,我一带头,全校的毕业分配工作,一下子变得顺利多了!"

张广泰沉默地听着,心里暗叹了一句:"工人家庭出身!"

成才倒掉成民的洗脸水,端盆进屋道:"哥,你……叫我怎么说你呢!"

成民一边擦脸一边问:"你想说我什么?"

成才看看父母,闷闷地说:"爸妈都不说什么,我也不说了。说也是晚了。"说完,坐在门槛上发呆。

成民望着他的背影说:"我当大柳树村的小学教师,你好像对我很失望似的。"

成才头也不回地说:"我失的什么望。你自己的选择,一定有你的道理。"

成民意气风发地说:"当然。新中国要富强,首先要扫除文盲。扫盲首先要从农村开始,从孩子开始。我还要为村里的大人们办夜校呢!我觉得我的选择是光荣的!"

王玉珍劝道:"光荣不光荣,不要争了。回来就好,耽误不了办喜事!"

张广泰叹气道:"应该去黄家看看。"

成民说:"我去过了,也见黄……大翠的爸妈了。"

张广泰摇摇头:"那不算数。路过,也没说正事。"

"来,先看看你的屋子。"王玉珍把成民引进新房,"你就在这间睡,大翠来看过了。"

新房的墙上贴着大红双喜字,一张笑嘴微开的胖娃娃版画。床上被褥一色新,大衣柜玻璃镜明亮。成民满意地点点头,饱含歉意地说:"妈,你和爸受累了。"

"受累心里也高兴。儿子,睡个午后觉,解解乏,啊?"王玉珍退出来时自言自语道,"当个学生干部也操心,都瘦了。"

王玉珍进了自己的屋子,对张广泰说:"他回来,你怎么没个笑脸?"

"笑不起来呀!"张广泰微皱着眉毛。

"回来教小学,在我们身边,不也挺好的?"

"我没说不好,我有点担心。"

"担心什么?"王玉珍不解地问。

"黄吉顺!"

"黄吉顺怎么了?没换房那阵,他两口子见了我,总说些盼望八月十五快到了的话。"

"那是没换房那阵,"张广泰把一口就要叹上来的气又忍了下去,"谁承想换出一连串麻烦来。"

"成民也是,毕业那么大事儿,也不跟父母商量商量,自说自话的就回来了。就是不教中学教小学,也不必非……"王玉珍后面的话被张广泰瞪了回去,没说下去。

张广泰表情严肃地说:"你,一句也不许埋怨他。"

王玉珍说:"我这不是只跟你说说嘛。"

张广泰不容反对地说:"今后,无论跟我,跟成才,跟张黄两家每一个人,跟广华街上大柳树村所有的人,都不许说,一句也不许说。"

王玉珍叹了口气:"也难怪连成才都不高兴了。"

张广泰一拍炕:"还说!"

王玉珍也一拍炕:"偏说,不说我心里憋闷得慌!"

张广泰又一拍炕:"那就自己个人憋闷在心里边!"

王玉珍反驳他:"我不信你心里就一点儿不满意的想法都没有。"

张广泰紧绷着脸:"有我也不说。不像你!"

王玉珍不服气地说:"他是我儿子,我愿意怎么说就怎么说。"

张广泰忽然说了一句让王玉珍愣住的话:"他现在不仅是你儿子。"

王玉珍不解地瞪大眼,张广泰又教训道:"他还是一位知识分子! 我们张家,往前倒数十八代,那也没出过什么知识分子! 从今天起,在我们张家,谁都得学会尊重知识分子。包括我在内。知识分子有知识分子的想法。我们要尊重的,就是他的想法!"

王玉珍张张嘴,什么都不说了。

张广泰吸烟,望着窗外远景发呆,想了会心事,忽然说:"我得和成民唠唠去。"说着灭了烟,跳下了炕。

王玉珍不满地说:"你看你,你这又算是怎么回事?"

"我又不是当面去埋怨他!"张广泰心事重重地出了屋。

成民并没有睡着,枕在绣着牡丹和白头翁的枕头上,他想起了那片槐树林……

在树荫里,大翠拿着一只绣着牡丹和白头翁的枕套问他:"好看吗?"

他点点头:"你手真巧。可是,牡丹是北方的花,白头翁是南方的鸟。"

大翠指着枕套说:"要的是那个美好的意思。牡丹象征我们的爱情,白头翁象征天长地久。做枕瓤的荞麦皮我已经送你家去了,你让我婶给咱们装起来。"

他抬头看着大翠:"我怎么说? 我说,妈,大翠口口声声还叫你婶儿。"

大翠娇羞满面:"那现在怎么叫? 我怎么好意思现在就口口声声叫起婆婆来?"

"一句玩笑,看把你羞的!"他轻轻拥抱住她,吻上了她的唇……

"儿子,你想睡会儿? 那你睡,睡醒了我们再聊。"张广泰打断了成民的回忆。

"爸,有什么话现在就说吧,我一点儿都不困。"成民坐了起来。

"真的？"

"真的,爸。"

"那好。"张广泰在炕边坐下,又觉着侧身和儿子说话不方便,改坐在椅子上,"成民,两家换房前,也没征求征求你的意见,你……没什么意见吧？"

"没有啊。爸,这样一些事,你们做父母的商量着办就是了。再说爸妈也是为我和大翠考虑的。怎么？是不是成才有意见啊？爸是想让我说说成才？"

"那倒不是。换房这一件事,成才也没什么意见。但是,都怪爸考虑得不周,一换,换出了些预先想不到的烦恼事。"张广泰恼恨又自责地轻拍了下桌子。

"黄……大翠的父亲就是那么一个人,爸要是因为究竟谁合适谁吃亏才烦恼,我看大可不必的。咱们尽量让黄家那边高兴就是了。"

"他们黄家那个当家的,当然别提有多高兴了。他们家也成了城市里人家了,分到了城市的户口本儿。"

"那,咱们也应该替他们高兴才对呀。"

"可,咱们因为搬到了大柳树村,现在全家变成了农民,没有户口本不说,我和成才,还当不成工人了。"张广泰的声音低落下来。

"怎么,会这样……"成民难以置信地看着父亲。

"现在,你又自愿到大柳树村来当孩子王……"

"小学教师。"成民纠正他。

"啊,对,对,小学教师。爸说走嘴了,你别见怪,别见怪……"

"爸你怎么了？跟我说话还客客气气的了。"

"你是知识分子了嘛。"张广泰又欣慰又有点窘迫。

成民笑了:"就是我读了再多的书,那也首先还是您的儿啊！"

张广泰定定地看了成民片刻,感动地说:"成民,你真是个值得你爸尊敬的儿子。我是怕……张黄两家,情况完全不同了,你实际上也成了农村人,黄家那边儿,会有什么说不出口的想法……"

"爸,你也不必为我和大翠的婚事添什么烦恼。现在是新社会了,父母在儿女的婚姻方面,那也得首先尊重儿女的态度。我和大翠之间的感情,是任何人想破坏也破坏不了的。区里的领导接见我时,我提出来了——举贤不避亲,我要求批准大翠也成为大柳树村的小学教师。区领导特别高兴地就同意了。我和大翠,一个当校长,一个当教师,心往一处想,劲儿往一处使。不但要把大柳树村的小学办好,还要早日办起中学来。爸,这是我们共同的理想,共同的事业。"

张广泰真的欣慰了,忍不住笑了。

成民浪漫地说:"人,只要有理想,有事业心,那不管生活在哪儿,都会觉得生活是有意义的。"

"可,世上的事,有时并不像人想得那么简单,那么容易,那么顺利。所以呢,我还是希望你,待会儿再去黄家一趟,郑郑重重地把你的想法对大翠的爸妈讲讲。"张广泰顿了顿又说,"也许人家不像你爸,没耐心听。那么,你也不要当面犯急。一切,有你爸呢,啊?"

"爸,我不会的。"

"啊对了,关于咱们家的事儿,你也不必跟着急。负责办户口的一位潘同志,暗地里向我保证了——户口本,会给补上的。有了户口本,我和你弟,就又可以是工人了。"

张广泰掏出烟,成民主动上前,替父亲划着了火柴。待父亲吸一口后,成民小声说:"爸,既然是那样,你也不要愁眉不展的。你是一家之主啊,你的心情影响着我们呢!"

张广泰点点头:"你回来了,爸会高兴起来的。"

于凤兰已经入睡了,黄吉顺捅捅她:"哎,哎,别猪一样,吃了就睡。"

于凤兰睡得正香,烦道:"干什么?忙活一天,累死了。"

"你说,把大翠嫁给他,冤不冤?"

"啊呀！都到这一步了，还有什么冤不冤！只要他们两个好，小两口欢欢乐乐地过日子，有什么冤的？"于凤兰翻了个身，又想睡。

"你想想啊，我们是城里人，有户口本，吃商品粮。他们呢？乡下，农业集体户口，农民！除了一片黄土，还有什么？咱和他们是两种人啊，两档子！隔着一层的人怎么结亲？木头焊不到石头上去呀！就凭这一条，我们做父母的能把个高中毕业、水灵灵的黄花闺女嫁给他们？不叫人笑掉大牙？"

于凤兰一下清醒了，转过身来："你怎么这样？早就红口白牙许下的亲了，也订下日子了，嫁妆彩礼、衣裳、镜子，什么都置办好了，连小孩尿布，我都攒了一大包了，还能退了？"

黄吉顺不以为然地说："这些都没有什么了不起的，莫说解放了，解放前也有退婚的，就是结了婚，还可以离婚呢！再说，我们和他们，一没有媒人说合，二没有婚书契约，说明白了，就完了。"

"你说得轻巧，我就不同意你这么办，莫说大翠了。"

"大翠还不得听爹妈的？"

"听爹妈的？哼，你看她不言不语，心里定盘星死着呢！"

"你给她讲道理呀！"

"什么道理？就你这道理？说出去叫人家戳脊梁骨！"

黄吉顺嗤笑一声："戳为儿女打算的脊梁骨，不是人！我没见谁为儿女打算，脊梁骨给戳出窟窿来。大翠若是嫁个好人家，有势力的大干部，看谁来戳我的脊梁骨？倒是不少赔着笑脸来巴结我的。信不信？有味就靠前，不管香臭，我们的新新居若是三节楼的大饭店，看我走在街上有谁戳我的脊梁骨？给我送笑脸还怕挤不到我眼前呢。"

"随你怎么说，反正我不同意。人得保个名，保不住好名声，起码也得保个坏的名声。"

"名声？"黄吉顺冷哼道，"肚里没食，寒冬腊月西北风里吹着，就是流氓痞子烧了堆火，为了不冻死，也都会照样凑过去烤烤吧？人那时怎么都不保自己名声了？照我看，名声就是冬天的那一把火，只要旺，就是好！"

"你尽争歪理，反正人得有名声。"于凤兰坚持己见。

"我不跟你争。就说他张成民吧，他若是分到政府大机关，银行，铁路，三年五载，当上个处长局长的，还好说。他呢？吹啊叫啊，高材生啊！新青年团员书记呀！不知要当个多大的干部呢！怎么样了？咳，回老窝大柳树，当个小学教员！他这才是现眼丢人呢，大翠嫁给他？一下子矮大半截子！我们也跟着他丢人！"

"我可给你说，大翠可是一心一意要跟他。他们俩是铁了心的，再说，还有婚姻法呢！你可别把事闹大发了。没听见广播里一天到晚的唱：'刘巧儿要自己找婆家！'你就不怕大翠也跟着学，和你打官司？闹出那样事来，你可就真丢人了！"

黄吉顺翻眼想想，胸有成竹地说："你先去劝劝她，稳住她，稳住了她，就是诸葛亮摆下了八卦阵。"

"我不劝，也劝不动。"

"闺女都听妈的。火到猪头烂，功到自然成。把我说的道理给她说清楚，慢慢她就明白了，去吧。"

于凤兰坚决地摇头，身子又背了过去："你不用想，我不去。"

第二天上午，大翠在案前忙，心里高兴，轻哼软唱："树上的鸟儿成双对，绿水青山带笑颜……"

于凤兰在洗碗筷，用胳肘拐了往笼上摆包子的黄吉顺一下："你看咱大翠喜兴的！趁早忘了你昨晚那些话！"

黄吉顺撇撇嘴说："喜兴？她懂什么人生？上高校，上高校，实指望他能奔个大机关，好单位，飞黄腾达，我们黄家也沾上知识分子的光！结果呢，咳，和没上一样！教小学，大翠不是也能？盼回来个孩子王！还是农村的。"

大翠听到了,故意唱得更大声了。

成民提着两瓶二锅头酒和一盒糕点,绕过新新居厦下吃饭的人,走了进来。

于凤兰见了,亲热迎上去:"成民来了!"

"大叔,婶,我爸妈叫我来看看你们。正都忙着呢?"

"反正我的活儿我已经忙完了。"大翠眼睛不离成民,一脸幸福笑容。

黄吉顺在灶台前转身道:"哪儿能不忙! 成民你先坐。大翠,给你成民哥泡茶!"

"大叔,我也帮把手儿?"

黄吉顺撩起搭在脖子上的湿毛巾擦汗,一边随口说着一向说惯了的话:"我这不起眼的小地方四处生辉啊!"

成民瞅瞅于凤兰,瞅瞅大翠,腼腆地笑了:"瞧我大叔说的,我倒成了贵客了!"

于凤兰笑着说:"你这也没说错。你久没来了嘛,自然是贵客。"

大翠抹了一遍方桌,放下茶说:"没那么忙,你喝茶。"趁机握住成民放在桌上的一只手,两只手在大翠身子的掩护下,一触难分。

"对,你先喝茶!"黄吉顺朝成民看了一眼,大翠赶紧缩回自己的手。黄吉顺已然将他们的小动作看在眼里,皱了下眉。

成民没看见小芹,问道:"小芹上班去了?"

黄吉顺说:"上班去了。"

成民说:"我爹叫我拿包点心来,你们尝尝。还有两瓶二锅头,你喜欢的。"

黄吉顺做出一副过意不去的模样:"你爹也真是,你回来了,来看看就看看,还拿什么礼呀? 这几年你们可没少帮助我们,吃的,用的,还给大翠送衣料子,我们多不好意思。今儿又拿点心二锅头,真是叫你们破费。"

成民又问:"叔,婶,你们搬过来住,感觉还行吧?"

不等于凤兰说话，黄吉顺抢着说："还行，还行。起先别扭点儿，面积比我们那房子小嘛！现在适应了，生意也凑合。你们一家搬过去住的感觉呢？"

成民笑了："我觉得挺好。成才自己也能有间屋了，他早盼着自己有间屋。刚回来一天，也没听我爸妈说什么别扭的话。"

黄吉顺对于凤兰和大翠说："听到了吧？对张家比我们黄家有利，换对了吧？你们还这个那个的！现在成民亲口说了，你们以后还有什么可说的？"

"你正确了半辈子！"于凤兰听不下去，转身走了。

大翠仍不眨眼地看着成民，成民也看她时，她深情嫣然地一笑，笑得那么甜美。

"学会抽烟没有？"黄吉顺显然是在无话找话。

"不学那些。"

"学会了叫大翠去买包恒大。"

"真没学，千万别。"

黄吉顺回身端起包子和馄饨送给厦下客人，返回时见于凤兰在向他使眼色，招他进房里，他点个头，对大翠说："招呼着门外。"

大翠看着成民应道："哎！"

黄吉顺进了屋，于凤兰说："你看你刚才，跟他说了些什么话！"

黄吉顺疑惑地问："哪句不对了？"

"啊呀，什么有利没利换对换错的！他是小孩子？听不出来？你哪是老岳父跟女婿说话？"

"谁是老岳父？谁是女婿？朋友家的孩子来看看你们嘛，你说的些什么？"黄吉顺一副莫名其妙的表情。

"你真要退他们？"于凤兰不觉睁大了眼睛。

黄吉顺生气了："退什么？你个傻娘儿们，凡事你不说帮我，倒给我腰眼里插杠子。我说什么要你管？"

于凤兰真正吃惊了："你,你,我不许你退他们!"

黄吉顺狠狠地骂道："我没把你退了就不错,你还管我张三李四!"

于凤兰呆了。

成民在灶房里用勺子搅馄饨锅,问大翠："你爹对我怎么这么客气?客气得过分了,什么给你衣料是帮助你们? 我觉得不是味。"

"我也听着不对。你也给他客气话多说,别失礼。老岳父就这时候爱挑女婿的眼,我们结了婚,他想挑,得先掂量掂量。"

"不,我觉得他不是挑眼。"成民皱了皱眉毛。

"是什么?"

"还不知道,说不出来。"

"不用管他,好话多说。多烧香,多磕头,阎王也怕烟火熏。"

"阎王是熏黑了脸,他可别熏黑了心。"

两人亲热地笑了,四下瞄瞄,贴个脸儿。黄吉顺出房,瞧了个正着。成民大翠并没有发觉,四目相对,两情更浓,又想再贴一次脸,黄吉顺猛然大声干咳。成民和大翠一惊,不好意思地分开了。

"你给我歇着吧!"黄吉顺从成民手里夺去勺子,"过了过了。"急忙捞馄饨,一碗碗递给大翠。大翠只好送馄饨出门。黄吉顺看看成民:"成民啊,你在学校没犯什么错误吧?"

"没有,什么错误也没犯,还是团委书记呢。"成民诧异地看着黄吉顺。

"是吗? 团委书记回乡教小学?"

"是学校分配委员会根据我的申请批准的。"

"你的申请?"

"是啊。"

"现在的青年,党教育得好啊。"

成民自豪地说:"我们这一代青年教师,为国家培养未来的人才,教育好下一代,是为国家作贡献。"

"你不是国家的人才?"

"是啊,我是教育方面的建设人才。"

"建设农村小学校?"

"小学是国家的教育基础。"

"师范毕业当基础?"

"您好像不愿意?"成民问他。

黄吉顺话里藏话地说:"我怎能不愿意,这是你家的事。"

成民端量地看着黄吉顺,大翠和于凤兰看他们俩。于凤兰缓和气氛地说:"你们别尽说话,看着锅!"

成民说:"你们忙吧,我走了。"

黄吉顺像招呼一般客人似的说:"不再坐会了?"

成民出门时,于凤兰偷瞟大翠,见大翠偷瞟黄吉顺,忙吩咐她:"翠,外面看看去!"

大翠会意,出门去追成民了。

黄吉顺骂于凤兰:"你放她出去干什么?"

于凤兰说:"她愿干什么干什么。八月十五没几天,怀上孩子也早不了几天。"

黄吉顺暴跳如雷:"你这个老混蛋!这么不要脸!"抄起铁勺子就打于凤兰,于凤兰躲进卧房,拴上了门。

黄吉顺收拾了厦下桌椅,回屋敲门,听见于凤兰在房里哭。黄吉顺怒气冲天地大骂:"我还没死呢,你号什么丧!"

于凤兰哭得声更大了,黄吉顺在屋外跳着脚骂:"我叫你号!号去吧!"从门外上了门锁,大步出门,寻大翠去了。

大翠追上成民,跟他并肩而行:"你看他是怎么回事?"

成民思索着说:"他对我回来教小学不满意?"

大翠也寻思,自言自语道:"他想叫你干什么呢?"

成民懊恼地说:"谁知道。我干什么要他决定?"

两人一边说一边向大柳树走去,过了桥,两个人互相牵起了手儿。

大翠憧憬地说:"我盼着八月十五快到。"

成民温柔地望着她:"我也是。"

"盼着吃月饼?"大翠说完,扑哧一声,自己笑了。

"不。盼着吃你!"成民说着就想抱大翠。

大翠回头望望,害羞地说:"走远点!"

二人牵着手儿走到了一处小树林边上,大翠又回头望了望,跺脚道:"我爹他跟我们的梢儿!"

成民也不禁回头望,果见黄吉顺的身影,远远地正望他们。

"他爱跟就跟!"成民不管不顾地紧紧抱住大翠就亲嘴儿。

大翠用手挡住他:"别,我爹正望着我们呢!"

成民抓住她的手:"那我们就让他望个够!"

大翠左右闪了两下脸没闪开成民的吻,春情难抑,也索性迎着成民的唇,吻了过去。

两人一阵长吻,结束后,各自大吸气,犹如两条缺氧的鱼。

"你爹还在那儿望着?"

"还在那儿,背过身去了。肯定气得什么似的!"

"我想不明白,他跟个什么劲儿?望个什么劲儿?又气个什么劲儿?"

"谁知道他!民,咱们何必非惹他望着生气?"

成民笑了:"说的对,趁他背过身去,咱们快转移!"他又亲了大翠一下,牵着大翠的手儿进了小树林。田野里尽是麦秸垛,他们跑向一堆麦秸垛。

黄吉顺缓缓转过头,最终连身子也转过来,小树林这边却早没了大翠和成民的人影。他气得脸色发青,仿佛骑手的马被盗马贼骑跑了,赶紧三脚两步地向小树林这边走来,慌不择路,不小心被绊倒一次,他爬起来,顾不得掸土,依旧急急地往前赶,像个轻伤不下火线的猛士。

黄吉顺直冲进小树林,在里面到处转悠,密探似的。忽然,他发现一片野蒿中有动静,隐隐还有喘息之声。他望着那迟豫片刻,悄悄走过去,拨开野蒿猛一声大喝:"成民!光天化日,你好大的胆!"

野蒿后面静卧着一头老牛,反刍着,瞪着牛眼责备地看着他,冲他"哞"地叫一声,吓了他一大跳。

一堆麦秸垛后面,成民将大翠压在身子底下,深情地低呼:"翠,你不知道我有多爱你啊!"

大翠也深情地说:"我知道,我也那么爱你!"

"我们一定会很幸福!非常非常幸福!"

"我信。"大翠轻轻点头。

"我们要相敬如宾,举案齐眉!"

大翠却晃头。

"你不愿要那样的爱情?"

"那样咱们太累了呀!"大翠调皮地一笑。

"那,你要哪样式的?"

大翠转着眼想了想,对成民悄悄耳语:"小猫小狗那样式的。一会儿亲一会闹的,不好?"

"翠,你呀,真让我爱得恨不得咬你一口!"

大翠撩起袖子,露出雪白一截胳膊:"咬吧,只要你舍得!"

"我舍不得!"成民深情地吻了下去……

黄吉顺在小树林里转悠了半天,也没找着大翠和成民,寻思了一下,又来到了张家,也就是从前自己家的院墙外转悠,望望院门,想入,又不愿入。

屋里,成民在一间房间写毛笔字,写的是《自编小学教材》。

大翠和王玉珍在东间屋里对坐床上,王玉珍从大翠头上捡下麦草叶儿,一边捡一边说:"翠,你哪儿刮带了一头一衣服的麦草叶儿?"

大翠红着脸道:"我和成民来时碰到村里孩子背麦秸,我帮着背了一段路。婶别捡了,我这头发我这衣服都该洗了。"

成民在另一间屋里正粘写好的教材封面,听了无声地笑了,忽听母亲叫他:"成民,过来!"

成民放下教材走了过去,王玉珍训他:"你和大翠一块走着,怎么自己不帮村里孩子背,让我儿媳妇……"她不说下去了——成民也一身的麦秸儿。

成民自己从身上往下捡着说:"我也帮着背了呀!妈你看我身上不是也有?"

大翠害羞地低头抿嘴儿一笑,将脸转向了窗外。

王玉珍似乎明白了什么,顺水推舟地说:"去吧去吧,写你的去吧!以后你可得处处心疼着我儿媳妇!"

"那是自然,不劳母亲教诲。"成民看了大翠一眼,退了出去。

"上了几天大学,话都不平常说了,还什么不劳教诲的!"

"知识分子嘛,有时候就那样儿,要不就不叫知识分子!"

王玉珍轻声对大翠说:"他爹也说过,怕是成民回来教小学,你爹要不高兴了,我看,过两天,把事给你们办了,你爹也就转过弯来了。"

大翠生气地说:"就算不高兴也不该那样对成民!"

王玉珍劝道:"你不用生气。还没过门就和爹妈积气,可不好,他们指望老了有你和成民照顾晚年呢。"

大翠摇头:"他才没想那么远呢,他只看眼前我们能给他什么好处。"

王玉珍抚着大翠手说:"翠儿,可不要这么说你爹。他就是那么一个心往前奔的人,有时候脾气不大好,谁没个脾气?成民爹怎么样?你没看见?来了脾气,天都敢捅窟窿。明儿你过门了,小心点吧,你那个公公,说好的时候,你要他的脑袋,他自己摘给你。说不好了,咳,他自己喘气嫌你声大,我可受过他那罪。"

"我公公可不是那样。"大翠突然自知失口了,脸一红,笑了。

王玉珍回过味来,也笑了,趁势哄她:"也许对你会另眼相看。"

黄吉顺在院外转悠了一会儿,一跺脚,径自来到了一片玉米地里,捋捋袖子,连根拔起一棵棵玉米,忽然听到有人大声咳嗽,他抬头一看,见是曲国经,犹豫了一下,弯下腰接着拔。

曲国经倒背双手,问:"黄吉顺同志,干什么呢?"

黄吉顺头也不抬地说:"想吃嫩玉米了。"拔够了一大捆,用玉米秸胡乱扎住,背起来就走。

"黄吉顺公民,这片地,已经不是你的名下了,归张广泰家了。你这等行为,不怎么好吧?"

黄吉顺冷笑:"曲国经,这你可就管不着了,我已经不是大柳树村的农民了。"

曲国经也笑了,那是如来对小鬼般的笑。他说:"我口口声声叫你同志,称你公民,你却叫我曲国经。那么叫就叫了吧,那么我也只叫你黄吉顺了。黄吉顺你给我听着——我曲国经还是区委的和市委的名誉委员,城乡两边的人和事,只要想管,那还是管得着的。"

黄吉顺一听心怯了:"我……我不是也没敢对您说什么不中听的吗?"

曲国经说:"我也没对你说什么不中听的啊!还有一件事——我们大柳树村,决定要聘黄大翠同志做我们的一位小学教员,到时候,你可不许从中作梗。"

黄吉顺愣住了,曲国经问他:"你听明白我的话没有?"

"不敢,不敢,只要我女儿愿意……"黄吉顺说着匆匆走掉了。

小桥两头,张广泰和黄吉顺狭路相逢,相向而立,都笑着,都笑得那么勉强。

"怎么连根拔了?长着还能饱满几天嘛!"张广泰先开了口。

"没侍弄好,青一棵黄一棵,反正我也不指望饱满不饱满的了。"

"看来,以后你那片玉米地,得轮到我侍弄了。"

"你当工人当得神气,当农民也错不了,肯定比我是好农民。"

"你可真会说话,你过呀!"

"你先过。"

"咳,你背着那么重,快过吧。"

黄吉顺过了小桥:"哪去了?"

"广华厂职工定级,朱先生叫我去说说他们每个人的技术水平。我不是厂里的人了,有什么嘴说?可朱先生死活拉我去,真没法子。"

"你给小芹定了几级?"黄吉顺往上颠了颠背上的玉米秸。

"我不好给自己的徒弟定得过高啊,二级,可以了。"

"才二级?这种时候你不给她说句话?"

"二级可以了,前面有她些师兄们比着呢。成民去看你了吗?"

"嗨,你们还那么多礼道。坐了一会,回家了。"黄吉顺敷衍道。

"好好。"张广泰迈步走了。

黄吉顺回到新新居,把玉米秸放在房西头,回头却见小芹对他怒目圆睁,他问:"怎么了?"

"为什么把我妈锁在房里?"小芹气呼呼地问。

"她不听话。"

"你这么狠心?"

"我们老两口的事,你别插嘴。你定了个二级?"

小芹不理他,黄吉顺开了门锁,进了屋,于凤兰还在哭。

黄吉顺劝道:"话我都给你说得明明白白了,这件事你得往前看。"

于凤兰哭着说:"往前看我们娘仨都得给你折磨死!"

黄吉顺火了:"我也得死,谁也逃不了,早天晚天罢了。"

小芹不见姐姐大翠,知道在张家。她一进张家,就见张广泰、王玉珍、大翠、成民都在愁眉苦思。见她怒冲冲的样子,大翠问:"妹,怎么了?"

"咱爹把咱妈锁在房里了!"

张广泰惊愕地"噢"了一声。

王玉珍忙问:"为什么?"

小芹说:"不知道,我妈不说。"

大翠愣了愣,起身跑了出去。"姐!姐……"小芹刚进门就追了出去。

张广泰夫妇和成民你看我,我看你,都不知道发生了什么事。

成才扛着叉子进了院子,放下后,进了屋:"大翠和小芹干什么来了?"

张广泰、王玉珍和成民都没心情答他,成才又说:"哎,我也是这家的一员啊,我问你们话呢!"

王玉珍说:"又都走了。"

成才急了:"我看见她们都走了!我问的是她们干什么来了?"

成民教训他道:"成才,有话好好说,高声大嗓的干什么?"

王玉珍看着小儿子说:"还能干什么来?串串门儿呗。"

张广泰也教训成才:"成才,听见你哥刚才的话了么?以后,你要跟你哥学,凡事稳重着点儿!"

林士凡坐在新新居厦下的桌旁,跷着二郎腿,见大翠和小芹回来了,笑嘻嘻而又亲昵昵地说:"大翠同志,回来了?"

大翠被问得奇怪,站住一下,愣愣地看他。

林士凡笑着说:"我是在跟你说话。"

小芹返身将大翠扯走,一边嘟哝:"问的什么屁话,好像谁跟他怪熟的!"

黄吉顺端两碗馄饨送给林士凡,恭敬地问:"您还要吃点什么?"

林士凡说:"不要别的,我就喜欢吃你们这馄饨。"

黄吉顺在旁坐下套近乎:"您现在还在城建局?"

"还在。"

"工作还挺忙?"

"城市大发展,东跑西跑忙断腿。"

"辛苦,您城建局可是个大单位啊!"黄吉顺一边奉承一边赔笑。

林士凡装模作样地说:"不算最大,可是有发展,将来说不定还真是大单位。"

"你们要很多工人吧?"

"当然,特别是技术工人。"

"要铁工吗?"黄吉顺抓住时机问。

"当然要,现在最需要铁工。"林士凡一副当家主事的样子。

"要什么样的?"

"当然要技术尖子。"

"二级工,要不要?"黄吉顺试探道。

"二级工?要。你能给介绍?"

黄吉顺笑了:"我家二闺女就是二级工。"

林士凡停下筷子看着他:"好啊。"

"您能给收了去吗?"黄吉顺趁热打铁地追问。

"一句话的事。"

"能叫她上机器床子吗?"

"一句话的事。"林士凡大包大揽。

"那就拜托您了。"

"我也愿意为你们家的人办点儿事。"林士凡笑了。

黄吉顺受宠若惊:"哎呀,哎呀,想不到您这么瞧得起我们。您慢慢吃,慢慢吃。"

于凤兰还在房里伤心地哭,大翠低声问:"到底为什么?"

于凤兰边哭边说:"你爹的心,越来越硬……越来越狠……"

小芹问:"妈,你说他为什么锁你?"

于凤兰不回答,只是哭。

小芹皱着眉说:"真急死人。"

大翠问:"为我和成民的事?"

于凤兰哭一阵才摇头。

小芹急了:"那是为什么?"

这时黄吉顺在门外叫道:"小芹,出来!"

小芹出了屋,黄吉顺问她:"你们厂二级工开多少工资?"

"刚评,上级还没批下来,不知道。"

"来。"

"哪去?"小芹不解地问。

黄吉顺小声说:"见见林科长,我刚刚求他把你调到城建局去,那将来是个大单位,你再去当面谢谢人家几句。"

"我刚评了工资,还没批下来,到城建局干什么?学徒?"

黄吉顺想了想:"倒也是的,对……"

小芹没好气地说:"你对我不对!见个屁科长!"

黄吉顺张张嘴,再没说出话来,顿时尴尬起来,他偷看了一眼林士凡。林士凡却没事儿似的,掏出手绢文雅地擦擦嘴,掏出钱,放在桌上起身要走。黄吉顺情知他听到了小芹的话,讪讪地说:"家教无方,二女儿惯得没个样儿,林科长你别见怪。"

林士凡装呆卖傻:"见怪?见什么怪?我什么也没听见啊!"

黄吉顺抓起钱往他衣兜里塞:"别放钱。人和人的关系,不能都成了钱的关系!只要您吃着顺口,不管什么时候来,我都欢迎!还荣幸!"

林士凡正经地说:"不,我吃饭,我付钱,咱们一清二楚。不这样,以后我怎么来呢?"

黄吉顺笑着说:"嗨,熟人常客,天长日久,哪能分得那么清?如今是新社会,解放前,饭馆的熟人都是年底结账。好好好,我收下,我收下,您可得来呀!"

林士凡走后,黄吉顺进屋指着小芹斥道:"你见过几位科长?你敢说人家是屁科长!"

小芹一翻白眼:"那你为什么一见他来,就卑卑贱贱的,搭搭讪讪的,还鬼鬼祟祟的?你心里边又起什么歪的邪的?"

黄吉顺边脱鞋底儿边喊："我拍扁你！"

大翠往外推他："爹,我妈还正难过着呢！"

黄吉顺又掉转了矛头："还有你！谁同意你也到大柳树村去当孩子头儿了？"

大翠自豪地说："小学教师是很光荣的职业,区里的领导同意了！"

黄吉顺板着脸训斥道："可我还没同意！我是你爸！"

田野里青黄斑斓,处处有收苞米的人们在忙。成才和曲彦芳手拿镰刀绳子走在田间,李寡妇远远望见了,高兴地对其他的妇女们叫道："哎！找来帮忙的人了！"

妇女们抬头看,有个说："是张家二小子。"

李寡妇望着成才和曲彦芳笑道："这倒是挺好的一对儿。"

妇女们都嬉笑着说："你给他们说合吧,成了我们也跟你喝碗冬瓜汤。"

李寡妇成竹在胸地说："我呀！你们看着,我要把张家这个二小子弄到手,给我当过继儿子。"

妇女们"哈哈"笑,其中一个说："你做梦吧！"

李寡妇信心十足："不信你们就看着。我把他过继了来,再把小彦芳弄来给我当媳妇,我老妈妈往炕头上一坐:'儿啊,娘要吃个炖猪蹄儿。'我儿子就吩咐小彦芳:'快给咱妈炖猪蹄子！'"

李寡妇绘声绘色的表演,逗得妇女们"哈哈"大笑,有的笑弯了腰,有的在地上滚,连小顶针李秀英也绽出了笑意。

说笑间,曲彦芳引着成才到了李寡妇跟前："李婶,我爹叫张家成才来帮你们。"

李寡妇乐不可支："好啊,我们正愁呢,你也留在这帮帮我们吧。"

一名妇女打趣说："嗨,留下她干什么？不叫她回去给你炖猪蹄？"

李寡妇一本正经地说："过两年再炖吧,她还小呢,不会,得我教她。"

妇女们笑得人仰马翻,眼泪都流出来了。

曲彦芳奇怪地问:"你们笑什么呢?"

寡妇们看着她,笑得更厉害了,曲彦芳满身上下看看:"笑我哪?"

妇女们又是一团笑,曲彦芳看看成才,莫名其妙地问:"她们是在笑我?我怎么了?"

成才冷漠地说:"你问我,我问谁?妈的,把我变成农民!"

李寡妇敛了笑,说:"好了,都别笑啦,猪蹄也吃了,歇会儿再干吧。"

妇女们躺的、坐的都休息了,曲彦芳推推成才:"你别歇了,砍去吧。"

曲彦芳随寡妇们坐下,却见成才根本不会干这活,高声叫道:"小心点,别砍了脚背!"

李寡妇笑嘻嘻地说:"你去教他。"

曲彦芳起身去教成才,边做边说:"这样,弓腰反手,腿要离得远,这样,砍下去。"

成才说:"哎,你是不是挺爱当别人个师傅什么的?"

李寡妇悄悄对妇女们说:"你们看,是不是一对?"

寡妇们不像刚才那么疯笑了,好像都在认真看,而且想了。

张广泰正跟曲国经抢镢头刨地,已经刨出一片,张广泰不会干农活,怎么干也断不像曲国经那么潇洒,曲国经镢头下出来的"马口"像在地上划的锯齿线,他的"马口"则乱七八糟,没有章法,而且已经力不能支了。曲国经看他歪腰斜腿的样子,说声"歇会儿",把镢头插下地。张广泰也想学他,用力往地里插镢头,一次两次都没能把镢头插进地里,最后只得泄气地一扔,让它躺在地上。他就地坐下,向曲国经点点头:"我腰腿不灵,胳膊上的力气倒还行,可使不上。"

曲国经抽出烟袋,填上烟丝点上:"当农民,种庄稼,这碗饭人人能吃。聪明伶俐的能吃,笨蛋也能吃。只要起早贪黑,多下力气,地就不会亏你。我们大柳树,都是好地,看你肯不肯出力了。老话说的啊,你糊弄地,地糊弄你。我看出来了,你是个不惜力的人,可是学农活有点晚了。明儿给你盘个铁炉子,打镢头,锄钩锄板、镰刀、菜刀、砍马,还可以打马扎。农村活儿有的是,不怕你手艺多。原来我想给你们安排点地,可是没有荒地可开了,先盘炉子吧,在你院子里行不?"

"行啊……"张广泰犹豫了一下又说,"老村长……"

曲国经吐出口烟:"跟我,别吞吞吐吐的,有话只管直说。"

"就是我家的户口我前几天跟您说过了,我不是讨厌农村,瞧不起农民……我,我想我那些徒弟啊!我想我那车间啊!二十年啊,那车间差不多是我另一个家了!我天天晚上做梦都梦见它!您不是在市里还挂着个角色吗?您能不能也出面替我张广泰说句公道话?"

曲国经理解地拍拍他的手:"实话告诉你吧,潘凡同志为你的事儿费老心了。我呢,该打的证言,早打上去了。区里市里的有关领导,也很重视。但是呢,你我没见到户口本之前,咱们来个君子协定,该怎么,还怎么,啊?"

张广泰感激地说:"那是,那是。之前我一定听您的,您说怎么,我就怎么,您也要替我谢谢人家潘凡同志。"

曲国经在鞋上磕了磕烟袋:"怎么样,再干会儿,体验体验?"

张广泰点点头,拾起了地上的镢头。

晚霞染红了田野,夕阳直往远处的庄稼棵子里钻去。

成才、曲彦芳和寡妇组的妇女们,每人背一捆苞米秸子回村,小顶针李秀英边走边问李寡妇:"七婶,你真想过继张家二小子?"

李寡妇停住脚,背转身,怔怔地看她:"你当真了?"

"我听你那么说,才问问。"

"我是给你们说笑话的,逗得大伙乐了,干活不觉得累。"

"心里想才会说出口。"

"真是个小顶针,浑身是心眼。"

"我知道你是假装的。"

"怎么是假装的？"

"你是脸上笑心里哭。"

"你怎么知道？"

"过河才知道水凉。"

李寡妇扔了苞米秸，坐上去低了头，吧嗒吧嗒掉泪。李秀英也扔了苞米秸，在她身旁坐下："七婶，你和村长曲国经搭个伴，不好吗？"

"别说了，他孩子都成人了，容得下我？七婶不如你，你再苦，还有个孩子，是个指望。我呢？就算豁上老脸，再往前走一步，四十岁的人了，有什么用？图个什么？"李寡妇越说泪越多。

"所以我问你是不是真的。"

"我呀，说啊笑啊，一是为你们心里快活点，二是给自己解闷。唉！李秀英，我倒劝你，年纪轻轻的，早点找个人，往前走一步吧。"

"七婶，谁要我？地主的女儿，还拖个孩子。"李秀英也是愁眉苦脸。

"不愁，你若是找到了人，把孩子给我，我给你养着，长大了，我给他找媳妇，到我老了，也有个依靠，就怕你舍不得。"

"我有什么舍不得的？给了你，孩子的成分不也变了？那我死了也放心了……"李秀英也流下泪来。

"年轻轻的，别死了活了的。你家的成分，当初是不该那么定的，老人们心里都明镜似的……"李寡妇自知失言，连忙改口说别的，"哎，你看张成才和曲彦芳能是一对不？咱们给撮合撮合？"

张家院里矮桌上摆了饭菜，张广泰和王玉珍对坐桌边，王玉珍说："成民去黄家，没得好脸，下午黄吉顺又把凤兰锁在屋里，出了什么事？"

张广泰说："我正在揣摩，回想起来，我和黄吉顺在桥头碰见的时候，他对我那个客气，比过去，有点儿隔一层的意思。"

王玉珍担忧地说："这些日子，我的右眼皮总是跳。"

张广泰问:"成民、成才呢?"

王玉珍说:"成才让曲彦芳叫去帮寡妇组干活去了,成民刚才跟着村长看学校去了。"

张广泰叹口气,默默吃饭。

王玉珍又说:"连我也跟着你和成才,村长村长的叫着了。倒好像我们一家铁板钉钉地就成了农民似的。"

张广泰一口饼子噎在口中,费了好大劲儿才咽下去:"不管情况怎么样了,我们当父母的都要首先稳住个态度,替成民多担着点儿。不到万不得已,不能分了他办学兴教的心。两件事儿,对他都重要。"

大柳树小学校,四面透风墙撑个露天的顶盖,地上潮湿,几堆石头、土块上搭着横七竖八的木板。

村长曲国经边抽烟边说:"咱们小学,一年春秋开两次,下雨刮风,会计算账,都不上课。冬天农闲,在这开会,生炉子,晚上有几个人在练武术,墙上的窟窿都是他们打出来的。"

"房顶呢?"成民一仰头,看到了天。

"练武不是要蹿高吗?几个浑小子比赛,看谁能把头伸出去。透点气也好,地面干爽,省得孩子们害腰腿病。"

"有多少学生?"

"一大帮,春种秋收农忙的时候,都帮大人干活。"

"那不是没上学的时间了?"

"忙完地里的,会计说一声,都来。"

"得赶紧把窟窿都补上,叫会计说一声,这两天就开学上课吧。"

"这几天砍春苞米,地里忙,过两天,割豆子,八月十五你不要娶亲吗?过了八月十五再说吧。"

"不行,村长,地里再忙也不能耽误孩子们上学,我娶亲更不能耽误学生上课。"

"成民,老实说,是不是对学校挺失望的?"曲国经叹气道。

"有点儿。"成民实话实说。

"别失望。不是我这个当村长的不重视,是因为咱们村的底子实在薄,大人们还顾不上孩子们的事。按说,咱们村是评不上'新农村'的,那是区里给我个人的一个面子。这教室,今年秋天就保证为你修好……"

"村长,不是为我。"成民纠正道。

"对对,是为孩子们。今年你要求村里些什么,只管找我,一点儿都不必客气。"

"为了孩子们,我对谁也不会客气的。"

黄吉顺身背鼓,手拎锣,肩上搭着一挂鞭炮,兴冲冲地回到新新居,厦下并没有客人吃饭,他将东西放在桌上,高喊:"快,来大宗的买卖啦!"

于凤兰和大翠闻声出了自己屋,黄吉顺紧催:"快快,烧大锅! 菜酒预备齐了。"

于凤兰问他:"多少人? 烧大锅?"

黄吉顺兴高采烈地说:"厦下怕坐不开呢,我当上联社主任了!"

于凤兰和大翠在灶上忙,黄吉顺兴冲冲洗脸换衣,边数说:"好家伙,小小一个新华区,没想到有这么多开饭馆的,卖水果的,卖冰棍的,一下子都冒出来了。可大眼瞪小眼的,开闷会,谁也不愿出头当联社主任。我看出来,他们是怕自己当了,免不了常和政府打交道。我暗想,和政府打交道有什么好怕的? 交道打多了,和政府的人熟了,没亏吃。所以我就当即说,既然大家伙都谦虚,那就让我这个没什么能力的人当吧。嘿嘿,结果让我一步抢先当上了!"

于凤兰提醒他:"你呀,先别得意,责任在后边!"

黄吉顺志得意满地说:"那能有什么大责任? 无非把政府政策传达传达,还落个心里清楚呢!"

大翠问:"爹,到底准备多少人的?"

黄吉顺一挺胸脯:"以后别爹呀爹呀的,乡里土气的大蒜味儿!"

大翠又问:"那叫什么?"

黄吉顺得意地说:"要叫爸,在家里,只叫一个单字儿——爸,那就可以了。有外人在场,就要叫双字儿——爸爸,尤其当女儿的,要这么个叫法。外人一听,心想看人家这女儿,调教得多好,叫老子叫得多亲。跟有身份的人说起我呢,要说'我父亲',衬托着有城里人起码该有的那点儿文化劲儿!你看张家,成民、成才,就从来不叫张广泰两口子'爹''娘',而叫'爸''妈',也不过就是普通人家,只不过俩儿子生在了城里,长大在城里,连对双亲的叫法都要跟农村不一样了。现在咱们一家也是城里人了,你和你妹,对家长的叫法也该改改了。轮到你们叫我爸妈了,也轮到张家的两个儿子,学着叫他们爹娘了!"

大翠听得直眨眼睛,问:"为什么? 成民和成才,为什么非那样?"

黄吉顺说:"你说为什么? 由城里人变成乡下人,满村人家的大女儿小孩子都叫爹娘,偏他们家俩儿子爸啊妈的,那不显得各色吗? 农民就会烦他们,心想还不忘自己是城里人啊? 不烦才怪了呢! 而你和你妹呢,明明已经是城里人了,却还张口闭口爹啊娘啊的,城里人也会想,瞧这户人家,天生是土里土气不该到城里来的命! 有了城市户口,骨子里还是农村人! 所以呢,你当姐的,要带头给我注意这么一个问题!"

大翠愣愣地看他片刻,一转身走了,显然反感他的教诲。

黄吉顺意犹未尽,对于凤兰说:"你看她,这么重要个问题,她还不当成是个问题! 待会儿,你要提醒她! 来的可都是些有根底有头脸的人物,她别外甥打灯笼——照旧!"

于凤兰讥笑他:"小商小贩有什么头脸?"

黄吉顺一本正经地说:"你可别瞧不起,报周转资金的时候,有人报了五十元呢! 今儿成立大会的鞭炮钱,就是捐的。租锣鼓的钱是几个酒馆掌柜的捐的。我们新华区饮食联社是个实力单位,街道办事处的主任都参加开会了,还和我握了握手,对我笑了笑。"

于凤兰撇嘴问:"那这顿饭怎么算?"

黄吉顺说:"谁来吃,谁掏钱。还要在我们这儿挂联社的牌子呢,以后凭这块牌子就能招徕生意。"

李三桐腋下夹着卷红纸来到厦下,朗声道:"黄主任在吗?"

黄吉顺闻声而出:"噢,李秘书,写好了吗?"

李三桐展开红纸:"主任您看,行吗?"只见红纸上写着"新华区饮食行业联合社"。

黄吉顺装模作样地瞅了瞅:"行。你现在就去买瓶糨糊来,买来就把它贴上。"

李三桐往桌边一坐:"主任,我先吸支烟,歇一会儿行不行?"

黄吉顺催他道:"工作第一,工作第一,秘书就该有个秘书的勤快劲儿。"

李三桐一笑,站起来说:"那好,以后我就为您学着勤快点儿。"

李三桐走后,于凤兰问大翠:"你爹叫人家啥?"

"李秘书。"

"那么大年龄个老人,怎么成秘书了呢?会是谁的呢?"

"看样儿,是成了我爹的。"

于凤兰回头看看正忙着架鼓、挂鞭炮的黄吉顺:"他支使人家那么大岁数一个人,这合适吗?"

"妈你别问我,问他去。"

大柳树村的土路上,一些个背柴的孩子一路打打闹闹,合伙欺负一个,往他头发里揉进带刺的草籽。那孩子任凭大家欺负,站在那里,默默流泪。

成民走过来,制止道:"不许欺负同学。"

孩子们想溜走,成民大喊:"都站住,你们还没道歉呢,一个也不许走。"

这时,那个被欺负的孩子才"哇"一声哭起来。成民发现他手背在出血,裤子也破了,生气地问:"谁干的?"

没有孩子承认,都畏惧地看着他。

"合伙欺负人,是可耻的行为,懂吗?"

孩子们齐摇头:"不懂。"

"你们,这么简单的做人道理都不懂?"

一个孩子怯怯地问:"老师,什么叫可耻?"

"可耻就是——我先不告诉你们。你们回家去,都要问自己的爸爸妈妈,什么叫可耻?我记住你们几个了,你们明天都得来上学,谁不来也不行。谁今天回家不问也不行。明天我要一个个提问你们的!去吧。"

孩子们都垂着头走了。成民这才发现父亲不知何时来的,就站在一旁。

张广泰赞许地说:"这些孩子,是该教育。"

成民摸那孩子的头:"跟我走,我要为你的小手上点儿药。"

他抱起了孩子,张广泰替那孩子拎起了柴。

父子二人回到家里,成民对王玉珍说:"妈,替这孩子洗洗手,再给他上点儿药。"

张广泰嘱咐道:"捎带把他裤子也替他补一补。"

王玉珍问孩子:"你是谁家的孩子,打架打成这样的吧?"

那孩子只摇头,不吭声。

一阵笑声传来,曲彦芳和成才进了屋。曲彦芳笑着告诉张广泰:"成才给人家锔碗,敲打敲打,本来人家碗上一条缝,他给人家敲成了两半!"

张广泰哭笑不得地问:"给锔上了吗?"

成才懊丧地说:"费了好半天劲,照这样,连汤也喝不上。"

曲彦芳发现了用件大人衣裳裹起的孩子:"哟,这不是小顶针的孩子吗？怎么在这儿？"

正在给孩子洗衣裳的王玉珍说："成民抱来的。"

曲彦芳说："他姥爷是地主！"

张广泰和王玉珍相视一愣，张广泰问："他妈叫李秀英？"

曲彦芳说："对，外号小顶针，做得一手好针线活儿，又快又仔细。"

王玉珍问："他没爸爸？"

曲彦芳摇摇头："不知道，都说他爸死在外地了。他妈长得可好看了。一眨眼，能把人的魂勾了去。可是挺孝顺，侍候她的地主老爹可周到了。"

仰躺在炕上的成民忽地坐了起来，生气地说："当着我学生的面，你们说些什么呢？"

曲彦芳吐了一下舌头，不言语了。

王玉珍看一眼那孩子，见那孩子的光腿上搭着张广泰的一件外衣，头垂得很低很低，王玉珍自己的头也垂得很低很低的了。

成民瞪曲彦芳一眼，走到自己屋里去，又仰躺下了。

张广泰跟过去，坐在炕边，背对着成民的脸说："成民，你作为校长，关于阶级的一些原则之事，是不是有时候也要考虑考虑呢？"

成民不高兴地说："我教的是些孩子，跟阶级有什么关系？"

张广泰默默坐了片刻，无言而去。在院子里，张广泰看见了迈进院门的李秀英，二人立刻认出对方。

李秀英不好意思地问："张师傅，听说校长把我儿子抱来了？"

张广泰不自然地说："对，对，在屋里，进屋吧。"

李秀英低着头："我不进去了，我叫他出来。"

"进吧进吧，都进院了，还能不进屋？"张广泰把李秀英让进屋，自己却没进去，走出了院子。

新新居厦下，李三桐在吃馄饨，黄吉顺在大路上张望，仍不见有大队人来，回到厦下，对李三桐说："天下雨，时辰都过了，还不见他们来。"

"改天再说？"李三桐问他。

"哎，定了今天，他们不来也是今天，打鼓打鼓！"黄吉顺快步进屋，从灶下钳出块火炭，出门把几挂鞭炮全点上了，震耳的响声里，他拿起锣来猛敲，又催李三桐，"敲鼓去啊！"

鞭炮锣鼓声里，大翠捂着耳朵跑出门，向大柳树跑去。

放完鞭炮，李三桐走了，新新居只剩下黄吉顺和于凤兰，黄吉顺志满意得地说："咱们凭良心说，这共产党新政府就是好。我想什么，它就来什么。你看，我黄吉顺当上联社主任了，我一报周转资金，街道委员们带头鼓掌，跟着就是全场鼓掌，接着就选举，你是没去，去了，看看我是个什么光彩样儿。好了，以后我可以算半个政府干部了。有那伙傻蛋，叫他报周转资金，都往少里说，好像政府要抢他们似的。政府这么好，跟政府耍歪的，哼！"

于凤兰问他："你报了多少？"

黄吉顺诡秘地说："报多少谁还来查实？报多少都是空的，你想想，一个联社主任抵多少钱？"

于凤兰听得懵里懵懂，小声问："多少？"

黄吉顺笑道："我都说不出数来！"

于凤兰沉默了。黄吉顺又说："所以我说，我们和张广泰的亲事，不能办，咱们是什么人，他们是什么人？差着八竿子高呢。大翠又跑去了，这几天，你得跟她说，不能结这门亲，叫她往高里看。"

于凤兰愁苦地说："眼瞅日子到了，怎么能拉回她的心来呢？"

黄吉顺烦恼地骂道："心，心，心是什么？我的心不是为她？我的心不是心？"

于凤兰白他一眼："你不用跟我瞪眼，这事啊，唉，太叫人说不过去了！"

黄吉顺又瞪了她一眼："天下还有说不过去的话？叫张广泰自己说说，他和我结亲家合适吗？"

于凤兰担心地说:"张广泰倒会说大面的话。我给你说的是大翠,我们不能这么往死里逼她。"

黄吉顺暴躁地说:"怎么又是死了活了的,谁逼她? 给她好好说嘛!"

于凤兰不解地皱眉问他:"你到底是中了哪根邪筋啦? 这事,能那么办吗?"

黄吉顺骂道:"你才中了邪筋呢,听不懂我的话,给你说了这么多天,你怎么还这么不明白? 我跟你说,明摆着的事,他们张家是农村户口,城里的好处他们是一点都得不着。你叫大翠去跟他们受罪? 我们没在大柳树住过? 没看见他们一个个的什么样? 吃的什么? 干的什么? 大翠嫁过去,就变成农民啦! 城市户口就没了! 什么也没了! 我们当父母的,给儿女造那个孽! 农民! 懂不懂? 将来有了孩子呢? 一代一代,一辈一辈,都得是农民! 都得找你,你怎么办? 管,还是不管? 我们再受她的拖累? 我受得了,还是你受得了? 啊? 你光看眼前,他们这么亲这么爱,说的比唱的还好听,她大翠懂什么? 这种时候,做父母的,不为儿女看远点还算什么父母?"

一席慷慨激昂充满感情的话,说得于凤兰动容了,渐渐低下了头。黄吉顺接着说:"今晚上你好好给她说说。"

于凤兰缓缓摇头:"说不通,她不会回头。"

黄吉顺劝她:"看你的本事了。"

于凤兰还是摇头:"我没有你那本事。"

黄吉顺又劝她:"还是那句话,功到自然成,火到猪头烂。今晚你睡她房,给她说!"

静静的夜里,一钩上弦月照着大地,照着大柳树村,照着新新居,房里传出大翠的抽泣声。猛然,小院里传来"嗵"的一声响,接着,又是几声响。大翠不哭了,和母亲爬到窗旁那儿,掀起一角窗帘往外看。

"不好,八成有人偷东西!"黄吉顺在自己屋里也听到了,他立刻下了炕,四下看看,没东西可以当成"武器",不得已,从地面上抠起了一块砖拿在手里。他将门开了一道缝,看见院子里有个人影,在用镐刨两棵香椿树的树根。借着月光,他看出是成才。黄吉顺松了口气,又将砖放在原处,用脚踩实,拉开门走了出去。

成才听到门吱呀一响,抬头见是黄吉顺,没理他,继续刨。

黄吉顺若无其事地问:"成才,半夜三更地,这是在我家院子里干什么呀?"

成才也若无其事地反问:"你看呢?"

黄吉顺又问:"你怎么进来的呀?"

成才继续刨着说:"不好意思叫门,跳进来的。"

黄吉顺嗤笑道:"啊,出息大了,知道不好意思了。"

成才冷冷答道:"还知道什么是人品的人,是个人;不知道什么是人品的人,那就不能算是个人。"

黄吉顺一笑:"我活到这个岁数了,有时候还不太懂呢。没崴了脚闪了腰的?"

成才说:"那我早求您给我揉揉了。"

黄吉顺威胁道:"你这一种行为,可是贼的行为啊!"

成才故意阴阳怪气地说:"咱们两家,你还兴那么看我?"

黄吉顺见成才刨个不停,怒斥道:"别刨! 当初换房子带的这两棵树。"

成才不停手,反驳道:"树没了,我刨树根。"

黄吉顺气呼呼地说:"树根在我地盘上,当初和你爹说得明白,是我的,不许你们刨。"

成才的理由层出不穷:"换房子带树是换地上的,没换地下的,地上的你砍了。地下的树根没和你换,还是我家的,我们得刨走!"

黄吉顺急了:"树是我的,根当然也是我的。"

成才一撇嘴:"你找我爸说去吧,我爸叫我来刨的。"

黄吉顺指着成才:"回去给你爹说,他这么闹,我和他没有完!"

成才对他的话嗤之以鼻:"那才好呢,我爸就不想和你完,我爸和你完了,我和你也完不了。"

黄吉顺暴跳如雷了:"你再刨,我揍你!"

成才斜了他一眼:"来呀!"

黄吉顺骂道:"小兔崽子,给我耍流氓!"

成才故意气他:"呀,你骂谁呢? 黄吉顺我怎么流了你的氓了?"

黄吉顺手指着成才的脸面:"你别跟我胡搅蛮缠! 我黄吉顺不吃你们老张家这一套!"

成才这才停下,挂镐把问:"我们老张家人怎么你了? 坑过你了还是骗过你了? 不是我们老张家人实心眼,你黄吉顺家今天能变成在城里的吗?"

大翠和于凤兰都披衣出来了,大翠倚着门说:"爹,别争了,让成才刨走吧!"

"进屋! 没你什么事儿!"黄吉顺训斥完大翠,又对成才说,"没大没小的东西! 今天我非教训你不可!"对着成才的面上就是一拳,把成才的鼻子里打出血来。

成才用手抹了一下,见手上有血,扔下锄头走进黄吉顺两口子的屋,上了床,仰面朝天躺下,不声不响。

于凤兰埋怨黄吉顺道:"你看你看你看,我叫你不要惹他,你偏要惹,这怎么办?"又进屋劝成才,"成才,我给你洗洗,啊,别和你大叔积气,咱们两家,本来是挺好的,再闹下去,越来越难看,多不好啊!"

成才不说话。于凤兰端来水,蘸了毛巾给成才擦脸。成才推开她:"别动!"

于凤兰和声劝道:"成才,擦了吧,婶子给你洗洗脸,你在这歇着,叫你大叔给你把树根刨出来。"说着又要擦成才脸上的血。

成才又推开他:"别动!"

于凤兰无奈地问:"那你说怎么办呢?"

成才说:"你去叫我爸来看看。"

于凤兰又劝道:"啊呀,成才,我不是说了吗? 咱两家,不能结仇啊!"

成才不听:"我没和你们结仇,是黄吉顺骂我打我。"

"他该死,我叫他给你赔不是,啊?"于凤兰扭头对黄吉顺说,"你还在那站着,不来看看成才!"

黄吉顺丧气地说:"唉! 张广泰! 我怎么碰上你这个丧门星!"他走进屋,也劝成才道,"成才,你是个孩子,你和大人的事无关。刚才你大叔不对,不该打你骂你,起来吧,你婶给你洗洗脸。家去睡觉,啊?"

成才还是不依:"去叫我爸来看看。"

黄吉顺说:"行了,大叔大婶都给你赔不是了。起来吧,你爹来了不是也得起来吗?"

成才还是躺床上不动:"叫我爸来看看。"

黄吉顺懊丧地跺脚:"我得倒大霉!"

这时一脸黑灰的小芹回到家里,见成才躺在父母炕上,乐了:"成才,你怎么在这儿? 上我家炕,是想做我家倒插门女婿呀?"

成才一个鲤鱼打挺下了炕,似乎看也不敢看小芹一眼,兔子似的跑了。

黄吉顺莫名其妙地问:"他这又是怎么回事?"

小芹撇撇嘴:"我还想问你们呢!"说完关院门去了。

关上屋门,黄吉顺轻声问于凤兰:"怎么样?"

于凤兰木木呆呆轻摇头:"我说她不会回头,你偏不信。"

黄吉顺不信她:"你是劝她了? 还是帮她了?"

于凤兰没好气地说:"有本事你自己给她说。"

黄吉顺狐疑地说:"我就不信她这么不懂事!"

"不信你说去,我不管了。"于凤兰不再理他,径自上床睡觉。

成才一溜烟跑回家,仰躺在炕上,王玉珍小心翼翼地往他鼻孔里塞棉团儿。

王玉珍心痛地埋怨道:"这一拳挨的可真不轻! 你说你半夜三更的去招惹人家干什么呀?"

张广泰生气地说:"还说我叫你去刨的! 是我叫你去刨的吗? 我什么时候叫你去刨那两棵树的根了?"

王玉珍劝他:"哎呀,他都挨打了,你就别训他了!"

张广泰说:"活该!"

成才瓮声瓮气地说:"我当不成工人了,没工作了,变成农民了,也没城市户口了,总得有人负点儿责任!"

张广泰愣愣地看着成才,无言以对了。

第五章

　　清晨,张广泰一开院门,却见小芹穿着下夜班时的工作装,头发被露水打湿了,脸色苍白,困倦无神地蹲缩在门旁,身左身右放着两坨香椿树根,他吃了一惊:"小芹! 怎么? 你在这儿蹲了半宿?"

　　小芹拎着两坨树根站了起来,默默地点点头,接着吞吞吐吐地说:"我一下班,我姐见了我就哭……我问她什么,她都不说……"

　　"进屋再说,秋天露水寒气重,小心着凉。"

　　进屋,张广泰坐在椅上,低头沉思。他的一只手臂放在桌上,手握成拳,虎口朝上立在桌沿那儿,仿佛随时会起拳猛地朝桌面擂下。

　　听了小芹的话,成民忍不住地说:"爸,要不我去看看?"

　　张广泰问他:"你不是今天要正式开课吗?"

　　成民迟疑地说:"农村的课,没那么正规,让学生等……"

　　张广泰抬起头,目光威严地朝成民看去,成民话没说完就低下了头。

　　张广泰说:"你已经去过黄家两次了,暂且不要再去了。你去次数多了不好,何况你今天正式开课。"

　　王玉珍问:"那,我去?"

　　张广泰的目光缓缓望向她,犹豫着。王玉珍急了:"都听你的呢,你

123

倒是说话呀。"

成才霍地一下站起来:"那就让我再去一次吧! 我不信他黄家还变成了狼窝虎穴! "

张广泰的拳往桌上狠狠一擂:"混账! "

成才悻悻地又坐下了,一时屋里的人都静静地看着张广泰。

张广泰取过一张纸,沉着脸卷了支烟,慢慢点上。

王玉珍看着他急了:"你哑巴了呀? 这眼瞅着快到八月十五了……"
张广泰竖起了一只手掌,示意不要打扰他想问题。

王玉珍火烧火燎地说:"看,看,还不许我说话了,真急死个人! "

成民忍不住说:"爸……"

张广泰这才看着成民说:"你不便再去,成才是更不能去了。"

王玉珍埋怨道:"那,还在家里稳坐着? 你倒是赶快亲自去一趟呀! "

张广泰抽了口烟:"临到我该去的时候,我自然就去了。这么着,你去一次吧。将那城里稀罕的菜,摘上它一篮子,带去。见了亲家的面,先说是顺路给他们送点儿菜。"

成才不高兴了:"还给他们送菜?! "

张广泰狠狠瞪他一眼,成才不吭气儿了。

"那我这可就去了啊? "王玉珍提个篮子,匆匆去了。

成民问:"爸,我也去学校了? "

张广泰点头,成民也走了。

成才哼一声,也悻悻地回到自己屋,甩手把门关得震天响。

屋子里只剩下张广泰和小芹师徒二人了,张广泰疼惜地说:"小芹……"

"嗯? "小芹又不安又惭愧。

"帮师傅把那两棵香椿树根栽上吧。刨都刨出来了,你也大老远地拎来了。不栽上,干死了,怪可惜的。"张广泰说着,站了起来。

师徒二人在院子里刨了两个坑,把树根放进去,埋好土,只露出上面的断茬,小芹往里面缓缓浇水。

"小芹,师傅心里有点儿怕……"

小芹停止了浇水,默默看着张广泰的脸,那意思是:"还有您怕的人,您怕的事吗?"

"我不是怕别人,我是怕我的坏脾气,哪一天忍不住了,会做出什么让人笑话的事。"

"我觉得师傅的脾气很好。认识您的人,也都这么认为。"

张广泰苦笑:"那是因为我很久没发过坏脾气了。所以呢,无论你,还是成才,都不要搅到我们两家的关系里边去。具体说,是不要参与你姐和你成民哥的婚事问题。那是两家大人的事,更是你姐和你成民哥的两个人之间的事。你和成才呢,还是孩子,说话办事,没深浅,没分寸。成才昨晚干的事儿是他不对。"

小芹忍不住说:"我看也没什么错。"

张广泰严肃地说:"不对就是不对,我已经教训过他了。不对的事说破大天,那也不能说成是对。你不许说他对。你如果像他那么胡闹,我也会照样训你! 听明白了?"

小芹不吱声,张广泰板起脸更加严肃地说:"师傅问你呢!"

小芹这才不情愿地答道:"明白了。"

张广泰抚摸了她的头一下:"这才对。我也是为你好,你们毕竟是父女,别因为两家怎么样了,闹得你们父女不和。"

小芹浇下的水,从坑里溢出,溢向师徒二人的鞋。

张广泰又打了她后脑勺一下:"你这是怎么帮的忙? 行了,你去把你那张脸给我好好浇浇干净吧!"

新新居门外,黄吉顺连连鞠躬地送几位吃客:"几位走好,要是不嫌弃店小,欢迎下次光临!"

这时,王玉珍恰恰挎着竹篮到了门口。黄吉顺故作意外,客气有余真诚不足地说:"呀,是您! 进城来了? 快里边请,里边请! "

"想进城买点儿东西,顺路看看你们。"王玉珍将篮子放在了桌上。

黄吉顺冲屋里大叫:"嗨,你出来一下,看谁来了! "

于凤兰闻声从屋里走出来:"嫂子,您来了。"

王玉珍笑问:"早想来看看你们,这阵子一直没得空。生意好吧? "

于凤兰也笑:"就这么忙着,来了吃的锅上忙,没来吃的案上忙,也没顾上去看看你们。"

"昨晚,成才来给我捣乱了一阵,我们爷俩还逗嘴皮子。"黄吉顺说着笑了。

"成才就是个不成器的东西,以后你可多管教他点。"

"他那个担子,弄好了也是个抓钱的路。广泰大哥还下地? "黄吉顺故意做出一副居高临下的架势。

"村长说叫他盘个炉子,打点家用的铁器。"

"哎,这更是个路,将来可以往开工厂发展。"

"他哪有你这个本事。"

"我也是瞎闹。现在越闹事越多,这不是,区联社叫我担任个主任,唉,这新新居也得照看着。"

"有人吗? 还卖不卖啦? "外面有人来吃饭了。

黄吉顺正中下怀:"这不是,想闲会儿都闲不住。我得忙去,你们聊,你们聊。"

于凤兰对王玉珍:"我们屋里坐吧。"

两个人进了屋,王玉珍轻声问:"怎么不见大翠? "

"不舒服啦。"于凤兰敷衍道。

"噢,我看看她? "

"不用,哪有老的看小的? "

"嗨,孩子病了,我这婆婆要看看,你这亲家母还不让看? "

"瞧你说的,见外劲儿的! 我先去看看她睡着还是醒着。"于凤兰尴尬地推托。

"你要不说她病了,我倒也不必非看她一眼。可你既说她病了,我出来到你家里了,不看上孩子一眼,那我心里会不是滋味的。"

"这……"

"走吧,怎么着你也得陪我看上孩子一眼啊!"

二人进了大翠姐妹的屋里,见大翠背朝门躺着。

于凤兰小声说:"看,睡着吧?"

大翠忽然转过身来:"婶儿,我没睡。"

"孩子听到我来了。"王玉珍走到炕边坐下,轻声问,"翠,怎么不舒服了?"

大翠坐起,望着王玉珍,忽然扑抱住她,失声痛哭。

王玉珍满腹疑惑地看于凤兰。

"这……"于凤兰不知说什么好了,却骂起大翠来,"大翠,当着你婶儿,你这是来的哪一出?"

成才在大柳树街上焊壶,看见曲彦芳走过来,他招手让她过来,附在她耳边低声说了几句。

曲彦芳一仰头:"嗨,我去!保证给你打听清楚。"说罢,大步南去了。

从新新居出来的王玉珍心事重重,脚步匆匆地往大柳树村走,在小桥上正遇见曲彦芳。

"婶,探听清楚了?"曲彦芳冲问。

"什么事儿啊?"王玉珍不解地看着她。

"还能什么事?你们张黄两家的亲事呗!大翠到底真假病了啊?"

"你听谁说的?"王玉珍的脸色更不好了。

"我成才哥告诉我的,他还求我帮着去探听探听呢!"

"这个成才!哎,彦芳啊,我们两家的事儿,你一个孩子家可千万别往里掺和,啊?再说也没什么事儿。"

"婶,你可别不当回事儿！户口那一家伙,给你家造成的麻烦还小么？今儿,我要替你两肋插刀了！"曲彦芳大摇大摆好汉模样地走下桥去了。

"彦芳,婶求求你了！"

"不用求！我自愿的！"曲彦芳头也不回。

一进自家院子,王玉珍就没好气地说:"你还有心思弄这个！"

张广泰两手泥,在盘铁匠炉子,看着她张张嘴,却什么也没说。

王玉珍把空篮子放下,自言自语道:"也不知彦芳去了,会是个什么结果。"

张广泰生气地将一团泥一摔:"关她一个孩子什么事？我非告诉她爸,让她爸狠狠批评她不可！你也是的,怎么就不能拦住她？"

"我白去了一趟,什么也没探听出来……"

"那你就指望别人家孩子为我们探听出什么来？"

"那我还能指望谁？指望你？你不是在这儿盘炉子呢吗？"

"你怎么知道我心里边就没在想？"

"那你就想吧！再三天就是八月十五了！黄家那边给咱们来个无声无息,你却在自家院儿里盘炉子！我也不知这事儿该怎么办好了,你就在这儿慢慢想,好好盘吧！"王玉珍进屋去了。

张广泰想了想,一脚将盘了一半的炉子踢塌了。

曲彦芳大摇大摆进了新新居,黄吉顺迎住她,躲不起也惹不起地问:"彦芳,稀客稀客。"

"什么稀客干客的！你少给我来这一套！"

"不是稀客,是贵客行了吧？想吃点儿什么？"

"什么都不吃,才不给你面子呢！"

"那,有事儿？"

"我要见我大翠姐。"

黄吉顺敏感地问:"你……见我们大翠干什么?"

"怎么?你家大翠一变成城里人,就成仙啦?凡人见不得了?我爹叫她上大柳树去给学生上课!"

"上大柳树给学生上课?我怎么不知道?"黄吉顺一本正经地装糊涂。

"天下事都要你知道?"

于凤兰走出来忙插话道:"大翠病了。"

黄吉顺也忙附和:"是,是病了。"

"什么病?"

"大半是感冒了。"于凤兰扯谎道。

"啊啊,感冒了,她感冒了。"黄吉顺赶紧附和帮腔。

"我们大柳树村的小学教师病了,我更得代表我爹看望看望她了!"言罢,曲彦芳迈步就往里便走,"大翠!大翠!我是曲彦芳,我代表我爹来看望你!"

黄吉顺急得直抹汗:"这个小姑奶奶,我拿她可真是没办法!"

于凤兰见曲彦芳叫着到了大翠屋门外,急说:"她不在那屋!"

"那么她肯定就在这一间屋了!"曲彦芳回头冲于凤兰和黄吉顺一笑,推开门闯了进去。

于凤兰推了推黄吉顺:"听听她们说什么!"

黄吉顺反而推她:"你去!我不合适!"

"看你怎么收场!"于凤兰也进了大翠的屋。

曲彦芳歪在大翠炕沿上,轻声问:"你怎么啦?"

大翠只流泪,不说话。于凤兰在旁边说:"感冒了,不爱说话,难受。"

曲彦芳摸摸大翠的头,疑惑地说:"不烫手啊,没感冒。你们打她了吗?"

黄吉顺在门外接话说:"彦芳,这么大的姑娘,我们怎么会打她呢?"

曲彦芳问:"骂她了?"

于凤兰忙道:"没有。好好的,骂她做什么?"

曲彦芳又问:"是她生气了吧?"

于凤兰摇头:"好好的,生什么气? 也没有。"

曲彦芳诧异地说:"这怎么回事? 中邪了?"

黄吉顺在门外说:"没有,彦芳彦芳,她就是病了。"

曲彦芳眼珠一转:"婶儿,你先出去一会儿好不好? 我要单独和大翠姐说几句话。"

于凤兰出去不是,不出去也不是,喃喃道:"这……"

黄吉顺急了,色厉内荏地说:"彦芳,你这丫头太过分了! 你有什么资格在我家里……"

曲彦芳打断他:"我是一个小丫头当然没资格啰! 是大柳树村的党支部书记兼村长同志让我代表他来的,要不我走? 让他亲自来?"

黄吉顺一愣,连忙摆手:"别别别,小姑奶奶,有什么话你只管对我女儿说,只管说!"他将同样发愣的于凤兰扯了出去。

曲彦芳不卑不亢地说:"劳驾把门关上。"

门一关上,黄吉顺的耳朵立刻就长在了门板上,于凤兰也一样。

曲彦芳看着大翠,小声说:"大翠姐,我看出来了,你生了重重的心病了。今儿是八月十一,再三天你要出嫁了,有什么恼人的事儿都窝在心里可不好。"

大翠不说话,却又躺下了。

曲彦芳趴在她耳边又说:"要不要我替你给张家的人捎些什么话儿? 听说你病了,他们一家可着急上火的了。"

黄吉顺、于凤兰在外面没听到屋里面说什么,最后只能狐疑地目送曲彦芳走出店门。

"她怎么掺和进来了?"于凤兰不解地问。

"曲国经插手了? 不会呀! 他怎么会插手?"黄吉顺指指大翠的门,"把她叫起来!"

"到底要出事。"于凤兰敲了敲大翠的屋门,叫道,"翠儿!……"

"走漏风声?"黄吉顺沉思着说。

"什么风声?"

"说你傻你还不认账,大翠的事!张家知道了!"

"他们怎么会知道?"

"是小芹!这个吃里爬外的浑丫头!一定是她去给他们说了。"黄吉顺气呼呼的,咬牙切齿。

"小芹什么也不知道啊!"

"你们闹腾一夜,她不去说?"

"这可怎么办?"

"你看看吧,一会儿张家准还会有人来!"

"成民?"

"我想,不会是成民。"

"张广泰?要是张广泰亲自来了,我可不知该怎么说!"

"我看你是心里边怕他吧?"黄吉顺鄙视地看着她。

"你不怕他?"于凤兰反问。

"我一没偷他的,二没抢他的,我有什么好怕他的?他又凭什么值得我怕他?新中国,朗朗乾坤,光明世界,我一个有户口本的城里人,又是城里,在自己开的店里,怕他?"

"可咱们明摆着理亏。"

"胡说!咱们理一点儿都不亏,他们张家也一点儿都不理直!"

"你还心里揣着明白装糊涂,说那心虚嘴硬的话!"

黄吉顺将手中抹布一摔:"事情到了这般田地,你怎么还不和我一条心?!心里揣着明白装糊涂,那就对了!聪明人都这样!我可告诉你,在张家人面前,理亏也要装出一点儿都不理亏的样子!只要装得好,理亏也不理亏了!"

于凤兰愣愣地看他,分明对他那套逻辑一时绕不过弯来。

　　黄吉顺想了想说:"肯定地,一会来的会是王玉珍。兵来将挡,水来土囤。张广泰来时,我亲自出面应对! 王玉珍来了,是你的事儿!"

　　于凤兰为难地说:"可我,我怎么对人家亲家母说啊!"

　　黄吉顺恨恨地说:"还亲家母! 到水落石出之时,就该说开门见山之话。从现在起,两家就没有什么亲家不亲家的关系了!"

　　成才看见曲彦芳回来了,急忙问她:"见着了?"

　　"大翠的眼肿得睁不开了!"

　　"为什么哭? 你问了?"成才一头雾水。

　　"当然。什么都不问我去干什么去了?"

　　"那,我嫂子怎么说?"

　　"她反反复复只说一句话——让你们张家的人不必为她着急上火,让你们家要有从长计议的准备。"

　　"这是什么话? 都八月十一了!"

　　"我看,你们两家这门亲事,玄。"

　　"连你也有这么一种感觉?"

　　"那你当我是傻子啊! 其实全大柳树村的人,看在眼里,都暗暗替你们张家着急呢!"

　　"彦芳,好彦芳,我再求你——把你刚才的话,快去当面告诉我爸!"

　　"你自己怎么不?"曲彦芳撇撇嘴。

　　"我不敢。"成才倒是老实。

　　曲彦芳想了想,说:"那我也不敢。我是晚辈,那不是我该告诉大人的话。"

　　"那,求求你去告诉我哥。"

　　"你自己怎么不去? 我是你通讯员吗?"

　　"我这不是忙得走不开嘛! 你去,我给你打个发卡子,带只小蝴蝶的。"

"说话算话？"

"骗你死了变个蛤蟆。"

曲彦芳一扬手："怎么说的呢？重说一遍！"

"说错了，说错了。骗你，我死了变个蛤蟆！"

曲彦芳满意地笑笑，转身走了。

大柳树村小学依然破漏如故，不过西墙多了一片黑干泥，上面写着"中国共产党""社会主义"。孩子们趴在矮木板上写字，成民正在木板间踱步。

曲彦芳在窗外向成民招手，成民愣了愣，走了出来。

曲彦芳在成民耳边低声说了一阵悄悄话，成民听完，诚挚地说："知道了，谢谢你。你告诉我父亲母亲没有？"

曲彦芳摇摇头。

"你刚才跟我说的话，千万不要也去跟他们说，啊？"成民矜持地笑笑，转身走向教室。

"哎！你……"

成民站住，转过身子。

"你不信我的话？"

"信啊。"

"那你根本不当一回事儿？"

"怎么会呢？"成民苦笑。

"那你倒快去黄家呀！成才的意思，是要你亲自去向大翠问个明白啊！"

"我这不是正在上课嘛！我得把课上完啊！"

成民走入教室，引领同学们一句句读课文："人有两件宝，双手和大脑；双手能做工，大脑能思考。"

新新居厦下，于凤兰收拾餐具，黄吉顺抹桌子眼望大柳树，思忖片刻,对于凤兰说:"我说,已经到了这一步了,这层窗户纸早晚得捅破,晚不过早,早点和他们讲明了倒好,不要挨到大后天,八月十五,吵吵闹闹的,来过节的联社委员们,吃瓜不甜,喝酒不香,招人家说笑话,更不能让曲国经插进来。那老家伙,办不了好事。"

"怎么捅破?"

"这简单,给他们明说,退婚。"

"几天前还亲家亲家地叫着,眼珠还没转过来就说退婚?"

"那又怎么了?天下的事都这样。你去给他们说。"

"我可没有那厚脸皮!"

"原来没有,练练就有了。不是说吗,人人都得学习,这也得学习。去吧。"

"你为什么不去?"

"你又为什么不去?你去了,看他们的意思。行了,没说的,以后两家人见着了,还保持个客客气气的态度。如果他们说不行,我这儿还有个退还步。去吧。"

"还想落个好朋友?不打我们个头破血流才怪呢!"于凤兰担心起来。

"他敢!"黄吉顺把胸脯一挺。

"怎么不敢?"

"看你这点兔子胆儿。"

"不是胆的事,怎么跟他们开这个口啊!"

"我给你说,这事,你要说它复杂,它就复杂,你要说它简单,这也很简单。到那儿,给他们说一声,打个招呼就行了。有什么了不得?他们成民,小学教员,一表人才,还怕找不着个农村老婆?"

"你就不为大翠想想?"

"给你说了多少遍?我就是为大翠,才走这步棋。快去吧!"

"这可真是难死人!"于凤兰叹口气,坐下了。

"快去啊！"黄吉顺催促她。

于凤兰三步一抬头两步一回首地到了张家门前，迟迟疑疑，站住了。向门前望一望，低了头，沿张家房转了一圈，又回到院门前，再次向院里望一眼，又绕张家院墙走。

院里，张广泰在盘被他踹塌了的炉子，王玉珍急走过来："我看见于凤兰在咱房后往东走了。"

张广泰不信："瞎说，你看错眼了。"

王玉珍急切地说："真的，不信你出去看看。"

张广泰出了院门，正好看见于凤兰沿院墙从东走来，忙叫："老弟妹！你怎么在这儿？"

于凤兰停住了，张广泰迎了过去："怎不进家？"

于凤兰尴尬地笑了。王玉珍从后面上前拉于凤兰："快快，进家！"

于凤兰惭愧地连连摇头："我还有什么脸进你们的家？"

王玉珍听话茬不对，敏感地一怔，但仍旧说："看你说的，怎么没脸了？快进家。"

张广泰两手泥，不知该怎么是好："对对，快进家。"

于凤兰被请进张家院，看见了院西墙下的炉子："张哥盘炉子？"

张广泰说："村长叫我盘个炉子，干点农业上的活。"

于凤兰不安地说："咳，不进家了，就在这给你们说说吧。"

王玉珍拉她："进家坐，我给你烧壶水，泡碗茶，咱们喝着，慢慢说。"

于凤兰说："不啦不啦，在这说吧。"

"这哪像亲家登门呀？"王玉珍硬拉于凤兰进了房。

张广泰说："我烧水，正好盘了炉子。"

于凤兰坐下，叹了口气："自打成民回来，说在大柳树教小学，大翠表面上也有说有笑，可是没人的时候，偷偷叹气，抹泪，一天一天变得不爱说话。昨晚我问她，她就是哭，不说为什么，我们俩琢磨，多半是为成民的工作她不满意。"

王玉珍疑惑地说:"不会吧? 前几天他们俩还有说有笑。"

于凤兰又叹了口气:"我们大翠那孩子,重情义,宁肯自己受委屈,也不愿别人难过。她是要成民自己退下去,可成民不知道,这不是,病了。"

王玉珍为难了:"这可怎么办?"

于凤兰说:"所以啊,我们来和你们商量,能不能把八月十五这个日子,往后拖几天? 等她再和成民见几面,俩人慢慢说开了,事就好办了。"

成民上完了课,来到新新居,黄吉顺迎住他:"成民,来啦。见着你婶了?"

"我婶? 没有。大翠怎么了?"

"你婶给你爹妈说去了,你来也正好。"

大翠突然出现在屋门前,手理一把散发,叫道:"成民!"

成民怔怔地看着大翠:"你怎么了?"

大翠上前拉成民进自己的屋,黄吉顺阴沉着脸叫道:"哪去?"

大翠说:"我们说说话。"

黄吉顺严厉地说:"还没成亲呢,有什么话要关起门来说?"黄吉顺拿过两个小凳,放在当门口地上,"在这说吧。"

大翠和成民愣了,只得就地坐下,两人相视,不知如何开口。黄吉顺又拿过个小凳自己坐上,正色催促道:"说吧!"

"大叔,我们俩有我们俩的话。"成民沉默了一刹,终于开口。

"你们俩有怕人的话?"黄吉顺逼问。

"没有,我们没有怕人的话。"

"没有怕人的话,有怕我的话?"

"也没有。"

"没有怕我的话,就说吧。"黄吉顺一阵冷笑。

成民蹙眉看着黄吉顺:"大叔,你这是什么意思? 我俩眼看要成亲了,说句话你还在旁边看着? 不让我们单独说?"

"眼看要成亲了,可是还没成亲。有什么要单独说的话?"

"就是还没成亲也有我们单独要说的话呀!"

"那就说吧。"

成民和大翠相对无语,成民站起说道:"大叔,你要叫我们唱梁祝?"

"什么梁柱?"

"你要拆散我们?"

"怎么我要拆散你们? 你们本来也没在一起呀!"

"可我们马上就要在一起了。"

"在一起就说在一起的话,还没在一起就说没在一起的话。"

"以前我们常在一起说话。"

"以前我没看见。今天我看见了,就得看着你们说话。"

"大叔,你告诉我,大翠为什么哭?"

"你问这个?"

"对,问这个。"

"这个我不能告诉你。"

"那么我问大翠。"

"大翠也不能告诉你。"

"为什么不能告诉我?"

"你这话可真奇怪,我家的事,为什么要告诉你?"

成民噎住了。

"张成民同志,你想过没有? 今天你到我家来找大翠,合适吗?"

"怎么不合适?"

"你想想,自己想想。你怎么可以闯到我家来找我的姑娘呢?"

"大叔,你怎么突然说出这种话来? 我要找大翠,问她句话,有什么不可以? 我和大翠是什么关系,你不知道?"

"你和大翠是什么关系我不管,可是,不论你和大翠是什么关系,你和她说话,我都该听着。要问我们家事,应该先对我说,先问我。"

"噢,这个礼节的细节,我疏忽了,不过我也要跟你说,也要问你的。"

"你要跟我说什么呢?问我什么呢?"

"你想,我会给你说什么呢?我会问你什么呢?"成民本就有气,语气渐渐生硬起来。

"我不知道。"

"本来,我要给你说的,应该很多,可是现在,你忽然阻拦我和大翠说话,我要说的只有一句:你这是有意拆散我们。"

"不愧是师范毕业生。行,我这么给你说吧,你和大翠的事,虽说新社会不由父母做主,可是没有父母的同意,你们办不成。我说的对不对?"

"也对,也不对。"

黄吉顺冷笑道:"张成民,我不跟你争什么对与不对。我只告诉你,你婶已经到你家去替大翠退婚去了。而大翠,她的婚事最终还是要听父母的!"

"爹!你们这都是干的什么事儿啊!别忘了你们可都是做父母的人啊!"大翠急哭了。

成民正色道:"大翠,你给我一句明白话!"

黄吉顺站起来声色俱厉地骂道:"张成民!你凭什么威逼我女儿?你给我滚出我家去!"

此言一出,成民和大翠都惊愕了,大翠捂面哭着跑进了自己屋,成民猛一转身,怫然而去。

成民在回去的路上遇见了于凤兰,停步叫道:"大婶。"

"啊,成民。"

"婶,你是到我家去……"

于凤兰支吾地说:"回家……你回家就全知道了。"从成民身边绕过,匆匆走了。

成民急急回到家里,进门便问:"妈,大翠妈来过?"

王玉珍苦笑:"来过。你怎么知道?"

成民说:"我碰见了。我去找大翠,黄吉顺不让我和她说话了,说叫我回家问你们。看他的样子,他们要拆散我和大翠!还说你们已经知道了。"

王玉珍一愣:"是吗?于凤兰可没有这样的话。"

张广泰说:"话是没有这样明明白白地说,锣鼓听声儿,说话听音儿,意思可是有了。"

"爹,你要敢成心拆散我们,我就敢死给你看!"

"我看,你是要想先把我成心气死了算!"黄吉顺气得发抖。

"你要是非做无品无德的父亲,我就只有做那忤逆不孝的女儿。"

"此话怎么讲?"黄吉顺不解地问。

"你自己寻思!"

黄吉顺抓起鹅毛掸子想打大翠,却被大翠牢牢抓住了另一端。

大翠决绝地说:"如果真是我把你气死了,我给你披麻戴孝,我大翠终身不嫁了。但我绝不会为你流一滴眼泪的!"

黄吉顺气得口眼歪斜,浑身哆嗦,忽然向后倒去。

大翠吃一惊,急忙扶住他,慌乱地叫道:"爹!爹!……"她却哪里扶得住,眼看着二人都要倒在地上。

于凤兰恰在此时进了门:"哎呀,我的老天爷!大翠!大翠!你怎么忍心把你爹气昏过去!"

母女二人手忙脚乱地将黄吉顺抬上炕,于凤兰哭道:"他爹,他爹,你可不能死啊!你要是有个三长两短,这个家的日子可怎么过啊!……"

大翠心虚了:"爹,爹,你醒醒,我再也不敢气你了!"

于凤兰甩手扇了大翠一耳光:"张成民就真的那么好吗?"

小芹刚好下班回来了,见状质问:"妈,你为什么要打我姐!"

于凤兰怒道:"她把你爹气昏了,你快去把李三桐请来!"

小芹惊讶地看大翠,大翠捂脸哭着跑出去了。

天黑下来,黄吉顺闭眼仰躺炕上,于凤兰烧好一个火罐,要往他额头放下去。

黄吉顺忽然睁开眼,用手推开她道:"你干什么你?"

于凤兰愕异地说:"你……苏醒了?"

黄吉顺一掀被坐了起来,抓起蒲扇连扇:"还给我盖被子,想把我热死啊?"

于凤兰高兴起来:"谢天谢地,谢天谢地,不用拔个罐子了!"

黄吉顺却反问:"大翠是什么表现?"

于凤兰眨眨眼不明白他什么意思,黄吉顺又问:"我问你,她把我气昏了,她怕没怕?"

于凤兰放下罐子,连说:"怕,怕,吓哭了,我还扇了她一个嘴巴子。"

"小芹呢?"

"也怕,也怕,怎么能不怕呢?"

"你呢?"

"我更怕了呀!你要是一下子半身不遂,瘫在床上,那我还有一天好日子过吗?"

"你别咒我!李三桐那老精怪怎么说的,给我开了些什么药?"

"他没给你开药。他只说,你再犯这种病,泼你几盆凉水就行了,还笑嘻嘻的。我看大翠把你气昏了,他倒有几分高兴。"

黄吉顺心里嘀咕:"这老精怪,果然是个懂医道的人。"

于凤兰忽然想起什么,问道:"当家的,你上辈人没有患羊痫风的吧?比如你爹,你爹的爹……"

黄吉顺生气地打断她道:"你给我少说这些!我告诉你,你也要告诉你那两个女儿,你们以后都少气我,凡事要顺着我。不然,我这病还会犯的。这病是生生被你们气出来的!"

于凤兰喏喏地说："不敢了,可不敢了……"

张广泰一家四口围着晚饭桌干坐着,谁也不看谁。张广泰垂着目光吸烟,屋里烟雾缭绕。

王玉珍滴下泪来,忽然抽泣了一声,两个儿子却还是没有看她一眼。只有张广泰瞪她,她用衣襟拭拭眼角,立刻噤声了。

"都吃不吃了? 都不吃就撤了,都睡觉去!"张广泰说罢,起身下了炕,往外便走。

通往城里的道路上,张广泰大步腾腾地往前走,边走边想:黄吉顺,黄吉顺,你可休怪我不客气,这可是你逼我和你撕破脸的!

越接近小桥,张广泰脚步越慢,走到小桥上,他站住了,想起了以前在广华街的生活,叹道:"我对广华街有感情,太有感情了!"

到了新新居门前,张广泰站住了,欲拍门,却又犹犹豫豫地将手放下了,眼望着店门,踱来踱去。他又一次举手,但终于还是没有拍下去,最后竟三步一回头地离开了。

张广泰在路上碰到了李三桐,李三桐主动打招呼:"广泰,你这是……"

张广泰不自然地笑笑:"想咱们这条街了,过来走走,看看。您呢? 这么晚了还没睡?"

"我……散散步,想想事儿。"

"这条路,一拓宽了,还就是让人心里敞亮。"

"是啊是啊。广泰,有些话,我一直憋闷在心里,总想当面向你道个歉。就是你和黄家立下换房契约那一件事儿……"

"您不必的。您那也是好心嘛,不关您什么责任的嘛!"

李三桐感动地说:"广泰,真难得你这么厚道……"

两个人又闲扯了几句,张广泰回了家。

张广泰来到成民的屋里却见成民头朝炕沿仰躺着,大睁两眼瞪着房顶。他轻轻坐在他头边:"我和你妈刚刚商议了,你和大翠的婚事,八月十五肯定是办不成了,倒莫如过了八月十五再作打算。总而言之,儿子你放心,你父亲一定为你向黄家讨个合情合理的说法。"

成民闭上了眼:"爸,我什么结果都扛得住的。您快回屋睡去吧。"

张广泰扭头看儿子一眼,张张嘴,似乎还想说什么,却什么也没再说。他返身爬上炕,替成民拉了窗帘,接着下地端起油灯,一口吹灭了。

八月十五,圆月当空。广华街上,有些拎小灯笼的孩子忽聚忽散,跑来跑去。

新新居里,遍地瓜子皮、花生皮,桌子上也都是盘盘碗碗的——"饮食联社"的一次会刚开过。

黄吉顺边将桌上的散烟往烟盒里装,边问扫地的于凤兰:"女儿们呢?"

"小芹在厂里组织开联欢会,大翠把自己关在屋里,在写什么。"

"唔?不会是给张成民写信吧?"

"谁知道。"

"写也白写。都听我的,没错吧?这不,八月十五了,张家那边,不是也消消停停的了吗?别扭劲儿一过去,就万事大吉了嘛!"

"但愿的吧。"

一个拎灯笼的孩子偷偷溜入,抓了一把糖就跑。黄吉顺发现了,喊着"给我放下",追了出去,在门外几乎与左手拎一对酒瓶,右手拎两包月饼的张广泰撞了个满怀。

张广泰扭头看看跑远的孩子,强作笑颜:"你追不上了。"

"哟,张师傅,欢迎欢迎。偷我糖,不像话!"

张广泰进了店里,环视着问:"这是……"

"我不是被委任了个餐饮联社的主任嘛,刚刚在我这里召开了一次茶话会。"

张广泰将酒和月饼放在桌上,说:"恭喜啊!"

黄吉顺连忙擦桌子："快请坐,快请坐。"

张广泰坐下后问："我亲家母呢?"

黄吉顺最不爱听"亲家"二字,一皱眉,随即脸上堆笑："那不在那儿扫地呢!"

张广泰扭头看去,这才发现了于凤兰,继续强作欢颜地说："亲家母,我那口子,和两个儿子,都让我代问你好哇!"

于凤兰情知来者不善,惴惴地说："都好,都好,两家都好。"

黄吉顺说："又这么客气! 下次串门,千万别带东西了。让我怪过意不去的!"

张广泰说："今儿八月十五,馋酒了,想让你陪我喝两盅。"

黄吉顺犹豫了："这……"

张广泰不软不硬地说："不怎么愿意?"

黄吉顺也强作笑颜："瞧你老哥说的,哪能呢!"转头对于凤兰说,"先别扫了,快,炒两个菜!"

菜上来了,张黄二人碰了下杯,都一饮而尽。

"前几天,两家有些误会。孩子们不会说话,尽惹你生气。今儿我来,头一件,就是给你赔个不是。怪我,没调教好。"

"其实,也没什么误会的是不是? 喝酒,喝酒!"黄吉顺明显是在应付,把两个人的杯都斟满了酒,二人又一饮而尽。

"第二件,我要看看大翠,听说她病了?"

"是病了,在睡着。我们唠我们的,唠我们的。"

"既然你觉得我不方便见她,我也不是非要见孩子一面不可了。我问你,今天什么日子?"

"八月十五啊!"

"原定的,你家大翠和我家成民今天成亲,是不是?"

"啊啊,那事儿,不是已经过去了吗?"

"是啊,这都到八月十五的晚上了,没办成,可不是过去了嘛! 那,咱俩来商量商量,再给他们定一个日子怎么样,比如'十一',小年,大年,都行啊!"

"张大哥,说起这件事啊,现在,难了!"

"怎么难了?"

"我们两家,一直都这么说,我们是亲家。可是——嗨,大翠和成民有来往,这我们也知道,都不假。我们也说过,他们俩挺合适,这也不假。我们还说过,要是真成了,八月十五,给他们办喜事。可是呢,话都是那么说说,也不过就是说说而已呀。"黄吉顺做出一副真正为难的样子。

"你的意思,那都不算数?"张广泰紧盯着黄吉顺,很平静。

"你我都是一把年纪的人了,你以前又是工人阶级,空口说白话的事,我们能办吗?"

"是不能办。可是,还要些什么呢?要办个结婚证书,叫他们自己去办就是了,还要什么?"

"可不是嘛,还要什么?他们不要什么了,是我为难了。"

"你为难什么?说说,我们商量。只要孩子们过了好日子,我们做父母的,能给他们帮点忙的,就帮,父母都是为孩子。"

"你这话太对了,父母都是为子女,谁不为子女?你为你的子女,我为我的子女,成民回到大柳树了,你说,我能叫大翠丢了城市户口到农村去?"

"大翠也这么说?"

"她是没这么说,可是,这事,我当爹的得担起来呀,我得给你这么说啊。"

"大翠没说,你担它个什么?成民告诉我,大翠一直说她无怨无悔。那就是说,大翠她不嫌我们现在是农村人家了。"张广泰仍旧一副平静的表情,不急不躁。

"大翠啊,咳,这孩子,是碍于成民的情意,自己不知该怎么了断。"

"大翠让你替她说?"

"那倒没有,心思可是明明白白的了。你得想啊,人和人不一样,你们一家到了大柳树,自然得入乡随俗。大翠呢? 城市户口,这一条,和你们不一样啊。"

"你明白地说吧,是大翠不愿意,还是你不愿意?"

"你还让我怎么明白地说呢?"黄吉顺用手一指屋里的电灯,"比如这吧,这叫什么? 电灯。大柳树村点什么? 油灯。电灯和油灯,那给人的感觉一样吗? 广华街,那叫街。大马路,多宽敞! 大柳树村呢? 一下雨,稀泥呱叽的! 你总得承认,城市农村,是有差别的呀! 但凡是个人,能不在乎那一种差别吗? 都不在乎还要缩小它? 再怎么缩小也还是有差别啊! 两种户口,什么什么都不一样了啊! 还用往下说吗?"

"户口,啊! 当初咱们两家,若是不换房子,大翠不是还在大柳树吗? 你不是也在大柳树吗? 你们一家不都是农村人吗?"

"那自然是。可是咱们换了,现今不一样了。那时候,谁也不知道大柳树会划个农业区!"

"不,我是不知道,我要是知道,不会和你换。更不知道——不,不是不知道,是没想到,没想到你会提出这个借口拆散两个孩子的婚姻。"

"后悔药就不用吃了,到哪山砍哪柴,说现在的吧。"

"我就是来听你现在的。"

"现在明摆着的,我不能叫大翠跟着你们去受罪啊!"

"你是说,决定不叫大翠和成民成亲了?"

"只能这样了。"

"给他们退婚?"

"退什么婚? 根本就没有婚不婚的嘛!"

"那就说解除婚约?"

"有什么婚约? 我们有什么婚约? 没有啊,一个字也没有。你该还记得不? 咱们换房的时候,李三桐在契约上写了个亲家,我当时就叫他去掉了。我们两家没有这个亲家关系呀! 对不对?"

张广泰还在回忆当时的情形,黄吉顺接着说:"就是有契约,有证明,结了婚还可以离婚呢,是不是?何况咱们两家啥都没有,退的什么婚?我这么一说,你就没说的了吧?"

张广泰已经激动了,但为使自己不失态,仍做出平静的样子,一手把住桌上的酒瓶:"是啊,我还有什么话可说?既然这样,你能不能让我见见大翠?"

"既然这样,你见她干什么呢?不亲不故,就算你跟她说几句话,有什么意思?事情就这么了结了吧。往日,你们给大翠拿来些东西,我叫她妈拾掇好了。你带回去。凤兰!包好了吗?"

于凤兰应声拿出个包袱,也不敢看张广泰一眼,默默放在桌旁木凳上,立刻转身又进了屋。

"你拿回去,我就不特地给你们送去了。"

张广泰点点头:"我给你说几句话行不?"

"怎么不行?以后我们还是好朋友嘛,还可以喝酒嘛。"

"那我就说几句?"

"说吧,一边喝,一边说。"

"好,唉,我再问你一遍,我能不能见见大翠?"

"嗨,我不是说了嘛?还见什么?不亲不故!"

张广泰又点点头:"黄吉顺啊!古话说得好,人和人相交,都是合群合流啊,那叫鱼找鱼,虾找虾,王八找个鳖亲家。要说咱们做亲家,倒真不是一流的人。你为什么要和我换房子,广华街家喻户晓,你事前听到了街南要划成城区的消息,当时我不知道,真的不知道。"

"这件事,本来我可以对你说明白,当时我也不知道,我确实没听到什么城区不城区的消息,但是现在就不用表白了。天地良心,我能那么办事?我说的是,给你换成大房子,孩子们好成家,住着方便。"

"对。你当时说了这个话的,说得很明白,现在你该兑现了!"

"现在那个话办不到了。我不希望他们成亲?希望啊!可是你们成民叫人失望啊！我不能叫自己的骨肉跟他去受罪呀！"

"黄吉顺啊，黄吉顺！老天不公，你是这么个人，可是你却有大翠那么个好孩子。孩子在你手里，最终会落个什么结果？"

"张大哥，这你就不用操心了，我不会给大翠找个农民。人往高处走，水往低处流，通天下都是一个道理。"

"是啊。若是我成民分配在城里大机关，当上个大干部，你不会提出退婚吧？"

"这不是你也很明白这个道理吗？还有什么说头？"

张广泰已经控制不住了，但仍做出平静姿态："前两天你和成民说了些什么，我知道了。于凤兰在我家说了些，我亲耳听见了，你又和我说了些什么，我们面对面，句句清楚。现在，该我给你说要紧的话了——结婚不见得非得赶个什么节，八月底，我打发儿子来娶亲。时间充充裕裕的，天也凉快了，也好。你听明白了？"

黄吉顺惊笑："啊？你要来抢亲？哈哈，抢亲？你是山大王？解放了，新社会了，你个农民敢到城里来抢亲？哈哈！"

"黄吉顺！别给你脸，你不要脸！今天的事，其中是什么典故，我已经明白了。告诉你，大翠是我张广泰的儿媳妇，这事你变不了！也不用我来抢！两个孩子自己能做主！大翠自己能做主，还有政府！"

黄吉顺"嘿嘿"一笑："不用吓唬我。政府，婚姻法，那都是宣传，说说、唱唱的！你见哪个姑娘不经父母同意就出嫁了？刘巧儿怎么唱的？转了一圈，柱儿就是赵振华，还是得有他爹的姓。你看，还说什么，这你就别生气了，把东西拿回去，从今以后，我们该是朋友还是朋友，呃？"

"我和你还是朋友？我张广泰和一个狼心狗肺的畜生交朋友？好！我叫你看看我怎么和你交朋友。"张广泰举起酒瓶，猛砸下去，酒瓶碎了，满桌盘碗跳起来，酒洒菜散。

"你要干什么？"黄吉顺惊呼。

"我要你认识认识我张广泰！"张广泰操起砸煤铁锤，开始了全武行,横抢竖砸,桌椅,菜案,盘碗,家具……见什么砸什么。

黄吉顺大叫:"来人啊!"

于凤兰闻声奔出,见状吓得往桌子底下躲。

张广泰揪住黄吉顺衣领,将他的身子按定在墙上,怒不可遏地说:"黄吉顺,你一而再,再而三地耍我! 今天我要你领教,谁这么不拿我张广泰当人看待,他该付出些什么代价!"

"大爷!"张广泰一低头,大翠跪在他腿边,双手抱住他一条腿。

大翠仰脸求道:"大爷,你会要了我爹命的啊!"

街上拎着灯笼的些个孩子,都拥进店里看热闹了。张广泰一松手,不回头地走了。

黄吉顺瘫坐地上,又抽起了"羊痫风"。于凤兰手忙脚乱地喊:"大翠快泼水!"

大翠急忙用盆从缸里舀了满满的一盆水,问:"往哪儿泼?"

"还能往哪儿? 往你爹身上!"

大翠哗地一盆水泼过去,黄吉顺一个激灵,猛坐起来,惹得看热闹的孩子们笑得人仰马翻。

"滚!"黄吉顺往地上一躺,接着"抽"……

第六章

张广泰一回家,王玉珍迫不及待地问:"怎么样?成了吗?"

张广泰低着头:"没成!砸了!"说完闷坐在椅子上吸烟。

成民成才都没睡,并肩坐在炕沿上,相互看了一眼,成民问:"砸?砸什么了?"

"什么都砸,见什么砸什么。"张广泰嘴上的香烟火头一个劲往上爬。

王玉珍数落开了:"啊呀啊呀啊呀,我们都在家等着你,实指望你能把这事圆回来,谁叫你大闹天宫的?"

小芹进来了,哭丧着脸说:"我爹我妈都不许我在家住了,说我是内奸。"

张广泰说:"那就住这儿!还住你的西间屋。成才,你先跟你哥住一屋。"

王玉珍看看小芹,又看看张广泰:"你看你刚……这么着合适吗?"

张广泰对小芹说:"今儿的事,你师傅不好,你师傅的火爆脾气上来了。"

成才愤愤地说:"有什么不好?你不去砸,我也要去砸!"

成民扯了扯成才:"成才!"

"不过,师傅也不后悔。我要让你那个爹明白,女儿虽是他的,可也是我快过门的儿媳妇,也是我的徒弟!"张广泰的拳在桌上猛地一砸。

天亮了,黄吉顺把潘凡找来了,指着里面的一片狼藉:"潘同志,你看看吧,砸成这个样子,我没动,我老婆也没动。他进门,不管三七二十一就砸,我的买卖全给他砸光了。你是我们的官,我们遭这么大的灾,你得给我们做主啊!"

潘凡检视着各处,说:"不要说做主,是负责。我也管大柳树。唔,这个事……你们两家,怎么闹……闹……闹……闹成这样?"

"你坐下来,我给你从头说。"

"你看哪儿能坐?说吧。起因是什么?"

"起因,直截了当地说,是张广泰的儿子要娶我的女儿。"

"黄大翠?"

"是。这件事,过去我们确实说过。可是,两家没有换过帖子,也没有任何婚约之类的东西。他今天三句话没说完,就动手了。他是打铁的出身,我两口子拉都不敢拉,我们越求他砸得越狠。你看看,你看看,砸成这个样!临走还说要来抢人。咱们新社会,准许这种恶霸行为?啊?你看看,我们遭这么大的损失怎么办?"

"我我我不能听你一一面之词,得调查。"

潘凡察看完了黄吉顺家的情况,来到了曲国经家。

听潘凡说完,村长曲国经坐在炕头抽闷烟。

"这件事,责任在张广泰,儿女婚事,应该两家商量,成则成,不成则不成,他砸人家,对吗?黄吉顺的买卖做不成了,损失惨重,他应该负责。"潘凡没上炕,就在炕下来回走动。

"负什么责?"

"他要承认错误。"

"行,我给他说说。不承认也不行。"曲国经点点头。

"他要赔偿黄吉顺的损失。"

"这可不好办。谁看见是张广泰砸了？谁做证？谁能证明不是黄吉顺自己砸的,讹赖好人？"

"张广泰承认了错误,就说明是他砸的,还要什么证明？"

"那就别承认那个错误了。"

"怎么可以那样呢？"

"承认个错误倒好说,赔偿损失？叫他拿什么赔偿？张广泰除了身上穿的,啥也没有,是农村的无产阶级。"

"事情总得了结呀！"

曲国经以老资格的口吻说:"小潘同志,这件事,我看我们这么来处理一下——你呢,负责做黄吉顺的工作。他现在摇身一变是城里人了,我这个村长管也管不了他了,归你管了。他女儿大翠和张成民恋爱的事,我也是个见证人。你要好好教育黄吉顺,要求他必须尊重年轻人的爱情,绝对不许再从中作梗。我呢,我来说服张广泰,等黄吉顺态度转变了,他要主动认个错。究竟该赔多少,他得爽快点儿。"

"为什么非得等黄吉顺态度转变了,他才能主动认个错？"

"你的意思是反过来才对？"

"曲国经同志,您可不能偏袒张广泰。"

"我怎么偏袒他了？凡事都有个因果关系。解决问题,那也要从起因上下手,不对么？"

"这,我考虑考虑。"

"你这小同志,别跟我打官腔。在我面前打官腔,还轮不到你。今天你不来找我,我也会去找你。你要考虑,就在这儿考虑吧。两个人分头解决矛盾,那就要分工明确,不对么？"

"我看,你有私心。"

"我有什么私心？"曲国经笑了。

"张广泰连同他两个儿子变成了农民,其实你心里是高兴的。张成民再将黄大翠娶了,大柳树村又多一名老师,你更高兴。"

"这是私心么?"

潘凡笑了。

"笑什么! 考虑好了没有?"

"那,就照你说的办吧。"

夜里,广华五金厂里一片黑。

一个身影进了经理室,开了灯,是黄小芹,她把办公桌上的东西拿下地,铺片油布,跳上去,躺下就睡。

窗外,吴发林腋下夹根木棍,向室内看了一阵,用木棍敲敲玻璃:"小芹! 你在里边干什么?"

小芹吓一跳,急忙关了灯,才看清月光下的吴发林:"你偷看我?"

"今晚轮着我护厂守夜,你到经理室干什么?"

"睡觉!"

"这里是你睡觉的地方吗? 你开灯!"

"不开!"

"你不开灯我要喊人了!"

"破五花皮!"小芹噘着嘴开亮了电灯。

吴发林借经理室门口泻出的灯光走过车间,走过经理室,脸上守夜责任的严肃渐渐消逝,变成喜兴,手里的木棍藏到背后,进门先笑:"你怎么跑到这里来?"

"来睡觉。"

"你知道今晚我值班?"吴发林笑口大开。

"不知道。"

"你不是在咱师傅家借宿吗?"

"成才总挤对我,我生气了。"

吴发林咧嘴对小芹笑,不说话了。

"你走啊！"

"我在这看着你。"

"看我干什么？"小芹疑惑地看着吴发林。

"谁知你要干什么？我值班守夜,有责任。"

"我不会偷铁。"

"知道,偷别的呢？"

"厂里除了铁还有什么？"

吴发林笑着,轻声说:"还有人呢。"

小芹笑了:"我偷人干什么？"

吴发林心里美滋滋地说:"哎,当然有用了。"

"干什么用？"

"别斗嘴了,你先睡吧,待会我来。"

"你来干什么？"

"巡逻啊,再找把扇子来给你赶蚊子。"

"我不要。"

"行行,你睡吧。"吴发林向她点点头,走出门去。

小芹关了电灯,又睡下了。

吴发林从经理室窗外借月光偷窥睡在桌子上的小芹。秋虫声撩拨得他心猿意马、心潮翻涌、心神大乱。他走出厂大门,四向望了一阵,进厂关了大门,沿厂房四周转了一圈,轻步回到窗前,见小芹仍睡在桌上,他轻步进了经理室,摸到桌上的小芹。

"吴发林,又是你吧？"

"对对对,不是别人。"

"你解我上衣扣干什么？"小芹惊问。

"我看你这扣子好解不好解。"

小芹握住他的手一拧,吴发林一声惨叫,滚下桌,小芹跳下地,就势一脚,吴发林又一声叫。月光里,小芹伸手拉起他,连打两拳。吴发林连叫两声,似哭似笑地说:"你怎么真打?"

小芹扭他个刘秀背剑,抡圆胳膊像抡大锤,吴发林大叫一声:"别打了!"

小芹仍扭住他:"吴发林,你还是师兄呢!你那算是干什么?"

吴发林痛叫道:"别打了别打了,我走我走。"

小芹一推,吴发林一个趔趄出了经理室的门。

小芹说:"明天我一定给师兄弟们说!"

吴发林央求道:"千万别千万别!都刚转成正式工,你看着我被开除啊?"

小芹见他可怜,笑了:"还不快滚!"

潘凡的办公室里,潘凡给大翠倒了一杯水:"在我面前,你一点儿都用不着紧张。"

"谢谢,我不紧张。"

"我要求你来我这儿,你父亲没什么不良好的态度吧?"

"他只是不明白。"

"那么,你呢?"

"我也不明白。"大翠低下了头。

"是啊,我还没说,你当然也不明白。是这样的——我们都是年轻人,对于你和张校长的恋爱之事,我当然是理解的,同情的,维护的。年轻人不维护我们年轻人的爱情,那还算年轻人吗?何况,我不是一般的年轻人,我是党员,在部队就入党了。你相信我吗?"

"相信。"大翠缓缓抬起头。

"这就好。但是呢,父母的态度,毕竟也很重要。我来帮你做你父母,主要是你父亲的工作。你呢,要配合我。怎么配合呢?你自己不要直接和他发生冲突。在他面前,你还要恢复你从前是个好女儿的样子。他叫你往东,你就往东好了。他叫你往西,你就往西好了。你能这样,就等于配合我了,我对你父亲就好说话了。做人的思想工作,是一件挺艺术的事。这叫避其锋芒,消其肝火。你明白我的良苦用心么?"

"明白。"

潘凡搓着双手说:"这就好,这就好,很好,太好了。黄大翠同志,我已经替你约了张成民同志。"

大翠一下站起来:"他在哪儿?"

"你先别激动,他在你们以前幽会的老地方等你呢。你别回家了,回家再出来你父亲又疑心,还莫如现在就直接会他,彼此说说心里话儿。"

大翠感动得不知说什么好:"潘同志……"

潘凡冲她一笑:"别耽误时间了,快去吧!"

大翠走到门口转过身来,给潘凡鞠了一躬。

地里的一堆堆麦垛之间,小芹和成才在说话。

小芹羞涩地伸手给成才:"我们拉手吧。"

成才傻傻地看着她:"干啥?"

小芹笑着说:"你拉嘛。"

成才不耐烦了:"干啥嘛,一大早你把我拉引这儿来,拉手?"

小芹天真地说:"你不拉,我俩就不能发展了!"

成才不解地问:"发展什么?"

小芹认真地说:"恋爱呀!"

成才吃惊问:"我俩恋爱?"

小芹一噘嘴:"你不愿意?"

成才慌了神:"我哥不和你姐恋爱,我家不会闹成这样,我再跟你恋爱?我爹妈的骨头不给你家啃光了才怪。"

小芹开导他:"怎么会呢?爹妈是爹妈,我们是我们,我姐和你哥就是这样。"

成才想了想:"那好吧。怎么谈?"

"我看见我姐和你哥是这样。"小芹拉过成才,动作生涩地亲吻。

成才像根木头,任她摆布。小芹推开他,笑了:"以前,我常想,两人亲嘴,鼻子碍不碍事? 把它们往哪放? 原来不碍事!"

突然他们背后的麦垛那响起女孩的哈哈大笑声,是曲彦芳,笑弯了腰。

成才惊叫:"曲彦芳?"

曲彦芳跳来,抱住小芹,哈哈笑着:"我抓住了! 抓住了!"

成才红了脸,小芹笑道:"他还没拉我手呢!"

曲彦芳用手指划脸:"没羞没羞! 啊呀,小芹勾引成才哟!"

成才脸顿时火红一片,小芹只是傻笑。

曲彦芳笑了一阵说:"成才,你爹和我爹去修学校了,他们叫你去帮我家割豆子。"

"我就去。"成才急匆匆地走了。

曲彦芳喊他:"我不领你,你哪去?"

成才却早走不见了。曲彦芳又伸手刮小芹脸两下:"没羞没羞!"笑着喊着去追成才,"成才! 成才!"

街道办事处,就潘凡一人,在接电话:"好的! 好的! 太好了,太及时了! 秘书同志,请一定替我感谢局长! 不但我作为街道工作人员感谢他的认真负责,也代表张广泰一家感谢他! 我现在就去他家告诉一个信儿。"

放下电话,潘凡拍了下巴掌,接着搓着双手,一副高兴得没法的样子。稳定了下情绪,他戴上单帽,锁上门去推自行车。

"潘同志……"

潘凡一回头,见是于凤兰。

"潘同志,我家大翠呢? 她来时候不短了,她爸让我来找她……回家干活儿。"

"怎么,还没回家?"

"坏了,准是去大柳树找张成民去了!"于凤兰转身便走。

"你等等。"潘凡喊住了于凤兰,"张成民是这里正式任命的农村小学的校长。你女儿就是去找他,那也不会有什么危险。你先不必去找女儿,我正好想找你谈谈话。"

于凤兰有些不知如何是好:"找我? ……谈话? ……"

潘凡重新支稳车,开了办公室的门锁,做着手势说:"请,您请进吧!"

李三桐来到新新居,在厦下一张无人占据的空桌旁坐定,单等着黄吉顺发现他。

黄吉顺一出门,正好看见他:"来啦?"

李三桐郑重地说:"主任,你交办的事,有眉目了。"

黄吉顺故作派头地点点头:"说说。"

李三桐眨眨眼睛:"这人你还见过。"

黄吉顺好奇地问:"谁?"

"八角门里二友居掌柜的,记得吧?"李三桐见黄吉顺不说话,就接着说,"老伴去了,想续个弦。我看大翠配他合适。"

黄吉顺皱着眉头:"那不是个老头子?"

李三桐劝他:"哎!老头子怎么了?连我都想再娶一房呢,现在我在邮局门口代人写家信,给取包裹的刻图章,一天能闹七八毛钱。这也是我赶上解放的好日子了,我们老人都枯木逢春了,年纪大点,娶个年轻的,老夫爱少妻,更好,养下的孩子聪明。"

黄吉顺感到陌生了似的看李三桐片刻,低声然而恶狠狠地问:"你成心恶心我是不?"

李三桐佯装耳聋:"我? 讹诈你?"

"我说不成!那老家伙不成!"黄吉顺由于声音高,令一些吃着喝的人全都住了口,端着杯碗看他。

李三桐若无其事地说:"噢,看来你是不满意啊! 那么,我再替你寻媒寻媒。"又对看着他的众人说,"大家别吃惊,并不是黄老板黄主任要抛妻另娶,是他求我为他大女儿大翠暗中找对象。"

于是众人交头接耳:"他家大翠不是早就许给张师傅的成民了么?"

"看来,他还真要拆散那一对般配的年轻人!"

"他那花花肠子多着呢!"

"难怪张广泰砸他这铺子!"

黄吉顺听在耳中,狠跺李三桐的脚:"你! ……"

李三桐大喊:"你跺我脚干什么啊? 我说黄主任,我什么时候来上班给你当秘书啊?"

"以后再别对我提这个! 上级说,联社不是政府机关,不许设秘书!"

"吹了?"

"吹了,回家歇着吧。"

"给我一碗馄饨。"

"带钱了吗?"

"没有。"

"前次你还欠着一碗馄饨的钱呢,今儿不赊。"

"那,给我碗汤吧。"

"汤也没有。"

"汤也没有?"

"汤都倒了。"

"黄吉顺,你别当真。我李三桐哪那么下贱,成心逗你玩。欠你的,都撂这了,你收好,从此一笔勾销了啊!"李三桐笑着放在桌上些钱,昂着头从黄吉顺面前走过,把黄吉顺气得直运气。

黄吉顺猛扭头,看见林士凡光临了。林士凡身穿一身崭新的中山装,黑皮鞋,新理的头和皮鞋一样乌黑锃亮,正在支起一辆崭新的自行车。

黄吉顺热情地说:"林科长,快请里边坐,您好久没来了。"

"您忙您的。"林士凡进了店里坐下,东张西望,显然是在寻找大翠的身影。

黄吉顺看在眼里,沉思起来。

"怎么就您一个人忙啊?"

"老婆出去买东西了,小女儿上班嘛。"黄吉顺故意不提大翠,一边包着包子,一边偷瞧林士凡反应。

"那……"

"您是想问我家大翠吧?"

"是啊是啊……啊不不,随便问问。"

黄吉顺一笑。

林士凡又此地无银三百两地说:"每次来,总见她也在忙得可怜见的。今天没看见,不由得问问。"

"多谢您关心着她。"

"常来您这儿,对你们家人有感情了。"

黄吉顺凑上前敬烟,搭讪着问:"林科长,看您风度,是又高升了啊!"

"高升倒没高升,工作调动了。今天才有点空,特地来吃你碗馄饨。"

"调到什么单位?"

"市税务局,城建我是坚决不干了。一天到晚,风沙雨水,每月鞋子也要多穿几双,太累。"

"税务局可是好差,不比公安差。"

"胜过提升一级!给了宽宽敞敞的一套房子,电灯电话自来水,卫生间里还给我安装了个大浴缸,城建局的局长也没这条件。"

"恭喜恭喜,买了辆新车?"

"公家的,给我专用的。"

"有了房子,那还不赶快把夫人接来?"

"唉,我还没爱人呢。"林士凡重重叹了口气。

"林科长,这您就不对了,怎么跟我开这种玩笑? 凭您,还没有爱人？"

"这好说谎的吗？"

"就您？这么一表人才,年轻干部,还没爱人？"

"啊呀,忙啊! 没顾上。"

黄吉顺给林士凡端上馄饨,林士凡用小勺呷口汤,连道:"鲜,真是个鲜。"

"我给您入了味素,一般人,舍不得给放。"

"黄老板,我也有句话,不知当说不当说。"

"说吧说吧,您说什么,我都听得进去。"

"你女儿大翠,可不能整天围着你这店里的锅台转,那么好的人才,岂不埋没了？"

"您夸奖了。人才好不好,我自己不敢说。可论文化水平,那也是高中毕业生啊! "

"您女儿的事儿,您虽当面求到我了,可她自己,似乎也不怎么上心。但您毕竟求我一次了,我没给办,心里却始终当成件事装着。"

"太让您认真了。"

"我这人,就是个认真的。我看这样吧,您如果愿意,大翠也愿意的话,我帮她在税务局安排个坐办公室的工作怎么样？"

"哎呀,哎呀! ……"黄吉顺喜出望外。

李三桐倒背着双手,优哉游哉地走在街面上。路过广华厂门前,朱存孝在厂门里叫他:"李老,李老,慢走一步,有话跟您说。"见李三桐停下脚步,又招手,"您请进厂来嘛! "

李三桐进了厂门,问道:"什么话,神神秘秘的？"

"听说,您要给黄吉顺家大翠四处物色对象？"

"确有其事。"

"李老,恕我直言,您那么做可就不对了。你知道的,大翠和张广泰师傅的大儿子成民……"

李三桐竖掌打断他:"知道,知道,当然知道,那两个孩子可算是青梅竹马的一对儿。当初两家是以亲家的关系换房子,还是求我给立的字据。"

"那您还……就图白吃几碗馄饨?"

李三桐一笑,拍拍朱存孝的肩:"贤弟啊,你也太把我李三桐看扁了!我是从前的国高毕业啊,如果不是年纪老朽了,新政府那也会把我当一位文化人看待,用着的。"

"那是,那是。"朱存孝连连点头。

"你是只知其一,不知其二。我和张广泰之间什么关系?是广华街面上人物之间的关系啊!是他敬我、我敬他的关系啊!我能做对不起他的事么?我是在暗中帮他。"

"帮他?您怎么帮他?"

"你想啊,黄吉顺是打算把他家大翠当件宝,待价而沽。他家是农民时,他倒没这样。摇身一变成了城市里人,就不是从前的他了!我呢,专捡那根本成不了事儿的男人,一次次说给他听,兴许恶心了他几次以后,他会自我反省一下。即使他不,那不是也为张家争取了一段时间,好让他们赶紧想出办法成全两个年轻人的爱情啊!"李三桐说着,在手掌上写了一个字。

"缓?"

李三桐小声说:"缓兵之计。我李三桐,目前也只能帮张师傅这么点儿小忙了。"

"啊,啊,原来如此,这我就放心了。"

"想他黄吉顺,自己个儿抢了个街道联社主任当就洋洋得意,不知天高地厚,还打算笼络我李三桐去给他当什么秘书。就他,配有秘书?配有我李三桐这样的秘书?我不过是老来无事,闲心难耐,哄陪着他玩玩,排遣寂寞罢了。正好让我有机会再研究世相人心啊!"

"唉,黄吉顺,黄吉顺,从前油滑是油滑,可也是个多么谦卑的人啊,好像这世上人人都是他的爷!"

"说到底,还不是个工农差别、城乡差别使他现在这样! 就看共产党怎么消除了。"

"是啊,盼着吧! 我农村的三亲六戚也不少,都想沾我的光统统变成城市里人呢! 唉,不是我……我也没那能耐呀!"

于凤兰在街道办事处被潘凡叫住开导,"学"了半天婚姻法,垂头丧气回到新新居。

营业时间已过,店里这儿那儿已都收拾干净了。黄吉顺正架二郎腿坐在桌旁,心里高兴地哼着京剧。见于凤兰一个人回来了,他诧异地问:"咦,大翠呢?"

"人家说已经回来了……"

"潘凡这么说? 他胡说!"

"别冲我嚷嚷! 有本事你冲潘同志嚷去! 你在家哼曲,害得我挨了一通训!"

"他训你什么?"

"让我们不许反对大翠和成民的事儿,还说过几天也要找你谈话呢?"

"我怕他? 他是个主任,我也是个主任! 不行,我得去找他要人去。"

"已经不在那儿了,你不是白去找吗?"

"那会去哪儿? ……哎呀不好! 去找张成民了?"

"大概是吧。"于凤兰点点头。

"这……这……你……你别傻坐着了,跟我去把她找回来!"黄吉顺急得团团转。

他们两个人到了大柳树村,到处找大翠,叫大翠。

曹有贵赶车过来,看见了他们,将手中鞭子啪地甩了个脆响,接着高叫:"乡亲们听着! 树林里有两个贼,八成是要找机会偷我们的庄稼!"

地里收麦的人全都直起腰来,看出是黄吉顺两口子,纷纷喊道:"黄老板,回村帮秋呀?"

"找什么呢? 要不要我们一齐帮你找啊?"

"我们还等着喝你家大翠的喜酒呢!"

黄吉顺和于凤兰不好再找下去,离开树林,往城里那边匆匆溜走了。

回到新新居,黄吉顺气得直瞪于凤兰。

"你别瞪我,瞪我有什么用? 兴许跟成民去张家了。"

"那会弄出好事儿来? 我叫你后脚跟着你不跟着! 你这个难支使的娘儿们!"

"真不回来了,过了今晚上,这碗烫嘴粥,你就闭上眼喝了吧!"

"美得他!"

"不美你又怎么办!"

"晚饭后不回来,我去找张广泰要人! 他不放人,我给他张家放火! 反正他砸我的官司还没了断!"

"就怕成民拉着大翠给你跪下,一齐叫你爹! 看你还放什么火!"于凤兰要哭了。

"成民给我跪下叫我爹? 我给他跪下,叫他爹! 我不认这个账!"

大翠却就在这时回来了:"爹,妈,我回来得太晚了吧?"

黄吉顺怒气冲冲地问:"你哪儿去了?"

大翠说:"到大柳树村去了。"

黄吉顺一愣:"……"

大翠微微一笑:"大柳树那边在修小学校,潘同志指示我去关心关心。"

大翠见一摞摞盘碗还没刷,挽起袖子就刷起来并愉快地轻轻哼歌。

黄吉顺与于凤兰看在眼里,忍不住对视一眼。

晚上,黄吉顺仰躺着,于凤兰坐着,照例给他扇蒲扇。

一台旧收音机里正在播放侯宝林、郭启儒合说的相声,黄吉顺听得直笑。

于凤兰终于忍不住问道:"笑,笑,你倒是还有什么心情笑啊!大翠的事,目前这样,怎么办啊?"

"啊对了,你去告诉大翠明天我带她进城。"

"进城?进城干什么?进趟城就能解决她的问题?"

"她还有什么问题,她的问题不是已经解决了么?我托林士凡给她在城里找工作,林士凡满口答应了,估计准成。她一有工作,进城里的什么机关上班,每月开了工资,心情一好,成民那头,大翠自己也就会渐渐地淡了。感情这东西,原本是世上最靠不住的东西,搁置一段时间,自己就会贬值的!"黄吉顺说着又几声笑。

"但愿像你说的那样。"

"什么叫但愿?我说的是个真理!"黄吉顺隔了片刻又说,"你觉得林科长这人怎么样?"

"挺客气个人,待人没架子。哎,你问他干什么?"

"人家大科长,国家有级别的干部!我又能干什么?因为他常来,所以随口问问嘛!"

"你那肚子里的花花肠子,不是又要转什么歪点子吧?"

"哎呀你这张破嘴!让我好好听完一段相声不行么?还不快跟大翠说!"

于凤兰下了炕,走到门口,又听黄吉顺说:"你告诉你生下的那个女儿,我一切都是为她着想。如果她明天都不肯和我一块去见林科长,那她干脆公开声明和我脱离父女关系得了!"

小芹不在,大翠正在屋里对镜而坐,望着镜中的自己出神。她看见镜中的大翠,变成了罩红盖头的大翠,而且镜中也出现了一身新郎装的成民。成民轻轻掀开盖头,双手捧住她的脸,俯着吻她……

门开了,于凤兰走了进来。大翠把小圆镜一翻,掩饰地说:"妈,怎么还不睡？"

"唉，小芹这死了丫头，干脆把厂当家了，都不回来睡了。"

"妈，你就别管她，随她去就是了。"

"翠啊，妈求你件事儿。"于凤兰疼爱地抚摸着大翠的头发。

"妈，只要不是害我的事儿，您就说吧。母女俩，还用得着谁求谁吗？"

于凤兰将大翠轻轻一推，接着又轻轻打了她一下："瞧你说的！妈会害你吗？"

"那可不一定。有时候因为糊涂，父母也会害儿女的。明明害着，还觉得是爱着。"

于凤兰定定地看着大翠的脸，犹豫着不知该不该说了。

"妈，说呀。"

"我又不敢说了，怕你刚刚才有点儿高兴了，我一说了你不爱听的，你又跟妈翻脸了。"

"妈，说吧。我看您这会儿不糊涂，心里挺明白的。"

"好，那妈可就说了——那位林科长，你见着多次了吧？"

"咱家什么事儿，又和他有关了？"大翠很敏感。

"嗨，你爹那一种病呗！说是羊痫风吧，祖上又没有遗传。说不是吧，犯起来又吓人捣乱的……"于凤兰忍不住叹了口气。

"妈，那真是我的一句话给气出的病吗？"

"是不是你气的，一家人，就不论那些了。单说那个李三桐吧，他也不拿你爹的那个病当成是种病，什么方都不给开，单说叫泼冷水！没见过只泼凉水就能祛病的。倒是人家林科长，一听说了，就热心暖肠地给在城里联系了一位老中医。明天你爹要进城去看看病。他一个人去，妈怎么能放心呢？妈求你明天陪他一块去。"

大翠听了低下头，不言语。

于凤兰轻轻推她一下："就这事儿，算妈求你。你去，还是不去？给妈个态度。你爹那边,还等着妈去回话呢。"

"妈,只要我爸他不跟我要什么阴谋,那你告诉他,我陪他去就是。"

于凤兰就又轻轻打了大翠一下:"他是你亲爹呀,能跟你要什么阴谋?你那么说,他听到了不是又会生气?唉,你爹也怪可怜的。里里外外,这个家还不是全靠的他?他要是哪天有个三长两短,叫妈还怎么活下去?"

"妈,我也要问你一句,我和成民的事儿,你究竟什么立场?"

于凤兰一愣,搂抱住大翠,又抚摸她头发:"那事儿,顺其自然吧,啊?一边是丈夫一边是女儿;丈夫说要替女儿的将来着想,女儿却又偏要婚姻自主,你倒替妈想想,叫妈的立场怎么站好?终于咱们母女这会心情都挺平和的,能这么着说说话儿了,咱们先不谈你和成民的事儿行不行?"

大翠又不吱声了。

"你想买点儿什么,叫你爹顺便给你买。"

"我什么也不要。"

"不管怎样吧,姑娘得像个姑娘,长得又挺好,可不能鸡窝头灶王脸的。明儿让你爹舍得些钱,给你买块东北的大茧料子,像以前的闪光缎那样的,太阳底下闪亮,做两件时兴的大翻领儿。"

"妈,我不愿赶什么时兴。"

"大姑娘嘛,又是城里人了,该赶的时兴,那还是得赶。不赶,就是有户口本儿,又怎么能像真正的城里人呢?啊,妈还得嘱咐你两句,明儿见着人家林科长,可不兴爱答不理,问一句顶一句的。那叫你爹的脸面往哪儿撂?要是把他气得在城里犯起病来,可就了不得啦。"

"我不会。妈你劳累一天了,快睡去吧!你说的,我都听,行了吧?"

"这才是我的好大翠……"于凤兰这么说着,心里却在问自己:我算不算得一位好母亲呢?

第七章

日出东方,雄鸡交啼。

经过一晚上的突击,大柳树村的小学校已经旧貌换新颜,但也无非就是宽敞了、高了,还没窗子,哪哪儿的泥还都是湿的,门前是没用完的泥沙和麦草。

几个男人在屋顶上铺草顶,用麦草扭屋脊;还有几个头上粘草浑身是泥的男人这儿那儿坐着吸烟。李秀英和李寡妇等几个妇女,有的在往细了抹窗台,有的在洗工具、涮盆桶。

教室里,成民和曲国经也是双手泥。成民也在用抹子往细了抹墙,而曲国经泥手握烟袋,吧嗒吧嗒吸着,不时指着说"那儿,成民,那儿再抹抹","还有这儿。这些个人,干活就是粗啦"。

"突击了一晚上,又没灯,月光下干活,也怪不得大家。"

"成民,先别急,得干干,干了我一定指派人给你刷白灰。"

"窗呢?"成民边抹边问。

"是啊是啊,窗是个大问题。你的意思呢?"

"您不是说一步到位,要给装玻璃的吗?"

"我那么说过的吗?"

"您那么说过的。"成民说得很肯定。

曲国经吧嗒吧嗒吸烟,沉默了一会儿说:"既然你说我那么说过,那就当我那么说过吧。"

"您确实那么说过,不止一次,我可以找人来做证。"

"别,我也没不认账啊。好,我向你这位校长保证。天亮以前,怎么也给你装上一码的玻璃!"

成民笑了。

"成民,你和大翠的事儿,我也想趁这会儿跟你说说。我和广华街道那边的潘凡潘同志……"

"昨天我见着大翠了。"

"唔?"

"大翠都跟我讲了。老村长,我们内心里都很感激您和潘凡同志。有你们关心着我们的事,我们什么都不怕了。"

"你也要预先跟你父亲说,黄吉顺那边态度转变了的话,他就一定得赔礼道歉了,还得赔东西。要不,我的任务就没算完成。过了这几天秋忙,我要亲自和你父亲说。"

"你放心。我父亲那人,从来是知错认错的,他自己也后悔得不行,昨天我还见他点钱来着。只要大翠的父亲不那样了,就是让我父亲把建国后攒下的那点儿钱都赔给他,我父亲那也会痛痛快快地赔。"

"这我信。我和你父亲,很对脾气。"

外面,成才蜷在一堆草里酣睡正浓,曲彦芳用麦草拨弄他耳眼。李寡妇看见了,对李秀英使眼色,李秀英也看见了,笑道:"彦芳就是淘气。"

"姑娘家,一跟男人那种淘法,就说明当姑娘当够了。"

"你呀婶儿,什么话从你嘴里一说出来,明明是素的,听起来也荤了。"

"你没那么淘过?"

"没有。"

"没有?嘴硬!没有你会由姑娘成媳妇?"

"我那不是父母包办的嘛。"

"我倒忘了这个茬儿了。"

李秀英朝曲彦芳又望一眼,忧郁地说:"真没那样过。"

这时,成才被曲彦芳弄醒了,睁开眼,厌烦地说:"你这小孩儿,真烦人!"

"谁是小孩儿?只比你小一岁。"

"小一岁也是小屁孩儿!"

"还敢说我是小屁孩儿?"曲彦芳拧住了成才的胳膊,疼得成才"哎哟哎哟"直叫。

"我困死了,求求你让我在这儿眯一会儿行不?"

"你们一直干到天亮?"

成才不理她,将头扎进草堆里。曲彦芳见他胳膊上被蚊子叮了几处包,用手指从舌尖上刮下唾沫,往成才胳膊上抹。

"哎,你刚拧完我,又往我胳膊上抹唾沫干什么呀!"

"你别不识抬举啊!我的唾沫那是舍得随便往别人身上抹的吗?我的唾沫杀菌!"

"我胳膊上没菌!"成才推开她。

"就有!"曲彦芳一伸舌头,刮下唾沫,接着往成才胳膊上抹。

"唉,我的命呀!"

"怎么啦,你的命有什么不好的?我是见你胳膊上叮起了包,心疼你!你倒命命的了!有我这么个人儿心疼你,你烧包吧!"

李寡妇看在眼里,听在耳中,故意大声叫唤:"唉,我的命呀!我胳膊上也叮起了包,谁来心疼心疼我,也往我胳膊上抹点儿唾沫呀?"

房上房下的男人们听见了,哪有不凑热闹的理,齐喊:"我!""我!"……

曲彦芳追得李寡妇四处跑,男男女女都开心地笑了。李秀英也在笑,却笑得更忧郁了。

成民和曲国经也站在窗那儿看着笑,曲国经教诲道:"农村人,就这样。缺少文化生活,这样就是自娱自乐,你们知识分子以后要渐渐地习惯。"

"村长,我只不过是个小知识分子。"

"大知识分子,反而见怪不怪。大知识分子那都是外愚内秀之人,小知识分子却往往反过来,所以小知识分子最容易大惊小怪。"曲国经看着他,表情更加庄重。

"村长,其实我倒不怎么常常大惊小怪的。"

"例外当然是有的,我不过一概而论罢了。总之,成民呀,今后,咱们大柳树村让你失望的地方一定很多很多,需要你渐渐习惯的地方也很多。明白?"

"村长,我一定记住您的话。"

村路上,曲国经、曲彦芳、成民、成才一行四人往张广泰家走,曹有贵赶着大车从后边过来了。

曲国经闪在路旁问:"有贵,昨天夜里怎么没见着你为小学校出力?"

曹有贵停住车说:"老村长,你可不能冤枉我啊,我没有闲着,我帮他们张家割豆子来着。哎,成才,你爸别提有多可怜了。才割一垄,就累'抬歪'了!"

成才说:"也不光他自己啊,我们全家都可怜啊!"

成民训他:"成才,你别动不动就全家怎么样,我可没说过自己可怜不可怜的话。"

曹有贵说:"凡事儿,总有个过程吧。等到接受现实了,就好了。哎,你们都别走着了,都坐上来吧!"

"你们组的马,你们组的车,你车把式不发话,谁敢坐呀?"曲彦芳说完,拉成才坐上车,朝成民招招手,"哎,小知识分子!"

曲国经教训她:"这孩子什么时候把我的话偷听去了?以后不许这么叫张校长!没礼貌!"

曲彦芳吐了吐舌头，成民笑着坐上了车。

曹有贵说："老村长，您也省省腿脚吧！还不稀罕坐坐我这车呀？"

曲国经摇摇头，疼惜地说："不是不稀罕坐你那车，是体恤你那匹马。不管哪组的，那也和人一样，是知乏知累的。四个人全坐上去，四百来斤，它不是又吃力了吗？"

成民、成才和曲彦芳三人一听，又都蹦下了车，跟着车走。

来到张家，曹有贵喊了声"张师傅"，背起了一只麻袋，成才背起了另一只麻袋，曲彦芳急忙替二人开了院门。

"有贵，村长。"张广泰夫妇从屋里迎了出来。

曹有贵进屋说："豆子，给你打出来了。放哪？"

王玉珍说："就放这吧。"

曹有贵对张广泰说："张师傅，再说一遍，以后不说了，凡用车的事，给我打声招呼，别的咱没有，啊。"

张广泰感激地说："一定，少不了累苦大家。"

曹有贵放下麻袋，说："我还忙着，走了。"

张广泰招呼曲国经："村长，进屋坐吧。"

曲国经说："不了，院子里歇歇脚就行了，挺凉快的。"

张广泰小声说："我有话跟您说。"

曲国经点点头："那好。"

两个人进屋坐下，张广泰为难地说："村长，我想认个错，可是不知该向哪方面去认。"

"认什么错？"

"就是，我……砸了黄家的店……"

"那件事啊，向我认错就行。"

"只向您认个错就行？"张广泰心里暗喜。

"是先向我认错就行，到时候，还免不了要向黄吉顺认错。"

"那，什么时候？"张广泰心头又是一烦。

"他那人,你教训了一下,我个人觉得,也好。是我个人啊,不是党支部。他如果不破坏两个孩子的婚事了,你就对他认了错,行不?"

"行!行!"

"还要赔他的损失。"

"我赔!我赔!实话跟您说,我积攒那点儿钱,点了点,够赔他的了。"

"唉,你那也是汗珠子掉地上摔八瓣挣的辛苦钱。可……谁叫你错了呢!错了,就得认错,就得赔。"

"是啊是啊,谁叫我一时按捺不住脾气错了呢?"

"广泰,你有今天这个主动的态度,很好,我很满意。至于孩子们的婚事,先不要急,从长计议为好。"

"村长,我听您的。"

"张师傅!有人吗?"外边传来喊声。

曲国经说:"听着像是潘凡同志。"

张广泰惊讶地说:"唔?"

二人迎出屋去,潘凡已推自行车进了院子,架稳车说道:"想不到老村长也在这儿。张师傅,我特地先来给您报个喜讯儿。你们家的户口问题,经局长亲自批示,估计不久就会解决下来了。"

张广泰大喜过望:"哎呀,我的老天爷!快请进屋,快请进屋。"

潘凡说:"这经过可是麻烦大了,进屋我再详细说。"

二人进了屋,曲国经被孤零零撇在院子里。屋里传出张广泰兴奋的声音:"成民!成才!咱们有户口了,都快过来!"

成民、成才各自从屋里冲出,直奔父母的房间,谁也没顾上理睬曲国经。曲彦芳缓缓从成才屋里出来与父亲对视,眼里一时各有各的心事。

一会儿,屋里传出成才的喊声:"潘凡同志万岁!我们不是农民了!"

"女儿咱们走吧。"曲国经和女儿神色复杂地离开了张家院子。

父女二人默默走在村路上,背后又传来成才的喊声:"我们就要有户口了!我们可以不是农民啦!"

父女二人闻声站住了,曲彦芳回头看,曲国经却只不过一动不动地站定,没回头。

成才又要挥着手,蹦着高喊,突然看见了曲国经父女,大张着嘴,安静了。

张广泰声色俱厉地训斥他:"你倒是跑到院子外边去喊叫个什么劲儿?"

成才不服气地说:"我高兴。"

张广泰瞪眼:"我揍你!"

王玉珍数落他道:"你看你,刚才明明是你自己先高兴起来的。"

成才说:"还是你把我和哥喊到这边来的。当着潘凡同志的面,你自己不是也乐得合不上嘴吗?"

成民对成才说:"成才,你少说两句。"

张广泰自言自语道:"我们不对,我们太不对了。"

王玉珍不解地问:"还太不对了?我们全家又做错什么事了?就又太不对了?"

张广泰自言自语道:"就让人家那么走了。"

王玉珍说:"人家潘同志不是忙嘛!不晌不晚的,你还能硬留人家吃顿饭吗?我看人家潘同志,不是随便就会在哪家吃饭的人。"

张广泰生气说:"我也没说潘同志!"

王玉珍双手一拍:"那你说谁?"

成民说:"妈,我爸指的是村长。今儿,咱们全家,在村长面前失态了。再怎么高兴,都进一个屋去了,把人家孤零零地撇在院子里,那也是不好的。"

张广泰环视着家人严肃地说:"都给我听着!即使过几天拿到了户口本,重新做回城里人了,咱们全家,也还都是大柳树村的人!大柳树村有什么事儿,那就是咱们的事儿。要不,显得咱们张家人太没良心,太不仗义!就这话!我今天把话撂这儿了,以后就都要照着我的话做!"

城里的商业街上,商店门前、橱窗里都摆放着琳琅满目的各色商品,行人男女老少都穿蓝布中山装,移动的人群像一条蓝色的河流。国营合作社里面,上自绸缎,下至电线,无所不有,顾客拥挤,进门买货付款,出门提货上车,没人讨价还价。一家副食店外的一处铁皮柜台前,一个粗壮的老年售货员在往地下铺的麻袋上摔冰冻带鱼,一边摔,一边大声喊叫:"一毛啦! 一毛啦! 舟山大带鱼! 活的! 快来买! 再不买就蹦没了! 一毛啦,一毛啦!"售货员们"哈哈"笑,笑他的狂兴,也为他助兴。

大翠陪黄吉顺走在街上,却没多大的兴致去打量这城里的繁华。经过一家绸布商店时,黄吉顺说:"进去看看,你妈让我给你买块衣料。"

"爹,不了吧。还是应该先看你的病。"

"真不想进去看看?"

"真不想。"大翠显然有心事。

"那,就看完病再买吧。我也很久没到市中心来了,你先陪我逛逛。"

大翠随黄吉顺走走逛逛,走进了龙王街。黄吉顺东张西望,越走越慢,来到一片老青瓦房前,停住脚,指点着瓦房,颇有炫耀之色地说:"你看这,多大一片! 当年都是我们家的。你爷爷开当铺,一年卖两次号,五月端午卖一次,八月十五卖一次。凡是死票,都卖。里面真有好东西,貂皮大衣、古董瓷器、寿山雕、八大怪的字画、博山香炉、宫里出来的黄钰,什么都有。有那种土地主、暴发户,摆阔气,不识货,充行家,花大银子买些赝品,招伙计们背后嘲笑。你老爷爷看透了世界,他留下的家训就一句话:猪往前拱,鸡往后刨,明白么?"

大翠摇头。

"意思就是——这世界上的好东西不多,是个人,就得为自己多存着份心眼儿。要不,好东西都叫别人占了去,自己害红眼病,那晚了。可是你爷爷不是,爱赌。赌起来不要命,仗着有钱,明明人家做了套儿,他看出来了也往里钻,充大方。大概他看我不是条狼,没给我留下肉,逼着我到乡下去吃屎。我可不是狗,我没本事给你们留下房地产,也得给你们留下个享福的好日子,给你们都找个好女婿,我就这点心事了,办好了,死我也安心了。现在我们虽然是城里人了,可是我还舒展不开身手,政府不准许有'吃瓦片'的了,若是准许'吃瓦片',我一定开个房地产公司,我敢说,用不了三年,我就能把这片房子弄回来。可惜新政府不让了!"

大翠对他这些家史家训和雄心壮志概无兴趣,仍旧愁眉不展。

父女二人来到一处茶馆,黄吉顺说:"林科长叫在这儿等他。"

进了茶馆,茶博士上前问:"两位是父女吧?泡壶什么茶?龙井、观音、毛尖,咱们这儿什么好茶都有。"

"别跟我报那些,我们父女在家整天喝,喝得不爱喝了。"黄吉顺的这番话把茶博士弄了个瞠目结舌。大翠转脸偷笑。

"给来两碗白开水就行了。我们不是来品茶的,我们是借这地方等人的。"黄吉顺又加重语气,"等的是位科长,正的正科长。"

"我们这儿,也常有几位局长们来,二位稍等。"茶博士转身大叫,"白开水两大碗!三号桌位!"

顿时,所有茶客的目光都望向了黄吉顺和大翠,父女二人都有点儿不自然。

"爹,能跟你提个问题吗?"

"提吧,你父亲我,教诲你们姐妹的头脑,那还是足够用的。"

"您说,世界上的好东西,都指的什么?"

"这还用问!"黄吉顺忽然一笑,孩子般狡黠地说,"不跟你聊这个话题,免得咱们父女俩又抬杠,又伤了感情。"刚说完一下子站了起来,他看见林士凡了。

"林科长!"黄吉顺故意叫得很大声,茶客人的目光又都被吸引过来。

"林科长,给您添麻烦了。"大翠礼貌地站起身。

林士凡看着大翠,装出意外的样子:"呀,大翠同志也来了!不麻烦,

175

不麻烦,小事一桩,我很荣幸,很荣幸。"掏出手绢擦着汗又说,"有些公务绊住脚了,抱歉,抱歉,应该是我在这儿等你们的。"

大翠说:"林科长,您请坐。"

"都坐,都坐,呀,你们怎么喝白开水!想喝什么好茶,说吧,千万别客气,我招待你们!"林士凡眼睛一个劲儿地往大翠身上睃,"我叫林士凡,以后你就叫我士凡吧。叫我林科长,太见外了。"

大翠客气地说:"林科长,如果方便的话,咱们什么茶也别要了,说几句话,就带我父亲看病去?"

林士凡看黄吉顺,黄吉顺说:"你们兄妹商量,你们兄妹商量。"

林士凡说:"大翠,有你父亲这一句话,我以后可就真拿你当妹妹一样看待了!"

林士凡带黄吉顺和大翠来到一家中医诊所,林士凡和大翠等在诊室外面,黄吉顺进去看病。

一位老中医为黄吉顺号了号脉,翻看了下他的双眼皮,又叫他伸出舌头。

"你伸长点儿。"

黄吉顺就将舌头伸得老长,老中医看了看:"你没什么大问题嘛。"

黄吉顺压低声音说:"那也求您捡那最便宜的药,就是那类有益无害的,沏水能当茶喝的,给我开上那么两副三副的,我心里有火。"

"心里有火不是大问题,我看出来了。林科长和你什么关系?开什么药我都不能收你的钱。他一定要替你付,他交代了。"

"是吗?啊,我和他呀,好友忘年交。那就再多开几副好药吧!人参,鹿茸什么的,就是滋补的那一类的。"

林士凡和大翠坐在外边的长椅上,保持着一定的距离。

"我给你在税务局安排个工作吧!"

"不用。"

"坐办公室,当秘书,那不好?"

"好是好,但是我不愿再给您添什么麻烦。"

"不麻烦不麻烦,等于给我面子……"

黄吉顺出来了,大翠忙问:"爹,大夫怎么说?"

黄吉顺愁眉苦脸地说:"情况不好,嘱咐我要当心,一点儿气都生不得。看,大包小包的,开了多少药!"

林士凡问:"那么现在,到我家去认认门吧?"

大翠挽着黄吉顺说:"不了,谢谢您。我们得回去了。"

"这,这……"林士凡看黄吉顺,"都中午了呀,我那儿都准备了,今天怎么也得给我个面子呀!"

黄吉顺笑着说:"听您的,听您的,今天一切听您的。大翠,这些药,可是人家林科长给预先付过一笔钱的!"

大翠虽不情愿,可也无话可说了。

三人走在街上,黄吉顺走在林士凡和大翠中间,他退后一步说:"别把我夹中间,你俩说话不方便。"

于是林士凡靠近大翠走,说道:"你父亲真好!"

大翠一皱眉,低下头加快了脚步,林士凡也加快了脚步。

黄吉顺在后面喊:"大翠,你走那么快干什么呀?林科长不带着,你知道往哪儿走?"

李寡妇和曲彦芳走出一家店,发现了黄吉顺三人。

"咦,那不是大翠和她爹吗?那男的是谁?"李寡妇奇怪地问曲彦芳。

"是个光棍科长,我见过他一面,听成才说,他对大翠有不良的心思。"

"他们怎么会在一起?"

"我看成才的话要应验。"

二人对视一眼,悄悄跟在黄吉顺三人的后面,看见林士凡和想拉大翠的手,大翠一甩手。

　　林士凡带黄吉顺和大翠来到了一座小二层楼前,黄吉顺羡慕地说:"噢,是这里!这儿我可太熟悉了!"

　　林士凡诧异地问:"是吗?"

　　黄吉顺说:"这儿从前明里是饭庄,暗里开赌场,我常梦到这地方。"

　　林士凡说:"拆了。这楼是我在城建局那会儿经手盖的。局里给我保留了一套,二楼,格局最好的。大翠妹妹请吧!"他叫得很酸,大翠又暗皱眉头。

　　林士凡引黄吉顺和大翠上楼梯,在二层,走进一间套房。房里墙壁、家具色彩新亮,床上铺设,桌上摆设,都别具一种和街上人流的服饰、精神不和谐的"高贵"气息。

　　"请坐请坐。"林士凡泡上两杯茶,"品品我这毛尖!"

　　黄吉顺坐下后,看着哪里都羡慕。大翠坐下后,哪儿也不想看,低着头。

　　林士凡兴奋地说:"你们是贵客,今天我要亲自为你们炒几个菜!"

　　黄吉顺说:"简单点儿,简单点儿。大翠,你帮着。"

　　大翠终于抬起头,瞪了父亲一眼,面有愠色。

　　"哎哎,使不得使不得。我这都是现成的,你们看……"林士凡进了厨房,黄吉顺也跟了去,林士凡指着现成的鱼肉说,"这还不快?"

　　黄吉顺连说:"受之有愧,受之有愧。"

　　大翠起身走到窗口,憋闷地深吸了一口外面的空气。黄吉顺退出,也走到窗前,指点着说:"在这里看得更清楚了!那一大片瓦房,从前可都是我们黄家的!"又跺跺脚说,"这楼,肯定是盖在我们黄家的地基上!城市啊城市,我黄吉顺终于又回来了!多好的地段,四处一望,眼界多开阔!闹中取静呀,啊?"

　　对面街上,李寡妇和曲彦芳在一家小铺子里,正在望这一幢楼。曲彦芳眼尖,看见了大翠和黄吉顺:"看那个窗口!那不是大翠和她爸?"

　　"没错!彦芳,你可得快去找你有贵叔来!他的大车准在菜市场那儿。张家的事儿,咱们既然撞见了,可不能袖手旁观!"

"就是!婶儿你千万在这儿监视着!"曲彦芳说罢,跑了。

林士凡把酒菜摆在桌上,热情地说:"现丑,现丑,随便坐吧。"

黄吉顺将大翠扯到桌前,倚老卖老地笑道:"若是按老规矩,今天我应该坐上座。一来我是客,二来我是长辈。"

林士凡讨好地说:"哪是上席?我不懂。"

黄吉顺说:"我在这里,你俩坐对面。"

"好好,请请。"林士凡给黄吉顺斟酒。

黄吉顺又有点儿倚老卖老地说:"也给大翠斟上,她能喝点儿!"

大翠皱着眉问他:"我喝过酒吗?"

黄吉顺训她:"不能多喝,还不能少喝点儿吗?你不许扫林科长的兴!"

林士凡不知如何是好,酒瓶倾在大翠的杯上方,欲斟不敢斟。

黄吉顺说:"听我的,斟吧,难得这天我们父女能在林科长家里做客,我高兴!"

林士凡又讨好地说:"都高兴,都高兴。"

"你是父亲,你说我能喝点儿,就算我能喝点儿,要不倒像我在撒谎了!"大翠从林士凡手中夺过酒瓶,咕嘟嘟斟满一杯白酒,一饮而尽。

林士凡愕然,黄吉顺说:"你这是干什么?我也没叫你这么个喝法儿!"

"吃点儿菜,吃点儿菜。"林士凡急往大翠盘子里夹菜,"要不,我去给你买瓶汽水儿?"

"不,我喝酒!"大翠分明地,已有醉意。

"那,我就再给你斟上。妹妹,慢慢喝,时间有的是。我下午请了假,专为在家陪你,当然还有你的父亲。"

"倒!"

"太多了吧？"

"倒！"

林士凡还是于心不忍，大翠又夺过酒瓶倒满一杯，一饮而尽。

黄吉顺把筷子轻轻往桌上一拍："在别人家，也成心气我？"

"你又没教过我该怎么喝。"大翠的脸已经爬上了酒红。

林士凡劝道："妹妹，你父亲是为你好，怕你喝猛了。"

大翠冷笑道："科长哥哥，你和我父亲，究竟打的什么主意？"

"我……"林士凡不知说什么好了，尴尬地看着黄吉顺。

"什么话你！一个哥哥一个父亲，难道会合起伙来把你拐卖了不成？"黄吉顺又举起酒杯对林士凡说，"别理她，被我惯得没个样！来来来，咱们爷俩先干了这一杯！"

大翠却已醉了："让我喝酒，我……喝了，现在我……要回家了……大柳树村，才是……我家……"刚往起一站，身子摇晃不稳，林士凡急忙搀扶她。

黄吉顺怒斥道："本来高高兴兴的，给我来这出！"

"别生气，别生气，我把我妹扶到我床上去躺一会儿。"林士凡扶着大翠进了卧室。

"真气人！"黄吉顺赌气地连饮两杯。

街对面，曲彦芳找来的不只是有贵，还有成才。她和李寡妇指着林士凡家窗子，你一句我一句，两个男人越听越生气。

天黑了，黄吉顺酩酊大醉地从楼里出来，林士凡送他出来，劝道："要不您也住这儿吧！您和大翠睡在床上，我睡地板……"

"哪儿有，父亲和女儿睡一床的……别送了，别送了。我没事儿……我不回去，她妈不放心……"

"大翠留宿在我这儿，您只管放心，我是个规矩人。我不会……"

"我……放心，放……心……"黄吉顺摇摇晃晃地走了。

林士凡走上楼，拉上客厅的窗帘，悄悄走入卧室，看着大翠，心猿意马,却又没胆量轻举妄动,想亲不敢亲,想摸不敢摸。

"成民……成民……潘同志叫我配合的……渴……水……"大翠在醉梦里喃喃道。

"配合? ……潘同志……"林士凡困惑地倒了杯水,扶起大翠。

大翠饮了一杯水,睁开了眼:"你! 你是谁?"

"我是士凡,我是你科长哥哥……"

"我……我在哪儿?"

"在我家……中午在我家吃饭时,你喝猛了醉了。"

大翠见拉着窗帘,跃下床,往外便跑,一头撞在门上。

林士凡忙问:"撞头了吧,疼不疼?"

"你躲开!"大翠终于半明半暗中摸索着打开门,跑了出来。

林士凡在后面急喊:"大翠! 妹妹! 你别走!"

大翠跑出楼,林士凡也追出了楼,二人拉拉扯扯。

"天黑了,你一个人走我不放心啊! 要不你等我锁上门,我送你!"

"你放开我! 用不着你送!"

黄吉顺走的时候,曹有贵和成才正在街对面的小饭店里喝干酒。

"怎么就他自己走了,把你嫂子留给林士凡了?"

"黄吉顺,这个老王八蛋!"成才一饮而尽,猛往起一站。

曹有贵扯他:"别,别急……再……等等看……"

等到林士凡家窗帘一拉上,成才一拍桌子,又猛地往起一站。

"我不是叫你别急嘛! 我替谁打抱不平,一般都是听我的!"

"我还不急? 敢情不是你嫂子,是我嫂子! 窗帘都拉上了!"成才往外便走。

曹有贵跟了出来,拉住他:"窗帘虽拉上了,还没黑灯,一般都是黑灯!"

不一会儿,林士凡追着大翠跑出来,曹有贵和成才都望见了,成才跑过去拽开林士凡,给了他一个大嘴巴子。

林士凡认出成才来:"你……你怎么打人你?"

大翠喊他:"成才!"

成才怒视大翠:"你别叫我! 你太对不起我哥哥了!"

林士凡辩解道:"我们什么也没有……只不过……"

"偷别人的对象,你什么东西你! 今天我只不过要替张成民教训教训你!"曹有贵揪住林士凡,左右开弓,扇林士凡两个嘴巴子。

"打架啦!""打架啦!"一时许多人跑来围观。

大翠上前护着林士凡:"曹有贵!"

成才生气地指着大翠:"黄大翠! 你……你还护着他! 这可是我亲眼看到的!"

林士凡鼻子出血了,哭唧唧地说:"你打国家干部……"

曹有贵对围观的人说:"大家听着,我们不是平白无故打他! 她,黄大翠,原本是他,张成才的哥哥的对象! 他依仗自己是个科长就勾引……"

林士凡哭着辩解:"我没有!"

成才瞪着林士凡:"嘴硬? 我还扇你!"

大翠双手一捂脸,冲出人墙,跑了。

大柳树村的小学校前焖了一堆艾草,李寡妇、李秀英、曲彦芳和一些妇女坐在还没门窗的小学校里,等着成民来教字,议论纷纷。

妇女甲说:"我寻思,不一定是大翠乐意的吧?"

妇女乙说:"那也保不齐,喜新厌旧的,不只是男人。哪个待嫁的大姑娘不想攀高枝啊!"

曲彦芳说:"可张家的人,除了成才守在那儿,还全蒙在鼓里! 对张家太不公平了!"

妇女甲说:"是啊是啊,真叫人替张家气不忿儿!"

妇女丙说:"要真是大翠变了心,那谁也没辙了!"

李寡妇说:"一会儿等成民来了,得有人告诉他! 秀英,你告诉他!"

李秀英皱着眉毛:"我? 干吗非得是我?"

李寡妇笑着说:"你聪明,识字快,他喜欢你嘛!"

李秀英红了脸:"李婶你别乱说,我可不敢!"

妇女乙说:"你怎么不自己告诉他?"

李寡妇摇摇头:"我的辈分在那儿啊! 我比张广泰年龄都大,由我告诉那种事不合适啊?"

曲彦芳自告奋勇:"好啦好啦,都别推三拒四的了! 一会儿他来了,我告诉他!"

妇女丙小声喊:"他来了,来了!"

妇女们立刻一个个坐端正了。

张成民夹着个布包迈入教室,妇女们齐声喊:"老师好!"

"大家好!"成民打开书包,翻着自编的课本说,"上节课,我们学了两个新字是——妇女;这一节课,我们再学两个新字是——儿童。"他转身在黑板上写"儿童"两个字。

李寡妇啪地拍了一下脖子,成民扭头一看。

"蚊子!"李寡妇跑出去鼓捣火堆,把烟弄得更浓了。

成民指着黑板解说道:"大家看这个'儿童'的'儿',像什么呢? 像一个大头的小孩儿,扎一个冲天辫儿,两只眼睛分得很开在跑……"

李寡妇不停地捅曲彦芳,小声催促她:"说啊,说啊!"

成民望向她们:"曲彦芳,你已经不需要扫盲了,怎么又来了? 来了还影响别人。"

曲彦芳委屈地说:"我不是影响她,是她总掐我!"

李寡妇点点头:"是啊是啊,是我总掐她!"

成民奇怪地望着李寡妇,曲彦芳猛地往起一站:"校长,我有事情要告诉你!"

"唔,什么事儿? 该在课堂上说吗?"

"这……不该在课堂上说……"

"不该在课堂上说的,那就先别说,忍着,等下了课再告诉我也不迟。"

曲彦芳不由得看李寡妇,李寡妇说:"彦芳,快别管该不该在课堂上,说了!"

曲彦芳说:"张校长,我忍不住了!我非说不可了!你的大翠,她不会来当农村老师了!她对你不忠了!她今晚八成要在一个姓林的光棍科长家里过夜了!"

成民听完目瞪口呆,憋出一句话:"你胡说!"

第八章

早晨,新新居的门吱呀开了一道缝,于凤兰探出头,见四周没人,赶快挂出块停业的牌子。

屋里,黄吉顺在训斥大翠:"你不要不识好歹!我把你养大成人,供你读高中,给你安排将来,你倒死心眼儿,耍起姑娘性子来!你跟谁耍?有什么资格耍?"

大翠瞪着他,冷不丁朝他脸上啐了口。

"你?!我打死你!"黄吉顺顿时怒气冲天,举手就要打。

于凤兰往外推他:"你呀你!你该被女儿啐你!你把亲生的黄花姑娘留在一个单身男人的住处!你还是人吗你?!"

黄吉顺啪地扇了于凤兰一耳光,隔着于凤兰指着大翠又训:"别说人家林科长还没对你做下什么实际的事儿,只不过……你醉睡了我能把你背回来呀?你是金枝玉叶呀!那就毁败你的贞洁了?这件事,依我也得依,不依也得依!择个好日子,就把你嫁给林科长!"

于凤兰忽然捂脸哭着跑出屋去。

大翠冷冷地说:"我要是偏不依你呢黄吉顺?"

黄吉顺怒目圆睁:"由不得你!林科长说话就要提级了,你和他一结婚那就是处长夫人！而且你自己也成了机关秘书！你上哪儿找这么好的一门亲事？难道不强过张成民那个乡下孩子王十倍百倍！"

大翠面无表情："我再说明白点儿，我叫你美梦做不成！"

黄吉顺脱下鞋又欲来打大翠，大翠一头将他撞得跌出门外，嘭地关上了门。

于凤兰在外面拍门："大翠！大翠！给妈开门啊！"

大翠拿出一封封旧信，眼泪模糊了双眼。她开了门，拿着那些信，也不看母亲一眼，径直走到炉灶前，将一封封信，还有些花草树叶的标本，一一投入炉膛里。

黄吉顺奔过去，骂道："你个忤逆不孝的东西！你烧什么呢！"他看出是成民的信，又说，"这就对了！"

大翠凝视火光，脸上没有任何表情。当最后一封信也化为灰烬后，大翠缓缓起身走回了自己的屋。

黄吉顺向于凤兰使了个命令的眼色，于凤兰跟入大翠屋里。

"妈，昨天的事你预先知道？你和我爹合起伙来骗我？"

"女儿呀，这你就冤枉妈了！都是你爹这个老东西，和林科长两个心照不宣了，就连我也瞒着。"

"那，你现在什么立场？"

"林科长也是好干部。你爹告诉我，他倒说不急，说，只要你不嫌弃他，什么都听你的。能早点儿登记也好，登记了就是夫妻了。我们也了一件心事，省得一天到晚尽为你这事闹哄。"

"妈，你也愿意我嫁给林科长？"

"唉，女儿呀，你就忘了成民吧！"于凤兰叹了口气。

"妈，我是你和爹亲生的吗？"大翠凝视着于凤兰半晌后问。

"怎么不是？不是亲生爹妈能对你这样？"

"亲生爹妈，该对我这样？"

"翠儿，我们对你怎么样了？你还要我们如何对你？难道这世上只剩下张成民一个男人了不成？"

"我明白了。"

成民走在广华街上,人们都拿异样的目光看他。当他走过时,在他背后指点,议论。

成民来到新新居,将门拍得啪啪响,黄吉顺将门开了一道缝,见是成民,狠声问:"你来干什么?!"

"找黄大翠。"成民昂首挺胸。

"找她干什么？"

"有我们的话要说。"

"死了你的心吧,大翠不会嫁给你!"

"那好,叫她来跟我说。"

"不用她说,我这就明白告诉你,死了你的心!"

黄吉顺说罢,想将门关上。成民及时迈入一只脚,使黄吉顺关不上门。

"你说了不算数,我又不娶你!"

"你这浑小子今儿要来闹？"黄吉顺掂起铁勺,火气十足。

"你要打,我不还手。"

"你爹砸我的损失还没赔呢!"

"那你就别摆出那架势免得也刺激了我。我父亲的脾气,我身上也多少随了点儿。"成民推开他,径直去了大翠屋,拍着门喊,"大翠!"

"大翠不见你了!"

"大翠!"成民不理黄吉顺,又拍门。

"别做你的梦了!"

成民继续拍门,门突然开了,大翠走出来:"成民,你坐。"

黄吉顺有点愣了。

"爹妈,你们也坐下。"大翠在椅上坐下,"爹你不是要听我俩说话吗？

今儿我当面和成民说,你们也当面听着。"

大翠理理头发说:"成民,我知道你为什么来,你不来我也想去找你。你还记得我给你讲过一句话吗?"

"我们讲过很多话,不知道你问的哪一句?"

"我对你说过,社会好比一条河,你还不知道这条河里的水是什么味儿。这条河里有各种各样的鱼,有一种泥鳅,它见缝就钻,什么弯都能拐。这种泥鳅,只为它自己,无情无义。什么夫妻儿女,都是它皮上的黏液,只要它能得好处……"

"你不用说了,我想起来了。"

"你这说什么呢?当外人损你老子!"黄吉顺气得脸上的颜色都变了。

"你不是要听我对他说什么吗?你当爹的不顾脸面,我当闺女的还给你护什么?"

于凤兰给黄吉顺使眼色,拉黄吉顺,黄吉顺要走,大翠拉住他:"爹,你别走,我正要说你想听的。"

"大翠!你这么对你爹?!"于凤兰训斥道。

"妈,你也得听着。爹,你和张家大伯大妈给我和成民定了八月十五结婚的日子,这话你可记得?"

"那件事儿结束了!八月十五也过去了!"黄吉顺不耐烦了。

"我和成民的爱情,能你说结束就结束了吗?能你说过去就过去了吗?"大翠又对成民说,"成民,昨天我没做任何对不起你的事。"

"那,你现在就跟我走。"

"哪去?"

"到我家。"

"你想现在我能进你们家吗?"

"怎么不能?"

"我还有脸吗?"

"怎么没有脸?"

"你是不懂？还是故意装无知？"

"什么都不是,我就是不明白,你为什么没有脸了？"

"为了我们的事儿,你父亲把我家砸了才几天？事情还没完呢！昨天,你弟弟成才,还有曹有贵,让我当街出丑,我恨不得有个地缝钻进去才好！现在,从广华街到大柳树村,我黄大翠成了什么了呢？我都抬不起头来见人！就算你父母不计较,就算我愿意跟着你在大柳树教小学,家长们也愿意把学生交给我们,我爹能让我们安生吗？他一天不闹我们几回才是怪事！这样一来,这张黄两家,是不是亲戚？是个什么亲戚？如果我们俩能远走天边,永远脱离他们,倒也罢了。可是我们走到哪去？"

"你怎么想得那么多？"

"你怎么想得那么少？现在你我都是社会的人了。社会就是社会,社会和学校不同啊！虽然是解放了的新社会,可是到处还流淌着封建的污泥浊水呀！"

"社会的落后现象要改造。"

"我连自己的父母家庭都改造不了,还改造社会？"

"我们就是要从改造你父母开始,改造社会。这是我们新中国青年的责任。如果我父母也和你父母一样,我们也要齐心协力改造他们……"

"你说的都对,我都赞同。可是,成民啊,我只不过是一个普普通通的小女子,生在农村,长在农村,只因为我爸坑骗了你家,才变成城市里人没几天啊！我经不起太多的事儿,我……我有点儿筋疲力尽了。"

于凤兰哀求道:"张成民,张成民,求求你快走吧！我女儿都说她筋疲力尽了,你怎么还忍心纠缠她？"

大翠把一直藏在背后的右手移到身前,赫然握着一把剪刀。成民、黄吉顺和于凤兰都吃了一惊。

于凤兰带着哭腔喊:"翠儿,你可别想不开……"

"退后！"大翠一剪刀剪下了自己的长辫子,向成民递去,"成民,收下吧！"

成民摇头："不，我要的是你这个人，不是你的辫子。"

大翠坚定地说："不收，你会后悔的。"

黄吉顺竟歇斯底里大发作了："张成民！你不要欺人太甚！我女儿这叫和你割发断情！你再不走，我可真要和你拼了！"

于凤兰对成民既用手推又用头顶："张成民！你走你走你！"

成民被迫退出了黄家的店门。街对面，一群人在伸长了脖子观望。

小芹和吴发林从广华五金厂里走出来时，正好看见成民匆匆地从门前走过。

"成民哥！"小芹叫道。

成民站住，回头漠然地看着她。

"又到我家去了？见着我姐了？"

成民不说话。

"成民哥，我不信，我不信那些乱嚼舌根的话！我姐她心里从来只有你，你还不清楚吗？"

"是啊是啊，连我都清楚！"吴发林在一边帮腔敲边鼓。

"小芹，回去告诉你姐，我张成民是有尊严的人。我想，我以后再也不会主动到你家去了。"成民说罢又往前走。

小芹望着他的身影呆住了，吴发林问："他……他要和你姐吹灯拔蜡？"

小芹吼道："滚！"

曲国经正盘腿坐在炕上，一边用席篾子剔牙，一边拨拉算盘。曲彦芳急匆匆跑了进来："爹，爹，可不好啦！"

"看你这样子！什么事风风火火的？"

"张广泰……"

"嗯？"曲国经故意一板脸。

"说错了说错了,成才他爸……"

"这么叫就对了么?"

"啊啊,张师傅……"

"这还差错不多!张师傅也不是你有资格叫的,论辈你应该叫他张叔叔。"

曲彦芳一跺脚:"哎呀,你有完没完呀!你还没容我说正事呢!"

曲国经又是喜欢又是无奈地看着宝贝女儿。

"成才他爸,和成才,还有成才他妈,还有我李婶和有贵叔各带着些咱村的男人女人,要到广华街上去抢人了!"

"抢人?抢谁?"

曲彦芳又一跺脚:"你老糊涂了呀?还能抢谁?抢大翠呗!"

"他们还来真的?"

"爹,会不会出什么事儿呀?"

曲国经已慌忙穿鞋下地了,跟着曲彦芳出了门。

他们两人急急地走在村路上,曲国经指挥曲彦芳:"抄近道!"

"我这不是正带你走近道呢嘛!"

"一会儿又见着了,别忘了应该叫张叔叔,叫广泰叔也行。"

"就不。"

"嗯?"

"他家不是又要有城市户口本了吗?"

"那又怎么?"

"那他家就又不是咱大柳树村的一户农民了。"

"是又怎样?不是又怎样?"

曲彦芳站住了:"是,我才叫他叔。不是,不叫!不是了他家跟我还有什么关系,我还叫得着他叔吗?"

曲国经抬脚,脱下鞋,在手里掂了掂:"以为我舍不得打你是不是?"

曲彦芳跑开,调皮地说:"打不着!我生你气了。不理解人,自己走吧!"

曲国经吹胡子瞪眼地说:"你给我老老实实回家待着去!以后村里的大事小事不许你乱掺和!"

张广泰、成才、曹有贵走在前面,后边是李寡妇和王玉珍,以及村里的男男女女,还有些孩子,直奔小桥而去。

王玉珍着急地说:"李婶,她李婶,这么去闹可不是个事儿,你快帮我劝劝啊!"

李寡妇镇定地说:"别怕,咱们大柳树的人讲的就是个义气。义字当头人心齐,人多势众,法还不责众呢!再说于情于理都站在你们张家一边儿,你怕啥?"

走在头排的张广泰三人站住了——小桥上,威风凛凛地站着个曲国经,像单枪匹马面对曹操大军的张翼德。

"谁也别跟着我。"张广泰独自走上小桥。

"广泰,这是要干什么去?"

"老村长,我去广华街解决一桩自家的事情。"

"什么自家的事情,可以跟我说吗?"

"可以,说就说,我要去把我儿媳妇大翠接到我家来。"

"广泰,大翠没过门,还不能说是你儿媳妇啊。"

"老村长,我怎么听你说话和黄吉顺是一个调调?"

曲国经一笑:"我是一村之长,我的村民要干什么事儿,我有责任指点他站在理上。"

"你说我张广泰没站在理上?"

"现在你还有理,但我放你一去,你可就不站在理上了。"

张广泰不知如何是好,搓着手,原地转圈儿,回望众人。

曹有贵也上了桥,对曲国经说:"老村长,你装什么都不知道不就行了嘛!"

曲国经甩手给了他一耳光:"你给我退下!"曹有贵捂着脸乖乖退下桥。

张广泰火了:"曲国经,给我张广泰个面子,让我们过去。"

"张广泰,这个面子,我不能给,给了我犯错误。"

"曲国经,潘同志说,过不久我家就有户口本了!那话你也听到了。那么我就不是你大柳村的农民,你管不着我!"

"但你现在还是大柳树村的农民,你看你还带领了我大柳树村的这么多人!"

"不是我张广泰带领的!他们非要跟来的!"张广泰转身对后面的人说,"大柳树村的乡亲们,谢谢了。我张家的事,张家人自己来解决!今日这场义气,容我张广泰后报!"说罢四下里抱拳。

人们你看我,我看你,却都不离去。

"成才,你跟上我!今儿我张家父子,要大闹广华街!就算是犯了国法,我张家父子去蹲监就是了!"

"张广泰,你这么想,我更不能放你过去了。"

王玉珍哭唧唧地说:"孩子他爸,你就先听劝吧!"

张广泰转身一指她:"你给我住嘴!"

成才要往桥上走,王玉珍扯住了他:"成才,你爸正在气头上,你不能火上浇油呀儿子!"

"妈!那我也不能让我爸一个人去呀!"

桥上,张广泰想从左边走过,曲国经左移一步,左挡;张广泰想从右走,曲国经右移一步右挡,就是不让他过去。

张广泰气得发抖,伸手想抓曲国经衣领,却被曲国经擒住了腕子。

"曲国经!"张广泰一心往前。

"张广泰!"曲国经寸步不让。

"张广泰,你要是这么给我大柳树村人做坏榜样,可就太不值得我曲国经一直这么尊敬你了!"

"曲国经,我宁肯不要你的尊敬,也要一个好儿媳妇!"

李寡妇忽然指着桥那边喊:"看,那不是成民么!"

成民走上小桥,奇怪地问:"爸,老村长,你们这是……"

曲国经说:"成民,你爸要为你到黄家去抢亲。"

成民苦笑:"抢亲? 就是还没解放,我张成民也是反对抢亲的。"

曲国经赞许地点头。

张广泰难堪地说:"成民,爸不是……爸是想,想……"

成民打断他说:"爸,我和大翠的事儿,已经解决了。"

张广泰一喜:"解决了? 好,好,怎么解决的?"

李寡妇和王玉珍,成才和曹有贵以及人们,全都彼此说着为之高兴的话。

"爸我说解决了,就是了断的意思。了断了,就是彻底结束了。爸,妈,你们以后……再也不必为我们的事儿怎么想了。"成民低声又对曲国经说,"老村长,小学校的窗玻璃……"

曲国经连声说:"保证,保证。"

成民不再说话,走过了小桥。

在场的每一个人都呆了,尤其张广泰,张着嘴,变成了个石头似的。

成才叫道:"哥……"

成民恰好走到他跟前,拍他肩:"成才,你可真是我的好弟弟!"

成才听出了话中有话,不由得叫起来:"我又什么事儿做得不对了?!"

成民走过曹有贵跟前,也拍曹有贵肩:"还有你,专爱替人打抱不平的大豪杰!"

曹有贵丈二和尚摸不着头脑:"我,替你打抱不平也错了?"

成民面带痛苦地说:"我知道,你们每一个人都是为我和大翠好。可是,那终归只不过是我俩之间的事儿啊! 为什么不能只让我俩来从从容容地把它处理好呢? 某一个日子对于结婚,真的那么重要么?"

张广泰火了:"成民! 你混蛋! 难道你你你……对你老子也不满意吗?"

曲国经说:"张师傅,现在我可又要主动称你张师傅了。你当众辱骂我大柳树村的小学校长,我作为一村之长可是要干涉的。"

张广泰气鼓鼓地说:"一边儿去!"

曲国经对着众人喊:"都散了吧! 散了吧。张家之事,包括我,都还得继续关心,但绝不允许今天这么个关心法儿。"

王玉珍一下子蹲坐在地上了,李寡妇想拉起她,拉不动。

成才突然蹦着高叫喊:"我不信,我不信会是这么个结局! 我不信黄大翠也会有变心的这一天!"

已走远的成民,站住了一下,但仅仅站住了一下,又往前走。

张广泰用拳使劲一擂自己的额头:"咳!……"

蝉声噪耳,令人心烦。张广泰站在院子里,呆看他那两棵香椿树的根芽,屋子里传出王玉珍的哭泣声。

张广泰猛一转身,冲窗喝道:"哎呀,你就别哭啦!"屋里顿时安静了。

"成才!"

成才屋里没人应。

张广泰走过去,一掌将门推开,就见成才正双手摘棉花似的揪下玻璃脆的花叶往嘴里塞。

"你拿那盆花撒的什么气?!"

成才呸呸将嘴里嚼碎的花叶吐出来,反问:"那我该拿什么出气?"

"我不是叫你去找你哥家来吗?"

"我不去!"成才往炕上一坐。

"你为什么不去?!"

"我为什么要去? 你没听到他当众怎么说我吗?"

"那你也得去! 他是你哥! 立刻去把他给我找回来!"

这时,院外传来歌声:

> 黄豆芽,绿豆芽,
> 今天晌午炒豆芽;
> 大米饭,小米饭,
> 今天晌午吃饱饭……

院门外,李秀英的孩子礼貌地对成民说:"老师再见!"

立刻有几个孩子凶巴巴地说:"不对,不对,你说错了!是校长!你得向校长道歉!"

那孩子不知如何是好,可怜巴巴地看着成民。

"还没有第二个老师,那么校长也是老师。岳自立同学是个爱学习有礼貌的好同学,你们以后不许这样对待他,还要向他学习。"成民看着几个孩子说,"路上别贪玩,都快回家去吧!"

成民转身进了自家院子,那几个孩子立刻围攻岳自立:

"就你会来事儿!"

"就你会装得有礼貌!"

"哼!你学习再好也是地主的狗崽子!"

成民一返身又出了院子,目光严厉地瞪视那几个孩子,那几个孩子们低下头,怯怯地走了。

张广泰站在院子里,主动而又低姿态地说:"回来了?"

"嗯。"成民直接走进了自己的屋子。

张广泰犹豫一下,跟了进去。成民坐在炕沿低着头发呆,张广泰也坐在了炕沿上,父子二人谁也不看谁。

"我们都吃过晌午饭了,你也去吃点儿?"

"不饿。"

"成民,趁你妈你弟都不在跟前,爸向你认个错儿。上午爸当着众人骂了你一句是爸不对。可,爸那也是被逼无奈,想为你讨个公道啊!"

"爸,我心里明白,我不会生您的气。"

"那,你一大清早就去到黄家……如果连大翠那孩子也变心了,真的另攀高枝了……"张广泰的手在炕沿上使劲一拍,"我怎么也想不明白啊!"

"我也是。"

"他们父女是究竟怎么对你说的呢?"

"爸,黄吉顺的话,我就不学它了。连让我别再做梦这样的话,他都说出口了。大翠呢,当着她父亲的面,根本就没个坚定的立场。那话说得暧暧昧昧的。还剪了一缕头发给我,之后就进屋去了。黄吉顺呢,就说'看,我女儿和你断发绝情了'。"

"那,剪头发给你,是不是另有意思啊?古书上古戏里,也不全是绝情的意思啊?"

"书上是书上,戏里是戏里,那本来就有多种意思的。爱情不是谜语游戏,我又怎么能明白呢?"

"这,这……你是知识分子啊!"

"有些事儿,让知识分子一想,意思就比原来多了,再说我也只不过是小知识分子。"

"成民,成民,我的儿子啊!那事儿……就是大翠剪头发,你可一定要想对了啊!如果连你都……我……还有你妈,你弟……"

"爸,如果我发誓终身不娶了,你和我妈,不会认为我是不孝之子吧?"

张广泰缓缓转脸看成民,瞠目结舌。

曲国经家里,曲经在打电话,曲彦芳在往桌上摆饭菜。

"潘同志,张家的人,除了张成民还比较理智,那张广泰和成才父子俩,情绪冲动得很!所以,我希望你现在就去黄吉顺家看看,喂,喂,什么？什么？一点也没听清楚！喂喂！"曲国经拼命摇电话把，"这破玩意！"

曲彦芳小声说："那就先吃饭吧。"

曲国经说："你端过来！"

曲彦芳将窝头咸菜什么的一一端到有电话的桌上，嘟哝道："成老爷了！不过是个村长。"

曲国经狠狠瞪她："别走！你接着摇！"

曲彦芳拿起电话柄，握住电话上的摇把轻摇了几下，曲国经指点她："那是电话！不是纺车。要快摇！"

曲彦芳加快了速度，曲国经又说："还要说喂喂！"

曲彦芳就对着话筒："喂，喂！……"

曲国经生气地说："大声点儿！平常没见到我怎么要通电话的呀?!"

曲彦芳反瞪他一眼，大喊："喂！喂！……"

曲国经则坐在一边闷闷地吸烟袋锅。这时李寡妇悄悄进来了，神色惶怕地轻声说："老村长……"

曲国经说："你来干什么？你那种事事少不了你的毛病，以后给我加紧改着点儿！"

李寡妇对曲彦芳说："彦芳，你先出去一下，我有事儿和你爹说。"

曲彦芳停止了摇电话，一个劲儿甩手，看着曲国经。

"我让她替我和潘同志要通电话，我得及早跟他说说张家的事儿。"

"那，也得让她先出去一下，彦芳……"李寡妇朝门外摆下巴。

曲彦芳困惑地走了出去，又不甘心，就在门外往屋里偷看，偷听。她看到李寡妇在对她父亲小声说什么，然后父亲就呆住了，突然一下子将李寡妇推得连退数步，猛地站起来将桌上的饭菜一胳膊扫到地上，又将电话机捧起来，也狠狠摔在地上，接着操起高脚木凳就砸。李寡妇吓得大瞪着双眼，不敢吱声。

曲彦芳冲进屋，拦腰抱住父亲，害怕地说："爹！爹！你这是干什么呀？李婶儿，你倒是跟我爹说了些什么呀！"

这时，外边传来于凤兰呼天抢地的哭嚎声："翠啊翠啊，我的翠啊！我的女儿呀！你说人这又是何苦呢！你是也不想让你妈活了呀……"

曲国经和李寡妇匆匆忙忙出了院子，向着哭声走去。曲彦芳保持一定距离，偷偷跟在后边。黄吉顺垂头丧气地从一条小道拐出来，没看见曲国经，继续往前走。

曲国经喊："黄吉顺！"

黄吉顺没听到。

曲国经大声喊："黄吉顺！"

黄吉顺这才听到，扭着头看曲国经和李寡妇，一脸深重的苦难相，咧咧嘴，想说什么，却什么话也没说出来。他摇摇头，朝张广泰家的方向指指，又走了，边走边抹泪。

曲国经发现了女儿在后面跟着，跺脚吼道："还跟着！你给我回去！"

曲彦芳假意往回走，趁父亲不注意又远远缀在后面。

张广泰家院门外面围着不少人。曹有贵一边吸烟一边走来走去嘟哝："太欺负人了！太他妈欺负了！我要是张广泰，我……"

院内传出于凤兰的哭泣，但听来显然已经哭乏了："翠呀，翠呀，是张家的人把你害死的呀……"

曹有贵看见曲国经走来，迎上去说："老村长，你听听，这不是血口喷人嘛！"

曲国经看也不看他："滚开！"

人们闪开，曲国经跨入院子，但见大翠的尸体放在一张席上，所穿的是她到学校去找成民那一身；于凤兰跪坐在地上，张广泰一人站在席旁，低垂着头。

"曲国经，你来得正好！张家的人现在不是全归你管来着了吗？我要和张广泰拼啦……"于凤兰猛地站，咬牙切齿地扑向张广泰，伸出双手就要抓挠。

张广泰无奈地伸出双手,抓住了于凤兰的双手。两个人面面相对,互相瞪着。

曲国经说:"于凤兰,不许你在大柳树村闹事!"

张广泰一搡,推开了于凤兰。于凤兰又要扑过去,曲国经横身挡住了她:"谁的是,谁的非,有政府,有法院来清断!大翠是可以暂且留在张家的,但是你,先给我回去!你丈夫已经回去了,如果你偏要在大柳树村要泼的话,那我可就叫人把大翠给你们抬回去了!"

于凤兰状若疯狂:"我不走!你说我要泼,我今天就要要出个样儿来给你们看看!"

曲国经喊:"曹有贵,李大妹子!"

曹有贵和李寡妇应声走到他跟前,曲国经说:"送大翠她妈回去。"

李寡妇为难了,不知该怎么"送"。

"不必劳你的驾了,我一个人就行了。"曹有贵上前将于凤兰拦横腰夹起,大步轻松地往外便走。

于凤兰挣扎着哭骂:"曹有贵!你帮着曲国经和张广泰欺负我们,你不得好死!以后我跟你也没完!"

曲国经对张广泰说:"张广泰,如果你不愿大翠这孩子留在你们张家院子里,我可以叫人抬到我家去。她是我看着长大的好孩子,到了夜里,我也是不怕的。"

王玉珍由成才搀扶着,从屋里走出来:"老村长,我们全家也不怕。就让大翠这孩子留在我这一天吧,我也好和她说说掏心的话儿。"

"那,我同意了。"曲国经又对外面的人说,"你们,都走吧!把自己的小孩子也领走!"

转眼间,院子里只剩下了张广泰、王玉珍、成才和曲国经。

曲国经走到张广泰跟前,掏出烟,递给张广泰一支:"要是想抽,就抽一支吧。"

张广泰没接烟,忽然抱住曲国经,像个孩子似的放声恸哭。

成民趴在炕上,脸埋在那只大翠绣的结婚枕头上,听着父亲的哭声,双肩剧烈耸动起来。

天黑了。

新新居里,黄吉顺对着墙角的观音像,持香膜拜不止,口中念念有词:"翠儿,翠儿,爹的好女儿,爹可是整个儿心都为你着想啊,你怎么就一点儿也不体恤爹的心,你怎么给爹来个寻短见呢?"

于凤兰阴冷地吼了一声:"姓黄的!"

黄吉顺回过头,眼泪鼻涕在脸上淌得不成体统。

"你!你!你干脆也把我逼死吧!"于凤兰一头撞去,将黄吉顺撞倒在地。墙角的观音像也掉在地上,碎了;香灰罐儿恰恰扣在黄吉顺的头上,顿时弄了他一头一脸的香灰。

于凤兰不管这些,扑过去连抓带挠,还下口咬。黄吉顺一反常态,丝毫也没了在家说一不二的霸道,双手护头,招架着往墙角蜷缩。

曲国经走后,张家的院门就关上了。曲彦芳偷偷溜过来,从门缝往里看。

院子里,木凳子椅子上架了几块板,张家四口合力把大翠的尸体移到板上。

王玉珍哭着说:"翠儿,翠儿,妈怕你在地上躺久了受凉……现在,你这不是终于……是我张家的人了么?"

成才端来一盆水,张广泰说:"井水多凉,你兑热水了吗?"成才点头。

"翠啊,我给你洗洗脸,啊……我永远记着你叫过我一声妈……受了多大委屈,晚上托梦来跟妈说,啊?"王玉珍哭着端过了盆。

成才双膝往地上一跪:"大翠姐姐,如果你受的委屈,也有我成才造成的一份儿,你就到我梦里来,打我骂我好了……"他用胳膊一挡眼,呜

201

呜哭。

张广泰将头猛一拧,不忍看了。

"妈,让我来给大翠洗吧……"成民接过毛巾轻擦大翠的脸——月光下,大翠的脸苍白,宁静而又异常美丽。毛巾刚将成民的泪从大翠脸上擦去,却又有几行泪滴在她脸上——泪总是要流到脸上,大翠的脸,生前流的是自己的伤心泪,死后流的是爱人的伤心泪。

翌日早晨,大柳树村小树林前边的一块空地上,挖了一个坟坑。大翠简陋的黑棺停放在坑前,坑左是黄吉顺夫妇和小芹,坑右是张广泰一家四口,两家人各戴轻孝重孝。大柳树村的村民围成一圈。坑边只站着曹有贵一人,挂一把大锹,脸上冷冷的。在坑的另一端,站着曲国经和潘凡,都背着手,表情极为严肃。

潘凡看着曹有贵问曲国经:"那是谁?"

"曹有贵,我们大柳树的人。"

"噢,他就是曹有贵。他站在那儿干什么?"

"还能干什么?"

二人说话时,曹有贵的眼一眨不眨地瞪着黄吉顺两口子,瞪得黄吉顺两口子惴惴不安,也不知看哪,只有低头看坟坑。

曹有贵发现潘凡和曲国经一边看着自己一边嘀咕,猜到了分明在说自己,又狠狠地瞪着潘凡。

"他不会闹起什么事来吧?"潘凡担心地问。

"是个专爱打抱不平的。我不在,难说。我在,他不敢。"

"他闹,我也不怕他,我是政府派来的。现在,我代表政府。"

"提醒你,政府还命令我代表公平。"

"你怀疑我会不公平。"

"我也没那么说。"曲国经干咳两声,朗声说,"大家安静了,关于黄张两家的人命事件,现在,先请潘凡同志代表区里发表调停讲话!"

黄吉顺突然高叫:"我黄家不和张家调停!"

潘凡说:"黄吉顺公民,我还没说什么调解的话呢,你叫嚷个什么劲儿?"

曹有贵瞪着黄吉顺:"再打断潘同志的话,先把你扔到坑里!"

黄吉顺胆怯了。

"黄张两家,你们都听了,是政府命令我来本着公平正义的原则,来调停你们两家的事端的。既是调停,我们就先按理来讲,暂不言法。张广泰,你砸过黄家的店,你承认吧?"

"承认。"

"你使黄家蒙受了不小的损失,你承认吗?"

"承认。"

"你愿意向黄吉顺认错吗?"

张广泰沉默了,人们的目光都望向了他。

"张张张广泰,我问,问你呢,你愿意向黄吉顺认错吗?"

张广泰点头。

"点,点头……不行!"

"愿。"

"大,大声些!要,要让在,在场的人都……听到。"

"愿!"

"也愿意,赔……偿……黄家的损失吗?"

"愿!"

"黄吉顺家的人,张广泰,愿意认……认错,还愿……愿意包赔损……失,现在,你,你们,有两个选择:一是上法院,起,起诉他。那,那也不过就是认,认错,包赔损失而,而……已;另一个选……选择,就,就是,接受他认,认错,包赔损,损失……你……你们什么态度?"

"小潘,你是不是太紧张了啊?"曲国经小声问。

"有,有点儿。"潘凡也小声说。

"别,不是有我在场嘛。"

小芹突然高叫:"我们黄家不起诉!"

黄吉顺怒斥道:"你给我住嘴! 轮不到你表态! 潘同志,我黄吉顺,可以学宰相,宽宏大量。但他张广泰,也得有个认错的样子! 光你问他,他说了一个'愿'字,那算对我黄吉顺认错了吗?"

"你……你……"潘凡又紧张了。

"不是叫你不要紧张嘛!"曲国经提醒道。

"你的话,也有道理。你说,让张广泰怎么认错?"潘凡终于又不结巴。

"我要他给我下跪! 跪着说:黄吉顺,我,张广泰,错了!"

众人骚乱一阵,潘凡和曲国经都一愣。潘凡看曲国经,曲国经说:"你别看我。咱俩讲好的,你负责,我协助。"

潘凡说:"黄吉顺,你的要求过分了!"

黄吉顺说:"我没过分! 我女儿都死了!"

于凤兰往坑边一坐,哭喊道:"大翠,我的女儿呀!……"

张广泰突然高叫:"潘同志,我跪!"

潘凡和曲国经又一愣。

"但是,我张广泰自出生以来,只跪过父母,没跪过别人! 所以,今天,我只能朝没人的那一边跪!"张广泰一转身走开几步,面向无人之处,双膝齐跪。

小芹望着张广泰的背影,流下了眼泪。王玉珍和两个儿子,头垂得更低了。

张广泰朗声说:"黄吉顺,我张广泰,向你认错! 就是到了下辈子,砸你店的错,我都是认的!"

曲国经说:"那么,张广泰,现在你可以起来了。"

李寡妇和曲彦芳,立刻跑过去将张广泰扶起来。李秀英脚下也动了动,却没敢前去扶。

潘凡问黄吉顺:"大家都看到了,张广泰,跪了。黄吉顺要求他说的话,他说了。那么,黄吉顺,你现在还有什么可说的?"

黄吉顺完全没料到张广泰会真的下跪,愣愣的,失语了。

"你不再说什么,证明你已经达到目的了,心理满足了。那么,接下来,我要说说更多的人了。首先是你们大柳树村的某些人,比如你,曹有贵,还有,一个姓什么的寡妇……"

"你要说的一定是我了!李寡妇!"李寡妇一指李秀英,"那还有个小寡妇,也姓李!你别冤枉了她!"

潘凡看看李秀英,肯定地说:"那么肯定不是那个小的,肯定是你这一个不年轻的无……无疑了!我尤其要指出的是,还有你们老村长曲国经同志的女儿。"

曲国经干咳,仰脸望天;曲彦芳直往人后躲。

"还有更多的人,是的,很多,很多;不光,大柳树村的农民,也有,广华街上的居民,城里的,你们和我都不认识的!哎呀呀,那……那么,多的人!替爱情跟……跟梢……的,当街打……抱不平……平的,传播消……息的,添油……加醋……扩大事态!聚蚊成雷!小市民习气大……大表演!"

人们听不明白了,交头接耳。

"就是蚊子多了,嗡嗡声像打雷。我同意潘同志的看法。"曲国经的最后一句话,使人们顿时安静下来。

"老村长,解……解释得对!世上许……多……事,那都是有曲折的,有……矛……盾的。爱情也……也有!怎么就……就……"

"又紧张了?"曲国经小声问。

"不……是,是……生气!你替我接着……说吧……"

曲国经干咳两声,说:"潘凡同志的看法是,一对年轻人的爱情,有些曲折,有些阻力,很正常。也许,由他们自己去化解了,会更好。可有些人,乱掺和,好心帮倒忙。潘同志这种看法,我也同意。关于这一点,以后再教育你们。现在,先进行重要的。张成民,你和黄大翠的爱情,是从少男少女的时候就开始了。你们是天生的一对,本来可以顺顺利利幸幸福福地成为夫妻,却被她的父母给破坏了。这是大翠的主要死因!新中国的法律,是维护年轻人的爱情的,规定了任何人不许破坏和干涉!那么,你心爱的人,被她的父母逼死了,你是有权起诉她的父母的。你打算起诉吗?"

"不。"成民平静地说。

"你对他们,有他们必须道歉的要求吗?"

"……"

"说话呀!"

"没有。"

"那么,你是彻底原谅他们了?"

"不。"

"你这也不,那也不,究竟什么意思?"

"我爱的人死了,起诉谁,原谅谁,谁向我道歉,都不能使我心爱的人死而复生了。我的心,对爱情也死了。"

黄吉顺不满地说:"曲国经你偏袒张成民!"

成才怒道:"我扇你!"

潘凡喊道:"你们!都要克制!"

曲国经说:"哪一方有意见,过后可以向政府反映。张广泰……"

张广泰抬头望曲国经。

"大翠留下了一封遗书,在潘同志那儿。"

黄吉顺低声对小芹说:"回家收拾你!"小芹一转身跑了。

潘凡从树上取下帆布公文包,向众人出示信件。

人们骚动起来,潘凡喊道:"安静!"

"黄大翠在遗书中的愿望是,生没能做成张家的儿媳,死了要埋在张家的地里。可是,考虑到张家以后在大柳树村有没有地还难说,黄大翠是从小生长在我们大柳树村的人;她生前,还愿意当我们村的小学老师,所以——经村党支部研究,拨出这一小块公地,将大翠埋在这儿。"曲国同扭头问张广泰,"张广泰你有没有意见?"

"没有。"

"张成民,你呢?"

"没有。"

"我们大柳树村的人呢?"

"没有!"

"黄吉顺,你们家呢?"

于凤兰忽然往地上一坐,拍膝喊道:"冤枉啊! 不公啊!"

黄吉顺铁青了脸说:"曲国经,我要告你!"

曲国经大声说:"可以。但死者的遗愿,应当受到尊重!"一挥手,"下葬!"

黄吉顺想阻拦,被曲彦芳从背后一推,跌下坑去。

众男人却视而不见,一锨锨土落在黄吉顺身上。曲国经却走开,蹲到一边吸烟锅去了。

黄吉顺闭着眼睛大喊:"你们要连活人一起埋呀?"

于凤兰站起,大呼大叫:"可不得了啦! 救命! 救命呀! 潘同志,你不能见死不救呀!"

潘凡大声呼喊:"停止! 都给我停止!"却根本没人听他的。

潘凡冲到曲国经跟前:"曲国经,你还在这儿吸烟! 我要求你立刻阻止!"

曲国经装聋,一手掩耳:"你说啥?"

"我要求你,立立立刻……阻,阻止!"

"啥? 唉,我这耳朵呀,和你的结巴一样,心情好时,没事儿。一不好,就什么都听不见了!"

曲国经家,曲国经盘腿坐在炕上,还在吸烟。潘凡在炕前走来走去,大声嚷嚷,时不时摆一下炕上的桌子。

"曲国经同志!我很……生气!你……是党员!党党党党龄比我长……得多!你那是一种什……什么立场?"

"我不是解释了嘛,我耳朵……"

"不是耳……耳朵的问题!"

"来,抽几口烟,消消气。"曲国经扯住他,把烟袋递了过去。

"你别来……这……一套!"

"消消气,消消气。抽两口嘛!我这烟,好叶子!不但能消气,对结巴,也有那么点儿作用。"

潘凡将信将疑。

"小潘同志,我不骗你。"

潘凡犹犹豫豫地接过烟锅吸了一口,顿时大咳,曲国经帮着他拍背、抚背。

"我的妈呀,你这什么烟?差点儿要我命!"潘凡缓过气来说。

"看,不结巴了吧?"

是夜,蟋蟀吟唱不止。张广泰孤零零地坐在破旧的小桌前,桌上放着半瓶酒、大碗,还有一个咸菜疙瘩。

张广泰咕嘟咕嘟倒了半碗酒,一饮而尽,接着拿起咸菜疙瘩咬了一口,脸上泪光闪闪:"包龙图打坐在开封府上……"

第九章

张黄两家,经历了一场因为城市户口和乡村户口的差异而引发的婚姻悲剧之后,他们的日子,还都得继续过下去。只不过那悲剧,在两家人的心上留了不同的创伤;而那不同的创伤中,生出着人对命运的不同的思考……

远处的天空阴沉沉的,看样子一场大雨就要来临了。大柳树村的人们在各自的豆地里割豆子,张广泰父子的身影也在豆地里。父子二人的腰都不那么容易弯下去,动作也都很笨拙。尤其张广泰,每每右手还没下镰刀,左手却已连根都将豆秧拔了起来。

曲国经在麦地里直起了腰,大声说:"各家各户的人们听着,都要加把劲儿呀! 这场雨来势不小,说不定一下就是几天! 豆子淋在地里,要是还没收回家就发芽了,谁家一年里可就别吃豆腐,别用油了!"

李寡妇直起腰:"吃你家的,用你家的! 还得你亲自给送上门来!"

又一名妇女说:"就是! 你又是村长又是支书,代表党! 你不管谁管呀!"

曲国经说:"别跟党这儿逗! 你给我看看天! 我总见你们几个女人

一会儿就直腰！”

李寡妇和那妇女立刻弯下腰去。曲国经一扭头，望见张广泰也在直着腰，大步走到了张广泰跟前，要过他的镰刀试刀锋。

“不快了。”

“这可是广华厂出的刀头，说不定还是我亲自打的一把。”

曲国经的腰间用绳子系着一块磨石，他解下磨石交给张广泰：“那也磨磨。我刚才的话不包括你，别急，等会儿我让几个人帮你家割。”

“不用，不用。”

“别说不用。”曲国经回到自家地里又割起来。

张广泰看看天，看看手中的镰刀和磨石，见成才也直起了腰，也捶着，忍不住督促：“成才，抓紧点儿！”

成才没好气地说：“我知道了！”又弯下腰去，却没接着割，反而将镰刀往地里一劈，狠狠地骂，“黄吉顺，我恨你一辈子！”

张广泰蹲下磨镰刀，蹲着觉得别扭，干脆坐下，没磨几下，不小心割到手，出血了。他撕下衬衣上的一块布包手指，无奈地摇头，暗骂自己：“张广泰呀张广泰，你什么时候变得这么没用过？”

新新居。

于凤兰摇着磨，黄吉顺在擀馄饨皮儿，擀得很慢，很慢，一边想着什么。二人都目光呆滞，神情悲伤懊丧。于凤兰突然住了手，哭泣起来。黄吉顺的手也停止了擀馄饨皮儿，但是既没转身，也没回头，叹了口气。

“你就别闹那景致给我看了，不磨出点儿浆，明天早上卖什么？”

“一门亲事黄了，两亲家成了仇家，女儿也含着怨死了，我这儿却还用的是张家的磨！我心里的滋味好受得了吗？”

“不用怎么办？本地有卖磨的吗？那是张广泰的心，托到厂里拉货的外地司机捎来的。不用扔出去吗？你我扔得动吗？又往哪儿扔？”黄吉顺顿了顿，自言自语，“该用，还得用。”

"你用！你用！你害得我也在广华街上抬不起头来,在大柳树村那边成了个坏女人！我起先是个坏女人吗？"

"谁当面说你坏了吗？"黄吉顺终于扭过头来看她。

恰在这时,小芹下班回来了,冷冷地看他们。于凤兰赌气起身跑后屋去了,黄吉顺离开案子,自己摇磨。小芹一声不响地找了点吃的坐下吃。雷声响了,小芹突然起身往外跑。

"刚下班,脸不洗,饭没吃完,又哪儿去？"

"用不着你管！"

小芹的背影消失在门外,黄吉顺停下了,看着那盘磨,自言自语:"张广泰,虽然我还在用你的磨,可咱们两家的事,不算就完了。"

人们割完了自家的豆子,都来到张家的地里帮忙。

张广泰直起身喊:"不用！不用！我们父子俩行！大伙赶快回家吧！别一会儿挨淋了！"却没有人听他的。

天上闷雷滚过,大雨骤降。

曲国经喊:"谁也不许走！帮着割完！还要像自己家的一样,堆好,用麦秸盖住！"

曹有贵赶着大车来了,车上是麦秸,他喊:"麦秸来了！谁家还缺麦秸？"

李寡妇等几个女人,将割下的豆秧归堆。曲彦芳和李秀英向马车跑去,抱回麦秸来盖豆秧。

张广泰看着,任雨水在脸上淌,也许,还有泪水。曹有贵走到他跟前:"割手了？我们也常有的事儿。"夺去镰刀,弯腰便割。

成才感觉到有人迎面帮自己割,一抬头,见是小芹。大雨中,二人四目相对。成才猛一转身,盖豆堆去了。

小芹呆呆地望着他的身影,嘴角一抽,几乎哭了。她抹一把脸上的雨水和泪水,弯腰将剩下的一小片豆秧割倒。

豆秧终于都割倒,也都归堆盖好了,人们都成了水淋淋的落汤鸡。张广泰刚要道谢,人们又都跑光了。

瓢泼大雨依旧在下,打得窗户扑簌簌响。屋里的小炕桌上摆着窝头、玉米面粥和两小碟咸菜,张广泰披着一件工作服,和光着上身的成才对面而坐。

"干吗光着?你不是还有件新工装吗?"

"舍不得穿了。"

"那也找件别的衣服披着,小心着凉。"

"没事儿。"

"你哥怎么还不回来?"

"被雨隔住了呗。"

"你妈呢?"

"给哥送伞去了。"

"去,把那半瓶酒拿来。"

成才下地取来酒,举给张广泰看:"就这点儿。"

张广泰接过酒瓶,倒上酒,自己喝了一口,将碗递给成才:"你也抿一口。"成才接过来一口喝个碗底朝上。

"我叫你抿一口!"

"本来就不够一口!"

父子二人各吃咸菜。

"在豆地里,我好像看见小芹了。"

"不错,是她。"

"她来干什么?"

"装好人,帮割豆子,替她父母找回去点儿德性!"

"她父母是她父母,她是她,你们说什么了?"

"不等她开口,我就说:就是我们张家的麦子豆子泡了汤、发了芽,直接在地里沤成了肥,全家冬天里喝西北风,那也不需要她黄家的人来帮着割。"

"你这叫说的人话吗?"

"怎么不是人话?只不过心里想说,没说罢了。"

"那你俩,就一句话都没说?"

"我们还有什么好说的?"

父子二人瞪眼对视,张广泰叹气,又举起碗,让最后一滴酒滴入口中。

通往广华街的村路上,小芹在大雨中一路走一路哭,浑身上下湿透了,衣服上满是泥水。她回到家,进了自己屋里,见母亲坐在炕上,正看大翠的照片流泪。

于凤兰见小芹的样子,吃惊地问:"你哪儿去了,淋成这样!我正担心着……"

小芹反问:"他不许你和他睡一个屋了?"

"你爹说他要自己在屋里写点儿什么,让我今晚陪你睡。你快洗洗去,妈替你找衣服换。"

于凤兰打开箱子找衣服,小芹却双手捂脸哭了。

黄吉顺夫妇的屋里,黄吉顺指间夹烟,侧身坐在桌子一端在写着:

　　张成民身为知识分子,在我女儿黄大翠与其断绝恋爱关系以后百般纠缠。而其弟张成才,又半夜翻墙,潜入我黄家院子,惊吓我们。并且,还当街羞辱我女。更加可恨的是那张广泰,竟假酒闹事,砸了我家店铺。这一切一切,潘凡和曲国经两个,却一概予以包庇。请党和政府各级领导干部,派人明察,还我黄家一个公理……

大柳树村在雨中沉寂着,突然村中有人喊:"来人啊!有人家的屋子塌了！快救人啊！"

张广泰夫妇从熟睡中惊醒，张广泰一下子坐起，推开窗，冲院里大喊："成民！成才！快起来！到村子里看看去！"

雨和风扑入屋里，吹得窗帘飘起来，月份牌哗哗响，王玉珍赶紧关窗。等她关严窗，张广泰已不在屋里了。

第二天清晨，新新居里，于凤兰在擀馄饨皮儿，小芹在吃早饭。于凤兰听到响声，一转身，张大了嘴巴，擀面杖掉在地上。小芹抬起头，也吃惊得呆住了——黄吉顺一夜之间鬓发半白！

柱子上挂着一块小镜，旁边贴红纸条，上写四字是："神镜逐邪"。黄吉顺走过去照自己，苦笑："白得好，白得好哇！"

他从小芹头上摘去帽子，说："先让爹戴一下。"戴上帽子，走了出去。

黄吉顺走到街上的一邮筒前，见四周无人，迅速掏出信封，塞入邮筒，立即离去。

天大亮了，新新居前冷清了许多，只于凤兰一个人在忙着。有人买了油条、包子都带走，不坐下吃；连买馄饨的，也用饭盒盛走。

一个人背着背包，从八角门方向走来——是林士凡，戴顶大革帽，穿一身旧布衣服，再没往日的神气活现，一副霜打过的蔫茄子样儿。

于凤兰认出他，一转身，想从窗口躲开，林士凡却说："婶儿，不愿见我了？"

于凤兰不自然地说："啊，不，不，一时没认出来。"

林士凡在厦前落座了，摘下草帽，挂在椅角儿。

"要……吃点儿什么？"

"还是……馄饨吧。"

"那……把背包也放了呀。"

"不了，吃完就走。放下背上的，麻烦。"

"稍等会啊！"于凤兰进屋弄馄饨去了。

林士凡掏出烟,蔫头蔫脑地吸,一抬头,见黄吉顺回来了,仍戴着小芹的帽子。

黄吉顺看到林士凡一愣,好不尴尬地说:"您……您又来了?"

林士凡讪讪一笑:"以后就不能常来了。甚至,也可以说,再也不会来了。所以,怎么说呢,算是告个别吧。"

"出差?"

"也算是出差吧。"林士凡轻轻叹气。

"出远差?到哪儿去?"

"远倒不远,到大柳树村。"

"明白了,蹲点儿,到农村搞社会主义教育,对不对?"黄吉顺情绪有些激动了,仿佛冤民遇上了包大人似的,用手紧紧抓住林士凡的一只手,"林科长,那您可得好好教育教育曲国经,还有张广泰一家!大翠死得那么冤屈!"

林士凡使劲抽出自己的手,四下惶惶地看看,苦笑着说:"今后你千万不要再叫我林科长了。我已经不是科长了,被彻底撸了。我到大柳树村去,是接受那里的贫下中农对我的改造。而且,也是因为你女儿大翠的事儿……"

于凤兰正巧端馄饨来,听到林士凡的话,轻轻将碗放在桌上,颇同情地看着林士凡。黄吉顺朝她挥挥手,于凤兰只好退开,站到不显眼处望着,听着。

黄吉顺小心翼翼地问:"你是不是特别恨我?想来羞辱我的?"

林士凡苦笑:"你看我是想来羞辱你的吗?我还有什么资格羞辱别人呢?"

黄吉顺不无内疚地说:"我女儿和张成民的事儿,我没跟你说就……这一点我确实做得不对。我并不觉得有什么对不起张家的,但我确实觉得对不起你了。害你落了这么个下场,我……我……只说对不起是太不够了……"

林士凡用小勺拨拉着馄饨,一边说:"这也不能全怪你,也怪我自己。张成民的弟弟张成才,就在这儿,当着面跟我说过,大翠是他没过门的嫂子。可我呢,一厢情愿地想,也许你已经把你们两家的关系了断了,要不你又怎么会,说到底,还不是怪我自己吗?"

"那么你……你一点儿都不恨我?……"

"也不是一点儿都不恨你。但是,你女儿大翠在她那一封遗书里,实事求是,首先没因为恨我而编排我的一些言行。她的遗书拯救了我,要不我就不是改造的下场了,那很可能就是判刑的下场了。你女儿如果非要那样,又没有个第三者见证,我不是跳进黄河也洗不清吗?"

"我女儿不是那种人。"

"所以说,你的女儿,是个好女儿,你首先对不起的是你女儿。"

黄吉顺一时无话可说。

"黄老板,经历了这一件事,我有一点儿体会,想要当面说给你听。"

"这……请说,请说。"

"人只有防人之心是不够的,还要有防己之心啊!"

"防己……之心?"

"有时候把自己害惨了的,不仅是别人,还是自己。人对这一点也得时时刻刻防备着点儿啊!"

厦门下又来了两个人,是黄吉顺见过的要树电线杆安路灯的电工。

一个电工说:"黄掌柜,我们又来了。你上次说那事儿,有门儿。"

黄吉顺问:"是您二位啊,电线杆子就树我门口?"

另一个电工说:"那不可能。只不过,可以找个小小不然的借口,往你这儿挪近个一米半米的。"

"那也多谢那也多谢,我还请你们客!翠她妈,给上两碗馄饨,一屉包子!"黄吉顺话一说完,发现林士凡已不在了,那碗馄饨一个也没吃,碗底下压着钱。

黄吉顺呆住了,于凤兰过来往桌上摆馄饨包子时,黄吉顺才意识到自己在发呆。

黄吉顺问两名电工:"两位谁有表啊?"

一名电工掏出一只老旧的怀表看了看:"快九点了。"

"两位,慢慢吃,慢慢吃。"黄吉顺匆匆离开了店铺。

一名邮递员骑着自行车来到邮筒那儿停住,下了车,刚架好车,黄吉顺赶到了,他笑着说:"真巧,真巧,同志,是这么回事,早上我放里一封信,我又不想寄走了。"

邮递员一边开信箱一边说:"那可不行哎,怎么能证明你取走的是你自己的信呢?"

黄吉顺又赔笑道:"同志,别那么较真,别那么较真。"

信箱刚一打开,黄吉顺将邮递员往旁边一挤,双手伸入信箱翻找起来,那封信居然被他找到了!"就是这一封,谢谢,谢谢!"黄吉顺转身便走。

邮递员望着他的背影,目瞪口呆。

去往大柳树村的路上,李寡妇、李秀英等妇女从地里干了一阵活回村,因为昨夜一场大雨,地里泥泞,他们一个个裤腿儿挽得挺高,有的还光着脚丫子,泥脚泥腿地从林士凡身旁走过。

李寡妇好奇地问:"同志,是到我们大柳树村蹲点儿的吧?"

林士凡诚惶诚恐地说:"不,不,我是工作组的……"

李寡妇说:"工作组就是要密切联系群众,还对群众保密呀?"

"我真的不是……"林士凡想甩脱李寡妇,加快了脚步。

曹有贵赶着车从后边上来,调笑道:"李嫂,密切联系群众也不等于密切联系你呀!"

李寡妇笑骂:"一边去!哪儿都有你一嘴!"

有姑娘暗瞟林士凡,流露出对城市里干部的倾慕。林士凡却不敢旁顾,低了头快快地走。

217

曲国经歪坐炕头,腰下垫着高枕;张广泰则坐在炕边——二人一个吸卷烟,一个吸烟锅,低声交谈。

"放心,我身板儿一直挺好。农村人嘛,谁一辈子还没闪几次腰?"曲国经一动,疼得皱眉。

"我再给你揉揉?"

"不用了,不用了。"

"我推拿过腰酸腿疼的,还行,也是跟我的铁匠师傅学的。"

"经你那一阵推拿,好多了。咱们说会儿话,说会儿话。"

"我的意思是,让李三嫂先住我家去,让成民和成才合住一屋,不就腾出一间可以让她住了吗?"

"这,咱们得问问她。也得看她自己怎么想的,愿意不愿意,是吧?"

"我不愿意!"话音一落,李寡妇走进屋来,仍泥脚泥腿的。

"看,说曹操,曹操到。"曲国经冲张广泰一笑。

"得了吧!你们这是说寡妇,寡妇到。"李寡妇言罢,一屁股坐在椅子上,往下刮腿上脚上的泥,甩在地上。

曲国经皱眉道:"你看你,我彦芳刚扫干净的地!"

李寡妇不以为然:"那就让她再扫一遍!都十七了,明年可以嫁人了,还像个小女儿似的闲养着,惯得没人样儿!"

曲国经说:"你可小心让她听了去。"

李寡妇撇嘴:"我怕她?敢跟我耍任性,拧得她吱哇乱叫!"

张广泰听了直笑。

曲彦芳从外进来,问:"你们在开会呀?"说完就要退出。

李寡妇命令她:"没开会。快去,给婶儿端盆洗脚水来!"曲彦芳乖乖地拿起盆去了。

李寡妇得意地说:"这叫一物降一物。"

曲彦芳端水进来,李寡妇又说:"把地再扫扫!"曲彦芳又乖乖扫地。

李寡妇问："彦芳，婶要是板起脸来，你怕不怕呀？"

曲彦芳点点头："怕。"

李寡妇又问："那，对你爹呢？"

曲彦芳不抬头地说："我要是板起脸来，他怕我。"

三个大人相视而笑。

张广泰说："李嫂子，住我那儿去吧！愿住多久住多久！"

李寡妇擦干了脚，上了炕，一边重新给曲国经摆枕头，使他靠得更加舒服些，一边说："我刚才说了，不。"

曲国经说："你房子塌顶了，那你住哪儿？"

李寡妇说："我住你这儿。"

曲国经皱眉道："当着孩子的面儿，别没个正经！"

李寡妇正色道："我这怎么是没正经呢！昨天夜里，你是为了我，才闪了腰。我住你家，正好服侍服侍你。"

曲国经摇头："用不着你，我有彦芳。"

李寡妇下了炕，趿上曲国经的鞋，理由充分地说："彦芳是小孩子，总有些不方便的地方。再说，咱俩都是党内同志，谁跟谁？彦芳，你乐意婶儿住你家来不？"

曲彦芳说："乐意。"

李寡妇一拉她："那，现在跟婶去摘菜，中午留你张叔叔一块儿吃！"

曲彦芳高高兴兴地跟随李寡妇出去了。

曲国经看得直摇头："看，成了这事儿！"

张广泰问："她，也是在党的人？"

曲国经看着他说："怎么，看着不像吧？"

张广泰慌忙说："不不不，我没那意思，没那意思。我不太清楚你们党内的那些标准。"

曲国经由衷地说："李三嫂这个女人，了不起呀！抗战那几年，我在山里打游击，她夫妻俩都是咱们的情报员。有次，被叛徒告密了，为了把情报送给咱们山里的人,她丈夫宁肯待在家里,迷惑敌人。而她一个女人家,在山里找了两天两夜才找到咱们的人。她丈夫就是那一天牺牲的。不是一对忠诚于党的夫妻,哪里会那么做?"

张广泰肃然起敬:"没想到,没想到。"

曲国经叹口气说:"这村的一些党员,有的死在抗战八年了,有的死在解放三年了。目前呢,就我和李三嫂两个老党员了,曹有贵还在发展中,作为一个支部,这是不行的。"

张广泰点点头:"那是,领导这么大一个村子,难为你们。"

曲国经庄重地问:"广泰,你,考虑过入党的事儿吗?"

张广泰挠头:"我?没敢想,没敢想。"

曲国经看着他说:"想想,想想。"

"屋里有人吗?"外面传来潘凡的声音。

曲国经说:"是潘凡同志!"

"您别动,我替您迎请他。"张广泰起身大步走出了屋子。

潘凡一见张广泰就说:"你家里一个人都没有。我一猜,你准在这儿。"

"您是找我来的?"

"对。专为你来的,进屋说。"

二人进了屋,张广泰还坐炕边,潘凡坐椅子。

张广泰对曲国经说:"潘同志是找我来的。"

"听到了。"曲国经看看潘凡,又说,"如果你们的事当着我说不方便,那你就跟张师傅到他家去。如果不忌讳我听,那我也不反对你二位就在我家说。"

张广泰说:"成民在上课,成才在村里和人们抢修房子呢。我那老伴儿,大概是在场上和妇女们干活吧。潘同志,我个人和家人的事儿,一概不忌讳老村长听,你有话就只管开口直说吧!"

潘凡问曲国经:"老村长,您怎么了?"

曲国经说:"昨天夜里那一场大雨,把村里两家人的屋顶浇塌了。我在现场一不留神,扭腰了。张师傅刚才给我推拿了一番,好多了。"

张广泰谦虚地笑笑:"多少会点儿。"

潘凡耸耸肩,扭头说:"我这个肩膀脖,这几天也是僵得锢住了似的,也请张师傅给我推拿推拿?"

张广泰问:"先不说事儿?"

潘凡说:"待会儿,待会儿,先推拿。"

张广泰起身为潘凡推拿,潘凡直喊:"舒服! 舒服! 想不到你张师傅的手法,还真挺灵验的!"

曲国经在炕沿上磕磕烟锅,放下烟杆,不动声色地说:"小潘啊,我知道你要跟他说的是什么事儿了。他是个诚实人,你不说,他猜不到,心里犯嘀咕。你小潘别卖关子了,快告诉他吧。"

潘凡这才一本正经地说:"行了,行了,多谢张师傅这几下子了。"

张广泰退回炕沿那儿坐下,潘凡则从书包里取出一样用报纸包着的东西放在桌上,对张广泰说:"你自己打开。"

李寡妇和曲彦芳进了屋——李寡妇捧了一屉窝头;曲彦芳捧着一篮子洗过的生吃蔬菜,其上是半碗酱。二人将手里的东西放在吃饭的方桌上后,李寡妇阴阳怪气地说:"彦芳,婶的眼睛不济了。我怎么瞅着,那椅子上好像坐着个人?告诉我,哪阵风把一位什么客人吹来了?大模大样地坐在我刚刚坐过的椅子上?"

曲彦芳说:"是潘凡同志。"

李寡妇眨眨眼睛:"潘凡同志?我怎么没听说过什么潘凡同志?"

曲彦芳推她一下:"婶儿,你又这样,多不好!"

"李……"潘凡笑了,他看曲国经。

曲国经说:"李金凤。"

"李金凤同志,别因为我当初批评了你几句,你就对我不满。我不会向你道歉的,因为我批评你的对。"潘凡见张广泰看着桌上那东西发愣,奇怪地说,"你怎么还不打开?里边包的可是你和你全家朝思暮想的东西。"

张广泰似已明白是什么,刚一伸出手,却被曲彦芳抢先拿去了。

"什么宝贝,我先看看!"曲彦芳打开报纸,里边是一层红纸,再打开红纸,呈现出牛皮纸的薄薄小小的户口本。

曲彦芳语速缓慢地读着上面的字:"中华人民共和国,城市居民户口……"

李寡妇一把夺去,也看起来:"我当什么样儿呢,就这样啊!"

曲彦芳又一把夺回去,翻开小声念:"户主,张广泰;配偶,王玉珍;长子,张成民;次子,张成才……"

显然是由于成才一下子又成了城市人,曲彦芳心里别扭,她将户口本往炕上一扔,大声说:"就因为这个东西,大翠姐死了!"

曲国经的手在炕沿上一拍:"混账!"

李寡妇说:"彦芳,你那么看不对。大翠的死,主要是黄吉顺……"

"我也没说张家!"曲彦芳身子一扭,跑出去了。

屋里的气氛凝重起来,曲、李、潘三人的目光不约而同望向张广泰。

张广泰抓起户口,想一把撕掉,潘凡及时喝道:"张广泰!"

张广泰双手拿着户口,欲撕没撕,瞪着潘凡。潘凡起身走过去,夺去户口本,用一只手按在炕桌上:"你不能撕它。"

"它已经是我家的了,我怎么不可以撕它?"

"为了你家重新获得它,方方面面许多人费了不少心,了解了不知多少遍情况,开了不知多少次会,我也跑了不知多少次腿!你撕了它对不起许多人,首先对不起我潘凡!"

"对不起谁,我以后一一谢罪!我张广泰一家,不做城里人就是了!"张广泰伸出只手夺户口,潘凡加一只手护着,极其严肃地说:"你的话,只能代表你自己,代表不了你全家!"

"那上边写着我是户主,我当然能代表他们!"

"我说不能就不能。我们政府工作人员,也不能整天为你一家人今天这样明天那样忙来忙去的。"

曲国经也劝道："是啊是啊，张师傅，你知道你老伴儿怎么想的？你知道你俩儿子怎么想的？再往以后说，以后几代也是农民了，你知道你孙儿子女们怨不怨你？"

张广泰无言以对。

"曲国经同志，我还有工作，得走了。这户口本我交给你，出了什么问题我可不负责任了！"潘凡说罢，将户口本放在曲国经怀里，抬腿就往外走。

李寡妇说："哎哎哎潘同志，吃了再走吧！"

"不了不了……"潘凡说着，人已出了门。

曲国经拿起户口本，看了看，递向张广泰："拿去，揣好，别丢了，回家一家人合计合计。这是与全家人有关的大事，你一个人独断专行，不好。"

张广泰只得接过户口，心情复杂地揣入兜里："那我走了。"低了头往外便走。

李寡妇问："你也不在这儿吃？"

张广泰摇头。

曲国经想下地，李寡妇说："你别下地了，我把饭菜端到炕桌上不就行了吗？"

曲国经说："我送送张师傅。"

张广泰忙说："哎呀，这是干什么这是干什么！"

李寡妇说："就是！跟他，你还礼道个什么劲呀！"

"我还有几句话跟他说。"曲国经刚一站在地上，腰疼得皱眉。

张广泰急上前扶他，李寡妇默默看着二人出了屋门。

张广泰扶曲国经走出院子，曲国经说："张师傅，我跟你说的那个……那个入党的事儿，你别受户口的事儿影响。你就是又成了城市里人，与我们大柳树村再没什么关系了，我还是希望你能认真考虑。那我虽然没资格直接做你的入党介绍人，但还是可以和别的党组织谈谈对你的印象。入党的人也不可能是没有缺点的人。我相信,你这个人,只要入了党,那就不管什么时候,都不会给党抹黑的。"

张广泰心情更加复杂,亦极为感动,连连说:"唉,我这个人啊,缺点太多,缺点太多……"

林士凡东张西望,寻寻觅觅地走在村里。他看见张广泰迎面走来——张广泰走路的样子挺特别,一只手紧紧地压着装有户口本的衣服下兜。

林士凡迎着张广泰紧走了几步:"老乡……"他又看出张广泰不像农民,改口说,"同志,请问村部怎么走?"

"这村时下还没个村部,村长曲国经家就算是了……"

"那……他家怎么走?"

张广泰指着方向告诉怎么走。

"谢谢,谢谢……"

张广泰望着林士凡背影叫了一声:"哎你……"

林士凡驻足,转过身,卑微地说:"您叫我!"

"我……不知道可不可以问一下,你贵姓?"

"可以,可以,谁都可以问我。免贵姓林,双木林,鄙名林士凡……"

张广泰情不自禁地"噢"了一声:"原来是你……"

林士凡望着张广泰的脸,大约猜到了他是谁,起码猜到了他为什么问自己姓名,内心不安地倒退两步,随之转身,逃避似的快步溜掉。

张广泰的手——那只紧压着兜的手,将衣兜连同里边的户口,抓成了一只拳头。

第十章

曲国经坐在小炕桌一侧,李寡妇坐在他对面,二人正在吃饭,因林士凡的出现而放下了碗筷。林士凡肃垂双臂,毕恭毕敬地站在炕前,仍背着行李,草帽绳套在脖子上,草帽盖在背后的行李上。

曲国经看完手里的信函,折起来装入信封,交给李寡妇。李寡妇走到一张旧桌前,开锁(相对于抽屉,那把旧锁未免太大了),将信放入,将锁再锁上。看来,那一张桌子,是曲国经的办公桌。

曲国经说:"先把行李放下吧。"

林士凡从身上取下行李和草帽,四下瞟瞟,不敢随便放。

李寡妇指指椅子:"放那儿。"

林士凡将行李和草帽放过去,走回原地,仍毕恭毕敬地肃立着。

李寡妇看他一脸的汗,就说:"擦擦脸上的汗。"

林士凡伸手掏兜,却没带手绢,只得用手抹脸上的汗,接着在衣服上抹手。

李寡妇指指洗脸架:"那儿有水,干净的,洗一把去。"

"是,是……"林士凡去洗了几把脸,想伸手取下洗脸架上的毛巾,却不敢,手又缩回去了。

李寡妇拖长音调地说:"用吧!"

"是,是……"林士凡擦完脸,又回到原处,还是那么卑怯。

"吃了吗?"曲国经问他。

"吃了,吃了……"

"吃了?在哪儿吃的?"

"没,还没吃……"

"那,先吃饭。"

"是,是……可我……村长您命令我到哪儿去吃?"

"你还能到哪儿去吃?就先在这儿吃一顿吧!"

"不敢,不敢……"

"这是什么话?我饭里下毒了?"曲国经不耐烦地皱了皱眉。

"没那么想,没那么想……我,我是来接受改造的……"

曲国经有点儿生气了:"那也得吃饭!是个人就得吃饭。"

李寡妇脱鞋上了炕,坐里边,拍拍炕沿,示意林士凡坐下:"来接受改造的,更得把饭吃好。你在我们这儿锻炼得结结实实的,才更有利于我们长期改造你。"

林士凡吃惊地问:"长期?……可,我们领导跟我说,是短期……"

曲国经更加生气了:"坐下!"

林士凡不敢说什么了,诚惶诚恐地坐在炕沿。

李寡妇忍笑递给他一个窝头,又递给他一根黄瓜:"先尝尝这酱,用黄瓜蘸着吃。农村自己打的,比城里的味道好。"

"是,是……"林士凡用黄瓜蘸酱,手发抖,结果把酱碗弄翻了。

曲国经看着他干瞪眼,李寡妇终于忍不住大笑起来。

吃完饭,李寡妇收拾干净小炕桌,洗碗去了。曲国经又抽上了烟袋锅,林士凡不敢再坐在炕上,下了炕站在地上。

"你的问题,只能算是错误,不要从此背上思想包袱。"

"我一定认真改造,在哪儿跌倒的,在哪儿爬起来,是我要求到这儿来的。"

"是吗？"曲国经一脸不相信地斜了他一眼。

"不，是领导决定的。"

"要说实话嘛，人最怕不老实。"

"我一定改正。"

"在大柳树，你可是个有名的人物啊。"

"我一定改正。"

"你得吃饭，得有住的地方。村里不能每家每户派给你公饭吃，因为你不是下来指导工作的干部。"

"明白，明白。"

"你也不能在谁家包伙，我刚才考虑了一遍，没有合适的人家。所以呢，只能安排你住磨房。那儿也是粉房，有一铺小火炕。以前是老韩头儿住那儿，这几年没人住了。入冬前，我会让人把火炕给你修好。"

"怎么都行，怎么都行……"

"金凤同志，别刷了。一会儿彦芳回来让她刷，你先带林……带他到磨房去吧。"

李寡妇在围裙上擦擦手，摘下围裙，带林士凡往外走。

"等等……"曲国经又叫住了他们。

林士凡站住，来了一个原地向后转。

"林士凡，你以后不要张口闭口'是，是'的。这儿不是军队，我也不是军队的首长。"

"是，是……"

"记住了，就得改！"

"是，是……"

"你……"曲国经无奈地挥挥手，"走吧走吧！"

成才挑着担子往家走，看见曲彦芳坐在老柳树下，无聊地摆弄着草茎,一脸心事。

"彦芳,吃了晌午饭没有?"

"你管呢!"曲彦芳把头一扭。

"嗨,你这人,今天怎么这么对我没好气儿?"

"有一种人,又想讨好农村人,又一心想当城里人,我只对这一种人没好气儿!"

"你这话说给谁听呢?"

"谁是那么一种人就说给谁听。"

"看来我得替你爹修理修理你!"成才放下担子,大步向她走去。

曲彦芳起身跑开,又站住气成才:"咒你将来讨不到一个好老婆!"说完走了。

成才嘟哝:"这丫头,我也没招她惹她,咒我讨不到老婆干吗呀!"

李寡妇和林士凡出了曲家,在村路上看到了曲彦芳,李寡妇叫她:"彦芳!"

曲彦芳怏怏地走到她跟前。

"原本高高兴兴的,怎么一转脸就阴天了似的? 还连晌午饭也不吃了!"

"不饿嘛。"

李寡妇眼看着林士凡,对曲彦芳悄语。林士凡知道是在说自己,无地自容地低下了头。

大柳树村的磨房里到处落满浮尘积土,地中央一盘大磨,四周是大缸、大锅。小土炕上放着一领破旧的被席,屋角上还结着层层蛛网,窗纸上到处是透风的窟窿……看得林士凡暗吸凉气。

"以后,你一个人住这儿,多宽敞,多好!"

"是,是……"林士凡唯有苦笑。

"老村长不是不许你说'是,是'了吗?"

"是,是……"林士凡还是改不过来。

"唉,你这个人啊,也挺让人可怜的。来,先把行李草帽挂上,别弄脏了。"李寡妇帮林士凡从背上取下行李、草帽,挂在一根柱子的钉上。

"你把窗开开。"

林士凡一扇扇开窗时,李寡妇拿起一把破笤帚扫地,边扫边说:"以前住这儿的老韩头,是个老鳏夫,豆腐做得可好啦!城里那边,每天抢着买我们大柳树去卖的豆腐。可惜,他今年年初死了。听村里有人说,到了夜里,这磨房里的大磨会自动地磨起来,还能听到老韩头咳嗽声。"

林士凡心里听了发冷似的,不禁地打了个寒战。

曲彦芳带着几个女人们来到磨房。"婶儿,我把人找来了。"曲彦芳一眼看见林士凡正站在一个角落望着自己发怯,就把眼睛狠狠瞪了起来。林士凡更往角落退,转身不敢再望她,低下了头。几个女人也发现了林士凡,不知他来到大柳树村的根由,仍以为他是蹲点儿的干部,又对他起了好奇心,议论开来:

"让蹲点儿干部住这儿,可太委屈人家了!"

"就是!要是让他住我家去,我愿意。一日三餐,我也包了。"

"你当然愿意啦!到了晚上,再说怕黑,被窝凉,往一块儿就乎……"

"光你愿意就行了?也得人家愿意啊!"

李寡妇正色道:"都别胡说八道了!一个个全跟我学的。我身上那么多优点怎么不学?现在我给你们介绍一下……不是介绍,是对你们宣布一下——他,林士凡,起先是城里的科长,从今天起,是来咱们村接受改造的。"

曲彦芳朝林士凡一指:"他是流氓!就是他,明知人家张成民和大翠还没解除婚约,硬往中间插一杠子!"

林士凡急转身分辩:"我不知道,我不知道……"

曲彦芳没好气地说:"你还嘴硬!"

李寡妇教训道:"彦芳!你不要随便乱说!他带来的公函上没写着

他已经是流氓了,那么以后就谁都不可以拿他当流氓看。咱们对他的看法得和公函上一致,要不犯政策错误的是咱们!"

一名妇女持有异议:"那他起码也是个坏分子!"

李寡妇将脸一板:"这也是胡说! 你知道流氓和坏分子罪名上哪个轻,哪个重吗? 我都不知道,你就知道了! 我看嘛,他也不是一个多么坏的人。叫你们来,是让你们帮着把这儿打扫打扫,要不他怎么住?"

"我才不为他这种人出力呢!"曲彦芳一转身走出去了。

"你们都不要跟她学,她是小孩子。我自己今晚还不知住哪儿呢,我得和老村长去谈我暂时住哪儿的事儿!"李寡妇朝一名妇女一指,"这儿你负责,要好好打扫一下。"走到门口,回头又补充了一句,"这可是我代表支部交代给你们的任务!"

女人们面面相觑,李寡妇明明也不想为这个"坏人"打扫屋子,反倒拿"支部"压人,脚底抹油,把"脏活"扔给自己一伙人。女人们一个个满脸不情愿地打扫着,你一句我一句,将个林士凡支使得团团转,无论他干什么,女人们都嫌他笨,训他干得不得法。

李寡妇走到外面,看见曲彦芳坐在一个树墩上,双手捧腮,独自生气,就对她说:"回家吃饭去!"曲彦芳把脸一扭。

这时,成才走来了。曲彦芳两眼一亮,又高兴了,主动笑着问:"成才,你来干什么呀?"

成才理都不理她,跨入了磨房,紧盯着林士凡。林士凡知道他是张家的人,害怕却又无处可躲。

成才指着他说:"你,跟我走一趟。"

林士凡怯怯地说:"哪儿……哪儿去?"

成才冷冷地问他:"你走不走?"

负责打扫任务的妇女说:"成才,你不能随便把他带走吧?"

"怎么不能? 他是来接受改造的,人人都可以改造他。"成才上前几步,抓住林士凡手腕,拖着便走。

林士凡用目光向女人们求援,女人们却不知如何是好。

成才抓着林士凡手腕走出磨房,曲彦芳问:"成才,你带他干什么去?"

"你管呢!"

曲彦芳望了望他们的背影,站起来往张家跑去。

张家,张广泰夫妇二人在炕上对坐着,二人之间放着户口本。

"你怎么想的?"王玉珍看着张广泰问。

"我还没想好。"

"要不,把两个儿子叫来,一块儿合计合计?"

"容我再想想,晚上吧。"

院子里传来曲彦芳的声音:"张叔叔!张叔叔!"

王玉珍说:"是彦芳!"

张广泰说:"先收起来,叫她看见了我们这样不好。"

王玉珍听到脚步声近,立刻将户口抓起,坐在身下。她刚坐好,曲彦芳已闯了进来。

张广泰问:"彦芳,什么事儿?"

曲彦芳神色慌张地说:"你家成才把那个姓林的从磨房带走了!"

王玉珍不解地问:"姓林的?哪个姓林的?"

曲彦芳喘着粗气:"就是……就是……"

张广泰寻思一下:"不好!"慌忙下地穿鞋,和曲彦芳走了出去。

"成才会把他带哪儿去呢?"

"我知道。彦芳,不许跟着我。有些事儿,你一个女孩子家看见了不好……"说完,他大步腾腾地一个人走远了。

成才仍抓着林士凡的手腕往前走,林士凡忐忑地问:"你……到底要把我带哪儿去呀?"

成才怒斥他:"住口!"

到了大翠坟前,成才猛转身,抓住林士凡衣领,手指墓碑:"你认得字吗?"

墓碑上分明地刻着:爱妻黄大翠之墓,张成民立。林士凡怎能不明白,顿时吓得脸色苍白:"认得。"

成才对他当胸一拳,又转身一抡,随即脚下一踢:"你给我嫂子跪下!"

林士凡被踢倒,跪在地上。成才抓住他头发,用力往下按,林士凡头碰青石"咚咚"响。成才暴怒地边按他的头边叫骂:"你给我嫂子磕头!磕头!磕头!!你这坏分子!今天我要好好改造你!彻底改造你!你这臭流氓!你哭!哭你大翠姑奶奶!"

张广泰赶到了,见状恼怒之极,断喝:"成才!"

成才这才住手。张广泰走上前,抡圆了胳膊,狠扇成才两耳光。

"我改造他!我彻底改造他!"

"我先改造你!先改造你这个不懂事理的儿子!"张广泰又狠扇了成才两耳光。

林士凡则跪坐于大翠坟前,哭得伤心:"黄大翠同志啊,对不起啊!千不该,万不该,我不该到你家去吃那一碗馄饨啊!"

天黑了。

张广泰在家开家庭会:张广泰威严地坐在椅子上;王玉珍盘腿坐炕上;成民坐炕沿,手捧一本书在看;而成才,梗着脖子,倔强地扭着头站在父亲跟前。

"他来了,那是要让他在劳动中认识错误,知过改过。谁叫你一个人改造他的?有你那么改造法的吗?再者说了,上级是把他交给了大柳树村,不是把他交给了咱们老张家!眼下而论,咱们连大柳树村的一户正式农民都不是!就轮不到咱们改造他!"

"我恨他!"成才眼睛通红。

"你恨谁就可以仗着胳膊粗力气大打谁?!我们老张家是讲理的人家,不是……"

成才不服气地打断他:"你还砸了黄家的铺子呢!"

张广泰一拍桌子:"你!……跪下!"

王玉珍劝道:"他爸……"

张广泰又一拍桌子:"给我跪下!"

成民合上书,也劝道:"爸,成才他肯定是错了,您也替他向那个林……当面道歉了,就别生这么大气了。"

张广泰瞪圆了眼:"你小子今天跪不跪?"

成才心有不服,然而乖乖跪下了。

"现在,咱们开个家庭的会。城市的户口,潘同志送来了。开个家庭的会,这也是潘同志和老村长的意思。我是左思右想了一下午,我带头表态,广华街,我张广泰是不愿再回去了。广华厂,我也没什么脸再去当师傅了!我……我张广泰宁肯当大柳树村的一个农民了!"屋里的气氛立时变得极其肃静,凝重。

张广泰看着王玉珍说:"按辈分,该你了。"

王玉珍说:"先叫成才起来吧。"

张广泰不同意:"他就得跪那儿表态!"

成民说:"爸,你要是真想在家里讲民主,这就不像个民主的样子了。"

张广泰大声说:"民主在家里是个什么样子我不管,反正我现在给你们表态的权利了。"

"那,让妈先考虑着,我表我自己的态。我是在学校里填了志愿书,无怨无悔到大柳树村来的。什么城市户口不城市户口的,对于我不存在那么个问题。我现在的身份,本来就是大柳树村的小学校长!"成民起身往外走,拍一下成才的肩,小声说"好好跟爸认个错儿,别再惹爸

233

生气。"

看着成民走出去,张广泰又问王玉珍:"你还没说话。"

"你这哪叫……唉,我能跟你离婚吗?"

"有你这话,也是个态度了。"

成才突然大叫:"我不!我就不!"

"你不什么?你想分家另过不成?!"

"分家就分家!"

张广泰猛起身,挥手又欲打:"我!……"

成才也猛起身,冲了出去,跑进了自己屋。他无处发泄,看着窗台上小芹留下的那一盆花来气,举起来狠狠摔在地上。

王玉珍跟了进来,劝道:"成才,你看这……你爸那人,你还不知道?主意一定,九头牛也拉不回转……你还真能分家另过啊?"

成才不由得抱住母亲哭:"妈!我做梦都想还当工人啊!我不会当农民啊!"

王玉珍伤心地说:"妈明白,妈明白!你爸,心里边还不是和你一样的愿望吗?可你就是回了广华厂,再和小芹,又怎么在一块儿干活呢?"

张广泰走出了屋,外面早已圆月当空,月辉如银。他来到小桥附近那一座坟前,看着似乎为岁月消瘦了的坟包,轻声道:"师傅,师傅啊,您的爱徒广泰我,也不只我,还有全家,又成了一户农民了!但是师傅请您放心,在旧社会我当铁匠时,没给师傅您丢过脸;在新中国我当工人师傅时,也没给您丢过脸。哪里的粮食都活人,哪里的黄土都埋人!即使我又变成了农民,我和我全家,也照样不会给您丢脸的。"他低头看了看自己的双手,坚定地说,"我就不信,我这一双长满茧的手,干铁匠活干得样样精,偏偏就使唤不好锄把子和镰刀把。"

曲国经腰下垫得高高的,歪在炕上,和衣而眠,并响着轻微的鼾声。门无声而开,一个人影闪入,悄悄走至一隅,轻划火柴,点着油灯,并将灯捻拨小。是李寡妇,她悄悄走到炕前,歪着头看曲国经的睡相,心怀温情地无声一笑;脱了鞋,上了炕,爱意丝丝地偎着曲国经躺下了。

曲国经半醒不醒地说:"彦芳,半夜三更地,又跑这屋来'偎秋'我干什么? 去睡自己的觉去!"

李寡妇暗笑,耳语道:"我不是你那惯坏了的女儿,我是那个你心里边有,嘴上从来不承认有的人。"

曲国经猛地睁开眼,见是李寡妇,急往一旁躲:"你! ……你这是干什么?!"

"老东西,你说呢?"

"你又没正经! 再没正经也不能闹到我炕上来!"

"你这炕,我上来的次数还少哇?"

"你这张嘴呀! 那不是白天吗? 那不是开会说事儿的时候吗? 照你刚才那么一说,要是让别人听了去,我跳进黄河都洗不清了!"

"我又不是个名声不好的女人,你往黄河里跳干什么呀? 你倒是洗个什么劲呀!"

曲国经又急,推她:"你给我回彦芳那屋去!"身子一动,又疼得皱眉。

李寡妇掀去他下半身盖的小薄被,替他揉腰。

曲国经半情愿半不情愿地说:"这要让彦芳看到了,成何体统?"

"小彦芳要是看见咱俩这样,心里准高兴!"

门外,曲彦芳果然蹲在门那儿,偷看偷听。

"村里人知道了,还不议论死我们?"

"村里人早就议论了!"

"议论什么?"

"议论咱俩,一个鳏头,一个寡妇,早该成一家人了!"

曲彦芳掩口窃笑,溜回自己房间去了。

曲国经要吸烟,李寡妇替他划火点上说:"咱俩的事儿,你就一次没想过?"

"怎么没想过,经常想。"

李寡妇听了这话,将一手臂往曲国经腰间一搂:"怎么想的?"

"你死去的丈夫,他是烈士啊!我就是心里再想,也不能那么做啊!"

李寡妇前胸贴他后背,将下颌担他肩上,温柔地说:"他要是地下有知,才不愿我们因为他,就不能在一块儿呢!"

"还有,你和我,都是党员。咱们村这个支部,就咱们两个正式党员,曹有贵还在考验时期;咱俩要是做了半路夫妇,那,支部会还怎么开?那不成了家庭支部了吗?这一层我作为支书,能不考虑吗?"

"倒也是的……哎,你觉得张广泰这人怎么样?"李寡妇轻轻叹气。

"今天你也看到了,潘凡同志一带来户口本,他一家是不是咱大柳树村的人,两说着了。"

"听彦芳说,成才白天把人家林士凡打了。"李寡妇又轻轻叹气。

"我也知道了。"

"你怎么知道的?"

"张广泰来对我说的,先替成才认个错的意思。哎,你不提我倒忘了。你看那林士凡,他行李里会带着枕头吗?"

李寡妇又替曲国经揉腰,边说:"那么小的个行李卷,里边肯定没卷着枕头,大概忘带了。因为和大翠的事儿沾不是了,就落现在这么个下场,也怪可怜的。"

曲国经磕灭烟锅,说:"那,我给他送个枕头去。"

李寡妇扯住他:"你这又何必呢?"

曲国经说:"咱们要改造人家,就得首先让人家觉得,咱们是好人。"

李寡妇见他非去不可,松了手,又说:"那我去!"

"半夜三更地,你抱着个枕头给男人送去,多不合适!"

"可你的腰……"

"经你揉了一会,不怎么疼了。"

望着曲国经夹个枕头,一手撑腰走了出去,李寡妇在炕上发愣,自言自语:"那我还傻待在这儿干什么?"

曲彦芳听到响动,也从窗纸洞往外看,见父亲夹个枕头走出院子,也困惑不解。

磨房里,林士凡起起卧卧睡不着,躺下时风声鹤唳,疑神疑鬼;起来时摆弄"枕头",他的"枕头"是块土坯,上边放片席片儿。

突然拍门声响起,林士凡浑身一抖:"谁?!"

外面传来轻咳的声音,林士凡恐惧地将"枕头"捧在怀里,准备随时当武器。

"是我,曲国经。"

"你……真是村长同志吗?"犹豫不定。

"林士凡同志,快开门吧。"

"同志"二字,令林士凡疑心顿释,放下"枕头",下地去开了门。

曲国经进来后说:"就猜到你连个枕头都没带,给你送个枕头来。"他看看炕上的枕头,又说,"枕那个怎么行? 一夜睡不好,明天怎么参加劳动? 劳动中不能给农民群众一个好印象,又怎么能让别人承认你改造得自觉?"

林士凡一转身,伤心而泣。

"这里条件是差了点儿。但我不是说了嘛,入冬前,一定把这里修好,保证不会让你挨冻就是。接受改造嘛,就不能太娇气了。"

"我不是娇气,我是害怕……"

"明白了……你别站着,也坐下……"

林士凡便也坐在炕边。

"党籍还保留着吧?"

林士凡点头,没说话。

"我们在共产党的人,那都是无神论者。什么是无神论者,不必我说,你比我明白。所以呢,你不要听一些个人的胡说八道。我是一村的党支部书记,你是接受改造的人。你再害怕,我也不可以像陪胆小的孩子似的,天天晚上来陪你睡,对吧? 那没了个原则。"

"对,对……"林士凡说得声音很低。

"那,插上门,接着睡吧……其实,你一个男人,这屋里又没有值钱东西,插不插门又怎么的? "曲国经起身往外走。

林士凡送他,边说:"还是插上好,还是插上好……"

曲国经走在寂静的村里,站住,四望,最后目光望向村外,刚刚收割完的田地。

秋虫的吟鸣中,曲国经感慨万千,在心里呐喊着:"大柳树,大柳树,我曲国经,一定带领乡亲们,把你和城市的那些个差别,早晚一天消除了!"

第十一章

早上,大柳树村小学依然没有玻璃窗的教室里有一场考试,成民走到李秀英的儿子岳自立旁边站住,低头看岳自立答卷,满意地点头。他又走到曹有贵的儿子曹庆安旁边站住,低头看——曹庆安显然答得不好,抓耳挠腮。

成民加以启发:"我讲过的,在汉字中,一切和水有关的事物,都用三点水,或者两点水作为偏旁,而且都在左边。与风有关的某些字呢? 想想,我怎么讲的?"

岳自立脱口而出:"三撇有时候象征风。"

曹庆安抬头生气地说:"不用你说!"

成民说:"曹庆安,不要生气。自立也是好心,帮着老师提示你。我们中国从前的人,喜欢穿长衫。衫嘛,自然是什么旁呢?"

曹庆安想起来了:"衣补旁!"

成民继续耐心地启发:"如果起风了,长衫的下摆就会被吹动。所以呢,长衫的衫字,就也和风有了关系。"

曹庆安恍然大悟:"老师别说了别说了,我会写了!"

一名女生撇嘴说:"还有脸说会写了? 都等于告诉你了!"

成民教训道："曹庆安，以后上课要注意听讲，啊？上课不专心，考试就发蒙，这是必然的。"

有些同学开始往窗外看，成民也不由得往窗外看——见李秀英等几个女人各拿着绳子扁担，在向教室里看。

成民严肃地说："大家不要往窗外看，要集中精力考试……"

外边又传来几个女人大声说话的声音：

"哎呀，你们几个今天好积极呀！"

"看她这件花衣服，穿着真合身！"

"哎，你脸上搽雪花膏了吧？要不怎么这么白呀？"

学生们都不由得朝外望，成民也朝外望，见几个姑娘媳妇聚在一起说了几句悄悄话，接着一阵咯咯嘎嘎地笑。

成民皱眉走了出去，问她们："你们来这儿有事吗？"

女人们都肃静了，一个个尊敬地看着他默笑——看得出她们又喜欢他又尊敬他，在他面前还都有点儿不好意思。

"我问你们呢，别都看着我不说话呀！"

"我们来这儿开会。"李秀英小声说。

"开会？开什么会？为什么偏偏在这儿开？"

"老村长要在这儿给我们开会。"

一名妇女说："村里一向都是在这儿开会的，这儿有场地嘛！"

"这是学校的操场，不是村里专门开会的地方！而且，今天学生们在考试。"成民转身朝教室一指的时候，发现学生们都聚在各个窗口在向这里张望，又说，"你们看，学生们受干扰了。到别处开会去吧，啊？请你们，不，求求你们到别处开会去吧！"

除了李秀英同情地看着他，其他女人都在看着他笑，分明都喜欢看他着急的样子。

成民有点儿生气了："嗨，你们……你们怎么不可理喻啊！"

女人们反而又咯咯嘎嘎地笑了。

曹有贵和李寡妇以及更多的男男女女簇拥着曲国经走了过来。成民疾步上前,质问曲国经:"老村长,你怎么能在这儿开会?"

"今天的会很重要,全村大会。除了这儿,没别的地方能开全村大会。"

"可,我今天在给学生考试啊!"

"那只好暂停了,我还要借你的桌子用一用。"

成民见父亲、母亲和弟弟也走来了,赌气一转身,回到了教室里。

教室里,只有岳自立一名学生,仍在里外干扰的情况之下埋头答卷。成民用黑板擦敲敲讲课桌,大声说:"安静! 都坐回各自的座位去! 谁允许你们乱起来的?!"

曹有贵和一个男人走入教室抬讲课桌,曹有贵笑道:"不好意思,老村长说你同意了的。"

这时岳自立举手说:"老师,我答完了。"

"给我。"成民接过卷子看了一眼,问其他学生,"你们呢?"

见其他学生都摇头,成民说:"继续答卷!"

学生们刚都低下头去,外边传来曲国经的声音:"安静! 大家安静了! 今天的会啊,很重要! 内容呢,也挺多。我先讲大事……"学生们都又抬头外望,成民张张嘴,又无奈地闭上了。

曲国经的大嗓门又传来:"第一件事,那就是——咱们又落后了! 当然了,也不只是咱们村总落后,咱们全省都落后了! 为什么这么说呢? 因为别的省的农村,已经开始出现高级社了。而咱们省的大部分农村,却还处在互助组的阶段……"

成民无奈地说:"放学! 都把卷子带回家去!"

那一天,曲国经向大柳树村的农民们宣布,张广泰一家,自愿放弃城市户口,成为大柳树村的农民了。张家的决定,获得了热烈的掌声。这对于张家的四口人,似乎意味着是一种心理的补偿。成才还当众检讨了自己打了林士凡是不对的,不管他情愿还是不情愿,总之他像他父亲一样公开认错了。而这却并没有使挨打了的林士凡心情好一点儿，因为他宁肯不要张成才向他认错，也不愿意参加那么一次会。

那一天傍晚时分，下起了漫天的大雪。新新居里，黄家的旧收音机嗞嗞啦啦地播放着音乐。小芹在吃饭，于凤兰在揉面，黄吉顺在摇磨，三个人脸上都是一副漠然的表情，气氛很压抑。

小芹忽然说："这下子你们良心上该好过了。"

黄吉顺停止了摇磨，于凤兰停止了揉面，二人都因小芹一句没头没脑的话发呆发愣。

小芹冷漠地说："张家全家四口，自愿放弃了城市户口，成为大柳树村的农民。你们夜里可以睡好觉了，再也不必担心咱们的户口本儿哪一天又被政府收走了。"

片刻更加压抑的肃静之后，黄吉顺又摇起了磨，于凤兰又揉起了面。磨转声，案板发出的吱呀声，收音机里嗞嗞啦啦的《二泉映月》的胡琴声混在一起，各有各的节奏和行板。

雪后的大柳树村，街上连条狗也不见，只有张广泰家院子飘起了飞烟，传出"叮叮当当"的铁锤敲打声，还有粉房的烟筒也一阵一阵升起黑烟，四散弥漫。

粉房里，曹有贵踞在锅台上掌瓢，大手在漏瓢里灵活地抓动稀粉团，生粉丝如雨如线，从勺里缕缕挂下，落在翻滚的开水锅里。另一端，一个人用长棍把熟粉丝掏进冷水盆，后面又有人把熟粉丝斩断，用竿挑起，上架，虽然灶下有火，房里仍冷得令人发抖。林士凡在灶下拉风箱烧火，挺卖力。

曹有贵低声命令道："大火！"

林士凡拉风箱加烧柴，生烟从灶下升起来。

曹有贵指点他："架空点，不要塞死了。"

林士凡忙从灶下抽出刚塞进灶里的木柴，带出的生烟呛得曹有贵睁不开眼,曹有贵恼火地歪了头,坚持抓完一瓢,下了锅台,走到灶前,弯下腰,动手指点林士凡:"你把炉底堵了,看着,人心要实,火心要虚。"

"我记住了,我一定照办。可是人不是要虚心吗?"

"你别跟我抬杠,叫你怎么干你怎么干。"

"是是,我好好干。"

看盆的突然对林士凡号叫一声:"换水!"

林士凡忙起身出门到院里提了桶水进来。

看盆的说:"先把盆里的倒了!"

林士凡答应着端大盆,端了几次,大盆纹丝不动。看盆的说:"你也不看看,想想,这么大个盆,又盛满一盆水,你能端动吗?用瓢舀出去。"

林士凡忙应道:"哎哎。"

曹有贵对他说:"教给你的什么活,怎么干,你不要转身就忘,要好好总结!"

林士凡边舀水边说:"是是,我一直在痛苦地总结教训。"

曹有贵一瞪眼:"我怎么你了?给你什么痛苦了?又给你什么教训了?"

林士凡连忙改口:"总结经验,总结经验。你给我的都是经验,好经验。我说错了。"

曹有贵命令他:"加火!拉风箱!"

林士凡看着手中的水瓢说:"我这儿还没舀完水呢……"

曹有贵说:"他那儿不那么急,先顾我这儿!"

"行,行。"林士凡放了瓢,蹲过去拉风箱,并用小棍儿拨拉炉膛。

曹有贵奇怪地问:"你那儿瞎拨拉什么呢?"

林士凡扭头笑了:"忙里偷闲地,烤了几个土豆,还有地瓜。一会儿咱们一块儿分享,一块儿分享!"

曹有贵想又说句气话,见林士凡一副讨好相,没忍说。

小学校,一名玻璃匠在往门窗上镶玻璃——课是不能上了,成民和学生们在围着看。

岳自立望着镶在窗上的玻璃,欣赏并赞美道:"真亮啊,要是我家的窗也能镶上玻璃就好了!"

曹庆安义正辞严地说:"你想什么美事儿呢!就是全村家家户户的窗都镶上了玻璃,那也轮不到你家!"

成民皱眉,显然不爱听曹庆安的话,但只不满地看了他一眼,并没说什么。

玻璃匠却奇怪了,问:"怎么你们大柳树村单对他家那么差劲儿啊?"

曹庆安轻蔑地看着岳自立:"他姥爷是地主!"

一名和曹庆安好的男生帮腔:"就是到了共产主义,也不能给地主家的门窗镶上玻璃!"

岳自立默默离开,蹲在玻璃架子前,独自欣赏玻璃。

玻璃匠自语自语:"想不到,大柳树穷得叮当响的一个村子,竟然还出了一个地主。"

成民命令道:"岳自立,你和几名女同学留下帮师傅的忙。曹庆安,你和其他同学都回家吧。"

曹庆安不高兴地问:"为什么单留岳自立和她们几个女生?"

成民说:"女生心细,岳自立也心细。"

玻璃匠说:"是啊是啊,学生嘛,要听老师的话。你们几个都别围着我了,我得取块玻璃了……"

岳自立听了,捧起一块玻璃,转身想要递去。

曹庆安等几个男生,不情愿离开,你推我,我推你,曹庆安猛地撞在岳自立身上,岳自立失手,玻璃落地摔了个粉碎。

玻璃匠摇着头说:"哎呀呀哎呀呀,这么大一块玻璃,可惜了可惜了!老师您看见的,这可不怪我,我都没接手。"

成民看着一地碎玻璃,也是满脸的惋惜。

岳自立吓得快哭了。曹庆安瞪眼盯着他:"你看看你!全村人凑钱买的玻璃,你要赔!"

岳自立辩解道:"要不是你碰了我一下……"

曹庆安啪地扇了岳自立一耳光:"你还敢赖我!"

成民大怒:"曹庆安!你屡屡欺负岳自立同学,屡教不改!今天我要罚你的站!给我站到墙角那儿去!"

曹庆安不服气:"我怎么了?我不就打了他一撇子嘛!"

成民严厉地说:"站到墙角那去!"

和曹庆安好的那名同学说:"老师你不能罚他站!他家是贫农,岳自立家是地主!"

成民火了:"住口!你给我回家去!"

学生们被成民生气的样子惊呆了,岳自立流泪了,曹庆安乖乖站到墙角去了。

玻璃匠对几个孩子说:"看把你们老师气成什么样了!唉,都在这个年份了,连玻璃还没见过!快都走吧,都走吧!"

粉房里,压出的粉条挂着了,做好的豆腐摆着了,曹有贵、林士凡几个在吃土豆、地瓜,一个个吃得黑嘴乌腮。

林士凡谦恭地说:"几位老师,学生我有一句话,不知该不该问?"

曹有贵一愣,瞪眼道:"别拉近乎!我们几个,斗大的字识不了一筐,怎么就成了你的老师了呢?我们是改造和被改造的关系,你怎么就又成了我们的学生?"

林士凡卑恭地一笑:"我明白,我明白,时下而论,肯定是那么一种关系。但我的话也没说错,你们诲人不倦,教我重新做人;你们不厌其烦,教我学会了各种农活。你们当然也是我的老师,我当然也是你们的学生了!"

曹有贵他们你看我,我看你,心里都特爱听,表面不动声色。

曹有贵一本正经地说："想问什么,你就问吧!"

林士凡虔诚之至地说:"依你们几位老师看,我这一向改造得怎么样呢?"

曹有贵说:"依我看嘛,还行,还行。你再听听他俩的。"

另外二人各自说:

"有贵都说还行了,我俩对你的看法,当然和他一样了!"

"是啊是啊!还行,还行。"

林士凡笑了:"和你们在一起,我心情特别好。"

曹有贵问他:"比当科长的时候还好?"

林士凡有点尴尬地说:"各有各的好法,各有各的好法。"

曹有贵说:"哎,林士凡,你这名字叫着怎么这么怪呢。"

林士凡讨好地说:"那,曹老师替我改改?改个更贴近农民兄弟的好名字!"

曹有贵一拍大腿:"这扯哪儿去了!我叫你,是叫你再去弄些土豆地瓜来!"

一个男人说:"还有老玉米!"

另一个男人补充道:"发现小个儿的倭瓜,也搞一个来,倭瓜烤了也挺好吃。"

"你们等着,我一会儿就回来!"林士凡起身走到门口,犹豫了,回头说,"我怕碰上张成才。"

一个男人说:"放心,你碰不上他,他进城去了。"

另一个男人说:"以后你也不必怕他,有我们呢!"

曹有贵也安他的心说:"去吧去吧!张成才这个人,既然当面向你认错了,那就不会再打你了,这一点儿我替他保证。"

雪后的城区。

成才拉个排子车,快步经过八角门,进了城。车后,曲彦芳跟着跑跑走走。

城里满街满巷摆满年货摊子，置办年货的人流拥挤，成才和曲彦芳在人潮中走散了，成才喊了几次，抬脚昂首不见曲彦芳。

曲彦芳在人流中高喊"成才"，也不闻回声。

成才手提一堆年货，在人流中撞见了同样手抱年货、头戴红绒花的小芹。显然，这是朵刚买的小花。对这个平时粗犷有余的过去的女友竟在闹市中头戴红花，成才心头泛起一丝说不清道不明的滋味。

小芹也发现了成才，直眼看他，不说不笑，目光里像有内疚，也像有幽怨。

成才决然回头转身，却又撞见了吴发林。

吴发林亲热地搂抱着成才说："成才，好久不见了！"

成才不自然地摆脱了吴发林的搂抱："给自己家办点儿年货，也帮村里人捎点儿东西。"

"村里人？啊，是啊是啊，你是农民了。猛不丁听你嘴里说出'村里人'三个字，怪怪的，还不太习惯呢！哎，师兄弟们可想你了！连朱厂长都常念叨你。"

"我既然已经是农民了，就别跟我说厂里的事儿了。"

"你父亲，就是我师傅，他还好吗？"

"就算好吧。"

"要说小芹啊，真是个不错的姑娘，仁义啊！和她老子就是不一样。她一直向朱厂长要求，要把自己的工人名额让给你。后来听说你全家四口都自愿当农民了，才……"

成才生气地打断他说："不说厂里的事了，行吗？"

"行，行，怎么不行！哎，你都买什么？"

"乱七八糟。"

"我买了些闪光雷炮仗，给你几个？"

"我也买了。"

"刚才有个姑娘在人堆里叫你,你的对象?"

"我哪来的对象?一个村里,一起来的。"

"长得还挺漂亮,你们那姑娘多吗?"

"多得很,一脚能踩出七八个来。"

"你真有福。"人流冲散了他们,吴发林被人推着边后退,边向他喊,"有那合适的给我找一个!别自己独吞了!"

成才拉着装了些年货,坐着曲彦芳的排子车,出八角门,前面竟走着小芹,他故意放慢了脚步。车上的曲彦芳看见小芹,高声喊:"黄小芹!黄小芹!"

小芹回头,见状停住了。嘴角不知何故,出现了一丝酸甜苦辣俱全、她自己也难言滋味的笑。

曲彦芳催成才:"快点!"

成才本来低了头,经她这一催,气上心头,停步回头:"下来!"

"下去干什么?你叫我上来的!"

"下来!"

"不下。快走!"

"下不下?"

"不下!"

成才一抬手,曲彦芳从车上滑下地,痛叫一声:"啊呀!我的腿!啊呀,啊呀!"

成才慌了,放平了车,转回车后问:"怎么了?"

"腿!"

"哪儿?"

"啊呀!这儿!"

成才忙给曲彦芳揉腿:"厉害吗?"

曲彦芳不理会成才,只叫喊。成才一边给她揉,一边问:"哪儿?"

"这儿。啊呀!"

站在前面的小芹,先是要笑,后忽然敛住,目不转睛,怔怔地看着他们。忽然,她看见从后面走来了吴发林,眉头一扬:"吴发林!"

吴发林兴奋地应着跑了过来,边跑边问:"干什么?"

"我的脚崴了,搀着我走!"

"把东西都给我背着!"吴发林眉飞色舞,从小芹手里拿过一包年货,背上肩,拉起小芹的胳膊,搭上自己的肩,"来!这样!"

小芹一拐一拐地走着,不断回望成才和曲彦芳。成才眼看着小芹得意地走去,再不给曲彦芳揉腿了。

等走到再看不见成才的地方,小芹拿下手,把自己的东西从吴发林身上取下来,说:"行了,你回家吧。"

"你好了?"

"我本来就没坏。"

"我把你送回家吧,我知道你家住在哪儿。"

"你怎么知道?"

"你忘了?你家铺子开张那一天,朱厂长带着我们大家伙去送过匾啊!我还吃了一碗馄饨呢!是你妈忙端给我的,当时我真想叫她一声丈母娘!"

"还想挨揍吧?"

"打是亲,骂是爱,我想你现在就打我一拳。"

"你别犯贱。"

吴发林一边跟着小芹走,一边又说:"要说你家那铺子,刚开张那些日子,生意多好啊!可是叫咱们师傅一砸,生意再也兴旺不起来了,大概砸断了财路。"

小芹不接话了,脸色阴沉。

吴发林还不识趣:"又加上你姐一死,你们黄张两家成了仇人……"

小芹站住,狠瞪吴发林,凶凶地说:"滚!不许跟着我!"

天黑了。

成才枕双手躺在自己屋里,小芹的样子交替浮现在他眼前:她主动拉他的手;她主动搂紧他的脖子,亲他;她把一只装满包子的篮子递给他;她向他顽皮地笑着,那是一种纯真的笑……

成才又翻个身,和衣下地,从锅锅担子的抽屉里拿出个银蝴蝶,手里翻弄着看。恍惚间,集市上小芹戴朵红花的样子又浮现在他眼前,而小芹头上的红花,变成了他手中的银蝴蝶……

忽然院里传来曹有贵的声音:"张师傅! 张广泰! 张广泰!"

王玉珍走到屋门口,说:"是他有贵叔呀,什么事儿? 屋里说吧!"

张广泰也出来了:"有贵,你来过几次了,还没进过屋呢! 外边冷,快进屋,快进屋!"

曹有贵说:"张师傅,你说你家成民啊,李秀英的儿子弄碎了学校的一块玻璃,我那儿子心疼了,打了李秀英的儿子一撇子,就被你大儿子留在学校里了,不让回家,还罚站。我替我儿子求情,没给我面子。我把老村长请去了,他连老村长的面子都不给! 大冷的天,都不让我和老村长进教室呀!"

张广泰不解地问:"谁是李秀英?"

"就是咱们村那老地主的女儿,小李寡妇。"成才也走到了院子里。

"走走走,我去!"张广泰抓住曹有贵的手走出了院子。

"这成民! 怎么当了校长了,反而不懂事了!"王玉珍埋怨了一句,又对成才说,"成才,你也跟去! 我怕你爸那脾气,和你哥当场发作起来!"

小学校里,曹庆安还站在墙角,成民在马灯光下批改作业。他起身,用拨火棍拨了拨铁炉子里的柴火,走到窗前,朝外望——曲国经站在雪地,袖着双手,不停地跺脚。

成民开了门,大声说:"老村长,请回吧! 曹庆安这名学生,是屡教不改了。今天他不亲口认错,无论如何是不行的。"

曲国经望望他,没说话,从袖筒里抽出双手,捂耳朵。

张广泰和曹有贵匆匆走了过来,张广泰上前命令道:"成民,让孩子回家。"

成民反手关上门,站在门前,庄严地说:"爸,你来了也不行,他还没认错。"

成才也走来了,从旁看着。

张广泰着急地说:"自从咱们搬到了大柳树,你有贵叔可是对咱们深情厚谊的。"

成民正色道:"但我得对我的学生一视同仁。"

成才劝道:"哥,那也得有个阶级立场! 两家孩子不一样。"

成民问:"怎么不一样?"

成才说:"李秀英是地主女儿,她的儿子是地主后代。"

成民反问成才:"那林士凡又是什么人? 劳改对象,是吧? 你打了劳改对象,不是也公开认错了吗?"

"这……"成才哑火了。

成民对曹有贵说:"曹大叔,你连我父亲都搬来了,等于是在包庇你家孩子! 他既是你儿子,也是我学生,教育他是我的责任。你们这样,我还怎么教育学生?"

王玉珍也来了,手拿棉帽子,先给成才戴上,之后上前说:"成民,你这多不好?"

"妈,你怎么也来了? 你们这样就好? 这太过分了!"说完,成民生气地进入教室去了,留下众人在外面面面相觑。

成才把帽子给张广泰戴上,张广泰转身见曲国经捂耳朵,走过去把帽子给曲国经戴上。

曹有贵从头上摘下帽子,看看成才和张广泰,给张广泰戴上了。

王玉珍叹着气说:"没想到我这大儿子,也倔起来了。"

张广泰急得搓双手："这……他是知识分子了，名义上又是校长，身份上又是老师，我……我也不好打他了呀！"

曲国经也说："是啊，当然打不得，他有他的那一种道理。他那一种道理，听着也还真是一种道理。我来了，站这儿，也是个没话说。我看，咱们不如都家去。"

王玉珍忽然说："看，又谁来了？"

大家一齐望去，见走来的是李秀英，肩上搭只没装多少东西的粮口袋。

李秀英走过来，惴惴不安地说："老村长，还有你们几个，真是太对不起了！都是我的儿子不好，我……我……"李秀英不知再说什么，一转身匆匆走进了教室。

教室里，成民正在低声问曹庆安："还不认错吗？"

李秀英推门进来了："老师，不，校长，我……我求您……"

成民意外地说："你怎么也来了？"

"自立这孩子皮实，哪个孩子打几下没什么的，再说他也被打惯了，没什么，在我们这儿真的没什么……"

"可是在我这儿不能也没什么！我一次次看见了总是管也白管，我还当的什么老师？什么校长？"

李秀英愣了一下，又说："我把家里这点儿面带来了。家里有老有小，也得过年，是平时用鸡蛋向城里人换的。咱农村这边到年底才有面。今秋咱村的麦子没收好，我家没分到……"

成民一时不明白她的意思，问道："你……你这是干什么呢？"

"赔学校的玻璃，您看抵偿得了抵偿不了？"李秀英哭了。

"你别哭，别哭，那块玻璃，我已经赔上了。"

"不行，不行，那不行！别人要是指责起来，我一个小女子担待不起啊！对您校长也不好啊！您快让曹家的孩子回家吧！我……我这儿给您跪下了！"说着，李秀英哭着跪下了。

成民急忙扶她，一时不知所措："这……这……"

也许是这位母亲的可怜言行感动了曹有贵的儿子，他突然大哭起来："老师我错了，我错了呀！我再也不敢欺负岳自立了呀！我以后要和他好啊！"

教室外的四个男人一个女人，不知教室里发生了什么事，一齐拥向教室。

门开了，教室里的情形令他们吃惊——面口袋放在成民的讲课桌上，李秀英跪在地上哭，曹庆安站在李秀英面前哭。

"叔，他认错了，你可以把他领回家去了。"成民说罢，走出教室，大步离去。

王玉珍赶紧扶起李秀英。曹有贵扯过儿子就打屁股："你早认个错不就完事了吗？老子也要教训你！教训你！免得有人以为我护犊子！"成才急忙上前拉着，护着。

张广泰也劝曹有贵："有贵，你千万别误会，成民不会那么以为的。"

曲国经捏捏面口袋，对李秀英说："你这是干什么？你父亲是地主，姑且不论，你也是地主吗？你儿子也是地主吗？你们母子俩过年也不吃顿饺子了！"扭头又对大家说，"大冷的天，也别抻着了，都回去吧，啊？"

熄灯后，张广泰夫妇躺在床上，在黑暗中说话。

"你觉得，成民他那样，对吗？"王玉珍问张广泰。

"我也正想。那事儿，太复杂了，不是一般人掰扯得清楚的事。你没看老村长，说话都挺谨慎的吗？"

"我从没见咱们成民那么倔过。"

"知识分子，一旦倔起来，往往就会犯死倔的脾气。"

"他总强调自己是小知识分子。"

"大个的，咱们也见识不着。在自己家里，在大柳树村，包括在广华街上，咱们成民就算挺大的了。"张广泰语调之中，仍不无自豪。

"我怕他太认死理,钻牛角尖儿,将来犯什么政治错误。"

"我也有点儿担心这一点。冲这一点,咱们一家陪他当农民,或许是好事。"

"陪他?是我们全家陪你当农民!"

"我意思是,大柳树村的人,都挺厚道的,将来不至于会有人抓住他一点儿什么掰扯不清的事,中伤他。"

"他个人的问题,也不能真像他说的那样,果然来个终身不娶了。你当父亲的,什么时候得劝劝他。"王玉珍忍不住叹了口气。

"睡,睡。明天就三十儿了。我嘱咐你,这个春节什么不舒心的事儿,都别给我提!"

"不给你提给谁提?当初住在广华街时,你和成才都在厂里上班,月月都按时开工资,家里从没缺钱花过,年底还能攒下些。现在,就成民一个人有工资了,每月才二十四元,不抵你当初工资的一半儿。"

张广泰一翻身,用被蒙上了头。

天亮了。

曲彦芳在自家院子里清雪,听到成才在她家门口吆喝:"锔锅喽,锔碗喽,锔缸锔坛子喽!"

曲彦芳走出家门,取笑道:"嗨,锔匠,别处吆喝去!我爹还在睡回笼觉,别把我爹吵醒了!"

"我是找你!"

"我是锅呀我是碗呀?是缸是坛子呀?我哪儿破了需要你来锔呀?大年三十儿早上,有你这么在别人家院门口叫人的吗?"

"你过来。"

"干什么?"

成才从兜里掏出银蝴蝶给她:"明天你又长一岁了。给你,我打的。"

曲彦芳接过,问:"为什么给我这个?"

成才想了想,说:"你父亲对我家好。"

曲彦芳也想了想,又问:"那我对你家不好吗?"

"很好啊,所以要给你嘛!"

"银的吧?"

成才点头。

"你哪儿来的银呢?"

"我妈年轻时的一个手镯子,让我偷偷给化了。"

曲彦芳一听,笑了。

成才又说:"你忘了那天我求过你帮忙到黄家去一趟?我保证了要送你这么一个东西谢你对吧,对吧?"

这时屋里传出曲国经的声音:"彦芳!彦芳!……"

"来啦!"曲彦芳更甜地一笑,跑回了院子。清完了雪,她回到自己屋,对着镜子,美滋滋地把那只银蝴蝶戴在了头上。

成民在家,对王玉珍说:"妈,有钱吗?"

"有。要干什么?"

"过年了,给我五块钱。"

王玉珍顿时高兴了:"对对,过年了,你也该像个老师的样。自己去买条围巾买副手套吧!"

成民接了钱,出门去,在街头东张西望,曲彦芳昂头而来,见了他,故意摇晃脑袋:"老师!"

"彦芳,别走。"

"什么事?"

成民拿出五块钱说:"你替我走一趟,把这五块钱,送给李秀英。"

曲彦芳吃了一惊:"你给他们钱。"

"她家很困难,连点年货都没办。"

"她家是地主!"

"过年了,她家有我的好学生。"

曲彦芳接过了钱:"好吧,我送去了就给你回话。"

"不用什么回话,就说我让给岳自立买双新鞋的钱。"

曲彦芳来到李秀英的小破房前时,李秀英正抱柴草,看见曲彦芳一愣。

曲彦芳说:"小顶针儿,给你拜年。"

李秀英怔了一下才有所反应:"彦芳,也给你拜年,还给你爹拜年!"

"校长张成民叫我送给你五元钱……说是,让你给你儿子买双新鞋!"说罢,曲彦芳将钱塞在李秀英手里,扭身就跑。

"哎你……"李秀英低头看着手里的钱,呆住了。

零星的鞭炮声中,张广泰和曲国经正在曲国经家的炕上对饮。四碟小菜两瓶二锅头,不断有人来拜年,多是说句话就走。曲彦芳穿新衣,头戴银蝴蝶,兴奋不已,练出来的应付自如:"大哥二哥!""给您拜年!""炕上陪我爹和张大叔喝酒吧!"爽朗里带泼辣,还带点疯。张广泰不无赞意地说:"你家彦芳是个能当家的孩子!"

"嗨,我这还愁呢,过了今夜,又长一岁,唉,风风火火的,不像个姑娘。"

"女孩儿,长大就稳当了。"

"比不了你的成才,别看他有时候愣头愣脑的。我看出来了,好好修理,是棵好苗儿,我越看他越是个能成器的材料。"

"谁知道他,得看紧了才行。丢了工人饭碗,有一阵子,我还真害怕了几天,怕他不愿意在大柳树当农民。谁知道,你安排他个镟担子,倒应他的心了。"

"人这一辈子,谁不得变几变?就说我吧,哪承想自己会当村长呢!我当初抗日,又不是为了今天当村长。可党信任我,偏让我当,那就得当啊!当了,就得学着往好了当啊。所以呢,有些方面,自己就得变。"

"你在全村,口碑很好。"

"口碑要是都不好,那和旧社会那些村长有什么差别了? 广泰啊,这大年三十的上午,我让彦芳把你请来,可不单是叫你来陪我喝酒的。"

"老村长,你也罢,村里也罢,有什么需要我张广泰的,你只管吩咐。我张广泰要是不一心扑实去做,我不是人。我一个人做不成,我还有一文一武的两个儿子!"

曲国经微微一笑,随即严肃地说:"我要你入党。"

张广泰一愣:"我? 入党?"

曲国经点头:"我记得,这话我跟你提过一次了。"

张广泰也庄重起来,点头。

"你是工人阶级的一分子,你身上有些工人阶级的好品质,为人正派,敢于担当责任,也勇于承认错误。你自从落户在咱们大柳树村,对村里的事儿很上心。先有这些,就够了。你张广泰不入党谁入党? 我曲国经这位支书,需要你入党。大柳树村,需要你入党。"

"这……老村长太看重我了。可我……怎么个入法呢?" 张广泰直挠头。

"这事儿,我跟金凤同志也统一了思想,我俩做你的介绍人。曹有贵,得再考验考验他。等你俩条件都成熟了,一块儿入。你呢,得让成民替你写份申请书,他明白怎么写。你可要抓紧点儿,啊?"

张广泰郑重点头。

除夕夜。

大柳树村这儿那儿的,孩子们在放鞭炮,打着灯笼跑;有些人家院门上,挂起了"走马灯"或摆放着冰灯,倒也很有春节的气氛。

曲彦芳在灯火鞭炮的闪光红影中捂着耳朵跑进张家院,先抓了一下头发,又摸了摸银蝴蝶发卡。进了房,先一惊后一喜:惊房里没点过年的红蜡,没个过的样,没有包饺子;喜只有成才一人在家,镉锅小炉子里烧着焊刀,正在组装一个直流收音机。她明知故问:"你在干什么?"

成才头也不抬:"你看我在干什么?"

"我看你在瞎鼓捣! 哎,你爹……"

"我爸好不好!"

"你爹你爹你爹! 偏说你爹! 以前是城里人有什么了不起?"

"我也没说了不起。"

"那你就先什么也别说,先听我说——你爹在我家参加共产党,我爹当他的介绍人!"

"都快是老头子了,你爹还不如先介绍我。"

"我看入党的事儿,还是先让给他们老的好,咱们年轻人先不用忙那事儿。"

"那该忙啥事儿?"

"谈恋爱呗! 入党的事儿,可以早一天晚一天,恋爱结婚这种事儿,有年龄在那儿横着,不能耽误了,是吧?"

成才嘲笑地打鼻孔里哧了一声,嘟哝:"黄嘴牙子还没褪呢!"

"一过年,就十八了,该褪了。哎,我戴上了!"

"什么?"

"你看。"曲彦芳转身摇头,银蝴蝶在油灯前闪亮。

成才抬头看一眼:"唔!"

"好看吗?"

"我的手艺,不是吹,想叫它多好看,它就能多好看。"

"我戴上它好看吗?"

成才又看她一眼:"还行。"

曲彦芳眨眨眼:"还行?"

"嗯,还行。"

曲彦芳恼了:"没委屈了它?"

"委屈不委屈的,反正已经给你了嘛!"

曲彦芳流泪了："你……我问你，为什么给我打它？"

"你替我送过信，我当时说了。"

"就为那个？不为别的？"

"就为那个，不为别的。"

曲彦芳用力把银蝴蝶摔到成才脸上："给你！"

成才抬起头，不解地问："干吗打人？"

曲彦芳出门走了，到了院门外，却又停下。回头看，不见成才追出来，生气扭头走了。

成才低了头，自言自语："给你东西还打人！……不讲理。"

张广泰走在铺雪的村路上，迎面遇到了曲国经。

"老村长去哪儿？"

"我得去看一个人。"

"我知道你要去看谁了，我也正想去，就陪你一块儿去吧。"

林士凡正坐着两块土坯弯腰弓背伏在炕上写什么。听见开门声，他抬起头，见是曲国经和张广泰，慌不迭地站起来："村长，村长，张师傅，我……我正在加深检讨，加深认识，提高认识……"说着从炕上拿起一摞写出的检讨，"还没写完……"

曲国经摸摸炕："炕不热呀，没有草？"

"有有有，我是尽量节约，加强锻炼。"

"过年了，家家都过年，你想些什么呢？"

"我总结改造收获。"

"有收获吗？"

"有，每个月都有，我都写了。"

曲国经将厚厚的一叠检讨一撕两半，就油灯烧着，扔进了炕洞里："以后，不要再写了。写上几万张，也就是那么回事儿。我识字有限，眼又花了。你写得太多，太勤，我也不会全看。把炕再烧烧，三十儿晚上嘛，起码睡个热乎觉。打明天起，放你假，回城去把春节过完吧！"

林士凡感动地说："谢谢，谢谢老村长。"

曲国经摆摆手："甭谢我，谢我还不如谢春节。"

张广泰在一旁说："啊，对了，求你件事。你在城里，各机关的熟人多，有哪个机关要换的旧电话，你给大柳树买一台回来，这是钱。"

林士凡不接钱，说："能办到！不用钱，我还保留着一半工资。"

张广泰说："接着，得用我的钱。"

林士凡看曲国经，见曲国经点头，这才把钱接过来。

曲国经、张广泰踏雪走在村街上，曲国经说："好雪！今年春早得叫大家早准备，早耕早播。"

张广泰回到家，房里空无一人。他站定思索了一下，出了门。

张广泰来到大翠坟那，果然见王玉珍、成民、成才、曲彦芳都在坟前，纸钱燃烧，火光跃动，照着每个人的脸。张广泰沉默了一阵："都回家吧，翠儿也该安心了。"

成民低声说："你们先走吧，我还要一个人再待会儿。"于是曲彦芳搀着王玉珍，成才拎起空篮子一块儿离去了。

"爸，你也回去吧。刚才你没来时，妈已经替你跟大翠说过些过年话了。"

"那，我来看她的次数比你们少，我也给她亲手烧几张纸吧，还有么？"

"还有些。"成民将背在身后的一只手伸向父亲。

张广泰接过纸，蹲下，往余火里一张张续，他在心里默念着："大翠，你和成民的事儿上，大伯如果有什么罪过，还望你多宽恕……"

"爸，给我留几张，我也想给她亲手烧几张。"

张广泰住了手，起身将余下的纸递还成民。成民也蹲下烧起来。

张广泰看着他，吞吞吐吐地说："成民，爸要对你说几句话。"

成民一动不动地说："说吧，爸，我听着。"

"这几句话，我已经闷在心里有些日子了。总想找机会跟你说，总也没合适的机会……大翠她不在了,你的心,不能总在这儿。活人死人是两个世界,你该成亲还得另外成亲,该成家还得另外成家……"

成民正好将最后一张纸烧完,站起来注视着父亲说:"爸,你认为在大翠坟前说你刚才那些话,就是一个适当的机会么?"

张广泰怔了怔,愠怒而去。

成民望着父亲的背影远了,又坐在坟旁,将身子往坟上一靠,抬头望月:"大翠,大翠,这会儿,我又像靠在你怀里……"

远远的,小树林里,寒冷中站着黄吉顺一家三口,都冷得缩颈袖手的——显然,他们也是给大翠上坟来的。

黄吉顺不耐烦地说:"那个张成民,他倒是想干什么?还不走他的!"

于凤兰说:"我看他一时半会儿走不了,要不,我们先回去?"

黄吉顺固执地说:"他张成民挨得起冻,我也挨得起!终究是我的女儿,我不能叫我女儿挑理!"

小芹嘟哝:"哼,这会儿会说是你的女儿了!"

给大翠上完坟,黄吉顺一家三口回到新新居,于凤兰进门便说:"小芹,快捅旺炉子,冻死我了!我要烤烤我双脚。"

"自己捅!"小芹脚也不停一下地直入自己的屋,拿起桌上姐妹二人的照片,瞧着流泪,"姐,我想你,想极了!不是为想你,我才不回这个家。"

黄吉顺在厦外放爆竹,几声爆竹响后,黄吉顺冲回屋里对于凤兰说:"快,找布,给我包一下!炸手了!"

于凤兰慌忙找出药布包扎他炸黑了的手。

"我正要点,一阵风迷眼了。揉好眼,再点,没想到那捻子燃得真快……"

"是大翠,女儿恨你……"

黄吉顺发冷似的浑身一哆嗦。

曲国经走进张广泰家院,屋里漾出笑声,他未进门先笑:"我估计彦芳在这,果然。"

张广泰笑迎他,请坐,请茶,请糖,请烟,笑着说:"这像是一家在过年。"

王玉珍也笑着说:"嗨,你们爷俩就和我们一起过吧!"

曲彦芳又来了兴致:"成才,放炮去!"

成才梗着脖子不动。

"去啊!"

"不去。"

"怎么不去?"

"谁叫你不要那……那个……"

曲彦芳忙从桌上抓起银蝴蝶,先出了门:"走!"成才这才拿了鞭炮出门。

曲国经、张广泰、王玉珍好像看出了成才和曲彦芳有什么"小交道",各有不同表情地笑了。

第十二章

张广泰一家,自从放弃了城市户口以后,不管是情愿还是并不那么情愿,不管是主动还是被动,不管日子过得舒心还是不舒心,生活和岁月,却毫不放松地对他们进行着改造,一心一意要把他们改造成农民——就像信心十足的驯马师,一定要将野马驯化为良驹。校长、小铜匠、好铁匠,特殊的身份和技能,使他们渐渐成为大柳树村不可或缺的人物,也使张家,成为大柳树村不可或缺的人家。

冰消了,雪化了,草青了,树绿了,野花开了——春天又来了。

麦田里,人们在修筑新水渠,麦苗肥壮喜人。张广泰和成才在指指点点地画线,曲国经背着双手处处察看。

张广泰对曲国经说:"城里人,往往地,凡事对城里人的利益着想得多,替我们农民的利益着想得少。村长您看,城里边为了拓宽广华街,把原先的引水管道给改了道了。那也行,但不能把原先的粗管子换成了窄管子啊! 窄了,遇到干旱缺水,周围几个村可不就会争水么!"

成才骂道:"城里人生出孩子都没屁眼!"

有人笑了,问他:"成才,你才当了几天农民啊!"

张广泰瞪成才一眼,训道:"你以后少给我说那些不中听的话! 你以为变成了农民就等于变成了痞子么?"

成才惭愧地低下了头,曲国经暗自点头。

张广泰想了想说:"这活,越干越来气! 老村长,我看大家都先停下别干了。我到城里去,找找有关的方面,让他们派工程队来,把管道都给恢复了!"

曲国经说:"这个事,当初城里边派人跟我谈过的。我呢,也同意了。他们是好心,只考虑到原先的管道都坏了,主动要给咱们换成新的。所以呢,你不必到城里去找他们了,伤了城乡之间的和气不好。大家呢,还是得抓紧时间把活干完。干吧,干吧,接着干吧!"

于是众人又各自干起活来。曲国经拍拍张广泰的肩,张广泰默默跟随他走到了一旁。

曲国经背着手说:"我没带烟。"

张广泰从腰间摘下烟荷包,为曲国经点了一支烟递过去,接着也为自己卷了一支烟。

曲国经问:"你也开始吸这个了?"

张广泰笑说:"舍不得钱买卷烟了。"

二人都吸着烟后,曲国经又拍拍张广泰的肩说:"广泰,我很高兴啊!"

张广泰困惑地问:"唔? 我买不起卷烟吸了你就高兴?"

曲国经一笑:"那倒不是。我高兴,是因为你的立场,开始转到农民这方面来看问题了。"

张广泰也憨厚地一笑:"我倒没那么觉得,我觉得我是站在理上。"

曲国经点头:"自古以来,天底下就有各种各样的理。所以这个理,就得各种各样的人为自己去争。又自古以来,替农民争理的人很少。是啊,太少了!"

张广泰问:"那我刚才主张争,你还不许?"

曲国经吸了口烟说:"那不是个小理吗? 考虑到大理,不值当的。"

曹有贵耀武扬威地赶着车来了,大喊:"嗨嗨,拉回来喽! 拉回来喽!"

曲国经下巴往车子那一翘:"城市那边,不是也补偿给了咱们一台水泵吗? 走,看看去,看看去。"

人们从未见过那么个油漆铮亮的绿色的"坐地虎",丢了锹、丢了镐、丢了镢,跟着大车走,要看个究竟。

艳阳春暖,桃林里一片粉红,梨园里初显浅白,曲国经和张广泰在桃树间边走边交谈。

"北方农村,就是怕旱,说'春里旱不是旱',那是没法子的话,不旱不是更好吗? 今年三十儿,一场大雪,给我们定了半壁江山,再有了抽水机,春旱也不怕了,这片桃树林子,全村各户,收了桃子,是不少钱。秋庄稼,下足了底肥,再有了水,看它不给我个大丰收!"曲国经意气风发,踌躇满志,眼睛里挂满累累硕果,心里装满沉甸甸的庄稼。

"有了钱,得把小学校再修修。去年大雪一压,房顶又塌腰了。孩子们在底下上课,太叫人不放心了!"

"是啊是啊,我看在眼里了。我打算,盖新的,要宽敞点儿,高点儿,把窗子开大点儿。"

"最好是把书桌子也做成套新的,孩子们弯着腰念书,长不了个儿。"

"就是,做。木料从村西林子里砍,桌子腿也不用大料,砍几棵树。"

曲彦芳从他们身旁跑过,边说:"大叔,爹,快点儿走! 一会儿出水,可好看了。"

二人望着曲彦芳的背影,笑了。

"这哪儿像个大姑娘啊!"

"我挺喜欢彦芳性格的,有点儿像我徒弟小芹!"

曲国经站住,做着手势说:"唉,你们张家和黄家,如果不是叫黄吉顺给倒了个个儿,多好啊! 对他黄家也好啊! 成民和成才,能是多好两个女婿啊!"

"老村长,咱再不说那个了。过去就是过去了,永远不提它了!"

曲国经点点头。

曲彦芳喊着叫着跑来:"来啦,来啦,大叔!爹!来啦!"

"什么来啦?"曲国经问她。

"大水泵!拉到西沙河了!躺在那儿,像个牛一样!快去看看吧!"

西沙河边,人们围着看水泵,都像怕它,不敢靠前。成才在往小电机里灌汽油,林士凡把一条大塑料蛇皮吸管下到河边大水坑里。这个水坑,原来供提桶人往水渠里提水用的。立柱和提杆,还功臣般一手指天,站在坑边岸上。

林士凡爬上岸,见曲国经向他招手,走了过去。曲国经对他说:"你回去看看,市里来了个同志,在粉房等你,说要给你传达个什么决定。"

"唔。"

"若是调你回机关,我叫张校长给你写封信带回去,说明白你在这的表现。这两年,你还可以,劳动也挺好,没有当过科长的人那种臭架子,没有顶过嘴。回去,别再乱勾搭女人了,托人介绍一个。"

"多谢村长。"

"去吧!"

林士凡走了,一步三回头,竟有点儿依依不舍。

曲国经又向他喊:"若是叫你今天走,你就从粉房走吧!"

成才拉着宽皮带测量了水泵和小电机之间的距离,把小电机位置再次固定好,用力一抽小电机的发动绳,小电机冒起青烟"嗡嗡"响,运转了。

人们都向后退,成才耍杂技开场子似的赶人们:"让开让开,再往后!离远点!"

曲国经在人丛中拉拉张广泰,往后退。

成才神气十足,熄了小电机,把宽皮带套上小电机轴和水泵轴,然后,定定神,猛抽发动绳,小电机又冒着青烟"嗡嗡"响,运转起来。

人们对这个冒烟的小玩意颇有兴趣,但不见它出水,便有人问:"水呢?"

"呃?"成才在小电机和大水泵间走来走去。他又再次熄了小电机,在小电机和水泵间手摸皮带找原因。

张广泰沉不住气了:"怎么回事?"

"都合标准啊!"成才看曹有贵。

曹有贵说:"别看我。小芹和吴发林帮我往车上抬时,都特别小心,没碰没撞,也没颠着。"

成才不耐烦地说:"你别跟我提黄小芹!"

张广泰训斥他:"你跟小芹的名字来的什么劲儿!赶快让它给我出水!弄不出水来,那就是你笨!"

成才蹲在水泵旁,左瞅右看动脑筋,突然忽地站起,发动了小电机,扯起大传送带,打个反劲,往水泵轴上快速地一搭,变戏法一样,传送带颤抖着动起来,水泵"隆隆"响着转起来,同时粗大的塑料蛇皮管吐出奔涌的水流。在场的人都吓一跳,继之欢呼雀跃地跟着水头跑。然而水太大,来势太猛,原来的旧渠,深浅不平,宽窄不匀,多处往外溢水。曲国经从一人手里夺过一把锹,动手堵跑水,一边叫:"快!跟上!别叫它跑了!跑了可惜!"

水渠两边多处有人在欢呼着、笑着堵跑水。"这儿!""这儿又跑了!""这儿!快来!"

曲国经提着铁锹兴奋地跑来跑去,高兴得像个孩子。最后,眼看要闹水灾了,他指挥若定地呼喊:"成才!你把它关了吧!等修好水渠再开!"

人们兴奋不已,称赞大水泵,称赞成才。成才得意洋洋,张广泰看在眼里,脸上也不无得色。

粉房里,一个年轻干部对林士凡郑重地说:"你给组织写的几次检查,我们人事科都作了研究,并且向领导作了汇报。我们认为你的改造是认真的,有表现,应该肯定。这里的村长,我们已经见过了,也谈了谈。村长是老党员,对你的改造,作了肯定,评价是正面的。所以局里对你的处理,总的来说,比较符合实际。"

林士凡专注地听,旁边,另个中年干部观察着他的反应。

"组织经过研究,叫我们来向你作次正式传达。决定是这样:现在,省里号召干部较长期下放农村蹲点,调查了解新情况,研究新问题。林士凡同志既然已经在大柳树村适应过一个时期了,正好就继续留下。"

林士凡大失所望,但又不敢流露,表情一时就很让人同情……

"听明白了么?"

"明白明白。可,能不能向我透个底,较长时期,是多长时期?"

"较长时期嘛,据我理解,就是……就是……比长时期短一点儿,比短时期长一点儿的……那么一个不长不短的时期。组织上具体对你还有哪些要求,让董科长向你传达吧!"

中年干部语重心长地说:"小林,以前,你在大柳树村的身份,是接受劳动改造的身份。以后呢,你还得继续接受改造。但主观上又不能有只接受改造的思想,要一边接受改造一边积极为村里的事献计献策。给你这样的身份,证明组织上对你是治病救人的。"

"感谢……我感谢组织……"

"像以前一样,只当自己是一个被劳动改造者,那是不行的,也是不对的。但是,完全忘记了自己还有继续被劳动改造的一半身份,俨然以蹲点干部自居,更是不行的,更是不对的。这个分寸,你自己要好好把握。自己把握得好不好,我想,归根结底,是取决于你对组织的政治态度的。怎么样,能把握好么?"

"不……不能……太……难了……"

"嗯?"

林士凡意识到自己失言了,急忙改口:"能! 能! 请组织千万相信,我一定能把握好您说的那一种分寸！只是……组织为我这么个不争气的人，太操心了呀。"他装出一副深受感动的样子，挤挤眼睛，还煞有介事地低下头，掏出手绢擦。

中年干部欣慰地笑了："你知道感谢组织，这是组织的欣慰。我们回去一定向组织如实汇报。"

村外，小芹在大翠的坟前插野花，吴发林站在一旁看着。

"姐，春天了……你喜欢花，这些花是连根为你栽的。如果赶上场雨，兴许都能活……以后我再来看你……"小芹往起一站，头晕。吴发林急上前扶，小芹竟昏靠在他怀里。

"小芹！小芹……"吴发林四周一望，起了什么念头，将小芹背起，来到了那片小树林里。

小芹仰躺在吴发林的工装上，吴发林跪在她身边看着她。

"我怎么了？"小芹睁开眼，感觉天旋地转。

"你刚才昏了，吓死我了。"

"没事儿，我静躺一会儿就好了。"小芹微微一笑。

"什么没事儿！准是为大柳树村的那个破东西累着了！那么沉那么大的个东西！我叫你不要去你偏去！还叫上我！"

"曹大叔不认识地方，师傅让他来找我，我能不领着去？"

"去就去了，干吗还出力？他装不上车，那是他的事儿！你忘了，那个曹有贵怎么对待你妈你爸还有你姐的？"

小芹无声苦笑。

"你自己还笑！"

"我爹总希望我和我姐能改过口来，叫他爸，叫我娘是妈。我姐活着时一次也没改过口来，我直到现在也还是改不过来。他听了你刚才的话，一定特高兴。"

"我觉得你父亲喜欢我。"

"别来劲儿！啊……我胸口好憋闷……"

吴发林用手抚小芹胸口,小芹拨开他手:"早上没吃饭,再加我身上这几天不干净……"

"干净,干净!"吴发林又想动手。

"别来这套!今天害你也受累了,谢谢。过几天发工资了,我给你买盒烟。"小芹又坐起,不料头又昏。吴发林张开手臂,使小芹靠在他怀里。

吴发林俯视小芹闭着双眼的脸,越看越爱看,四下望望,邪念更炽,小声说:"我也不用你买烟了,你干脆这会儿就重谢我算了!"

小芹猛地睁开双眼,推他,他反而将她搂抱住,强行亲吻。

二人同时滚到地上,小芹奋力挣扎,却渐渐无力了,唯有在心里默念:"成才,成才,你在哪儿?快来救我……"

林外起风了,抚乱了一坡渐欲迷人眼的野花……

小芹和吴发林各依一棵大树,相互瞪着——小芹头发凌乱,眼神里都是恨。

"对不起,怎么会出那么多血?……我,我也想忍着点啊!可我……小芹你不会死吧?我……我在家里是老大……你要是死了,我一偿命,我妈她也活不成了。"吴发林心里害怕极了,鼻子一酸,哭了。

"呸!"小芹朝吴发林脸上吐了一口,她已经连开口骂人的力气都没有了,只能在心里咒骂,"吴发林,吴发林,你这个杂种!你这个王八蛋!你竟然在我姐和我成民哥经常幽会的地方,在我身上不干净的日子……"

黄吉顺一家三口在吃晚饭,桌上的酒瓶里还有半瓶酒,黄吉顺自斟自饮喝闷酒。

"苦啊!台台台台依得儿锵……"他摇头晃脑想要发泄郁闷地开唱了。

小芹突然抓去酒瓶,咕咚咕咚喝了个瓶底朝天。黄吉顺的声音戛然而止,于凤兰目瞪口呆。

"我声明,我得结婚了,你们有个心理准备吧!"

于凤兰结巴了:"是张……张……"

"不姓张,更不叫张成才。"

黄吉顺和于凤兰都舒了一口长气。

"姓吴,叫吴发林!"小芹说得咬牙切齿。

黄吉顺急了:"他他他……他那样流里流气的,没个正形!脱下工装他那就像个街头混混!"

"我也只能找一个他那样的了,你们以后将就着吧!"小芹说罢,起身回屋去了。

黄吉顺和于凤兰对视一眼,于凤兰也进了小芹的屋。

"有人欺负你了?"

小芹哭了。

"是谁?"于凤兰急切地问。

"就是那个姓吴的。"

"他把你怎么了?"于凤兰大吃一惊。

"就那么了……"

"该死的。你打不过他?"

"我没劲了!他疯了一样,我能打过他?"

"这可怎么办?"于凤兰也要哭了。

躲在门外偷听的黄吉顺恼恨不已,跺脚长叹:"唉!!"

第二天,吴发林手提向阳牌半导体收音机,肩背衣裳包,走到新新居厦下,略定了定神,轻咳一声,进了门。于凤兰看看他:"您是……来吃饭?"

"婶,我来看看小芹。"

"你是……"

"吴发林。小芹说她不舒服,我来看看她。"

黄吉顺出房来,看看吴发林,吴发林亲热地笑笑:"叔,认得我吗? 我是吴发林。"

黄吉顺忍着气板起脸:"坐吧。"

吴发林坐下说:"小芹都给你们说了吧?"

黄吉顺明知故问:"说什么?"

吴发林说:"噢,还没说? 唔,这是我给她买的收音机,这是几件衣裳,我妈说,过两天她要来看你们,也看看小芹。"

黄吉顺的脸憋成了紫色。于凤兰先火起来了:"你就是那个姓吴的?"

吴发林笑了:"就是就是。婶,小芹真没给你们说?"

于凤兰怒问:"不是问你呢吗? 说什么?"

吴发林一时也不好说:"哎,呃,我们,她怎么不给你们说呢?"

黄吉顺严肃地问:"我问你,你家都有什么人?"

吴发林说:"噢,这个? 有我妈,有我三个弟弟,两个妹妹,我是老大。"

黄吉顺又问:"你爸爸呢?"

吴发林笑笑说:"我父亲死得早。"

这时来了二女一男和一个少年,在厦下坐了,于凤兰赶紧去照应。

"你们几位想吃点什么?"

"馄饨!"对方异口同声。

他们回答之整齐令于凤兰一愣,又问:"只要馄饨?"

少年说:"我也要包子!"

那个三十多岁的男人也说:"对,再来两屉包子。"

于凤兰歉意地说:"包子刚上屉,可要等一会儿。"

那个三十多岁的男人说:"没关系,我们等。"

屋里,黄吉顺不冷不热地问:"听你说话,倒有几分是城里人的意思。你们家到城里多少年了?"

"也没几年。"

"没几年是几年？"

"也就六七年吧，不过我们早都改过口来了，都不叫爹和娘了，还那么叫多土老帽！"吴发林掏出烟向黄吉顺敬烟，"爸，吸支烟。"

黄吉顺不接，皱眉道："这儿哪有你爸？你刚才不是说你爸已经死了吗？"

吴发林赔着笑说："是啊是啊。可从今以后，您就是我爸了呀。岳父大人，我和小芹，那也不是一天半天的事儿了。放心，将来我会孝顺你们二老的。"

黄吉顺打断道："那，你父亲死了，你们一大家子，靠的是谁？"

吴发林说："靠我。我两个妹妹都嫁人了，两个弟弟也多少能帮点儿。"

小芹不知何时出来了，头戴单帽，一身工装，随时准备去上班的样子。她依柱而立，交抱双臂，听着，看着，冷笑着，仿佛吴发林的到来，和自己完全无关，还有点儿幸灾乐祸似的。

厦下的几个人，一个个都不时偷眼瞥视小芹；他们的目光和小芹的目光一对，小芹就狠狠瞪他们，结果他们就赶紧收回去目光。他们吃完了，起身冲于凤兰笑笑，就要走人。

于凤兰忙说："哎，你们……你们还没付钱吧？"

他们的目光一起望向吴发林，吴发林挠挠头："啊，啊，只顾和我爸说话了，都忘了介绍了。爸，妈，那是我大妹，那是我二妹，那是我大妹夫，在菜站工作。那个，是我最小的弟弟。"

看着矜持而又心安理得的几个人，黄吉顺和于凤兰瞠目结舌，黄小芹则冷笑不已。

吴发林挥手："走吧走吧，以后什么时候想来，就自己来吧。从今往后是亲戚了，这儿就跟咱们开的一样，想吃什么都不必客气！"吴发林又对黄吉顺和于凤兰说，"我把我和小芹的事儿一说，他们都很高兴，非要跟来吃吃咱家的馄饨和包子。爸，妈，以后他们常来，你们可别烦！"

黄吉顺突然仰脸大叫："苦——哇！"接着一转身，一边没事找事地抹桌子,一边唱,"我好比,猛虎落平川;我好比,蛟龙困沙滩!……"

吴发林赞道:"爸唱得真好!有板有眼的。"

黄吉顺看也不看他:"你甭奉承我。唱得不好,辱没您老人家耳朵了。"

吴发林笑了:"爸真会开玩笑!您是老人家,您是。唱得好,就是好。谁听了也不能说不好!"

黄吉顺突然发作,将抹布狠狠摔桌上:"老子说不好就不好!"

吴发林惶恐地说:"行行行,那就不好。爸,您别生气嘛!"

小芹突然大声地:"爹!娘!我上班去了!"转身,从吴发林面前走了出去。

"你看,小芹都上班去了,你也该上班去了!"于凤兰说罢,拿起笤帚,一下接一下,下下都朝吴发林扫去。

吴发林连连后退:"我不急,我不急,我还没跟爸妈说够呢!"但他还是被于凤兰扫了出去。

"这……这……"望着吴发林的背影,于凤兰不知所措。

黄吉顺长叹一声,仰起脸,脸上有泪。

成才在独自擦那水泵,曹有贵赶车经过,喊他:"成才!"

"卖得怎么样?"成才抬起头来。

"都卖了。正是青黄不接的季节嘛,咱们农村窖里的过冬菜,城里人也稀罕得不得了!你那儿干吗呢?"

"我把它保养了一遍。现在,我能维修它了。"

"怎么,你没到广华厂去过?"

"我都是死心塌地的农民了,还到广华厂去干什么?"

"你不知道?"

"我该知道什么啊?"

曹有贵寻思一下,说:"你忙你的,你忙你的,驾!"

成才愣了愣,扔掉油丝团,追上去,拦住马问:"有贵叔,告诉我,广华厂出了什么事？"

"广华厂倒没出什么事儿，是小芹的事儿……"

"小芹怎么了？"成才急问。

"这……你自己既然不知道，那我就不说了。因为你哥的事儿，老村长都把我入党的考验期延长了。"

"起码告诉我，小芹她是摊上了好事儿，还是不好的事儿？"

"这……这我也不好说，这只有她自己心里才清楚啊！"

"你一点儿都不告诉我，我不让你走。"成才抓住了马嚼口。

"好吧好吧，你近前来。"曹有贵无奈地向成才招招手。

成才放开马嚼口，走到车旁，曹有贵却一甩鞭子："驾！驾！"驱着车跑了，成才听着马铃声只能干瞪眼。

成才匆匆走在通往城里的乡路上，迎面碰上了吴发林。吴发林上下簇新，头发油光锃亮，胸前戴红花，脸还化了妆。

吴发林主动而又喜气洋洋地说："师兄，这么慌慌张张的，是往哪儿去呀？"

成才含糊地说："我……进城一次……厂里，最近没发生什么事儿吧？"

"发生了，我正是要来告诉你，可成了一件大新闻！……来来来，先装着！"吴发林一把把从兜里往外掏糖，并往成才兜里揣。

"行了行了，什么事儿，快说！"

"先含一块，先含一块！"吴发林剥了一块糖，塞成才嘴里，自己也含了一块。

"看，你含的是大虾香酥糖，我含的是太妃奶糖，都是好糖，市面上平常见不着，我托人买的。好吃吗？"

"又香又酥……"成才嚼着糖赞道。

"太妃奶糖比大虾香酥更好吃。"

"快说,什么大新闻?"

"你看看我,和平常一样吗?新闻就出在我身上。"

"不一样,很不一样。你,评上劳模了?"成才打量着他。

"嗨,我才不争那个呢?猜不着吧?再把小芹和我连起来猜猜!"

"你们又一块儿长级了?"

"对我们,是比长级还大的喜事!告诉你吧,我俩是夫妻了!"

成才听完呆住了。

"这不,在厂里举行的婚礼,谁都没想到。刚一结束,我就来给你送喜糖了!"

"我,我揍扁你!"成才举拳怒吼。

"打吧,打吧!想骂就骂,想打就打。我有心理准备,保证骂不还口,打不还手。我和小芹的事,我不亲自来告诉你,我吴发林会被你和我师傅挑理吧?可我亲自来告诉呢,那就得准备挨骂,准备挨打呀!"

成才的拳僵在半空,忽然一拳拳打在树上。吴发林拉扯他,劝道:"师兄,师兄,别这样!打我,打我,你打我我心里好受点儿!看手都出血了……"

成才抱着树,哭着坐了下去。

"可师兄,你也不能全怪我呀。常言道,先下手为强,后下手遭殃,谁叫你总拖着,总也不下手呢!别哭了别哭了,哭也没用了啊!来,再含块糖吧!师弟也给你挑一块太妃奶糖!"吴发林挑了一块糖,剥去糖纸,往成才嘴里塞。成才晃头,不含,但还是被塞入口中了,并且卡在嗓子眼了,噎得几乎背过气去。吴发林慌忙拍成才的背。

临时水泵站那儿,成才呆呆地坐着,一块接一块往水塘里投小石头,忽然一双手蒙住了他双眼。

"别闹,坐我边上。"

"你知道我是谁呀?就让我坐你边上。"曲彦芳一脸的笑模样。

"别废话。趁我现在还没改变主意，老老实实坐我边上，要不你后悔一辈子。"

"你哭过吧？"曲彦芳乖乖坐在了成才身边。

"对，大哭了一场。"

"为什么？"

"不告诉你。"

"那，什么事儿我后悔不后悔的？"

"你想结婚吗？"

"想啊，做梦都想！"曲彦芳心直口快。

"你想和我结婚吗？"

曲彦芳凝视成才良久，庄重地说："想。"

"有多想？"

"刚才说了，做梦都想！可……"

"可什么？"

"小芹姐……"

"她已经结婚了。"

曲彦芳意外地看着成才。

"听说过'先下手为强，后下手遭殃'这句话吗？"

曲彦芳点头。

"那我不客气了！"成才搂抱住曲彦芳就亲嘴。

曲彦芳不从，推开他，扇了他一耳光，生气地说："我说我也想和你这样了吗？"

成才捂着脸憋出一句话："先下手为强！"

"那你也得让着我！让我先下手！"曲彦芳站起，又说，"啊，小芹姐结婚了，你眼里才有我是不是？我才不补别人的缺呢！"悻悻而去。

成才看着曲彦芳的背影，又发起呆来。

曲国经、张广泰、曹有贵、李寡妇正在曲家商议事,曲国经说:"往后,村里重大的事情,咱们四个,首先要拿准大主意……"

曲彦芳闯了进来,女孩儿似的往曲国经面前双脚一蹦,满面生花地说:"爹,我要结婚!"

曲国经张大嘴巴问:"谁?"

曲彦芳一指张广泰:"我张叔家成才!"

张广泰一愣。

曲彦芳扭头对李寡妇说:"李婶,你替我们定日子,你替我们张罗啊!除了八月十五,什么日子都行!"

曲国经目瞪口呆地看着她:"你!……人家成才……"

"他刚才都把我亲得一溜够了!不跟你们多说了,我告诉别人去!"曲彦芳欢天喜地地跑掉了。

屋里的四个人一时你看我,我看你。张广泰发窘地说:"这成才,这成才……"

曹有贵忽然说:"小芹今天上午已经结婚了。"

夜晚,广华街上寂静无人,张广泰在孤零零地走着,左看,右看。张广泰驻足于自己从前的家门对面,驻足于广华五金厂院门前,驻足在师傅的坟前叹道:"师傅,我又能怎么办?我又能怎么办呢?"

张广泰又来到大翠坟前,心怀歉意地说:"大翠,孩子啊,我知道你走时,心里是多么放心不下小芹和成才的事……可,天意大过人意啊!"

成才和曲彦芳成亲的当晚,张广泰和王玉珍坐在炕上说话。

"成才和小芹的关系,我也不是一点儿都没看出来过,一点儿都没想过。可是,大翠和成民都那样了……"张广泰说不下去了。

"你就别责怪自己了。从此和黄家断了个一干二净,没牵没扯的了,也好。"

"我就怕我,也有什么对不住小芹的地方,她毕竟是我的好徒弟。我没有吧?"

"我看没有。"

"没有就好。"

外面忽然传来曲彦芳的话声和哭声:"气死我啦!气死我啦!我打你!打你!打你!呜呜呜……"

张广泰夫妇二人赶紧下地,走到院子里。成民的窗子也随之亮了。

成才的屋门一开,曲彦芳出来了。

王玉珍上前哄她:"彦芳,彦芳,洞房花烛夜,不兴哭!他怎么惹你不高兴了?妈替你出气!"

"他叫我小芹!"

"那他是叫错了,你别怪他。"

"他连着叫错了三次!"

张广泰在院子里喊:"成才!还不把你媳妇哄进屋去!"

成才只穿着短裤走出来,一胳膊将曲彦芳夹起,像夹起一只粮食口袋:"我叫错三次怎么了?以后兴许还叫错呢!"他走进屋,插上了门。

王玉珍刚捡起曲彦芳掉下的一只鞋,就听到"啪"的一声响。

新房里传来成才的声音:"打你屁股!打你屁股!替你爹调教你!"

啪……啪……啪……

"别打了,别打了,我不敢了……"

"哎呀,你还敢咬我!"

曲彦芳哧哧地笑了!

张广泰和王玉珍对视一眼,王玉珍说:"成民,睡吧,你弟他俩没事儿的。"

成民的窗子又黑了。

张广泰夫妇也转身回了自己屋。

第十三章

　　第二年,黄吉顺有了一个外孙,取名叫吴快跑;张广泰有了一个孙女,取名叫张腊月。对于黄吉顺,从此又多了一种遗憾,那就是——外孙终归不是孙子,不能随他的姓黄。而对于张广泰,从此与大柳树村的关系更加紧密了。因为他在那一年成了大柳树村党支部的一名新党员。

　　一九五八年的冬末春初时节,成民正与放学的孩子们一起走在村里,孩子们唱着歌:

　　　　煤将军,粮状元,

　　　　钢铁元帅升帐了;

　　　　钢铁元帅一升帐,

　　　　遍地高炉出钢。

　　　　……

　　曲国经、张广泰和李寡妇迎面匆匆走来,成民问:"爸,你们这是到哪去?"

　　曲国经一招手:"成民,你也跟我们来吧!"

成民困惑地随着去了，李寡妇一边走一边急急地跟他说什么。张广泰发现孩子们也跟来了，让成民阻止。成民转身，让孩子们不要跟着。

小桥那儿，聚集着大柳树村的男男女女，各拿家伙；曹有贵站在桥正中，手握长鞭；他对面，是广华五金厂的工人们，为首的是小芹和吴发林，还有忐忑不安的厂长朱孝存。

曹有贵用鞭向前一指："你们从哪儿来的，趁早回哪儿去！哪个往前迈一步，我的鞭子捎了你的眼，可别怪我把式没准头！"

吴发林理直气壮地问："曹有贵，你反对大炼钢铁吗？"

曹有贵说："中国多炼钢，多炼铁，我举双手拥护！但是谁要想砍我们大柳树村的林子，门儿都没有！那片林子，我们要重建小学校，全村开了几次大会，都没舍得伐，现在岂能眼睁睁让你们给砍了，给拖走烧了！"

小芹说："有贵大叔，不是白白烧了啊！是为了炼钢铁啊！炼钢铁是全民运动啊！我们厂也几个月不出钉子了，大家都在没白没黑地炼钢炼铁。现在，炉里眼看停火了，上级又催得紧迫，你说叫我们怎么办？"

曹有贵怒目圆睁："那你就带帮人来砍这边的林子？别忘了你黄小芹也是大柳树村长大的！"

小芹苦口婆心地说："大叔，话不能这么说。既然是全民运动，农村也理应作出点儿牺牲……"

曹有贵打断她："放屁！我不跟你讲大道理！谁要砍，那也得过这桥！也得问我身后的人答应不答应！"

身后人齐发一声喊："不答应！"

也有的喊：

"谁敢动大柳树村一草一木，我们跟他拼了！"

"黄小芹，你怎么和你爹一样没良心？"

"你滚一边儿去，叫你们厂长说话！"

吴发林朝后一挥手："大伙别听他们瞎诈唬！不炼出一炉钢来，咱们也没个消停日子！都跟上我，看他能怎么样？！"

小芹和朱存孝一左一右，都想扯住他。他左右一抡胳膊，跨上前去，其他人也紧跟着，呼啦一下拥上前。

曹有贵的长鞭，在对方们头顶啪地甩了一个脆响："大柳树村的，怕他们吗？"

"不怕！"大柳树村的人也呼啦一下拥上前。

"哎！乡亲们乡亲们，工人们工人们，咱们双方都不要冲动，不要冲动！"朱存孝一眼看到林士凡隐在大柳树村的人们后边，遂叫道，"林科长，你别往后缩！我知道你一定是林科长！你是国家干部，这关头，你得站出来说句话！"

林士凡不情愿地走上桥，畏畏懦懦地对曹有贵说："你，你就让他们过去吧！你不懂什么是运动……运动一来，谁也挡不住的……"

曹有贵一扬巴掌："我扇你！看来还是没有把你改造好！"

林士凡吓得又退下了桥。

这时，曲国经、张广泰、李寡妇、成民匆匆赶来了，而且，孩子们到底也还是跟来了。

张广泰人到声到："两边的人听着，谁都不许胡来，让老村长来决断！"

曹有贵乖乖退下桥，见曲国经呼哧带喘，扶他走上了桥。

曲国经喘定，问广华厂的人："非砍我们的树不可？"

吴发林大声说："非砍不可！"

张广泰也走上了桥头，一直走过桥去，将朱存孝扯到了一旁。

"张师傅，你来了，我心里就不怕出事了。"朱存孝抹了把头上的汗。

"朱先生，我以前一向尊敬您，一向叫您朱先生，是吧？"

"是啊是啊，你张师傅对我怎么样，我心里有数。"

"现在，我还叫您朱先生。难道您不明白，那片林子，是咱们大柳树村的肉！而且是心头肉！"

"广泰呀,实话告诉你吧! 你们那片林子,即使我们不去砍,你们也是保不住的! 城里这边,连学校连商店连居委会,都开始炼起来了呀! 与其让别人们砍了,还莫如……"

张广泰厉声打断他:"朱存孝!"

曲国经在一旁说:"广泰! 朱厂长有什么道理,让他大声说给咱们全村的人听!"

这时,双方的人又一阵骚动——是潘凡来了。潘凡走上桥头,人们肃静了。

潘凡上来就说:"老村长,你们大柳树村,嗨,怎么总给我添乱啊!"

曲国经不高兴了:"潘凡! 大柳树村,给你添了什么乱了?"

潘凡对大柳树村的众人说:"大柳树村的乡亲们,桥那边,广华区,只有一个广华五金厂! 区里不指望他们出钢,指望谁们? 树,是人栽的。砍了,还可以再栽。该作出的牺牲,轮到谁们头上了,那就非牺牲不可!"

曹有贵一摆手:"潘同志,我们不听你的,去把区长找来!"

大柳树村的人又喊:

"对,不听他的!"

"让区长来!"

"让区长来!"

曲彦芳抱着孩子走上桥头,哭道:"爹! 你们还在这儿说啊说的! 又来了一拨人都在林子里砍起来了! 就成才一个人,在林子里和他们打架呢!"

双方的人都往林子那边望,但见有人影在砍,在锯,在厮打,已经有树木开始倒斜。

"嗨!"潘凡跑着离开了。

广华厂这边,也跑来一个人报信:"黄小芹,黄小芹,再不往炉膛里续火,一炉钢就废了!"报信的青年工人都快哭了。

曹有贵振臂一呼:"大柳树村的,都去帮成才!"

于是大柳树村的人们转眼跑光——桥上桥下,只剩曲国经、张广泰、张成民、林士凡、曲彦芳、李寡妇几人。

朱存孝对厂里的人悄语:"你们还等什么呀!"

吴发林带头,广华厂的人一个个悄没声地从曲国经他们身旁走过。

小芹走过桥时,大柳树村的人目光里充满谴责。曲彦芳责问她:"小芹,你对大柳树就这么寡情寡义吗?"

小芹没说话,一低头跑过桥去,边跑边抹泪。

朱存孝最后一个走上桥:"你们也不要责怪小芹,她是厂里的团支书,得带这个头。区里的领导给她下了死命令,她也是没法子。"他也摇着头走过桥去了。

曲国经他们都呆呆地望着那一片林子,眼看着又一棵树倒下,再一棵树倒下……

张广泰冲成民发火:"让你来装哑巴的吗?你知识分子不是会讲道理的吗?你怎么一句话都不说?我这个父亲白敬着你了!"

成民张张嘴,没说出话来。

曲国经哇地喷出一口鲜血,张广泰急扶住他,背起他就跑。

曲彦芳哭了:"爹!爹!"她怀里的孩子也哭了。

晚上,曲国经靠坐在炕上,张广泰、李寡妇、曹有贵,包括林士凡,或坐或立,都在关心着他。

李寡妇在炕上对林士凡说:"你看汤药凉了没有!"

林士凡端起汤药,呷了一口:"凉了……就是太……太苦了……"

曹有贵关心地说:"老村长,再苦,你也得喝下去!"

曲国经说:"好,我喝。我没事儿,你们都别慌。"

李寡妇扶曲国经饮下药,张广泰随之将一碗白水捧给他。

曲国经刚饮下白水,曲彦芳抱孩子闯了进来:"爹,成民和成才在家里吵起来了!"

张广泰吃惊地问:"唔？为什么？"

曲彦芳哭诉道:"成民要写一封什么信,成才不让他写,说写了也白写,成民说白写也得写。"

曲国经在炕上说:"有贵,啊不,广泰,还是你自己亲自回去一次,一定要把成民给我请来,也要把他写那一封信给我带来……"

张广泰点点头,站起来就往外走。

曹有贵站起来说:"那我也去!"

曲彦芳看着父亲,心疼地说:"爹,今晚我不走了,我要服侍您。"

曲国经摇头:"一会儿我们要开个会,不知开到啥时候散,你给我趁早回去!"

"爹……"曲彦芳还想再说什么,曲国经挥手道:"别多说了,回吧,回吧。我需要你服侍时,自然会让你家来。"

曲彦芳含着泪走了出去。

李寡妇说:"听说,有些村的庄稼地,都给挖出了些大坑,就地在农田地里修起了炼钢炉……这样做,肯定对吗?"

曲国经摇摇头说:"我不知道。"

李寡妇目光定定地看他,曲国经又说:"我真的不知道……正因为我不知道,今天在桥头,我才说不出个道理来。实指望别人能说出番道理来给我听,听了能使我心服。可是,有人说出那种道理了吗?"

李寡妇摇头:"反正又不是咱们一个村遭殃,车到山前必有路,你也不必太生气。"

曲国经皱着眉说:"我不是生气,是急。要说生气,也是生自己的气。当着一村之长,又是支书,该替全村人说理的时候,往那一杵,却说不出一句理来,我可算是个什么村长? 什么支书?"

旁边一直没吭声的林士凡小声说:"老村长,你可不能有个三长两短,我还指望在您的教诲之下……"

李寡妇斥责他:"闭上你的乌鸦嘴,尽说些不吉利的!"

张广泰、曹有贵和成民进来了，曲国经说："都随便坐吧。成民，你写的信带来了吗？"

成民恭恭敬敬地递上信，曲国经正反两面看——见信封上写的是：北京，党中央收，并已粘了口。

曲国经放下信说："一会儿再说信的事，先说点别的。"

李寡妇挑亮了油灯捻儿，曲国经接着说："有贵，入党这件事上，你比广泰申请得早，因为成民的婚事，延长了你的考验期。结果，广泰反而比你早入了，你心里没什么疙瘩吧？"

"没有。只要您看得起我，早一天晚一天的，无所谓。"

"不是我看得起你看不起你，是党认为你条件成熟了还是没成熟。没结疙瘩就好。成民，你是当过团委书记的人，又是主动要求到大柳树村来的。而且呢，一来就向我交了入党申请书。你父亲的申请书还是你替写的。现在呢，你父亲比你先入党了，你没什么意见吧？"

成民摇头。

"没意见就好。有贵，你想办法替成民'淘登'点儿红漆。成民，给你个任务，明天一早，把我们那些树干上，都写上大字标语——人民公社万岁！大跃进万岁！中国共产党万岁！社会主义好！工农一家亲什么什么的……一棵不落，棵棵都写上！"

林士凡听得两眼放光："好！还是老村长有智慧！这么一来，没人敢砍，没人敢锯了！"

曹有贵担忧地说："可……要是也在我们的地里盖高炉怎么办？"

曲国经说："地里都给我遍插上牌子，牌子上写：社会主义实验田，粮食是社会主义的基础，工农一家亲，写'民以食为天'之类的也行。明白了？"

成民点头。

曲国经拿起了桌上的信，说："现在，该说你的信了。你信里写了些什么，不用看，大家也想得到。"

成民拿过去信,撕开,念道:"所谓大炼钢铁,在我们这儿,完全变成了一场胡闹,滑稽可笑,而且令人气愤。故我代表广大农民,对此种严重损害农民和农业利益的现象,提出强烈的抗议……"

曲国经默默向成民伸去一只手,成民将信递给曲国经后,曲国经说:"向党中央反映情况,不要这么大火气。火气一大,往往地,性质就变了。"

他将信在油灯火苗上点着,递给张广泰。张广泰呆呆地看着信在自己手中烧成灰,扔到了地上。

曲国经看着成民,语重心长地说:"咱村就你一个知识分子,不是多,而是少。有些事儿,不太适合你们知识分子去做。你们一做,结果反而不好了。"

林士凡猛点头:"对,对,老村长说的是肺腑之言!"

曲国经又说:"成民,你坐我对面来。"

成民坐曲国经对面后,曲国经从席下翻出几页纸,半截铅笔放在炕桌上,说:"现在,你替我写一封反映情况的信。我说一句,你记一句。"

成民问:"要不,我回家去取些纸,取支钢笔来?"

曲国经说:"不用,这纸这笔就行。"

张广泰犹豫了一下说:"给党中央写信,还是应该正式点儿吧?"

曲国经正色道:"党中央是领导全国的,为咱们村的事,不必非惊天动地地给党中央写信,给省里的领导写封反映情况的信就行。他们如果认为有必要,会再向党中央反映的。"

李寡妇看着曲国经说:"你要写给秦书记吧?"

曲国经点点头:"对,我也只有动用这一层关系了,成民听着:尊敬的秦书记,您好,我是大柳树村的曲国经。当年,为了将您的家属转移到安全的地方,我们大柳树村,牺牲了不少男子汉。所以,我们村现在寡妇才多。您曾经握着我的手,流着泪对我说过,所有大柳树村的农民,都是您的亲人。现在,您所有的亲人委托我,给您写这一封紧急的信……"

成民写完信,曲国经亲手碾碎几颗玉米粒儿,将信口粘上,双手将信交给张广泰:"广泰,你明天一早就去省城,要当面将这一封信交给秦书记。记住,只能当面交给秦书记。广泰,只有让你去,我才放心啊!"

张广泰郑重地接过信,重重地点了点头。

李寡妇打开抽屉锁,取出一个小布包,递给曲国经,曲国经又双手递给张广泰:"知道你家,也拿不出现钱来了。这是咱们村的一点儿公基金,你都带上,穷家富路。"

第二天,曹有贵驾车把张广泰送到火车站,送他上了火车。火车上没有座位,张广泰只好蹲在两节车厢之间抽卷烟打发时间。在一个车站下了火车,当他排队买票时,一掏钱,大惊失色:"钱!我的钱!谁偷了我的钱!"

张广泰被挤出队列,腿一软,瘫坐地上,哭了:"张广泰!张广泰!你真该死呀你!"

庄严的省委大楼里,秦书记正在省委书记办公室中阅文件,他的秘书进来了,低声说:"秦书记,有位农村来的老乡,一定要见您本人。听警卫说,已经在楼口守过两个白天了。您每天出入的是后门,所以……"

秦书记想了想,问:"什么地方的?"

"传达室也是刚刚向我通告,叫……好像叫大柳树村……"

"噢,快请他!"秦书记站了起来,在办公室里激动地来回走动。

一会的工夫,门开了,秘书把张广泰领了进来。此时的张广泰胡子邋遢,双眼用从棉袄上撕下的黑布条系着,棉袄底边露着白棉花。

秦书记困惑地问秘书:"他……他的眼……"

秘书说:"他说,钱在半路被小偷扒了。他一着急,双眼都起了针眼,肿得封住了。"

张广泰不卑不亢地说:"我是讨着饭才来到省城的,我一定要见秦书记。对别人,我没话说。"

秦书记上前扶张广泰坐下，激动地说："老乡，我就是！你现在已经见到我了。有什么事，都不要再急了。"

张广泰不买账："我怎么知道你就是？"

秘书说："他真的是省委秦书记，我是秦书记的秘书。"

张广泰还是不信："让他，把他右手伸给我。"

秘书急了："这，我们秦书记……"

秦书记制止秘书说下去，站到张广泰跟前。张广泰摸到了半截空袖子，这才从怀中掏出信，双手相递："大柳树村的村长曲国经，派我来给您送这一封信。"

秦书记接过信，迫不及待地撕开看，内心难以平静，点上了一支烟。

张广泰闻到烟味，请求地说："给我一支烟，行吗？"

秦书记和善地说："吸吧，吸吧！"

秘书递给张广泰一支烟，替他按着秦书记的老式打火机点着了，张广泰大口大口贪婪地吸着。

秦书记放下信，安慰他说："老乡，你的任务已经完成了。你放心，信中反映的现象……"他的话还没说完，张广泰一头栽倒于地，昏了过去……

一辆"吉林"疾驶在公路上，车中坐着张广泰。缠住他双眼的黑布条已经换成了医院的纱布，而且，他身上穿的是一件军大衣。

"能望见我们的大柳树村了吗？"张广泰问司机。

"望到了。"

"望到一片林子了吗？"

"也望到了。长势挺好的一片林子，将来准能出不少木材。"

"农田地呢？还像农田地的样吗？"

司机奇怪地说："像啊！怎么会不像呢！"

张广泰欣慰地吁了口气。

广华五金厂里,工人们在对吴发林发脾气:

"好不容易炼出一炉,你把它洒了!"

"大家伙白忙了几天几夜了,真恨不得揍你一顿!"

吴发林争辩道:"你们没看见啊? 是坩埚裂了!"

小芹劝他说:"你少说两句吧! 让你负责浇模,你不预先察看察看坩埚!"

朱存孝走过来,息事宁人地说:"都别吵了,他也不是故意的。不用再炼了,炼出来的,那也不见得就能算是钢。还有,把你们从钢厂偷来的那几块钢锭,及早给人家还回去,要向人家承认错误。幸好,咱们还没做出什么弄虚作假的事。真做出来,咱们广华厂的牌子,完了。"

众人都迷惘地看朱存孝。

新新居里,黄吉顺从菜窖里探出头:"还有多少?"

于凤兰在菜窖口,将一大块煤递给他:"大块的没了,尽剩小块的了!"

黄吉顺说:"小块的也不能留在外边,用撮子! 能多埋一点儿是一点儿。要不,咱们的铺子得关门了!"

小芹回来,看了一眼,说:"你们别瞎倒腾了,不会有人惦记着你们那点儿宝贝了。"

黄吉顺疑惑地问:"你怎么知道。"

小芹说:"省里来指示了,不提倡那么炼钢了。"

黄吉顺不信:"别听她的! 哎你快点儿行不行?!"于凤兰赶紧又从筐里捧起一块煤递给他。

小芹在桌边坐下,摘下单帽,发呆,想事,嘴角委屈地一抿,落泪了。

菜窖那边传来扑通一声,接着又传来黄吉顺的哎哟声。

于凤兰焦急地喊:"小芹快来! 你爹掉菜窖里了!"

小芹一边起身一边说:"我已经没有爹了,才认一个爸。"

大柳树村,岳自立和一个女孩,一边一个牵着张广泰双手往曲国经家走,后边跟着些大孩子小孩子。张广泰不断地催促:"快点儿,快点儿!"

曲家的院里院外,肃立着悲哀的村人们。一个孩子跑进屋里报信:"他回来了! 他两眼全瞎了!"

成民、成才、曹有贵、李寡妇、王玉珍、抱着孩子的曲彦芳、林士凡闻听皆惊!

躺在炕上的曲国经挣扎欲起,李寡妇按住他:"你别急,你可急不得了!"

张广泰走来,村人们闪开路。张广泰因看不见院里院外的人,兴奋地喊:"老村长! 亲家! 老哥! 我回来了!"

成民赶紧走过去,将他扶到炕边。张广泰在炕边坐下后,问:"你是哪个?"

"爸,我是成民。"

"噢,你在这儿,怎么没上课?"

"临时……放一天假……"成民拼命忍着泪。

"广泰,你的眼……"曲国经在炕上关心地问。

"没事儿。半路,钱被小偷扒光了。一急,生了两眼的针眼。"张广泰伸出双手摸索,摸到了曲国经盖的被子,摸到了曲国经的脸,"你怎么,还没好?"

"是啊,八成好不了啦。"

张广泰又摸到了曲国经的一只手,攥着说:"别那么说。你让我送的信,我送到了。"

"见着秦书记本人了?"

"见着了。秦书记,对我很亲热,留我在他家住了一宿,送给了我这一件军大衣。我临走,还送给了我二百元钱,让咱们用来改建小学校。"张广泰将手伸入大衣兜,没掏出钱来,一惊,"咦,钱呢?"

他再掏另一兜,还没有,最后想起了,是缝在大衣内了。他撕开缝布,取出钱,交在曲国经手里,笑了:"吓出我一身汗,还以为又丢了呢!"

"我就知道,秦书记心里会有咱大柳树村的。广泰,你走后,我没睡过一宿踏实觉啊,每个时辰都在盼着你回来。"

"我可一天都没敢耽误!秦书记亲自往村里挂了几次电话,可怎么挂也转不过来……"

成才在一边说:"那电话又坏了。"

张广泰唔了一声:"成才也在这儿?屋里还有谁啊?"

曲彦芳带着哭腔说:"爹,还有我……"

张广泰皱了皱眉:"彦芳,你怎么了?和成才吵架了?"

曲国经说:"他们没有。我看他们恩恩爱爱的,过得挺好。这屋里除了咱们两家的人,还有有贵、金凤,还有林同志。"

张广泰诧异地问:"怎么,村里出了什么事?"

曹有贵忙说:"没有。"

张广泰刚想再问什么,听到曲国经问他:"那么,秦书记对信里反映的情况……"

张广泰回答:"秦书记很重视,也很生气。为了尽快扭转局面,先让省委召开紧急电话会议,说紧接着还要下文件。"

曲国经欣慰地说:"好,好,我放心了。广泰,你有功啊!现在,党员和预备党员留下,不是的,先都出去。"

"爹……"曲彦芳刚说了一个字,曲国经就打断了她:"你也得先出去。"

成才挽曲彦芳和成民都走出去。

"我……"林士凡不知道该走还是留。

曲国经说:"你留下吧。将来,也好为我的话,做个见证。"

张广泰建议道:"老哥哥,你还病着,我也刚回来,改天再开会不成?"

曲国经在李寡妇的扶持之下坐起,气虚地说:"广泰,我……我怕撑不到明天了……我这一口气,是为了要见着你,才硬撑住的啊……"说着突然又喷出一口血来。

在门外探头偷看的曲彦芳冲了进来,扑到曲国经身上:"爹! 爹呀! 爹你可不能撇下我呀!"

李寡妇也哭了:"这可怎么办? 这可怎么办?"

曹有贵泪流满面地转过身,林士凡也低下了头。顿时,屋里屋外,一片哭声。

张广泰在哭声中蒙了:"怎么……怎么……"他一把从脸上扯下了罩眼的纱布,也扑到炕边,"老哥哥! 老哥哥! 我怎么还是看不见你呀! 你这可是怎么了呀!"

成民和成才将张广泰拉到一旁,张广泰挣扎着,肝肠寸断,顿足大哭,拼命往炕边冲:"我的眼啊! 谁替我扒开眼啊! 让我看看我老哥呀!"

像往常一样,黄吉顺在新新居里摇磨,于凤兰在揉面。

看到三三两两的人从门窗外走过,于凤兰忍不住问:"怎么一大上午的,都往大柳树那边去?"

黄吉顺自言自语:"大柳树村逢祸逢福,已经和我黄吉顺毫无关系了。"

小芹无声而入,神情黯然:"家里有白布吗?"

磨停转了,于凤兰回过了头。

"没白布,黑布也行。"

"那边……谁?"于凤兰不解地问。

"曲国经。"

于凤兰愣住了,黄吉顺忍不住喊她:"说话呀!"

"有……有……"于凤兰这才回过神来,转身进里边去了。

黄吉顺又自言自语道:"以后,那边的人,八成看着你也不顺眼了。"

小芹呆呆站着,仰脸望着屋顶,没理他。

黄吉顺不再说话,又摇动了石磨。

头上缠孝,脸上流泪的曹有贵在吹喇叭,悲怆的喇叭声里,张广泰、李寡妇率领着村人们为曲国经出殡。

成才和另外三个小伙子抬着曲国经——没有棺木,曲国经躺在几块拼在一起的旧木板上,脚上是李寡妇替他做的那双新鞋,身上盖着张广泰穿回来的那一件军大衣。

村人们后边是成民和孩子们,孩子们后边是广华街上的人,其中有朱存孝、李三桐。

李三桐老多了,朱存孝挽着他,李三桐悲声说:"这么多人送他,曲国经不白活。"

朱存孝叹了口气:"大柳树村失去了他,也不知道由谁来主事。"

眼上缠着白纱布的张广泰走着,走着,他的脑海里翻腾着曲国经生前的话:"……千万,别给我做棺材,拼两块旧板子,垫垫身子就行了……省下几块好板,能为孩子们打几张课桌的桌面啊……还有一件事,一直是我的一块心病——就是李同江那个地主成分,当年划得不应该。当年他名下的地,是多了一点儿,可他只不过是老地主家一名长工,那地只是老地主临死时交代他代管的。以为去台湾的儿子,日后会回来……当年我争不过工作组的人,结果就那么定了。拜托你们几个党内的同志,以后遇机会,千万要给人家把成分改过来……"

张广泰一举手,人们都站住了,喇叭声也停了。

张广泰声音嘶哑地说:"有贵,绕咱们大柳树村的土地一圈,再绕咱们的林子一圈。让老村长,最后看看咱们的地,咱们的林子。"

李寡妇发现了李秀英站在远处:"小顶针在远处,看样也想送送。"

张广泰说:"让她和成民,和孩子们一块儿走吧。"

李寡妇走过去跟成民说了一声,成民听完走到李秀英跟前:"也想送送老村长？"

李秀英点头。

"那怎么不和大家一样啊？"

李秀英从怀里往外掏白布："带了，没敢……往头上缠。"她往头上缠孝，由于发慌，缠不好。

成民无言地帮她缠好："和我一起吧。"

李秀英点头，头缠白孝使她的脸看去很俊。

小芹袖戴黑布站在远处，望着又开始走动的送殡队伍，也怯怯地不敢上前……

又是一年的春节。

成才背着戴老虎帽的腊月，和曲彦芳逛市集，曲彦芳挽着他胳膊。吴发林肩上扛着也戴老虎帽的吴快跑，和小芹并肩逛着。两家人在人流中走了个面对面，互相瞪着，有点儿仇人见面，分外眼红的意思。

两个孩子却自来熟似的，递上了话。

"哎，你的老虎帽哪买的？"小腊月指着小快跑的脑袋问。

"儿童商店。你的呢？"

"也在那儿买的。过后有人再去买，就没了。"

"你可小心别碰上武松啊！"

"武松才舍不得打我这只虎呢！"

"他打也不怕，我帮你咬他。哇呜！"

小腊月嘎嘎笑了。

两家大人都表情冷冷地擦肩而过，两个孩子却回头，相互招手再见。

"那样谁不会！"吴发林也挽住了小芹的胳膊，"你看人家曲彦芳，一张脸保养得多白！我跟你说过多少次了，得经常搽雪花膏！我又不是舍不得钱让你买！"

小芹用力甩开了吴发林的手，独自往前走了。

第十四章

世上只有一桩事情是绝对公平的,那便是岁月——每一天,每一个月,每一年,不管是谁,都没办法蹦过去一段岁月;也不管是谁,都没办法留住一段自己爱过的日子。好日子也罢,困难的年头也罢,不管大人们的感受如何,孩子们却一往无前地成长着,并且,但凡有点儿理由高兴,那就高兴。

小芹对着写有"结婚纪念"的镜子往脸上敷粉、搽雪花膏(已经快用尽了);最后,她掀开铺在桌上的旧塑料布,从底下抽出一张红纸,撕下一角,放下塑料布以后,又拿起一只玻璃杯,将杯中水底儿滴在一个小盘儿里,接着将一角红纸蘸湿,再往双唇上按。于是,她的双唇红了一些。她从墙上摘下单帽,正正地戴在头上,觉得不好看,她又摘下梳头,却觉得不戴也不好看,又将单帽戴上。

小芹和吴发林的家没有院子,临街。吴发林嘴角叼着烟,在门前擦自行车。那分明是一辆旧自行车,却用红、黄、白、绿四色刷得花里胡哨。用今天的说法,特"卡通"。他们的儿子吴快跑正用一截粉笔在街地上画线,有的地方,划出些刺状的线条。

"再叫!"

快跑得令,站起来,转过身,冲家门小驴子似的长嘶一声:"妈……"

小芹应声而出,没好气地说:"催命啊? 有你这么叫妈的吗?!"

她反身锁门时,快跑说:"妈你穿花衣服真好看!"

小芹回头,转嗔为笑:"是吗?"

快跑奶声奶气地说:"妈你总穿花衣服吧,我爱看!"

"好啊! 我儿子爱看,我就总穿!"小芹脸上照镜子时的忧郁消散了。看得出,儿子带给她安慰和喜悦。

吴发林不擦车了,扔掉烟,一脚踩灭,看着小芹刚想说什么,快跑却抢先说:"把烟扔外边去!"

"还往哪个外边扔啊?"

"扔到我划的白线外边! 咱们家没院子,白线以内,就是咱们家的院子!"

"那,这些乱七八糟的道道是怎么回事儿啊?"

"是钉子! 生人从咱们家院子里走,扎他们脚!"

吴发林表扬道:"好,好,我儿子画得真好! 尤其那些钉子,画得更好!"

"你就少往邪门歪道上引他吧!"小芹又对快跑说,"以后不许往街地上乱画! 本来就是大家走的地方,你凭什么想扎了人家的脚?"

快跑歪着脑袋问:"想想都不行啊?"

小芹说:"不行!"

吴发林却绕着小芹走,嘟哝:"我怎么看着你哪儿不对劲呢?"

"我有什么不对劲儿的? 你把辆自行车搞成那样,就对劲儿了?"

"我这车,全市独一无二,大概全中国也独一无二!"吴发林说罢,从小芹头上摘下了单帽,再端详小芹,"难怪,这就对劲了! 跟你说过多少次了,不是在厂里,不要戴帽子,不男不女的! 花上衣配单帽,像只芦花鸡长了个鸭头!"

"你管我像鸡像鸭呢!"小芹夺帽子。

"你是我老婆,得让我看着顺眼!"吴发林将单帽放在车后座上,"儿子,给你垫屁股,上车!"

快跑走过去,被吴发林夹抱起来,放坐在后座上。

小芹照着自家窗子理了理头发,抻了抻衣服,转身问:"让儿子坐后边?那我坐哪儿?"

"你坐前边啊!"

"你少来!我这么大人了,坐前边出洋相啊?"

"怎么是出洋相呢!坐前边,车梁不是硌腿嘛!反正不是硌你,就是硌儿子。硌儿子你舍得?"

小芹不情愿地犹豫着。

"儿子,你愿坐前边还是坐后边?"

"后边!"快跑拖着长音说。

小芹只得坐在车梁上。

"爸,不许压线,要从我画的门通过!"

"好好好,门在哪儿呢?噢,这儿……"

吴发林前带着老婆,后带着儿子,意气风发甚至可以说是满脸幸福地蹬着自行车,狠狠地招惹着行人的目光。

"一部苏联电影里,男人就是这么带着女人的!这么带着有一个好处,想亲一下的时候,稍微一低头就亲着了,而且女人连躲都不好躲。来,试试……"吴发林低下头欲亲小芹。

"你干什么你!讨厌!"小芹尽量躲避。

一名交警发现了他们,朝他们吹哨,做手势拦住了他们。

"你们,怎么回事儿啊?"

"亲爱的交警同志,是为了美观。"吴发林屁股还在车座上,一腿撑地,小芹从前面下来了。

"别亲爱的,我既不亲你也不爱你。我指的不是你这辆车,我指的是你们的行为。"

小芹不好意思了，从车后座抱下快跑。

吴发林装傻充愣："啊，我们刚才的行为啊，那没什么啊，很正常啊！她是我老婆，我亲她是合法的！"

小芹生气地说："你少说两句吧！"

交警平静地说："你成心跟我耍贫嘴是不是？公民，掏钱吧。你前后都带人，违犯了交通规则，罚款。"

吴发林赶紧赔笑脸："同志，同志，高抬贵手，下次不敢了！我不是看着您，那个那个，挺闷的嘛！"

交警捻动着指头，严肃地说："我不闷。掏钱吧公民。带人罚五角。你前后都带人了，罚一元。"

"啊哈，又是你！你这辆车全市独一无二，大概全国也独一无二。"这时，另一名交警也走过来，对第一名交警说，"我看，光罚款是不起什么作用了，扣下吧。"

吴发林急了："哎你，凭什么还要扣我的车！"

第二名交警说："你把车搞成这样，不利于交通安全。你忘了，上次两个骑自行车的人光顾看你，结果撞一块儿了？"

"你倒是再贫啊！"小芹一赌气，抱起快跑就走。

新新居里，于凤兰在东翻西找，黄吉顺从旁着急地说："你啊你，你真能气死个人！"

"你别这样啊！你越急赤白脸的，我心里不是越急吗？越急不是越找不着了嘛！"于凤兰干脆坐在炕边儿了。

黄吉顺更急了，顿脚："你你你，你怎么不找了?!"

"你吼什么啊！我不是在想嘛！"于凤兰忽地起身，离开屋子，走到店里去了，接着东翻西找。

"女儿女婿，都小半年没来了！今儿八月十五，不留下吃顿饭像话吗？留他们，饭桌上不见几片肉，怎么说啊！再说还有快跑！可你把副食本儿丢了！"

"你别提八月十五！你一提八月十五，我心里发毛！"于凤兰也生气了。

"你当我爱提八月十五啊！可今儿明明就是八月十五！女儿一家三口回来过的就是个中秋团圆日！"

"你还提八月十五！"于凤兰直跺脚。

"好好好，我不提八月十五了。我帮你从头上开始想，上午你都用副食本买什么了？"

"我先去把凭本供应的菜买了——两斤柿子，一斤芹菜，一个西葫芦。本儿上就咱俩两口人，买不了多少菜。一个西葫芦，还超了斤两呢！不像别人家人口多……"

黄吉顺打断她："哎呀，你就别说西葫芦了，往下说！"

于凤兰扳着指头，加快了语速："一人一斤干豆腐，两块水豆腐，我都买成干豆腐了。两块水豆腐顶八两干豆腐呢！我寻思着买干豆腐合适。可买了，又后悔了，按说也应该留两块水豆腐……"

黄吉顺捧住了脑袋："哎呀呀哎呀呀，也别说豆腐了！再往下说！现在要紧的是肉！找不到副食本儿就买不成肉！买不成肉饭桌上就没有肉！我外孙终于又来一次，饭桌上没有肉，我当姥爷的过意不去！"

"你当姥爷的过意不去，我当姥姥的就过意得去吗？"

"那你把副食本儿弄丢了！"

"天啊，万一真丢了怎么办？"于凤兰哭丧着脸。

"你问我，我问谁？我问你！"

"要不，我这就赶紧上街道办事处去，叫他们快给补发一个？"

"做梦！补发一个？你先得说明怎么丢的，丢在哪儿去了。"

"我知道丢在哪儿了，还用叫他补？"

"是贼偷了？火烧了？还是水湿了？你说你丢了，谁保证你不想弄两个购粮本？就算答应给你补一个，也得等他们调查清楚了。三个月以后见吧！臭娘们！你能干点什么？"

就在这时，小芹在前，吴发林手牵快跑在后，进了家门。

吴发林久别亲人一样："爸，妈，你们好吗？"

于凤兰说："好好。"

"唔，回来了？"黄吉顺对女婿倒不是太欢迎。

吴发林吩咐小快跑："快跑，叫姥爷姥姥，问姥爷姥姥好。"

快跑大喊一声："姥爷姥姥好！"

黄吉顺顿时高兴了："嗬！这是国防部长检阅三军呢！英雄气概！"抱起快跑，"姥爷看看！长这么大个个子！噢！真快呀！你还认得姥爷吗？"吩咐于凤兰，"快给他们泡茶！糖呢？拿出来！"

小芹说："要喝自己泡。"

吴发林也说："爸，我自己来。"

黄吉顺亲爱地抚摸着快跑的头："哎，快跑，想姥爷了吗？啊？"

快跑不说话。

吴发林说他："告诉姥爷，想没想？"

快跑却说："没想。"

黄吉顺一怔，随即哈哈大笑："唔，我外孙，没，说实话。来，我有办法让我外孙说实话。"他将快跑放在地上，在快跑的瞪视之下，变魔术似的变出几块糖来，又问，"再说，想没想姥爷？"

快跑见了糖立刻说："想了。"

黄吉顺眉开眼笑："这次说的才是心里话嘛！"

吴发林泡了茶，饮一口，看着黄吉顺和快跑笑。而小芹，拎着他们带来的篮子出去了。

于凤兰正在灶上洗菜，小芹将篮子放一旁，低声说："娘，厂里发的两条毛巾，两块肥皂，我放屋里桌上了。"

于凤兰伤感地说："以后来，不要带东西了。这年头，什么东西都缺，不是凭票,就是凭证的。你们也有小家了。总往这儿带东西,快跑他爸嘴上不说,心里该有想法了。"叹口气又说,"常把我外孙领回来给我看看就行了。"

"东西是我用我工资买的,要不就是厂里发给我的,他管不着。"小芹又从兜里掏出什么,往于凤兰兜里揣。

于凤兰问:"什么呀?"

小芹耳语道:"十元钱。"

于凤兰愣了一下:"小芹,这……"

小芹朝屋里翘翘下巴,意思是别让黄吉顺和吴发林听去。

"小芹,你日子久了不来,娘想你。"于凤兰伤感了,落泪了,撩起衣襟擦。

小芹也动感情地说:"娘,我也想你。这世上,除了快跑,我就你一个亲人了。"

于凤兰也小声说:"快别这么说! 你们过得怎么样?"

"就那样。娘,不说我们了。你呢,身板还好?"

"怎么算好? 怎么算不好? 吃的不少,可就是身上没力气了。眼神儿更不如以前了,脑筋也不中用了。你们没来那会儿,我把副食本不知放哪儿,你爹要去买肉,那个跟我犯急。"

"就又骂你?"

"你听到了?"

小芹点头。

"你们大老远来了,又是节日,却连口肉都吃不上。想想,我也该骂。"

小芹忍不住从背后抱住母亲,将脸伏在母亲肩上:"娘,就是我们现在的家小,才一间屋。等我们以后有条件了,租到个两间屋的房子,我一定把你接到我身边去。"

"尽说傻话! 我能把你爹孤零零地撇在这儿吗? 快进屋说话去吧,啊!"

小芹依依不舍地往屋里走,于凤兰又叫她:"芹……"

小芹站住了。

"我还是听你叫我娘,心里舒坦。"

小芹眼里顿时泪光闪闪。她进了屋,一声不响地收拾收拾这儿,整理整理那儿。

黄吉顺叹口气说:"你丈母娘个老东西,脑子越来越不行了!整天丢三拉四的。她不知把副食本儿弄哪儿去了,我没法买肉。这次可亏了我外孙的嘴了!"

小芹不由得暗瞪父亲一眼。

吴发林说:"可千万别丢了,那补起来麻烦着呢!"

黄吉顺又来了气:"还兴许就是让她搞丢了,一个没用的东西!"

快跑突然说:"姥爷,糖里有虫!"呸呸直往地上吐。

黄吉顺奇怪地说:"唔?我放在瓶里,瓶子一直放菜窖里,按说不会生虫啊!"

吴发林从快跑兜里掏出糖,细看,问:"爸,您这糖,有年头了吧?"

黄吉顺发窘地说:"啊,是啊是啊,现在买不到那样的了。"

吴发林惊讶地说:"大白兔的,太妃奶糖,爸,是我和小芹结婚时的喜糖吧?"

黄吉顺更窘了:"不会都生虫了吧?"

吴发林让小芹看手中的糖:"你看,你爸都赶上收藏家了。咱俩结婚时的糖,留到现在!"又对快跑说,"儿子,你多幸运啊!连你爸妈的喜糖都吃到了。"

黄吉顺说:"那,扔了吧,扔了吧!我不过觉得,有个纪念性。"

"先出去玩会儿,别在大人跟前转来转去的。"小芹冷着脸将快跑推出门,又对吴发林说,"你出去帮着做点儿什么,别尽等着吃现成的!"

吴发林说:"我不是得陪爸说话嘛!"

小芹说:"用不着你陪,我陪。"

吴发林只得也出去了,屋里只剩下了父女俩。

黄吉顺像跟客人说话似的:"别收拾了,坐,坐啊。"

小芹看着他坐下,冷冷地说:"你怎么总骂我娘?"

"我……也没骂她啊,都好久没骂她了。"黄吉顺的语气,认为自己大有进步了似的。

"你刚才还骂她没用的东西。"

"那,也不能非说是骂,顺嘴了。"黄吉顺直挠头。

"改不过来了?"

"要改,也难了。谁知哪天能改过来?"

"那么,我叫爹,叫娘,也惯了。改爸,改妈,也难了。"

"不必改了。叫爹也行,叫爹也行。"黄吉顺热切地期待着。

"想听我叫你一声爹?"

"想,想。"黄吉顺连连点头。

小芹却把头一扭。

黄吉顺凝视着小芹,快哭了:"小芹,我再不好,也是你爹啊,而且是亲爹啊!你一年才回来几次,就不能,好好跟我说说话了?"

"我倒想那么跟你说话。"小芹流泪了。

"你姐死后,你当我就……真的一点儿都不后悔?可我那后悔的话,倒是跟谁说去啊!谁听?你娘不听。她现在连八月十五几个字都听不得了!你听吗?"

小芹摇头,抹了一下泪。

"起先,我还对自己说。现在,我也不对自己说了。对自己说又管什么用?两个女儿,一个女儿,在土里了;一个女儿嫁出去了。在土里的、嫁出去的,心里都恨我。你当我自己心里就好受?能不想你们吗?在土里的,想也回不来了。嫁出去的,一年才回来几次。回来了,也不给我个好脸色。我,我……"黄吉顺也流泪了,说不下去,抬手扇自己耳光,一记,两记,三记……

小芹于心不忍了,抓住了父亲的手。

黄吉顺眼泪鼻涕地说:"中国政府,还宽大了好些个日本战犯呢!我亲生的女儿,就真的一辈子也不原谅我了?"

小芹忍不住将父亲的头搂在怀里,黄吉顺呜呜地哭了,小芹也泪流不止。

"妈!"

小芹一回头,见快跑愣在门口,转过身训道:"又进屋来干什么?"

"姥姥叫姥爷拿酒去。"

黄吉顺擦擦眼泪,尴尬地说:"对对对,该去拿酒了。快跑跟姥爷一块儿去。"

带着快跑来到地窖那,黄吉顺下了地窖。

"姥爷,你在干什么呀?"快跑蹲在地窖口朝下问。

"我在挖酒。"

"菜窖里怎么能挖出酒来呢?"

"地下长的呀。"

"还长吗?"

"姥爷叫它长,它才长呢。"

"那你叫它长吧,我来挖。"

黄吉顺的头从地窖口冒出来了,举着一瓶酒。

"底下还长什么好东西了?"快跑乐了。

"除了些煤,再什么也没有了。"

"我不信,让我下去看看。"

"哎哎哎,不行,不行,底下又脏又滑,摔了我外孙子可了不得!"

"我猜你还有好东西藏在下边儿。"

"没了,真没了。对我外孙,什么好东西姥爷都舍得给,不藏。"黄吉顺爬上来,拍了拍身上沾的土,领着快跑到水龙头那儿洗酒瓶。

"姥爷,刚才你和我妈,为什么都哭?"

"过节嘛,高兴呗!"

"过节,高兴,就哭?"

"那要看大人们的心情怎么样。有时候大人笑,心里边并不高兴。有时候大人一哭,心里反而舒坦了。不许告诉你爸啊!"

快跑点头。

"拉钩!"

于是一老一少拉钩。

黄吉顺一边擦干酒瓶,一边又神秘地说:"饭桌上,再跟爸爸说说那件事儿,啊?"

"啊,让我改姓黄呀,行!"

饭桌上,吴发林开了酒瓶子,闻闻:"现在市面上还是买不着二锅头。"给黄吉顺和自己斟酒,还要给小芹斟。

小芹捂着杯子:"别给我倒,我不喝。"

黄吉顺说:"就这一瓶了。在地下埋了三四年了,给你留的。"

吴发林来情绪了:"爸,今天咱俩把它干了?"

小芹瞪他一眼。

黄吉顺说:"看情况,看情况。"

小芹提醒吴发林:"你别往醉了灌啊! 别忘了你要去把自行车领回来!"

黄吉顺忍不住问:"你自行车,怎么了?"

快跑主动说:"我爸自行车让交警叔叔扣了!"

吴发林大气不喘地说:"小事一桩。我一去,他们就得乖乖让我推走。"

小芹又瞪他。

快跑忽然问:"爸,我什么时候改姓黄啊?"

吴发林和小芹一愣。

黄吉顺笑了:"嘿嘿,我这外孙,急着姓黄了。别急,得你爸同意以后。"

吴发林也笑了,往快跑盘子里夹了几筷子菜后,看着黄吉顺说:"爸,你也别急。我倒不在乎那一个,姓什么不行? 姓五,姓六,姓黄,姓黑,姓什么也是他。我要偏觉得吴姓比黄姓好,让小芹多给我生几个就行了嘛! 就是我妈,老封建,容我慢慢说通她!"

小芹不悦地说:"你们能不能换个别的话题!"

黄吉顺端起酒杯说:"不说这个了,喝酒,喝酒。来,发林,咱爷俩干这一杯!"

二人碰杯,一饮而尽。

于凤兰端上来个沙锅,说:"没肉,这桌菜还真不好凑。早上炸好的素丸子,氽了个汤……"

小芹赶紧腾桌面。

"啪嗒!"一件焦黑的东西从沙锅底掉在一盘菜上。

"这是啥?"于凤兰吃了一惊,急忙将沙锅放一旁。

四个大人一个孩子,五颗头,聚一块儿瞪大眼细看。

黄吉顺看出来了:"副食本儿!"

于凤兰一拍双手:"想起来了! 我买东西回来,顺手放案子上了。接着一阵忙,眼神儿也不济,再往案子上放沙锅,让沙锅底的油腻,给粘住了。"

"你个臭……"黄吉顺见小芹瞪自己,把话咽下去了。

于凤兰坐到炕边去落起泪来。

吴发林要动手拿副食本儿,黄吉顺忙喊住他:"别! 小芹,快取个盘子来接着。"

小芹取来一只盘子,黄吉顺说:"用筷子,小心点儿,可千万别弄散了!"

于是,他和吴发林,两双筷子,小心翼翼地将一块焦黑的东西夹到了盘子上,之后,都如释重负地舒了一口气。

黄吉顺认真地说:"那是物证,得靠它去申请补新的!"

吴发林转身对于凤兰说:"妈,吃饭,吃饭。这几个月短不了你们二老的菜就是!过几天,我就让我妹夫给你们送一堆菜来,让你们那菜窖存得满满的!"

"你以后,少当着我面跟我父母吹牛行不行?"小芹扶于凤兰坐到桌边来了。

吴发林辩解道:"怎么是吹牛呢,我妹夫不是在菜站嘛!"

"喝酒,喝酒。"黄吉顺又与吴发林干了一杯。

于凤兰发愁地说:"你妹夫要真能,那可谢天谢地!咱这铺子,一个月才配给半袋子面。连我和你老丈人每月粮本上供应那十来斤面,自己都舍不得吃,月月搭给这铺子了。菜和肉,还得靠自己想办法。明摆着,快撑不住了!"

"你说点儿高兴的!"黄吉顺饮了一杯闷酒。

小芹开导她说:"妈,别愁。困难时期一过去,一切都会好的。去年,每人每月才供给三斤面,今年,不是就供给五斤了吗?"

"对对,会好的,会好的。一切,不是还有我嘛!"吴发林端起杯子,"爸,再干一杯,再干一杯。"

那一个八月十五的中午,一向有睡晌午觉习惯的黄吉顺,几年来终于得以睡成了一个比较酣熟的晌午觉;所谓几年来究竟是从哪一年开始的,这,就不消往明白里去说它了。而睡得比较酣熟的原因,当然也不仅仅是由于喝了酒了。

另一间屋里,快跑在往外推着吴发林:"你快走吧快走吧,自己去把你的自行车要回来吧!"

吴发林酒晕还没退,舌头也有点儿硬了:"那,我……我……咱们……我不管你们……娘……俩了啊!……"

"不用你管不用你管！"快跑将吴发林推出了门外。

小芹嘱咐他："不许和人家吵！更不许在人家那儿耍酒疯！"

"放……心！我……找他们队长！……"吴发林走出去了。

于凤兰好奇地问："他真认识人家队长？"

小芹说："你怎么那么爱信他的！"

快跑嘻嘻笑着说："我爸可爱吹牛了。我妈批评他，他也总不改！"

于凤兰吩咐快跑："去看看你姥爷在干什么，去！"

"行！"快跑跑黄吉顺睡觉的屋里，挠他脚心去了。黄吉顺睡梦里还在嘟哝："改姓……改了……改个好名……"

"孩子不在眼前了，给娘说说你们两口子的事，啊？"

"有什么好说的。"

于凤兰抚摸了小芹的脸颊一下："我小芹又瘦了。你们，怎么样？"

"还能怎么样？稀里糊涂地混着过呗。"

"他对你好吗？"

"好，不好，不都得过？"

"没打骂过你吧？"

"他敢！"

"只要不打架闹火的，再过几年，孩子大了，自己过了年轻的岁数了，就什么想法都没有了。天下有几对美满的夫妻呢？按说快跑他爸，除了爱喝酒，爱吹牛，另外也没什么大毛病。就算你是跟成才……"

"娘，聊点儿别的吧！"

"我想……让你到……大柳树那边去看看……"

小芹愣愣地看着母亲。

"其实，我在街这边遇见过几次曲彦芳，她每次都主动跟我打招呼。毕竟是曲国经的女儿，结婚前，看着是个疯丫头；一结婚，那为人处世的气度就显出来了……"

小芹不高兴地说："我是黄吉顺的女儿，那也怨不了我，是我的命。"

于凤兰轻轻推了她一下:"你别这样!我是想告诉你,她还往这儿送过几次菜呢!夏菜,秋菜,老玉米,新土豆,还都想着咱们。我呢,不收不好。收了,还得瞒着你爹。我寻思,那肯定不光是她一个人的心意。冲这一点,老张家确实不愧是一户仁义人家。所以,娘想让你今天也给他们送几块月饼去。农村没副食本,连块月饼也吃不上。他们家,毕竟也有个和快跑一般大的孩子。"

"我不去,要去你自己去!"

"尽说噎人的话!我还有脸进张家的院门吗?"

"我的脸就不是脸啦?"

"比起来,咱们黄家三口,不是就你和张家还有点儿特殊的关系吗?张广泰以前是你师傅,你以前是张广泰爱徒啊!"

小芹不语了。

于凤兰包了一个小布包:"除了月饼,还有火柴。对了,你带来那两块肥皂,也给他们包去吧?"

"把我上次带来的那两双帆布手套也包上,听说我师傅在那边还常干铁匠活。"

通往大柳树村的路上,小芹挎着小布包,领快跑走着。

"妈,咱们干什么去呀?"

"串门儿。"

"咱们农村也没亲戚呀?"

"有。"

"那我怎么一个也没见着过?"

"等你长大了再介绍给你。"

小芹带着快跑来到了大翠的坟那儿。小芹肃立着,心里祈祷着:"姐,今儿八月十五,我又来看你了。我把你外甥快跑也领来了。不过,不是我和成才的儿子……"

快跑仰脸看小芹,问:"妈,谁埋在这儿啊?"

"妈的姐姐,你的大姨。"

"大姨她……"

"她是生病死的。"

"咱们也给我大姨供上一块月饼吧!"

小芹的一只手伸向小布包,却又说:"不了,大姨不爱吃月饼。"心里却在默念:"姐,我知道你爱吃五仁月饼;可,我包里总共四块。送月饼要送双,不能送单。给你这儿留两块,我又舍不得……我知道你不会生我的气。来年月饼不凭票了,我给你供上整整一斤。"

大炼钢铁给大柳树村带来了一种意料之外的好处:张广泰让村人们将后来被扔得到处都是的钢铁垃圾,多多益善地捡了回来。从此,他和成才可就有干不完的活了。连周边的农村,也大沾其光。今天是八月十五,父子俩也不闲着。

张家院里,镰刀头、锄头、锨、铰、叉、耙;打出的农具,一排排一列列,仿佛另一个广华五金厂。张广泰只穿背心,成才光脊梁,父子二人,满脸是汗地配合着;而王玉珍在拉风箱,脸都熏黑了。

成民拿着课本从屋里出来了,张广泰问他:"影响你备课了吧?"

"那倒没有,我习惯了。爸,能不能抽空儿给我的学生岳自立家打一把盛饭的大勺子,和一把炒菜的铲子?"

"岳自立不就是李秀英的儿子吗?"

"对。"

"那就直接说给李秀英打,明天晚上让她家用上新的。"

成才忽然说:"爸,再挑那钢多的铁疙瘩,给她打把快快的镰刀吧!"

"嗯。"

在离张家不远的地方,小芹和快跑站住了。张家院子里传出有节奏的打铁声,院门外拴一只小羊,腊月在喂小羊吃青草。

小芹把布包交给快跑,指着张家院门说:"你去,替妈把这包送给那户人家。"

"那,我怎么说呢?"

"你就说,妈叫你送的,你妈叫黄小芹。"

"就行了?"

"就行了。"

快跑走到张家院门外,腊月对快跑说:"我记得我见过你。"

"我也记得。那年冬天,在市集上,咱俩都戴老虎帽。是你家的羊吗?"

"我爸给别村打农具,别人送给我家的。你要去谁家呀?"

"就去这家。"

"这家就是我家呀。我爸叫张成才,我妈叫曲彦芳,我爷爷叫张广泰,是村长,还是支书呢! 我是农村干部的孙女!"

"农村也有干部?"

"当然啦! 我爷爷说什么,全村都得听!"

远处传来小芹的催促声:"快跑!"

快跑扭头看看,将小布包往腊月怀里一塞:"那这就是送给你家的了!"转身就跑。

"哎你是谁呀?"

"我叫快跑! 我妈叫黄小芹!"

"跑得真快……"

张家屋里,小布包已经打开在炕上,三代六口围着看。

腊月指着月饼问:"妈,这是什么呀?"

"月饼。"

"妈,我想吃一个。"

"爷爷没发话呢!"

张广泰说:"给她一块吃吧!"

王玉珍拿起一块月饼给了腊月。

张广泰翻看着两双帆布手套,两个新口罩,一顶新单帽,心情激动地念叨:"小芹,小芹,好孩子,我的好徒弟,师傅知道你是忘不了我这个师傅的!师傅也经常惦记着你呀!"

王玉珍感慨地说:"我都半年多没用上过肥皂了。还有火柴,那孩子想得真周到。"

成才却说:"要不我赶上她,还给她?"

张广泰瞪成才:"那么做是干什么!"

王玉珍问:"让成才赶快去园子里摘点儿菜给她?"

成才看曲彦芳,曲彦芳不无醋意地说:"看我干什么呀,我又没反对。"

张广泰站起身来:"衣服,篮子,我去。"

小芹和快跑走在回城的路上,她心事重重,脚步缓慢。

"妈,你走得也太慢了!"

小芹无语。

"我可跑了啊!"快跑跑了起来。

"儿子,慢点儿跑!"

小芹仍走得缓慢,忽听背后有人叫她:"小芹!"

那是极为熟悉的声音,她立刻站住了,但一动也不动,没有回头,反而把头低着。

张广泰从一条斜径拦在小芹前边,见她低着头,放下了篮子,又叫一声:"徒弟!"

小芹听出声音在跟前,缓缓抬头,惭愧地望着自从砍林子那事过后就没见过的师傅——满脸烟黑的张广泰,眼中渐渐涌出了泪水。

"孩子,你还好吧?"

小芹苦笑,点头。

张广泰走到她跟前:"谢谢你送给师傅的手套和口罩。"

小芹拉起张广泰的一只手,那只同样烟黑的手裂了好多口子,粘了些胶布丁:"师傅,我想你!"说完扑在张广泰怀里,哭了。

"别哭,别哭,说会儿话。你一哭,师傅想说的话,又都忘了。"张广泰双手搭在小芹肩上,又说,"我徒弟以前可不是一个爱哭的人。"

"师母好吧?"小芹抹着泪问。

"还行。就那样,现在什么农活都会干点了。"

"我成民哥呢?"

"至今,心里装的还是你姐。"

"成才呢?"

"农忙时干农活,农闲时,和我为村里干铁匠活。他当爸了,你呢?"

"我也有儿子了。"

"真快。"张广泰感慨地叹了口气。

"师傅,听说您入党了?"

"村里现在叫大队长了。你有贵叔当队长,我当支书。"

"老村长伯伯出殡那一天,我也过来了。"

"我听人说,看见你了。"

"师傅,老村长死前,挺恨我的吧?"

"怎么会呢!他是老党员,你是个孩子。我们党员,不兴记孩子的仇。再说,当时都那样,你当时有你当时的难处。"

"村里有不少人恨我吧?"

"孩子,那是难免的。但是日子,会把什么事儿都冲淡的。大柳树是你从小长大的地方,不管你哪时想回来看看了,师傅都会到村口迎你!"

小芹禁不住又扑在张广泰怀里。

张广泰抚摸她的头发,随即又双手按她肩,轻轻将她推开:"孩子,你记住——不管到什么时候,我都认你这个徒弟!你师傅现在虽然是农民了,但那也绝不会丢你的脸!你呢,也要给师傅长脸!心里明知是不对的事,拦不住,那也尽量别掺和,啊?"

小芹点头。

"听说,今年评上先进了?"

小芹又点头。

"你看,你的事,师傅一直关心着呢!你有出息,师傅听说了就高兴。"

小芹终于微笑了一下。

快跑拖着篮子来到了他们身旁,张广泰看着他问:"你儿子?"

小芹点头。

张广泰抱起快跑,问:"叫什么?"

"吴快跑!"

"怎么起这么个古怪的名字?"

"他爸给起的。指望他以后,好事抢在前边。"

"回去告诉你爸,就说他师傅说的——天底下的好事儿是有数的,跑得再快也不能总让一个抢去。"

"我姥爷说了,等我改姓黄了以后,重给我起个好名字。"

张广泰刮了快跑的鼻子一下:"回去也告诉你姥爷,大柳树村的张广泰当支书了,以后再也不会跟他一般见识了!"

中秋圆月,大而且亮,田野一片寂静,侧耳才能听到秋虫的低吟轻唱。吴发林和他一个弟弟以及妹夫姜信等四五人,蹲在水渠林带树影下,向大柳树村观望。

吴发林小声说:"都在家过节呢,没事。"

姜信问他:"都到一个地方?还是散开?"

"散开。不要贪多,拔满一抱就走。"

他们向菜地走去,全是跃进速度,到了菜地,紧三火四,弯腰拔菜,只瞬间,每人抱着菜,回到了林带,正待起身走,忽然一声大喊:"抓贼!"林丛里冒出来一群小伙子,手执棍棒,向他们扑来,吴发林喊声:"散开!"

他们便各奔东西地跑了。

大柳树村的小伙子们散开追赶,成才和曹有贵等七八人紧追吴发林,怎奈吴发林逃掉了。对面又出现了人,喊叫着打来,吴发林被包围了,棍棒齐下,乒乒响。吴发林"哇哇"叫,冲不出包围圈,终于被打倒,忽然一声惨叫,不动了。

曹有贵伸手抓起他,他痛叫:"别动!啊呀!腿……"

成才认出了他:"吴发林?!"

吴发林哭都流下来了:"腿,腿,腿……啊呀!我的腿呀!"

成才扔下棍,俯身察看,摸摸他的腿,他又痛叫:"啊呀,成才!腿呀!"

成才定神略思忖,转身招呼伙伴们:"来来,把他送医院。"但是曹有贵等都走了。

吴发林又哭喊:"成才呀!腿呀!"

成才背起他:"你忍着点。"

医院里,成才在医院走廊椅上坐卧不安,见医生们从手术室出来,忙迎上前:"大夫,他的腿能好吗?"

"没问题。交费去吧。"

"好,好啊!交费?啊,好。"

一个护士推车出了手术室,车上躺着腿上打了石膏的吴发林,一个大夫迎面走来对护士说:"没有床位了,暂时放这吧。"

成才快步赶去看看吴发林:"怎么样?吴发林?"

吴发林呻吟道:"成才,你打死我吧,我知道你恨我。"

"你说什么呢?"

"啊呀我的妈呀!"

新新居里,姜信对焦灼的小芹说:"我再去找找。"

小芹阻止他:"你别乱跑了,叫他们看见,再把你打了。"

黄吉顺着急地说:"这伙混蛋也太狠了,我去看看。"

小芹又劝他:"你也别去了,他们看见你,更不管你死活了。"

"也不能这么坐等着,我去打听打听。"黄吉顺毅然出门而去。

医院会计从窗口向椅上的成才拍拍手中的药费单:"喂,同志,天亮了,你去拿钱吧,我好销账。"

"好好,拿钱?"

"你快点,待会儿,该来挂号的了。"

"哎呀。"

小芹进门来,四望一眼:"成才?吴发林呢?"

"你来了?在这。"成才引小芹走向吴发林的车,边安慰她,"没什么事,不过断了条腿,接上了,也打上石膏了。"

小芹到了吴发林车旁,吴发林还在酣睡,小芹看看他打着石膏的腿,立眉横眼:"是谁下这么狠的死手?你们,不就是两棵菜吗?前村后店的,低头不见抬头见,谁不认得谁?都是熟人,骂两声不就完了吗?这不是要我们的命吗?是谁?你说!"

"是谁?现在能说是谁?混乱之下……"

"怎么不能说?是谁?"

"是谁?我把他背来了……是我。"

"你?是你?!成才,你和黄家有仇,好样的,找黄家去,我早不是黄家的人了,你怎么跟他过不去?他和你是师兄弟啊!"

"小芹,你听我说……"

小芹却扇了成才一耳光。

由于三年自然灾害,大柳树村的小学校仍没建成,而此时,这里正在开全村大会。一身公安制服的潘凡在讲话——他从容镇定,老练多了:

"大柳树村的乡亲们,我又来了。你们一看我这一身制服,就知道我的工作变动了。首先,我们来说偷。偷,是剽窃别人的劳动果实、别人的财产,这是对的吗？显然是不对的,可耻的,不能允许的。应该受到严厉的批判,应该受到惩罚。这种行为不严厉批判,不加以惩罚,便会养成些寄生虫。最近这两年,偷盗成风,尤其是在城乡结合部地区,很普遍。不严厉批判这种行为,社会治安必然得不到保证。这是一个方面。另一方面,张成才,为保护大队财产,打伤了人,这是法律问题。保护集体财产是对的,但是,你的方法不对,你们手执棍棒,明显是一种预谋行为,而且在吴发林已经逃跑的情况下,把他打伤,而且伤情严重,这就超越了保护财产的范围了。在这里,我要向大家讲一讲保护和自卫、有意、蓄意、故意伤害的区别。保护集体财产当然是对的,可是带着棍棒,打伤致残,就违犯法律了。怎么办呢？你的目的不是为保护集体财产吗？你可以像最近放的那个电影里,湖南那个看稻谷的那个人那样,拿着铜锣,敲着,他不听,抓住他,教育批评,他再不听,还可以斗争他嘛。斗争也是批评教育。好了,现在,我宣布,法院的判决,大家都听着：第一条,张成才要为这次事件,写出书面检讨,贴在大柳树村头,以儆效尤；第二条,张广泰家要负责吴发林的全部医药费用和工资；第三条,张成才要判处一年半劳动教育。这三条,法院公文下达以后,派出所要协助执行,大柳树村党支部,也要协助执行。"

潘凡讲话时,张广泰一脸严肃。

会散了,原地只剩张广泰和潘凡。

张广泰诚恳地说："潘凡同志,谢谢。"

"还谢我？"

"得谢你,你讲得好。"

"你是说我不结巴了吧？"

"也有这个意思,但主要不是这个意思。你看到了,我大柳树村的人,都安安静静地听你讲,证明你讲的有道理。你是怎么练出来的呢？"

"背绕口令。有整整两年,我每天背绕口令……"

"我指的是你那些道理。"

潘凡谦虚地一笑:"你张师傅表扬我,我真不好意思。走,到你家去,看成才服不服气?"

"唉,又是我这个成才!都当爸了,还让我不省心!"

"大家也都是赶上了一个不省心的时代。"

二人走到张家门口,见曹有贵等在那儿。

"有贵,有事?"张广泰问他。

曹有贵看看潘凡,将张广泰扯到远处:"我要替成才!"

"怎么了?"

"你别问,我去。"

"这怎么回事?"

"他先一头野猪似的撞我,把我撞了个跟头,他妹夫接着踢了我好几脚。我一来气,一棍子就落下了。"

张广泰沉思了。

"该是谁的过就是谁的过!不能让成才替我背黑锅!"

"一年半呢!大柳树村能一年半没有生产队长吗?生产队长被送去劳动教育了,大柳树村这个生产队还要不要点儿名誉了?"

"那也不能……"

"你给我住嘴!绝对不许你自己再去找潘凡同志说!"

第十五章

对于一颗年轻的心,倘若还没恋爱过,那么就几乎可以说,仍是一颗崭新的心;而任何崭新的东西上所留下的第一道划痕,都会令它的主人痛惜不已。哪怕以后划上了一道道更深更长的划痕,最初那一道还是会经常隐隐作痛。这便是初恋的真相——而初恋之所以叫初恋,乃因它作为人生中的一个事件,总是注定了,要夭折的……

又是一个黄昏,血红的太阳悬在大柳树村的林梢上。

一个背四四方方的行李,戴黑单帽,从上到下一身黑的人大步走向大柳树村,走近了,原来是成才。他望着大柳树村丰收在望的田野,脸上露出喜悦的笑容,摘下单帽擦脸上的汗,接着用单帽扇风凉。远处传来依稀的哭泣声,成才寻声望了望,疑惑地走了过去。

大翠的坟前摆着一盒月饼,小芹正跪在坟前哭泣。

"小芹……"

哭泣声止住了,小芹缓缓扭头,见是成才,立刻站起,转身擦眼泪。小芹脚上用白布缝了鞋面的鞋,令成才一愣。他不由得上前数步,但却又并没走到她跟前去,在与小芹保持着一段距离的地方,他站住了。

"小芹……"成才那温柔的语调,竟使小芹的身子微微一抖。小芹向他转过身,勉强一笑:"你……结束了?"

成才点头。

"今天是八月十五……"

"我知道。劳教农场为了让我今天能到家,让我提前一个星期就离开了。"

二人之间一时无话,成才张了张嘴,终于又问出话来:"你们家……谁又……你父亲?"

小芹摇头。

"我婶?"

小芹还是摇头。

"快跑他爸? 发林?"

小芹点了点头。

"是……因为两年前那一次?"

小芹又摇头。

"那是因为什么? 别瞒我。告诉我实话!"成才以为肯定就是那么回事,脸上显出罪孽深重的表情。

"你别问了,我不想告诉你。快回家去吧,全家人肯定都在盼着你到家。"

"可你不告诉我,我心里……"

"对不起,我得走了。"小芹一说完,转身就走。

"小芹! ……"

小芹反而走得更快了。成才呆望小芹背影,转而望坟前那盒月饼,他双膝一屈,身背背包跪在坟前:"嫂子,如果我确有对不住小芹的地方,你给我托梦,指点我;也给她托梦,让她原谅我……"

大柳树村的小学校终于变了,但也只不过就是扩出了一间而已。

新扩出的教室里,课桌已用新的木板代替了,黑板上画着几何图形,成民在给岳自立一名学生上课,此时的岳自立已是一名少年。

"这一道题看似很难,其实特别简单。如果思维局限在长方形上,就难。如果结合圆形的特点来思考,就简单。让我们画出长方形的另一条对角辅助线——现在我们看到,这另一条对角线,恰是圆的半径。"

岳自立马上领悟了:"明白了……已知圆的直径是 12 厘米,那么半径是 6 厘米;长方形的对角线相等,那么 AB 线段也等于 6 厘米……"

成民点头微笑,门外传来咳嗽声。成民推开门,一时没认出成才来,问:"您……找谁?"

"哥……"

"成才!"

兄弟二人拥抱在一起。

"进来坐会儿!"成民拉着成才进了教室。

岳自立站起,礼貌地说:"成才叔叔好。"

成才将目光转向成民,成民笑着说:"他是岳自立呀。"

"啊,啊,小顶……"成才意识到失口了,改话又说,"你是李秀英的儿子吧?"

岳自立点头。

"自立,你先回去吧。"

"等等。"成才从书包里翻出一个木文具盒递给岳自立,"这是叔叔送给你的见面礼,我自己做的!"

"谢谢叔叔!"岳自立高高兴兴地走了。

"走,我们也回家吧!"

"哥,我想先在这儿,跟你说说话儿。自从你打师范毕业,我们兄弟,再就没好好坐在一起聊过。"成才说着,取下了行李。

"真不急着见到彦芳和腊月?"

"急啊。那也得先和你聊会儿。"成才一笑,又从书包里掏出烟包,卷烟。

"学会吸烟了？"

"在厂里当工人时就偷偷吸过了，还被小芹看见过。"成才刚卷好一支烟，成民伸过手去。

"哥也吸烟了？"

"有时闷了，就卷一支。"

"没让爸看见过吧？"

"有时爸还给我卷一支呢！"

"你在爸眼里特殊嘛，那我以后也公开吸。"

二人都吸着烟后，成才又说："想想爸也是，怪好笑的。自己年纪轻轻就吸烟了，却不许两个儿子吸！"

"爸到公社开会去了。"

"爸身体还好吗？"

"挺好的，就是经常到公社开会，他起初有点儿烦。我看现在他也渐渐习惯了，感觉还挺好。"

"妈呢？"

"也挺好。每年能挣点儿工分了，心情就好多了。灾害年头过去了，连续两年，收成都不错。去年，爸妈加上彦芳，凭工分分了一百多元呢！"

成才欣慰地笑了，又问："你呢？"

"我还能怎么样？以前该怎么教书，现在还怎么教书呗！"

"几天没刮胡子了吧？"

"你不也是？你穿的是一身劳教服吧？就不怕一路上有人拿你当坏人看？"

"我就不是个坏人，心不虚。这是一身小帆布的，结实。劳教队长说你表现好，可以穿回去。我一想，还八成新呢，干吗不穿回来！"

二人先后灭了烟，成民看了看窗外："天快黑了，回家吧。"

"不，再聊会儿。你和李秀英怎么样了？"

"乱问！我和她有什么？"成民一愣。

"那你为什么对她的儿子特别好？"

"岳自立懂事、善良、学习好，我当然喜欢他。他该上中学了，我每天给他加课，希望他能考上城里的重点中学。"

"李秀英也挺善良的，就是胆小怕事得让人可怜。"

"要么聊别的，要么，回家。"成民板起了脸。

"好好好，聊别的……哥，我心口堵得慌！"

"心脏不好了？"

"不是……刚才，我在我嫂子坟那儿，遇见小芹了……"

"成才，以后，不要再叫大翠是嫂子了。她生前，并没有真正成为咱们张家的人；你还一直叫她嫂子，对人家黄家，等于是一种强加。明事理的人，从旁看咱们张家，会认为咱们太过偏执的。"

"那，我该怎么叫？"

"提起她，还是叫……大翠姐好。"

"我……我在我……大翠姐坟那儿，遇见小芹了……她丈夫……就是吴发林，究竟怎么死的？"

成民欲言又止。

"哥你一定清楚，告诉我！"成才下意识地抓住了成民一只手。

成民将另一只手按在成才手上："非知道不可？"

成才请求地说："哥！"

成民轻轻叹口气："醉死的，酒精中毒。"

成才愣住了。

"我想，在小芹，最不愿让知道实情的，那就是你了，她不愿你可怜她。"

成才还愣着。

"他出了医院后，那条腿倒是一点儿毛病也没落下。但不知怎么一来，却成了个酒鬼。还跑到咱家来借过钱，给爸跪下。爸劝过他，没用；骂过他，也没用。明知他是要去买酒喝的，可被他纠缠得没法儿，只好一次次的给他点儿钱。为这,妈还和爸吵过架。可徒弟往从前的师傅面前一跪,叫爸怎么办?后来他居然偷了朱孝存厂长的一只手表和几十元钱,都被他变成酒喝掉了。害得潘凡同志从区公安局借了一条警犬到厂里去破案,他倒是赶快承认了。厂工会就主张开除他,潘凡同志,那是多么认真的个人,还打算法办他。是咱爸,为他,也为小芹,一次次去找厂工会,去找潘凡同志,替他担保,替他求情,这才算大事化小,小事化了。哪承想,一天夜里,他又喝醉了,一头栽在水沟里,整夜也没个人发现。小芹呢,没脸再当团支部书记,自己主动辞了……"

天已经完全黑了,曲彦芳悄悄来到教室门口,侧耳倾听。

成才哭了,他不停地问:"怎么会这样?怎么会这样?……"

"成才,弟,你冷静点儿!你看,不告诉你吧,好像哥成心瞒你。告诉了你吧,你又这样!"

"她要是过得好,我心里倒也没什么!她今后的日子怎么办?她的人生成了这样,我心里难受,我心里难受呀哥!"成才的哭声更大了。

曲彦芳转身悄悄离开了。

不多会儿,王玉珍来了,进门就数落成才:"你怎么能这样!腊月早早地就跑回家报信了,我和彦芳做好了饭,一次次到院门外张望你!可你!你倒好,在这儿和你哥说起来没完了!你们哥俩有什么话不能回家说去?你让彦芳心里边怎么想?"

接着又数落成民:"成民你也是的!他当弟弟的不懂事,你当哥哥的还不懂事吗?你怎么就不陪他早点儿回家?这是学校,这是家吗?陪他说起来就没个完!"

成民笑笑,替成才拎起行李,拍拍他肩。

母子三人进了院子——曲彦芳屋里的窗子,和成民屋的窗子一样,是黑的。

成才拍门:"彦芳,开门,是我,成才,你丈夫回来了!"

屋里悄无声息。

王玉珍小声说:"你看,这可怎么好? 要不,先去你哥屋里睡一夜?"

成才则大声说:"我不! 我盼这个晚上,盼了两年了!"

王玉珍对成民小声说:"你就没责任啊? 你倒是替你弟出出主意啊!"

成民也小声说:"妈,什么责任不责任的,我又能出什么主意啊!"

腊月从奶奶屋里跑出来,让成才蹲下,附耳面授机宜,成才频频点头。

"保准成功!"腊月对紧关的对开屋门大声说,"妈,我让爸爸陪我在奶奶屋里睡了啊!"冲三个大人得意地笑,跑入奶奶屋去。

"妈,你也安心睡去吧,你孙女不是已经替她爸出主意了嘛!"成民小声说,将王玉珍推进屋去,又对成才说,"我也睡去了啊!"

成才胸有成竹地挥手。

成民进入屋里,灯亮了一下,窗帘拉上,片刻黑了。张广泰夫妇那屋的窗也黑了。

成才嘴对门缝说:"彦芳,我是因为好久没刮胡子了,怕你觉得我老了,没勇气进咱们这个院啊!"

屋里还是悄无声息。

成才唱着二人转坐下了:

夫君我出差两年整呀,
整日整夜地想娇妻;
白天里想你想得那个没精神,
夜里头想你想得那个
……

成才的头和背往门上一靠,不料门早已悄悄开了,他两脚朝天栽入门内。成才起身,关上门,掏出火柴,点亮油灯,就见曲彦芳靠墙坐炕上,弓着双膝,膝上还搭着被子,双肘支在被上,双手托着下巴,大睁一双黑溜溜的眼睛瞪着他。

成才走到炕边,双手撑炕沿,也瞪着曲彦芳,恨不得一口将她吞进肚子里去:"想死我了!"

曲彦芳却冷冷地说:"不许上炕。上来了,一脚把你踹下去!"

成才憨皮赖脸地说:"是就今天晚上不许,还是以后天天晚上都不许了?"

"你给我把灯吹了!"

"对对对,得把灯吹了!"成才转身去吹熄了灯,再看曲彦芳时,她已躺在炕上了。

"我困了,要睡觉!"

"我也困了,睡觉,睡觉!"成才再次走到炕边。

"还是刚才那句话,不许上炕!上来了,我一脚把你踹下去!"曲彦芳说完一翻身。

成才愣了愣,小声说:"听!"

曲彦芳又缓缓向他翻过了身。

"好像有耗子。"

曲彦芳缓缓坐了起来,害怕地说:"在哪儿?"

"那儿!炕上,往被底下钻呢!"

曲彦芳一下子蹿到了成才身上,双腿盘住他的腰,两条胳膊紧紧搂抱住他。

"你下我身!你下我身!那么大的耗子怎么进屋了?一尺来长!"

曲彦芳恐惧地说:"抱着我,我怕!"

成才抚摸她的身子:"别怕,别怕,宝贝儿别怕,有我呢!好了好了,现在它溜下炕去了。"成才将曲彦芳放在炕上,顺势压倒她,用自己的双手按住她双手,得逞地一笑,"女儿给她爸出的主意,还真灵!"

"你!耍流氓!"

"就是对你,这可改不了啦,也不想改。"成才俯下头就吻,曲彦芳的头左扭右扭,佯装挣扎,终于被成才逮个正着,吻在了一起。

两个人的胳膊松弛了,曲彦芳反而一下子搂抱住了成才,吻得主动了。

半晌,曲彦芳松开成才说:"扎,扎死我脸了! 洗脚去,浑身的臭汗味儿!"

"顾不上了。真的顾不上了!"成才又扑了上去……

仰躺在炕上,曲彦芳枕着成才胳膊,脸偎着他胸:"还想一脚把你踹下炕去!"

成才吻了她一下。

"身边搂着一个,心里牵挂着另一个;亲着身边这一个,却还要为另一个哭,男人个个都不是好东西!"

"数落我就是数落我,别把所有的男人都扯上。你爸和我爸,还有我哥,不都是好男人?"

曲彦芳半真半假地说:"要不咱俩离婚,成全你和小芹?"

成才一翻身搂抱住她:"说什么呢!"又亲她一下。

曲彦芳轻叹道:"猜你也舍不得! 其实我也不是不同情小芹。她整天得上班,照顾不了她儿子快跑。快跑现在住他姥爷家去了。咱爸让我去劝过小芹几次。"

"劝她什么?"

"劝她想开点儿呗!"

"她听你的劝?"

"劝人这种事儿,都是站着说话不嫌腰疼。实际的做法,那还是得替她再物色个合适的男人! 哎,你觉得林士凡怎么样?"

"你别乱牵线! 他俩,那是哪儿跟哪儿? 豆芽豆腐,那能炒成一盘菜么?"

"怎么不能? 还不都是黄豆变个样儿?"

"搅浑理! 林士凡还在村里接受改造吗?"

"人家那后来就不叫改造了,叫干部就地支农! 你忘了? 我爹在世时,连支部会都让他参加了。现在人家又调回城里去了,重新分配在区教育局,还是科长。"

"那他和小芹更不靠谱了,听我的,不许你乱为他俩撮合!"

广华区教育局是一幢老旧而又刷新的小二层楼,成民走在走廊里,看两边的牌子。一个女人捧一摞教材迎面走来,问:"同志找谁?"

"林科长,管中学的林士凡林科长。"

"前边,左侧,第二个门。"

"谢谢。"

成民依照指导来到一间办公室的门前,敲了敲门。

"请进!"

成民轻轻推门进去,见林士凡正向一个男人交代工作:"只有校内辅导员那是不行的,各中学还至少要有一名校外辅导员,要从工农商学兵以及其他各行各业的优秀分子中去请! 要让我们的孩子,在中学时代与我们伟大社会主义的现实生活联系得更紧,与广大人民群众的感情联系得更紧。"

林士凡从衣服到人,完全变成了另一个,精气神十足,自信而又具有优越感。倒是那个年龄比他大的男人,诺诺连声,很卑恭,令成民不由想起了在大柳树村时的林士凡。

那个男人离去后,林士凡热情而又意气风发地说:"张校长,实在对不起,刚才怠慢了。请坐,请坐。"

成民落座后,林士凡替他沏了一杯茶:"请用茶。"

"别叫我张校长,就叫我张成民吧。"

"那怎么行! 咱们什么关系? 我能那么叫吗? 再说,校长就是校长,当初区里正式任命为校长的。尽管现在大柳树村的小学校还是只有你一个人,那名分上也是校长,不是一般的乡村教师。"

"那就叫我成民吧?"

"这么叫我还能接受,证明关系亲密。成民,关于农村小学校急需教师的情况,我已经向区教育局的领导同志们反映了。他们很重视,正准备抓紧培训,动员……同志,要往前看,往前看。"林士凡的话说得谆谆教诲,诲人不倦。

"我知道那不是目前就能一下子解决了的事。我来找你,是为另一件事。"

"说,只要是我的权力范围以内的事!"林士凡说得很痛快。

"正在你的权力范围以内。就是我的一名学生,岳自立,他明年该上中学了。可,你知道的,咱们大柳树村没有中学,连公社目前也没有一所中学。所以,我想,我想让他考上所城里的中学,希望你能帮这个忙。"

"岳自立,岳自立,你最喜欢的一名学生。懂事、用功,凡事谦谦让让的,是个好孩子。"

成民点头。

"是那个那个……小顶针……"

"李秀英的儿子。"

"对对对,李秀英,我很有印象,娴娴静静的,有其母必有其子。可是同志,不好办啊!"

"城里一些中学的校长们,也都说有点儿不好办,所以我才来求你帮忙。"

"不是有点儿不好办……"

"到底有多大难度?"

"难到,连想都不要想。农村的孩子要上城里的中学,有个户口问题,这是第一难。岳自立他的爷爷……你父亲没告诉过你他爷爷的什么事吗?"

成民摇头。

"是这样,那我也不好跟你说了,说了我要犯错误。总之,他的家庭成分目前是地主,这个成分太高了!"

成民点头，叹气："是啊！"

"帮助一名是地主后代的学生，违反城乡管理原则进入到城里的中学来读书，这是第二难。第二难比第一难还难啊！成民，我离开大柳树村的鉴定，是你父亲口述，你给我写的。正因为有那样一份鉴定，我林士凡又有了今天。还有死去的曲国经老村长，对我也是治病救人的。几年中，大柳树村人待我不薄，我对大柳树村有感情。冲哪一方面讲，我都应该帮你。可，我真是帮不上什么忙呀，爱莫能助啊！"

成民听了林士凡的一番肺腑之言，理解地点头，失望地站起身来："我明白了，那我不耽误你时间了。"

"真对不起。啊，对……你把这个带回去吧！"林士凡从书架上拿起一个盒子交给成民。

"什么？"

"一台电话，我用自己的工资给你们买的，只管放心用。本想亲自送去，可是，忙，一拖再拖……"

"那我代表全村谢谢您了。"

"我都叫你成民了，你还对我您您的？"

林士凡送成民走在走廊里，他说："如果是你张成民的儿子，那另当别论。当初本可以留在城市，却自愿带头下乡，去教农民们的孩子读书。许多年教下来，兢兢业业，无怨无悔。冲这一点，就有理由照顾。"

成民站住了："可他不是我的儿子。"

"是啊是啊，可遗憾，也正遗憾在这一点上啊！"

林士凡送成民到楼外，望着成民的背影，他犹犹豫豫喊道："成民！……"

成民站住了，转过身来。林士凡快步走向他，将他扯到一个僻静的地方。

"成民，我也理解你的心情。办法，也不是完全没有……"

"快说说你的想法！"

"如果岳自立不姓岳，姓张呢？"

"冒充我的儿子？"

"我不是那个意思，那也冒充不了。区里市里，教育机关的许多人，都知道你张成民，而且知道你至今没娶，哪儿来的儿子？但你可以承认他是你的侄子，或者外甥。表的，或者堂的，都可以啊！你有另当别论的特殊性，你们家也有啊！你们家原先是城里人啊！"

成民沉思起来。

"还需要你给我写一封信，表明是你代表你们家的一种请求。我呢，呈送给领导们。他们如果批了，我就好办了。"

"行吗？"

"那我也没法肯定，估计没什么大问题。区里市里的教育局，有些领导已经换上你当年的同学了。但是，你得对我负责，任何时候，都不能出卖我，说是我给你出的主意。即使哪一天露馅了，你也得一个人扛着，声明与我毫无关系——要不，我前程完了！"

"我考虑考虑。放心，我绝不会做出卖别人的事！"成民感动地看着林士凡。

晚上，新盖的大柳树村队部里，张广泰、曹有贵、李寡妇、成才、曲彦芳和一些村人，在听张广泰说话。

张广泰盘腿安坐，也吸起了短杆烟锅。他慢条斯理地说："今年的形势，总体说来，比去年、前年，那是好多了！今年，咱们农民不是也吃上月饼了吗？月饼实现了敞开供应了嘛！明年，还会比今年好！你们信不信？反正，我是信的！"

众人都说：

"信！信！当然信！"

"你支书都信了，我们有啥不信的？"

"今年就是比去年好了吗！不但月饼，连咱们农民的布票、棉花票，也和城里人一样多了！咱们过年过节，只要舍得花钱，也可以买块香皂洗脸洗手了!"

李寡妇对张广泰说:"支书,以后你有时间传达!先吃块月饼吧!这是全村人的一份儿心意,怕你在公社开会,吃不上!"说罢,打开一盒月饼,递给张广泰一块。

张广泰接过,看看说:"公社还真给我们这些支书预备了,不过得交钱。"嘿嘿一笑,又说,"我没舍得交那几角钱。来来来,大家都吃!"他将一块块月饼掰开,分给大家。

腊月抗议道:"爷爷,怎么就不分给我?"

张广泰笑了:"啊,爷爷没看见我孙女!这可是个大错误!来,爷爷再掰一半给你!"

曲彦芳抱起腊月,责备地说:"真不害臊!昨天明明吃过了,今天还和爷爷争!"

曹有贵引着成才,向他炫耀墙上的一面面锦旗:"一想到你在外地替大叔我受劳教,我心里就闹鬼!看,这些,也都是咱们大柳树村为你争得的!大伙都说,要不对不起你!"

成才颇觉光荣地挠头笑了。

曹有贵也笑了:"嘿嘿,咱们大柳树终于也有个像模像样的队部了!"

张广泰突然发现了电话,严肃地说:"谁批准买了这么好一部电话的?咱们原先那部就不能修好了么?"

曹有贵又笑了:"得了吧你,我的大支书,那早过时了!"

李寡妇解释说:"是人家林士凡送给咱们的,人家用自己的钱买的!"

张广泰微微一笑:"难得他心里还有咱们大柳树!大家记住,以后咱们大柳树村的人,对人对事,心里都要有仁义二字。咱们首先对别人仁,才能换来别人对咱们的义,大家说是这么个理吧?"

众人听了都点头。

王玉珍来了,看见张广泰,生气地说:"就知道你是在这儿!你们父子三个,叫我说你们什么好!一个把队部当成了家,一个把学校当成了家!成才昨天也一样,回村了,先不回家,在学校和他哥聊到天黑,结果惹恼了人家彦芳,不许他进屋了!"

曲彦芳不好意思地分辩:"后来又让进了!"

"可是不许我上炕!说我要是敢上炕,就一脚把我踹地下!"

成才的话惹得众人一阵大笑。

腊月在成才背上不甘寂寞地说:"都别笑,听我说,听我说——是我给我爸出的主意,让他装耗子叫,我妈一怕,我爸才上了炕!"

曲彦芳瞪着腊月说:"我打你!把点儿家里的内部情况,都抖搂给外人听了!"

李寡妇对王玉珍说:"嫂子,你也向你儿媳妇学习,把咱们支书一脚踹地下嘛!"

张广泰用烟杆指点李寡妇:"你呀你呀!给我保留点儿威严好不好?"扭头又问成才,"怎么不见你哥?"

曲彦芳抢着说:"他在学校里给李秀英儿子吃小灶!"

张广泰不解地问:"吃小灶?"

成才说:"就是单独加课!"

曹有贵恭敬地说:"要说成民,对于教学这件事,那可真是上心!"

李寡妇也说:"是啊!他就盼着咱村出几个中学生、高中生!像有些男人巴望媳妇多给自己生几个儿子!我看学校快成他的媳妇了!"

小学校里,成民正在马灯旁批改岳自立的作业。一阵轻轻的敲门声传来,成民起身去开了门,见是李秀英。

李秀英腼腆而又怯怯地说:"校长,自立说,您让我到这儿来一下?"

"是的,进来吧。"

李秀英进了屋,很拘谨,不知该站该坐。

"请坐下吧。"

李秀英先坐在成民对面,似觉不该,又坐开去了。

"对面坐吧。你坐那么远,咱们说话不便。"

李秀英这才坐成民对面,低着头。

"秀英同志……"

"校长,你不能这么叫我。"

"为什么?"

"对你不利。"

"对我有什么不利的? 金凤婶,有贵大叔,全村的成年人,都可以和你说说笑笑的,我叫你秀英同志,反而就对我不利了?"

"那,他们要不叫我李秀英,偶尔也叫我秀英,更多的时候叫我'小顶针',就是没带出过同志。老村长曲国经有次开全村大会时,也叫了我一句'秀英同志',恰巧有区里工作组的干部在场,把老村长好一顿批评。"

成民听得怔愣了。

"你就叫我李秀英吧! 要不叫我自立他娘也行。"

"对熟人,我不习惯叫出姓来。也不习惯冲孩子的辈分叫,我以后叫你秀英。"

李秀英张张嘴还想说什么,成民制止道:"咱们不说这件事了,行吗?"

李秀英只得点头。

"我请你来,是要和你谈自立的事,我想让他到城里去读中学。"

李秀英又想说什么,成民又制止她:"我知道你家里困难,就你一个劳动力,还是女人,还有瘫痪在床的老父亲,再供一名中学生去城里上学,对你实在太难了。但我相信,自立即使在城里的中学里也会是一名优秀的学生。那么,他就可以享受到免费待遇和助学金待遇。而且,我也时常会资助你们一点儿。"

李秀英一直低垂着头,楚楚可怜,成民温和地问:"我的话你听明白

335

了吗？"李秀英微微点了一下头。

"那，你同意吗？"

李秀英却摇头。

"为什么？"成民诧异了。

"怕。"

"怕什么？"

"你对自立太好，我怕对你不好。"

成民一笑："怎么会呢。自立不仅是你的儿子，也是我的学生。而且，我希望他将来能成为咱们大柳树村的新人。"

李秀英缓缓抬起头，疑惑地说："新……人？"

成民庄重地点头，又说："不过咱们先不说这些了。我请你来，最主要的，是想和你谈谈……关于自立改姓的事……"

李秀英睁大了眼睛："改……姓？"

成民肯定地说："是的，必须。为什么，我不说，你也明白。让他改姓我的姓，我对城里那边的有关方面讲，他是我侄子，或者，是我外甥，表的，或者堂的。那么一来，一切好办多了。"

"不行不行！校长，您千万不敢这么做！那……那可了不得！"李秀英竟一扭头，哭了起来。

"你……你别哭呀，咱们这不是在共同商议嘛！"成民不知所措了。

"校长，就当我没来过，就当您什么也没对我说过……谢谢您对自立的一片苦心了……我，我走了……"李秀英起身跑出门外去。

"你，等等。"

李秀英站住了。

"你要路过有贵大叔家，对不对？"

李秀英抹着泪点点头。

"他家那条大狗太凶。我也该回家了，我陪你绕一段路！"成民匆匆归整好桌上的东西，锁上了教室门。

今天是十六,十五的月亮十六圆,月光如华。

成民和李秀英并肩走在村中,成民又劝道:"你别有太多顾虑。按我的想法做的事情,我会负起一切责任的……"二人同时站住了。

迎面走来了张广泰夫妇和成才小夫妻俩,成才背着腊月,腊月将头歪在成才肩上睡着了——他们也都站住了。李秀英一低头,扭身顺小路拐跑了。

张家一家人进了院门,成民和张广泰走在最后。成民低声说:"爸,我想跟你说几句话。"

张广泰点点头,跟入成民屋。

成民点着油灯,张广泰在一只小凳上坐下,点上了烟袋锅。

"爸,你坐椅子。"

"不,我就坐小凳,挺好。"

成民看看椅子,不好意思坐:"那我只好站着了。"

"你看你!"张广泰只好起身坐在椅子上。

成民将小凳挪近父亲,坐在一侧。

"我也正好有些话要跟你说。"

"那爸先说。"

"好,那我就先说……成民,关于你要求入党的事,我是这样考虑的……现在,我,你的父亲是大柳树的支部书记了;这几年,农村的日子有点儿好过了,中青年人要求入党的又多了,积极性又高了,所以,党不能先发展你。"

"爸,是党不能先发展我,还是您不能先发展我?"

"你这问的叫什么话? 有什么区别? 我是支书,我代表不了党。我们的国家,是以工人阶级为领导的,以工农联盟为基础的国家。这是什么意思呢? 这就是说,从政治地位上讲,你们知识分子得往后排。这是个大原则,必须体现在入党这么严肃的问题上。你爸从前也只知道,解放了,自己的地位提高了,但并不知道自己还是领导阶级的一员。现在,我自己又是支部书记了,即使是父子,我也得讲原则。正因为是父子,更得讲原则。从前不懂的,现在懂了,就得按原则来办,对不?"张广泰一番话说得那么一板一眼,俨然一位政治家了。

"对。可是爸,那,我究竟该排到什么时候呢?"

张广泰用一根手指挠腮帮子:"这个嘛,我现在也就不好给你个准话了。如果,支书还是彦芳她爸当着,你现在也许已经入上了。可支书现在是你爸了,我有我的难处了。你也别急,我也没打算长干。现在是,从公社到区里,都比较倚重于我,大柳树的群众,也那么拥护我。我嘴里说不出'不干'两个字。但也总有我不干的那一天吧?等我不干,你反而容易入了。"

"爸,那你看我,还有哪些不足呢?"

张广泰又挠腮帮子:"不足嘛,父子之间,倒看不大出来了。你呢,要多问你有贵叔,多问你金凤婶。他们看你够不够条件,比我看得更全面。明白?"

成民虚心地点头:"爸,您想说的,说完了?"

"说完了,该你了。"

"爸,秀英她家的地主成分,当年怎么定的?"

张广泰敏感地问:"你问这个干吗?"

"秀英是岳自立的母亲,岳自立是我喜爱的学生,我自然会关心。"

张广泰严肃地反问:"你听到谁说什么了?"

"那倒没有,只不过随便问问。"

"议论党当年的成分工作,那是很错误的。如果你真听到谁议论什么,要向我汇报,不汇报也是很错误的。"

"爸,真的没有。"

"有些事,是我们党内才能知道的事。你现在还没入党,所以,以后不要乱问这些问题。"

"那就是……真有出入了？"

"我这么说了吗？"

"没，爸没这么说。"成民一笑又扯到了别的事情上。

由于张广泰对李秀英家的成分问题守口如瓶，成民对自己想要做的事，也就只字未露。父子二人，各有各的分寸。然而秀英，却从第二天起不许儿子再到学校去加课了，幸亏张成民几番苦口婆心，又加几番四处奔波，他和自立的师生愿望，才最终梦想成真。在一个阳光明媚的早晨，成民和李秀英就在小桥那送别了岳自立，岳自立独自一人进城求学去了。

第十六章

春催秋送,张广泰家的老香椿树根所发的树芽,已长成了一株新树。

晚上,张家六口在围着饭桌吃饭。

曲彦芳指着一盘拌香椿问:"爸,好吃吗?"

张广泰说:"嗯,好吃。怎么还有点儿苦溜溜的?"

王玉珍夸道:"彦芳想出的点子——满村挖了些曲麻菜,切了和香椿芽拌一块儿了。长这么大,头一回见这么吃法的。"

曲彦芳说:"好吃就行呗。"

张广泰感慨地说:"又是一年春天了,真快啊!"

成才咽下嘴里的食物说:"爸,腊月今年,也该上初三了啊!"

成民点点头:"腊月的学习,这一年来进步也很快!"

腊月问成民:"伯伯,是岳自立在中学里又得第一了么?"

成民欣慰地说:"对。他已经连续三年考全校第一了,今年肯定能被保送大学。你可要向他学习呀!"

张广泰问腊月:"腊月,岳自立考全校第一,你怎么知道的啊?"

腊月说:"我快跑哥哥告诉我的。"

大人们一阵默然,你看我,我看你。成才首先做出了激烈反应:

"他……他怎么告诉你的?"

"还能怎么告诉? 他说,我听,就那么告诉了呗!"

"你,你和他常在一起?!"

"怎么了? 不行啊? 他常到村里来找我玩儿,有时我也到城里去找快跑哥哥玩儿。"

"听到了吧? 都听到了吧? 快跑……还哥哥!"

"不叫哥哥叫什么呀? 他比我大,我还能叫他弟弟呀?"

曲彦芳说:"他就比你大几个月。"

"那也是大!" 腊月又对成民说,"伯伯,我也要到城里去上高中。"

成民摇头:"那我可办不到。"

腊月有点不高兴地问:"为什么? 岳自立到城里去读书,不就是你办到的吗?"

成民笑着说:"第一,他学习可比你好多了,城里的中学破例录取了他。第二,他读中学时,公社还没有中学;现在公社有了,而且有高中班了。所以,你应该在公社的中学读高中。"

王玉珍问她:"腊月,是那个吴快跑给你出的主意吧?"

腊月一噘嘴:"那又怎么了? 告诉你们,他现在改姓了,随我小芹阿姨的姓,叫黄快跑了。"

成才恼火地说:"不管是吴快跑还是黄快跑,总之他就只不过是个快跑! 以后不许你受他的勾引!"

成民提醒他:"成才! 跟孩子说话,要注意用词。"

腊月把筷子往桌上一放,生气地起身跑了。

"腊月!" 曲彦芳追了出去。

王玉珍叹气说:"这孩子,惯坏了!"

成才辩解道:"我当爸的可没惯!"

王玉珍对张广泰说:"这话可是说给你听的! 数你这个当爷爷的最惯她!"

张广泰叹道:"她不只是我的孙女,也是老村长的外孙女。一想到老村长,我没法不惯她。可没想到惯出了那么个新动向!"

成民劝慰大家说:"少男少女,爱在一块儿玩,天性使然,咱们也别大惊小怪的。"

曲彦芳回到饭桌旁,坐下说:"还给我来了个声明——不能到城里的中学去读书,就不念了!"

成才瞪成民,成民平静地说:"那么看着我也没用。我刚才说了,岳自立当年有岳自立的特殊情况。"

成才猛地往起一站:"我揍她去!"

"你给我坐下!"张广泰表情严肃地用筷子指指成才,又点点曲彦芳,"腊月和吴快跑……"

成才悻悻地纠正:"黄快跑!"

"哦,黄快跑……他们的这一个新动向,也不可以不加重视。按说,那个快跑,他是小芹的儿子,我们本不该对他有什么歧视。可,他身上肯定也有黄吉顺的血脉。我们张家,再也不能和黄家有什么瓜葛了,瓜葛不起了。这个,也是千万不能忘记的。你们两个当父母的,对腊月,也要给我天天讲,月月讲,年年讲!"

成才和曲彦芳遵命地连连点头,成民则不以为然而又愕然地看着父亲。

王玉珍唉声叹气地说:"刚过上两天消停日子,怎么第三代身上又来事儿了!唉,当老人的,什么时候才能真正省点儿心呢!"

就在这一年,城市里,首先天翻地覆了。腊月的愿望,成了泡影;连已经宣布将要成为保送高中生的岳自立,也无法继续在城里的中学读书了。

新新居起先没刷过油漆的柱子,一根已经变成红色的了,黄吉顺正在刷另一根——秃头上溅上了些红漆点子。

快跑在案子那儿用力地压一大坨面,于凤兰则在不紧不慢地包着包子,胳膊上戴的红袖标上写着"造反派"。

黄吉顺忽然喊:"快,快!"

快跑以为他在叫自己,停止了动作,看着他。

黄吉顺惊慌地说:"过来了一大帮!袖标,你的那个戴上,也帮我来戴上!"

快跑急从兜里掏出袖标来戴上,接着跑到外边替黄吉顺戴上袖标——刚戴完,一群红卫兵,确切地说是一群孩子,忽忽拉拉地从店外走过。最后几个红卫兵停住了脚步,其中一个说:"黄快跑,走啊!"

"干什么去?"黄快跑不解地问。

"造反啊!今天批斗广华厂的朱存孝!"

黄吉顺替快跑回答:"啊,啊,你们先请,你们先请,革命不分先后;我们包完了案上的面就去,要不该酸了!"

另一名红卫兵说:"有什么吃的没有啊?犒劳犒劳我们!"

于凤兰急忙说:"没有,没有!什么都没有,还没做出来呢!"

"没有?""不会什么都没剩吧?"对方们不信,东瞧瞧,西翻翻。

"有是有点儿,包子,没热,凉的。"快跑掀开屉盖让两个红卫兵看。

"凉的也行!""革命者顾不上凉热。'环球同此凉热。'"几个人连吃带拿,将两屉包子瓜分光,扬长而去。

快跑朝他们挥手:"战友们再见!"

于凤兰埋怨他:"我这儿紧说没有!"

快跑说:"姥姥,识时务者为俊杰啊!"

黄吉顺赞赏地说:"对,这么想就对了!"

于凤兰不满地说:"政府刚开始照顾开店的,每月供给两袋子面,这又闹起了白吃白拿的!我看这店再也没法儿开了!"

"能撑到哪天算哪天吧!"黄吉顺又对快跑说,"快跑,不管云水怒还是风雷吼,你都要给我沉住气,不许跟着去起哄!"

快跑委屈地说:"那,我也不能整天憋屈在这里吧?"

黄吉顺劝他:"憋屈就憋屈点儿吧! 当事者迷,旁观者清。咱们这儿闹中取静,是个长见识的窗口啊!"

于凤兰说:"你怎么又装起明白来了? 你早这么明白……"

黄吉顺瞪她一眼:"你给我打住! 我黄吉顺从来就没糊涂过! 有些事没办好,那不是因为我糊涂,是因为别人糊涂,配合得不好!"

小芹匆匆走了进来:"他们逼我揭发朱厂长! 我没什么好揭发的,得在这儿躲躲。如果他们找到这儿来了,就替我挡,说根本没看见我!"说完,急忙走到里边去了。

三人正在发愣,腊月来了:"快跑哥哥……"

"腊月!"

黄吉顺摘了套袖和围裙,说:"腊月,城里这么乱,快回家吧! 以后别再来找快跑了,啊?"

"我让快跑哥哥带我去挑书,他说废品收货站那儿,收了好多好多书。"

"走!"快跑拉起腊月的手就走。

"哎快跑……"黄吉顺喊着,一对少男少女已转眼不见了。

黄吉顺问于凤兰:"她是不是常来找快跑啊?"

于凤兰点头。

黄吉顺顿脚道:"那你不管! 这不是好苗头! 再乱,农村还是农村,城市还是城市! 城乡差别不是这么闹几闹就能闹没了的!"

大柳树村的夜晚静悄悄的,人们都已经睡下了。

王玉珍被拍院门声惊醒,推张广泰:"醒醒,醒醒,好像有人敲院门……"

张广泰倾听了一下,坐了起来。他走出屋子时,见成才和成民也从各自屋里走出来了。

张广泰努努下巴,成才开了院门——穿警服的潘凡进了院子。

张广泰很惊讶:"潘同志!这么晚了……"

王玉珍也走出屋,说:"潘同志,进屋说话吧!"

曲彦芳也一边扣衣扣一边走出屋了,礼貌地说:"潘同志……"

"不进屋了。"潘凡看了看张家其他人,"张师傅,对不起啊,习惯了。这样吧,你送送我,路上我跟你说些事儿。"

"好,好。"张广泰陪潘凡走出了院子。

两个人走在村路上,远处的城市里依稀传来"造反歌"的声音。

"听说城里那边,今天把广华厂的朱厂长斗了?"张广泰问潘凡。

"那是免不了的,我也挨斗了。群众运动,正确对待就是了。"

"李三桐怎么样?他可胆小。"

"但他也会来事儿,不管看见了谁被斗了,都主动站过去陪斗。还积极帮红卫兵写大标语,抄大字报,红卫兵们倒也没太难为过他。"

二人走到树林里站住了,潘凡机密地说:"张师傅,我深更半夜偷偷摸摸地来找你,是受许多人的托付……你家成民闯祸了!"

……

张广泰从外面回到家时,家人除了腊月,都惴惴不安地在院子里等他。

"成民,进你屋,我有话跟你说。你们,都各回各的屋,熄灯睡觉!"说完,张广泰迈步进了成民的屋。

等成民进了屋后,张广泰沉着脸说:"成民,你闯祸了!你要连累不少的人!我无兄无弟,你哪儿来的侄子?替岳自立隐瞒地主出身,使他进了城市里的中学去读书,而且还读成了'三好',享受了助学金,在这个风口浪尖的时候,你知道这是什么性质的问题吗?当初所有帮你的人,都会因为这一件事倒大霉的!你会把林士凡给坑害了的!"

"爸,自从自立在学校里被剃了鬼头,这几天我天天夜里失眠,有预感……我一人做事一人担好了!"

"说得轻巧！你想自己担罪名那也不容你自己担！你最不应该的是一直瞒着我！不是潘凡同志来透信，我还被蒙在鼓里！"

成民低下了头。

"城里有些人正策谋着拿自立这一件事做一篇大文章！揪斗一串人！踩倒一大批人！事到临头，你叫我怎么办？怎么办？你父亲眼睁睁地看着事情要发生，没办法了呀！"张广泰焦急了，跺着脚，挥舞手臂。

成民的头缓缓抬了起来，决断地说："我结婚！"

张广泰一愕，瞠目结舌。

"我要让岳自立成为我的儿子！我要让那些人的打算落空！"成民话音一落，冲出了屋子。

张广泰呆住了，片刻后，一下子颓然地坐在炕边。又片刻，也猛起身冲出了屋子。王玉珍和成才夫妻，都根本没去睡，仍在院里。显然，张广泰和成民的话，他们全都听到了，他们表情更加不安。

"都给我睡觉去哇！"张广泰一跺脚一挥手，自己也冲出了院子。

成民匆匆来到李秀英家，敲了几番门。门开了，李秀英走出来，愕然地看着成民。

成民急切地说："我能进屋跟你说话吗？"

李秀英犹豫了下，点点头，闪身让成民进去了。

剃了短发的岳自立刚下炕，见成民进来了，忐忑地叫道："老师……"

成民冲他一点头，就转头对李秀英说："秀英，我要和你结婚！"

李秀英瞪大了眼睛，难以置信地看着成民。

"我必须和你结婚！你也必须和我结婚！为了自立，为了许多帮过我们的人不倒霉，自立他必须成为我的儿子！"成民走上前一步，李秀英下意识地后退了一步，满目的惊恐。

成民意识到了自己的唐突："对不起，这是太突然了，可……今晚你一定得考虑我的话！迟一步，也许，就于事无补了！"成民说完，怜爱地看了一眼岳自立，朝外走。刚走到门口，又站住了，对岳自立说："自立，你自己跟着我！"果断地上前抓住了李秀英的一只手，"你现在就得跟我走！你们母子住到我家去才安全！"

李秀英挣了一下手，还是身不由己地被带出了家门。岳自立想抱炕上的被子和枕头，成民回头说："什么也别带了，明天让你成才叔叔来！"

张广泰来到了李寡妇家，李寡妇盘腿坐在褥子上，披着件褂子，张广泰一筹莫展地坐在地上一张小凳上。

"我明天得到公社去开会，你说这，我倒是去？还是不去？……我怕有贵性子急，不敢先去跟他说。所以深更半夜的，先来听你有什么主意。"

"开会你得去。这种时候，少开一次会，都可能是个立场问题。"此时的李寡妇，一反常态，似乎那么胸有成竹，沉着冷静。

张广泰抬头望着李寡妇，洗耳恭听。

"成民的想法，听起来拙，但是呢，车到山前，也就剩这一条路了……"

"那……那也得人家李秀英愿意……"

李寡妇卷好一支烟递给张广泰，接着为自己卷，边思考。二人都吸着烟后，李寡妇说："我寻思，秀英心里肯定是会愿意的吧！在农村，成民那么方方面面都好的人才，打着灯笼也难找哇！想不到便宜了个小顶针，让她捡了个大洋捞！"

"你，你就别说笑话了呀！"

"我说的也不完全是玩笑话。平心而论呢，秀英也是配得上你家成民的——长得俊，不次于大翠。心性嘛，你那书生气的大儿子，正该配一个温温柔柔的书生娘子。虽说是寡妇，但结婚没几天，丈夫就撒下她跑了。应该还算是个八九成新的小女子。"

"你又来了！说点儿正经的行不行?！"

"我说的就是正经的呀！自立不也是一个咱村里少有的好孩子吗？

老村长临终,最放不下的一块心病,就是李秀英母子。你家成民娶了她,自立那孩子的成分自然而然就改变了,老村长在地底下也可以省份儿心了。"

"可……可我这个支书,娶一个儿媳妇是地主的女儿,而且还是个寡妇;我再到公社去开会,见了别村的支书,怎么说啊?"

"你要是在乎这个,我可就也没咒念了。你要是不在乎呢,明天只管放心去公社开会,成民和秀英的事儿,全权交付给我就是了。"

张广泰从李寡妇回到家里,进了屋,摸黑上炕,脱衣躺下。

王玉珍长长地叹了口气:"成民已经把李秀英母子给接来了……"

张广泰半明白不明白地说:"唔。"

"你没听明白啊!我说李秀英母子,现在已经睡在成民屋里了!"

张广泰猛地坐起来,发起呆来。

第二天,队部屋里屋外都是人。

曹有贵大声说:"生产的事儿,我就讲完了。现在,请金凤同志讲一件咱们支书家的事儿,算是对全村的一个宣布。有些事儿,得家喻户晓嘛!金凤同志,请!"

李寡妇大大方方地走到了地中央,环视众人说:"大伙儿发现没有?今天咱们支书家的人,一个也没到场。支书去公社开会了,支书家其他的人,都在忙着办一桩喜事,也是咱们大柳树村的一桩喜事。"

人们顿时时交头接耳起来:

"那就是成民要结婚了呗?"

"跟谁家姑娘呀?"

"不知道,事先一点儿也没听说!"

曹有贵粗声大嗓地喊:"安静!安静!"

李寡妇接着说:"大伙儿猜着了,是成民要结婚了。不是要,等于昨晚已经结婚了。我,是介绍人,也是证婚人。支书怕大家送礼,预先谁也没敢告诉。连咱们队长,也是刚刚从我口中听说的!"

曹有贵点头:"对!"

李寡妇说:"那,我这个介绍人,介绍的是谁呢?是小顶针李秀英……"

在场的人霎时都肃静了,空气一时凝固了!

李寡妇镇定地说:"要说工人阶级,不愧是领导阶级。心胸宽广呀!政治眼光远大呀!咱们大柳树村,有一个曾经是工人的支书,运气呀!自打解放以后,咱村就一个地主和他的一个女儿、一个孙子。他虽然死了,可村里还是有一个地主的女儿,地主的孙子。现在,只隔一个晚上,没了。被咱们支书家的成分给消灭了。证明工人阶级加上贫下中农,是多么有能力!我们不怕他们母子是地主的女儿,地主的孙子,我们把他们一块堆儿给团结了!变成我们自己阶级的人了。要不,得改造到哪辈子去呀?现在,全公社,就我们大柳树村一个队,是一个没有地主成分的生产队了!清一色都是好成分了!大伙说,是不是也等于全村的一件喜事呀?"

气氛还是肃静着,鸦雀无声。

"咱们金凤同志,是不是也很有政治思想的那种水平呀?讲的多在理!大伙给她鼓掌!"曹有贵带头鼓掌,然而人们的掌声并不热烈。

曹有贵可劲地鼓着掌:"热烈点儿嘛!"于是众人一齐鼓掌。

腊月忽然风风火火地跑来:"不好了不好了!城里来了好些造反派,要把自立和他娘抓到城里去!"

人们顿时炸了窝了:

"支书不在家,怎么能让他儿媳妇被城里人抓去呢!"

"还有他孙子!"

"也太不把咱们大柳树当个地方了!"

"欺负咱们支书家,还不就等于欺负咱们呀!"

曹有贵一挥手:"走,跟我见识见识城里的造反派去!"屋里的人们就跟着他往外拥。

李寡妇急忙制止:"哎哎哎,都给我站住! 对付几个造反派,用不着你们些个大老爷们出马,跟我去几个寡妇就行了!"

腊月连忙说:"不行不行,他们人挺多的呢!"

李寡妇问:"挺多? 有多少? 一个连? 还是一个团?"

腊月说:"也没那么多,十来个!"

李寡妇冷笑:"还是的! 才十来个嘛!"说罢,一一指着点将,"你,你,你,还有你! 你们几个寡妇姐妹,跟上我!"

张广泰家院门外,成才双手叉腰,曲彦芳手持扫帚,一左一右守护院门,与造反派们对峙着。院里,王玉珍坐在椅子上。椅子摆在成民的屋门外,她一条腿横架另一条腿上,一副"老娘在此,谁敢无礼"的架势。

李寡妇们匆匆赶来了。

曲彦芳顿着扫帚说:"寡妇婶,你看他们! 我公公不在家,我正扫着这儿的地,他们就气势汹汹地前来抓人!"

李寡妇轻蔑地看着造反派们:"说说看,你们凭什么抓人啊?"

为首的造反派说:"我们来抓的是地主家的狗崽子! 他骗了国家好几年助学金!"

另一个造反派说:"我们都是响当当的造反派!"

"响当当? 哪响?"李寡妇冷笑连连,弓起手指敲敲对方脑门儿,"也没响声啊!"

对方们被她搞得一时发蒙,面面相觑。

李寡妇突然啐了那个为首的造反派一口:"啊呸!"

对方后退,擦了擦脸,愤怒地说:"你! ……"

另一些造反派跨上前来,李寡妇用手一指,声色俱厉:"都给我站住! 你们知道老娘是谁吗? 大柳树村最最出名的李寡妇! 知道我为什么是寡妇吗? 我丈夫是为革命牺牲的! 我是烈士寡妇! 知道她们是谁吗? 和我一样,也都是寡妇! 丈夫也都是为革命牺牲的! 也都是烈士的寡妇!"又一指曲彦芳,"知道她是谁吗?大柳树村过世了的老村长曲国经的女儿!知道曲国经是谁吗?抗日时期的老英雄!知道这是谁的家吗?这是大柳树村党支部书记张广泰的家!知道张家是什么出身吗?响当当的工人阶级!那才是真的响当当!知道你们要抓的岳自立他现在是什么人吗?他已经是张广泰的大孙子!他娘已经是张广泰的大儿媳妇了!他们已经不属于地主阶级了!已经被工人阶级的家庭,以革命的名义,成功地结合了!"

李寡妇说得理直气壮,造反派们又是一阵面面相觑。

李寡妇朝曲彦芳一伸手:"彦芳,把扫帚给我,婶替你扫!"

曲彦芳狐疑地将扫帚给了李寡妇,李寡妇朝别的寡妇们挤眼:"不是说什么铁帚扫而光吗?咱也没见识过什么铁帚,就这把竹的也凑合了?"

李寡妇说罢,忽然挥舞扫帚向造反派们拍去:"我叫你们反!叫你们反!自己不好好活,还不许我们农民好好过!看我怎么把你们扫光光!"

造反派们一个个抱头鼠窜,逃之夭夭。

曲彦芳和寡妇们一个个捧腹大笑,连成才也忍不住笑了。腊月赶紧跑到院里报信:"奶奶奶奶,他们都被金凤奶奶打跑了!"

王玉珍架着的脚落了地,却麻了,站不稳了,曲彦芳赶紧扶住她。

成才冲成民的屋大声说:"哥,没事了,叫他们母子别怕了!"

成民的屋里,李秀英一臂搂着岳自立,不安地贴墙站着。

成民上前抚摸着岳自立的头说:"自立,别怕,以后就平安了!"

岳自立流下泪来,却说:"我没怕……"

李秀英双手捂脸无声地哭了,成民情不自禁地将她拥在怀里:"不要哭。我们张家,对凡是进了我们张家的人,都是负责任的。"

晚上,张广泰夫妇已躺在炕上了。

"不跟你说李金凤为首的那些寡妇们了,说说村里大伙吧。一白天,咱这院子可没断了来人,送这送那的……"

"都说什么?"张广泰在意地问。

"没谁说什么,都放这屋点儿心意,转身就走了。东西都让我送成民那屋去了。"

"没有进成民那屋的?"

"没有。"

"这,可不怎么正常啊!"

"你担心什么?"

"我也不知道。我觉得,我自打入了党,当上了支书,思想进步了不假,胆气倒变小了……"

门一响,成民抱着被子枕头进来了。他摸黑上了炕,说:"爸,妈,从今往后,我睡你们这儿!"说罢,和衣一躺。

黄吉顺家,快跑躺在黄吉顺夫妇中间。

黄吉顺问快跑:"那些造反派,就那么被赶跑了?"

快跑点点头:"对。他们还互相嘱咐,都说以后千万别到大柳树村去革命了,那些厉害的寡妇可太惹不起了!"

黄吉顺自言自语:"真是邪了门儿了!要说曲国经,人家三几年入党,又是抗日英雄,谁不服气那也不行。可张广泰,他可究竟是靠了什么,把个大柳树村的人心,笼络得那么齐整呢?"

快跑叫道:"姥爷……"

黄吉顺纠正他:"爷爷!连小顶针的儿子,都成了张广泰的孙子;我亲生女儿的儿子,而且还改姓黄了,我当然更是爷爷!我黄吉顺也有孙子!"

快跑连声说:"好好好,爷爷,爷爷……我说我的爷爷,我整天给你拴在你这小店铺里,哪一天是个头呀?"

黄吉顺没好气地说:"你问我,我问谁去? 我是为你好! 拴牢你,是怕你做下什么秋后算账的事! 只要你在乱世里行迹干净,到哪时,你也还是个城市里的人!"

"别说了,都别说了! 左耳朵一个,右耳朵一个,烦得人睡不着个觉! 尽说些没用的!"于凤兰不耐烦坐起,扑地一口,吹灭了油灯。

第十七章

外孙的影子离开眼前半天都心神不定、坐立不安的黄吉顺，到底还是拴不住黄快跑了。因为时代要和他争夺黄快跑，而且要把黄快跑从城市里争夺到广阔天地也就是农村去。这使黄吉顺惶惶不可终日，如同一个人为之奋斗毕生的大事业，一下子将要付之东流。然而他的对手太过强大，使工于心计的他，完全没招儿了。

黄吉顺和于凤兰心事重重地看着快跑，而快跑在百无聊赖地用小刀划自己的鞋印，已在砖地上划出了深深的痕迹。

小芹走了进来，身心疲惫的样子，长吁一声，默默坐在一只小凳上；快跑这才抬起头来，一脸的茫然；于是三人都一齐看着小芹，目光中充满希望。

黄吉顺忍不住说："倒是说话呀！"

小芹无精打采地说："有什么好说的？想留城，没门儿！想要留城还要分配工作，更没门儿！"

黄吉顺不奢求地说："咱们也不指望分配工作了，能让快跑留城就行！我让快跑接我的班！"

快跑张嘴便说："休想！"

于凤兰推了快跑一下,问小芹:"不是说,独生子女,可以留城吗?"

小芹摇摇头:"那得是特殊情况。"

黄吉顺说:"那你就强调咱们的特殊情况啊!"

小芹反问:"我怎么强调? 咱们有什么特殊的情况?"

黄吉顺语塞了。

于凤兰问小芹:"你没去求求潘凡同志?"

小芹叹口气说:"潘凡同志自己也调到外地的劳改农场当管教去了!"

黄吉顺说:"还有林士凡! 好歹算是和咱们有种不一般的关系! 他不是当上了区革委的副主任了吗?"

小芹反感地说:"什么不一般的关系? 他当革委会副主任那是哪年的事了? 现在他下放到我们厂了,身份又比普通工人还不如了。"

于凤兰双手一摊:"就认识他们两个大小有过点儿职权的人,却白认识了!"

快跑忽然说:"有啥也不如有个好爸,看来这话还真说到点子上了!"

小芹生气地说:"你那个爸就算活着,也绝对不会是一个好爸!"

黄吉顺又想了想说:"就是下乡,也不能让我孙子走远! 咱们还拿他当个孩子,别人们可不! 让他到大柳树去! 站街口就望见村子的影子,抬脚就到! 都别愁了,我也想开了,这事儿,今天就这么定了吧!"

快跑摇头:"这事儿,可不是你定得了的! 我同学都说,市里好些干部,为儿女在腊月她爷爷那儿碰了钉子!"

黄吉顺看于凤兰:"你,为了孙子,你得提上破头撞金钟,去求王玉珍! 好话儿、作揖、下跪、磕头,只要能把事情办成,都别在乎了!"

于凤兰叹气:"我和小芹,也早想到了。我也背着你去见过王玉珍了,她对我倒还客气。但是一听我提快跑的事儿,为难了。说不敢掺和张广泰的权力。我左求右求,她才答应说说看,一有结果就让成才告诉小芹。"

小芹有点着急地说:"都七八天过去了,我至今也没听到成才传来的什么消息。"

黄吉顺说:"那你再去求成才呀!他不答应帮忙,你就哭给他看!女人一哭,男人心就软了!"

小芹定定地看着他:"我就那么下贱?"

黄吉顺理直气壮地说:"这是为了你儿子!"

小芹火了:"那我也不!"

"要是让我妈为我低三下四地去求张成才,还不如我自己去求腊月呢!"快跑说罢一起身出去了,地上留下一只他用小刀刻出的深深的鞋底印儿,小芹瞪着那鞋底印儿发呆。

黄吉顺对小芹说:"他自己愿意去求腊月,那就让他求去!你也得配合着求成才!来个双管齐下,只许成功,不许失败!"

傍晚,红霞映河面。快跑和腊月坐在河边,轮番往河里抛石子。

"行,还是不行啊?"快跑着急地问。

"不行。"

"不行?"

"也不是不行,是不敢。"

"有什么不敢的?你爷爷那么喜欢你,你还怕他?"

"这几天他心里烦,脾气大。就因为你们城里这边儿的人,为了孩子下乡的事儿,走马灯似的到村里来找他!还有不少干部派秘书来,有的甚至亲自来。你说他能不烦吗?"

"他们是他们,我是我,能一样吗?"

"怎么不一样?还不是想通过我,走我爷爷的后门呀?"

"就算我也是走后门吧。谁叫我没有个好爸爸,不能派秘书来替我办呢?"

"你不高兴了?"腊月扭头看快跑。

"我当面求你,你试都不试一试,就一口回绝我,我能高兴吗?"

"人家就是不敢嘛。"

"那就算了吧,只当咱们这次没见面!"快跑说罢猛地往起一站,将手里一个较大的石子使劲砸往河中,溅了腊月一脸水。

"你干什么呀!"

快跑悻悻而去,腊月抹下脸上的水,也猛地站起,冲快跑背影生气地嚷:"你把我得罪了,更别想插到大柳树村来!"

天黑了。大翠的坟那儿,小芹和成才在说话。

"你何必让一个孩子替你叫我呢?你就永不进我家院门家门了?"

"我没脸见师傅了。怎么,彦芳多心了?"

"她那人不小心眼儿。"成才沉吟了一下,"你姐的坟这儿,成了咱们黄张两家人会晤的地方了。"

"以前,你提到我姐,说是嫂子;后来,说是大翠姐。现在,说成'你姐'了。"

"你就别挑我的理了。我猜,你是为快跑的事儿找我。"

小芹点头。

"你妈为这事儿找过我妈了,我妈也跟我爸提了。"

"我师傅什么态度?"

成才吞吞吐吐。

"你只管照实说吧,我什么都受得了。"

"我爸板着脸,一声没哼。我俩就没敢再提,我也就没忍心告诉你。"

"看来,师傅对我也不念点儿旧了。"小芹一脸伤感。

"不是的,他有他的难处。全市的人家,都想把儿女送到大柳树村来插队,他快顶不住了。"

"照我的脾气,把快跑打发得远远的,锻炼锻炼他,我也省心。管他成猫成狗呢,反正他吴家有的是人。可是我爹我妈……唉……再说,我也有老的那一天,总得有个依靠。今天我是求到你了,你看着办吧。过去我俩说话不少,本不该再说了,可是……再说这一次吧。"小芹竟苦笑了。

"你笑什么？"成才很奇怪。

"我想起了我爹的话，他教我哭给你看。以前的黄小芹，从来不爱哭。后来，爱哭了，偷着哭。现在，心里再苦，想哭都没眼泪了。"

"你放心，快跑的事儿，还不就是你的事儿？你的事儿，我一定当成件事儿。我求彦芳再提，我爸，总不能不给儿媳妇点儿面子。"

"你哥，和李秀英还能过到一块儿吗？"

"起先我哥睡我爸妈屋里。结婚证领了一年多以后，还那样儿。后来，李寡妇婶出面，悄悄给他俩补了一个婚礼，关系才算正式了。"

小芹看了一眼大翠的坟："那，你哥再就不来这儿了吧？"

"不单独来了，和我嫂子一起来。"

"你现在，终于有了嫂子了。"

成才也看一眼大翠的坟："是啊，总算是有了。"

张广泰一家八口吃饭，气氛和睦。张广泰是当然的全家至尊，腊月是中心，岳自立竟会照顾她。

"爹！"曲彦芳停箸看着张广泰。

"唔？"

"求你个事。"曲彦芳笑着。

"什么事？"

"黄家小芹找我……"

张广泰把碗一顿，突然沉下脸："不要说了！"

岳自立正要伸筷子夹菜，吃一惊，又将筷子缩回去了。李秀英不安地捧着碗，偷眼看成民。成民对李秀英笑笑，替岳自立夹了一筷子菜，放他碗里。

王玉珍对张广泰嗔怪道："你都把秀英和自立吓着了，那么高嗓门干什么呀？彦芳的话还没说完呢！"

张广泰横眉怒目:"还用说完吗? 当大柳树村是什么地方了? 当我张广泰是什么人了? 我挡不住些个大官小官们,我还挡不住个黄吉顺吗?!"

曲彦芳把筷子一放,板着脸说:"在这个家里,人人都是平等的,谁都有权利把话说完。大柳树村不是广阔天地的一部分? 挡不住些个大官小官的子女来,专挡一个快跑,挡住了又能说明什么? 于凤兰求到我婆婆头上,婆婆没说成;小芹求到我丈夫头上,我丈夫不敢……"

腊月小声说:"快跑还亲自求我了呢,我也不敢。"

"没你什么事儿,插的什么嘴!"曲彦芳对张广泰继续说,"我丈夫再替小芹求我,爹你说,我能不对你开口吗? 大柳树的知青中再多了一个吴快跑……"

腊月纠正她:"黄快跑!"

曲彦芳在腊月肩上打了一巴掌:"还插嘴! 再多了一个快跑,就真的损害你的权威了吗?"

张广泰说:"我是为全村人考虑,来些个城里的学生娃,平时干不了什么活,年底还不能不分给他们工分,这是负担!"

曲彦芳反问:"你对上山下乡有意见? 那就向上边提呀! 不敢吧? 那就别在家里耍威严。"

成才一个劲儿向曲彦芳使眼色,成民旁若无人地吃饭,强忍着不笑。

王玉珍劝道:"彦芳,先吃饭,先吃饭!"

张广泰警告地说:"彦芳,你是求我呢,还是教训我呢?"

曲彦芳说:"说求是求,说是教训,也行。我亲爹在世时,他不对,我也照样教训他……"

张广泰轻轻一拍桌子,愠怒地说:"放肆!"

"我放八呢! 我不吃了,气饱了!"曲彦芳离桌而去。

成民几乎没笑出声来,急扭头掩饰地装咳嗽。

王玉珍向李秀英使眼色,李秀英柔声问:"爹,再添点儿饭?"

成才犯了严重错误似的,不安地看看这个,看看那个,也起身离去了。

张广泰说:"我也不吃了,我也气饱了!"

成才屋里,曲彦芳掩口窃笑。成才生气又小声地说她:"你还笑!我是叫你那么个求法的吗?!"

"张广泰同志自从当上了支部书记,家里家外,端架子了,我成心杀杀他在家里的权威!"

"可,可你不是把小芹求咱们的事儿给搞砸了嘛!这……这以后全家还有敢替小芹开口的人吗?"

"放心,我使的是点穴法。我刚才点到咱爹的深穴了,他疼了。一疼,就会换个立场想想……"

"彦芳,你给我出来!"院子里,张广泰在高叫。

"你别出去,我出去。我怕他扇你!"

"瞎担心!"曲彦芳推开成才,冲他一笑,往外就走。

曲彦芳开门走到院子里,装后悔模样:"爹,我错了,我不该在饭桌上对您那样儿。您是长辈,您千万别往心里去。要是想撒气,那就打我两撇子吧!"

"告诉小芹,他那个快跑的事儿,可以。不冲别的,就冲她当年是我的好徒弟!"

曲彦芳惊喜地呆住了。张广泰说完,转身便往自己屋里走,走到门口,他站住背着身又说:"但是,黄吉顺必须亲自把那个快跑送来!"

曲彦芳退入屋里,掩上门,转身看着成才说:"没搞砸吧?你怎么谢我?"

成才跨前一步,搂住彦芳,一阵狂吻。

新新居,小芹原先住的房里,小芹面色忧伤,正收拾被褥衣裳:"还要给他带什么?"转头抹下眼泪,"长这么大,没离开过我呢。"

于凤兰劝慰她:"大柳树近,想看看他,我抬脚就到,你不用操心。"

"我不用操心。可是……"小芹又抹把泪,"到底是我儿子,怎么能不操心?"

"到底也是我的孙子,我比你更舍不得。"

"娘,你这不是自欺欺人嘛! 唉,我看啊,你越变越像我爹了! 我爹有什么病,你就被传染上什么症状!"

黄吉顺盘腿坐在自己屋的炕上,庄重肃穆,吴快跑站在炕前,警惕地注视着他。

"记住。从今以后,你,不叫吴快跑了。姓黄,名叫黄家驹。"

"知道了知道了。这么点事,每人说一遍。"黄家驹颇不耐烦。

"这么点事? 这是大事! 从今以后,你是我和你奶奶的继承人了。这么点事?"

"我继承你们什么? 继承这个破饭馆? 见人点头哈腰:'来啦来啦!'"

黄吉顺被噎得瞪眼,半天,更沉下脸:"你给我严肃点。"

黄家驹两臂一撑:"像天安门。"

黄吉顺怒上眉头,直瞪着他。

"说呀。"

"听着,今天我要给你来真格的。"

"怎么? 要打我? 凭什么?"

"你给我坐下。"

"别卖关子了!"黄家驹在炕边坐下。

"你没礼貌,我也不打你。我怎舍得打你呢? 嗯? 我要教你。从今天开始,你要离开你妈,自己去生活了。有些话,不教给你,你连怎么吃饭也不会。"

"说的! 我连吃饭也不会?"黄家驹笑了。

"对。你当吃饭是容易的? 你到了那里,比不得在家里。在家里,有别人给你盛饭。在那里,吃大锅饭,谁给你盛? 得你自己。会盛吗?"

"怎么不会？第一个抢勺子在手就得！"

"然后呢？"

"盛它满满一大碗，够了。"

黄吉顺摇头。

"怎么？"

"不成！你记着，吃饭，有吃饭的讲究。比如一锅汤，你第一勺子，要直插到底，慢慢舀，为什么要直插到底，还要慢慢舀？底下稠，干货沉在底下，懂吗？"

"不懂。"黄家驹眨眨眼。

"这就是喽！第二勺呢，要在上面把勺子贴边儿转着，慢慢撇，为什么又要在上面贴边儿慢慢撇？嗳，这又是个讲究，浮在上面的，靠锅边儿的是油！懂了吗？"

黄家驹颇有所悟，侧头眨眼。

"这说的是吃饭。是大事，也是小事。大事是什么？嗳，听着，记住，大事是做人。做人，头一条要知人，知人则哲。什么叫知人则哲？简单地说，就是你要了解你周围的人，哪一个是个什么秉性？他喜欢什么样的人？有什么爱好？要摸透了他，这叫知人。你把周围人的秉性都摸透了，你就知道，哪个人，什么时候，叫他干什么，合适，你一用他准能成你的事，你不是就在智谋上高出别人了吗？"

"您……您怎么一下子，变得这么有学问了？"黄家驹对黄吉顺刮目相看。

"我原本就有学问！你当我像那张广泰？若不是赶上了扫盲，他就是个文盲！可我黄吉顺，是从小读过私塾的！是个跟着先生背过四书五经的人！只不过后来沦落到农村了，孤家寡人的，不敢在些个土包子面前显摆知识。在别人眼里，就也有点儿像土包子了！所以我说，今天我要和你来真格的！刚才讲到哪儿了？"

"做人，知人则哲。"黄家驹兴趣渐浓。

"那么,有没有比你还明白这一点的人呢?嗳,当然有,一旦你发现了这样的人,你对他的一言一行,就要一一加以细心揣度,猜他为什么要说那话,干那事?想,你该怎么办。嗳,这叫'他人有心,予忖度之'。青梅煮酒论英雄,你们课本上学过了吧?"

"学过。"

"对。刘备瞒过了曹操,那不是刘备一时聪明,那是他忖度透了曹操的心!这两条要记住。还有第三条,叫作相形不如论心,论心不如择术。这一条,是在你把周围的人都忖度透了之后,怎么掌握他们的时候用的。在对付他们的时候,用他们的时候,方法要精细。说白了,就是法子要巧,要得当。治了他,还要叫他甘心情愿听你摆布,叫他觉得你用他,是瞧得起他,于他有利。叫他从心内服你,那才高明,那才是我黄吉顺的孙子。"

祖孙俩似心有灵犀,相视而笑了。

"记住了?"

黄家驹点头。

"这还不够。对付人,最要紧的是嘴。记住,人身上最坏的东西就是嘴,要不怎么说病从口入祸从口出呢?要做到逢人只讲三分话,不可全抛一片心。现在你们这些小青年,没有吃过嘴上的亏,退回十几年,有多少人吃了嘴的亏!连累全家。闹着玩的?所以,君子敏于思而讷于言,要少说话。"

"长嘴就得说话呀!"

"话当然要说,得看什么话,进步的话,表现积极的话要多说,要抢着说。嗳,一般的话要少说,慢说。譬如说,给领导提意见的话,你可别抢着说,等最后,要你表示态度的时候,你可以说,同意多数人的意见,不就得了?"

"老滑头。"黄家驹笑了。

"这不是滑头,这是我的经验,你都得记住。"

在里屋,于凤兰对小芹说:"我像你爹也好不像你爹也好。以后,我常去照看快跑就是了。"

"教导了这么半天还没完,都说些什么?"小芹起身去黄吉顺房外听。

屋里,黄吉顺继续对黄家驹说:"是不是少说话多干活呢?这得看什么活。轻活,抢着干,叫大家看着你很忙。重活,且慢。嗳,小事,得谦让,就谦让,还要让得叫他们感动;大事,不但不能谦让,还要争。争,还不能大吵大闹地争,要暗地里争。譬如说选先进,选模范,这都得争,总而言之,表态要积极,行动要落后。"

"咚!"小芹推开门,拉起黄家驹就走,"教他些什么?!"

黄吉顺跟出门,拉住黄家驹:"还有还有。"直跟进小芹房里,"最最重要的一点我还没给他说……"

小芹不高兴地说:"你那套,别跟我儿子说了!"

黄吉顺最终还是把最后一点说了出来:"到了大柳树村,那里有的是女孩子,不许你去招惹她们。"

小芹说:"我儿子从来不那样。"

黄家驹说:"对,我从来不那样,我只讨好她们。"

黄吉顺教训他:"讨好她们更不行,我就怕你讨好女孩子,讨好她们就是喜欢她们,我就是不让你喜欢她们。"

小芹也说:"对,不能喜欢她们。"

黄家驹问:"我若是喜欢了她们呢?"

黄吉顺一脸严肃地告诫他:"喜欢了就和她们说说笑笑,可不要打打闹闹,一打闹就要出事情!"

黄家驹不解地问:"什么事?"

黄吉顺、黄小芹不禁对视一眼,黄小芹气恼地说:"别问那么多了!反正不是好事!"

黄家驹兴趣更浓了:"那我更想知道,哎,姥爷爷爷,说呀!什么事?"

黄吉顺说:"其实呢,也不是什么太不好的事,谁一生都会经历的嘛!但,你才十七岁多点儿,对你来说就是……"

黄家驹一副了然的模样:"噢,我明白了!"

小芹一愣,瞪着儿子问:"你明白什么了你?"

清晨,黄吉顺引领背着行李、提着装满日用品网袋的黄家驹向大柳树走去。

"给你说的都记住了?"

"记住了。"

"到了那儿,先给他鞠躬问好。然后,他问什么,你答什么,要叫他觉得你是个好青年。"

"我本来就不坏!"

路过大翠坟旁时,黄吉顺看了看坟,突然脚步犹豫了,终于站住了:"你自己去行不行?"

黄家驹笑了:"你没勇气见他了,是吧? 我这会儿倒勇气倍增了。明知山有虎,偏向虎山行!"还顽皮地来了个动作。

黄吉顺点点头:"好样的好样的,我孙子好样的! 我在这儿等你。去吧!"

黄家驹走了。黄吉顺慢步到了坟旁,面显悲色,绕坟堆转了一圈,在香椿树下坐下,掏出一包"大前门"香烟,手里掂一掂,看一看,又装进衣袋。从另一个口袋里又掏出一包"大跃进",抽出一支,燃着,吸一口,低头沉思,一只花壳虫在他眼前石缝间爬动,爬来爬去,没绕出原地,他拾起一根干树枝把它拨出石缝,花壳虫翘起两扇硬翅,飞走了。

又一只花壳虫爬到他眼前,又一只飞来,落在他眼前,他转头四看,草根石缝间,多有这种东西活动,他用树枝在土石缝间拨动……

大柳树队部是草屋,中间有墙,一隔两间。张广泰正在抹两张破椅子,黄家驹进门来,放下行李和网袋,叫道:"张爷爷,您好。"

张广泰闻声转身,黄家驹向他点头鞠躬:"我,黄家驹,向您报到。"

"什么？黄什么？"

"黄家驹。"

"你不是黄吉顺的外孙吴快跑吗？"

"改姓了。姓黄,名家驹。"

"噢,想起来了,你小时候跟我说过这个茬儿。改来改去,改成了个四条腿儿的名字,我看也没改好到哪儿去！"张广泰边说边绕家驹转,突然又问,"你一人来了？"

"我一人。"

"好大的胆子！"

"好大的胆子？怕什么？你还能消灭我？"

"我不能消灭了你。可是,你不怕我日后给你小鞋穿？"

"死都不怕,还怕贫下中农教育？"

张广泰端详他一阵:"嘴上功夫倒不赖。你姥爷呢？"

"他？走到我姨的坟那儿,拉不动腿了,问我能不能自己来。我怎么不能自己来？我就来了。"

"他心虚个什么劲儿？"

"不知道,我看他是怕见你。"

张广泰忽然赞赏起家驹来了,不觉脱口道:"倒挺机灵,还挺实在。"

"你也挺实在,见面就问我怕不怕。"

"对,我俩都实在。你姥爷怕见我？"

"他没说。你想他能不怕？"

"可是我有言在先,必须他亲自来送你。"

"我看,他是想叫我自己来试试,若是行,他就不来了。不行,他再来。我去把他押来？"

"去,给他说,他不来,我不收你！"

"好,这有关我的利益,我也不能让他溜了！"

黄家驹走了,张广泰在房里踱步沉思,酝酿如何击溃、羞辱、报复黄吉顺。

黄家驹到了大翠坟旁,黄吉顺抬头问:"见着了?"

"他叫你去!"

"他跟你说些什么?"

"你不去,他不收我。"

"这是别着劲呢! 你看他火气挺大?"

"有点。"

"什么叫有点? 有多大?"

"怎样算大? 怎样算不大? 莫名其妙。"

大柳树队部,成才从另间里走了出来:"既然答应他来了,您何必又难为他们?"

"我一视同仁,哪家的孩子来,都得和家长谈次话。"

正说着,黄吉顺"咳"一声,进屋来,成才忙闪进另一间屋。

黄吉顺看看张广泰,想做个笑脸,却做不出,脸上肌肉颤动:"老弟!"

"来啦?"张广泰面无表情。

"来啦。"

"坐吧。"张广泰指指椅子。

黄吉顺如逃犯被擒归案,两眼恐惧地瞅着张广泰,在椅上坐下。

张广泰踱步一阵,对黄家驹说:"你出去。"

黄家驹出去后,张广泰在对面椅上坐下,双目灼灼紧盯黄吉顺,黄吉顺的眼光闪来躲去,总逃不出他的逼视,最后,无奈,也只得向他正视了。

张广泰又看了黄吉顺一阵,语气生硬地说:"黄吉顺! 我们两人,今天又面对面坐在一起了,我终于可以正面看着你了!"

"是啊,我只好尽你看了。你要看多久,我就得让你看多久。你终于可以当面把我羞辱个够了。"

"对,一点不错,我盼的就是这一天。"

"我也盼着有这么一天,这一天终于来了。"

"你也盼着这一天?"

"不错。这一天不来,我心里的疙瘩去不掉。可是,我也知道,就是这一天真的来了,要去掉我心里这个疙瘩,也不是容易的。我求你痛痛快快地打我一顿吧。骂我一顿也好,也许那样才能去掉了我那心里的疙瘩。广泰,唉!我都一把年纪了!也有睡不着觉的时候,两个女儿……唉!在你眼前,我还有嘴说话?"

张广泰眼光离开了他的脸,蹙起眉头,站起身,在地上踱步,渐低了头,再踱几步,回身转头声调轻缓地对黄吉顺说:"我入党了!"

"我早知道,不入党能当支部书记?"

"我和从前不一样了。所以,我不能和你再别着股什么劲了!那让党外的人看着笑话我。一切,都该过去了……谁再纠缠,没出息了!"张广泰叹口气,重新在椅上坐下。

"对,对,你说得对。我也这么想!"黄吉顺掏出烟放桌上,看一眼,见是"群众"牌的廉价烟,快速收回,又掏出了"大前门",看看张广泰,拆开烟盒,抽出一支递给张广泰。而与此同时,张广泰也从衣袋里掏出了一盒"大前门",拆开了,抽出了一支,向他递来,两人默默地接了对方的烟,黄吉顺要给张广泰点火,张广泰摆摆手。

"你抽'大前门'?这是高价烟?"

"呃,今天……有事才买了一包。你呢?"

"平时不抽它。今天……有客人。"

"上边来的?"

"客人不能分成上边的还是下边的。你要办事,抽我的,把你的留着吧。"

"还是抽我的!留着你的,招待客人。"

"这不,我正招待着。你要是不抽我的,算怎么回事?"张广泰说罢,将黄吉顺摆在桌子正中间的那一包"大前门",缓缓推向黄吉顺,几乎直推到桌边，"收起来。"

"我……算是……你的客人？"黄吉顺愣住了。

"不是什么算是。"张广泰拉开抽屉，拿出些公函，摊在桌上，"你看，都是市里边一些有职有权的人物写来的，要把他们的儿子女儿送到大柳树来。我呢，一概不回复。只有不回复。还有些人物，亲自来了。既然来了，我不能不拿他们当客人敬着。但，他们中，没谁抽过我一支烟，我也不抽他们的。对你黄吉顺，我今天特别例外。"

"想不到，你这么抬举我！我……你让我没话可说了！"黄吉顺受宠若惊。

"你没话说，我可有话说——我问你，知道我为什么非让你亲自来，非看着我坐你对面吗？"

黄吉顺摇头。

"我要当面告诉你，我张广泰，其实也有佩服你黄吉顺的一点。"

"你？佩服我？你要是想开始拐弯抹角地损我了，那还莫如直截了当地骂我一通。"

"我干吗那样？我刚才说了，那没出息，那让党外的人看咱们笑话！"

黄吉顺困惑地眨眼。

"想知道我佩服你哪一点吗？"

黄吉顺点头。

"从南到北，从北到南，乱了这么多年了，也不知究竟要乱到哪一年为止。城里边呢，比农村更乱。有些人家，干脆不管儿女了，任他们到处去做恶事，做坏事；还有那当父母的，甚至怂恿着儿女去替自己报复人，害人。可你黄吉顺，没那么样。我了解过了，你整天把那个快跑……"

"更名改姓了，叫黄家驹了。"

"你把他整天看在眼皮底下，看得挺紧。乱了这么多年了，你也实在不容易。我徒弟小芹，她也没丢了当母亲的责任。你和小芹，都不容易。

我调查过了,你那个……"

"家驹。"

"他至今没有什么劣迹,我替你和小芹高兴。这,也正是我佩服你的一点。"

"我都老了,铺子也不好干了。家驹是我心里边一个指望,也是小芹心里边一个指望,哪儿敢不看住啊! 他要是学坏了,我们黄家的人,还往后过个什么劲儿呢!"黄吉顺满面忧伤。

张广泰点头。

"到大柳树来的,真都是干部家的孩子?"

"都是,大小而已。"

"下乡,对我的家驹,也许还是件好事。说不过,有那大干部家的女儿,能和他对上象呢……"黄吉顺又憧憬起来。

"哈,你呀! 刚表扬你几句,你黄吉顺的原形,又暴露出来了。你趁早别做你那美梦! 到大柳树来的,都是半大小伙,姑娘我一个没收。我大柳树村寡妇多,我不能不为集体长个心眼儿!"

"你……张书记,那么做,不合适吧?"

"我就那么做的,怎么不合适? 清一色的男知青,我省多少心? 再收些女的,只怕我大柳树村也不安生了! 别的不说,光宿舍,就得腾两处!"

"我是说,大柳树村的寡妇们,年龄都不小了。可城里来的知青,用您刚才的话说,都是些半大小伙儿……这两方面,年龄差距上,啊,您当支书的,是不是也该考虑考虑啊?"

张广泰听了直瞪黄吉顺,黄吉顺卑恭地说:"我的看法,您支书参考,谨供参考。"

张广泰一拍桌子,黄吉顺吓得一哆嗦。

"你呀,你呀! 你除了刚才那一点多少有点儿让我佩服,其他方面哪儿哪儿都没变! 你脑子里边整天怎么尽瞎寻思事儿呢? 我只要男知青,是因为大柳树村寡妇多！生产力不充足！是图的男知青调教好了，都能多干活儿！生产力你懂吗?！"

"懂点儿，懂点儿。误会了，误会了。"

"我告诉你，你那个黄家驹，你要经常提醒他，叫他别打我孙女的主意！我可不愿张黄两家再出以前那样的事！你若发现了苗头，得早早向我汇报！"

"一定，一定！"

黄家驹从外边探进头来："张爷爷您放心，我爷爷早给我打过预防针了。我不会在这儿闹恋爱，我不扎根！"

"你小子就死了回城的心吧！我非想办法让你在大柳树扎根落户不可！只要不是我孙女，将来你看中了哪个女的，我都要亲自给你做媒！"

"哎呀我的好兄弟！使不得，使不得，你千万别……"黄吉顺着急了。

"行了，他来报了到，就是大柳树的下乡知识青年了。现在给你半天的假，送送你姥爷。回来，到青年宿舍去住，明天开始出工干活。还有，以后不许叫我张爷爷！"

黄家祖孙二人沿路回家，经过黄大翠坟旁时，黄吉顺又站住了。

"我回去？"

"孙子，乖乖地跟爷爷来，让你见识一样东西。"

"您老啊，没事就趁早回您那店铺吧！大柳树只有一样我喜欢看的，除了她，我不想再见识别的。"

"什么？"

"张广泰的孙女。"

"你！……家驹，我可警告你，张广泰那老家伙的话，你可不要当成耳旁风！你要是敢打他孙女的主意，一准没你好果子吃！"

"黄家驹敢上九天揽月，敢下五洋捉鳖；我要是看上了一颗好果子，豁出掉脑袋也要吃！"

"啪！"黄吉顺不轻不重地扇了家驹一耳光，"别以为我就永远舍不得打你！"

"又动真格的了？跟你开玩笑呢！"黄家驹笑了。

"该正经的时候不正经，不该正经的时候装正经，张广泰最反感你这样的了！"黄吉顺上前抓住家驹一只手腕，将他扯到了一块地里，蹲下，也命令黄家驹，"蹲下！"待家驹蹲下后，黄吉顺用树枝拨土块，拨出些甲壳虫。

"看！"

"就让我见识这些虫子？动物界数它们数目多！"

"记住，该种棉花的季节，这种虫子多了，是个预兆。"

"什么预兆？"

"得在翻地的时候，翻进农药去！要不，棉花秧长起来了，就给人来个大闹棉铃虫！吃光了棉花秧，还要爬到别的地块去，祸害别的庄稼！"

"您怎么知道？"黄家驹对自己这个便宜爷爷另眼相看了。

"你不信？"

"据我所知，大柳树村的人，全都认为你对农业的事儿一窍不通。"

黄吉顺扔掉树枝，站了起来，拍拍手，冷笑道："他们，又有几个真懂农业之事的？那些寡妇，只知道干活的时候与男人们争强好胜，她们脑子里就懂什么真正的农业之事吗？有些男人，只知道服从，谁有权，叫干什么，就干什么。原先脑子里有的一点儿农业常识，日久天长也忘了！要不能选出个曹有贵当队长？那曹有贵，赶大车弄牲口还算个内行，论别的，还不如我！至于张广泰，他懂的农业之事，差得远呢！"

"得了，您也别一有机会就贬低别人了！把您懂的，快传授传授吧！"

"想当初，省里有个农业老专家，被发配到咱们大柳树村劳动改造……"

"和咱们没什么关系，张广泰他们的。"

"别打岔！曲国经念他是一位农业的专家，尊敬着他，就问我，咱们家愿意接待他住不？为什么问我呢？咱们家院子大，屋子多，腾一间很容易。你妈和你大姨，又爱收拾，卫生方面……"

"别谈卫生方面了，快讲正题！"

"总之，那老专家，就在咱们当年的家住下了。一有空儿，就给你妈和你大姨讲农业方面的知识。专家就是专家，满脑袋学问，你妈和你大姨不感兴趣，听听那也只不过是出于礼貌。可是我感兴趣。一旁听了，就往心里边记。那年，人家老专家就预言非闹棉铃虫不可！全村却没谁信人家的忠告。只有曲国经一个人信，赶紧向上边汇报。上边却批评他，说叫你种棉花，你就种棉花！你曲国经犹豫什么呢？结果，那一年棉花全被祸害了，别的庄稼也遭了殃了。但凡是种知识，那就要用心去记住它。总有用得着的一天。今天，这不用上了？"

黄家驹认真地听着，思考着。

"你倒是听了？还是没听？"

"我不但在听，还在思考：怎么有知识有学问的人，动不动就会被改造呢？"

"尽思考些多余的！"

"我建议您回队部去，也像当年的老专家一样，忠告张广泰。"

"我才犯不上回去忠告他呢！孙子，我要把这个机会让给你！你要坚决地劝阻他，今年这块地千万不要再种棉花了。到了秋天，别的村闹起棉铃虫的时候，你就是大柳树的功臣了。明白？"

黄家驹动感情地点头。

"该嘱咐的，我都嘱咐了。该传授的，我也都传授了。我得走了。"

"爷爷……"

"嗯。这一声爷爷，听着还像是从内心里叫出来的。怎么，体会到爷爷是多么爱你了吧？舍不得和爷爷分手了吧？"

黄家驹点头。

黄吉顺摸摸外孙的头，依依不舍地倒退两步，转身走了。

黄家驹背着拎着自己的东西,东张西望地来到了粉房,它现在是知青宿舍。对面大炕,只有一处地方,还没被褥,一个姑娘背朝他跪在炕上,正把被垛拍出棱角来。

黄家驹欣赏地看着她好看的身姿,姑娘下炕时,发现了黄家驹,惊喜叫道:"快跑!"

黄家驹放下东西,走上前一步,亲热地叫道:"腊月!"

艳双本能地后退一步:"我大名叫艳双。以后,你不能再叫我小名了。"

"为什么? 腊月,这叫着多顺口! 我喜欢叫你腊月!"

"那以后也不许叫了。因为,因为我是大柳树的团支部书记,我也有义务对你们进行再教育!"

"你刚才也叫我的小名来着!"

"那不是你的小名,那是你的曾用名! 来,帮我把毛巾搭好。"

黄家驹两眼瞅着艳双,艳双则垂着目光,一脸肃穆。二人刚搭好那些毛巾,艳双又说:"去,把那几盆洗脸水倒了!"

"让我替别人倒洗脸水?"

"但不是别人让你倒,是我。"

黄家驹只得不情愿地去倒洗脸水——倒完最后一盆进屋后,艳双又吩咐他:"再把地扫扫,把他们那些鞋,也都摆好。"

黄家驹抗议道:"团支部书记同志,我能先问一下我睡哪儿吗?"

艳双不好意思地笑了,一指:"你睡那儿,专为你留的!"她帮家驹把东西拎到空位那儿,"你摆你的脸盆什么的,我替你铺下褥子。"

等家驹摆好了他的东西,艳双也替他将褥子铺好了。二人又相互看着,黄家驹想进一步表示亲切,艳双看出了他的企图,自己有顾虑,不好意思,又低下了头。

黄家驹坐下了,拍拍身边:"来,请坐。这是我的地方,我应该请你坐下。"

艳双抬头一笑："那么小的地方,怎么坐得开两个人!"

"你团支部书记站着,我反而坐着多不带劲!"黄家驹站在地上,问,"他们……人呢?"

"我爸带他们四处看看去了!大柳树村,再也不接收知识青年了,你是最后一个。你看,没地方住了。"

"这么说,我挺幸运的啰?"

"那可不!为了你能来,我没少跟我爷爷磨嘴皮子。"艳双说着,退后几步,坐在炕沿上。

黄家驹也想跟过去,艳双阻止他:"你要坐,坐对面。"

黄家驹只得也退后几步,坐在对面炕沿。

"你来了,真好。"

"怎么好?你天天盼着我来,是吧?"

"呸!我盼你来干什么?是你低声下气求我的事,我办到了,所以真好!为你能来成,我跟我爷爷没少磨嘴皮子!"

"我怎么听我妈说,主要是你妈起的作用呢?"

"啊,我妈呀,当然,她也起了点儿小小的作用,主要是我起的作用!"

黄家驹又往地上一站,艳双说:"别过来,老老实实坐那儿说话!"

"不过去说不行!我要说的话性质特殊!"黄家驹几步走到了艳双跟前。艳双两眼瞪他,身子往后仰,双手撑住平衡。

"再别往前走了啊,说吧!"

"你得批准我假!我要进城一次,立刻。"

"刚放下行李,就请假?就回城?不好吧?"

"是与大柳树村关系重大的理由?"

"什么理由?说说看。"

"现在还不能说,以后你自然会明白。"

"那我现在就不能批你假。"

"那你就会后悔莫及的!"

艳双沉吟不决。

"有些事儿,你要有灵活性,别死心眼儿,死教条。别跟你爸你爷爷学,他们那种人,头脑里太缺少灵活性了。对我,你尤其要灵活机动。"

"想让我批你假,还当着我的面儿,背后说我爸我爷爷的坏话?"

"不是什么坏话,是善意的批评。"

"你得了吧你!我也不追问你了,信你。就批准你半天假,晚饭前务必回来!"

"这么当团支部书记,才可爱!谢谢!"黄家驹笑了,转身朝外走了两步,又走回来,"我的谢意,是不是表达得太轻了啊!"

"我看也是!"

黄家驹忽然双手捧住她脸,亲了一下:"这下谢你让我来成了大柳树!"又亲一下,"这下谢你准了我的假!"亲罢,扬长而去。

艳双被亲得发起呆来。

黄家驹走到门口,转身又说:"两件事儿我可都一总谢过你了啊!咱俩扯平了,我这人不欠人情!"

艳双扭头看着他,待他迈出门后,愣愣地自言自语:"就这么……扯平了?"

市内,新华书店。

一排排书架,几乎全空着,一名女售书员正无所事事地修指甲,除了她,还有一个人是黄家驹。

"同志,想买几本书。"

"你看,哪儿还有什么书可卖?"

黄家驹眼睛一亮,指着书架上孤零零的一本《农业生产知识》说:"就买那一本!"

女售书员取下书递给他后,又修指甲。

黄家驹翻看了一下,又说:"同志,麻烦你给我找找,还有没有这一类书了？"

女售书员懒洋洋地开始找："喏，这还一本！"

满是灰尘的一本书，黄家驹扑地吹了一口，女售书员往后一退。

黄家驹如获至宝："太好了！再给找找，有我都要！"

女售书员生气地说："你没看见我眯眼了吗？"

黄家驹连忙说："对不起，对不起！"

女售书员又给找到了几本，黄家驹就坐在窗台上，如饥似渴地一本一本翻看。

天色暗下来时，女售书员趴到桌上睡着了，黄家驹捧着书悄悄走过去，将书放桌上。女售书员还是醒了，看一眼窗外，吃惊地说："我的天，该下班了，快，交钱！"

"没钱。"黄家驹耸耸肩。

"没钱？你白看?!"

"白看也增长知识，效果一样的，对不起，实在对不起！"黄家驹边说边笑，边往后退。

"你！买和白看不一样！"

"在我这儿，一样的！"黄家驹一转身，跑了。

大柳树村，知青宿舍里，十来个男知青，有的在四仰八叉地睡着，有的在打扑克，有的在吸烟，有的在照小镜子。黄家驹进来了，没人注意他。黄家驹干咳一声，终于有人看他。

黄家驹友好地问："亲爱的同志们，你们吃过了吗？"

没人理他，坐起一下的，又躺下了，在继续干什么的，还干什么。黄家驹看着地上一盆挨一盆的洗脸水、洗脚水，寻思一下，一声不响地全都端着倒了。

黄家驹倒完最后一盆水回来，知青们从四面八方瞪他。黄家驹笑笑，拿起一把锨又走出去，知青们一阵互看。黄家驹从外端进一锨土来，盖入几处湿地面,接着用脚踩。

为首的穿一身草绿军装的叫邢山的知青(高干子弟)问:"你就是黄家驹?"

黄家驹抬起头,谦卑地一笑:"对,黄家驹就是我。"

邢山又问:"在广华街上开个小店铺的黄什么,是你姥爷?"

黄家驹答道:"对。"

另一名叫罗军的知青说:"你爸酗酒死了,你妈是广华五金厂的女工?"

黄家驹说:"对,对。看来,你们对我的背景还挺了解的。"

罗军轻嗤一声:"你那也配叫背景?"知青们都笑了。

黄家驹谦卑地说:"和你们比,自然就不配了。"

邢山问:"你刚才好像问我们什么话?"

黄家驹说:"我刚才问你们吃过了晚饭没有?"

邢山看着他说:"我们都没吃,都饿了,都在等你回来给我们做晚饭。"

黄家驹走向自己的铺位,望着他们,平静地说:"为什么非等着我回来做?"

邢山说:"这是我们的规矩。"

罗军也说:"对,轮流做。我们都轮过了,你最后一个来,轮到你了。"

黄家驹问:"怎么个轮法?"

罗军强势地说:"我们一人做过一天了。从今天起,不一天一天轮了。从你开始,一年一年轮。"

知青们看着黄家驹冷笑,黄家驹也装出二百五的样子笑。

罗军盛气凌人地说:"你姥爷一定传给了你一些特长,而我们的父亲都不是开小店铺的。谁有什么特长,就应该发挥什么特长。"

黄家驹不愠不火:"是啊是啊,我在我姥爷那小店铺里帮过忙,做饭是比较拿手的。在哪儿做?"

罗军一指:"外边,偏厦子那儿的小屋里。"

邢山命令黄家驹："那儿什么都有,你能做什么做什么。去吧。"

"好,你们耐心等着!"黄家驹脱下衣服,用袖子往腰间一叉,出去了。

知青们互相看看,笑了。

一只大盆端到了拼拼钉钉的圆桌上,内中是疙疙瘩瘩的玉米面糊糊,飘着葱花;又一只小盆端到了桌上,里边是看似卤子的东西;再接着是一盘贴饼子,两盘菜,还有一小碟酱。

黄家驹活像黄吉顺一样笑容可掬地问："各位,饭做得了,都请吃吧!"

知青们一个个疑疑惑惑地围了上来,黄家驹满怀歉意地说:"除了苞米面,就是苞米渣子;煮大渣子粥要慢火,怕你们等急了。巧妇难做无米之炊,各位请多包涵,啊?"

罗军用勺子搅了搅玉米面糊糊,问:"这算什么?"

黄家驹说:"玉米面疙瘩汤。"

罗军看了看说:"疙瘩汤吃过。玉米面疙瘩汤闻所未闻,你小子还挺能的!"

邢山接过勺子搅小盆:"这又是什么鬼东西?"

黄家驹恭恭敬敬地回答:"疙瘩汤的卤。这盘是炒土豆丝,这盘是拌萝卜丝。"

邢山问:"你除了这,还会不会别的?"

黄家驹笑了:"会,会,不爱吃丝,以后还可以改切片儿。"

知青们一个个皱眉离开,罗军歪在被垛那儿,从被子里摸出一个花花绿绿的纸包,打开,里边只有两片饼干了,他分了一片给邢山。

黄家驹盛粥,加卤,自己吃起来,吃得吸溜有声,津津有味。知青们看着他吃的馋相,一个个大咽口水。终于有一名知青忍不住,重新来到桌旁,也学黄家驹的样子——盛粥,加卤,拌进两样菜。这名知青吃了两口,不由自主地说:"哎弟兄们,还可以哎!"

于是知青们一拥而上,争勺子抢碗,顷刻卤没了,菜光了。

大家都比赛着吃起来,吃得一片响声。黄家驹剥蒜分给大家:"要吃蒜,蒜是好东西。蒜要蘸酱吃,借的是那一口辣味儿嘛!"

大盆里的玉米面疙瘩汤也没了,桌上可吃的东西已被一扫而光。知青们一个个歪在自己的铺位,有的直叫"撑着了"。

黄家驹主动说:"你们都别动了。刷盆洗碗,以后这活也归我了!"

罗军点点头:"够意思!以后哥们儿相待了!"

黄家驹从做饭的小屋里出来,将知青晾在外边的衣服一件件收下。进了屋,他又将那些衣服一件件叠好,捧着送到大家面前:"怕夜里下雨,你们就白洗了!头场春雨,说来可就会来的!"

众人各自接去了自己的衣服,黄家驹又支起了圆桌。

黄家驹坐在炕上后,干咳一声,说:"刚才,饭前,大家谈到了背景。我知道,你们个个都是有背景的。没有点儿背景,那也来不了大柳树是吧?和你们比,我是最没资格到大柳树来的。可是呢,我却来了。说明什么呢?说明我黄家驹,那也不是完全没背景的。"

众知青不由一个个坐了起来,望着他。

"我的背景是什么呢?不是别的,那就是大柳树村的党支部书记,我的张爷爷张广泰。他们张家和我们黄家,关系实在是太特殊了。因为特殊而密切,因为密切而特殊,那不是你们所能理解的。当然了,他不过是一个村的党支部书记,和你们的父亲的职权没法儿比。可是呢,他不点头,你们谁又来得了?这一点你们的父亲最清楚。他要是偏不让谁来,谁的父亲官再大,没用!他要是不同意谁走呢?谁的父亲官再大,那也没用!他要是一火了,不管谁的父亲把谁弄哪儿去了,他会率领贫下中农到哪儿去把谁揪回来,那谁就一辈子在大柳树接受再教育吧!"

知青们一时你看我,我看你。

"你们以后要拿我当哥们儿相看了,我不能对你们隐瞒我的这一种背景是吧?那我不是太不够意思了吗?还有,团支部书记张艳双,她和我的关系更不一般了。我们打小,那是她叫我哥,我叫她妹的关系!出门在外,讲的就是仁义二字。将来,有那返城了,招工了,推荐上大学了的好机会,谁仁义,我会为谁起好作用的。"黄家驹将"好作用"三字,说出特别强调的意味。那弦外之音就是,不好的作用,他黄家驹也能起得更大。

气氛一时凝重,不知谁打了一个嗝,听来那么响,却没人笑。

"咱们选知青队长了没有?"黄家驹问。没谁回答他的话,也没谁摇头,都一味缄默地,以研究的目光看他。

黄家驹特有责任感地说:"大家可得对自己负责,选出一个能代表我们知青利益的。否则,我能起的好作用,那也起不好了。"

罗军说:"黄……啊,家驹……做饭的事儿,我说从你开始,一年轮一次,那可纯粹是玩笑话,你可千万别当真啊!"

邢山也说:"对对,还是一天轮一次好。今天家驹已经做了,明天我做。家驹,我不会做,你得教我啊!"

黄家驹笑着说:"没问题!哎呀,怎么都心事重重的了?刚才的话题太沉重了,咱们来点轻松的……大家想不想看文艺节目啊?"

一名知青问:"去哪儿?"

"哪儿也不用去。就在这儿!"黄家驹说罢,起身走到地中央,煞有介事地报幕,"下面,演出革命样板舞剧《沂蒙颂》片断——《捉鸡》一场——小提琴独奏徐起……"

于是,他口中发出小提琴声,同时立脚尖起舞——"大提琴铺入……现在是钢琴介入……现在是整个乐队齐奏……高潮!逮住了!……又飞了!很不好逮的一只鸡!飞那儿去了!看我沂蒙嫂的!……"

黄家驹口中变化万端地发出着各类乐器的"口奏"之声,同时尽量踮起脚跟,东扑一阵,西扑一阵,认真而又滑稽。知青一个个笑倒了。窗外,张艳双在偷看,捂嘴忍笑。

黄家驹终于精疲力竭,往自己的铺位一趴,气喘吁吁,立刻又一滚,翻身坐起:"哎,我逮着没有哇?"

一名知青捂着胸呻吟:"我笑岔气儿了……"

罗军向黄家驹抛送一支烟,黄家驹双手接住。

邢山忍着笑说:"要是不用出工干活就好了,我宁愿在这儿待上几年!"

"你那是做梦!"随着一声断喝,张广泰出现在门口。窗外。张艳双将身子往下一蹲,接着以背靠墙,看出她是替知青们担心;随即,又隔窗偷窥。

"都给我下地!"

知青们默默站到地上。

"都把鞋提上,站两溜!"

知青们站成了两溜——张广泰检阅似的,在他们中间走过来走过去。

"刚才谁说,要是不用出工干活就好了?啊?"

邢山鼓起勇气,小声说:"我……"

"不出工,不干活,那还让你们来干什么?全把你们当公子少爷?让贫下中农天天的好生服侍你们?"

"我没那个意思。"

"我说完了你再说!到了大柳树,你们就趁早给我忘了,你们的爸,你们的妈,在城里是什么级别的干部,有多大的职权!大柳树的人,不认那一套!从今以后,你们只有一个共同的身份——那就是插队知识青年!"张广泰一指邢山,"你散布懒汉思想,理应受到惩罚!一会儿主动去找曹队长,让他带你去清扫马房!"

"报告党支部书记,知青黄家驹有话要说!"

"好吧,你说。我不搞军阀作风那一套,允许人说话。"

"邢山那一句话,是一句有口无心的话,是被我的娱乐言行引逗出来的一句话,尊敬的党支部书记同志不必太过认真。如果非要惩罚……惩罚我黄家驹好了!"

张广泰在黄家驹跟前站住,瞪着他:"看不出,你还挺那个的!好,好,很好……那我就……"

张广泰发现了窗外的张艳双,她向他连连摇头。

"那我就,给你个面子。谁也不惩罚了。刚才,我怎么看见,谁向谁扔过一支烟去? 给我自己承认!"

"党支部书记,事情是这样的——我在炕上捡到了一支烟,曹队长不是来看过大家吗? 兴许是他坐在炕上吸烟,掉下的。我不吸烟呀,我就扔给了罗军。罗军说他也不吸烟,就扔给了别人。一支烟,扔过来,扔过去,扔过来,扔过去,结果证明我们这些知青中,没有一个吸烟的。"

"好,好,很好。你说的,很像那么回事。但是曹队长今天没来过这儿! 这一点我清楚。把那支烟给我,我一看什么牌子的,就一切都明白了。"

"我已经扔进炕洞里了! 就那个炕洞!"黄家驹一指炭火红红的炕洞。

张广泰一时无话可说,罗军偷偷向黄家驹指自己心口,翘大拇指,表示佩服黄家驹的义气。

"别的都不说了,言归正传。让你们考虑选出一名知青队长,你们考虑好了没有?"

"考虑好了,我选黄家驹!"罗军第一个说。

"我也选黄家驹!"邢山也说。

"这是一件严肃的事情! 你们要选出既配做你们的榜样,又能代表你们的利益与党支部进行沟通的人! 你们如果选错了人……"

"黄家驹! ……"众知青异口同声。

"不需要搞投票了?"

"不需要!"

"我再问一遍……"

"黄家驹! ……"

"哼! ……"张广泰怫然而去。他离开知青宿舍,恰遇张艳双。

"你来这儿干什么？"

"你不是嘱咐我，叫我勤来来，以团支部书记的身份，替党支部多关心关心他们么？"

"我指的是白天！"

"现在天也没黑呀！"

"快黑了。"

"快黑了不等于是黑了。"

"不许你进去！跟我回家！以后过了六点钟，不许你再来这儿！"

张艳双望望知青宿舍的门，屈从地跟随爷爷走了。

等张广泰走远了，黄家驹翻开褥角，拿起那支烟。

罗军向他抛过打火机，说："归你了！"

黄家驹吸着烟，说："你们怎么选我呢？这多不合适！"

一名知青说："我怎么觉得，你张爷爷，他并不是太乐意我们选你当队长呢？"

黄家驹苦着脸说："别说他不乐意了，我自己也不乐意啊！你们想，我被你们选成队长了，以后有什么返城的好机会，他打算首先给了我，也不便那么做了呀！"

罗军说："家驹，既然大家拥戴你，你就当吧！以后我们都听你的就是了！"

邢山也说："就是！就是！……"

张家，张广泰夫妇的屋子，夫妇二人已躺在了炕上。

张广泰长叹一口气。

"又叹的什么气呀？你怎么总那么多愁事儿啊！"

"能不愁嘛！我何曾想过，我会成了大柳树村的党支部书记！领导农业的经验还没学会多少呢，又来了些知青！还都是些干部的子弟！不管是不负责任，管又不知该怎么管！今天，他们还选了那个黄家驹当知青队长！"

"他们选他,你就叫他当呗！"

"可……我怎么觉得小芹这个儿子,那么像他的姥爷黄吉顺呢？不但像,有些方面,那股子不显山不露水的心计,还超过了他姥爷去！按说我一位党支部书记,提防一个半大孩子实在不应该。可我……就是信不过他……"

"你提防他,还不如嘱咐艳双提防他。"

"对！你嘱咐！"张广泰一翻身,嘟哝,"真怀念我在广华厂当工人师傅那种不操心的日子啊！"

第十八章

　　大柳树村队部里,张广泰、曹有贵、李寡妇正在商议播种之事。

　　张广泰忧心忡忡地说:"棉地还要扩大,这粮田的亩数就又减少了;公粮,又是秋后必须按指标交的——万一今年粮食的收成不好,甚至明年的收成也不好,那时全村的人岂不是要饿肚子?"

　　李寡妇说:"那就进城去讨饭呗!公社以来,我早就把上边的指示精神摸得透透的了。咱们农民挨饿,讨饭是可以的。睁只眼闭只眼的,往往也不限制得多么严紧了。但是,如果让你多种棉花,少种粮食,你偏不听上边的,那可不行!"

　　曹有贵说:"是啊!一忽儿说城里人嚷嚷冬天穿不上棉衣了,得多发给他们些布票、棉花票,所以咱们农民就得多种棉花;一忽儿又说,吃饭问题是顶大的问题,还是要以粮为纲,就得多种粮食了。有一年,粮种都播下去了,却非让改种棉花不可,把咱们老书记气得直骂娘。"

　　张广泰问:"有贵,公社在给你们生产队长们开的专门会上,究竟怎么讲的?"

　　曹有贵说:"总的精神是——公社坚决落实上边的精神不动摇,各生产队也要坚决落实公社的精神不动摇!要把今年多种棉花的精神,一级监督一级地落实下去。公社保证了,即使今年粮食收得太少了,那也不再让咱们农民讨饭了,会调拨国库里的周转粮补助咱们农民的。”

张广泰认真地问:“公社跟各队立字据吗?”

曹有贵、李寡妇对视一眼,都笑了。

李寡妇笑着说:“你呀,都当了好几年支书了,我看你还是没学会怎么个当法!想跟党立字据,把党当什么了?”

张广泰也笑了:“是啊,我自己也觉着还是没学会。每次到公社去开会,满耳朵听的都是这个精神,那个精神,刚记住这个精神,一转身忘了那精神。不立字据,光有精神,我心里真是没底。”

“可以进来吗?”黄家驹探进头,装出一本正经的样子问,“三位领导都在啊?我……是不是应该重喊一声报告?”

张广泰说:“你进来吧。这又不是军队,报的什么告?”

黄家驹进走进来,对曹有贵和李寡妇故作小辈儿状有点儿套近乎地说:“有贵爷爷,李奶奶。”

曹有贵不情愿地问李寡妇:“他叫我爷爷?”

李寡妇看着曹有贵,忍笑道:“他叫我奶奶,你说叫你什么了?”

黄家驹一本正经地说:“你们都是和我姥爷和我张爷爷同辈的人,我那么叫你们,没错。”

张广泰说:“黄家驹,你给我记住,大柳树村没有你这么多爷爷奶奶的!我再说一遍,以后要叫我支书,要叫他队长,要叫她……叫她主任!她还是大柳树的妇女主任!”

黄家驹点头后说:“我可以坐下吗?”

张广泰点点头:“坐吧,随便坐。”

李寡妇拧了黄家驹的脸一下:“孙子,我不像他俩。你叫我奶奶,我是爱听的。”

张广泰干咳一声,说:“都严肃点儿。咱们插个内容——他昨天被知青们选成队长了,他们开了个会,对队里有些要求,咱们三个,正好一块儿听听。"又对黄家驹说,"那么,你说吧。"

黄家驹恭声说:"我们宿舍那张吃饭的桌子,太凑合了,快散架了。我们吃着吃着饭,已经倒了两次了,我们要求给我们换一张新桌子。"

曹有贵大声说:"换新的?村里孩子们的课桌还没都换成新的呢!你们自己就不会动手把它修理结实了吗?"

黄家驹被噎得一愣,而李寡妇笑意丝丝地看他,有那么点儿刮目相看的意思。

"有贵!"张广泰小声说,"他现在也是个队长了!"接着对李寡妇说,"让成才给他们修修,把那吃劲儿的地方,都钉上扒锔子,你看呢?"

李寡妇微微点一下头。

张广泰对黄家驹说:"第一件事是这么解决,不是我一个人的决定,是支部的集体决定,你有什么意见吗?"

黄家驹不满意而又无奈地点头。

张广泰说:"那么说你们的第二个要求。"

黄家驹说:"我们全体知青要求,每个月的月底放我们四天假,让我们回城里探探家,洗洗澡、理理发,买点儿东西。"

曹有贵粗声大气地说:"还放你们假?!我几鞭子把你们统统赶回城里去拉倒!"

李寡妇说:"我的队长,你可没那权力!他们是响应毛主席的号召来的。听他讲讲他们的理由。"

张广泰看着黄家驹问他:"讲讲你们的理由,为什么每个月都得放你们四天假?"

黄家驹说:"每月四个星期日,我们宁愿一个星期日也不休息。"

李寡妇笑着说:"我的孙子,按说,你们的家离大柳树村这么近,不比下乡下到很远的外省,要求每个月回家看一次,那也是符合人之常情的。但是孙子唉,我们农村是没有星期日不星期日这一说的,每月放你们两天假就不错了!"

张广泰说:"近有近的政策,远有远的政策;总之,对你们,知青政策还是要讲的……"

曹有贵打断他:"四天休想,就是给我扣上反毛主席的帽子我也不同意! 那还叫改造?!"

黄家驹不愠不火地说:"不是改造,是接受再教育。"

张广泰最后决定说:"你别抠字眼儿。我的态度也是——四天休想;两天,我现在就代表支部批准了。快说你的第三条,我们还有正事要谈。"

黄家驹不满地说:"爷爷,你要是认为我们这不是在谈正事,那我不谈了,现在就走。"

张广泰头疼地说:"又来了,我就最听不得你嘴里对我说爷爷两个字!"

曹有贵瞪着眼教训道:"我告诉你黄大队长,你以后少跟我们爷爷奶奶地套近乎! 接着说!"

黄家驹接着说:"第三条不是要求,是建议,我个人对村里的一条建议——村里今年不能种棉花。因为,今年要闹棉铃虫。"

张广泰三人你看我,我看他,张广泰疑惑地问:"你怎么知道?"

黄家驹说:"因为我是知识青年。知识青年,那是,有知识的青年。知识青年的队长,知识,更多点儿。"

李寡妇又笑了:"听,好像还挺谦虚的。"

黄家驹肯定地说:"不信,你们到地里去看看。"

到了田地里,张广泰、曹有贵、李寡妇各蹲一个地方,黄家驹站在张广泰身边,告诉他不能种棉花的理由。

察看完了,张广泰三人直起身走到一块儿。曹有贵担心地说:"那,咱们也不敢硬顶着不种棉花呀!"

张广泰说:"他说,非种不可,得预先往地里播那个,那个……"

黄家驹说:"Leguo——中国话的说法是'乐果'。"

曹有贵没好气地说:"以后你不许跟我们说外国话!"

黄家驹解释说:"不是外国话。因为我们的这种农药出口,所以袋子上要印拼音。拼音那也是中国话的另一种……"

张广泰打断他:"别说了!没人想知道你那些知识!"

回到队部,曹有贵大声打电话,张广泰背着手,低着头,焦躁地来回走着。

曹有贵将话筒递向张广泰,张广泰接着说,没说几句忽然不说了,愣愣地瞧着话筒。李寡妇夺过话筒,显然是骂了几句,用力将电话一摔。门外的黄家驹将这一切看在眼里。

中午,黄吉顺毫无睡意地仰躺在炕上,听老旧的收音机里在唱样板戏《沙家浜》"智斗"一场。于凤兰在扫地上的菜叶,菜叶下露出了黄家驹刻在砖地上的那一只深深的脚印。

"你什么时候把地上这一块砖起了,另换一块行不行啊?一个脚印,让人眼里看着多别扭!"

"不行!我看着那脚印一点儿也不别扭。怎么看怎么亲!家驹他别的什么也没留下,就留在这儿那么一个脚印!那脚印儿让我信,早晚有一天,他的户口还是会重新落回到城里来的!"黄吉顺的话说到后来,竟有点儿伤感。

"嗨,老两口儿,我回来了!"话音一落,黄家驹进了屋。

黄吉顺一下子坐起:"哎呀我的大孙子!这大中午的……偷偷跑回来的吧?想爷爷想得挨不过去了吧?"

黄家驹放下手中的袋子,坐在炕边儿说:"倒没想您。偷偷跑回来一次,是有紧急的问题向您请教!"

"袋子里是什么?这么重!"于凤兰好奇地问。

"土豆,萝卜!我们知青现在天天吃的菜,我不能空手跑回来一次啊,那多没面子!"

"把你们知青吃的菜往回带,不犯错误啊?"于凤兰担心地看着黄家驹。

"是他们非让我往回带的。我已经是他们的队长了,他们都溜顺我。"

"哎呀家驹!哎呀孙子!你看,你一姓黄,一是我孙子了,方方面面的,感觉不一样了吧?"黄吉顺满心喜悦。

黄家驹摸后脖梗:"感觉嘛,倒也没什么和从前不一样的感觉。"

"这只是个开头,慢慢你就体会出真不一样来了。你想我也罢,我想你也罢……"

"你那是剃头挑子一头热!"于凤兰上前抓起家驹手紧攥着,另一只手摸家驹脸。

"只要有一头在想着,惦着,这就叫亲情!孙子,快说说,跑回来向我请教什么?"

"既然我姥爷这么喜欢我叫他爷爷,那我也叫您奶奶吧!奶奶您坐下。"黄家驹抽回了手,扭身对黄吉顺说,"爷爷,我按照您的嘱咐,把今年要闹棉铃虫的话,跟张广泰说了。还带他们党支部的三个人到地里去看了,结果呢,他们自然就都信了。"

黄吉顺饶有兴趣地问:"都信了,那他们对你有什么表示呢?"

黄家驹说:"也没什么特殊的表示,只不过就是信了。"

黄吉顺陷入沉思。

"我还专门到新华书店去察看了几本农业方面的书,告诉他们如果非种棉花,那就应该预先往地里播一种什么农药,这他们倒也信了,就四处打电话,询问哪里能买到那一种农药,可是哪儿都说没有。"

"是啊,光闹腾革命,哪儿都不好好生产,可不不容易买到呗。"黄吉顺边说边摇头。

"那也非买到不可啊!别人买不到的东西,我得想办法买到,是吧?如果我也买不到,我的,您的,那一份苦心,啊,不是白搭了吗?如果我给买到了,啊?那他们不对我另眼相看,行吗?可我怎么才能买到农药呢？爷爷给我支支招儿？"

"傻孩子，你当他个老东西真有什么能耐啊？大中午的你偷偷跑回来，不是瞎指望嘛！"于凤兰目不转睛地看着黄家驹，生怕一眨眼他就走没影了。

"指望我怎么就瞎指望了呢？去去去，你外边去待一会儿，让我好好给我孙子支个招儿！"

于凤兰拎起袋子，嘟哝着出去了。

黄吉顺掏出皱巴巴的烟盒，取出一支歪歪扭扭的烟，捋平了，吸起来。黄家驹摇灭替他点火的火柴，满怀希望地看着他。

"活人不能让尿憋死……"黄吉顺吐出一口烟，思索着。

"对，对。"

"只要是中国还生产着的东西，又不是禁止买卖的，就一定能买到它，是吧？"

"是的，是的。"

"首先要下定能买到它的决心。人无决心，干不成事儿的。"黄吉顺一拍腿，"孙子，爷爷有招了，你要发动群众！"

"我？发动群众？"

"正是。你不是说你已经当上知青队长了吗？那，那些知青，就是你的手下了呀！你想啊，他们那都是一般人家的子弟吗？他们的父亲，当什么官的没有？这节骨眼上，你得善于利用他们嘛！当然了，他们也未见得就会愿意让你利用，那么你呢，得给他们点儿甜头……明白了？不见得一准能行，但也就这么一个招儿，值得你试试看了！"

"懂了，懂了！姥爷，不，爷爷，那我得赶紧回去了！"黄家驹茅塞顿开，抱住黄吉顺的头，在他秃脑门上亲了一下，起身就往外跑。

黄吉顺复躺在炕上，架起二郎腿，哼唱：

想当初，老子的队伍才开张，

拢共才有十几个人，

七八条枪……

于凤兰进来问："家驹呢？"

"回去了。"

"你！……我外孙大中午偷偷跑回来一次，我还没跟他亲热亲热，你怎么就让他走了！"于凤兰把拿在手里的毛巾和牙膏往炕上一扔。

黄吉顺答非所问地说："这个张广泰呀，有着那么好的些个关系，他就不知道利用！我看他这位支书，当得也不怎么样！"在于凤兰的瞪视之下，一翻身，片刻起鼾声。

黄家驹连跑带颠地走在村路上，迎面看到了张艳双。

"艳双！"

张艳双站住，黄家驹又问："你哪儿去？"

"我爷爷中午不吃饭，嗓子一下子哑了，我得给他进城去买点儿败火的药。"

"因为哪儿都弄不到农药，急的吧？"

张艳双点头。

"你不用去给他买什么药了。你立刻回家告诉他，我能弄到农药——他一听，火准消下去。"

"你能弄到？"

"对。现在还没百分之百的把握，但八九不离十的把握那是有的。你就这么先告诉他好了。剩下那十分之一二的急火，今天晚上我再亲自向他报告一个准确的情况，那他的急火就全消了。"

"真的？"张艳双半信半疑。

黄家驹瞥见路边有截草绳，动了坏念头，忽然叫道："蛇！"

张艳双"呀"的一声蹿到了黄家驹身上，双手紧紧搂他脖子，两腿盘在他腰间,闭上了双眼。

"别怕,别怕,有我呢!"黄家驹见张艳双一张脸可爱,又近在咫尺,努起嘴,想亲她一下。

"黄家驹!"一声断喝猛然响起,张艳双一听是她爸的声音,双脚立刻落地,离开黄家驹几步,一扭身,羞得用双手捂住了脸。

"小兔崽子,你刚才干什么了你?!"成才手拎锯,背着木工箱子,是要给知青们去修桌子。

"我也没干什么坏事儿呀!我看见一条蛇,艳双害怕,一下子扑我身上来了。不就这么一件事儿吗?你怎么可以张口就骂人呢?"

"蛇在哪儿?啊?蛇在哪儿?"

黄家驹指着草绳子:"那不嘛!我看走眼了。我是个诚实人,看走眼了就是看走眼了。我不会编瞎话,说蛇跑了。"

成才放下锯和木工箱子,大步朝黄家驹走来:"你不会编瞎话?我还要揍你呢!"

"爸你不许打他!"张艳双护住黄家驹。

"你傻呀你!他刚才占你便宜了!我非教训他不可!走开!"

"他能买到农药!"

成才不由得止步了。曹有贵走来,奇怪地问:"你们这是干什么?"

"他!……"成才不好解释,又低声骂了一句,"小兔崽子!"

曹有贵将锯拿起,交给成才,又将木工箱子拎起,搭成才肩上,将成才扯到一旁,小声说:"他是知青队长了,你以后得注意点儿知青政策了!去给他们修桌子?我也正好想去看看。一块儿吧!"扯着成才走了。

成才扭头冲张艳双吼:"你给我回家去!"

望着父亲和曹有贵走远,张艳双猛一转身,甩手给黄家驹一嘴巴。

"你打我干什么呀?"

"你刚才占我便宜了!"

晚上,知青们准备吃饭——几名知青费力地将圆桌移到地中间。

邢山看着桌子说:"乖乖,结实倒是结实了!可是沉多了!"

知青刘密蹲下看,数:"一、二、三……"直起身说,"总共用了十二根双头大钉子!"

李小雨说:"那不叫钉子,叫扒锔子!听说咱们支书当年打扒锔子可拿手了,几锤子一个!"

朱友海说:"现在他二儿子张成才是咱村这方面的大拿了!让铁匠来修桌子,也只能图个结实了!"

刘密又说:"还用了七八块铁板呢!"

罗军打趣道:"这下,咱们这张桌子,千秋万代了!"

黄家驹扎围裙,戴套袖,端着一屉热腾腾的东西进来放桌上,歉意地说:"对不起,让大家等急了——谁从家带来的虾皮?这是萝卜馅菜团子,放了虾皮。你们就可劲吃吧!吃了才知道我是多么对得起你们。"

接着又有知青端进来一大盆玉米面粥,小盆也摆上了,还有酱、蒜。

罗军指小盆问:"这是什么?"

黄家驹说:"你们不是吃土豆片、土豆丝吃够了吗?这是土豆泥,这半边甜的,那半边咸的。"

"我绝不吃甜的,尝尝这咸的怎么样!"罗军夹了一筷子吃,又对黄家驹说,"家驹,有你的!"

黄家驹得意地笑了,于是大家争先恐后吃起来。

黄家驹笑着说:"大家吃好,明天要开始出力气了。关于这张桌子,暂时也只能这样了。曹队长说得也对,村里孩子们的课桌还没都换成新的呢!"

罗军说:"行,行,结实了,不再倒了就行嘛!"

黄家驹又说:"吃完饭,有一件事,需要大家配合。那就是——请大家把自己父母的职务,还有重要的社会关系,一一写在纸上交给我。支部催着我要,一般性的掌握情况而已。"

罗军塞了一嘴的菜,含糊不清地说:"配合!配合!家驹,你也快坐下吃吧!"

队部,曹有贵瞪着黄家驹虎着脸说:"你敢把你的话再重复一遍吗?"

李寡妇劝他:"嗨,他有什么敢不敢的呀?让他重复个什么劲儿呢,咱们不都是听到了吗?"

黄家驹不卑不亢地说:"重复一遍就重复一遍,完全可以——我刚才说的话是——第一,我能买到农药,但是得到省城去买;第二,得派我和罗军一块儿去,还得团支部书记张艳双陪我俩去。"

曹有贵看着张广泰说:"支书,你点一下头,我就敢扇他。扇了他,我还自己担责任,和你不相干。"

张广泰摆手,沙哑着声音问:"你要求罗军和你一块儿去,是想借助他在省城的亲戚关系,这一点我听明白了——为什么还要艳双陪着你俩去?"

黄家驹说:"因为那个关系,是团系统的关系。艳双是团支部书记,口对口,所以一定得她陪着去。"

张广泰低头沉思。

张家一家人在吃饭,王玉珍对艳双说:"艳双,你去找找你爷爷,让他先回来吃口饭。不管遇到了什么愁事,饭总是要吃的。"

王玉珍的话刚说完,张广泰回来了,一声不响地坐在桌旁,李秀英默默给他盛了一碗大渣粥。

"有一件事儿,跟大家说一下——明天,咱们艳双,得陪黄家驹到省城去一趟。他说,他能为村里买到农药。"

全家人的目光,都看向了张艳双。

"你们都看着我干什么呀!"

"不是咱们艳双自己想陪他,是他黄家驹向支部提出的要求。他说,走的是团系统的关系,咱们艳双是团支部书记,所以得艳双陪。当然,也不只艳双和他两个人去,还有知青罗军。"

曲彦芳问张广泰:"爹,你答应了?"

张广泰点头:"嗯。"

成才问:"你就信他黄家驹的话?"

张广泰说:"我也没什么理由非不信。这节骨眼上,节气不候人。他保证他能搞到农药,他的要求又很正当,不过分,我除了答应,我能怎么办?"

成才把筷子使劲儿往桌上一拍:"很正当?不过分?"

张广泰瞪成才一眼:"你别跟我这个样子!你能为村里搞到农药吗?"

成才呼地往起一站:"我……农药不农药的我不管!可女儿是我的,你当爷爷的同意了,我当爸爸的不同意!我看他是黄鼠狼硬拽上鸡去赶集,根本就没安什么好心眼子!"

张艳双不满地说:"我是鸡吗?我是人!我是大柳树的团支部书记!"

成才气呼呼地说:"你给我住嘴!我不同意,我看你敢去!今天中午,啊,我亲眼看见,他占艳双的便宜!"

张艳双辩解道:"没有!那是因为我怕蛇!"

成才举起了巴掌:"你还替他狡辩!"

"你诬蔑我们!"张艳双眼睛里噙着泪,起身跑出去了。

曲彦芳说:"爹,我也觉得……不太放心……"

王玉珍担忧地说:"是啊,都是沾火就着的年龄,让咱们艳双单独和两个大小伙子出远门,万一……"

"我就那么放心吗?"张广泰看着成才,"说说,中午怎么回事?"

"中午,他黄家驹,指着一截草绳,吓唬艳双说是条蛇!就吓得艳双扑在了他身上;他还就这样,紧紧搂抱着艳双!看那意思,还要下嘴亲!"成才说时,扯起曲彦芳,作搂抱之姿给张广泰看。

曲彦芳将成才推开:"哎呀行了吧你,说就说呗,当着一桌老小,还动手动脚的干吗！"

张广泰生气地说："这个小兔崽子！可我作为支书，说出的话，泼出的水，收不回来了。成才你说农药不农药的你不管，我作为支书，也能那么想吗？"

成才梗着脖子说："反正我不许艳双去！"

成民提议道："爸，你看这样行不行？也让自立跟着去，这样全家都放心点儿。"

张广泰说："行倒是行。可，又得多花一笔路费……"

王玉珍抢着说："哎呀，是为了公事，你就别在乎一笔路费了！"

曲彦芳点点头："要是自立也跟着去，我还放点儿心。"

张广泰郑重地说："自立，你要是跟去，我也放心多了。钱，支部交给你。无论对集体的钱，还是对你妹艳双，你能负起责任来吗？"

自立点头。

李秀英说他："别光点头。爷爷问你的话，要回答。"

自立坚决地说："能。"

第二天，在城里列车站站台上，罗军交给黄家驹一个包袱："你就放心吧。一切我妈都打电话交代得妥妥的，万无一失！"

黄家驹将包袱往肩上一挎，对自立和艳双说："走，上车！"

自立回头看罗军，罗军冲他笑笑。三人走到车门口，自立问黄家驹："他不去了？"

黄家驹笑笑："他有他的任务。"

自立又看罗军，罗军冲他挥手，自立满腹狐疑地拉着艳双上了列车。

列车开起来了，罗军跟着列车跑，对从窗口探出头的黄家驹喊："别忘了你扮演的角色！"

黄家驹也喊："放心，我这方面也万无一失！"

列车里，黄家驹坐在靠边的座位上，而自立和艳芳站在他跟前，过道里都是没有座位的人。

自立又问黄家驹："罗军为什么不去了？"

"我刚才不是说了嘛，分工了，他有他该办的事。"

"他说让你充当好自己的角色是什么意思？"

"要办成事儿，咱们每个人不是都得充当一种角色吗？"

"罗军不跟着，我们肯定还能办成吗？"

"能。"家驹胸有成竹。

艳双用手捏捏家驹肩上那个包，问："他给你的这是什么？"

家驹神秘地说："到时候你们就知道了。"

"听着，到了省城，下一步具体怎么办你要给我和艳双预先说清楚了。不能让我俩蒙在鼓里，稀里糊涂的。我俩不同意的，你就不能那么办。"

"听你意思，好像你倒成了我们三个的领导。"

"你也可以这么认为。"

"但，临走时，支部可没对我这么交代。"

"有些事不必向你具体交代。"

家驹被自立噎得直翻白眼。

"哎呀，就咱们三个，分的什么谁领导谁呀！看，快看！树往后跑得多快！"艳双处于第一次坐列车的亢奋之中，看着外面兴奋不已。

自立往车窗外看了一眼，又对家驹说："你起来，让艳双坐着。"

家驹看看艳双，一笑："这会儿我还真不能就把座位让给领导，待会儿吧。你们也别站在我跟前了，围得我透不过气儿来，往前走走，前边不是松快点儿嘛！"

"那，把我俩的票给我。"

"待会儿，待会儿嘛，让我定定神儿。"

自立不信任地拉着艳双往前走了，二人站定后，艳双埋怨自立："哥你也是的，干吗像审问似的，多不好呀。"

自立正色道:"我有我的责任。"

黄家驹将包袱放在膝上,伸手包内摸了摸,满意地笑了。这时,一名列车员出现,不停地说:"票,票,验票了。"

黄家驹被验过票后,起身走向自立和艳双,将票偷偷塞在艳双手里,小声说:"一检过就给自立。"接着对自立说,"跟我来,我有话跟你说。"

自立跟家驹走到更前边,说:"说吧。"

"待会儿。"

"怎么动不动就待会儿?"

张艳双被验过票后,也走过来,大声说:"哥,给你票!"

列车员听到了,走过来,问:"你们,怎么回事?"

艳双不知如何回答是好,黄家驹机灵地说:"没怎么啊!她把他的票送过来了。"

列车员看看他们三人,怀疑地说:"三个人买一张票,轮番验,对吧?"

"怎么会呢!我们是公干,不信您看看介绍信!"黄家驹从内兜掏出一个大信封的公函递给列车员,列车员抽出看了看,装入信封,还给他,但还是没消除怀疑。

家驹小声说:"特殊任务,所以,明白?……请您配合一下……"

"明白,明白……"列车员终于又开始验别人的票了。

到了省城,黄家驹三人走走问问,来到了省军区招待所。黄家驹出示公函给警卫看,警卫敬礼,放他们进去了。黄家驹三人办理完入住手续,在内穿军装外穿白大褂的女服务员的指点之下,一个楼上两个楼下分头去向房间。

房间里,只有两张硬板床及桌椅,简陋清洁,黄家驹、自立各自坐在床边。

"那一封介绍信,可以让我看看吗?"

"不必了吧?只不过一封普普通通的介绍信,介绍咱们来找省军区,请准予买到农药。"

"买农药为什么非找省军区？"

"省军区有农药厂，人家是专门生产了，供应给军队的农场，一般不与地方进行买卖。"

"我还是想看看。"

"那就看吧。"黄家驹将公函递给了自立。

自立看后，说："这封介绍信，很不一般。"

"盖一个市革委会的印章，一个军队支左委员会的印章，当然不一般。"

"这一封介绍信，没什么问题吧？"

"什么话！人家罗军的父亲，是咱们那儿市革委会的副主任！这儿，省军区的离休首长，是罗军他妈妈嫂子的舅舅！别再细看那印章了，还能是假的吗？"

自立还了信，又说："把钱还给我。"

"什么钱？"黄家驹装傻。

"住宿费。信上写得清楚：请一切免费予以接待。我刚才也听到了，人家是按免费给咱们办的入住手续。"

黄家驹不情愿地说："你可真留着份儿心眼儿，没白派你跟来。"

"咱们带的钱，每一分都是集体的，是你留了份儿心眼儿。"说罢，自立向黄家驹伸出一只手，黄家驹不情愿地掏出钱给了自立。

自立点过，又伸手说："还有。"

"没有了啊！你刚才给我的钱不都在那儿了吗？"

"还有买车票的钱。咱们三个人，该买三张票，你只买了一张，把那两张票的钱给我。"

"哥，你怎么这么认真啊？那是我凭自己的智慧省下的。"

"是不是智慧我不和你争。集体的钱，省下了，就还属于集体，叫我哥也没用。"

"要不,咱俩分?"

"咱俩分!你别把艳双想象的那么傻!你当她什么都猜不到啊?"

"那,咱们三个分。"

"集体的钱,咱们三个分了,那就叫贪污。你别拖人下水。"

"那,那……那我何苦来的嘛!"

"对于咱们大柳树,省下了两笔钱,也不是什么坏事。你别后悔了,快给我。"

黄家驹见自立始终不肯缩回手,只得再次掏出钱给自立。自立又点数,将两笔钱用手绢包好,拉开裤上的一条拉锁,塞了进去。

"你慢慢点着,千万别点差了。"黄家驹故意一掏兜,"嘿,还真没掏尽!"他将五分硬币抛给岳自立,"小葱拌豆腐,一清二白了啊!别回去跟你爷爷汇报时,说我黄家驹想贪污!"

岳自立停止了点数一堆零钱,冷冷地瞪他。

"别瞪我,跟你开玩笑呢。我出去有点儿事,一会儿就回来。"黄家驹拿起床上的包袱,走了出去。

招待所的公共洗浴室门外,刚刚洗完澡出来的岳自立头发湿漉漉,在照一面大镜子,用手理头发,抻衣服。镜子里,他背后出现了一名年轻军人,只不过帽子上还没五星,衣领上还没领章——是黄家驹。

岳自立愕异地转身看他,而这时,张艳双也从楼梯上走了下来,也是一身女兵装。岳自立又愕异地望着张艳双。

"看你,也不把头发擦干了再出来!"张艳双掏出手绢,欲替自立擦脸,擦头发。

自立躲开,冷冷地问黄家驹:"你搞什么名堂?"

"别大惊小怪的,工作需要。"黄家驹上下打量张艳双,满意地点头,转身又对岳自立说,"可惜就带了两套,当初根本没想到也会派你来!"

岳自立严肃地责问张艳双:"他让你穿,你就穿?"

"我也喜欢穿嘛！怎么了？我穿军装不好看呀？"张艳双走到镜子跟前,照着又说,"我觉得我穿军装挺好看的嘛！"

"你！……"岳自立将张艳双扯到一旁,小声说,"你不能他说怎么,你就怎么,完全听他摆布！"

黄家驹不高兴了:"把话说明白啊,我怎么摆布她了？"

"哥,你别疑神疑鬼的！他不也是为了咱们顺顺利利地把事情办成了嘛！"

一名小女兵走来问:"你们谁是罗军？"

黄家驹应道:"我。"

自立和张艳双都一愣,小女兵说:"首长派车接你们来了。"说完,走了。

自立吃惊地看着黄家驹:"家驹,你冒充罗军?！"

黄家驹一笑:"办事的方式方法而已。"做了个手势,又说,"两位,请吧！"

自立瞪着他:"我不去！"

黄家驹又问张艳双:"你呢？老首长请吃饭,这等好事都不去？"

张艳双看着自立,不知如何是好。

"如果你们都不去,那我自己也非去不可。我不能因为你们不好好配合我,就坏了大事！"黄家驹转身便走。

张艳双看看这个的背影,看看那个的表情,不由得叫了一声:"家驹！"跟去了,黄家驹获胜地笑了。

自立见他二人就要出门了,也不由得叫了一声:"等等！"

一辆吉普车行驶在市区公路上,车内自立坐在司机旁,黄家驹和张艳双坐在后座。黄家驹伸手要摘下张艳双的军帽,张艳双一偏头不高兴地躲过。

黄家驹冲着她耳朵小声警告:"要懂事！不听话,把事情搞砸了,可别怪我一甩手,什么都不管了!"

张艳双生气地摘下帽子,塞给黄家驹。黄家驹从兜里掏出红星,往帽子上安装。岳自立将目光从窗外收回,朝车前镜里一瞧,瞪大了眼睛——黄家驹和张艳双,帽子上有了红星,领子上有了领章。

吉普车停在军区离休老首长家楼前,三人下了车。岳自立严肃地说:"你们这样,是要闯下大祸的!"

张艳双将头一扭,快要哭了,显然,她也是不情愿的,骑虎难下了。

黄家驹对岳自立说:"你别吓唬她! 我看你是成事不足,败事有余!"又对张艳双说,"不许哭! 这都车到山前了,都得配合我假戏真做!一切有我呢!"

首长秘书迎出来,站在台阶上说:"首长已经在等着接待你们了,请都跟我来吧!"

首长家里,秘书引着三人走过长长的走廊,来到客厅。坐在沙发上的首长和夫人起身迎上前。

"啊哈,小罗军,当兵了,穿上一身军装可真精神!"首长双手按在黄家驹肩膀上,使劲儿推晃了几下,黄家驹被推晃得前仰后合。

首长哈哈大笑,对夫人说:"看,看,这熊样子! 还没尝过军训的苦头吧?"

黄家驹狼狈地笑:"刚穿上军装没几天……"自立和张艳双从旁惴惴不安地看着。

首长夫人说:"小罗军,快请客人们坐下吧!"

黄家驹礼貌地说:"伯母好!"

首长笑着说:"都请坐。随便坐。小罗军你带头坐,都别拘束。"

自立、张艳双陪黄家驹走向一张长沙发,黄家驹居中,三人拘谨地坐下——首长坐在一张单人沙发上,首长夫人坐在黄家驹们对面的长沙发上,秘书也坐在长沙发另一端,和首长夫人之间保持应有的距离。

首长问夫人："他刚才叫你伯母是吧？"扭头又问黄家驹，"我是你妈妈的嫂子的舅舅，你是该叫我们伯父伯母吗？"

"你看你，拐了几道弯的亲戚，你这不是考问人家孩子嘛！"首长夫人对黄家驹说，"就叫伯母吧，大概的辈分摆正了就行。"

张艳双说："正确的叫法，应该叫舅姥爷和舅姥娘。"

"舅姥爷，舅姥娘，有趣的叫法！我喜欢！"首长问夫人，"我们有十来年没见到过小罗军了吧？"

首长夫人点头，首长又说："你爸爸去年就给我们写过信了，希望把你送到部队里来。当时我表示反对。为什么呢？"

"希望我也能像普通劳动人民家庭的孩子一样，先到农村锻炼一个时期。"

"可你还是这么快就穿上了军装，阳奉阴违呀！回头我要批评你爸爸妈妈……"

"舅姥爷，您千万别！是因为我自己要求参军的愿望实在是太迫切了……"

首长夫人劝道："得了，你刚才已经说人家阳奉阴违了，就算批评过了。先让小罗军介绍介绍他带来的两位小客人吧！"

首长又笑了："行，行，夫人的话，我岂敢不听！那么，你就介绍介绍吧！"

黄家驹介绍道："这位，是我对象，就是未婚妻，叫张艳双，部队的通讯兵；这位，是她哥哥，我插过队的大柳树村的团支部书记……"

首长连连摇头："不好，不好！你刚穿上军装，怎么就对起象来了？急的什么劲儿嘛，这我反对，很反对！"

张艳双忽然说："报告首长！"

自立暗暗掐了她一下，张艳双看着他说："你掐我干什么呀！在哪儿也不能不让人说话啊！"

首长说："对，对。你别掐她，谁都不许掐她。别的地方不民主，我这儿还保留着点儿民主……"

首长夫人小声说:"你说你讲民主,那就单说你自己,单说咱们家这个地方,别扯到别的地方去,那么说多不好。"

首长立刻说:"我接受夫人的批评。那么我纠正一下我的话——别的地方很民主,我这个地方就更民主。小女兵,你对我的批评有什么意见,只管说吧,我洗耳恭听。"

张艳双理直气壮地说:"第一,我不是他的什么对象,更不是他的什么未婚妻!只不过是他总跟我黏乎罢了。年纪轻轻的就谈恋爱,我父母也是很反对的,我的爷爷奶奶也不同意。事实是,我们全家人都有点儿瞧他不顺眼,我自己对他也根本没有什么恋爱不恋爱的感觉!第二,我跟他来到您这儿,那纯粹是因为,我们大柳树村的农民遇到难事儿了,我是代表村里的父老乡亲,和他黄……错了,是和他罗军一块儿来求您的!汇报完毕!"

首长对夫人说:"哎呀,哎呀这小嘴儿,机关枪似的,啊?"

夫人笑道:"小同志,喝口水。"

首长看着黄家驹又说:"罗军同志,听到了吧?男人嘛,别总跟人家女同志黏黏乎乎的。以为那样就能追求成功了,那纯粹是一种浅薄的恋爱方式!不过呢,我现在的态度倒有点儿转变了,不那么反对了。恋爱这种事儿,有时候的确也讲究稳、准、狠,速战速决。一旦丧失了机遇,错过了也蛮可惜的。"

夫人忍笑道:"你就别教他们怎么谈恋爱了,还是说说正题吧!没看出他们一个个心里有事,等着和你谈的样子嘛!"

黄家驹也说:"对,对,舅姥爷,谈我们买农药的事儿吧!"

"好!谈正事儿。"首长看着黄家驹说,"那事儿,你爸妈一个写信来了,一个打电话来了,那应该是没有什么问题的。"看着张艳双又说,"小鬼,你刚才说到了一个求字,我太不敢当了。当初没有农民的支持,我们的革命哪儿能成功?所以用不着说求字。我们的农药、化肥,原本是一种自给自足性质的生产,不向地方供应的。现在,我们生产得多了,就也向地方供应了。有时候,还完全无偿地予以援助。说吧,你们打算买多少?"

黄家驹鼓足了勇气:"十袋儿,行吗?"

岳自立说:"我们把全村的公基金都带来了,那也就够买得起八袋十袋的。"

张艳双说:"我们那个村子很穷,但它是一个为革命做出过贡献的村子。抗日战争、解放战争,我们村的好男人牺牲了不少。"

首长问:"十袋……那,你们怎么弄回去呢?"

黄家驹犹豫地说:"这……希望舅姥爷,能给我们派一辆卡车……"

"只为十袋农药,我给你们派一辆卡车跑长途? 你不心疼我们部队上的汽油,我还心疼呢!" 首长转头对他的秘书说,"韩秘书,一辆卡车,装个二百来袋没问题吧?"

"首长,绝对没问题。"

"那么,你去办这一件事——派两辆卡车,一辆装二百袋化肥,一辆装二百袋农药,都是无偿援助性质的,随时准备待命出发。"

"是。"秘书起身出去了。

黄家驹一下子从沙发上出溜到了地上,太受刺激了。

首长诧异地看着他:"罗军,你出什么洋相?"

自立和张艳双赶紧往起扯他,黄家驹连忙说:"没怎么,没怎么,舅姥爷家的沙发太……太……"

张艳双说:"首长,不是沙发太怎么了,是他刚才犯困了,我看见的!"

自立也忙说:"我也做证。"

首长与夫人相视而笑,首长说:"但是有一条,绝对不允许倒卖! 你们村要替我们部队上,无偿地分给周边的村。"

黄家驹三人同声说:"向毛主席保证!"

首长哈哈大笑:"高兴! 高兴! 和年轻人在一起,就是高兴! 好久没这么高兴了!"

首长夫人笑着说:"那么,共进晚餐?估计孩子们一路挺乏的了,早点儿吃饭,他们也可以早点儿回去休息!"

首长大笑着说:"吃饭!"

在走廊里,首长、夫人及秘书在前边走着,黄家驹三人在后跟随。张艳双悄悄对黄家驹说:"是我扭转了不利的局面!"

"我简直像在做梦一样!"黄家驹问自立,"哥,咱们不是在一块儿做梦吧?"

自立持重地摇摇头,并且暗中握了黄家驹的手一下。

到了饭厅,三个年轻人一对老夫妇已按座次坐定,饭菜也已端上了桌。

首长拿起筷子说:"不说什么客套的话了,都动筷子吃吧!"

三个年轻人立刻"执行命令",狼吞虎咽地大吃起来。

夫人对首长悄语:"看,他们饿了吧?"

首长便给黄家驹夹菜,还抚摸了他的头一下,说:"饿了也要细嚼慢咽,啊?吃得太慌会得胃病的!"

夫人也给张艳双夹菜,并对自立说:"我喜欢你妹妹,当然也喜欢你。一个心直口快,坦坦荡荡;一个老成持重,稳稳当当,真是一对好兄妹。"

"我们罗军也是好青年啊!只在一个农村插过一时期的队,就急当地农民之所急,责无旁贷地来解决。这一种对农民的深厚感情体现在年轻人身上,难能可贵嘛!"首长看着张艳双又说,"回去告诉你父母和爷爷奶奶,我对你们的关系,是很高兴的,啊?"

张艳双口中含饭,答不出话,只有"嗯嗯"着点头。这时秘书走了进来,对首长悄语:"首长,请您离开一下。"首长随秘书离去了。

夫人招呼道:"你们吃你们的!"

张艳双嘴甜地说:"舅姥娘,您也吃啊!"

秘书又走入,悄悄对首长夫人说:"姚云同志,您也请离开一下。"首长夫人便也随秘书离去了。

黄家驹三人有点儿奇怪了,一时你看我,我看他。黄家驹镇定地说:"咱们吃咱们的,不吃白不吃!"

自立向黄家驹和张艳双使眼色,让他俩往门口看——不知何时,门里门外,出现了几名佩短枪的警卫,一个个将手按在枪套上。三个青年都心虚地放下了碗筷。

一声脆响传来——是茶杯摔在地上的声音,三个青年同时一哆嗦。首长恼怒的话语传来:"居然骗到我家里来了,简直胆大包天!"

张艳双看着黄家驹马上要哭出来的样子:"这下,你舅姥爷肯定就不喜欢咱们了……"

警卫们走过来,团团围在他们背后,其中一个冷冷地说:"都站起来吧。"

三人乖乖站了起来,另一个警卫将黄家驹和张艳双的领章撕去了,又将二人挂在衣架上的军帽拿在手里。

张艳双哭了,自立搂住张艳双,说:"我俩是主谋,不关我妹妹的事儿,她预先什么都不知道。"

黄家驹也连声说:"对对对,她头脑有毛病,我们叫她怎么样她就怎么样!"

为首的警卫说:"跟我们走吧!"

大柳树村队部里,站立着的张广泰缓缓跌坐在椅子上。

李寡妇问:"几天了?"

成才苦着脸说:"都被关起来三天了! 而且是被关在公安局里! 公安局呀,我们艳双怎么受得了?"

曹有贵说:"难怪去了这么多天,连次消息也没传回来过。"

曲彦芳慌慌张张地进了门:"爹,你们还在这儿开些整天开不完的破会！孩子们那边出了大事了！"

李寡妇说："知道了。"

曹有贵说："你听谁说的？也有个确实不确实嘛！"

曲彦芳焦急地说："知青们之间，都传遍了！他们有那么多关系，那还有假吗？"

成才哭丧着脸说："我也是听他们说的！爹，你别干坐着呀，得想办法呀！"曲彦芳扑在成才怀里哭了。

"别在这儿哭！这儿不是家里！"张广泰又对曹有贵说，"你立刻去套车！我要去省城，天大的罪名，我去承担！要坐牢，我去坐！怎么我也要把孩子们换回来！"

"师傅，我也要陪您去！"黄小芹神色不安地进了队部。

黄小芹与成才夫妻对看一眼，成才本能将曲彦芳从怀里推开了。一些村人聚在队部门外，几名知青往里探头探脑。

曹有贵还在愣着，张广泰催促道："快去呀！"

曹有贵回过神来说："每天就一趟发往省城的车，今天的早发过去了。"

李寡妇说："是啊，再急，也得明天了。小芹，你陪你师傅去，我同意，也是应该的！"

张广泰郑重地说："金凤同志，要是我这一去，回不来了，你要代理起大柳树村的党支部书记来。而且要认认真真的，不许嘻嘻哈哈地代理！"

李寡妇重重地点了点头。

省城公安局某临时拘押所。

一个拘室里只有黄家驹和岳自立两个人——时已黄昏，室内光线微暗，只有高处的带铁栅的小窗可见外边有火烧云的一小块天光；二人站在小窗下，背对背，各想着心事。

"知道为什么只把我们两个人关在一起吗？"

自立没理他的话。

"是把我们当成犯了重罪的犯人了。"

自立还是没理他。

黄家驹倏地转移到了岳自立对面："你打我吧！"

自立终于开口："我打你干什么？"

"我承认,你和艳双的配合倒没出什么问题,是我在全局部署上出了问题。可我想来想去,不知问题出在哪儿。"

"出在你搞的这一套,纯粹是邪门歪道。本来是特别良好的关系,你偏偏要自作聪明,不以良好的方式来运用。"

"你既然是这么认为的,那就打我呀！"黄家驹抓住自立一只手,往自己的脸上打,边说,"打吧打吧,扇我耳光。你扇我几耳光,我心里反而痛快些。"

自立抽回自己的手,平静地说："那我也不打你。我没有坚决地阻止你,落到这种地步,我也有责任。我只想问你几句话,希望你诚诚实实地回答我。"

"问吧问吧,咱俩有了这一段共同的经历,从今往后,那也算患难之交了。你想问什么都可以,我一定诚诚实实地回答你。"

"你千方百计来到大柳树,究竟怀的一种什么企图？"

"我都由城里人沦落成农村人了,城市户口都被注销了,还能在农村企的什么图啊？"

"你觉得由城里人变成农村人了,就是沦落了？"

"如果哪一天城市里发给你一个城市户口本儿,你摇身一变成了城市人,你不觉得自己很幸运吗？"

"我问的是你。"

"我反问你,比正面回答你,是更好的回答。"

"别扯到户口上去,你们张黄两家的事,让我一听到户口两个字心里就刺刺的疼。"

"是啊,我也一样。不过,现在应该说,那是咱们张黄两家的事了。"

"我再问你——你心眼多多,当上了知青队长;你急于表现,恨不得一下子就立下一个天大的功劳;你对我妹妹艳双,整天黏黏乎乎的,这一切都说明了什么?"

"艳双算你的什么妹妹?"

"你敢再说一遍?!"

"不敢,怕你生气。既然你已经开始当面分析我了,那你接着分析吧!"

"真的盼着大柳树村快把你送去参军?"

"哈,大柳树的知青,几乎人人有家庭的背景,那种好事儿能首先轮到我头上吗?"

"盼着送你去上大学?"

"那我不更是做梦了嘛!我已经了解过他们了,第一个愿望都是想去上大学,其次才是参军。"

"那你这个人,就更加深藏不露了。"

"你也别把我想得有多深!我也只不过打算让大柳树的农村人看到,也让广华街上的城里人看到——黄小芹的儿子,黄吉顺的第三代,那也是个和张广泰张成民……"

"你给我小心点儿,他们现在可是我爷爷我父亲了!"

"我也没想说什么不好听的话呀!我要说的是……我要让人们看到,我比他们一点儿都不差,也是个人人不得不敬重的人!要达到这个目的,我就得首先让艳双喜欢我!张家在大柳树村的影响力太大了!我得借助。但首先让你们张家的人喜欢我,谈何容易?比如你现在也是张家的人了,我让你喜欢我,不是比让艳双喜欢我难多了吗?"

自立一把揪住了黄家驹衣领:"你这是在利用我妹妹!"

黄家驹想摆脱自立的手,没成功,只得任他揪着衣领,一笑:"别说得那么难听。我不光想让艳双喜欢我,其实我也挺喜欢她的。"

自立将黄家驹按在墙上,厉声厉色地说:"只喜欢不行!喜欢不是爱!你不爱她还成心和她黏黏乎乎的,你就是在利用她!就是卑鄙可耻！"

"听，你越说越难听了！爱不爱的，我还没打定主意呢！我是知青，迟早有返城的希望！她有什么希望变成城里人呢？明摆着，户口问题横在那儿呢！"

自立使劲儿一甩，将黄家驹甩得离开了墙，接着狠狠扇了黄家驹一耳光。

黄家驹捂脸说："你刚才说过你不打我的。再说，张成民和你妈呢？我看连喜欢不喜欢的都谈不上，可是却成了夫妻！那又该说是谁在利用谁呢？"

自立又狠狠扇了他一耳光，扑向他，再次揪住他衣领，将他按在墙上。

这时门开了，有人在门外说："带上你们的东西，出来！"

二人狐疑地走到院子里，见院子里停着一辆吉普车，罗军站在车旁。黄家驹跑过去与罗军拥抱在一起。

黄家驹连声说："真想不到，真想不到！"

罗军安慰他道："我不来行吗？我妈也亲自来了。放心，我妈一来，一切当然都摆平了！"

黄家驹忍不住问他："我这边儿也没什么破绽啊，问题到底出在哪儿了呢？"

罗军恨恨地说："都是邢山这小子捣的鬼！他不愿我为大柳树村立一功，嫉妒我！你回去一定要好好修理他！"

黄家驹点点头："饶不了他就是！"

张艳双也出来了，黄家驹迎上去；张艳双也不看清楚，错将他当成自立，抱住就哭："哥，咱们这是搞的什么事儿啊！"

黄家驹拍她背："我不是自立，我是家驹。别哭，别哭，事儿，还是挺好的事儿！"

张艳双一下子将他推倒在地，并朝他啐了一口："呸！"接着扑到自立怀里哭。

罗军笑了,扯起黄家驹,说:"我妈既然来了,我怎么也得陪她在我舅姥爷那住几天是吧?你们三个现在就上这一辆车,把你们直接送到厂里去,一卡车农药一卡车化肥,在那儿等着你们呢!部队上还赠给了咱们村里的小学校一批旧桌椅。"

张艳双破涕为笑:"真的?"上前捧住家驹的头,在他脑门上很响地亲了一下。

黄家驹对自立说:"看分明了吧?究竟是谁在利用谁啊!利用不成功就翻脸,一利用成功了就这样!"罗军和岳自立都笑了。

第十九章

翌晨,大柳树村村口,黄小芹和张广泰坐在马车上,曹有贵在检查马肚带。

"小芹啊,不是师傅太不宽宏大量,你说你那个黄家驹,他……他太辜负我的信任了啊!他还害得自立和艳双,也一块儿被省城的公安机关给拘押了!除了你,叫我以后还信得过你们黄家的谁呢?!"

"师傅,我儿子也让你们张家的人跟着丢人现眼了,我们黄家的人,又一次对不住你们张家的人了,我……我对您,不知说什么好了……"黄小芹双目含泪,话还没说完,一声汽车喇叭声传来,两辆卡车一前一后挡住了马车的去路。

曹有贵跨上前大叫:"嗨!哪儿来的卡车?横行霸道地开到我大柳树村的村口,不想让我们的马车出村了?退回去退回去!"

两辆卡车的车门一开,前边跳下了黄家驹和张艳双(她往下跳时,黄家驹还特绅士地托她的手,仿佛绅士帮助淑女下车一般),后边跳下的是岳自立——三个青年都一脸不辱使命的得意神气。

曹有贵愣住了,不由得扭头看张广泰和小芹,而张艳双已经欢天喜地地扑奔到了马车前,亲亲爱爱地说:"爷爷,想我了吧?"

"你们……你们不是……"张广泰被弄得云里雾里的。

黄家驹也走到了马车跟前,表情郑重而又庄重地说:"我们把农药搞回来了,还搞回来了些化肥。"又奇怪地问小芹,"妈,你怎么也在车上?你们这是……"

"我过后再跟你算账!"小芹扶张广泰下了车。

黄家驹看张艳双一眼,嘟哝:"我怎么了我?"

张广泰、小芹、曹有贵三人来到一辆卡车前,岳自立一边往下放卡车的车板一边说:"家驹这一次可为咱们大柳树村立了大功了!"黄家驹帮岳自立放下了另一辆卡车的车板——满满两卡车化肥和农药呈现在张广泰三人眼前。

曹有贵指着车上的桌椅问:"那些桌子、椅子……"

张艳双成心撒谎:"我们三个自作主张,打了欠条,替咱们小学校买的!"

张广泰指着问:"这……这是……多少?……"

黄家驹说:"各二百袋。这一车是农药,那一车是化肥。"

张广泰双腿顿时一软,曹有贵和小芹赶紧一左一右扶住他。张广泰吼道:"走开!别扶我!"曹有贵、小芹只得退开。

没人扶,张广泰腿软得根本站不住了——他先是缓缓蹲下了;接着,干脆坐在地上了,伸直双腿,就像个要赖的孩子。

张广泰指点黄家驹,又指点张艳双,最后指点岳自立,嘴唇抖抖地说不出话。小芹几乎吓哭了,哀求道:"师傅,您别生气,不管他们做的多么不对,您可以骂他们,可以打他们,就是别气坏了自己啊!"

三个青年却莫名其妙地你看我,我看你。

曹有贵也往张广泰旁一蹲,劝道:"支书,小芹说的对,你可以骂他们,可以打他们。你要是不愿自己动手,还有我呢,我不是也可以替您教训他们吗?"

张广泰一拍大腿,老泪纵横:"有贵,有贵啊,他们胆子也太大了,一不请示,二不汇报,就敢打欠条! 就敢自作主张,既买农药又买化肥,还买桌子椅子! 三个小祖宗,他们这不是要把咱们大柳树村给整垮吗?! 把咱们全村精壮的老少爷们都当牲口卖了,咱们也买不起这两车东西呀!"

而小芹却在用手指戳黄家驹太阳穴,斥道:"你呀! 你呀! 你说你倒是在大柳树村显的什么张长啊!" 还不解恨,干脆动手打,打得黄家驹绕着马车躲,并叫:"这都是干什么呀这是,太可笑了! 太可笑了!"

曹有贵猛地往起一站,吼道:"混蛋,说谁可笑呢?!"

"误会了,误会了! 农药不要钱,化肥也不要钱,桌子椅子是白给咱们的!" 张艳双往起拉张广泰,"爷爷都是我不好,我刚才那话是成心逗你玩儿呢! 您要骂,就骂我,要打就打我吧!"

被从地上拉起来的张广泰,将目光望向岳自立。

"艳双,你知道爷爷经不起逗,你还跟爷爷开玩笑!" 岳自立批评完张艳双,又对张广泰说,"爷爷,农药、化肥和桌椅子,都是人家部队援助给咱们的,一分钱也不要。"

张广泰仍半信半疑:"白……白……给?"

两名在一边吸烟的司机也走回到卡车旁边来了,其中一名说:"老伯,你们农民遇到了困难,我们部队不知道便罢了,一旦知道,予以无偿的援助,那就是我们部队的本分。我们的老首长,始终是这么要求我们部队的!"

张广泰转忧为喜,看看曹有贵,笑了。

另一边,小芹鼻子一酸,将头一扭,落泪了。黄家驹劝她:"妈,你看你,你怎么不为我高兴反而……"

张艳双走了过去,温声软语地说:"小芹姨,家驹为村里立了大功劳,你应该替他高兴嘛!"

张广泰和曹有贵已走到了卡车前,心潮澎湃,各自摸着、看着。

曹有贵乐呵呵地说:"支书,那些桌椅,都五六成新呢,还不把孩子们乐坏了！"

张广泰激动地说："是啊是啊，都是宝啊！两卡车的宝啊！咱们大柳树村发了！"

岳自立小声说："爷爷，您还不对家驹说几句这会儿该说的话？"

张广泰一愣："啊，对对，是该表扬表扬他，可我……有贵！救我次驾！我这心里一高兴，不知该说几句什么好了……"

曹有贵挠挠腮，对黄家驹抱拳："家驹！这个……这个……晚上到我家吃饭去！"

黄家驹庄严地说："我想，支书同志今天晚上会替我接风洗尘的吧？"

"爷爷，今晚咱们全家请家驹吃饭吧！请吧，啊？"张艳双兴高采烈。

"啊，这个……好，请，请……"

黄家驹朝小芹挤挤眼睛，小芹也笑了。

曹有贵嘿嘿一笑："这小子！立了把功劳，不叫你爷爷，改叫你同志了！"

张广泰忽然朝远处一指："那怎么回事？"——公路上，马车、手扶拖拉机，二十几辆一字排开，正缓缓地向大柳树村前来。

岳自立说："我们回来时路过了公社，卡车在那儿加的水，当时公社要留下一部分，我们坚决不同意，催着司机离开的……"

"别说了！都是来分咱们这两车宝的！"张广泰看看曹有贵，"有贵你别愣在那儿了！还不快去叫人，让全村人都来！得抢先藏起来呀！"

"明白了！"曹有贵一转身匆匆而去。

张广泰指挥黄家驹："你们，这就往队部扛！"

黄家驹敏捷地上了车，张广泰往车旁一靠，拍拍肩，黄家驹往他肩上放了一袋。

"再加一袋！"

黄家驹犹豫了。

"聋了！"

黄家驹便又往他肩上放了一袋。张广泰肩扛两袋,往村里一溜小跑。

岳自立说:"艳双,你拉住马,别让它跑了! 咱们干吗不用这车!"

他扛了一袋放在马车上,艳双却拉不住那马,小芹推开她,将马车牵到了卡车旁。岳自立也上了卡车,往马车上抛袋子,艳双上了马车,把袋子摆好。

一名司机说:"把马车牵走,让开道,我们直接把卡车开到队部跟前不就行了嘛!"

"就是! 急昏了头了!"岳自立跑下卡车牵马车,马却不听他的命令。

大柳树村村口,手扶拖拉机和马车横七竖八地插别在一起,再加上搬抢化肥和农药的人们奔来跑去,情形乱成一锅粥。村里响着紧急的锣声和曹有贵大嗓门的喊声:"全部出动! 坚壁清野! 坚壁清野! ……"

地面上,公社方书记拦住了扛着两只袋子的张广泰,极为生气地说:"张广泰!"

"有什么指示方书记?"

"我还指示什么我! 你这村支部书记是怎么当的?! 你看乱成什么样了?!"

"您要是不率领人马来抢我们,能乱成这样嘛! 再说您这位公社书记不是也没辙了吗?"

"你! ……你听听! 你们那个曹队长,他在乱喊些什么?! 坚的什么壁? 清的什么野? 我是代表公社来分配的! 怎么就成了抢了呢? 拿我当什么人了?!"

张广泰冲也站住了的黄家驹、成才和岳自立大声说:"别听他的!"

"嗯?! 张广泰你你你,你要造公社的反吗?!"

"我是说,别听曹有贵的!"张广泰拔脚便走,成才等人便也从方书记面前扬长而过。方书记气得干瞪眼。

两名司机站在各自的车上挥着手臂喊:"大家不要乱! 不要这样!

要排成队,有点儿秩序!"

一切都安静了下来,大柳树村队部,院子里屋子里,袋子堆得乱七八糟,有一袋还摔破了。黄家驹和岳自立在把院子里的袋子往屋里搬,张艳双在扫地上的化肥。几个衣服被袋子染白了的男人,这儿那儿,或蹲或坐,或吸烟,看样都累得够呛。

曹庆安搭讪地问黄家驹:"家驹,你不认识我了吧?"

"见是见过,叫不上名字。"

"有一年你们城里的学生过来支农,你和我们大柳树村的孩子打了一架,记得不?那孩子就是我。"

"那都哪年的事儿了?有烟吗?"

"有,有,买不起卷烟,只能抽叶子,我替你卷一支!"曹庆安掏出小铁烟盒卷烟,又对岳自立说,"自立,告诉他我是谁。"

"他是咱们曹队长的儿子曹庆安。"

"噢,大柳树村的干部子弟。"黄家驹坐在曹庆安旁边又说,"以后请多关照!"

"没说的,谁跟谁啊!"曹庆安递烟给黄家驹,并替他划火点烟。

黄家驹刚吸一口,呛得一阵咳嗽。曹庆安笑道:"就猜到了你吸不了,什么时候你也能吸咱们大柳树村的叶子烟了,你就等于脱胎换骨了。"

这时,院里的人们纷纷站了起——张广泰和曹有贵来了,黄家驹赶紧把烟踩在脚下。

张、曹二人进屋后,曹有贵问:"我的老哥,你干吗一次扛两袋呢?逞那个强干什么啊?没累着吧?"

"还行。我不是逞强,眼睁睁看着被别的村拉走,我心疼!"张广泰问岳自立,"能抢回来多少?"

"我刚才点了一下,大概五六十袋儿。他们来得快,咱们的人毫无思想准备,反应得慢了点儿。"

张广泰跺了下脚:"这损失,惨重啦!"

李寡妇也来了,她说:"有些人,扛在肩上了不知该往哪儿送,就先扛回自己家去藏起来了,估计也有那么几十袋儿!"

曹有贵说:"方书记看见我,把我好一通骂。"

"骂也值!打也值!撤职查办也值!"张广泰又问李寡妇,"那些桌椅,没一块儿受损失吧?"

"我让几个寡妇不动窝地看着,都晓得咱们大柳树村的寡妇不好惹,没人敢动。"

"这就好!"张广泰又问黄家驹,"你那些知青们呢?"

"都累了,回宿舍休息去了。"

曹有贵不满地说:"干这么点儿活就累了?没见支书还一次扛两袋吗?"

黄家驹解释说:"干这点儿活倒也算不了什么。但是太紧张了,像冲锋打仗,让人神经受不了,都没经历过。"

李寡妇笑道:"我孙子说的是大实话!"

"你告诉他们,就说我说的——今天大家表现都不错,我记在心里了。"张广泰将李寡妇扯到一边,悄语,"这春头上,也没什么好犒劳他们,你挨家挨户多借些鸡蛋。有谁家还攒着面,也借来,就说秋后保证还,啊?"

李寡妇点头:"放心,我亲自给他们去做一顿晚饭。"

张广泰又将曹有贵扯到了一边:"有贵,我记得你说过,家里还有瓶没舍得喝的酒?"他看了黄家驹一眼,声音更小地说,"怎么说人家也是立功了,我又答应了今天晚上请人家。有瓶酒,更像那么点儿意思,是不是?"

曹有贵不情愿地说:"你支书的指示,我敢不服从吗?"

黄家驹、张艳双、岳自立三人听了相视微笑。

张家院子里,曲彦芳和王玉珍你堵我截,抓得一公一母两只鸡满院子乱跑乱飞。成才一身白尘迈入院子,问:"你们这是干什么?"

曲彦芳说:"家驹晚上来吃饭,爹让把它们杀了。"

成才不高兴地说:"黄家驹好不好?干吗叫得那么亲?一户就许养两只鸡,都杀了,不过啦?"

王玉珍心疼地说:"把那老母鸡也杀了,我还真舍不得。要不只杀这只公的?"

曲彦芳点点头:"那就只杀公的。"

成才有气没处撒,阴阳怪气地说:"老钟破表都没法修了,又没钱买新的,杀了公鸡你天天早上打鸣啊?"

"你别惹我发火啊!我还不管了呢,我得跟女人们去筛种了!年底不挣下工分,更得看你眼色了!"曲彦芳说完,从成才面前走出了院子。

"你看你!你那是说的些什么混话?你爸吩咐的事,家里谁敢反对?"

"再大的功劳,也不等于是为我们张家立的,有必要杀鸡借酒地请到家里来敬着吗?"

自立回来了,一只鸡跑出了院子,王玉珍追出了院子。

"奶奶,我去!"

成才叫住他:"自立,你跟我进屋,我有话问你。"转身回了自己屋。他洗罢手,坐在炕边,对自立说:"自立,你坐下。"

自立猜到了成才要问他什么,默默在椅上坐下。

"自立,你现在不是外人了,已经是咱们张家的一口人了。所以,叔问你什么,你应该如实告诉我,对不?"

自立点头。

"一路上,那个黄吉顺……"

"叔,是黄家驹……"

"啊,黄家驹……他对你妹妹,有什么不规矩的行为没有?"

自立摇头。

张艳双回到院子里,听到成才的话,贴近门偷听。

"一点儿没有?"

"叔,凭良心说,黄家驹这次表现很不错。一路上对我妹妹特别尊敬,对我妹事事请示,事事汇报。我妹对他进行的思想教育,他也很愿意接受。"

"那,回来时,你怎么不和你妹妹坐一块儿?"

"这,是我妹跟我说,一定要和他坐一辆卡车的。"

"噢? 不是他,反而是你妹?"

"我妹怕他一路上跟人家部队上的司机什么都说,万一说了什么不该说的村里的事,不是会使人家对咱们大柳树村留下不太好的印象吗?"

"是啊,要是那小子一路上总讲张黄两家当年因为户口闹的那些事儿,人家部队上的人对咱们大柳树村的印象就没法儿好。"

"所以我妹说她一定得和黄家驹一块儿坐在司机旁边,每时每刻管着他的嘴。"

门外,张艳双掩口窃笑,她听到院外传来张广泰和王玉珍的说话声,溜进了张广泰夫妇屋里。

"那只杀了吗?"

"刚抓住这一只。"

"早点儿都杀了,晚上好好招待有功之臣。"

张广泰进屋,问艳双:"不在那边屋,在这边屋干什么?"

"我爸在那屋和我自立哥谈话,我只好在这儿待会儿。"

"他和你自立哥谈的哪门子话! 去,把你自立哥叫过来,我先和他谈!"

艳双出去片刻,自立进来了,张艳双没进屋,又在门外偷听。

"自立,我要问问你,黄家驹这一路上的表现如何?"

"表现很好,我叔刚才问过我了。"

“他问是他问,我现在是代表支部问你。说说,具体怎么个好法?”

“他处处想方设法为村里省钱,所以,带的钱基本没花;还有,对我和艳双特别尊重,总是主动问我们,这样做行不行?那样做行不行?”

“那,公安局的事儿,又怎么解释?”

“那纯粹是知青中有人打探到了一点儿不确实的小道消息,就乱传播。实际上,是人家部队的老首长,安排我们到公安局去参观参观。”

“到公安局去……参观参观?”

“对,人家老首长说,青年要多了解一点儿社会的反面现象,好比思想上打预防针……”

王玉珍在院子里喊:“艳双,快给我打盆水来!”张艳双以手掩嘴,忍笑退到院子里。

晚上,黄家驹加入了张广泰全家的晚餐,三个青年坐在一起,艳双和家驹之间被成心安排了一个自立。

张艳双换了一件新外衣,问家驹:“好看吗?”

“好看得让我不敢看!”

“特意为你穿的。”艳双说完美美一笑。

“我知道。”

张家长辈人听着,交换眼色,最后都将目光望向张广泰。张广泰则仰脸看屋顶,装出听而不闻视而不见的样子。

自立坐他们中间觉得别扭:“要不咱俩换过来坐?那你和艳双说话方便。”

成才按捺不住了:“自立,你坐那儿别动。那是大人们确定了的座位,不是你们小字辈儿谁想换就换的!”

曲彦芳数落女儿:“艳双,非年非节的,你把夏天穿的新衣服穿上干什么?”

艳双一噘嘴:“不是来客人了嘛。”

成才故意东张西望:"客人? 哪儿呢? 哪儿有客人? 我的眼怎么看不见?"

家驹说:"我的眼也看不见,都是自家人。"

王玉珍埋怨成才:"成才,你也是的! 该管的管,不该管的也管,那不把咱们艳双管傻了嘛。"

"奶奶,怎么管,我也傻不了。倒是那不该管也管的人,也许自己变傻了。"

"放肆!"成才拿眼直瞪艳双。

"那是我爷爷才有资格说的话。你没资格,所以学了,也没人怕。你看满桌的人,哪个是怕你的?"

气氛一时为之凝重,尤其家驹和自立,只有垂下目光,表情肃然的份儿。

成民终于开口道:"成才,你瞪起眼睛来干什么呢? 听不出那是你女儿在跟你开玩笑啊? 怎么一点儿幽默感都没有呢?"

"我有。所以,我这个小字辈儿就带头笑笑吧!"家驹装模作样地一笑,王玉珍和曲彦芳也陪着一笑。

曲彦芳对婆婆耳语:"这孩子倒还挺会打圆场的!"王玉珍看着家驹,同意地点点头。

这时,李秀英将一盆炖鸡端上来了,说:"菜都齐了。这只是那只公鸡,那只母鸡可肥了,炖出了一锅的油。怕桌上摆不下,一会儿再上。"

王玉珍心疼地说:"为这顿饭,可忙坏我大儿媳妇了! 快擦擦手坐妈边儿上!"

李秀英在围裙上擦擦手,坐在王玉珍旁边的空位上。

张广泰这才贵人开口迟而且庄严地说:"同志们,咱们今天这个会……"

艳双扑哧笑出了声儿,王玉珍轻推张广泰一下:"你干什么呢你!"

张广泰发窘地说:"啊,我还在心疼咱们被抢走的那些宝贝呢。刚才你们都说了些什么,我也没往耳朵里听。不管都说了些什么,从现在起,你们都白说了。我的话,才是今天这顿晚饭的基本精神。"

众人顿时肃穆,仿佛在听大干部的教导。

张广泰看看黄家驹等三个青年又说:"三个孩子不光为咱们大柳树村立了功了,而且全公社其他生产队也跟着沾光了。这种功,那就是大功。是功那就任谁都得承认,谁想否认那也是否认不了的,谁想抹杀那更是错误的!"

曲彦芳说:"爹,没人想抹杀。快让大伙动筷子吧,再说一会儿,菜都凉了。"

王玉珍也说:"对,对,都动筷子吧!家驹,这是干豆角儿,这是干茄子丝儿。"却没谁敢动筷子。

张广泰不怒自威:"安静。你们,有谁反对我把话说完吗?"

王玉珍又把筷子轻轻放下了。

艳双对自立耳语:"哥,我想反对,可又不敢。"

自立看看家驹,二人心照不宣,怕自己们笑起来,都把张脸绷得紧紧的。

"立了功的人,那就很容易骄傲。人一骄傲,那就肯定跌跟头。人一跌了跟头,那就连他的功劳,往往也成了反面的教材了。所以,黄家驹,你要继续在大柳树村夹起尾巴做人,争取为你们黄家,写下一篇新的历史……"

黄家驹佯装虚心又真诚地说:"感谢支书同志的教导。"

张广泰一愣——全家人的目光,都因"支书同志"四个字,从黄家驹脸上,缓缓转移到了张广泰脸上。

"支书同志,是分场合叫的。现在,你不必叫我支书。"

"那现在我还是叫您张爷爷吧?"正中黄家驹下怀。

张广泰不由得又是一愣,黄家驹趁机亲亲热热地叫道:"爷爷,奶奶,成民伯伯,成才叔叔,还有秀英大婶儿,彦芳二婶儿,还有你们,艳双和自立,感谢你们今晚对我的款待!"

张家的长辈们,一个个都显出不自然的表情——因为对于黄家驹的亲热,他们不知高兴好还是不高兴好。

张广泰说:"黄家驹,有些场合,你也不必太亲热;太亲热,那就显得,太……那个了。"

成民忍不住说:"爸,给您提个建议——有时候,您可以忘记一下自己是村支部书记。"

"什么时候?"

"比如这会儿,在家里吃饭的时候。"

"我不采纳你的建议,尽管你是知识分子。因为你的建议,和我们党对我的要求,那是完全相反的。想当初,彦芳的父亲,就是我的入党介绍人,我心中敬重的一个人,他一再嘱咐我,入了党,那就要时时刻刻都想着自己和别人不一样了。何况我现在不是一个普通的党员了。饭桌上也罢,睡觉前也罢,甚至,梦里也罢,我不能不想的那就是……我张广泰是一村的党支部书记!"

成民默默拿起酒瓶,往杯里斟满了酒,擎着站起来,对三个青年说:"家驹、自立、艳双,伯伯不会喝酒,但那也要敬你们一杯。尤其家驹,我更要代表小学校的孩子们敬你! 那些课桌和课椅,是我和孩子们的一个梦。你们,圆了我和孩子们的梦。这件事,将来是值得记在大柳树村的村史上的。"成民一饮而尽。

知青宿舍,手中各有鸡肉的知青们哈哈大笑!

刘密问家驹:"这么说,你在支书家没吃饱?"

家驹说:"我哪儿有空吃啊? 光听教诲了! 不信你们问艳双!"

艳双笑道:"这只母鸡,我们全家人连口汤都没喝上,就给你们一盆端来了!"

家驹吃着鸡肉说:"哥们儿够意思吧? 在那儿单刀赴会呢,心里边还惦记着你们也都能分到口鸡肉吃！"

朱友海说："哎队长，在'支书同志'和'爷爷'之间，你更喜欢哪一种叫法呀？"

家驹油滑地说："这是个很原则的问题，以后再宣布。还有好东西呢，艳双，该让他们惊喜一下了！要不手里的鸡肉都进肚了，那就没意思了。"

艳双缓缓从衣襟下抽出大半瓶酒放在桌上，知青们一个个看着瞪大了眼睛。

突然有知青喊："家驹万岁！"一时众口应和："家驹万岁！"

立刻，几只手同时伸向了酒瓶子——家驹赶紧护住，说："哎哎哎，都别急。我也一口都没喝呢！多乎哉？不多也！干脆，咱们也别往碗里分了！"

艳双暗暗捅了家驹一下，朝一个角落使眼色——热闹的气氛中，有一名知青就着自制的小油灯佯装看书。

黄家驹走过去，夺下书扔在一边，对方是邢山，表情很尴尬。

"一本《少年维特的烦恼》，你都看了多少遍了？来来来，跟大家一块儿开开心，忘了你那烦恼！你如果不给我点儿面子，你可就是瞧不起我这个队长！"黄家驹把邢山扯到了桌子那儿，又说，"这只鸡腿我没下口，属于你！这酒谁也没喝过，你先来！"

邢山愣了愣，接过瓶子就喝了一大口，一抹嘴："家驹刚来的那一天，给咱们露了一手《捉鸡》；今天，我也要给大家露一小手，来一段河南梆子清唱《克里姆林宫》的故事……"

"好！……"众知青一齐鼓掌。

    克里姆林宫灯火辉煌，
    那边厢走来了列宁同志，
    他言道：瓦西里同志，

> 这一包香烟我不要,
>
> 请把它送给,捷尔任斯基。
>
> ……

黄吉顺家,于凤兰对小芹说:"要不是我昨晚梦到了你姐,这天都黑了,我也不叫你非得现在就去看看她。"

小芹说:"妈,我去就是了。"

黄吉顺嘱咐她:"你一定要告诉你姐,咱们家驹可出息了,为他们大柳树村,立下了一个很大的功劳。连公社书记,都对咱们家驹另眼相看了!"

小芹默默点头。

大柳树村通往城里那条路上,月光下并肩走着黄家驹和张艳双。

"你……你那包里……是什……么呀?"家驹的舌头有点儿僵了。

"都是干菜。奶奶交代,一定让你捎回去。"

"给我……拿着……"

艳双一躲:"别了,你走道都不稳了,送你到小桥那儿再给你。"家驹的脚步又走不正了,艳双挽住他。

"你们知青,可真有意思!"

"最有意……思的,是谁?"

"你希望我说是谁?"

"那得……你自己说……"

"比起来,还是你跳的《捉鸡》,比邢山唱的河南梆子更有意思!"

"我还会《引路》呢!"

"用不着你引路,现在是我给你引路。我不引路,你都这样了,肯定连家也回不去了!"

"我指的是《红色娘子军》中的一……场舞……没……看过……"

艳双摇头："早就听说过。"

"想……学不？"

"我肩上挎着包儿呢！"

"那更符合剧情——吴琼花挎个小包袱又躲又藏，遇上了党的代表人物洪常青……来，我……教你……"家驹抓住了艳双的双手。

"那得我当洪常青！"艳双想抽出双手。

"得按剧……情来，剧情规定，洪常青是男的！听着，现在，音乐起，小提琴独奏，很抒情的！你的双眼，也要很深情地看着我！……大提琴……钢琴……整个乐队……特庄严！"

"你怎么，说话又顺溜了？"

"引路，那是使命。人一有使命感，舌头就灵活了。很崇高的那一种神经活动所决定的！"

月光下，家驹不停地"口奏"着，带着艳双，旋舞过来，旋舞过去的。

小桥那边，小芹听到"口奏"之声，放慢了脚步——她看到家驹和艳双一对人儿，情绪饱满地舞到了小桥边，她快走几步躲到了树后边。

"口奏"戛然而止，家驹仍握着艳双的双手，艳双深情地看他。

"就这样，洪常青，引导吴琼花，走上了爱情的道路……"

"不是，是革命的道路。"艳双小声纠正他。

"革命者忙里偷闲地也得谈恋爱。没有爱情的革命，很难坚持的！"二人互相看着看着，嘴唇都不由自主地往一起凑。

树后的小芹一转身，情不自禁地一手抚心窝，沉思起来。等她再看时，家驹和艳双早已吻在一起了。二人的两条胳膊，却仍伸向前去，很浪漫很"文革"的一种姿势，宛如雕塑。

第二十章

于凤兰仰躺在炕上,黄吉顺在往她眼里滴药水。

"偏了,都滴眼皮上了!"

"是你眨眼睛嘛!"

"你扒着我的眼呢,我还能眨得了眼皮吗? 起开吧,不用你个老东西了!"

黄吉顺把眼药水放到她手里,看着她自己滴眼药水,抱歉地说:"对不起啊,我自己的眼也早就花了,滴不准了。"

于凤兰将眼药水往炕上一丢,一翻身,双手捂脸,无声而泣地难过起来。黄吉顺看着滚到腿边的眼药水,拿起它问:"不滴了? 帽儿呢?"

"别问我。刚才是你拿着来,自己找!"于凤兰终于抽泣出两声,"过一辈子了,过到眼睛都快瞎了,头回从你嘴里听到'对不起'三个字。"

"是我早就想说的话。今天说了,你也不必感动成这个样子!"黄吉顺边说边满炕找药水瓶的盖儿。

于凤兰一下子坐了起来:"呸! 感动个屁! 我是心疼眼药水儿! 小芹每月挣那四十几元的工资容易吗? 店开不下去了,还得靠个守寡女儿接济着才能把日子混下去! 她给我买瓶眼药水儿,你还都把它浪费了!

这是一颗汗珠子掉地上摔八瓣儿的钱买的,你知道吗?"

"你看你,我一句有情有义的话,倒惹出你这么多尖酸刻薄的语言。"

"有情有义?有你个没心没肝的鬼!你早干什么来?"

院子里传来黄家驹的声音:"姥姥,我回来了!"

黄吉顺说:"是家驹!别说了,让孙子听了心烦!"

黄家驹进屋,放下东西,坐在炕沿说:"姥姥,我回来看你了!"

于凤兰摸着抓住黄家驹一只手,另手摸家驹的脸:"哎,我外孙瘦了!"

黄吉顺纠正她:"叫孙子行不行?还改不过来!"

于凤兰故意说:"偏不改!偏叫外孙!家驹,不是又偷偷跑回来的吧?"

"不是。张艳双他爷爷批我的假,明天一白天我都可以在家里。"

"听我外孙口口声声叫我姥姥,我就是觉得亲,心里就是欢喜!"

"姥姥,你刚才哭过了?"

"没,没,她刚才跟我聊天来着,聊得可高兴呢!我还给她上眼药水儿呢!家驹,帮我找找,帽儿丢了!"

黄家驹用目光巡视一遍,找到了:"这儿呢!"拿起来放在黄吉顺手里,又对于凤兰说,"姥姥,我明天带你去医院看眼睛!"

"哎呀我的外孙,那是多麻烦的事儿!姥姥可不能麻烦你!再说,那多费钱!"

"不麻烦!明天家门口有小车接,医院有护士帮着挂号什么的。"

"噢?"黄吉顺半信半疑,有些惊讶了。

"兴许还不必花钱!那也得带些。我现在,在大柳树村,权力也有点儿了,功劳也大大的了,威望也打下了良好的基础,就是没钱。"黄家驹看定黄吉顺又说,"钱,你得出。"

"真有小车来接?"黄吉顺忍不住又问了一遍。

"知青队长要带自己姥姥去医院看病,知青家长还不得积极表现表

现？管什么的权力,都比不上管人的权力大。我管的尽是些什么人？处
长的儿子算是小干部的儿子！那,他们的老子的权力,还不能间接地听
我调遣调遣？”

黄吉顺对他刮目相看了:“听听,听听,多高级的头脑！家驹啊,你
没辜负爷爷的期望,成熟了！这么快就出息了！你这叫四两拨千斤啊！
权力这东西,就得这么灵活地去用它！好比铁器,不经常用用,那就生
锈了！”

黄家驹谦虚地说:“爷爷,还是你平时对我的教导有方。那说定了？
明天你出钱？”

黄吉顺乐了:“我出,我出,当然我出！张广泰那老家伙,当初人家
市里一些干部为自己的儿子去求他,他还推三拒四,找种种理由拒绝,
不识抬举,不好好给人家面子！他就不想想,人家那是给他送宝去了！
大柳树村养着那么多活宝贝,他不善于用,只打算把他们当成小骡子小
马使唤,那怪谁？就冲这一点,我觉得家驹你的头脑可比他的头脑高级
多了！”

黄家驹点点头:“我自己也这么觉得。”

于凤兰也欣慰地说:“你们爷孙俩的话说得那么深,我都插不上
嘴啦！”

这时,小芹进屋了,黄家驹站了起来,叫道:“妈,你也来了？”

于凤兰说:“你走后,你妈一直陪我们住这儿。”

小芹看着地上的袋子问:“那是什么？”

“张家让我带回来的干菜。”

“张家的人多了,你指的是哪一个？”

“我想,是艳双她奶奶吧？也有可能是她爷爷的意思,反正不会是她
爸的意思。她爸一直对我劲劲儿的,不愿让我多和她接触……”

黄吉顺说:“那你就别和她多接触嘛,干吗非惹他们张家的人不高
兴呢！”

黄家驹故扮无奈地说:"艳双是团支书,我是知青队长,必须多接触啊!"

黄吉顺教他:"家驹,你为工作,谁都可以理解的。正常接触啊!但是,你怎么称呼她,那可就有学问了。我认为,你张口闭口叫她艳双,不妥,很不妥。最好叫她张艳双,某些场合,还要叫她'张艳双同志'!"

黄家驹不以为然地一笑:"我从没那么叫过她,倒是管她爷爷叫过'支书同志'。我没资格叫张广泰'支书同志'时,那出于礼貌,也只能叫他'张爷爷',他却不爱听。现在,我有资格和他平起平坐地互称同志了,他心里又觉得不大对劲儿了,又想让我叫他'张爷爷'了。我呢,我现在倒偏喜欢叫他'支书同志'了!"

小芹冷冷地说:"别说了!怎么学得那么多废话!"

于凤兰埋怨小芹:"芹,你怎么了?干吗对家驹不亲不热的?"

"他是我儿子,亲热也是,不亲热还是。"小芹又对黄家驹说,"跟我睡一屋,我有话对你说。"

大翠生前住过的屋里灯已关了,小芹坐在炕上,黄家驹曲身躺着,背对小芹。

"你和张艳双,怎么回事?"

"什么怎么回事?问的奇怪!"

"你们在小桥边那样,我都亲眼看见了!"

"看见就看见了吧,亲眼看见了还问怎么回事!"

"我跟你说话呢,你给我坐起来!"

"我困了。"

"坐起来!"小芹一拍炕,黄家驹不情愿地坐了起来。

"那叫正常接触?"

"哪就不正常了?"

"不正常!"小芹又拍了一下炕,"你老实说,你们是不是恋爱了?"

"恋是恋了,先实践着;爱没爱的,还难说。"

小芹啪地扇了家驹一记耳光:"大人百口无数地嘱咐过你……黄家张家,不许再闹出从前那种事,你都当成耳旁风啦?你以为那张艳双她做得了自己的主吗?她做不了自己的主,你还对恋爱有那么没责任的想法,不是总有一天又要闹出个三长两短吗?到了那一天,这家里谁能替你招架得了?是我,还是你姥爷你姥姥,他们都老成那样了!"小芹一扭头,流泪了。

"我让你们替我招架什么了我?!"黄家驹只着短裤下了炕,抱起枕头离开了。

小芹呆呆坐了一会,也生气地下了炕,流着泪回了家。

小芹开自家门锁的时候,林士凡从房角闪了出来,低声叫道:"黄小芹同志……"

"谁?"小芹吃一惊。

林士凡走到了她跟前。"是你?……"小芹虽定下心来,然而觉得奇怪。

"我等了你很久。"

"我去看我父母去了,有事?"

"能进屋去说吗?"

小芹犹豫了,林士凡又说:"就几分钟,但是非常重要。"

小芹推开门,默默让入林士凡,进屋开了灯,靠桌站着,说:"你说吧。"

"这么晚了还来找你,我也思想斗争了很久。一朝被蛇咬,三年怕井绳。"

"你要是一开口就这么说话,那我只得请你出去了。"

"别误会,千万别误会。我一时用词不当,你千万别生气。"

"那就快说你认为重要的话吧。"

"想来想去,我对你说的话,不能在别的地方说,我这个人,虽然有毛病,但大节上,我是讲原则的……"

小芹眉头微耸,打断他:"你就别跟我说大节,说原则了,这一套我早就听腻了,耳朵都起茧子了。你干脆就直来直去的吧!"

"你听腻了就好,你听腻了,我就更有胆量讲了。想我林士凡,从不为了自己往上爬出卖朋友,更不会在政治上陷害人,落井下石、墙倒众人推的事,我是从来也不干的。我讲的是这个原则。做人的原则,正义的原则。从古至今,民间一直在讲着的那种原则。所以,我在北京也是有些知交好友的。他们虽然都不是什么风口浪尖上的大官,可却都是些眼观六路,耳听八方,消息很灵通的人……"

小芹又一次打断他:"林士凡,你来就是为了当我面夸你自己的吗?"

"当然不是——我来是要告诉你,我北京的朋友们捎话给我,说中国的局面,肯定还有一次惊心动魄的变化。所以,我想,我应该将这一点也告诉你。信不信呢,由你。而且呢,区里、市里,某些人把你抓得很紧。因为你是劳模,他们便为了他们自己往上爬而利用你,经常把你推到台前去表态、发言、批判。当事者迷,旁观者清。我当面向你进一言,该和某些人保持距离,那就一定要心中有数。免得被人利用了,自己还不知道是怎么被利用的。"

小芹听得呆呆愣愣的,似懂非懂。

"如果你把我说的话告诉了别人,你应该明白那对我林士凡意味着什么,你不会对别人讲吧?"

小芹摇头。

"这么多年来,我一直觉得,自己对你们黄家有罪过。今天,我总算有个机会赎回了。"林士凡一笑,"那我走了。"

林士凡刚一转身,小芹说:"等等。"

林士凡回过身,小芹问:"依你看,我还不是那种别人给竖个梯子就上房乱蹦跶的人吧?"

"你当然不是。你要是那种人了,我也就不多此一举了。"林士凡又欲离去。

"别急着走……"小芹拉开抽屉,取出一个小木匣,从中拿出一些粮票给林士凡,"这二十几斤粮票,你拿去。"

"不不不,这怎么行!粮票这么宝贵的东西我怎么能收?!"

小芹拿起他一只手,塞在他手里:"你人在工厂干活,定量却按当年机关的斤数发,才二十斤半,那怎么够吃。我一个女人,吃不了太多。再说,我父母他们,小店虽然半死不活的,月月的特补粮,还一直没取消。"

"这,这……"

"拿着,啊?"

林士凡眼中含着泪了,猛转身出去了。小芹插上门,依门沉思。

第二天,小芹又走在广华街上,街两旁,人们都望着她窃窃私议。

小芹遇到一个熟悉的女人,打招呼:"顺根嫂,吃了?"

"吃了,吃了。哎小芹,你们家这下可惊动四邻街坊了!"

"我们家又怎么了?"

"不知打哪儿开来一辆小汽车,停在你家门口了,也不知在等着把你家的谁接走!"

"不会吧!"小芹转身加快了脚步,老远她就看到果然有辆小汽车停在新新居厦前,走近了,她看出是辆上海牌的小汽车,疑疑惑惑,不由得站住了。

坐在前座的黄吉顺发现了她,喊:"小芹,愣在那儿干什么呀?还不快去扶你妈出来!"他的喊声刚落,黄家驹已扶着于凤兰出来了,小芹赶紧走上前。

黄家驹把锁给了小芹:"妈,你锁门,我扶姥姥上车。"

小芹锁上门,转身时黄家驹和于凤兰已经坐在车里了,小芹看着,如在梦中。

"妈,到医院去给姥姥看眼病,你不跟着呀?不跟着我可关车门了啊!"

小芹犹豫着,黄吉顺喊她:"去就上车!不去就说不去,痛快点儿!"

小芹身不由己地上了车,小车在人们的观望和议论之下开走。

黄吉顺的头不但探出了车窗,连半个肩膀也探了出来——他微笑,频频向人们摆手,如同一位老国王在检阅。

从那一天起,黄吉顺在广华街上,又重新捡拾起了一些自尊;而为大柳树村立了大功的黄家驹,人气却实实在在地高了起来。

田地里一派农耕景象,远处的地里,有男人们促牛犁地的身影,有女人们跟随其后撒种的身影。近处,李寡妇、曲彦芳等一些大姑娘、小媳妇,在用锄勾垅,或反使锄头,砸散犁过的田地的土块儿。

黄家驹一身整洁,背着个书包,意气风发地走着。一个小媳妇喊他:"家驹,哪儿去呀?"

黄家驹不无得意地说:"到公社去开会。"

一个大姑娘问:"开什么会呀?"

"优秀知青代表会,不去不行。"听他那话,好像很不情愿。

大姑娘搭讪起来没完:"开几天呀?"

"就一天。公社的供销社卖不要票的檀香皂,要不要我给你捎一块呀?"

"要,可是我没钱。"

"那我就没辙了,我也没钱。"

女人们一阵哄笑,黄家驹在笑声中走了。

李寡妇半开玩笑半认真地说:"姑娘们,我可跟你们挑明了啊!那黄家驹,他是人家艳双的,搭讪着说说话儿可以,但谁也不许动真格的啊!"

大姑娘心理不平衡了:"哼,什么好事儿都让支书家占去了!"

曲彦芳不爱听了,大声说:"怎么说话呢?我们家占村里的什么好事儿了？他不就是黄吉顺的外孙吗？不就是一个知青队长吗？我家艳双才看不上他！谁看上了谁下心思！"

李寡妇说："得啦得啦，一句半句话的，都别认真。我那是开玩笑，怨我行吧！抓紧干活，上午要把这块地的垅勾出来！"

黄家驹却对身后发生的口角概不负责，他一边走一边吹起了口哨，吹的是"我们共产党人好比种子……"

他迎面遇上了赶马车的罗军，车上载的是干草，草上坐着张艳双。

罗军勒住马，夸口道："队长，这马现在跟我可熟了；我咳嗽一声，它都会看我一眼。"

黄家驹问："你们今天干什么活儿？"

罗军说："支书不是在全村大会上说今年要多拖坯，把全村人家该修的宅墙都给修一修吗？艳双他爸指挥我们先盖个晾坯的棚子，盖好了接着平平村里的路。"

黄家驹说："这是我向支部提的建议。有些人家的房子，披麻戴孝挂拐棍，东倒西歪的！哪儿像是人住的？我就奇怪，怎么就没人看不过眼去？这是党支部的失职！"

张艳双说他："黄家驹！不许散布对党支部的不满言论！你想抢班夺权呀？"

"你爷爷他们老了，都干不了几年了，早晚还不是得有人接他们的班？"黄家驹将罗军扯到一旁，小声又说，"今天我要把你立的功劳，当面向方书记汇报。那么大的功劳，埋没了你的作用不公平！"

"我不计较那些。只要在我参军的事儿上，你暗中给使把劲儿就行。"

"那当然！还有，我打算选一个副手，也就是副知青队长。你听我的，到时候千万别跟邢山争。只要有第一个离开大柳树村的机会，我保证是你的，你争那干啥？"

"放心，我不听你的听谁的？"

黄家驹满意地拍拍罗军的肩。

张艳双略带撒娇的语气说:"家驹!说完了没有?我这儿还有话跟你说呢!"

黄家驹走到马车后,笑道:"说吧,小狐狸精!"

"你敢叫我小狐狸精?我打你!"张艳双作势要打,黄家驹擒住她手腕,想亲她。张艳双往后仰,小声说:"你疯了啦?让罗军看见。"

"看见就看见,他是我心腹!"

"嚯,你还有了心腹啦!"张艳双挣挣手,没挣脱,索性也乐得被家驹那样,深情地看着他,又小声说,"我要你向我写份思想汇报!"

"还像上次那种?"

张艳双不好意思了:"嗯,得比上次那种还好看的!"

罗军却在对马说话:"伙计,咱别偷听,更别偷看!"他一拍马脖子,马往前走,车猛一动,张艳双摔下来,黄家驹反应快,将她横接在怀里。

"吁!吁!"罗军抓住了马缰。

张艳双搂着黄家驹的脖子,深情地看着他。

"小狐狸精,希望我总这么抱着你是吧?"黄家驹一低下头,又想亲艳双。

忽然一声大声的干咳,二人吓了一跳。张艳双的脚落了地,与黄家驹扭头看时,见是倒背着双手的张广泰,张艳双难为情地追赶马车去了。

"刚才,好玄,要不是我反应快,团支部书记就摔惨了!"

"你不用解释,我自己有眼,能看明白是怎么回事!"

"那,支书同志,不,张爷爷还有什么指示吗?"

"'同志'不是你叫的,你也别叫我张爷爷,以后你要叫我老支书。"

黄家驹点头。

"你见了方书记,对他说——非让大柳树村种那么多亩地的棉花,我代表支部保留我的意见。"

黄家驹又点头。

"还有,你以后离我孙女远点儿!"

"那不行。"

"怎么不行?!"张广泰生气了。

"她不仅是您孙女,也是包括我们知青在内的,大柳树村全体青年的团支部书记,她也属于青年。从这个逻辑上推,她也属于我。"

"也属于你?!"张广泰的手握成了拳,向黄家驹跨近了一步。

黄家驹不由得后退:"我是说,思想上……"他一转身跑掉了。

张广泰望了一会儿不时扭头看他的黄家驹,再望望远处又坐在马车上的张艳双,自言自语:"逻辑?磨上推,也属于不了你们黄家的人!"

这一年,全省遭遇了空前的大旱,大柳树村的粮食和棉花,在还是青秧的时候,就全部旱焦在地里了。

大柳树村村路口设立了拦路横杆,罗军和李小雨、朱友海守在那儿。

罗军满腹牢骚:"我们这像是在干什么?我宁可去干点儿重活,也不愿充当这种角色。"

朱友海指着远处说:"看,又有人往这边走来了!"

"是曹天柱,咱们队长的本家兄弟。他可是个不好对付的主儿。"李小雨看着罗军又说,"看你的了!"说完,明智地躲到一边儿去了。

曹天柱挑着个担子,上面挂着两只筐,一筐是被卷,另一筐里是个女孩;他妻子挽个包袱,怀抱个大胖小子。他们一家人走到了横杆前,曹天柱虎着脸,命令道:"把那横杆给我挪开。"

"大叔,你们这是……哪儿去啊?"罗军赔笑又赔小心。

"看不出来吗?逃荒。"

"啊,逃荒。犯不着逃荒啊大叔,省里都下了通知,要紧急调拨救灾粮啊!"

"少教育我!老子用不着你教育。"

曹天柱妻子说:"罗军,你就让我们过去吧。听说救灾粮得一个多月后才能到咱们这儿呢!家里揭不开锅了,我们等不及了。"

罗军劝她:"大婶,那是谣言,别信。我们奉队长的命,在这儿劝阻乡亲们。"

曹天柱放下担子,瞪着罗军,大模大样地把横杆移开了。

罗军也不敢拦他,就说:"你们非要拖家带口的背井离乡,我也不敢硬拦着你们。可是呢,我这心里还真依依不舍的。大叔,让我和孩子亲热一会儿总可以吧?"

曹天柱看着罗军,不知他葫芦里卖的什么药。罗军走到装女孩的筐前,掏出一颗糖逗孩子:"想吃糖吗?"

"想。"

"让叔叔抱,才给糖吃。"女孩儿朝罗军张开双臂,罗军将孩子抱了起来,剥了一块糖塞在孩子嘴里,抱着女孩儿走到了曹天柱女人跟前。

"告诉小弟弟,糖甜吗?"

"甜。"

罗军问曹天柱女人怀里的大胖小子:"也想吃糖吗?"

大胖小子张大了嘴,罗军又掏出一块糖,剥了糖纸说:"伸舌头……"

大胖小子伸长了舌头。

"真乖。"罗军又掏出了一颗糖,剥开,却不放在大胖小子嘴里,而只在那小孩舌尖上抹了一下,又包起来,揣进兜里了。

"甜吗?"

"甜。"

"想吃就让妈妈抱着你跟我走,啊?叔叔兜里不光有糖,还有饼干呢!"说罢,罗军抱着怀里的孩子扬长而去。

大胖小子咧咧嘴,哇地哭了:"糖!要吃糖……"

曹天柱妻子看着丈夫,说:"这……这罗军!这不是要耍弄咱们儿子嘛!"

曹天柱怒声问:"罗军,你打算让我们骨肉分离是不是?"

罗军反而抱着人家孩子跑起来了,一边的李小雨对着朱友海苦笑道:"这罗军,一肚子损招儿!"

另一条村路口也设了横杆,几名知青与几个拖家带口的男人推推搡搡,撕撕扭扭。

成才着急地大声喊:"大家别这样,大家别这样! 等支书从公社回来……"

有人高叫道:"别听他的! 他还能不替上边说话!"

混乱中,成才不知挨了谁一耳光,而邢山被人推得一屁股坐在地上。

"都给我住手!"众人寻声望去,见是张广泰,老头儿身上,像小学生似的斜背个旧军用挎包。

成才走上前:"爸你看这! 硬拦拦不住,要不干脆就让大家……"

张广泰竖起一只手制止成才说下去,走到一个女人跟前,抹去她怀中孩子脸上的泪,生气地说:"你们都把孩子吓傻了!"

小学校那儿,成民平伸双臂,阻挡前来带走自己儿女的村人们;在他背后,有的孩子已走出了教室,而有的孩子,吃惊地将脸贴在窗上往外看。

"孩子们这一学期的课还没上完,谁要想强行带走我的学生,除非我死!"成民一脸的毅然决然。

曲彦芳匆匆跑来,对村人们说:"我爹……支书从……公社回来了!他说,给支部一天时间,想想办法……想不出来,他亲自带着大家去逃荒!"

村人们这才一个个推着独轮车,挑着担子,含着泪转身回家去了。

"老师……"

成民缓缓转身,见孩子们都从教室里出来了,仰脸看他。

一个孩子小声说:"老师,我们听你的……"

成民蹲下,将几个孩子一下搂入怀里。曲彦芳望着那情形,抹了一下眼角的泪。

张广泰怀着满腔忧怒,一下推开队部的门,曹有贵在接电话,另外两名党员和李寡妇,还有黄家驹,都吃惊地看张广泰。

"方书记,为了不造成你说的那种政治影响,就是把大柳树村变成集中营,我们也不放一户农民到城里去,行了吧?哎呀我不是保证了嘛!您就别他妈啰唆了行不行?!"曹有贵啪地放下电话,也转身看着张广泰。

张广泰从身上取下书包,扔在桌上,生气地说:"有贵!你搞的什么你?!你那不是硬把些个城里的孩子往咱们农民的对立面上推吗?"

"不那样叫我怎么办?不那样你现在回来了,还能看见几个大柳树村的人?!"

张广泰一拍桌子:"我这个支书毕竟还没死,你跟谁请示了!"

"我……"曹有贵又生气又委屈,一下蹲在地上。

李寡妇劝他:"你要怪,也不能怪有贵一个人。我们三个,也都同意了的。换了本乡本土的人,谁好意思拦谁?"

张广泰又冲黄家驹发脾气:"你这个知青队长怎么当的,叫你们干什么就干什么?!"

黄家驹不卑不亢地说:"我刚才还在提抗议。"

张广泰沉静一下,卷成一支烟,走到曹有贵跟前:"给。"

曹有贵一扭头,不理他。

一名党员说:"支书,你先传达公社的指示吧。"

"没什么可传达的,还不是有贵刚才听到的那一套!"张广泰自己吸着那支烟,对黄家驹说,"你走吧,我们要开支部会。"

曹有贵说:"他不能走。他有建议,你最好也当面听听。"

张广泰一怔,看李寡妇,她点头。

张广泰坐下,看也不看黄家驹一眼,闷声闷气地说:"那好,你快说。"

李寡妇鼓励道:"家驹,别有顾虑,统统说出来。"

黄家驹镇定地说:"我在老支书面前从来没顾虑。我有三点建议:第一,给全体知青放假。让他们都回城里去,可以明年开春再回来。我们知青,都有政策上保证的知青口粮,每人每月三十几斤,合起来每月就是四百多斤,可以省给村里的人吃,首先省给老人和孩子们吃……"

张广泰一瞪眼:"你们知青在城里已经没有户口,没有口粮定量了。现在放你们回去,还分了你们的口粮,让你们去剥夺家里人有限的口粮,你们家人能没意见吗?大柳树村人如果这么做,公平吗?不行!"

黄家驹平静地说:"放他们长假回家去,他们乐不得的。他们的家长也一定很高兴,绝对不会有什么意见。再说,他们的家里,也根本不存在什么粮食够吃不够吃的问题,不会成为负担。至于公平不公平,那就分怎么看了……"

李寡妇阻止又要说话的张广泰说:"老支书,你先别反对。支部里,要讲点儿民主。家驹,你接着说。"

黄家驹接着说:"我们有一名知青的亲戚,在煤矿当第一把手。他到城里去招矿工,招不到。城里人都不愿当煤黑子。我想带着咱们村的中青年人去干临时工,让他帮着联系一下。现在有回话了,煤矿那方面没意见。除了每个月能挣七八十元钱,矿上还包一份临时口粮。如果支部批准我们去,挣的钱,一半归自己,一半归村里……"

一名党员说:"但那活有危险,万一伤了亡了,只怕咱们支部承担不起责任。"

曹有贵急着说:"人人立字据,声明是自愿。我先表个态,支持我儿子去!"

张广泰皱着眉头说:"我还没同意呢。这等于是私自分散农村劳动力,很严重的错误。"

李寡妇制止他们道:"哎哎,你们让家驹说完好不好?"

黄家驹这才得以继续说:"第三个建议,不需要劳师动众,只需要一个人——内蒙那边有一个旗,想往咱们这边的城里推销羊肉。十分之一的回报,用羊肉顶。而且,还可以代培一名放牧员,学接生,学剪毛什么的。给一群人放着,大约有四五百只。生下的小羊羔,三分之一归放牧的人。那,坚持个几年,就在内蒙有一小群属于放牧者的羊了。"

张广泰看着李寡妇说:"我一开口问句话,你就说我打断他。我有问题,还不许我这个支书及时问问了吗?"

李寡妇笑了:"他说完了,你问吧!"

张广泰问:"内蒙那么远的地方,又只是一个人去,人生地不熟的,而且纯粹是为村里谋福利,自己没一点儿好处,谁愿去?"

黄家驹点点头:"和少数民族共事,那是民族政策性很强的。依我看,只有一个人适合去,别人去都不妥。"

"谁?"

"自立。"

"我做不了他的主,那也得他自己表态。"

"他已经表态了,说愿意为大柳树村去谋那种福利。"

"他向谁表态了?"

"我问他时,他向我表态了。"

"那还有个他父母同意不同意的问题。"

"我也征求过他们了。他们说,能为村里谋份福利是正事,他们都支持。而且,艳双说,她愿意动员村里的妇女们,进城去帮着推销羊肉……"

"别说了! 黄家驹,你好能啊! 你不觉得你操的心太多了吗?"张广泰环视着党员们又说,"你们呢? 你们都什么态度?"

曹有贵说:"你回来之前,我们已经讨论了一通了。"

张广泰说:"我问的是态度!"

李寡妇举起了手:"三个建议,我都同意。"

曹有贵也举起了手,另外两名党员也缓缓举起了手。

"你们预先已经都同意了,那还要我干什么!"张广泰起身悻悻而去,跑曲国经坟前抽闷烟,掏心里话去了。

当晚,大柳树村开了全村大会。黄家驹的三项建议,张广泰全都采纳了,并且在全村大会上宣布,倘若上级追查下来,一切责任由自己承担。

麦场上,一堆麦秸后,黄家驹在和张艳双相互搂抱着热吻。

"哎呀,都喘不过气儿了!"

"要亲嘴儿,那就要亲到咱们这份儿上,过瘾!"

"我舍不得你去,咱们村的人不好带。"张艳双又往他怀里一偎。

"要不跟我一块儿去? 我累了,也有个人给我捶捶腰揉揉腿。"

"倒想那样。我不是还得留下来帮着卖羊肉吗? 等我们赚了好多好多羊肉、羊排骨、羊蝎子什么的,托人给你们捎去。"

"等我挣了钱,给你买一身料子衣服,再给你买双皮鞋!"

远处传来知青们的喊声:"家驹! 黄家驹! ……"

"常给我写思想汇报! 你知道我要哪一种……"

"知道,让你读着心跳的那一种……"

张艳双又在他脸上亲了一下,扭着身腰跑了。黄家驹目送她的身影跑远,抬头望夜空——好大的一轮月亮:"什么事儿也比不上恋爱好!"

第二十一章

月色下,黄家驹走到知青宿舍门口,听到知青正在议论他。

罗军问:"找不到他?"

朱友海说:"从村头到村尾,我找也找了,喊也喊了,谁知他猫到哪儿去了!"

邢山把握十足地说:"我看,找到张艳双,也就找到他了。"

罗军疑惑地问:"他俩的事儿,你们都看出来了?"

邢山一笑:"只有傻瓜才看不出来!"

罗军说:"听着啊,都得替咱们队长保密!"

邢山不以为然:"还保的什么秘啊! 除了党,大柳树村凡是长眼睛的,哪一个不知,哪一个不晓哇!"

罗军说:"那咱们更有必要替他向党保密!"

黄家驹在门外笑了,推门进了屋,但见桌上摆满了碟碟碗碗,以罐头食品居多;知青们早已围桌而坐,只空着一个座位,显然是留给他的。

罗军见了黄家驹忙问:"你哪儿去了呀? 一个多小时不见影子,大家都等急了!"

黄家驹说:"我在向支书同志汇报工作。"

邢山故意问:"把话说明白,是在向党支书同志汇报,还是在向团支书同志汇报啊?"

知青们会心地笑了,黄家驹也笑了,走过去坐下,岔开话题反问:"你们这是干什么啊?"

"明天我们都要回城去了,而你却要带着村里的男人下矿去了;大伙把自己小仓库里所有的东西都贡献出来了,为你饯行!"邢山说着,把一瓶白酒开了,一一斟在碗里。

罗军端起碗:"来来来,大家为了咱们队长心想事成,碰一下!"于是碗碗相碰,各自饮酒,吃东西。

黄家驹问:"你们都祝我心想事成,可谁知道我心里最想的是什么事吗?"

刘密抢着说:"我知道,你最想的是,早早与张艳双做了夫妻,再不必偷偷摸摸地和她幽会了!"

不料黄家驹说:"那我不是就真的得一辈子在大柳树扎根落户了?"

邢山诧异地问:"难道你没这个打算?"

黄家驹摇头。

李小雨理解地说:"是啊,谁想扎根落户啊!离城市这么近,却至今穷得竖不起几根电线杆子,拉不起几条电线沾沾城市的光!"

罗军问:"家驹,这我就不太明白你了。比如说,那你为什么不和我们一块儿回城去?那你明天又何必多此一举?"

黄家驹忧郁又迷惘地说:"我不是和你们不一样嘛!你们什么时候离开,那其实是谁想拦也拦不住的。无非谁先走,谁后走,早一天晚一天的事儿。我要离开大柳树村可就不那么容易了!我得为自己创造离开的条件,我得处处表现我是多么热爱大柳树村。总而言之,得靠村里的人们成全我。而最终通过什么途径离开,离开了又会到哪儿去,我自己是做不了主的。只有一点是肯定的——得你们一个个都走了,只剩下孤零零的我自己以后……"黄家驹伤感了,落泪了,端起碗,一饮而尽,接着,往自己的碗里再倒酒。

众知青都看着他,气氛一时凝重。

邢山安慰他:"你放心——你对我们好,为人又宽宏大量,还敢于为我们的要求向党支部提意见,我们忘不了你的!等我们都离开了,要齐心协力,也想办法帮你重新落上城市户口。"

众知青都点头,也有的说:"对!对!"

罗军竖起了手掌,让大家安静下来,他说:"家驹,那你还跟张艳双……那样?你不是,在给自己找麻烦嘛!"

黄家驹苦笑:"寂寞,我心里寂寞……我总得为自己找个能安慰自己的人……"

罗军又问:"仅仅是寂寞的原因?"

黄家驹又一饮而尽,抹抹嘴,苦笑道:"能安慰得了我黄家驹的人儿,那当然得在我眼里是个可爱的人儿啰!"

邢山开口想接着问什么,黄家驹说:"不谈寂寞的问题了!弟兄们为我煞费苦心地饯行,我今天要为弟兄们再露一小手,也算是为你们送别。本队长预祝你们回到家里,合家欢乐。"他用筷子轻轻敲打着碗边唱了起来:

> 人们说你就要离开村庄,
> 为什么离别得这样匆忙?
> 想一想你走后我的悲伤,
> 小村庄的寂寞和悲凉。
> ……

众知青合唱:

> 走过来坐在我的身旁,

不要离别得这样匆忙；

你的眼睛比太阳更明亮，

照耀在我们心上。

……

张广泰和曹有贵走在村路上，张广泰感慨地说："想不到几个城里的知青娃为大柳树村作出的贡献，倒比我张广泰还大。"

曹有贵说："话也不能那么说，各有各的贡献，各起各的作用。"

张广泰叹道："唉，没长那前后眼，如果早就想到了要他们的这些好处，当初把市革委会全体干部们的子女，都一网给打尽了！"

曹有贵可惜地说："我的老哥，后悔了吧？你啊，当初顶、顶、顶！卷了多少干部的面子啊！现在知道他们都是香饽饽了吧？老哥，再后悔也晚了，把现有这些，以后当成咱大柳树村的宝好生供起来吧！"

张广泰提醒曹有贵："一会儿我见了他们，你可别什么都说。咱们只说是看看他们，体现到一种关怀的意思就行了！也不能像你刚才说的那样处处宠着他们，放纵着他们。一个个放纵出毛病来了，咱太对不住他们家长！"

二人听到知青宿舍传出的歌声，站住了。张广泰问曹有贵："他们这是唱的什么？悲伤呀寂寞呀的，我听不惯！"

"都是跟黄家驹学的！连我那儿子也学了几句，在家里高一声低一声地唱，烦得我几次想揍他！"

"有贵，你说黄吉顺那个外孙，他究竟打的什么如意算盘？"

"我又不是他肚里的蛔虫，我怎么知道？我只不过有一个原则，就像毛主席说的那样——只要他批评得对，咱们就改正；只要他说的办法对大柳树村有利，咱们就照他的办法办。"

"我记得毛主席他老人家还说过——有些人演反派演惯了，再演忠臣良将什么的，演不像！"

"毛主席原话说的是正面角色,反面角色。"

"啊对对,我想起来了,原话是那么说的。我这么大岁数了,倒时常在心里提防着别上了一个孙子辈的人的当,是不是太让人笑话了啊?"

"对黄家的后代,提防着点儿,也没什么实际的坏处。何况你和我,还都没把那小崽子琢磨透!"

二人走到窗前,向内窥视。张广泰一看里面灯火通明,有点不乐意了:"点好几处油灯干吗?也不怕费油!还在喝酒!这还了得,我得管管他们!"

曹有贵扯住他:"我的老哥,别管了!他们明天就离开了,今晚由他们去吧!"

"我看不惯!"

"他们原本是城里青年嘛!"

"我成民当年也是城里青年,可他到现在也没酒瘾!"

"老哥,你别王麻子卖剪刀,专说你的名牌!你那成才,当年和他们般般大时,不是也陪你喝过?"

张广泰张张嘴,不知说什么好了。

曹有贵扯他走:"走,走,咱们干脆走。听我的,别进去了,反正咱老哥俩心思到了;这会儿进去了,说不定还讨他们嫌。"

"可他们点好几处油灯!用的可都是村里供给他们的油!"

"嗨,油!你就舍得一次油,今晚让他们闹腾吧!"

曹有贵强把张广泰拖着走了几步,知青宿舍里传出喊声:"为艳双干杯!""祝团支书永远可爱!"

张广泰一挣胳膊:"你听!他们还……还为我孙女干杯!"

"我听到了呀!为你孙女干杯你还不高兴呀!你不希望艳双永远可爱呀!他们要是祝我那儿子永远可爱,我就高兴!"曹有贵不由分说地将张广泰扯走了。

张家,李秀英在为岳自立补衣服。

"来,穿上试试,妈看补绽了没有……"

岳自立默默站起穿那件衣服,李秀英忽然搂抱住他,哭了:"那么远的地方!生天陌地的,妈不放心你去……"

"妈,别不放心。我都这么大了,能照顾自己了。我成民叔说的对——只要是能为村里人谋利益的事,再苦再累,那也要当仁不让。"

"儿啊,看妈面上,明天你就要走了,一会儿他回来了,你就叫他一声爹吧!"

"要叫我也不叫爹。我想,他一定更喜欢我叫他爸。"

"行,行,按他们张家从城里带来的习惯,叫他爸也行!"

"但我还是不想叫他爹,也不想叫他爸。"

"为什么?!"

"他至今也不爱你!"

"你怎么知道?!尽瞎说!"

"我就是知道!他从来也没对你亲爱过,这我看得出来。"

李秀英刚想说什么,成民推门进屋了,李秀英向岳自立使眼色。

"叔,我明天就走了,你对我还有什么吩咐吗?"

"自立,来来来,看,我到市里去了一趟,把全套的高三课本,都为你找齐了。明天都带上,有空儿就学习。有难处的地方,就写信问我,啊!看,信封,邮票,我也替你买了不少。"

"谢谢叔叔,我一定记在心里。"

李秀英向儿子投去不满的一瞥。

"该嘱咐的话,你妈一定都嘱咐过你了,我就不多说了。"

李秀英关心地问他:"你吃了没有?我给你热点儿吃的?"

"我吃过了。"成民看看李秀英,又看看岳自立,"自立,到爷爷奶奶那边儿去,和他们亲热亲热,啊?"

"去过了。"

"那,你叔你婶那边,还没告别过吧?"

"不是明天才走吗?"

"是啊是啊,是明天才走。可……明天村里好些人都会送你,还是今晚过去先跟他们说说自家人之间的告别话吧!"

"他们那边儿也黑灯了。"

"这成才两口子,干吗这么早就睡了呢? 真是的! "成民在屋里颇有心事地来回走了几步,站在李秀英跟前看她,又扭头看岳自立,欲言又止。

李秀英不解地望着他:"你……是不是有什么事儿要单独跟我说呀?"

"那倒不是,我只是觉得……嗨,他们干吗睡这么早呢! "

"妈,爷爷和奶奶让我今晚睡他们那边儿去,陪他们聊聊天。"岳自立一说完,抱起枕头走出去了。

成民和李秀英默默相视,李秀英轻声说:"自立已经走了,你想说什么,就直说吧。"

成民目光温柔了:"秀英,我太委屈你了! "

"我不明白你的话。"

"我回来时,路过大翠的坟那儿……我终于把咱俩的事儿,在坟前讲了。自从你进了张家的门,方方面面,你都做得那么好,我张成民,凭什么不该恩恩爱爱地对你? 从今往后,我要……我要……"李秀英一扭头,只手捂脸,无声地哭了。

窗外,岳自立犹犹豫豫地用手指沾唾沫,将窗纸捅了一个小洞。

屋里,成民默默拉起李秀英一只手,将她拉起,同时拎上书兜,拉着李秀英走过将屋子隔开的布帘,走到了镜子跟前。

"秀英,你坐下。"

李秀英听话地坐下了。

"你抬起头,看着我。"

李秀英缓缓抬起头,接触到成民深情的目光,反而不好意思,微微一笑,将头一扭。

"看着我嘛!"

李秀英终于表情羞涩地看着他了,成民替她擦去了脸上的泪痕。

"你真好看。你要是不好看,那我对你也就只有同情了。那我当初的做法,也就大错特错,彻底错了。"

李秀英又害羞地低下了头,成民双手捧起她的脸:"我刚才想说的是——从今往后,我要宝贝着你,要给你饱饱满满的爱,要把前边欠你的爱也补上,要让你每天都觉得是浸在我的爱里。"

李秀英不由得将头偎贴在成民胸前,幸福地闭上了眼睛,喃喃地说:"你呀,让人家心里甜蜜的话,说上那么一两句就行了。再说,就把人家说化了呀!"

成民笑了:"你化了我就把你收在碗里,一口气喝下去!"

李秀英也笑了,轻轻用拳打他。

"我进城去,不光是为了给自立买书,还给你买了两样东西呢!"成民说罢,从书包里掏出一支红色的花形塑料发卡,替李秀英别在发上。

"都老了,还为我买这么好看的东西!"

"你还是我的新媳妇,以后不许说老不老的话!"成民又掏出一条红头巾,替李秀英系在脖子上,"自己照照镜子,多俊俏!"

李秀英照了一下镜子,又不好意思起来。成民再次捧起她的脸,凝视了片刻,忽然低下头,忘乎所以地吻了下去……

岳自立揉了揉眼睛,轻步走到张广泰屋里,躺在张广泰和王玉珍之间。

"爷爷,奶奶,我想唱歌儿。"

"自立,你可别跟艳双学,都快半夜了,唱的什么歌啊!"

"不唱,睡不着。"

张广泰披衣坐了起来:"我也睡不着,想唱京剧,好久没唱过了。"

王玉珍数落他们俩:"你们这一老一少,作的什么妖啊!"

张广泰说:"我忍着,不唱了。你唱,我听,可得小声唱……"

"我唱有贵爷爷教给我的,陕北那边人唱的那种!"岳自立猛地一嗓子,"山丹丹那个花开在山崖崖上……"

张广泰赶紧说:"哎呀孙子,可不行!打住!打住!"

岳自立幸福地笑了,紧接着又来了一嗓子:"相爱的那个人儿呀爱在那心里边!……"

成才屋里,成才两口子被惊醒了。成才睡眼蒙眬地说:"这个自立,半夜三更的,这是抽的什么疯!"

"人家来时可是个好孩子,都是跟咱们艳双学的!"

布帘另一边传来张艳双抗议的声:"诬蔑!我半夜三更这儿闹腾过吗?"

成才好像忽然清醒了:"肯定是跟黄家驹学的!"

布帘另一边又传来抗议的声音:"还是诬蔑!明明是跟有贵爷爷学的!爸你怎么尽说昧良心的话啊!"

成民屋里,成民夫妻已躺在炕上,李秀英头枕着成民的胸,成民爱抚着她。

李秀英不安地说:"自立怎么了?可别吓着他爷爷奶奶!"

"他猜着了我们今晚会怎么样,他为我们高兴的!"成民一翻身,将李秀英搂在怀里,深情地吻她。

面对着矿井上的井车,大柳树村的农民们呆看着,都不敢先上。曹有贵的儿子曹庆安问带领他们下矿的矿工:"多深?"

"这口井不深,才三十几米。"

"那,我们怎么上来呢?"

"当然还得靠它了!"

"要是它上到一半儿,坏了,我们会怎么样?"

"你这个人,别非往不吉利的方面想呀!"

大家你看我，我看他，还是都不敢上。黄家驹走来，看着大家说："来都来了，工作服都穿上了，都吃了矿上的一顿饭了，开弓没有回头箭，还大眼瞪小眼地干什么呀？"说罢，率先上了矿车。

"等等！"罗军等一干知青，也身穿工作服赶来了。

"你们怎么……"

"大家一合计，要是不来，那也太不仗义了！"

黄家驹笑了，罗军等知青挤上了矿车，曹庆安再要上，已挤不下了。

罗军笑道："要不你们拉倒吧，干脆回村去吧！"哗的一声，矿车降了下去。

再漫长的冬季，也总会过去的。一个季节，永远比不上一年那么长。自然界循此法则，时代之规律，也循此法则。当人们心头的冬季终结了的时候，内蒙古大草原上的天气却开始变冷了。

也许是性格所决定的吧，孤独对于岳自立而言，反而等于是一种享受。但这大柳树村的青年也不总是孤独的，大草原赐给了他一位朋友，那朋友经常来看望他，帮助他克服各种困难。

落日悬在草原的地平线上，岳自立和一大群羊在草原上移动着。羊群发出咩咩的叫声，仿佛一首草原的黄昏曲。岳自立将羊群赶进栅栏，当他拴好栅栏门，转身走向河边的帐篷时，远处传来了乌日娜的喊声："岳自立，我来啦！"

岳自立闻声扭头，一骑人马疾驰而至。

乌日娜跳下马，扑抱住岳自立，双手捧抱住他的脸，一阵狂吻。岳自立一时被吻呆了，继而躲开，不好意思而又奇怪地问："乌日娜，什么事使你这么高兴啊？"

"喜事！天大的喜事！全中国人民的喜事！"乌日娜搂住他，飞快地旋啊旋啊，旋得蒙古袍像花朵一样展开了下摆……终于，两个人都旋倒在草地上。

乌日娜俯视着不明所以的岳自立又说:"他们完蛋了!"

"谁们?"

"'四人帮'! 北京把他们解决掉了!"

"什么'四人帮'?"

"就是江青他们一伙! 北京的老革命家们,把他们全都拿下了!"

岳自立一翻身,将乌日娜翻在下边,也俯视着她说:"乌日娜,这话你可千万不能再跟别人说啊! 即使你是少数民族,也会给你全家带来灾祸的呀!"

乌日娜一翻身,将岳自立翻在了下边,兴奋地说:"真的! 不是我疯了! 报上都登了,我给你带来了一份!"

乌日娜站起来,也将岳自立拉起,从怀里掏出一份《人民日报》给岳自立看。岳自立看罢,报纸从他手中飘落地上。他激动地用双手抓住乌日娜的两肩,想说什么,却说不出来,凝视着她,眼中渐渐淌下了泪。

岳自立突然放开乌日娜,走向河边,蹲下一把把洗脸。乌日娜牵马走到他背后,轻声叫他:"岳自立……"

岳自立起身,扭过湿淋淋的脸看乌日娜。

"你哭了?"

岳自立点头。

"我不会笑话你的。我想,这几天,全中国许多人都哭过。我爸爸报纸看了一遍又一遍,看一遍哭一次。今天,他已经又哭了两次,又醉了两次了! 可是,我却只不过想一次次亲吻我的朋友们。"

岳自立走到乌日娜跟前,低声说:"乌日娜,我也想亲吻我的朋友们。在这里,你是我最好的朋友,让我也亲吻你一下,行吗?"

乌日娜微笑着,闭上了眼睛。岳自立在她额上轻轻亲吻了一下,乌日娜睁开眼睛,突然又搂住岳自立的脖子,热烈地吻他。那一种喜悦,是那么巨大,那么激动人心! 一蒙一汉两个年轻人,都不知怎么才能释放出他们激动的心情,只有相互久久地亲吻。

两个人终于分开了，一时都很不好意思。

"我父亲让我来接你。他说，在这样的日子里，不应该让你一个个孤零零的。"乌日娜翻身上马，向岳自立伸出一只手。

"可是，万一有狼来了呢？"

"这几天晚上，草原上到处是熊熊的篝火和狂欢的人群，狼怎么还敢接近羊群呢？"

岳自立抓住乌日娜的手，也翻身上马了："那张报……"

"就丢在那儿吧！让草原的地也看看，天也看看。搂紧我腰！"

岳自立搂住了乌日娜的腰，乌日娜高喝一声，那马疾驰而去。

几堆熊熊的篝火燃烧在几座帐篷之间，牧民们围着篝火，手拉手在欢舞。

马头琴声响起来了，乌日娜说："我爸爸要唱歌了！"

乌日娜的父亲广布道尔基浑厚的歌声响了起来，在歌声中，岳自立对乌日娜说："我还是放心不下羊群！"

这时恰逢跳舞的牧民们齐声合唱，乌日娜没听清，问："你说什么？"

岳自立对着她耳朵大声说："有一头母羊要产羔了，我放心不下，那可是我放牧的羊群的第一胎！"

乌日娜理解地点点头，扯着岳自立的手离开了。乌日娜将岳自立领到了一顶帐篷口，钻了进去，岳自立犹豫不前。

"进来呀！"

岳自立这才进去了，乌日娜捧给他一件蒙古袍："我父亲让我给你带去，我忘了。夜晚冷了，你现在就穿上吧！"

岳自立戴上了蒙古帽，穿上了蒙古袍。乌日娜打量他，笑道："你有点儿像我们蒙古族人了。"又从柱子上摘下了枪和子弹袋，"把这个也带上，我送你回去。"

"不用告诉你父亲一声？"

"行了。"乌日娜掏出丝巾系在柱子上,牵着岳自立的手离开帐篷。

二人避开人群,走到马匹前。乌日娜说:"你先上。我看看你这名学生的骑术合格没合格!"

岳自立上了马,向乌日娜伸出一只手,乌日娜抓住他的手,上了马。两人一马,在广布道尔基的歌声中,径自去了。

岳自立的帐篷里,马灯悬在柱上,可闻外边潺潺的流水声。

沙地上画着几何图形,岳自立在对乌日娜讲解:"'几何'两个字是从希腊语译过来的,希腊语的原意是'寻找答案'。看,如果在这里画一道虚线,我们一眼看出,它是圆的半径。已知圆的直径是十厘米,半径当然是五厘米。我们又一眼看出,它也是长方形的对角线。长方形的对角线相等,那么这一条 AB 线段,当然也等于五厘米了!就这么简单!"

"难怪你要把帐篷里铺上沙子!你是不是特别想上大学?"

岳自立摇头。

"那,你来放羊,还带着这么多书,还整天学啊看啊的?"

"我已经到了该独立生活的年龄了,已经错过上大学的年龄了。"

"也就是说,你想要一个媳妇了?"

"那倒不是。还和父母生活在一起,我感到自己太没出息了。"

"可我父亲说,你不怕吃苦,能耐得住寂寞,是汉族里的一个好青年。"乌日娜停了片刻,又说,"我也这么认为。"

外边传来狼嚎声,岳自立一下子丢了树枝,抓起了枪。

"别紧张。你要像我们蒙古族人一样,对狼嚎声要渐渐习惯。"

岳自立笑笑,还是走出去了,乌日娜也跟了出去。

"只要这堆火还在燃烧着,狼就不敢接近。草原上成群的狼已经被消灭了,少数的狼已经变得很胆小了。"

"其实,我也不是不想上大学。可我们的村子,是个很穷的村子。我的家,又是个大家庭,全靠省吃俭用,生活才能过下去。一考虑到这一点,即使有机会了,我也决定不考大学了。我要是给我们的大家庭增添负担,那我心里会感到羞耻的。"

"别这么忧郁,我听到旗里的干部来对我父亲说,'四人帮'垮台了,旗里决定立即恢复我父亲查干书记的职务,查干就是你们那儿的乡。我父亲说,他对你们那个村子很感兴趣。他有一个想法,能使我们这个查干和你们那个村共同富裕起来,旗里的干部很支持他的想法。"

"什么想法?"

"我也不知道——他们还对我保密,不许我听。"

二人边说,边走到羊圈旁,伏在栏杆上,望着角落一堆草上卧着的母羊。

"它会顺利吗?"

乌日娜按按他的手:"别担心,我的朋友。但有时候,也有这样的情况,小羊一产下来,母羊就死了。就得让小羊吮别的母羊的奶。别的母羊一般都不愿意,我们蒙古族人,就替失去了母亲的小羊唱'请奶歌'……想听吗?"

岳自立点头。乌日娜轻轻唱起了"请奶歌"……

火堆燃尽,黎明悄然而至。

帐篷里,岳自立盖着蒙古袍在羊皮上睡着,帐篷的帘已卷起,阳光照醒了岳自立。他穿着红毛衣一走出帐篷,就看见了乌日娜身背着枪坐在树墩上的背影。

"乌日娜……"

乌日娜扭头一笑,岳自立走过去,又见乌日娜怀抱两只雪白的羊羔。

"乌日娜,你……替我守了一夜?"

"一切顺利,它们不需要我替它们唱'请奶歌'了!"

岳自立抱过去一只羊羔,爱抚着,乐得合不拢嘴。

"它们是你放牧的羊群的头胎,不想为它们各取一个名字吗?"

岳自立脱口而出:"早想好了——叫大柳树!"

乌日娜笑了:"有意思!那么这一只呢?"

"大柳树之二!"

乌日娜更笑了:"那,用我们蒙语来叫,就是 ××× 和 ×××。"

一轮旭日升起,岳自立托举起小羊羔,大喊:"乡亲们,咱们有羊啦!"

大柳树村队部里,张广泰坐在炕沿上,胳膊放在小炕桌上;面前肃立着黄家驹,穿着矿上的工作服,两眼圈黑黑的,像描了。

"没什么重要的事儿,你怎么能撇下大家,亲自回来呢?"

"事情虽然并不怎么重要,但是如果让别人回来,那我可绝对不放心!"黄家驹解开衣扣,又从腰上解下一条裹有东西的带子放在桌上。

这时,张艳双端了一碗汤药递给张广泰:"听说你们矿上出事故了,我爷爷一夜没合眼,眼睛又上火了。"

"那事故过去了,没有伤亡,咱们大柳树村的人,危险时刻表现得都不错,没有一个贪生怕死的,帮着营救出了好几名矿工,矿上说要给我们颁奖旗。"

"那你也不说打个电话来报报平安!"

"打不通呀!咱们村那条破电话线,不是又被大风刮断了吗?"

"那你那会儿就该亲自回来一趟,害得村里许多人哭哭啼啼的。"

张广泰饮了一小口苦药,皱眉问:"那是什么?"

"钱。"

"钱?多少?"

"总共七千二百元。五千元是矿上发的奖金,奖励咱们大柳树村人的好表现;二千二百元是大家伙挣的,各人该得的,我都分给各人了!奖金大家都分文不要。所以,这一笔钱都归村里。"

"多少?"

"总共七千二百元。"

张艳双展开布带,钱呈现了出来。

"都归村里?"张广泰难以置信地看着那些钱。

"对,都归村里。"

张广泰手中的碗掉在地上,碎了。

张艳双向钱伸出了手,张广泰喊她:"你不许动!"

张艳双缩回了手,张广泰却用双手揽住了钱,呆呆地看着,渐渐咧开嘴,笑了。

黄家驹小声对张艳双说:"和我姥爷一样,老财迷!"

张广泰激动地大喊:"快!快去找你有贵大伯和金凤大娘!"

"不用找了,我们来了!"随着李寡妇的话声,她和曹有贵进了队部。

"听说家驹回来了,我俩赶紧一块儿来了!"曹有贵捋了黄家驹的后脑勺一下,"小子,干得行啊!"

"哎,你对我干孙子礼貌点儿啊!"李寡妇又调侃黄家驹,"干孙子,想我了吧?"

黄家驹笑了。

张广泰说:"看,他们为村里挣来了这么多钱!"

曹有贵和李寡妇这才发现桌上的钱,都瞪大了眼睛,同时跨向桌子,伸出手去。张广泰身子一伏,压住了钱,害怕二人抢似的:"都不许动!都不许动!"

曹有贵无奈地说:"你看你!我替你点点还不行嘛!"

张广泰将钱包好,往屁股底下一坐:"不用点,七千二!我亲自去城里存上!"

李寡妇一拍大腿:"哎呀妈呀,他乍一见着钱,变成这样了呢!"

张艳双打趣道:"我爷爷现在第一爱党,第二爱钱!"

黄家驹建议:"我看不必存了,在矿上的人都主张,用这笔钱把咱村的电通上。粗算了一下,差不太多。这一笔钱交预付金够了。"

张广泰一个劲摇头:"刚挣到手的钱,就打算一下子花光它?怎么花,得支部以后研究研究!"

"咱们城边儿上的一个村,到了晚上望着城里灯明窗亮的,村里却哪儿都黑咕隆咚,大伙儿心里别扭!"

"电就有那么重要? 你刚落户才几天? 就已经心里别扭了?"

"电是文明生活的标志。没电哪儿来的光明? 没光明还有什么前途呢?"

"错! 吃得饱饭才是文明生活的前途。电不电的,再委屈几年吧! 这世上好多前途都是黑咕隆咚地奔出来的,别人们能那样,咱们为什么不能?"

黄家驹还想说什么,张广泰竖掌制止他:"你什么都不要说了,这事儿依不了你。你有功,矿上都奖励你了,支部也不能没态度! 有贵,我记得咱们还有几张没写过的奖状是吧?"

曹有贵点头:"对,去年表彰计划生育剩下的,好像也就剩一张了。"

李寡妇说:"寡妇多,也就计划生育方面能争个先进!"

张广泰说:"找找。找到了,把家驹名字写上,哪天我亲自主持一个大会,郑郑重重地发给他。"

"还是免了吧!"黄家驹说完转身就走。

张艳双跟了出去,问:"你生我爷爷气了?"

"我不是生他的气,我是替大柳树村悲哀! 瞧瞧他们这个支部,年轻人一张口都得叫他们爷爷奶奶的!"

"那,大柳树离开他们也不行啊!"

"谁说不行?"黄家驹仰天一叹,"得有人赶快接他们的班了啊!"

"以后你试试?"

"那也得我愿意,我什么时候说过我保证永远不离开大柳树了?"黄家驹又小声说,"今晚到知青宿舍去找我,我要把我的思想汇报当面交给你!"

第二十二章

队部里,张广泰问:"他怎么一转身走了?"

曹有贵琢磨着说:"大概是不愿意他的名字写在一张表扬计划生育剩下的奖状上吧?"

张广泰气呼呼地说:"那有什么? 那也是奖状嘛! 都亲眼看到了吧? 不成熟的表现!"

李秀英拿着一封电报匆匆走入了队部:"爹,自立从内蒙发来了一封电报。"

"唔? 有什么不好的事吗?"

"上边写着转支部收。家里就我自己,我没敢擅自拆开看。"

"快拆开念念!"

李秀英慌慌地拆开了电报信封中,念道:"望速搞好全村各家庭及环境卫生,不日将有蒙古族客人前往考察……" 念完,李秀英将电报放在炕桌上。

张广泰困惑不解,低头沉思。

李秀英小声问:"爹,如果没我什么事,我回家了?"

张广泰点点头,李秀英走了。

张广泰这才抬起头,看着曹有贵和李寡妇问:"你们二位,听明白了?"

李寡妇说:"说让各家各户收拾收拾卫生,把村里大面儿看不过去的地方也打扫打扫,等着蒙古族客人来视察。有贵,是这么个意思吧?"

"不错,就是这么个意思。"曹有贵说完瞪着张广泰,仿佛在问——你就没听明白?

张广泰说:"你们听明白了呀,我当然也听明白了,可我不明白的是,咱们这么一个穷哈哈的村子,有什么值得考察的呢?而且来考察的还是蒙古族客人?"

曹有贵说:"是啊是啊,这个自立,也不多拍回几行字,让人半明白半糊涂的!"

李寡妇猜度道:"那孩子仔细惯了,肯定是舍不得多花钱呗!听说一个字三分钱呢!"

张广泰还是不满:"那也应该打个电话来!当初决定派他去,还不是认为他办事妥当么?可是却拍回这么一封莫名其妙的电报来!"

李寡妇说他:"你也不想想,大草原上,打电话那么容易?再说咱们这部电话,能直接接到长途吗?我看啊,咱们三个,老了老了,都变得有点儿不讲理了。对年轻人,只剩下批评他们这也不对那也不对的心劲儿了!别的心劲儿呢,都快耗磨光了。"

曹有贵说:"要挖苦你就挖苦你自己啊!别捎带上我,我可没变成你说的那样!"

张广泰说:"她那是挖苦我呢,我是书记,宰相肚里能撑船,才不跟她一般见识!"

李寡妇一笑:"说你怎么了?说得不对?自打你当书记,这后十来年,你为村里提出过什么大主张了?你反省吧你!"

张广泰辩解道:"那也不能怨我,'四人帮'把我变了!以前,有主张,敢说吗?敢做吗?后来连想都不敢想了!"

曹有贵笑了:"哈,老哥,你可有垫背的了!打倒'四人帮'!"

李寡妇说："你喊晚了,咋不早喊两年?"

张广泰说："得啦得啦,都严肃点儿,别扯别的! 我只问你俩一个感觉,这封电报,带来的可能是好事呢? 还是不好的事呢?"

曹有贵挠头："你这么一问,我倒觉得有点儿不妙了! 会不会是自立那儿出了什么问题,人家没法儿跟他一个人交涉,要派人找咱们支部来理论呢?"

李寡妇担心地说："要出问题,那就是羊群出了问题。都说闹起什么病来,一死就是几百只……"

张广泰郁闷地说："我也这么担心! 唉,公平而论,这十来年,除了那个黄吉顺……"

曹有贵纠正他："黄家驹! 在咱们大柳树插队的,是黄吉顺的外孙! 记住了,再别往错了说了!"

张广泰嘟哝："黄家驹黄家驹! 唉,我一看到他,提到他,心里冒出的就是黄吉顺三个字! 说到底,也是他黄吉顺把我害的,整天操这份儿操不完的心! 要不,我早退休了,每月拿几十元退休金,轻闲自在,那是什么日子?"

李寡妇提醒他："你就别说黄吉顺了,接着说黄家驹吧!"

张广泰说："公平而论,这十来年,还就人家黄家驹,为咱们大柳树做了两次实实在在的贡献! 以前是弄回来过化肥和农药,现在又挣回了七千二百元钱。"

曹有贵提议："我看,让人去把黄家驹那小子找来,听听他对这一封电报的感觉?"

李寡妇猛点头："对! 年轻人拍回来的电报,让年轻人理解,是凶是吉,准头比我们的感觉大些!"

张广泰说："那也等晚上吧! 现在我要亲自去做的第一件事,就是赶紧把钱存上。那么一大笔钱,放哪儿我都不放心! 这事可不能隔夜——咦,钱呢?"

曹有贵与李寡妇对视一眼,曹有贵说:"刚才你还用胳膊护着来呀,我俩连摸都没摸着一下啊!"

李寡妇说:"这么一会儿工夫,你自己把钱弄哪儿去了?"

张广泰着急地说:"我……刚才只秀英来过啊……她……"

李寡妇笑骂他:"老东西!往哪儿猜呢?人家秀英念完电报,往桌上一放就走了!你那话让人家秀英听到,伤心死了!"

张广泰又说:"不好,不好……黄家驹刚才走得那么急,你们看清楚他是怎么走的没有?"

曹有贵回忆着说:"你说要发给他一份奖状,而他自己最后说的是——'还是免了吧';一边说,转身就走了……难道,他又顺手牵羊把钱拿走了?"

张广泰面上阴晴不定:"再一口咬定,明明当面交给我了……"

李寡妇劝道:"罪过,罪过,这都是在背后乱猜些什么呢!你别急,先定下心来好好想想……"

张广泰急赤白脸地说:"我还不急?!还能定下心来?!有贵,赶紧陪我去找黄家驹!"

他双脚一落地,正踏在碎碗上,身子一栽歪,曹有贵及时扶住他:"我的支书,你可别再给我摔了!"

"那不是钱嘛!"李寡妇双手一拍,"想起来了,刚才被你压在屁股底下了!你呀,你呀!你老了!"

张广泰尴尬地笑了:"老了大柳树也得我当家!要不谁还当得起这个家!"脱鞋上炕,盘腿打坐,打开布带,又说,"现在我要定下心来点数一遍!你俩谁也别说话!"他往指上啐口唾沫,认认真真地数起钱来,曹有贵和李寡妇都大瞪双眼看着。

张广泰点罢,笑道:"正好!事要一件一件地来办,要分轻重缓急,这就叫成熟。有贵,你陪我去找上成才,你俩保护我,现在就把这钱存上去!至于电报是凶是吉,晚上再议!"他一边说,一边将钱用布带卷好,往腰间系。

曹有贵说:"非得找上成才吗? 我一个人还保护不了你? "

张广泰不同意:"非得找上成才,你们两个保护我,才更安全! "

李寡妇笑着说他:"还成熟呢,我看你是老猪腰子! "

曹有贵找来成才,张广泰居中,曹有贵和成才一左一右,三人大步腾腾走在村路上。

"爸,黄家驹那小子,带回来多少钱? "

"保护我去把钱存上就是了,问那么多干吗? "

"这我有什么不能问的呢? 属于集体的钱嘛,我也是集体一员啊! "

"没说你不是集体的一员。等支部向集体宣布的时候,你再跟着知道吧! 你怎么那么特殊,非得提前知道? "

成才看曹有贵,曹有贵忙说:"别问我啊! 你老子既然那么说了,我也不好告诉你了! "

"这有什么可对我保密的? 莫名其妙嘛! "

三条汉子大步腾腾地走过小桥,走在广华街上,仿佛美国西部片中的三个枪手。广华街上,这儿那儿的人,望着他们的架势,议论纷纷:

"八成又是冲黄吉顺去的吧? "

"黄吉顺最近已经很少出门了呀? 难道又做下什么坑骗张广泰的事了? "

"张广泰老啰! "

"今天广华街上可能又要出事儿! "

"走,跟着看看去,该劝,得双方面劝劝! "

……

三条汉子在前边走着,不知不觉地,后边跟随了些人。

他们以及他们后边跟随着的人经过理发店,理发店里涂了满脸肥皂,胡子刮了一半的人以及拿着剃刀的理发师也走了出来。然而三条汉子一直往前地走过了新新居,连头也没扭一下。跟随的人们驻足,不明白了。

三条汉子走在市里另外的街上,张广泰由于兜里揣了七千多元钱,走得意气风发;曹有贵和成才两个,则有点儿横冲直撞的劲头;被他们撞了的人,看他们那样子,都忍气吞声;而前边的人,避之唯恐不及。

到了银行,曹有贵首先推开门,用一只手撑住门,让入张广泰;而成才,像早年的武工队员似的,煞有介事地左右望了望,这才紧随而入。

张广泰走到柜台前,小声说:"存钱。"

三条汉子的进入,早已引起柜台里外的注意,人们用异样的眼光看他们;而曹有贵和成才,与张广泰背对背站着,警惕地望着这儿那儿的人们。

业务员默默向张广泰伸出一只手:"多少钱?"

曹有贵不甘寂寞地扭头替张广泰大声回答:"七千二!"话声一落,望着他们的目光更加异样。

张广泰不满地瞪了曹有贵一眼,仍小声说:"对,他说的数。"解下腰间布带,取出钱,双手呈递过去。

年纪轻轻的小女业务员飞快地点钱,继而又点一遍,说:"不够呀,少六百元。"

张广泰一下急了,大声说:"不可能!"

曹有贵和成才同时转身,也瞪着小女业务员。

小女业务员忐忑地说:"您看着我点的,我没有做手脚!那您自己再点一遍?"又把钱放在柜台上了。

张广泰刚伸出手,成才阻拦地:"爸,少了,你可别点!"

张广泰又缩回了手,一名老业务员走过来,看着张广泰问:"是以前广华厂的张广泰师傅吧?"

"对,同志您看,我来时点得清清楚楚……"

"张师傅,别急,您再看看这布里,兜里……"

"肯定不会在我兜里……"

他拿起布条抖几抖——六十张十元的钱落了一地,成才反应机敏地跨开一步,张开双臂:"谁也不许靠前!"

曹有贵和张广泰赶紧蹲下捡钱。

存完钱,三条汉子离开银行,走在街上。张广泰脚步放慢了,说:"来时走得太急了,我得坐下歇会儿。"他坐在人行道沿儿上了。

成才又摆出一副保镖的架势,曹有贵说他:"钱都存上了,你就别那架势了!"成才不好意思地笑了。

"老哥,身上一没钱了,你就一文不值了。这时候搜你身,我都懒得管你了!"

"那不行!他是我父亲,比钱重要!"

"都别说笑了,也陪我坐会儿!唉,钱这东西,一多了真不是什么好事儿。只存了一下,我就出了一身汗!"

"你以为光你出汗了?多大个责任啊!"曹有贵坐下,掏出烟分给张家父子。

当他们走回广华街时,张广泰在新新居门前驻足。街对面摆摊儿的人们又注意着他们了,理发店里的理发师傅停止了理发,自言自语:"八成,还是要出点儿事!"

新新居里,正在粘一些粮票的黄吉顺一抬头,紧张地说:"不好!你快来看!"

闭着双眼坐在桌旁拨拉黄豆的于凤兰无动于衷:"好也罢,不好也罢,我这双眼都快瞎了,什么也看不见了,你自己看吧!"

黄吉顺起身插了门,闪在窗旁继续朝外看。

街上,张广泰咂咂嘴说:"这新新居的生意,就开始红火了那么一阵子,就不行了,黄吉顺当初肯定没想到。"

曹有贵语带怜悯地说:"黄吉顺以后也没过上什么称心如意的日子,

也怪可怜的。"

张广泰志得意满地说:"七千二,就现在,在这广华街上,我大柳树能买下他三个新新居!"

成才说:"那是的!"

张广泰忽又叹了口气:"真想进去看看……二十几年了,我张广泰再没进过自己从前这个家。"

成才催他:"爸,快走吧! 连当年两棵香椿树根都刨走了,再也没有任何属于张家的东西了,进去了还有什么可看的呢? 爸,好些人都在瞧着咱们呢!"

张广泰这才又迈动了脚步。

天黑了,大柳树村队部里,当年那一盏马灯,玻璃罩已碎了,光线有限。张广泰等五个党员,在等着黄家驹的到来。

李寡妇揉着脚踝说:"出门踩在个坑里,崴脚了。支书,我可声明啊——我支持竖电线杆子,拉电线! 一辈子都快到头了,还没享受过电灯的亮,我可等不及了!"

"我也有言在先啊,一会儿黄家驹来了,只听他对那封电报什么看法,不议别的!"

知青宿舍里,张艳双的身影闪进了门,等在门口的黄家驹将她按在门上。

"别出声,是我。"

"你就这么向团支书汇报思想的啊?"

"先解决燃眉之急嘛!"

一对年轻人一阵拥抱、亲吻的缠绵后,黄家驹扯着张艳双往前走:"别急,到这儿来。"

"我急什么了? 是你急!"

黄家驹扯着张艳双走到了大炕最里边,那儿已经铺好了褥子。二人在炕边坐下后,张艳双问:"你的被褥不是带走了吗?"

"罗军的。"

"那你给打开了,他不高兴呢?"

"我是他们队长,铺谁的盖谁的,是谁的荣幸! 你要是怕他不高兴,把你的被褥给我送来?"

"美的你! 我才不要那份儿荣幸!"

黄家驹却仰躺下了,问:"你累不累?"

"怎么不累! 你们男人出去挣钱,我们妇女在村里也没闲着。我们弄起了砖窑,过几天就开窑烧砖。将来把大柳树村的房子全盖成砖瓦的。再烧了,卖给城里。"

黄家驹拍拍褥子:"既然你也累了,躺下多舒服呀,坐着干什么呢?"

张艳双扭头看看:"我才不上你的当呢!"

"这是什么话,你就别跟我客气了!"黄家驹抓住张艳双手一扯,张艳双顺势半情愿不情愿地也仰躺下了,他又一翻身,压在张艳双身上。

张艳双大睁着双眼问:"你对我,到底打的什么主意?"

"你说呢?"黄家驹又欲吻她。

张艳双将头一扭:"我的问题很严肃,你正经点儿!"

"正经那也得分个时候!"

张艳双经不住诱惑,他们的唇又吻在了一起。

突然外边响起成才的一声喊:"黄家驹!"

二人大吃一惊,坐了起来。

"怎么办?"张艳双六神无主了。

"别慌,我坐你对面去。你爸进来了,就说我在向你汇报思想!"

黄家驹刚在对面炕沿上坐下,门开了,成才在门口问:"有人吗?"

黄家驹说:"有!"

成才迈进了门,发现张艳双的身影,一愣,大步走上前细看,恼火地说:"艳双?! 你在这儿干什么?"

"我在听他向我汇报思想。"

"汇报思想?"成才猛转身跨到黄家驹跟前,"你怎么总向我女儿汇报思想?"

黄家驹镇定地说:"她不仅是你女儿,还是团支部书记。我不仅是团员,还是知青队长——我总向她汇报思想,很正常。"

"为什么偏偏黑黢黢地汇报?"

"我倒想亮堂堂地汇报,咱们村也没通电啊!"

"那还有油灯!"

"我们没找着。"张艳双插嘴说。

"你给我住嘴!"

"找着了也不点。灯油是村里供给我们知青的,该省,就得省。"黄家驹泰然自若。

"我看你小子就是对我女儿没安好心眼儿。"

"那么,依你看,我对你女儿,安什么样的心眼算好心眼,安什么样的心眼儿又是不好的心眼儿呢?"

"你横竖总有理是不是? 我……我扇你!"

成才一巴掌扇下,黄家驹擒住了他手腕。张艳双离开炕沿,扑上前,将二人分开了。

"张成才,打人不打脸,再一再二不可再三。哼! 你又跟我要野蛮,我要到支部去告你!"黄家驹说完扬长而去。

"爸,你怎么总是不问青红皂白……"

"我也扇你!"成才举起了巴掌。

张艳双把头高高一昂,成才的手却缓缓落下了。

黄家驹气呼呼地走进队部,曹有贵见他说:"家驹,支部的人都在等你,想听听你……"

黄家驹打断他:"什么事儿都过会儿再说! 支书同志,各位党员,我得先向支部反映个严重的情况！张成才，就是你党支部书记的儿子，团支部书记的父亲，刚才，他又向我耍野蛮，想扇我耳光！"

李寡妇问他："想，还是已经扇了你了？"

黄家驹一撇嘴："我才不老老实实地让他的野蛮行为得逞呢！"

曹有贵问："你也打了他了？"

"他敢！"随着话声，成才闯了进来。

张广泰对成才说："黄家驹告你动不动就对他耍野蛮，你当着支部全体的人解释解释吧！"

"他恶人先告状！"成才怒气冲冲。

黄家驹抓住成才话头说："你们亲耳听到了吧？在他眼里，我黄家驹倒成了大柳树村的恶人了！"

张广泰不耐烦地说："别在这儿斗嘴！这是队部！也是党支部所在地！你反映的情况，我已经听明白了。现在我们先听他的解释。"

成才瞪了黄家驹一眼："你们支部派我去找他，我就奉命而去。一找，我到了知青宿舍，黑着，连个油灯亮儿也不点！我女儿艳双也在那儿！他说他在向艳双汇报思想，说连个油灯也不点，是为了替队里节省灯油！你们能信他的话吗？他那不是无礼搅三分吗？"

张艳双也进来了，说："爸，你这是在干什么嘛！"

一名党员说："支书，这是你们的家务事，我看就……"

黄家驹大声说："错！我黄家驹可不是他张家的人！我是知青队长！出席过全公社优秀知青代表大会的人！我郑重要求党支部现在就明断是非，以诚后患！"

张广泰沉吟片刻，说："你们先都出去，只艳双一个留下。给我几分钟，让我先把这事儿断出个理来。"众人都起身出去了。

"艳双，你近前来。"

张艳双走到了他跟前。

"抬头，看着我。"

张艳双抬头看他,张广泰苦口婆心地说:"艳双,我可是你爷爷,你对我要说实话,究竟怎么回事?"

张艳双低下了头。门外,每一个人都在屏息敛气地听。

"我问你话呢!"

张艳双又抬起了头,她选择了维护黄家驹也是维护自己面子的立场:"就是家驹说的那么回事!"

张广泰不动声色地盯着她看,张艳双张张嘴又要说什么。

"你什么都不要说了,去叫他们进来吧。"

门外,成才狠狠地瞪黄家驹,黄家驹则一副恢复了名誉的坦然模样。

曹有贵拍拍成才的肩:"成才啊,叔也趁这机会劝你一句——谁没打年轻的时候过来的呢? 有时候啊,对这男女青年之间的事,睁一只眼闭一只眼得了,不能太神经过敏。"另两名党员频频点头。

张艳双出来说:"支书叫你们进去。"

"艳双,我怎么看你越来越俏了呢? 瞧这双眼睛亮的! 心里整天揣着什么喜事儿呀?"李寡妇说时,还故意用眼瞟黄家驹。

"又逗我!"张艳双头一低跑了。

成才哼一声,率先进入屋去。

张广泰命令道:"成才,艳双也说,是他说的那么回事。那么,你不对,你向他当面道个歉,别再耽误我们功夫,我们还要议别的事。"

成才将脖子一梗,头一扭。

"你不? 不也罢。那么,你近前来。"

成才跨到了张广泰跟前,张广泰往起一站,啪地扇了成才一耳光。在成才和大家都愣时,张广泰缓缓坐下了。

"你们党员都看到了,凡事,我绝不护我张家的人。黄家驹,你满意了吧?"

"我……我不是非要求您……"

"你如果满意了,就不要说废话了。"

成才哼一声，悻悻而去。

"有贵，那电报的事儿，你跟他说吧。"

曹有贵从桌上拿起了电报："是这么回事，自立从内蒙拍回来了一封电报，我们搞不清是件好事，还是不好的事；是该按电报上的意思准备欢迎，还是应该回一封电报，干脆谢绝了，才算是明智的做法。我们都觉得，你好像挺有见识的。所以呢，支部想听听你的看法……"

黄家驹接过电报，谦虚地说："也谈不上有什么见识，好像而已，好像而已。"看过电报，他肯定地说，"是好事。也许，他们会给我们大柳树村带来福音。"

另一名党员说："就算不一定是坏事，那也未必一定是好事吧？蒙古族客人，我们都不会接待啊！接待上有个一差二错，好事也不好了。"

"仅仅是蒙古族客人吗？"

"电报上写的不就是蒙古族客人吗？"

"你们都认真看过电报了？"

李寡妇说："倒是谁也没认真看，只听自立他妈念了一遍……"

黄家驹说："她念错了——你们党支部，全体党员聚在一起，面对一封电报，要作出一个决定；可是却光听别人念了一遍，谁也不认真看看，啊，这可真是，太可笑了！"

张广泰疑惑地问："错了？怎么错了？"

黄家驹郑重地说："电报上明明写的是贵客！贵客和客人，意思一样吗？贵客，那得有身份。所以，我们知道来的不但是蒙古族人，而且肯定还是值得我们欢迎的人。看看我们大柳树，有什么值得别人来考察的！"

曹有贵连声说："对对，我们糊涂的就是这一点！"

包括张广泰在内，皆点头。

黄家驹又说："糊涂的是你们，我可不糊涂！那贵客偏偏到我们这儿来干什么呢？证明大柳树还是有吸引贵客的地方！大柳树哪点能吸引贵客呢？"

李寡妇也说:"是啊,哪点?"

黄家驹分析道:"除了离城市近,还有哪点? 所以我敢断定——人家蒙古族贵客,那一定是冲着咱们这个村离城市近这一点来的!"

一名党员问:"那,他们要来干什么呢?"

黄家驹摇摇头:"这我就分析不到了。我刚才声明了,我也只不过好像挺有见识,好像而已嘛。那要等人家来了,当面听听。除了张校长,自立是全村文化水平最高的人,你们要相信他的文化水平。客人和贵客两个词中,他用的是贵客,一定有他的道理。"

张广泰问他:"你刚才说,他们会给大柳树带来福音?"

黄家驹说:"人家那也不会只为了给咱们带来福音就光临! 我想,一定是对双方面都有益的事吧!"

曹有贵问:"准备欢迎?"

黄家驹笑了:"当然啊! 这还用问吗! 不但要有所准备,明天还要立刻回一封电报,表示过去我们欢迎的诚意! 最主要的是——得通上电! 一个离城市这么近的村子,却至今没用上电,太叫人没法解释了! 会使贵客误以为我们大柳树村的人,对文明生活根本没愿望,没要求!"

张广泰不高兴地说:"你又想把那一笔钱一下子全花了! 我今天刚存上!"

黄家驹胸有成竹地说:"那就让我明天再把它取出来嘛! 给我三天的时间! 一概的事儿你们都不用操心了! 我负全责! 五天后,我保证大柳树村家家都用上电灯!"

张广泰说:"第一件事,准备欢迎蒙古族客人……"

一名党员纠正道:"贵客。"

"我同意! 明天就全村动员,搞一场卫生。第二件事,我这个支书,弃权。花不花那笔钱,你们民主决定吧!"张广泰怫然而去。

"唉,穷怕了,落下病根了!"李寡妇说罢,举起了手。

曹有贵问:"这就开始?"

李寡妇说:"不开始还等什么? 我赞成通上电! 一天也不多等了!"

曹有贵等三人也举起了手,黄家驹获胜地微笑了。

张广泰回到家里,走进屋,见张艳双在哭泣,王玉珍在哄她。

"好孙女,哭一会儿就得了,啊?"

"怎么了?"张广泰问。

"成才打她脸一巴掌……你爸他也是为你好。你也不想一想,我们张家和他们黄家,当年出了那么一档子大事,你们能……"

"当年的事和我没关系!"张艳双哭道。

张广泰大声呵斥:"胡说! 和你爷爷奶奶,和你爸,和你伯伯的感情上有关系的事,你敢说和你就没关系了? 就是撇开当年的事不论,仅冲他黄家驹是知青这一点,和你关系也大了! 上边已经下文通知了,允许知青自由返城,任何人不得横加阻拦。你和他黄家驹能闹出什么好结果? 哪天他一抬脚回城里去了,你又没有城市户口,你能追去?"

张艳双不哭泣了,听得挺在意。

"以后他再找你汇报思想,你就说他是知青,知青工作由我亲自抓了,让他向我汇报!"张广泰一转身离开自己屋,去到了成才屋。

曲彦芳见公公进来了,说:"爹,成才这儿,也正生您的气呢。"躺在炕上的成才一翻身,背对张广泰。

"成才,爸被那个黄家驹僵在那儿了,我不打你一巴掌,我怎么办呢? 我不打你一巴掌你爸下不来台啊! 黄家驹在说谎,这我清楚。艳双也说谎了,这我更清楚。他俩那股劲儿,我还亲眼看到过! 但话得说回来,不能单指责人家黄家驹一方面吧? 咱们张家的人在黄家的人面前,尤其得讲道理吧? 所以呢,你也不要太生气,就算替你爸脸上挨了一巴掌吧!"张广泰转身又对曲彦芳说,"艳双是你女儿,又是大姑娘了,考虑个人的事,也到年龄了。但是和黄家驹,那绝不会有什么好结果。黄家驹那是知青,以后,说走就可以一走了之的人! 这话当爷爷的当爸爸的,不好总对艳双说。但你当母亲的要经常对女儿说！尤其你自己头脑中，首先要有一个正确的、清醒的认识！要天天讲！月月讲！年年讲！年年讲就不用了。我看他小子何去何从，也用不了一年那么长，就该见分晓了！"

成民屋里，成民坐在桌旁，李秀英给他端上饭菜。

成民问："自立没在电报上说，跟不跟回来？"

李秀英摇头。

"我好想他。"

"我早看出来了。"

"听说就要恢复高考了，我要鼓励他报名，你同意吗？"

"我听你的。"

成民笑了，抓住李秀英手，将她拉到跟前，温柔地说："你怎么凡事总说听我的？"

李秀英语调更温柔地说："能对自己丈夫说'听你的'，心里好幸福。"

成民不禁一下抱住她腰，将脸偎在她胸口："教了二十几年书，自从有了你，才真正明白'亲爱的'三个字，是这世界上多么美好的字——和一个亲爱的人生活在一起，多满足啊！还要什么呢？还要什么呢？"

李秀英爱抚他的头发，幸福地说："你呀，像个孩子，快吃饭吧！"

岳自立并没有陪同贵客们回到大柳树村，而黄家驹使出了浑身解数，大抢风头，使贵客们都觉得很不自在起来。大柳树村的村路上空，拉起了横幅，上写着"热烈欢迎来自大草原的蒙古族贵宾"，并且挂着些纸拉花、小三角旗，还缀了些气球。

街道自然是扫得干干净净，洒了水。曲彦芳、李秀英等一些媳妇姑娘在扭秧歌，小学生们也人人手举着纸花夹道挥动，并有节奏地喊："欢迎欢迎，热烈欢迎！"

张广泰、曹有贵、李寡妇陪同广布道尔基等三位蒙古族人向队部走去,黄家驹西服领带,头发油光锃亮,跑前跑后,指挥调遣兼拍照。

一行人从小学生面前走过时,黄家驹微笑,挥手示意——仿佛他才是受欢迎的主角。

成民和成才也站在小学生们背后——成民笑了笑,成才则把头猛一扭。

队部门前摆了几盆菊花和鸡冠花,几个女人正在张艳双的指挥之下忙着搭桌案——无非是几块新破开的长板垫在两摞土坯上。

张艳双拿着叠得四四方方的大花布犹豫着:"我家要做被面的花布,真舍不得!"

黄家驹闯了进来,着急地说:"怎么才这样?你们都干什么来!"他上前帮张艳双展开花布,往板上一罩,倒也显得富丽堂皇。

黄家驹看了看又说:"这头儿低!快找东西垫垫!"

张艳双四下看,一时找不到什么东西垫垫!

"那枕头!"

"别,我爷爷有时也在队部睡!"

"顾不得你爷爷奶奶的了!"黄家驹从炕上拖过枕头,拍拍,将木板垫平,"你们别愣着呀,一边俩,站门口去!一会儿客人进来了,都要把腰弯下去,说'哈嘎尔嗒',就是'您好'的意思!像我这样!"

他给大家做示范,又说:"酒呢!你负责斟酒!艳双你敬酒!问过好,你转身就敬酒……"

一个孩子跑进来报信:"来了来了!"

黄家驹走到门口去,举起了照相机。

门外,张广泰往里让着贵客:"请,请……"

一切都按黄家驹的部署顺利进行,之后宾主六人对面坐下。

广布道尔基歉意地说:"哎呀,太给你们添麻烦了!用你们汉人的话说——过意不去,过意不去!"

481

张广泰谦虚地说："哪里，你们是稀客呀！你们能来我们这样一个又穷又落后的村子考察，我们很荣幸啊！"

"穷、落后，那都是暂时的。"曹有贵抬手一指，"看，我们已经用上电了！日光的灯，到了晚上，雪亮！"

广布道尔基三人抬头看日光灯，广布道尔基说："看见过，看见过。"

张广泰说："我们支部的三名支委，都在场了。可能都没记清谁是谁，再互相介绍一遍？"

广布道尔基忙道："对，对。"

黄家驹礼貌地说："我来替你们互相介绍吧！按礼节，先介绍客人一方——这位是毕力格查干的书记广布道尔基书记。查干就是内地的乡。这位是旗里也就是县里的畜牧局长嘎林同志，这位是旗委书记的秘书巴西特尔同志。"

蒙古族客人被介绍时，一一站起向主人们致意。

黄家驹又说："现在请允许我向尊贵的客人们介绍我们大柳树村领导班子的主要成员——这位是生产队也就是村的党支部书记张广泰，这位是生产队长曹有贵，这位是有三十余年党龄的老支委李金凤。介绍完毕。"

客人们都向黄家驹投以印象良好的目光，皆对他的介绍满意地点头，张广泰他们显然也很满意。

张广泰说："家驹，你也坐下吧，和我们一起陪客人们聊聊。"

"谢谢支书给我如此难得的机会。"黄家驹在李寡妇身旁坐下。

张广泰笑着说："三位贵客，可都是我们的上级啊！"

广布道尔基谦虚道："哪里哪里，咱们都是人民群众的勤务员。"

张广泰问："我们的岳自立，在你们那儿，表现得还好吗？"

广布道尔基说："好，好，很好！是个能吃苦耐劳，极有责任感的青年。我们认识他的蒙古族人，都很喜欢他。我们这一次来，就是想和你们谈一谈，看我们能不能为我们双方的利益，共同委任给他一个职务？"

张广泰说："唔？可是,我们还不太明白你们的来意呢。"

广布道尔基哈哈笑了："是啊是啊,我这个人,就是性子急。巴西特尔同志,请你把我们的来意跟主人们讲一讲吧!"

巴西特尔点点头,说道："是这样的,我们的广布道尔基书记,很早以前,就有一个良好的愿望,想要在你们内地,与你们汉族兄弟共同建一座肉食品加工厂,可是以前,这一个想法是没法实现的。现在,我们认为可以来实现它了。旗党委非常支持,也非常重视这件事。听岳自立常说,你们这个村,离城市近得不能再近,所以,我们就来了。"

张广泰沉吟道："原来是这样……这件事嘛,我们支部,一定会认真加以研究的。对于我们这一方面来讲,这是一件很复杂的事情,不是朋友们想得那么简单。"

三个蒙古族客人一时面面相觑,沉默不语。

黄家驹看着客人说："尊贵的客人们,事实上,我们大柳树村人在你们到来之前,就推测到了你们必定是携着福音而来的。仅仅这一点,就足以证明了,我们大柳树村人是聪明的,有超前眼光的。"

三个蒙古族客人一时又望着黄家驹频频点头。

黄家驹看张广泰等三人,说本村人好话,他们自然也都面有悦色。

黄家驹受到鼓励,竟然站了起来,慷慨激昂地说："并且,我们大柳树村人进行了充分的广泛的讨论。我们认为,只要我们双方面诚信合作,同舟共济,有什么复杂的问题不可以妥善地解决呢? 有什么困难是不可以克服的呢? 我们共同的前途,就在我们双方脚下! 何况,我们还有排除万难,争取胜利的保证——那就是党的领导!"

黄家驹说时,坐在角落的张艳双,双手托腮,着迷而且几乎是崇拜地望着他。待他说完,三个蒙古族客人忍不住地一齐鼓掌。

广布道尔基夸赞道："说得好! 年轻人,你说得太好了! 我喜欢你! 像喜欢岳自立一样喜欢你! 亲爱的张广泰书记,你们大柳树村的青年,都这么有志气,可喜可贺啊! 我们与你们合作的决心,今天那是下定了！"

嘎林和巴西特尔望着黄家驹再次点头。

张广泰不高兴地说："黄家驹，这儿不需要你。现在给你个任务——放映队是你从城里请来的，你要负责去看看，别到了晚上放映的时候不顺利。"

黄家驹说："请支书同志放心，我去了！"

黄家驹往门口走时，广布道尔基又忍不住称赞："多可爱的青年啊！"

曹有贵对张广泰耳语："这小子，太给咱们长脸啦！"

张艳双跟着黄家驹走到门口外，叫他："家驹！"黄家驹站住，张艳双见四下没人，飞快地吻了他一下。

屋里，张广泰说："年轻人说话，就是那样。心高话狂，让你们见笑了。"

巴西特尔郑重地说："我们没见笑，我们称赞他，是真心的。"

张广泰一笑："你们刚才说，要委任岳自立个什么职务，对吧？先别说八字有没有一撇，就这一点，在我这儿先就通不过。为什么呢？不瞒你们——岳自立是我孙子。我一家，我是党支书；那个，我孙女，是团支书；我大儿子是校长；如果我孙子再是个什么，那全村人会说闲话的。所以，是万万不可的。"

三个蒙古族人互看了一眼，都理解地点头。

嘎林局长说："我看，黄家驹也是个可以压担子的青年。"

张广泰摇摇头："他不行。他不是大柳树村人，是插队知青，说不定哪天就会返城的。他一返城，又成了城里人，就没资格代表我们大柳树一方了。"

三个蒙古族人面面相觑，李寡妇说："书记，我看什么事儿都别先说行或不行，从长计议吧。客人们一路肯定挺乏的，先让客人们休息休息好不？"

曹有贵说："对，对，条件简陋，但被褥可都是干净的，专为你们买的，先休息休息。"

张广泰说:"晚上,我代表全村人,在家里为你们接风洗尘!借花献佛,主菜是羊肉。也让你们吃吃我们汉人做的羊肉席!"

村路上,曹有贵埋怨张广泰:"你看你,人家大老远地来了,你怎么一个劲儿打退堂鼓呢?"

李寡妇也说:"要不是人家家驹一番话,多冷场!你还把人家支走了!人家家驹一走,气氛又不对劲了吧?"

张广泰问:"听你这话,好像我对他黄家驹有偏见?"

"你没有吗?哼!"曹有贵赌气地拔脚走了。

李寡妇责备他:"当支书的人对谁有点儿偏见也没什么,但不能过分!"

"我过分了吗?!"张广泰说完也赌气地拔脚走了。

张艳双夹着大花布回到家里,见张广泰坐在院中吸烟,她埋怨道:"爷爷,你怎么能当着客人的面那么说话呢?"

"我什么话说得不对了?"

"人家黄家驹是知青不假,可人家不是还没心里着火似的要返城吗?你凭什么现在就把人家往城市里边推呢?"

"我是谁?我是一般人吗?我得有先见之明!"

"爷爷你要是这么说,那我还一定破了您老人家的先见之明不可!"

"就你?想跟爷爷比眼光了!"

张艳双一笑:"那您就等着瞧!"

"别贫嘴了,一会儿通知黄家驹,晚上来陪客人吃饭!家里其他人都要去看电影。他们比你辛苦,我都批准了。你不许去,罚你在家帮我招待客人!"

"哼,总是用权力压迫人!"张艳双进屋去了。

晚上,张家院里,主人和客人都喝得有八分醉意了。

广布道尔基三人搭肩挽臂地往外走,张广泰站起道:"别……走嘛,这是……家里……喝……喝……喝好……嘛！"

广布道尔基舌头也硬了："不能……再……喝了……再喝……不……礼貌了……"

三人摇摇晃晃出了院子，在院外巴西特尔说："这位……党支部……书记……很可……爱……有……豪气！"

嘎林局长也说："可爱！办事……痛快！"

院里，张广泰对曹有贵说："你……送送……送送他们……"

"送……送……"曹有贵刚走出去，张广泰却已一下子瘫坐地上了，张艳双往起扶他，扶不动。

只有李寡妇似乎没醉，稳稳地坐着笑了，指张广泰，又指黄家驹。黄家驹帮张艳双将张广泰扶进屋，扶上炕。张广泰一躺在炕上，便打起了呼噜。

张艳双心疼地看着黄家驹："你没事儿吧？"

"没事儿，我哪儿敢真喝，都偷偷吐了。"

"那你看电影去吧！"

"《林海雪原》，解禁了的老片子，看过了。我得送院里那位老人家回去。"

"我看她没事儿。"

"也够呛。都说不出话来了，不送还不得挑我理？"黄家驹瞥一眼炕上的张广泰，猛地捧住张艳双的脸，深深吻了一阵，出屋去了。

张艳双缓缓坐在炕边，长吸一口气，显然是刚才被吻得透不过气来。她不知在寻思什么事儿，扑哧一声，径自笑了。

黄家驹一人往知青宿舍走着，脚步也有些错乱，远处传来《林海雪原》的一段音乐。黄家驹推开知青宿舍的门，走进去，站住，身子摇晃一下，往门上靠，门被靠开了，他险些摔出门去，幸好双手扳住了门框。

他反身将门关上，插上门，摇摇晃晃地走到铺位那儿，脱鞋，脱衣服，只剩短裤,钻入了被窝。

"谁?!"黄家驹惊叫一声,从被窝里连滚带爬地出来了。

张艳双在被窝里哧哧笑,说:"看你这点儿胆儿!"

黄家驹惊魂甫定:"艳双?"

"怎么,不欢迎啊?不欢迎我可穿衣服走了啊!"

"别,别,我也没说不欢迎啊!你走多不够意思啊!"

"量你也舍不得我去!快进被窝来,别冻着。"

"我……可是……你会……"

"放心,绝对安全!"张艳双抓住他手,将他拖入了被窝。

张艳双俯耳对他说了句什么,黄家驹半信半疑:"真的?"

"我骗你干什么呢?骗你还不是等于骗我自己吗?"

"艳双,你真够意思!"黄家驹一翻身,将她压在身子底下。

窗外,好大一轮月亮。《林海雪原》的台词远远传来,依稀可闻:

> 莫哈莫哈?
>
> 正晌午时说话,谁也没有家!
>
> ……
>
> 脸红什么?
>
> 精神焕发!
>
> 怎么又黄了?
>
> 防冷,涂的蜡!
>
> ……

第二十三章

队部的炕桌上放着一份展开的合同,其上标有甲方的一角,既有张广泰的签名,又有他的章印、手印和大柳树村党支部的公印——尤其那三个红印,像三瓣的花,托着"张广泰"三字。

张广泰坐在炕沿,用手指敲点着合同,心有恼火地说:"这是怎么回事? 究竟是怎么回事嘛? 这合同怎么就这么轻率地签下了? 问你们呢! 都说呀!"

曹有贵忍笑转身,一本正经地说:"秋林,全村公认你最是一个老实人,有一说一,有二说二,从不说一句假话,那么你来告诉咱们支书,怎么回事?"

秋林吞吞吐吐地说:"支书,那不明摆着的嘛! 你要是不愿意,那谁还能逼着你把合同签下呀?"

另一名党员德先也说:"支书,您问我们的话,本该是我们问您的嘛!"

张广泰一拍桌子:"胡说! 你们俩当时又不在现场,你们知道什么? 这合同签的它就肯定有问题!"

"哟呵,张广泰,你这话是什么意思?"李寡妇站了起来,一手叉腰,一手指着张广泰脑门,"明明是,昨天晚上,在你家里,几盅酒一搁下去,人家三位蒙古族朋友一夸你豪爽、直率,你就找不到北了!人家刚拿出合同,你就对艳双大呼小叫地要笔!看也不细看,签了名接着盖章!按了章还不算,还要再加一个大手印!我和有贵,啊,一左一右,拦都拦不住你!这会儿可倒好,睡了一大觉,酒劲儿过去了,吹胡子瞪眼了!拍桌子训人了!质问这个怎么回事质问那个怎么回事了!你当了几年支书,官不大,僚不小了!都是我们平日里把你宠的,把你惯的!你当上支书那年,我都入党十好几年了!说起来当初我还是你的入党介绍人!别人受你这套,我可不受。"

在李寡妇的训斥之下,张广泰渐渐垂下了头。李寡妇改一手叉腰为两手叉腰了:"你哪天惹翻了我,我找上级去,参你几本就能把你参倒!你信不信?啊?信不信?"

张广泰一时变得喏喏连声:"信,信,这我信……"

李寡妇向曹有贵挤挤眼,窃笑不已。曹有贵打圆场说:"哎哎哎,老姐,你这么训咱们支书,我可又看不过眼去了!不管怎么,广泰他也是咱们支书,二十多年,辛辛苦苦,没有功劳,那还有苦劳!老哥,我的支书,该维护你的时候,我曹有贵那还是要维护你!"

张广泰抬起头:"有贵,我只再问你一句话——昨天晚上,你真拦我了吗?我怎么,什么都不记得了?"

曹有贵挠头:"这,你老哥喝醉了嘛!"

张广泰连连搌自己的头:"唉,唉,惭愧,惭愧……我怎么能……太没出息了,尽丢咱们大柳树村的人。"

李寡妇训他:"别捶自己的头!你是一位支书!你的头,那就是你自己的头吗?捶傻了,别人不可惜,党还可惜呢!"

两名党员都扭脸暗笑,曹有贵忍着笑说:"你就别数落他啦!"

李寡妇说:"我这是数落吗?是爱护!"

"爱护的话,你就不会好好说吗?"曹有贵又对张广泰说,"我的支书,当真人面,不能说假话! 实话实说,嘿嘿,当时我也喝多了。非但没拦你,还催你签名盖章来着!"说罢,又嘿嘿笑。

张广泰抬起头,狠狠瞪他。

"你也别不拿好眼色瞪我。签了就签了,好事嘛! 合同我也让成民看了一遍,连他都说,是一份互惠互利、前景广阔、体现公平的合同! 人家大老远来了,又是三位蒙古族贵客,没酒就等于没礼貌! 不陪人家喝好,就等于不真诚! 什么惭愧呀,什么没出息呀,趁早别这么想! 人家一早走时,说对咱们大柳树村印象好极了,说对你张广泰书记的印象也好极了! 人家紧握我手依依不舍! 人家轮番跟我拥抱,一遍遍地说不虚此行! 像人家那么实心实意的合作伙伴,打着灯笼也难找哇! 让黄家驹说着了——天上掉馅饼,人家给咱们带来的是老大一个福音!"曹有贵说着,在空中画了一个大圈。

李寡妇问:"有那么大的馅饼?"

曹有贵说:"我画的是福音!"

李寡妇又问:"你怎么知道福音是圆的?"

张广泰没好气地说:"好了两位,别抬杠了! 支部会,要像个开支部会的样子! 再是个福音摆在眼面前诱惑着,那我们心里边也不能忘了党的领导! 这种事,能不一级一级向上级请示? 请示了,哪一级不批准你都办不成。或者,给你来个研究研究,怎么办? 咱们拖得起,人家内蒙那边也拖得起? 把人家的机会给拖晚了,不是就对不起人家了? 可要是不请示呢? 追究起来怎么办? 查办下来怎么办? 谁担责任倒好说——谁叫我是支书呢? 我来担就是了。可要连累人家内蒙方面受了经济损失,不是更对不起人家了吗?"

曹有贵一拍大腿:"看! 你这就说到点子上了! 所以才要开支部会嘛! 这中国的事,就怕研究! 我们也要研究研究!"

李寡妇说:"看,我一训他,他就开窍。好支书都是有人训出来的。"

秋林纠正曹有贵说:"队长,你说错了,'世界上怕就怕认真二字',毛主席原话是这么说的,不是你那么说的。"

曹有贵辩解道:"我说的是我自己的思想！不是……"

张广泰一板脸:"又抬杠！"把脸转向秋林,又说,"你呀,还有你,德先,你们两个,倒都是好人,可好党员不光是好人啊！你们怎么除了会举手,再就会抬杠呢？"

德先委屈地说:"支书,我这儿一直老老实实地闷着,可什么都没说啊！"

张广泰语重心长地说:"我不要求你总老老实实地闷着,我要你向支部经常贡献想法！贡献想法懂吗？"

"报告！"院里传来黄家驹的声音。

张广泰不满地说:"他最近怎么总跟支部黏黏乎乎的！"

德先说:"跟你家艳双黏糊你又反对！"

张广泰不高兴地说:"你给我住嘴！进来！"

黄家驹进来了,一一向在座的人微笑点头。

张广泰说:"我不是早就跟你说过了吗？这不是部队,敲门就行。"

李寡妇嘟哝:"人家喊声报告也不对了。门大敞大开的,让人家怎么敲？"

张广泰装没听到,问:"什么事儿？"

黄家驹卑恭地说:"我来向支部表示感谢——感谢支部代表大柳树村全体乡亲们对我的信任,委任我做大柳树一方的代表,出任联合加工厂的总经理。"

张广泰吃惊地说:"什么？你？……出任总经理?！"

曹有贵上前一步,指着合同说:"这儿,第七条——乙方大柳树村,接受甲方的要求,委任黄家驹为双方共同信任的总经理……"

张广泰愣住了:"这……这……"

李寡妇先给他打上了预防针:"别又问'这是怎么回事'啊。就合同上写的那么回事！"

曹有贵劝道:"老哥,别急。镇定,镇定。看这不是有括号嘛,此任命为临时的任命,观察期一年,以观能力。这可是按你当时的意见加的,人家巴西特尔连夜进城,找到一家打印社给加班打出来的。"

张广泰舒了口气,自言自语:"这总经理,以后,一定得正式任命一名党员! 不是党员万万不可!"

"对对,一定得是党员!"黄家驹掏出一个厚厚的大信封,庄重无比,双手呈递。

"矿上那边又打钱来了? 多少?"张广泰眉开眼笑。

"不是钱,是入党申请书?"

"谁的? 艳双的? 她自己怎么不来交?"

"不是您孙女申请入党,是我申请入党。"

"你? ……也想入党?"张广泰愣了,他怎么也想不到黄吉顺的外孙会想入党。

"是的,早就想了。以前觉得,条件还差得远,迟迟不好意思交申请。"

"那么,你现在……觉得差得不远了?"

"也不是差得不远了。我是这么想的——不在党的直接栽培下,永远会差得很远。只有在党的印象之中先挂上号,差距才会由大到小,进步才会由慢到快。多少事,从来急,天地转,光阴迫,一万年太久,只争朝夕……"

"打住,打住。你别念咒似的,我头疼。"张广泰皱眉看着申请书更加发愣。

李寡妇推曹有贵,曹有贵接过了申请书,拍黄家驹肩:"家驹,我代表支书,也代表支部接受你的申请了。以后,要谦虚谨慎,多为咱们大柳树做好事、实事。组织的大门对你敞开着,期待着你条件合格。"

黄家驹庄严地说:"时刻准备着。"

曹有贵吩咐他:"你回来也没闲着,在这次接待过程中,作用也很大。今天好好休息一天,明天就回矿上去吧? 咱村那些人,也要你去带领着,支部才放心。去吧！"

黄家驹说："我还有几句话要说——刚才我进城里打听了一下，潘凡同志已经调回来了，过几天就要走马上任，做咱们这个区的书记。林士凡也回归干部队伍了，在区里当农业局长。这都是咱们大柳树村穷则思变，抢先发展的有利因素。这合同上的事成或不成，取决于一个关键的人物……"

李寡妇忍不住问："谁？"

黄家驹成竹在胸："支书同志！支书同志不亲自出马，这事儿谁也办成不了。"

张广泰爱听地说："嗯。这一点，你看得还很准。"

众人都点头说："对，对！""是啊，是啊！"

黄家驹又说："咱们支书，在他二人心目中，那可是备受尊敬的人物，也是备觉亲爱的人物。但是呢，要照这合同上跟他二位直说，估计他二位也为难，恐怕做不了主。所以呢，只能这么说——盖几间大房子，搞点儿小副业加工。这个，现在政策允许了。等生米做成熟饭了，谁都不好反对了。民族关系和农业政策摆一块儿，哪一级干部都会掂量出轻重来的。咱们要争取，既把咱们想办的事办成了，还不使潘、林两位干部受批评，还要使他们在功劳簿上多一笔。"

张广泰点点头："嗯，你最后这几句话我才爱听。给别人带来麻烦的事，咱们大柳树村的人绝不可以干。"

德先说："支书，我看这事儿也容易办成。就照家驹说的，打一份报告。潘、林两位一批，咱就有了尚方宝剑。如果有比他们二位更大的官知道了反对，你就一个人把责任全担过来，说咱们的报告打得粗略了些。"

张广泰半讽刺半表扬地说："你倒是终于憋出个好主意来！"

众人都笑了。

当年保护水泵那个小坯房里,地上铺着麦草,草上是褥子,褥子上躺着张艳双。她头下枕着她的衣服,身上盖着大花褥,衔着麦草在痴笑。

口哨声滑过,张艳双说:"别流里流气地吹口哨了,早等着你啦!"

黄家驹笑盈盈地推门而入,意外地说:"你怎么把我要带走的行李给打开了?"

"干吗不打开? 能舒服点儿就舒服点儿。"

"我本想今天就回矿上去的。队长真好,让我在村里好好休息一天。"黄家驹边说边转身插门,鼓捣了一阵,门没插上,插关掉了。

黄家驹转身看着张艳双说:"锈了,掉了,怎么办?"

"放心吧,一会儿支部就要召开全村大会,动员办厂的事儿,谁来这儿干吗?"

黄家驹走过去,躺在了被子外边。

张艳双问:"怎么样?"

"老化了,太老化了。我得赶快加入进去,改造它。"

"什么老化了?"

"大柳树村的支部啊! 什么都得我教。不教,一个个头脑那个死,连个弯都不会转!"

张艳双一翻身,生气地说:"滚开! 一边在这儿和我幽会,一边还攻击我爷爷领导的支部! 不是我给你支招,你自己想得到应该赶快交一份入党申请书吗?"

黄家驹嘻嘻笑着,将她的身子扳过来,亲她,哄她:"别生气嘛! 你应该理解到我对大柳树村的使命感!"说罢,掀开被子往被窝里钻。

张艳双往外推他:"你就这么往里钻啊? 太不公平了吧!"

黄家驹匆忙脱衣服,裤子、鞋扔得这也是,那也是。

张艳双笑了,黄家驹钻进被窝,刚搂住张艳双,忽又想到了什么,严肃地问:"没骗我吧?"

"骗你什么?"

"可是你亲口说的,这几天你都很安全!"

张艳双狡黠地说:"骗你还不等于骗我自己啊?"

黄家驹一翻身,将她压在身下……外边,从垫水泵的枕木下长出一棵喇叭花,将水泵缠来绕去,热闹地开着满目红、兰、白、粉各色的花儿。

晚上,黄小芹家,她和林士凡各坐桌子一端,看样子都刚刚放下筷子。

"我也不会做,胡乱炒了几盘,你吃好了吗?"

"吃好了,吃好了。你炒的菜,挺合我的口味儿。"

"是吗?"小芹微微一笑。

"真的,不咸不淡的。"

"你这是夸我呢? 要是这盘咸,那盘淡,那也就不敢往家里请人了。"

"其实,我也早想请你吃一顿饭的。我在厂里这十来年,多亏你处处照顾着,保护着,基本上没受过太大的羞辱,我内心里一直对你怀着份特别大的感激。可是呢,每次想到要请你,又一想却不敢了,怕你不给我面子。没想到你这么看得起我,还把我请到家里,还亲自炒菜款待我……我……我真的不知道怎么表达我的感激好了。"林士凡显得拘谨而又激动。

"你别这么说。应该感激的是我。'文革'没结束那时候,如果不是你提醒我,那我肯定被利用来利用去的自己还蒙在鼓里。我明白,处在你当时那种情况,那是冒风险的。你那么做,证明你是一个真关心我的人。"

"应该的,应该的。人间当有真情在。"

两人默默相望,一时表情都不自然,同时垂下了目光。

"以后,我们之间,就没第二次了。"

"为什么?"

"你是局长了。"

"你不把我当成什么局长,以后继续把我当成一位朋友,我不就还是你的一个朋友吗?人啊,无论当了多大的官,千万别忘了,在民间,保留一点儿口碑,几个知己。都没有,那是很可悲的。不管你自己愿意不愿意,以后,我可就把你当成我的红颜知己啦!"

"还红颜呢,都快成黄脸婆了!"小芹不好意思地一笑。

林士凡盯着小芹说:"你并没怎么老。你还挺好看,尤其这会儿。"

小芹低下了头。

"啊,我差点儿忘了,还给你带了一样东西……"林士凡起身走到一旁,打开一只很旧的皮拎包,取出一样包在手绢里的东西。

黄小芹也起身走到了他跟前,问:"什么?"

"熊胆。"

黄小芹笑了:"你可真有意思!嫌我胆子小?让我泡酒喝,变成一个胆大包天的女人?"

"不是给你的,是让你为你母亲治眼睛。我听人讲,用熊胆蘸水,每天擦洗几次眼睛,能治好多种眼病。"

小芹怔住了,愣愣地看他。

"偏方治大病。不可全信,也不可不信,为你母亲试试吧!"

小芹一转身,悲伤地说:"医生说,我母亲的眼病,再怎么也治不好了。"

"可,我是求朋友,千方百计从鄂伦春猎人手里买的。这东西很珍贵,用了我两个多月的工资呢!万一有奇迹发生呢?"

"不会有什么发生奇迹的可能了。医生说,我母亲的日子不多了。"小芹哭了。

林士凡不知说什么好,放下小手绢包,想伸出双手去搂抱一下小芹,可又心存顾忌,将手缩回去了,喃喃地说:"唉,怎么会是这样,怎么会是这样……"

"老林,没想到,你原来是这么好的一个人,你要是愿意拿我当一个亲近的人,以后我这个家你就常来吧!"

林士凡终于一下子搂抱住了她:"小芹,小芹,谢谢你刚才的话!我林士凡今天听到的,是对我最高的一句评价啊!不要太悲伤了,我们要把还能为你母亲做的一切事,共同来做好!"

门忽然开了,黄家驹一脚迈入家门,三个人都愣了一下。林士凡和小芹立刻分开了,黄家驹退出门外。

小芹擦去泪,镇定一下,开了门:"儿子,怎么有空回来了?"

"村里放了我两天假。"黄家驹又礼貌地和林士凡打招呼,"林局长好!"

"哦,肯定是家驹了,都出息成小伙子了! ……是你妈妈请我来的,不是我自己……哦,我得走了。"林士凡对小芹指指手绢包,匆匆而去。

黄家驹左边看看,右边看看,研究地问:"什么?"

"熊胆。"

"好东西! 他送熊胆给你干什么?"

"不是给我的,是让我用来给你姥姥治眼病的。"

"他就是送这个来的?"

"那也不是。他在广华厂时,我欠他一份情。今天请他来,补给他。你吃了没有?"

黄家驹摇头,在林士凡坐过的椅子上坐下,又问:"妈,你怎么还能欠他一份情呢?"

"不想告诉你。你别审问你妈!"小芹一边说,一边将熊胆收在小布包里,并开始穿外衣。

"妈,你穿这件黑毛衣,今晚显得特别端庄,漂亮。"

"你什么意思?"

"没什么特殊的意思啊!"

"我告诉你,别给我猜三揣四! 我和他,只不过一般的朋友关系,根本不像你想的那样!"

"朋友关系？好，很好。"

小芹又在椅上坐下，轻轻一拍桌子："跟你妈说话，不许你阴阳怪气的！快吃点儿，吃完了和妈一块儿去看你姥姥！"

黄家驹一边吃着一边说："妈，以后我要是有什么事求不动林局长，你可得出面啊！"

"休想！"

"要是和大柳树村利益有关的事呢？"

"那也休想！你想利用你妈，没门儿！"

"那，朋友关系，白浪费着？"

小芹又轻轻拍了一下桌子："闭嘴！快吃！"

于凤兰仰躺在床上，黄吉顺愁眉不展。

"妈，家驹回来看你了……"

于凤兰连眼也没睁，只是从被下伸出了一只手。黄家驹握住她手，流泪了："姥姥，等我有了能力，一定送你到北京去看病！"

"妈，家驹当经理了，而且，要求入党了！"

于凤兰嘴唇抖抖的，但还是什么也没说，眼角却流泪了。

黄吉顺问："经理？什么经理？"

小芹说："大柳树要和内蒙方面联合办肉联厂，推举他当经理。"

黄吉顺吃惊地问："那你不返城了？不要城市户口了？"

小芹说："我也这么问了。他大了，有他自己的主意了，我管不了他了。"

黄吉顺急了："别介！千万别上那个套！上了那个套，那就身不由己了！更别往党里边入！入进去了，让你服从组织，留在大柳树，那还不把你坑了！我跟你妈合计过你的事。你一返城，你妈就申请提前退休，你接你妈的班！户口！城市户口是头等大事！其他一切，都没意思！"

黄家驹抢白道："在那么一个破破烂烂半死不活的厂里从学徒工干

起,那就有意思了?"

黄吉顺替他展望未来:"熬到你妈这岁数,你起码也熬成四五级工!"

黄家驹反驳道:"可我不想熬几十年只熬成个四五级工!"

黄吉顺瞪着小芹说:"你看他! 你当妈的,怎么能随他的便呢?"

黄小芹不高兴地说:"他这么大了,有一定之规了,我能拿他怎么办?"

于凤兰的手将黄家驹拽向自己,黄家驹明白,姥姥有话跟他说,将耳俯在姥姥嘴边。

于凤兰声音轻微地说:"家驹,别听你姥爷的。自己的事,可以自己拿主意。给我和你妈,争口气,啊?"

黄家驹紧握她手,肃然地点点头,抗议地对黄吉顺说:"老同志,你为什么非要把我的成就感来个一扫而光呢? 我又什么时候说过我不返城了?!"

黄吉顺指着黄家驹:"听! 他当着你们的面,把我叫作老同志了!"

黄小芹说:"家驹,那你究竟打算什么时候返城,返城了又究竟打算干什么,也要跟我们交个底,我们心里也能有个数。你不交个底,可不我们大人就得操心呗!"

黄吉顺教训道:"就是! 有些事,绝对是赶早别赶晚的事。常言道,一步错,步步错! 一步迟,步步迟! 错了,迟了,再怎么后悔也晚了!"

黄家驹不耐烦地说:"我们都别絮叨了行不行? 都把自己的事操心好行不行?"

黄小芹仿佛觉得儿子话里有话,张一下嘴,把脸一转。

"我自己认为什么时候条件成熟了什么时候返城! 我对自己的人生有自己的战略部署,用不着别人瞎指挥!"黄家驹俯身对于凤兰说,"姥姥,我走了,有空儿再回来看你!"说罢走了。

黄吉顺黄小芹相互看着发愣。

于凤兰听到关门声,不满地说:"孩子明明开始有出息了,你们不鼓励他,还烦他干什么呢!"

黄家驹走在夜晚的城市小巷里,不知临街的谁家传出孩子的哭声,传出母亲拍哄孩子的话语:"宝贝儿,乖,不哭,妈抱着呢!……天灵灵,地灵灵,我家有个吵夜郎;过路君子听三遍,一觉睡到大天亮……"

黄家驹站住,倾听;左看,右看,转身看着两旁老旧的房舍,若有所思。

方书记将张广泰送出公社的办公室,送到院子里。

"广泰呀,不是我为难你,我什么时候为难过你呢? 可你说的事儿,上边没文件,没政策,没精神,叫我怎么表态呢? 如果潘凡区长和林士凡局长,他们从上边支持你,肯定你的做法是对的,你再来找我,什么事儿在我这儿就都好办了!"

"那,我就先去找他们。我今天可找过你了,可不是越过锅台上炕啊!"

"不是不是,当然不是,快去吧!"

区委一间办公室里,林士凡正在看一份文件,一名青年工作人员肃立在他面前。

"据我所知,你是学中文出身,对吧?"林士凡问道。

"是的,林局长。"

"哪一所大学毕业?"

"就咱们省大。"

"小齐,你看啊,这里'目前的新动向是,某些农民,包括某些基层的农村干部,思想开始混乱,急不可耐,蠢蠢欲动'……我们为什么要向领导们打这么一份报告呢? 是为了让他们及时了解农村情况,予以关注、关心,对不对? 那么,像'新动向'啊,'思想混乱'啊,'蠢蠢欲动'啊,这些词出现在报告里,就不那么合适了。是新局面,是思想开始活跃,是跃跃欲试。小齐啊,做我们农村工作,首先要了解农民,理解农民。他们急于摆脱贫穷的迫切心情,那是一定要从正面来感受的。"

"局长,我刚参加工作,没经验。"

　　林士凡站起,轻拍对方的肩:"现在没经验,以后就会积累起经验的。拿回去,把我划了红线的地方,再认真改改,啊?"

　　"谢谢林局长的指点。"他走到门口,与推门而入的张广泰几乎撞了个满怀。

　　张广泰忙道:"同志对不起,我一急,忘敲门了。"

　　林士凡惊喜又热情地说:"张师傅!什么风把您给吹来了?快请坐!快请坐!"

　　张广泰坐下,环视着说:"你办公室挺宽敞。"

　　林士凡陪着坐下,说:"潘凡区长照顾我,把最大的一间办公室拨给了我。他说我这个局上访的人多,需要一间大办公室。什么事儿?"

　　"林局长,我是无事不登三宝殿……"

　　林干凡打断他:"请原谅亲爱的同志,咱们先把称呼确定下来——我刚才还是叫的你张师傅,对吧?那么,你还像从前一样叫我吧!"

　　张广泰回忆了一上说:"从前,我怎么叫你的呢?"

　　林士凡一笑:"林士凡。"

　　"是啊是啊,从前我们大柳树村的人,都只叫你的名字——林士凡……不好。不冲你现在是不是局长了,冲别的方面,也不应该对你呼名带姓的了。"

　　"那就叫我老林!"

　　"老林?你是比当年老多了,真的老多了!可我的岁数在这儿摆着,我不能叫你老林。"

　　"唉,江山易改,本性难移啊!别人都说我还很年轻,一点儿都没显老。偏你张广泰张师傅,非说我真的老多了!"

　　"大事小事,还是实事求是的好嘛!"

　　"那你叫我小林。"

　　"士凡啊,你也得正确对待客观事实啊,自己老多了,那就得承认老多了!你呀士凡,你可再也没有是小林的时候啰!士凡……嗯,我叫你士凡挺好,叫着亲,你说呢?"

"只要你张师傅觉得叫着亲,那就这么确定了吧!以后,我还叫你张师傅,你呢,叫我士凡,这比叫我林局长我爱听。现在,说你的事吧!"

张广泰掏出了烟,林士凡忙也掏出烟来,说:"吸我的,吸我的。"

二人都吸着烟后,张广泰又说:"是这么一件事,我们大柳树村,想盖几幢房子,开个小工厂什么的。"

"让成才发挥铁匠的特长?好事啊,我支持。"

"和成才倒没什么关系。我让成民替我们支部写了份报告,你看看。如果没什么问题,请你批一下。你批了,我心里就没顾虑了,全村人就能甩开膀子干了。"张广泰掏出报告递给林士凡。

林士凡看了会儿,龇牙,面呈难色。

"士凡,让你很为难了,是不是?"

"是啊,这太让我为难了亲爱的张师傅。可是,你既然来找我了,还代表大柳树村的党支部交给我一份申请,那我就不能让你白来一趟。走,我陪你去见潘凡区长,看他怎么说!"

潘凡的办公室比林士凡的办公室小多了,潘凡看了张广泰的申请报告说:"广泰同志,这事,我看不出有什么不好,但我也做不了主。我做不了主的事,不等于是我不支持的事,更不等于是我反对的事。你们的申请报告上说,会占用一些耕地,这是个原则问题,那你们耕地少了怎么办呢?"

"我们支部实地察看过了——我们会平整出几块闲地来当耕地;那么一来,我们的实际耕地面积,不是少了,反而会多出一些。"

"所以,将占用耕地这一条,你们也可以不写上。我和林局长,也只当不知道,啊?"

林士凡点头。

"绕过了占用耕地这一问题,你们的申请也就再没什么原则性质的问题了。那么,林局长,你亲自替他们把这份申请报告修改修改,我来批。"

本已大失所望的张广泰笑了。

"广泰同志,你先别高兴。你们要和内蒙方面及时互通信息。最好,不,不是最好,是一定,要让内蒙的合作伙伴,请求他们旗里的领导,到我们市来,与我们市里的领导会晤会晤。上上下下,方方面面,争取形成一个统一的认识,明白吗?"

"明白。一定那样,一定那样!"

潘凡离开了桌子,背着手踱步,自言自语:"有些人,一当了领导,就渐渐变得只会做官,不会做事,甚至不肯为老百姓做事了。老百姓那儿水没肩膀火上房,他们那儿还在说什么上级没精神!长着自己的脑袋干什么用的呢?自己的脑袋里就不能产生点儿正确的思想吗?老林,咱俩可都是和老百姓一块儿滚过多年的人,咱们别做那样的干部!"

"对,不做。"

潘凡一转身,见张广泰呆呆地看他,问:"你张师傅这么看着我干什么呢?我说错了什么话吗?"

"没有没有!你说的,句句在理,我爱听!可,可你怎么一点儿都不结巴了呢?"

潘凡对林士凡说:"你看他!他怎么哪壶不开,偏提哪壶呢?"

三个人不由得都笑了。

潘凡又坐回桌子后边,说:"张书记,你的事儿,我和林局长,尽力而为了。我们俩呢,也有求你的事儿。林局长,正好他来了,你把那事儿,跟他说说。"

"区长不提,我倒忘了。张师傅,罗军、邢山、赵小林、徐广勤,都是你们那儿的知青对吧?"

张广泰点头。

"他们的家长,都是我和潘区长的朋友;有的,还是我俩的上级。现在允许知青返城了,他们返城时,希望你顺利放行。"

"这好说。国家都允许了,我干吗阻挠呢!"

林士凡和潘凡对视一眼之后又说:"他们离开大柳树时,希望你们给那些孩子们,每人都做个好鉴定。知青鉴定要入档案的,鉴定如何,对他们以后会有影响的。"

"这也好说,他们表现都挺好,对我们大柳树村有贡献。再不给孩子们一份好鉴定,我们不是太不仁义了吗?"

"可能罗军和邢山两个,还要往部队的院校考,那也等于入伍。所以呢,想把名额先分配到你们村里去,首先实现一下他们的愿望。"

"这个嘛,我们村里有些孩子,今年也正好到了入伍的年龄。"

"人家邢山的父亲,是省农机厂的厂长。人家表示了,愿意卖给你们两辆旧卡车,你们象征性给点儿钱就行。"

"一言为定!你们二位说的事儿,我打保票了!我呢,我可就盼着两辆卡车属于我们了啊!"

林士凡和潘凡都笑了,潘凡说:"到中午了,走,一块儿吃饭去!"

张广泰意气风发地回到队部里时,见只有曹有贵一人,不时往指上啐唾沫,点一厚叠钱。张广泰一脚迈入队部,见钱眼开:"这么多钱,哪儿来的!"

曹有贵头也不抬地说:"家驹带着咱们的人马回村了,他们又为村里挣的!"

"多少?"

"五千!你看你,总打岔,我又点糊涂了!"

"我来点我来点!"张广泰上前抢夺。

"我正点着,干吗你来呀!"

"我最喜欢的事儿,那就是为村里点钱!你忍心不让我支书干最喜欢的事儿?"张广泰到底把钱夺了过去,也往指上啐唾沫,点数。

张广泰点罢钱,说:"这笔钱来得太及时了!有贵,咱们拿出一千元,买两辆卡车怎么样？"

曹有贵嗅嗅鼻子："你喝酒了！在哪儿喝的？"

"中午潘凡同志、土凡同志陪我吃饭,陪我喝了两盅！"

"咱们那事儿,结果如何？"

"顺利！无比顺利！天时不如地利,地利不如人和！这话,我今天算是信了。"张广泰一手握着钱,一手脱鞋,上了炕,盘腿一坐,"我刚才问你呢！用一千元买两辆卡车,你同意不？"

"我看你呀,是喝醉了！一千元想买卡车,还想买两辆！"

电话响了,曹有贵接起电话："喂,免贵姓曹,曹有贵！啊——你好你好！带回来了,我们要挂在队部！你们矿上,对我们恩重如山啊！对,所以我们只好把人撤回来了！以后,我们的厂办好了,一定给你们送很多牛羊肉去！什么钱不钱的？那就不要钱了！谈价钱疏远了！再见,再见。"

曹有贵放下电话,拿起桌上一卷锦旗,展开挂在墙上,锦旗上写的是——感激农民弟兄,救我矿工兄弟！

几声大鼾,如雷贯耳,曹有贵一转身,见张广泰已倒在炕上,酣然睡去,鼾声不停,忽高忽低——而钱,纷乱在张广泰身上、炕上。

"才几盅酒,就这德性了！岁数不饶人啊,老了,老家伙了！"曹有贵正归拢钱,窗口吹进一阵风,将钱吹得哪儿哪儿都是。他急忙去关上窗,再转身时,钱已吹得遍地都是了。他又赶快去关上门,并将门插上,看着满地钱,直搓手,自言自语："该我过过瘾了！"

他又往指上啐唾沫,缓缓蹲下,一张张捡,边数："一、二、三、四……"

而张广泰在梦呓着："卡车……卡车……我搞回来的！……"

晚上,知青宿舍里,黄家驹、张艳双二人端坐吃饭的大桌后,知青们在他们面前横站一排。

张艳双看着他们笑："我怎么觉得你们都变好看了呢？"

邢山说:"是不是我们眼睛都大了呀?煤粉染黑了眼边儿了,洗都洗不掉!"

黄家驹干咳一声,一本正经地说:"支部书记指示,由我和她……"

罗军打趣道:"她是谁呀?"

众知青默笑,笑得张艳双不好意思了。

黄家驹又干咳:"由我和团支部书记张艳双同志,以公开的、客观的、认真负责的态度,把你们每个人的鉴定都做好。为了做好,我把一些好词儿,预先都写在这一页纸上了。为了体现公开,当着大家的面,我来念,她来写。"

张艳双拿起了笔,准备着。黄家驹说:"按姓氏笔画来——第一个,丁百川……"

丁百川站到了桌子跟前,黄家驹对他说:"百川,认真听着,有不满意的地方,咱们可以当场改。反正支部给咱哥们这个权力了,让咱哥们儿做主了!"像独唱演员似的,对张艳双点了一下头,朗声念道,"该知识青年,在我村插队期间,与贫下中农密切打成一片;想贫下中农之所想,急贫下中农之所急;有一分热,发一分光;一不怕苦,二不怕死……"

张艳双打断他:"慢点慢点儿,我记得了那么快吗?"

黄家驹的语调变成了可记录的速度:"以一种'春蚕至死丝方尽'的精神,无私地将青春和汗水,奉献给了我们大柳树村了。总而言之,是一个时代的好青年。句号,完了。"

众知青听得极为肃静,丁百川问:"就这么……完了?"

黄家驹劝道:"百川啊,你还不满意啊?以后我自己离开大柳树时,只怕也没人给我写这么好的鉴定了!"张艳双敏感地看了黄家驹一眼。

罗军说:"百川,可以了啊!听着都像悼念烈士的悼词了!"

邢山等知青都喊:

"就是!就是!"

"一边去,下一个!"

"对,下一个,该我了!"

丁百川说:"等等,等等! 我满意,很满意。可就是觉得,少一条似的。"

黄家驹将手里的纸递给了丁百川:"那你自己再挑一个好词儿。只许再挑一个! 这入档案的鉴定,一般也不要太长。"

丁百川看了片刻,将纸还给黄家驹:"我要的那条,你这纸上没有。"

黄家驹说:"满纸的好词儿,你敢说没有? 除非你要的是伟大的无产阶级革命家、共产主义战士什么的?"

众知青笑了。

张艳双严肃地说:"他纸上有,我也不给那么写。我这笔下,还把着一道关呢。给一个人作鉴定是严肃的事,太吹捧了不行。"

丁百川一边想一边说:"我也不是要吹捧的话。我想起来了,我要的是'生活作风严肃正派'这么一条。这一条也很重要,大家说是不是?"

罗军说:"对对,这一条也很重要! 我支持百川的意见。"

邢山说:"家驹,我们这些知青,除了你,个个都是生活作风严肃正派的人,是吧?"

黄家驹问:"你这是什么话? 怎么就除了我呢?"

邢山笑道:"你别误会,我的意思是——除了你和艳双是对象关系,我们中连一名女知青都没有,谁想不严肃,那都是白想。"

黄家驹不认账:"我什么时候宣布和她是对象关系了? 我们那是……同志加朋友的关系,很纯洁的! 我可警告你们,不许把你们那种不负责任的看法带到城市,去到处传播啊!"

张艳双心中暗恼地说:"好了,别说我俩什么关系了! 扯哪儿去了! '在大柳树时期,生活作风正派',每人的鉴定中,都加上这么一条行了吧? 不必非写'严肃'两个字了,干吗非得把生活搞得那么严肃? 而且,这个鉴定,只能证明你们的以前,所以要写'在大柳树时期'。"

黄家驹及众知青皆点头。

鉴定终于做完了,知青们或坐或立,都在看着自己手中的鉴定,似乎都在看案关自己的判决书。

黄家驹说："我们的使命完成了,我替大家送送咱们的团支书。"

"我用不着你送!"张艳双收拾了桌上的东西,径自走了。

罗军朝他挥手:"不必请示,去吧去吧!"黄家驹追了出去。

黄家驹追上张艳双,欲拉她手,张艳双将手一甩:"少来!你还这样,男女关系上是很不纯洁的!"

"你上哪儿去呀?"

"你管我呢,爱上哪儿上哪儿!"

麦场的粮囤后面,黄家驹将张艳双按在粮囤上,动情地说:"我一回到矿上就想你了!"

"好一个同志加朋友!"

"那不是故意说给他们听的吗?"

"我怎么觉着也是故意说给我听的呢?"

"艳双,别这样!"

张艳双终于顺从地接受了他的吻,黄家驹吻够之后,也背靠粮囤,胸有成竹地说:"等我真的当上了经理,再把党票稳稳地攥在手里了,那时……"

"那时你才返城,再让我给你做一份比别人都好的鉴定,是吧?"

"我心里的想法,都被你看出来了。我黄家驹,返城也不能返回到城市的边边角角。我要成为一个居住在市中心的人,我还要工作在市中心的单位。"黄家驹抬头望着夜空,"大柳树村,你待我倒也不薄——给了我成熟,给了我荣誉,给了我地位,给了我政治生命。"

"还给了你一个活脱脱的大宝贝呢!"

"大宝贝?什么大宝贝?"

"就是我啊!"

"啊,是呀是呀,你是我的大宝贝!"黄家驹又捧着张艳双的脸亲了一下。

张艳双无动于衷地说:"以后,你还会有一个小宝贝可亲呢!"

黄家驹又不明白了:"小宝贝?"

张艳双指指自己肚子:"暂时我替你保存在这里……"

黄家驹明白了,傻眼了:"你?……你!……你当时不是说,很安全吗?不是说,骗我等于骗你自己吗?"

张艳双不苟言笑地说:"是啊,人骗人的时候都爱那么说。也许还是一对双呢!那你可幸运了,投入少,收获大。我估计一生三胎的可能不怎么大,你脸上没带着那么大的福相。"

张艳双说完,一呕,又说:"恶心,这些日子,常犯恶心。"

黄家驹呆若木鸡。

"我的同志加朋友,好好思量一下怎么办吧!"张艳双说完主动吻了黄家驹一下,妩媚一笑,翩然而去。

黄家驹呆呆地望着她背影消失,迫不及待地掏出烟来吸。

队部里正在开支部会议,张广泰居中而坐,两旁坐着支部的四名成员,黄家驹坐在曹有贵和李寡妇身后,双膝并拢,膝上放着打开的小笔记本,手中拿笔随时记录的样子。

张广泰干咳一声,权威地说:"今天讨论两件事——第一件事,黄家驹申请入党,咱们当着他的面,议议他的优缺点,给他指明一条正确的,不断进步的道路;第二件事,咱们把与内蒙方面办联合加工厂的准备工作,再周到地研究研究。在开始讨论第一件事之前,我要求你们几个,把兜里的烟掏出来摆桌上。"

曹有贵说:"老哥,什么意思嘛,要实行共产啊?"

张广泰一板脸:"你给我严肃点儿。这是开支部会,我是支书,别老哥老哥的!"

于是三盒同样牌子的烟摆到了桌上,张广泰看着说:"你们三个,从什么时候起,都吸一样牌子的烟了?"

曹有贵三人对张广泰的话不以为然,但都沉默地忍耐着。

李寡妇从脚上脱下一只新鞋,也摆在桌上,冷笑着说:"要批判就一块儿批判,只批判他们三个不公平!"

黄家驹有些不自在起来,摸脖梗,抠耳朵。

张广泰看着李寡妇说:"本想给你留点儿面子,你既然自觉要求公平,那我就连你一块儿点在内。知道这是什么性质吗?讨论一个人够不够入党的条件,会前收那个人的烟,收那个人给买的鞋,这差不多就是受贿!黄家驹,你的做法,也差不多就是行贿!黄家驹,你知错吗?"

黄家驹谦恭地说:"支书同志,我没想到性质会这么严重。经您一批判,我明白了,以后一定改。"

李寡妇拿起鞋,高高举起,想要往桌上拍下去,张广泰喝止道:"李金凤同志,这是支部会,你想要干什么?!"

李寡妇忽而一笑:"支书同志,你批判完了,我可以把鞋穿上了吧?"

"还问什么!趁早穿上,当我们爱闻那股味儿啊!"曹有贵扭头赔笑道,"支书同志,那我们三个,也把烟揣起来?"

张广泰说:"我治病救人的目的达到了,你们揣起来吧。"

曹有贵揣起烟后,又恭敬地问:"支书同志,你的话说完了?"

张广泰点头后曹有贵说:"那么,我接着说。支书刚才批判我们三个各收了家驹一盒烟,差不多就等于受贿。我理解差不多的意思,那就是,还不是的意思。但是呢,支书严格要求我们,我们都应该虚心接受。说到家驹嘛,我认为,总体上看,是个好青年——在村里需要农药的时候,人家不但搞来了农药,还搞来了化肥;不但使咱们村受益,全公社也跟着沾光。在村里最困难的时候,人家带领一批村里的人到矿上去了,不但为村里挣了两大笔钱,还率领咱们大柳树村的人,在矿上参与了抢险救人。看,锦旗就挂在那儿!靠着他们挣的钱,全村才通上电。内蒙贵客到来时,没有家驹奔前跑后,方方面面地张罗,接待工作不会做得那么好。人家和咱们联合的意向,那就两说了……人看人不能眼睛长了钩子似的,专看别人的毛病。所以,我同意发展黄家驹入党!"

他举起了一只手,李寡妇等三人也举起了手。

张广泰敲着桌子说:"我只说先议议他的优缺点,你们都举手干什么?!"

李寡妇说:"家驹他单独征求过我们的意见,他身上还存在什么毛病,我们都不客气地给他指出来了!"

张广泰问:"你们就都这么急着把他拉进党里来?"

秋林说:"支书,坦白说,真都有点儿急。"

德先也说:"是啊是啊,咱们支部,早该吐故纳新了!"

张广泰的目光狠狠瞪向他:"吐故?吐的什么故?"

曹有贵说:"支书,大伙急的不是吐故,光急的是纳新。您看,您的态度呢?"

张广泰被将得愣了片刻,无奈地说:"党员要首先做一个实事求是的人。有贵说的那些,明摆着。将来大柳树要是写史,那都是些可以入史的事。所以呢,正式接受黄家驹同志的入党申请,我其实也是没意见的。"

举着手的人都笑了,放下了手。张广泰接着说:"黄家驹,从今天起,你就是一名预备党员了。党员是有两年考察期的,表现有差距,要延长的。所以,我希望你戒骄戒躁,争取正常转正。给你点儿时间,你也把你的决心,跟大伙说说吧!"

李寡妇一拉黄家驹:"家驹,你现在可以坐前边来了,坐支书对面,让支书看着你说嘛!"

于是黄家驹搬椅子坐到了张广泰斜对面,装出特别激动的样子:"我,特别感谢支部全体党员,尤其支书同志,对我要求入党的,迫切心情的理解。支书同志刚才说,我做的那点儿事,在大柳树村,是可以入史的。这么高的评价,我不敢当。我一定像支书希望的那样,戒骄戒躁,全心全意为大柳树村服务。现在,我的一只脚,已经迈进了组织的门槛,我要毫无保留地向组织交心。有一件个人的事,不知该说不该说。"

张广泰鼓励他:"主动向组织交心,好嘛,说吧。别有顾虑,我鼓励党员向组织交心。"

黄家驹吞吞吐吐、拐弯抹角地说:"我,我和团支部书记张艳双同志……我们之间,已经有了一种,按照规律,一般必然会有的……那样的……结晶……"

众人都没听明白,你看我,我看他。

张广泰问:"你们……你们结的……哪样的晶?"

黄家驹不好意思地说:"我们也不能结出……别样的晶来……就是……爱情的……爱情方面的结晶……"

秋林反应过来了:"家驹,你的意思,是不是……你让艳双怀上了啊?"

黄家驹点点头:"是,是这个意思。我想,支部……一定也会……替我感到高兴的……"

一时气氛凝固了,张广泰都快把眼睛瞪出来了。

李寡妇企图扭转严峻局面,双手一拍,乐了:"大柳树又要添丁了,支书,你要四世同堂,做太老爷了,大喜事,是吧?"

张广泰一下子扑向黄家驹,揪住他衣领:"你!你!你个小混蛋!"

曹有贵劝他:"哎哎哎,我的老支书,别这样,别这样,这您可就失态了!"

中午,张家全家人在吃饭。张艳双用筷子夹着半截酸黄瓜,一小口一小口地吃。

曲彦芳奇怪地问她:"艳双,你怎么不好好吃饭,光吃酸黄瓜?"

"我就爱吃这一口酸溜溜的劲儿。"张艳双又用手拿起一条小小的酸黄瓜,笑笑,出去了。

王玉珍嘟哝:"她这几天是怎么了,饭量小得像只馋猫儿。"

张广泰放下筷子,顿了顿说:"有件事儿,本不该我当爷爷的来宣布；看来，那也得由我来说了。咱们艳双，她……她有了……"

全家皆停止了吃饭，张广泰以为都没听明白，又说："艳双她……怀上了黄家驹的孩子……黄家驹上午在队部，当着我和全体党员的面，坦白交代的。"

成才呼地往起一站："我！……我杀了黄家驹！"

张广泰说："犯法的事，明白人不该说的话，你说它干什么？我们张家，得及早拿出个对策来。"

全家人人愣住着，唯有成才怒不可遏："黄家驹、黄家驹、黄鼠狼！我早就看出了他对咱们艳双没打好主意！我左防右防……"

张广泰打断他："你给我坐下！就你防来吗？我当爷爷的也防来着！全家都防，只艳双自己不防，那也是白防！"

"我今天非教训她不可！"成才冲了出去，曲彦芳急起身跟了出去。

成才屋里，张艳双盘腿坐在吊铺上；成才冲她叫嚷，曲彦芳阻拦着，不让成才接近吊铺梯子。

"你给我下来！艳双你是好样的，你给我下来！"

"我下去好让你打我呀？我才不傻呢，好汉不吃眼前亏！"

成才一指曲彦芳："你！像你！"

"我们曲家才没她那样的！从小好端端个孩子，是让你们张家后来给惯的！"

张广泰出现在门口，似想进屋，但听了曲彦芳的话，心生惭愧，退开了。

"艳双！我从此不认你这个女儿了！我也不回这个家了！我，我到队部睡去！"成才抱起被子、枕头，走了。张广泰坐在院里，一言不发，看着成才走出了院子……

第二十四章

曲彦芳在哭泣,李秀英劝她:"男大当婚,女大当嫁;艳双有她自己的眼光,别人也不必着急上火,互相埋怨来埋怨去的。"

"可,可她……她和家驹不合适嘛!"

张艳双从吊铺上下来了,振振有词:"这可真是怪了!连我爷爷都说——咱们大柳树村如果修史,黄家驹那也必定是一个史上载名的人物!我自己相中了他那么一个人物,你们怎么又都认为我很掉价似的呢?"

"那你也不该……你没羞!你怎么可以先把生米做成夹生饭?!"

"那你们就都替我加把火呀!把夹生饭闷成熟米饭呀!再者说了,我不采取点儿必要的策略,我的终身大事那能成吗?"

"我打你!"曲彦芳气呼呼作势要打,李秀英忙横身挡着。

"大柳树村需要一个黄家驹!我不想个法子替大柳树村把他留住,他这么一个人才,如果返城了怎么办?"

成民出现在门口,向艳双招手,张艳双跑出去,在吸烟的张广泰一见她,把身子一转。

"到我屋去,伯伯有话跟你说。"

张艳双跟着成民进了屋,成民颇感无奈地说:"艳双,你们也太自由了吧?伯伯是支持自由恋爱的,但这么个自由法,你首先就是对自己不负责任!"

张艳双向成民耳语一阵,成民问她:"那,你希望伯伯怎么做呢?"

"帮我说服他们,来个趁热打铁啊!"

张家的人商量来讨论去,再加上成民的劝说,不管多么不乐意,给夹生饭加火就成了最后的决议。成民和曲彦芳去找小芹,希望她出席两个孩子的婚礼,小芹大感意外,说不愿去。

张广泰终于又走进了新新居,又见到了黄吉顺。

"张广泰,你高,你高明! 让我们家驹当什么经理,把我们家驹往党里拉,现在,你又来亲自告诉我,你们艳双肚子里,怀上了我们家驹的孩子! 阴谋,大阴谋呀! 张广泰,今天我才把你看透了,你是个阴谋家! 你主谋的这一切,都是为了把我们家驹牢牢地钉在大柳树,让他永远返不了城! 你坑害我! 你报复我! 你让我们黄家,在城市里没个后代! 你……你不是说过你不记仇了吗?"黄吉顺孩子似的哭了。

张广泰轻轻一拍桌子:"黄吉顺,你少给我装这一副熊样子! 从打你那个黄家驹到了大柳树村那一天起,我们张家父子两代就开始防他,那真是像防着黄鼠狼偷鸡! 现在恢复高考了,就凭我们艳双那么聪明伶俐的姑娘,再有我大儿子成民的辅导,考上个大学那还难吗? 你的黄家驹,他哪一点配得上我孙女艳双,啊? 他生生的是把我孙女的人生往低了拽!"

"那好,你给我们家驹办妥离开的手续,我明天就亲自去把他接回到城里边来!"

"你做梦吧你! 黄家驹他再也休想返城了! 过几天他必须和我孙女成亲! 日子还是定在八月十五! 小芹不去参加婚礼,那你就得给我亲去! 如若不然,我免了他的经理,取消他的入党预备期,还要把个我们张家不要的孩子,派人给你黄吉顺送来! 就这话,你可给我掂量掂量再作决定！"

张广泰起身便走,剩下黄吉顺一人,仰天长叹:"唉,八月十五,八月十五,家驹啊,家驹,你这不是英雄落陷阱,一失足成千古恨嘛!"

知青们的大宿舍,临时借给了一对风流青年做新房。知青们本已返城了,得知他们的队长真的要成亲,扎根落户了,又都从城里赶回来,各显其能,忙得不亦乐乎。

一乘花轿停在张家院门外,些个孩子在围观。轿帘一挑,一身大红的张艳双问一个女孩:"也想坐花轿吗?"

"想。"

"那上来吧!"

女孩儿高兴地钻入了花轿。

另一个女孩儿说:"艳双小姨,我也想坐花轿。"

"那你也上来吧!"

一个胖小子二话不说,也趁机往轿上挤,张艳双往外推他:"不行不行,你太胖了,挤不下了!"

"能挤下嘛,能挤下嘛!"胖小子硬钻入轿里。

张家院里,披红戴绿的黄家驹在吸烟,心事重重。屋里,曹有贵和罗军、邢山等知青,人人胸前戴花,挤满一屋子。

曹有贵催促道:"我的支书老哥,您快起驾吧! 人家黄吉顺早都到了,在等着呢!"

张广泰说:"你们按老风俗搞,我反对! 别说成才不去,我也不想去了!"

罗军嘻嘻一笑:"老风俗热闹嘛! 大柳树村今年喜事多,又通电了,又要有卡车了,大家高兴,跟着乐呵乐呵嘛! 来来来,您老要听话,别耍小孩脾气,乖乖把花戴上,啊。"

邢山上前搀扶他:"您要是今天不听我们的话,我让我爸不给大柳树卡车了,反正我已经返城了,您拿我没辙了!"

张广泰急了:"别、别,讲好的事,你可不许从中拆台!"

众人都笑了,曹有贵一挥手:"起轿!"

知青们拥了出去,有两名知青抢先抬轿。

"咦,怎么这么沉?"

"大概嫁妆也在里边吧!"

他们居然没抬动,又换了两个膀大腰圆的来抬起。曹有贵在轿前鼓足了一口气,吹起了喇叭。

轿队来到知青宿舍门口,停下了。两名抬轿的知青揉肩膀:

"哎呀妈呀,再多走几步,抬不动了!"

"怪了,新娘家陪嫁了些什么呀?"

李寡妇从宿舍里出来,挑轿帘。两个女孩儿钻出,众人一愣,接着钻出那个大胖小子,在哭着。

张艳双骂道:"这个坏小子!在轿里憋不住,尿裤子了!看你把我的新裤子也尿湿了一片!"

众人大笑,张广泰和黄吉顺,之间隔着一米的距离,并排坐在宿舍里,看着门外那一幕,先后干咳一声。

知青宿舍已大为改观,雪白的墙上到处贴着大大小小的红喜字,最里边的墙上还糊着花墙纸,地面也铺了一段碎砖,那儿的炕席自然也是新的。

李寡妇挽着张艳双,黄家驹陪于一旁,进了宿舍。张艳双要掀盖头,李寡妇打落她手。

"喘不过气儿嘛!"

"忍着!"

邢山微笑着宣布:"诸位,这是一次,象征主义的婚礼!为了充分体现出象征主义的舞台,啊,对不起,说错了——为了充分体现出婚礼的象征主义意味儿,新郎新娘双方家里,各自推选出一名最具家庭权威的代表人物,也就是双方的姥爷和爷爷。"

黄吉顺纠正道:"都是爷爷,没有姥爷!"

邢山忙说:"对不起,又说错了,纠正如下——都是爷爷,没有姥爷! 现在,一拜高高堂! 诸位,为什么说是高高堂呢? 因为,他们都是爷爷!"

曹有贵小声说:"你就别解释了,快进行!"

邢山朗声道:"先拜高高堂黄吉顺……"

李寡妇将张艳双引向黄吉顺,黄吉顺将身板一挺。

张广泰"嗯"了一声,曹有贵上前小声问:"支书,哪儿不对了?"

"是该先拜他吗?"

"对啊。虽说党管一切,可这成亲拜堂的事儿,按老规矩,那还是得先拜男方的家长。"

而此时张广泰家里,王玉珍将一尊小观音像摆在桌上,双手合十,念念有词:"观世音菩萨,大慈大悲,保佑我孙女艳双和孙女婿黄家驹,婚后和和美美,白头偕老,修好张黄两家前嫌……"听到脚步声,王玉珍急将观音像抓在手里,一转身,见是成民。

"成民,你怎么没去?"

"我刚下课,这就去。妈,咱俩一块儿去吧?"

"你先去,我洗把脸,拢拢头再去! 快去吧!"

成民转身离开,王玉珍把观音像摆上,又继续祷告。

……

知青宿舍里安静下来了,张艳双蒙着盖头坐在炕边,黄家驹坐在她对面的炕边,又爱又恨地瞪着她。

"黄家驹! 给我掀盖头,闷死我了!"

黄家驹没好气地说:"自己掀!"

"自己掀就自己掀!"张艳双一下掀去盖头,拿在手里,环视着,乐了,"这么老大的新房! 我喜欢! 一辈子住这儿生儿育女了!"她看着黄家驹奇怪地问,"你坐得离我那么远干什么?规定必须这样?"

黄家驹恨恨地说:"我再也不会相信你的话了!"

"你这人呀,真小心眼儿!我向你承认错误行了吧?实际上啊,我说我'安全'着呢,那是千真万确的真话!后来我说我怀孕了,才是假话。"

"这么说,你没……怀孕?"

张艳双走了到黄家驹跟前:"骗你玩的!可哪想到呢,你这人,经不起别人开句玩笑!自作主张地,就火烧眉毛似的把我给娶了!我的相公,你说你倒是急个什么劲儿呢?怕娶晚了,我就被别人娶去了呀?"边说,手中的红盖头,一边在黄家驹面前挥来舞去。

"我揍你!"

张艳双逃开,黄家驹追打。张艳双一边逃,手中的红盖头一边挥舞,一会儿炕上,一会儿地上,黄家驹也就一会儿炕上一会儿地下地追。

门忽然开了,门外,邢山报幕似的:"大型象征主义革命舞剧《沂蒙颂》之《捉鸡》一场;交响乐伴奏,大柳树村知青交响乐团!"

邢山退开,罗军出现在门口,向宿舍里鞠一躬;转身,拉开指挥的架势:"小提琴齐奏,急速,欢快而浪漫地……"

门外知青们站成两排,同时"口奏"。

张艳双气喘吁吁,不再上蹿下跳了,黄家驹将她逮住,高举起了一只手。

"你没看见门外呀?"

"我才不管!今天我非揍你不可!"

"那你揍吧!"张艳双闭上了双眼,模样显得格外俏媚。

"可又舍不得!"黄家驹不由自主地吻她。

罗军回头看一眼,小声说:"剧情!注意剧情变化!大提琴介入,极抒情的!嘿你!钢琴!别光顾傻看!"

于凤兰的双眼大睁着,一手拉着黄家驹的手,一手拉着张艳双的手。

黄家驹和张艳双,各自坐在炕前的小凳上,小芹站在黄家驹身旁。

于凤兰有气无力地说:"真想看见你们……"

张艳双将于凤兰的手,按在自己的脸上,流泪了。

"冤家宜解不宜结。你们,要好好地生活。家驹,你要更懂事一些,要知道疼爱艳双……"

"姥姥,我记住了……"

"艳双,家驹要是有什么惹你生气的地方,别和他一般见识。对于黄家,你是个贵人。因为你,我们两家,才由仇家,又变成了亲家。你这个贵人,可要一直做到底。"

"姥姥放心,我一定照您嘱咐的去做的……"

于凤兰微笑着闭上了眼睛,手臂垂了下去。张艳双将于凤兰的手放在她胸前,起身离开了屋子。

黄吉顺蹲在门口,双手捂脸愧疚地说:"凤兰,我知道,你我这一辈子,我太对不起你了。这话我早想对你说的,可我……话到嘴边总也说不出口啊……"

张艳双在店铺的一根柱子那儿无声地哭泣,屋里传出小芹悲痛的哭声:"娘!娘!娘你别这样就走了啊……"

成民在读自己写好的信给李秀英听:"自立吾儿,见字如面。此信内容,至关重要。望吾儿接到后,万勿耽延,立返家乡。据说南方某高校,不日将派人前来我省,补招学子。小范围考试,破例录取。此良机也,不得坐失不顾。这不但是我和你母亲的愿望,也是我们张家所有人对你寄托的期望。今年家乡虽遭大旱,但好事亦颇多。农村脱贫生活,似有指望。我张家供读一名大学生,当不再是梦呓之事也……"

张广泰在门外咳嗽一声,表情阴郁地走了进来。

李秀英起身让座:"爸,您坐。"

成民问:"爸,有事?"

张广泰没坐,低声说:"家驹他姥姥,过世了。我的想法是——我要率领全家,都过城里去,帮着黄家,操办操办。成民,你尤其要去。"

"爸,我听你的。"

"见了家驹他姥爷,你要主动说话,啊?"

"爸,我会的。"

"这就好,这才对。成才至今睡在队部,不回家,这不好,这是不对的。"

"爸,我一直在劝他。"

"只劝不行。你要敢于和他的错误思想作斗争!烟不能越吸越长,要看到新一代和老一代的区别。一棍子下去,打倒祖孙三代,那不成了'四人帮'了吗?他错就错在这里。我也想不开过,但我一旦想开了,说改正就改正!他却还不改正!你要替我狠狠批评他!"

"爸,您说得对。我一定不只劝他,还要批评他。"

"要狠狠的,不给他留情面!"

"嗯。狠狠的,不给他留情面!"

"你要对他说,他若敢不去,他以后就别进院门了,我以后也不认他这个儿子了!"

"我说,我一定这么说。"

张广泰又对李秀英说:"帮着黄家操办完丧事,你要陪着小芹,在新新居住几天。要不,他们父女俩,会觉得多么冷清!"

李秀英点头。

张广泰指着心口说:"你要替我对小芹说——当年我曾对她说,她永远是我的好徒弟。这话,在我心里边,还算数!"

李秀英默默点头。

张广泰似乎还想说什么,但只张了张嘴,一转身,倒背双手走了。

李秀英深有感触地说:"爸都驼背了,腿脚也慢多了。"

"是啊,连我都两鬓斑白了嘛……"

内蒙草原,已经下雪了。纷纷扬扬的雪天里,自立骑在马上,胸前一个袋子,背后一个袋子,两只袋子里兜着两只小羊羔,咩咩叫。他策马挥鞭,驱赶着羊群。

乌日娜乘马奔来:"自立!"

"乌日娜,你来得真及时,我都快拢不住羊群了!"

"气象预报说,会有暴风雪。我父亲让我来接你,帮你把羊群赶回查干去!"

"我正往回赶它们,有你在,我放心了!"

乌日娜又一次趋近自立,伸长手臂,向他递一封信:"你父亲写给你的信,我都熟悉他的字迹了!"

自立刚一接信在手,乌日娜掉转马头拢羊群去了。自立在雪中看完信,策马追上已经走远的乌日娜和羊群。

"乌日娜,我父亲要求我回去参加一次大学补招!"

乌日娜不由得勒稳马,呆呆地瞪视他。

"我有信心,绝不会让我父亲失望……"自立胸有成竹。

"那,你以后,还会到草原来吗?"

"当然还会来! 这里对于我,已经是第二个家乡了!"

"我也会经常住到你们大柳树村去。"

自立惊喜地问:"真的?"

"我父亲让我去接受培训,然后做咱们联合厂的质量监察员!"

自立笑了。

四年以后,当岳自立又一次重新回到家乡时,大柳树村已经彻底改变了它的旧貌。大柳树村小学校,已经是一幢二层楼房了。正是课间,一群孩子在宽阔的操场上堆雪人,打雪仗。

自立远远走来,微笑着驻足观看。几个雪团打在自立身上,喧闹的操场静了下来,孩子们全都看着他这个陌生人。

一名年轻的女教师匆匆走到他跟前："对不起，孩子们不是故意的。"

"我知道，没关系。请问，这么多学生，都是大柳树村的孩子吗？"

"不全是，实际上大柳树村的孩子不多。村里高薪聘来了一些优秀教师，教学质量挺高的，连城里人家，也愿意让孩子到这所农村小学来上学了。这对农村的孩子也有利，促进了他们的学习上进心。"

"张成民，还在这里教书吗？"

"我们老校长啊，他已经退了。现在是名誉校长了，正在负责筹建大柳树村中学……您需要我帮着找人吗？"

"啊不，我就是大柳树村的人……"

女教师好奇地打量着他，这时上课铃响了，她说："那，失陪了——我得去上课了……"

操场上只剩下了岳自立和一个雪人。自立陷入了回忆，他想起了在从前的教室里上课的情形；想起了教室镶玻璃，他弄碎了一块玻璃的情形；想起了成民单独给他补课的情形和母亲拎着小半袋面来赔玻璃的情形……风吹来，似乎把几片残雪吹进了他的眼睛。

张广泰无论在生理上还是在心理上，也都发生了大的变化。在生理上，他是更老了；而在心理上，却更坚强了。因为，连面对一张属于大柳树村的，二百余万的支票，他的心理都抗得住那一种刺激了。

他挂着手杖伫立在曲国经的坟前，心里默念着："老哥，老支书，我现在，也退了。有贵，金凤，我们都不主事了。咱们大柳树党支部，已经十好几名党员了。我来，是想跟您，商量一件事——村里要在这地方，为老年人们建一处公园。那么，就得请您挪动挪动。还要建一处骨灰安置馆，大伙想把您请到那儿去。将来，我也要归到那儿去，和您做伴儿。您要是同意呢，您就对我，有种表示……"

树上落下一片雪，张广泰抬头看——松枝在动，显然树上有松鼠。

"老哥……"

张广泰拄着手杖,步履蹒跚地走了。

外观体面的队部里,秋林在拨算盘,旁边有数张支票。他见张广泰进来了,忙起身迎上前,替张广泰拍身上的雪:"老支书! 这么大的雪,您出门干什么?"

"热炕头上坐闷了。再加上艳双那孩子,总缠着我,一刻也不让我安闲,就想出来走走。"

秋林扶张广泰坐到桌旁,张广泰摸兜。

"想吸烟?"

"嗯,忘带了。"

秋林哄小孩儿似的:"别吸烟了,对身体不好。吃块糖行不行? 我都打算戒了,预备着糖呢。"

"你吃糖,我吸烟。"

"那我陪您吸一支。"

二人吸着烟后,秋林又说:"你最近又听到村人有什么意见了吗? 给我们提个醒?"

"大伙都称赞你和德先,你们今年干得很有成绩。都主张给你们发些奖金,鼓励鼓励你们呢!"

"那倒不必的。只要群众对我们满意,我们心里就高兴了。"

"家驹的表现怎么样?"

"很好啊。他负责的销售工作,今年指标又突破了!"

"支部要严格要求他。我最近常听他话里话外的,有种居功自傲的意思。这地球,离了谁都照样转,这话,道理很深啊! 当年,我看你和德先,认为你们都蔫了巴叽的,挑不起担子。哪承想,你们比我还领导有方。"

"老支书夸奖了。您看,这都是最近几天收到的分期款! 加起来,二百九十多万! 到年底,要入账三百多万。我把明年想花的几笔钱,跟您汇报汇报？"

"别，我不听。你们的事，你们做主。我不操那份心了！秋林，你说支票这玩意，是不是，不过瘾啊？"

"不过瘾？"秋林困惑了。

"我是说……二百九十多万，那要是现金，能堆满几桌子吧？选几个可靠的人，围着桌子一起点，就像春节前，全家人围着桌子一起包饺子那样。那多过瘾，多来情绪？这支票，就那么几条纸，看着拿着，它就总不如看着二百九十多万现金，再一五一十地点感觉那么好，是吧？"

秋林笑了："是啊是啊，我一开始也不习惯收支票，刚刚才有点儿习惯了。"

"你接着核你的账。我走了，再坐下去耽误你正事！"张广泰说着站起，往外便走。

"您看您，说走就走！"秋林扶着张广泰。

"我忘什么东西了吧？哦，我的拐棍！你看，我也有离不开拐棍的一天！"

"别说拐棍，说手杖。您拄上手杖，有派！"

秋林将张广泰送出门，嘱咐他："别在村里转悠了，小心滑倒，回家去吧！"

张广泰拄杖蹒跚地走在村中，突然，不知从哪家屋里，传出了一声兴高采烈的欢呼："和啦！一条龙！哈哈，拿过来，都拿过来……"

他站住了，转身往回走，寻找传出欢呼的窗口。他寻到了那个窗口——屋里乌烟瘴气，几个男人正在赌博。他双手猛地推开了那个房间的门，赌博的男人们一时皆愣住了。

一个男人搭讪地说："哎呀，是老支书驾到哇，有失远迎，有失远迎！我们几个闲着没事儿，凑在一块儿小赌几把。"

另一个男人说："老支书，也加入玩玩吧？不会没关系，我们教你玩儿。"

第三个男人说:"快,还不给老支书让出个座位!"

第四个男人赶紧起身让座,一边说:"老支书,你只管放心大胆地赌,赢了全归你,输了记在我名下。"

张广泰虎着脸,逐个翻他们衣兜,一沓沓被翻出的钱摆在了桌上,看去数目还不少。

张广泰命令一个男人道:"把衣服脱下来!"

那男人乖乖地把衣服脱下来了。

"你俩抻着。"

两个男人将衣服抻开在桌边。

张广泰把钱和麻将都搂到了衣服上,然后夺过衣服,目光威严地扫视着男人们,男人们都低下了头。张广泰拎着衣服,扬长而去。

张广泰走在村里,又在一个窗口站住,屋里同样有人在聚赌。钱和麻将又被搂到那件衣服里,广泰又拎着衣服扬长而去。

张广泰又闯入一户人家,赌者们惊慌失措,他把钱和麻将又搂到了衣服里。

曹有贵父子俩也在场,张广泰瞪着曹有贵,冷冷地问:"父子俩,齐上阵?"

"这一动真格的,也跟打仗差不多!您没听说过,上阵父子兵嘛!"

张广泰面对也一大把年纪了,并且无所谓地笑着的曹有贵,不知说什么好,缓缓将脸转向了曹庆安。

曹庆安嬉皮笑脸地说:"日子过好了,精神上,那也就得开始娱乐娱乐。您都这么一大把年纪了,别什么闲事儿还都管着了,把钱还给我们行不行?"

张广泰将兜着钱的衣服缓缓放在桌上,用目光寻找。

曹庆安说:"这就对了!"

"娱乐娱乐?还给你们?呸!我不好意思教训你老子,还不好意思教训你小子吗?"张广泰忽然操起一把扫地笤帚,倒拿着打曹庆安们几个年轻人,年轻人们被他打得满屋躲。

成才进门,躲闪不及,肩上挨了一笤帚,委屈地说:"爸你这是干什么呀?"

"你来干什么,我就干什么!"张广泰又打成才。

成才躲到曹有贵身后,大声说:"我不是来……我是来找你报信儿的!家驹他……他被公安局扣起来了!"

全屋一时肃静了,成才又说:"这不年根底下了吗,他进城答谢客户,宴请。我怕应酬,自己个儿躲清静,在茶馆儿喝茶,等他;不料想他们喝够了还都去嫖,让公安局一窝儿逮个正着!"

张广泰手中的笤帚落地了,呆住了。

曹有贵安慰道:"老爷子,先别生这份儿气了!得想办法,托人先把家驹弄出来呀!"

"找支部去!我……我已经退了,我什么都不管了!"张广泰说罢,将两个衣袖一系,拎了就走。

自立找不到家了,寻寻觅觅地走在村路,迎面碰上了张广泰。

"爷爷?"

"自立?找不到家了?家……在那儿,就那幢大砖房!自立,爷爷想你啊!"

路灯光下,自立发现张广泰脸上淌着泪,流着鼻涕,眉毛胡子上冻着霜。

"爷爷,您……怎么了?村里有人惹您生气了?家里有人不孝敬您了?"

"没,没有。看见你,高兴的。"

"不对。不是这么回事!"自立放下手提箱,掏出手绢,一边给张广泰擦脸一边说,"爷爷,咱们回家。不管是谁的错,我来批评他。"

"你先回吧!我……我想到黄家去,跟家驹他姥爷,商量点儿事!"

张广泰说罢,用手杖将衣服一挑,往肩上一搭,拔脚就走。

自立拎皮箱追上他:"爷爷,都黑天了,明天再去吧。"

张广泰执拗地说:"不,我想立刻去,就立刻去!"

"那我把您送去!"自立一手挽着张广泰,走过城乡分界的小桥。

成民家,李秀英在钉一件新衣服的扣子,成民在练书法,墙上用钉钉住些写好的诗句——"青史内不贪名,红尘外便是我","闲坐小窗读周易,不知春去几多时","时依眼前树,远看原上村","晚年唯好静,万事不关心","草色人心相与闲,是非名利有无间","卧读陶诗终未老,又乘微雨去锄瓜"……

李秀英以牙咬断线之际目光望向丈夫——成民握笔悬案聚精会神,正写得投入。李秀英那一时刻,看他竟看得有些呆了,目光中充满了温柔的爱意。

成民放下笔,自我欣赏了一番,又转身看墙上的字,问:"写得好吗?"

"好!字字都好!"

"我要在村里成立个书法协会,培养起几位农民书法家来!"

"那咱们大柳树就更远近有名了!来,试试!"

李秀英正看着成民往身上穿衣服,敲门声响起。

李秀英开门,岳自立迈入:"妈,我回来了!"

李秀英惊喜地叫道:"自立!"接过了他的皮箱。

父子二人对视,拥抱在一起。

黄吉顺上身披衣服,下身围被子,坐在炕上,对面坐着张广泰——二人之间是那兜着钱的衣服。

"你打开它。"

黄吉顺狐疑地解开衣袖:"这么多钱!都给我了?"

"一分钱也不能给你。但是,请你帮我点点。"

"你这人,老了老了,添老毛病了? 大黑天的,还下着雪,你用衣服兜一堆钱来,搅醒我的觉,坐我炕头上,光说让我点,却不分给我点儿? 有你这样的吗?"

"帮着点点嘛! 有你的好处就是了!"

"这话可是你说的!"黄吉顺点着钱,"我猜,你个老东西赌桌上赢来的吧?"

张广泰不吭声,也点钱。

"不好意思承认,那就是被我猜着了! 大柳树办了那么大一片厂,年轻人都不种地了,都成厂里的工人了,月月开现钱了! 种地只是那老家伙们的事儿了。你张广泰往赌桌旁一坐,还不谁都乐意输给你点儿? 你这一堆钱也来得太容易了! 容易得叫我看着眼红,点着来气!"

"点钱这件事,不是很过瘾啊?"

黄吉顺没好气地说:"耽误我的觉,过的是你的瘾! 你得补偿我的损失!"

一堆钱终于按大票小票分成了几叠,张广泰问:"总共多少?"

"一千、一千,又一千; 一百、一百,又一百; 加上这几叠零的——总共三千三百七十八元! 老亲家,我这日子,现在过得这个拮据! 只有靠小芹和家驹每月给我点儿钱用了! 可怜可怜我,分一千给我吧,啊?"

"亲家,请你坦白告诉我——你老爷子,当年在这座城里很富是不是?"

"是啊,开了几处店,出门就坐洋车。"

"后来,怎么就穷了呢?"

黄吉顺望着张广泰,更加狐疑。

"我早年听说,是因为你老爷子后来变成了赌鬼,把份偌大的家业全赌光了,对不对?"

"亲家,我看你不是来求我的,是诚心来揭黄家的疮疤。又想当面来羞辱我?"黄吉顺躺下了。

"不是不是,我发誓绝对不是,你坐起来,你给我坐起来!"

黄吉顺缓缓地又坐起来了。

"你说,你老爷子当年是不是把偌大个家业赌光了的?"

"好,我不怕你笑话,我老爷子当年又赌又嫖又吸大烟,再厚实的家业,也经不住他那么折腾啊!"

"你承认了这一点就好办了!就在今天晚上,就在大柳树村,从村口还没到我家的一段路,就有八户人家在聚赌!三千多元啊!咱俩这一辈子,谁攒下过三千多元?当年大柳树村,全村穷得也凑不足一千元钱!这风气,往小里说,是败家毁日子的坏风气;往大里说,是能败事业毁国家的祸水!日子才一好过,就赌,这,这让我忧心啊!"一席话说得黄吉顺表情也严肃起来。

张广泰吸烟,由于内心激动,几次划不着火柴。

黄吉顺替他划着了:"这和我有什么关系?"

"怎么和你没关系?你那个黄家驹,他还开始嫖了,今夜晚被公安局逮去了!"

"这……他现在也是你孙女婿了呀!是你管教不严的责任哎!你是干什么吃的?我当年把我好端端一个家驹送过你大柳树村去,我教育他要争气,做人要有出息,你怎么会让他现在堕落了呢?!"

"是他自己堕落的!我看是他天性上有你老子的遗传!所以我求你,明天就回大柳树村一次,现身说法,向全村讲一讲你老爷子,教育教育村民!"

"我明白了,你是想,让我,以我老爷子做个反面典型……"

"正是这个意思,正是这个意思。"

黄吉顺又躺下了:"张广泰,你这是做梦。我虽然老朽了,但是我的老脸还是多少值几个钱的呀!"

"至于钱,这不成问题,我负责给你报告费。"张广泰向那堆钱抬抬下巴,"那些钱的百分之十,怎么样?"

"呸！我的意思不是指钱！我……我是说我丢不起那个人！"

"怎么是丢人呢？是郑重地请你去作一场报告哇！咱俩是孙儿女辈的亲家，就算你觉得丢人，也不只是丢你自己的，为了教育下一代，我们两个老家伙，共同丢一次人那是非常值得的。"

黄吉顺又缓缓地坐了起来。

"想当年，家驹那些孩子们，到矿上去为村里挣钱，带回几千元钱，我拿在手里，心里激动得怦怦直跳。两年后，村里的公积金达到了一万多，我哭了。那年头，一万多是个吓死人的数目。后来，自立他到内蒙去放羊，赶上了羊瘟，我当时一听，两眼一黑，昏过去了。当时，我想，完了，大柳树村经不起这么个赔法啊！可现在，村里办起了厂，生活刚刚好起来，家家户户的收入刚刚多起来，仅仅一个晚上就……就用三千多元聚赌……这……这风气要是刹不住怎么行呢？"张广泰流泪了，他掐灭烟，抹了抹泪，"你最后给我句话，到底去，还是不去？你若是肯去，我亲自到村口迎候你，大柳柳村敲锣打鼓欢迎你，你要是不去，我也不跟你废话！"

"你别这么逼我呀！让我再考虑考虑嘛！"

"那你考虑着。我睡你这儿，等你考虑好。"张广泰也躺下了。

黄吉顺用脚踹张广泰："起来，起来！我考虑好了，得有个条件！"

张广泰坐起说："你说。凡我能做主的事，我一言九鼎！"

"我……我也想住回大柳树村去了……你看我现在这样，一个人守着几间破屋子，多孤单……"

"这才是句明白话！什么时候回去都行！想和家驹小两口住一起，我命令他们孝顺你！还想自己过，我让村里分你处房子，我常去看你，陪你下棋解闷儿。"

"可我这几间屋子……"

"归村里嘛！"

"白给村里？那我不干！"

"大柳树才不稀罕你这点儿小便宜！作个价，补你钱！村里把它一翻修,是一处多好的商业门面,两全其美!"

"多少?"黄吉顺眼睛一亮。

"你说!"

"至少你们得给我这个数!"黄吉顺伸出手,岔开五指。

"这是多少?"

"五千。"

"五千? 你可真敢说!"

"五千是便宜了你们,因为我和大柳树熟悉,才说五千,换了别人,至少得给我七千! 我还不一定卖给他呢!"

"得了吧! 你刚才还说,是几间破屋子!"

"你刚才还说,一翻修,一处多好的商业门面! 那你们想给多少?"

张广泰伸出两指头,黄吉顺鄙夷地说:"两千? 你这是打家劫舍! 不成!"

"不成拉倒,算没这码事!"

"嗳,我说广泰大哥,咱俩,不管怎么说,是亲戚哪! 亲戚得有亲戚的情分,你怎么胳膊肘不往亲戚拐,往公家拐啊?"

"嗳,我说黄吉顺老弟啊,我是共产党员哪! 共产党员只往公家拐,不往亲戚拐! 这叫立党为公!"

"咱俩老想不到一块儿去!"

"可不是嘛。"

"你不通情达理,我不去作报告了!"黄吉顺又躺下了。

"你太贪了嘛!"张广泰也躺下了。

"别躺我的炕!"黄吉顺又用脚踹他。

"我躺的是我孙女婿的姥爷家的炕! 哎,别生气。报告,你还是要去作;你的事,我替你向村里汇报汇报,怎么样?"

黄吉顺笑了:"这还差不多。"

于是两个老人躺着,互相望着说话:

"得派车接我！"

"没问题！大柳树现在趁车了！卡车、小车，好几辆！"

"我才不坐卡车！我又不是一件货！我要坐'喷吃'！"

"喷吃？什么'喷吃'？"

"就是家驹有次坐回来过的那车！"

"啊，知道了。那叫'奔驰'！进口的，我也坐过一次。你这城里人，老憨了吧？"

"派那辆车来接我！"

"可那不是大柳树村的车呀！大柳树还没那么高级的车，我也坚决反对买那么高级的车！那是有次为了迎接香港客户，特意向城里借的！家驹就坐着到处显摆。"

"那我不管！为我再借一次。你张广泰坐过了，那我也得坐一次！不是'喷吃'来接我，我还是不去作报告！"

"好好好，为你去借！可，我也不知家驹从哪儿借的呀！再说他现在又被公安局扫进去了！"

早晨，有人敲新新居的门，一位青年走了进来，礼貌地说："黄大爷，我是来接你去作报告的。"他看看黄吉顺直想乐，低头强忍着。

"这就走，这就走……"黄吉顺仍旋转着身子照镜子，对自己的风度和仪表半自信半不自信。

黄吉顺转身问青年："你看我还可以吧？"

青年说："可以，可以，风度大大的！"

二人出了门，黄吉顺看着一辆大奔说："就开这车来接我？开回去，我不去了！"

"哎哎哎大爷，我的黄大爷！这可是专为接送您租的一辆奔驰啊！"

"骗我！当我没见过？这种车是白的！"

"大爷，我的老大爷！奔驰车嘛，有白的，也有黑的！我不骗您，这绝对是一辆奔驰！你可千万别变卦，连潘书记、林局长都到会了！都在恭候您啊！"

黄吉顺高兴了："潘书记和林局长也要听我作报告？那好，我信你。咱们走吧！"

青年开车门，黄吉顺上了车，

"你给我把车窗降了！"

青年替他把车窗降了，问："开起来进风，您不怕冷？"

"心里边热着呢！"黄吉顺探出头和肩，向看着他的人们招手，老国王似的。

大柳树村礼堂里，济济一堂，年轻人们坐在一起，穿的是工作服，曹有贵、李寡妇、秋林等陪潘凡、林士凡坐台下第一排。

主持会议的支委德先对大家说："静一静，静一静，开会了。下面，先请老支书讲几句话！"

张广泰站起对大家说："大伙都知道的，我已经不担任大柳树村的党支部书记了，也不担任村长了。想想我当'核心'这二十多年，对大柳树村真正有益的事情并没干成几件，全部政绩差不多就是'开会'俩空字了！所以，其实我对'开会'两个字比你们还烦，但是有些会，该开还得开，不开，不得了。今天的会，就是非开不可的一次会，我请来了咱们大柳树村都熟悉的一位城里人，来给我们作一次思想教育报告。"

礼堂门口汽车喇叭响，村人们纷纷回头望。

黄吉顺在接他来的青年搀扶下，老首长似的走入礼堂，俨然大人物一般，向左右的人们矜持微笑，频频招手。他的模样使许多人强忍住笑，低下头去。

张广泰起身迎到台口，恭而敬之地将黄吉顺引到留给他的座位那儿坐下。

德先问："老支书，你还接着讲两句不？"

张广泰说:"不讲了,不讲了。"

德先说:"那么,下面就请黄……黄……"

黄吉顺说:"称我黄老就可以了。"

"欢迎黄老作报告!"德先带头大鼓其掌。

掌声一息,黄吉顺干咳一声,煞有介事地开口道:"今天,我给你们作一场赌钱的报告!"

张广泰低声纠正他道:"是反对赌钱的报告。"

黄吉顺说:"反对赌钱的报告!拥护赌钱的,请举一下手,我首先想知道,我代表多数,还是代表少数。"

众人彼此相望,自然没有一个举手的,气氛一时显得异常严肃。

黄吉顺说:"一个拥护赌钱的人也没有?嗯,好,好,那,咱们的意志就空前一致地统一在一起了。"

张广泰拍拍他手背,暗中对他竖大拇指,表示对他的开场很赞赏。

黄吉顺信心大增地说:"我看,咱们的一致,肯定是他妈的表面现象。在座的列位中,肯定有喜欢赌钱的,要不,昨天一晚上,能有八户人家在聚赌?可能还不止八户,还有你们老支书没发现的漏网之鱼!"

台下一片肃静,一些男人不免神色紧张。

"昨晚那些人,还没领教赌上瘾的害处!赌究竟有什么害处呢?这我老黄,不,这我黄老最有发言权!想当年,我们黄家,是城里人人羡慕的富户,当年我老爷子开着几家店铺!还开一处钱庄!家里嘛,有男仆,有女婢,有厨子,有车夫,当年我是黄家小少爷!那种享福的日子,我这辈子是再也过不上了。"黄吉顺的口吻流露出很怀旧的意味。

张广泰低声对他说:"别扯太远,谈正题,谈正题!"

黄吉顺略一愣,有所意识地说:"列位,常言道,赚来一斗,架不住赌掉一筐。解放前几年,我老爷子不但赌掉了两处店铺,嫖走了一处钱庄,还成了个大烟鬼,最后,连我娘也被人家赢去了!我是深受其害呀!"

黄吉顺讲得激动,站了起来,举臂环指台下说:"就你们!就你们……你们谁家有我黄吉顺当年富？就你们家家那么点儿血汗钱，也配一赌？"他的目光落在曹有贵身上，曹有贵不由得低下了头。

黄吉顺说："好日子刚刚起个头儿，你们就烧包得不知怎么过了？啊呸！这才叫屎壳郎混进糖盒里——冒充巧克力豆！"

"潘区长，失陪一会儿，我去趟厕所。"曹有贵起身离座。

黄吉顺又"啊呸"了一声，曹有贵浑身一哆嗦，站住了。许多男人都浑身一哆嗦。

张艳双低头强忍住笑，黄吉顺左右的支委们，包括张广泰在内，一溜儿严肃着。

黄吉顺说："乡里乡亲的怎么好意思一个人通过赌去赢另一个人的血汗钱？张三今天赢了李四二百，明天就想赢李四五百，后天就想赢一千，赢一万！李四今天输了，明天就想反过来赢！明天又输了，后天更想赢！大后天连着输，他心里就开始恨了！他不会恨自己的，他恨那个赢他钱的人！这两人再见面，表面上照样打招呼，照样问好，心里边却都怀着鬼胎呢！赌来赌去，结果就是这么回子事儿！因为赌而成仇，亲兄弟白刀子进去、红刀子出来的事儿，旧社会多着呢！"

张广泰听得顺耳，悄声说："老哥们儿，坐下，坐下，站着讲多累啊！"

黄吉顺坐下，接着说："赌场上连连得手的男人，接着必生邪念，必然想到那个嫖字！为什么呢？因为他的钱是赌赢来的呀！大把大把的太容易了！他觉得不嫖白不嫖，嫖时他还很慷慨呢！并不觉得对不起老婆儿女，这样一个又嫖又赌的男人，有心思踏踏实实地上班工作吗？嫖也上瘾了，他能不厌弃他老婆吗？我说妇女同志们呢，如果你们的男人最终都变成这样了，你们能答应吗？"

台下无人应答，许多男人低垂着头，许多女人表情庄重起来。

张广泰情不自禁地说："问得好！"

黄吉顺说："老哥，你看你们村的妇女同志们都没吭声嘛，兴许她们还心甘情愿哪！"

张艳双猛站起来大声说:"谁说我们心甘情愿? 我们坚决反对男人赌博,他们不改,我们就都和他们离婚!"

妇女们顿时纷纷站起嚷嚷:"反对!""反对!""让赌钱的男人们站起来低头认罪!"

有的妇女开始拉自己的男人:

"你给我站起来吧你!"

"栓子他爹,你不用在那装清白,你也给我站起来!"

张广泰又暗向黄吉顺竖大拇指。

大礼堂外,呆呆站着表情羞愧的黄家驹。

黄吉顺的声音传出来:"昨天晚上,你们老支书,在我家伤心落泪了,我替他数了数,聚赌的钱,三千多! 可大柳树村,几年前全村的公积金还凑不足一千! 如果你们的男人,几年前就已经开始赌着了,大柳树村还会有今天吗? 靠赌能赌来大柳树村一个更美好的明天吗? 啊呸! 我黄吉顺瞧不起你们中那些赌钱的男人。就你们这么个赌法,对得起谁?"

黄家驹一抬头,面前站着自立,自立冲他谴责地摇头不已。

第二十五章

黄吉顺将脸转向张广泰，老资格十足地说："张广泰同志，我当众给你们大柳树村提个建议行不行啊？"

张广泰敬意有加地说："行啊，您只管提。只要您说得对，我们就照您的办！"

"我黄吉顺，建议你们大柳树村，请一位好石匠，在村里最显眼的地方，立一块碑！以后还有那爱赌的，赌一罚十，赌十罚百！还有那敢一晚上输赢上千的，那就再罚他们几千！要重重地罚！光罚不行，要把他们的名字刻在碑上！是党员的，一次罚，二次党内警告，三次开除党籍！开除了，名字还是要刻在碑上！要让他们的儿女们知道，他们是为什么被开除党籍的！"

张广泰小声说："这个，不瞒您说，我就做不了主了！"他扭头看看秋林又说，"这得由他们支部来作出决定了。我今天还坐在台上，那纯粹是为了陪您。"

秋林说："黄老，过后我们支部一定认真研究您的建议，一定。"

黄吉顺朗声道："同志们，那么，我的报告就结束了！如果，你们认为没水平，我就不收报告费了！"

众人笑了,潘凡和林士凡在笑声中起立,带头鼓掌。

一名少先队员跑上台向黄吉顺献花,张广泰将黄吉顺扶起来。

黄吉顺接过花,感慨地说:"想不到我黄吉顺今天也在台上作了一场报告,光荣,光荣!"

黄吉顺捧着花,张广泰和秋林一左一右搀扶着他下了台,潘凡和林士凡上前和他握手,潘凡说:"林局长,指示你们局里的同志替黄老把报告整理整理。我看,也应该到其他农村去讲讲,啊?"

林士凡点头:"对,对!我也想到了这一点。"

曹有贵苦苦哀求:"你可逮着个机会当众贬损我了!求你,要是在别的村讲,给点面子,别指我名道我姓的啊!"

黄吉顺说:"放心。我这人念旧,哪儿会那么不仁义呢!"

李寡妇笑道:"有贵,十年河东,十年河西,你也有怕黄吉顺这一天了吧?"

大家笑了。

黄吉顺说:"潘区长,林局长,两位赏我个脸,一块儿留个影?"

潘凡连忙客气地说:"黄老,可别这么说,照多少张都行!"

于是有一名脖子上吊着照相机的小青年跑来给他们照相,黄吉顺情绪高涨,装模作样。李寡妇将张广泰推向黄吉顺,二人也合了一张影。

只剩下了张广泰和黄吉顺两人的时候,黄吉顺问:"怎么不见成民成才兄弟俩?我想跟他们说几句话。"

"我让艳双找他们去了。"

"一眨眼,你两个儿子,比我们当年的年龄都大了。"

"是啊,人真不经老。"

"当年大翠和小芹要是都做了他们媳妇,那现在多好。"

"当年的事儿,该忘,就都彻底忘了吧!那样虽好,家驹和腊月不就没可能做夫妻了吗?"

张艳双推着成才,拉着成民过来了。成才和成民叫黄吉顺:"大叔。"

"成民,成才,大叔当年太自私,太不对,啥时一想,啥时都觉得对不起你们,大叔这里向你们鞠躬赔礼了。"黄吉顺深深地鞠了一躬。

张广泰忙说:"哎,对晚辈犯不着这样嘛!"

成民和成才一时被搞得不知所措,而黄吉顺还在接着鞠第二躬。

成民首先反应了过来,慌忙扶住他说:"大叔,别这样,别这样,当年也怪我们年轻气盛不懂事。"

成才也说:"是啊是啊,当年也怪我们……"

张广泰发现黄吉顺的"领带"歪了,替他正,结果反而弄开了,原来不是领带,是块花布卷成的,惹得张艳双捂嘴直笑。

黄吉顺发窘地说:"见笑了见笑了!一时也找不到条领带……"将花布揣兜里,对张广泰又说,"我已经说了,不要报告费了,君子一言,驷马难追。但是呢,村里总该给我买几条领带意思意思吧?没听潘区长说,以后我还要到别的村去作报告,不扎条领带,那显得多土!"

张广泰说:"没问题。你自己买也行,挑高级的,要发票,我让村里给你报!"

成民拉着黄吉顺说:"大叔,到我家去坐坐吧。"

成才也拉着说:"大叔,也到我家去坐坐吧。干脆在我家吃午饭。"

成民说:"在我家吃。"

张广泰说:"你们都别争,他得到我那儿去吃。"

张艳双说:"姥爷,去我家看看你的重外孙吧,他都三岁多了。"

黄吉顺说:"还是我外孙媳妇了解我的心思,去,去,现在就去……"

他跟随张艳双去到家驹家里,见了狗狗,心喜得眉开眼笑。他老祖宗姿态地端坐在沙发上,张艳双将儿子推向他面前:"狗狗,知道这是谁吗?"

狗狗说:"知道。"

两人意外地一愣,张艳双问道:"是谁?"

狗狗说:"是作报告的,我跑去听来着!"

张艳双说:"他还是你爸的姥爷,你的太姥爷呀!快叫太姥爷!"

狗狗叫:"太姥爷!"

黄吉顺早已迫不及待,一把将狗狗扯入怀中,紧紧搂抱着,说:"好外孙,好外孙,我可是做梦都盼着能把你这小东西抱在怀里这一天呀!"

张艳双说:"不是外孙,外孙是家驹呀,狗狗是重外孙。"

黄吉顺说:"对对,是重外孙!唉,我还只在我重外孙过百岁那天见过他一次!艳双,不管你同意不同意,今天我非要把狗狗带我那儿去住几天!"

张艳双笑了:"瞧您说的,这有什么不同意啊,住几年也行。"

狗狗从黄吉顺背上滑下来了,一老一小,牵着手走了。

他们经过了大翠的坟,坟用矮矮的柳条栅栏围了起来,内中种满五颜六色的花。

黄吉顺不禁驻足,目光感伤。他蹲下拔草,狗狗也蹲下帮着拔。

狗狗说:"我知道这是谁的坟。"

黄吉顺怔怔地望着他,狗狗说:"这是姑奶奶的坟。爸爸妈妈说,姑奶奶可漂亮了,就是命不好,当年病死了。"

"是啊,她是病死的……"黄吉顺轻声念叨,"唉,大翠,爸是越老越想你呀!你原谅爸爸当年的糊涂了吗?以后,爸也迁回大柳树村住,那时就会经常陪你聊聊心里话了。"

狗狗说:"爸爸、妈妈、爷爷、奶奶、太爷爷、太奶奶,都常来陪大翠姑奶奶说话儿。过年这节,也来给她祭坟。"

黄吉顺用自己的手绢包了一把坟土,揣入自己的内衣兜里。狗狗奇怪地问道:"太姥爷,你这是干什么?"

黄吉顺说:"这样,你大翠姑奶奶就会给太姥爷托梦了!"

接近中午的太阳,又大又亮,天地都一片明媚。一老一小,手牵手走到了小桥上,跨过了广华街……

太阳渐渐沉下西天去,天黑了。

加工厂罐头车间里,女工们在流水线上工作着,黄家驹倒背双手,视察而过。他驻足说:"也要注意检查商标贴得正不正。好产品,商标也不能贴歪了,歪一点儿也不行!"

黄家驹走过后,一女工对另一女工悄语:"还神气呢,今晚张艳双饶不了他!"另一女工窃笑,黄家驹站住,回头狠狠瞪她们。

回到家里,黄家驹走上二楼,越往卧室门前走,脚步越慢。他犹犹豫豫地敲了几下门,屋里传出张艳双的声音:"进来!"黄家驹推门进入,见张艳双已躺在被窝里。

"回自己家,敲的什么门?装那份样子给谁看?"

"不是故意装样子给谁看。今天这手,也不知怎么了,不由自主地就敲起门来了。狗狗呢?"

张艳双冷冷地说:"他太姥爷领去了,你把门插上吧。"

黄家驹转身把门插上了,走到沙发那儿,坐下脱衣服。等他脱得下身只剩了一条裤衩,但上身还穿着毛衣,正要往下脱时,张艳双制止道:"毛衣就穿着吧,不忍心让你连毛衣也脱了,怕冻着你。"

黄家驹不明白她的话,愣愣地看她。张艳双从被窝里抽出搓板,落臂放在床前。

"你把一块搓板放在被窝里干什么?腰疼,垫着?"

"我才不腰疼呢,只怕你自己腰疼了吧?我问你,搓板有什么用?"

"没发明洗衣机的年代,搓板是洗衣服用的。现在,咱们家里比许多城里人家还提前现代化了,那搓板就是块没用的木板罢了。"

张艳双坐了起来,围着被子说:"也不能说完全没用,谁家丈夫要是不争气,妻子就有理由罚他跪搓板。"

"你……罚我跪搓板?"

"正是。好在儿子不在家,看不着。"

"就是罚,你也早开口,你看我都把裤子脱了……"

"就是要等你把裤子脱了才开始罚,穿着棉裤,那有什么效果？"

"我知道我赌不对,又是党员,更不对……"

"你赌的事,就不提了。你姥爷的报告做得很精彩,估计也触及了你的灵魂了。我罚你,是因为你嫖的事。"

黄家驹又叫冤枉:"我上当了！我当时被灌醉了,稀里糊涂地就……"

张艳双摇头:"客观原因,主观上还没认识,这要是不罚,行吗？"

"可公安局的同志已经教育过我了,我也写了保证书！"

"保证书又没交给我！"

黄家驹蹦了起来,一边穿裤子一边说:"我现在就给你写！"

"别穿裤子了,也别费张纸写了,那多麻烦。你还是跪吧,你也省事,我也省事。"

"艳双,你真要这么罚我？"

"你看我像开玩笑的样子吗？"

"我要是不跪搓板儿呢？"

"那我明天就和你闹离婚,那么一来,你身败名裂不算,狗狗可就算没爸了！"

黄家驹无奈,走到搓板前,缓缓跪下了。张艳双还知冷知热地把条毯子替他披在身上,又从床头柜上取过烟、打火机、烟灰缸一一摆在床边,说道:"亲爱的,好好反省,啊？反省就得首先找主观原因,要不就不叫反省。我先睡了,啊？反省出主观上的原因,就叫醒我。"张艳双躺下了,还关了床头灯。

黄家驹在黑暗中大叫:"我主观上根本就没有那种想嫖的冲动！"

"啧啧,还是跪的功夫不到啊！"

"艳双,艳双,你说你对我,何至于的！想当初,你明明没怀孕,却骗我说你怀孕了,那又是什么性质的错误？我为难过你吗？罚过你吗？"

"那是因为你爱我,所以舍不得罚我,现在我罚你,也是因为我爱你。罚与不罚,都是爱。只不过方式不同,你要正确理解,正确对待。想吸烟不,我替你打火?"

黄家驹愤怒地大叫:"用不着!"

张家,一张大柳树村发展规划图铺在小炕桌上,张广泰用放大镜在看着。王玉珍进屋,坐炕边上,叹了口气:"我说,你那个孙女,太过分了!"

张广泰头也不抬地问:"她又怎么惹着你了?"

"人家家驹,下了班连晚饭也没吃,一回到家里,她就罚人家跪搓板儿!彦芳心疼女婿,给送去热腾腾的面条,这才知道!叫门,她不给她妈开。彦芳没法儿,把她爸搬去,她也不给他开门。两口子又把我搬去,连我的面子也不给!我们拿她没辙了,我是回来请你这个大救兵的。"

"我不去。"

"你为什么不去?你凭什么不去?啊?"

张广泰这才放下放大镜,事不关己高高挂起地说:"我又为什么非去不可?为家里,为厂里,为大柳树村,我操了一辈子的心了!我操得够多的了!你几句话我就还去操心?哪一天是个头?饶了我吧!"

"那你这又是在干什么?"

"支部把这张图交给我,让我审查审查,提提意见,我能不认真看?"

"那还不是还在操心又是在干什么?我看你只不过再不愿为这个家操心了!我敢把它撕了你信不信?"

"别,别,你可千万别!"张广泰赶紧将图卷直,"一个家已经变成四个家了,两个儿子一个孙女已经都分出去独门另户的单过了,我们还操他们的心干什么?家驹和艳双两个,嘻嘻哈哈半真半假的惯了。我听他们的事,那是周瑜打黄盖——一个愿打,一个愿挨,我们倒替他们认的什么真?艳双自己都当妈妈了。她做得究竟过分不过分,还有她的父母操心,我当爷爷的多管那闲事干什么?"

王玉珍生气地一拍桌子:"你倒推得个一干二净!"

"反正我不去,我不管。你也别替黄家驹回家来搬我这个救兵! 我要是去了,艳双她如果连我的面子也不给,叫我这老脸往哪儿撂? 我还想保留点儿我在家里的剩余权威呢!"

"气死我了! 黄家驹是谁? 是我们孙女婿! 你不心疼他,我还心疼他呢! 我……我打你个越活越昏聩的老东西!" 王玉珍抓起扫炕笤帚,爬上炕,没头没脑地一记记打下去。

张广泰双手护头,缩往炕角,求饶道:"别打头,别打头! 打傻了我没你什么好处,我给你支个招还不行吗?"

王玉珍住了手:"说! 不是好招,还打!"

"唉,你呀,你呀! 我是越老越温和,你怎么反而越老越厉害了呢? 你这么欺负我,能是艳双的好榜样吗?"

"别往我身上扯,说你的招!"

"你搬我这个救兵,还莫如把自立搬去!"

王玉珍寻思他的话,张广泰又说:"你想啊,自立又两年没探家了,刚回来,艳双对他又崇拜,能不给他面子吗?"

王玉珍放了笤帚,下了炕。

"凡事,要动脑子,不爱动脑子的人,些个寻常俗事那也处理不好!"

"你别教训我! 哼,要是自立也碰了钉子,那我还得回来把你拖去。" 王玉珍抻抻衣服,理理头发,走出去了。

张广泰又将图纸铺在桌上,拿起了放大镜,自言自语:"这当过领导干部和没当领导干部的人,高下之分,一临事就比出来了!"

岳自立在叩黄家驹夫妻卧室的门:"艳双,开门。"

张艳双在里面问:"谁呀? 是自立哥吧?"

"对,是我。"

"自立哥,有事儿明天说行不行?"

"不行。我既然来了,敲门了,你不开门,我就不走了。"

"这么晚了,我都睡下了。"

"可这么晚了,有人还没睡下。"

"那就是你呗,快回去睡呀!"

"别跟我贫!我妹夫家驹也没睡,正跪你床前!我是因为心疼他才来的。你再不开门,我可生气了啊!"

张艳双轻轻开了门,一转身飞快地溜到黄家驹身边,用肩膀将黄家驹往旁边一挤,自己也双膝跪了下去。黄家驹扭头愕异地瞪她,张艳双小声说:"警告你,别当着我哥往我眼里上眼药啊!"

黄家驹一笑:"我哪儿敢啊!"

门开了,岳自立进入,看见的是两个跪着的背影,好生奇怪:"这怎么回事?和我想象的情形不一样啊,你们两口子合演的哪出戏?"

黄家驹没好气地说:"不是合演,是我演我的,她演她的!"

"是啊是啊,可不各演各的呗!哥你说我这个家驹吧,他呀,别提他有多么自尊啦!你说人呢,谁还没犯过点儿小错误啊!赌过几回就赌过几回呗,嫖了一次就嫖了一次呗,改了就行了呗!他可不,非得跟自己过不去,就像一只小白鸽,那个跟自己过不去!给支部写了检查不算,还非要跪给我看,还非要跪搓板不可!我哪儿舍得让他跪呀!左劝他不起来,右劝他不起来!没法子,害得我也只得陪他跪!我为什么不愿开门?怕别人看见我俩这个情形,影响别人的好心情啊!哥你来得太及时,快替我劝他起来!他要是还不起来,那我也不起来,一直陪他跪着……"张艳双一张小嘴叽叽叽,叽叽叽,一大番话说得快速又真挚,说到后来,几乎快哭了的样子,几乎说得岳自立不由不信。而她说时,岳自立眨着双眼,研究地看她;黄家驹则侧着脸,双眼一眨不眨,始终呆瞪着她,仿佛不认识她了,又佩服又恨不得咬她几口的样子。

岳自立问黄家驹:"家驹,真那么回事啊?"

黄家驹苦着脸说:"我是那种虐待自己的人吗?我有毛病啊我?"

张艳双纠正他:"不是毛病,是自我教育的表现!"

岳自立说:"得啦,我也不想搞清楚究竟怎么回事了!总之我已经来了,你们就不能再这样下去了吧?是一块儿起来,还是谁先带个好头儿?"

张艳双说:"哥,你把他先拽起来!他跪的时间比我久,我先起来,对他不公平!"

岳自立就先拽黄家驹:"起来吧起来吧,我有话跟你说!嘿,连裤子都脱了,动真格的了!"把家驹的裤子扔给他,"穿上穿上,大冬天的,冻感冒了多划不来!"

张艳双这才也起来,上了炕,钻入被窝,侧身躺着,用手支着脸,看着黄家驹说:"不会的。你看,我给他身上披毯子了!哥你说我有多心疼他啊!"

岳自立笑笑,说:"你先睡吧,我和家驹到楼下去聊。"

这时黄家驹已穿好衣服,一言不发,往外便走。张艳双喊他:"大宝贝儿,烟!"

岳自立替黄家驹接过烟和打火机,跟了出去。张艳双忍不住笑起来,越笑越开心,笑得抱着枕头直滚。

楼下,家驹和自立一坐下,家驹立刻就吸起烟来。

自立看着他问:"家驹,你和我妹妹结婚,在大柳树村落户,没后悔吧?"

"这得两说着。"

"怎么两说着?"

"我和艳双成了夫妻,我倒是一辈子不后悔。"

"真的?"

"当然真的!"

"她像今晚这么欺负你,你也不生她气?"

"你看我是那种任凭老婆拿捏自己的人吗?艳双她那就是一个永远也长不大的孩子!今晚,她纯粹是没什么乐子了,自个儿造一个乐子罢了！她这人，生活里三天没乐子，就像棵花缺水了！从前过穷日子她是这样，现在过富裕点儿的日子了，她更是这样子了！你当我是真怕她了才跪的？那我也是心里边烦、闷，配合着她一块儿娱乐娱乐罢了！"

岳自立笑道："你们两口子可也真会娱乐，娱乐得惊天动地的！"

家驹也笑了，狡黠地眨着眼问："我的岳父母大人和艳双她奶奶怎么看？"

"张家所有人，包括我的父母，当然都认为艳双不对，太过分了！当然都很同情你啰！"

"张广泰同志呢？"

"我想，爷爷的立场肯定也和他们一样吧？要不会给奶奶出招，派我来？"

家驹更笑了："这我的目的就达到了！要不我在他们面前，还真有点儿抬不起头来了！我下班的时候，碰到我岳母了，她说要给我送羊肉汤面来，所以艳双命我跪，我才肯乖乖地跪。现在好了，责备的矛头，都转移到艳双身上去了，我彻底成了一个被同情的对象。人不能总成为被别人敬着的一个人，时不时地，也要成为被同情的对象；一被同情了，错误也就被原谅了！"

"你呀，就是智力过剩。把这份聪明多用在正地方不好？你那错误，究竟怎么回事？"

"还能是怎么回事？你说我智力过剩，可我觉着我智力不够用了！太不够用了！我在给你写的信里不是说了吗？我已经力不胜任了！自立哥，我是在撑着干，推着干，干一天算一天啊！下半年我已经上过好几次当了！因为我的过失，公家被坑了不少钱呀我的哥！我接触的那些经销人，那真是鸡鸣狗盗，什么家伙都有！谁可信，谁不可信我都分不清了呀！你还认为你弟聪明！可就他们，还常常瞧不起我似的！凭什么？你弟学历低呀！人家背后说咱们大柳树是走了邪运了！说你弟是土包子开花啊！好像跟咱们共事，反而是给咱们老大个脸，看得起咱们似的！

心里一烦,被别人往赌桌前一拉,可不就坐下了呗!"

岳自立沉思而忧虑地说:"这些,你不说,我也想象得到!往后,中国的商业流通一旦全面市场化了,产品竞争激烈了,无论对你,还是对咱们大柳树村,那更是严峻的考验!万一我们做得越来越差,和内蒙方面的合作到期限了,人家另寻合作伙伴,我们岂不是只剩下了股份?那时全村人还干什么去?像旧社会的皇爷们似的,家家户户靠年底分点儿红利过日子?那大柳树村不是会生出一批懒虫来吗?那也不是长久之计啊!"

黄家驹按灭烟,紧紧抓住岳自立的手,恳切地说:"自立,哥,你别说了!你越说,我心里越毛!你回来了就好了!再也别走了!咱兄弟俩可都是大柳树村的人,也该你为大柳树担起担子来了!"

岳自立低头沉思,黄家驹站了起来,挥着手臂又说:"你给我说话呀我的哥!难道你要眼看着我哪一天实在担不动了,出了大问题,成了大损失,让人家合作伙伴不得不把我撤换了吗?那还不是丢咱们大柳树村的人吗?!"

"家驹,我理解你。可是,只怕我父母那儿,就不能同意我!你知道的,他们对我另有期望。"

"自私!这是自私!你们张家的人,不是一向以顾全大柳树村的集体利益为荣吗?!"

"我即使说服得了我父母,那也断然通过不了爷爷那一关!我们亲爱的张广泰同志,他坚决地反对什么,你又不是不清楚!"

"张广泰同志张广泰同志!那位亲爱的张广泰同志,他就是我头上的紧箍咒!我当上了经理,他就不让艳双父母进厂了!全村就数你们张家,目前还干农活的人最多!要不是我留心安排艳双、她爸、你妈农闲时也到厂里干临时工,你们张家在大柳树的生活水平就该倒数啦!"

自立纠正道:"咱们张家。"

"我家姓黄!自立,你把你刚才讲的那些顾虑,也跟张广泰同志说说,啊？现在时代不同了,你再跟他说说举贤不避亲的道理,啊？那才是真正的无私!"

"恐怕,说也难说通……"

黄家驹火了:"岳自立,你还连试都没试! 如果你心里根本就不把我说的事当成件事,那么我不跟你浪费口舌了! 你……你给我趁早走吧!"

自立笑了:"你看你,我也没说连试都不想试啊! 你发的什么火呢?"

黄家驹坐下了,又紧紧抓住了自立的一只手,哀求道:"哥,我的好哥,你要能下了决心,那也等于在你弟吃力之时,救了你弟一把啊! 我也沾个举贤不避亲的光啊! 我也能落个自愿辞职让贤的美名啊!"

"你看你,又来小聪明了,让我想想……"

村路上,岳自立脚步徐徐,若有所思地走着。与他小时候的村路相比,这已经是一条完全不同的村路,有路灯了,虽然并不是多么高级的那一种,但也还是看得过去的样式,体现出农民对审美的初级的要求。

岳自立走到一盏路灯下,他的目光被什么东西吸引了,那东西斜在路旁的沟里,落着厚厚的雪。他走过去,抚去雪,原来是曹有贵赶过的大车,二轮朝天被弃在那儿。曹有贵当年用过的长鞭插在旁边,同样挂满了雪,像柳枝。

岳自立轻轻地把鞭子从雪中拔了出来,拂去鞭杆上的雪,甩了一下,居然还能甩出清脆的响声。岳自立连甩了几鞭,那响声在寂静的夜晚听来格外撞耳。岳自立拿着鞭子又往前走,发现了村里当年公用的那一盘大磨;而磨旁居然是公共厕所,男厕和女厕用红蓝两种有色灯照明。

岳自立望着又沉思了一会儿,将目光收回,再次落在石磨上。他忍不住地将鞭子插在雪堆上,走过去推起磨来——在寂静的夜晚,磨响声似乎诉说着什么……

夏季里,李秀英在推磨,汗流浃背,小时候的岳自立放学回来,夹着包课本的布包,呆呆地看着。

"妈⋯⋯"

李秀英抬起头,笑了:"儿子,放学了?"

岳自立拦住了母亲:"妈,我来!"

"儿子,你推不动呀!"

"能!"岳自立逞强地将母亲推开,将布包塞给了母亲,双手按在了磨把上。然而,尽管他使出浑身的力气,却只不过向前迈出一小步。

"儿子,别逞强了。"李秀英又推起了磨。小自立看着,眼里又流出了泪。

成民家,李秀英在包饺子,成民在练字。岳自立推门回到了家里,李秀英奇怪地问:"儿子,哪儿捡回了一杆鞭子啊?"

"路边。"自立将鞭子立在门旁。

李秀英问:"那你把它捡回来干什么?"

自立说:"肯定是曹伯伯当年那鞭子。我替他保留着,有点儿纪念的意义。"

李秀英笑道:"洗洗手,来帮妈包饺子。今年春节,得多包点儿。"

岳自立摘了帽子挂起,脱下棉衣,洗手。

成民问他:"劝好了?"

"嗯。他们本来也不是真闹什么别扭,是小两口成心闹着玩儿。"自立擦过手帮母亲包饺子,"怎么还三盆馅儿?"

李秀英说:"一盆牛肉的,一盆羊肉的,一盆猪肉的。你干什么了,怎么出了一头汗?"

岳自立说:"妈,我看见咱村当年那盘大磨了,我一口气推了它几百转!"

李秀英笑了:"你可真是有劲儿没处使!"

成民说:"旁边那公共厕所,那是你爷爷提议让建的。"

李秀英说:"里边哪儿都贴了瓷砖,可干净了!"

岳自立说:"可就是不该建在大磨旁,或者应该把大磨移到别处去。一左一右在一起,让人看着别扭。还有曹伯伯的大车,就那么二轮朝天斜在路旁的沟里,也太影响环境的美观!"

李秀英说:"你爸也这么对我说过。"

岳自立说:"爸,那你为什么不向村里提提你的意见呢?"

成民说:"有些事,视而不见,听而不闻,可也。"

李秀英企盼地说:"妈盼着你赶快在大城市里工作,妈去陪你生活,也享受享受做大城市人的感觉,让村里人都羡慕你妈!"

自立扭头望成民,问:"爸,那你呢?"

成民说:"我嘛,当然和你妈的想法是一样的啦!我和你妈哪儿能分开呢?"

自立问:"所以,对村里的事儿,不闻不问了?"

成民一边研墨一边说:"农村生活,变化到现在这样,那就接近是天堂般的生活了!知识分子,没必要替农民杞人忧天,更不能碎嘴子,那反而招人烦!我现在心里只装两件事——区教委要为我办一次书法展,我得拿几十幅好字来,这是第一件事;你考哪一个专业的研,这是第二件事!"

成民拿起笔,写下几个龙飞蛇舞的字,又说:"儿子,过来欣赏欣赏为父的书法!"

李秀英说:"瞧你得意劲的,还为父起来了!"

成民笑了。

岳自立走过去欣赏着:"这个字写得好,这个也不错,这个'静'字可就差些了……"他一边评论着,一边在认为写得好的字旁画圈儿。看来,他的欣赏很挑剔,只在寥寥数字旁画了圈儿。

李秀英上前道:"我看你爸这个字也写得不错嘛!"

成民以京剧道白的口吻说:"娘子,那就请多多指点则个啦!"

李秀英从儿子手中接过笔,滚了滚笔,也以京剧道白的口吻说:"相公既然诚意,为妻这里,也就不免放肆一遭啦!"成民和自立从旁看着,眼见秀英落笔处,此一个圈儿,彼一个圈儿,顷刻将每个字旁都画了圈儿。

李秀英放下笔时,岳自立说:"妈,你感情的成分太多了吧?"

李秀英转脸,目光温柔地望着丈夫,那意思是在问——你也这样认为吗?

成民将李秀英轻轻拉到自己身旁,吻了一下之后,搂着她的肩对岳自立说:"儿子,要求你妈对我像你一样客观,那不是太难为她了吗?"

岳自立说:"爸,妈,你们都白头发了。"

成民说:"是啊,我们都开始老了。"

岳自立说:"爸,我觉得你的人生观,怎么越来越伤感了似的?我看爷爷就不像你。"

成民问道:"爷爷怎么不像我?"

岳自立说:"爷爷他就不服老。"

成民说:"那是因为他的责任感太重了!"

岳自立说:"可爸爸难道你就不是一个有责任感的人?你教书教得多认真哪!爸,现在真的'晚年唯好静,万事不关心'了吗?"

成民说:"除了教书育人这一件事而外。"

李秀英说:"自立,别跟你爸讨论这些了,聊点家常不好吗?你知道妈心里经常怎么想的?自从你考上大学以后,妈心里就盼着你毕业后能在北京上海那样的大城市找到份好工作,也将爸妈接到大城市里去享几天福。"

岳自立将两把椅子摆近说:"爸、妈,你们先请坐下,我也想请你们认真听听我自己的想法。"

成民李秀英坐下了,他们仍互握着一只手。

岳自立说:"爸、妈,如果,我哪儿也不想去,我想留在咱们大柳树村呢?"

李秀英转脸看看成民,困惑地说:"儿子,你为什么会有这种想法?那你大学不是白念了吗?"

成民说:"自立,这个问题,咱们不是已经谈过一次了吗?"

岳自立说:"可是我并没改变我的决定。"

成民放开秀英的手,站了起来,盯了岳自立片刻,严肃异常地说:"我不同意!"

岳自立又叫道:"爸……"

成民制止他说:"如果你还固执己见,那么就不要叫我爸!"

岳自立沉吟一下,又说:"爸,你听我……"

"叫老师!"

"爸……"

李秀英不安地站了起来说:"你先听自立把他的想法说完嘛……"

"我不听,当初我培养他读书之心,不是让他大学毕业以后再回来当农民的!当农民还非要考什么大学吗?他偏要留在农村,不是自误是干什么?知识分子重新再变成一个农民,无论对于个人,还是对于时代,对于社会,那都不是进步!而是一种倒退!是退化!"

"我根本就没想再变成一个农民!现在时代不同了,为什么一名知识分子回到了农村,就不可以还是一名知识分子?回到农村几十年了,您不现在也还是一名知识分子吗?"

"你!……"

"没有你,我怎么能成为一名大学生?没有你,大柳树村多少人,现在会是文盲?知识分子如果也能在农村充分发挥能力,那无论对于哪方面,就都是一种进步!"

成民一时不知说什么好,父子俩互不妥协地瞪视着。

李秀英说:"儿子……你……你是不是在村里偷偷和哪个姑娘对上

象了？如果是这么回事，你就实话实说，免得惹你爸着急生气，让妈心里也糊涂一片的。”

“妈，你别胡思乱想的，没对象那回事儿，爸……”

“叫老师！”

“叫老师就叫老师。实话告诉你吧，毕业以后，我本来可以被保送读研的，而且是我们大学的第一批研究生！可是接到家驹的一封信，我就没心思读研了。我想我是学企业管理的，中国最新的一门学科，大柳树村目前太需要我了，也会给我提供用武之地。”

“原来如此！你你你……你太让我失望了！这个黄家驹！他他他……我饶不了他！我要让成才好好修理他女婿！”

李秀英劝道：“你先别生这么大的气，和儿子慢慢讲你的道理……”

“你看他还听进我的话去吗？！自立，你给我和你妈说清楚，黄家驹他在信中，都胡乱写了些什么，就把你搞得晕头转向了？！”

“老师，我并没有晕头转向，我头脑清醒得很！你想想，咱们大柳树村，目前为什么比别的村都富？还不是因为家驹他们当年偷偷到矿上去干临时工，为村里超前挣回了一万多元的原始积累吗？时代一变，才一万多元啊，有的村有，有的村没有，发展差距就拉开了！现在，我们连联合加工厂都有了，但是以后还怎么发展，谁心里有数，爷爷他有吗？我看没有。爷爷他只有责任感了，也许明确不该怎样怎样，但是他明确应该怎样怎样吗？家驹在写给我的信里，连他自己都承认，一点儿数都没有，他还承认他早已力不胜任，不过是在撑着干，推着干，干一天算一天。老师您呢？您可算咱大柳树村的大知识分子了……”

“别讽刺我，和你比，我是个小小的知识分子！”

“但你毕竟是我的老师，你替咱们大柳树村的将来考虑过吗？设想过吗？你也一点没有。”自立指墙上那些诗词说，“你已经‘万事不关心’了，你除了对学校的事还有点儿责任感，已经习惯于‘闲坐小窗读周易’了。这么有利的发展基础，没人为它的将来考虑和设想，条件是会渐渐丧失的呀！机会不仅仅属于咱们大柳树村呀，老师……"

"那么天降大任于你？"

"不错，我心里正是这么想的！在过去的时代里，老村长暗中保护过我们母子，爷爷也保护过我们母子，还有您，老师，还有许多大柳树村的人们，不是都曾以这样或那样的方式保护过我们母子吗？否则我们母子也许早就自杀了！大柳树村对我们母子有恩，我要报答它，我要使它变得比现在更富！我要引进外资建绿色农作物基地！看，这就是我给外国商家写的信。"自立将封了口的信交给父亲。

成民低头看信封时，自立继续说："老师……"

"叫爸！"

"刚才你不许我叫你爸的！爸，中国很大，不只是咱们大柳树村一个农村，长江以南已经出现了亿万元村，你知道吗？可咱们大柳树村的人，包括您在内，也包括爷爷在内，我们全村人是多么自满自足啊！而这是倒退的预兆！虽然我刚回来，可我已经把全村各处看了个遍！厂里的污水天天往河里排放，为什么没人想办法解决那个严重的污染问题？知道那叫什么吗？那叫公害！如果我们不思进取，有一天我们现在取得的这点儿发展业绩，那会像曹有贵大叔当年的马车一样，会像大柳树村当年的那盘大石磨一样，全都成为一页历史！全都成为往事！全都付之东流成为过眼烟云！"

李秀英说："自立，别说了，回你屋睡觉去！"

"不许，你让他说下去！你说下去，大知识分子，我这个小知识分子洗耳恭听。"

"我要像爷爷，为咱们大柳树村鞠躬尽瘁，发热发光！"

"你当你是谁？对于大柳树村你是上帝？"

"我没敢这么想。"

"量你也不敢。"

"我只想鞠躬尽瘁，发热发光。"

"你张口大柳树村,闭口大柳树村,仿佛只有你才配对大柳树村的将来负起历史使命似的!我告诉你,当不成上帝,那么就等于是奴仆!明白吗?"

"那我就心甘情愿地当大柳树村的奴仆。"

"你住口!……你上了几年大学,不知天高地厚!我们张家有一个人为大柳树村当过二十几年奴仆,早已对得起大柳树村了,我绝不允许你再背上这个十字架!"

"从前是从前,现在是现在,时代不同了,再说,你用奴仆这个词是不正确的,应该说是公仆。"

"住口,你这个好学生,好儿子,一旦成了大知识分子,就开始教训老师,教训父亲了!"成民将信撕了,抛在地上,"自立,你给我听明白了,如果你偏要留在大柳树村,除非你说服你妈和我离了婚,你不再是我的儿子。"他愤怒极了,想抓起什么东西摔,可抓起一个放下一个,件件舍不得,最后发泄地将墙上的书法全都扯下来,撕、揉、踩,又说:"我……我现在就去把张成才两口子找来,叫他们替黄家驹负责任!"

"莫须有的罪名!负什么责任!"

"蛊惑人心,劝人走独木桥!就这个罪名!就负这个责任!"

成民掼门而去,李秀英哭道:"儿子,你今天晚上太不应该了,你看把你爸爸气得。"她一边说,一边在自立身上拍打着。

张广泰老夫妻两人已经睡下了,王玉珍被拍院门的声音惊醒,她推醒张广泰:"听……"

"都这么晚了!还是艳双和家驹两口子的事儿?"张广泰起身穿衣,开了院门,见是秀英,意外地问,"秀英?你们……出什么事儿了?"

"爸,成民他和自立大吵了一通……成民一摔门找成才去了……"李秀英哭了。

"他们……他们父子从来亲亲密密的嘛!又关成才什么事儿?"

"自立本来可以读研究生的,在学校接到了家驹一封信,结果把机会白白错过了,要回来接家驹的职位。成民当然生气了,吵到后来,把火转到成才身上去了,怪他对女婿没调教好,影响坏了自己儿子……我怕他把成才一找到家里,成才那驴脾气犯上来,再去找家驹算账,那不吵开罗圈儿架了吗?"

"唉,唉,黄家驹,黄家驹,这黄家一搅和到张家里来,张家就难消停!别哭了,我跟你去!"

在屋门后偷听的王玉珍叹道:"操心啊,操心啊,贫的时候操心;这日子可算好过了,还操心。当老人的,操心到哪天才是一个头!"

张广泰敞着棉袄襟,大步腾腾走在前,倒是秀英有点儿跟不上了,叫道:"爸,走慢点儿,小心滑倒,等我搀着您。"

张广泰恼火地说:"我还没那么老,用不着搀!"

张广泰和李秀英一前一后进了成民家的小院子,屋里传出成才的大嗓门:"自立,你把信给我,那就是证据!我有了证据,我就敢大嘴巴子扇他黄家驹!"

"我已经不是小孩子!我自己作出的决定,你们倒是怪人家家驹干什么呢?"

曲彦芳劝道:"自立,户口……"

"婶,你们说来说去,又是城市户口,农村户口,我看你们都得了户口后遗症了!"

成民怒声道:"你给我住口!"

张广泰上前一步,刚要推门,门突然开了,成才闯出来,和张广泰撞了个满怀,张广泰脚下一滑,倒在地上。

成才和李秀英赶紧将张广泰扶起,李秀英拍打张广泰身上沾的雪,成才问:"爸,没摔疼哪儿吧?"

张广泰一抽胳膊,搡开了成才,威严地说:"你今晚哪儿也别给我去!给我老老实实回家去!"

张广泰一脚迈进了屋,屋里屋外,晚辈们一时都肃静了。

"爷爷,我……"

"自立,你什么都不必说了!你们吵什么,我清楚了!黄家驹是谁?是我张广泰的孙女婿!你又是谁?你就是读完了大学的大学生,你也还是我张广泰的一个孙子!别的我一概不管!你们吵破了天吵穿了地,我也不管了!我这一辈子,家里家外,操心操得够够的了!但如果事关大柳树,那我什么时候都还有一份儿发言权!起码我还是大柳树村的一分子!孙女婿干不了啦,不想干了,那就别干!没那能力了还强干个什么劲儿?!谁有能耐,谁接替着干都可以!但是唯独你自立不许!孙女婿不愿干了孙子接替着干,这成什么话?!像什么样子?!我问你像个什么样子?!这一点你替你爷爷,你替我们张家的口碑想过没有?!难道大柳树村被咱们老张家一纸百年合同承包了吗?!我张广泰还要标清流,留清名!我……我不允许!"最后一句话,张广泰几乎是喊出来的,李秀英和曲彦芳急忙一左一右扶他坐在椅子上。

曲彦芳忙劝:"爹,您别动这么大气……"

李秀英说岳自立:"自立,听明白你爷爷的话了吗?"

"爷爷,我听明白了。"岳自立一低头,离开了那间屋子,走入隔壁自己屋里去了。

第二天上午,饭桌旁成民在拿着几页纸看,李秀英坐在桌旁发呆。

亲爱的爸爸妈妈,原谅儿子不打一声招呼就走了。昨天夜里惹那么多亲人生气,我很内疚。但我还是要说,我是怀着对大柳树村深深的忧患走的!至于去哪儿,我一时也还没有决定好。火车上倒是一个提供给人思考人生的好地方。我想,我去的大方向应该是南方……

看信的成民听到秀英轻轻哭泣,缓缓朝她扭过头并向她伸出了一只手,低声说:"过来……"

语调还是从前那种听惯了的语调,仿佛内心充满了仁爱的父亲对唯一的绕膝小女说话。但又毕竟与从前的语调有所不同,虽然仅两个字,感受细腻的李秀英,却听出了丈夫的语调中也有老大的委屈和几缕难言的悔意。

李秀英不吭声,也不朝丈夫望,自言自语地说:"都没能煮几个鸡蛋给他带着。"

这当母亲的女人,心想不知何时才能又见到儿子,默默地淌下泪来。

"他已经是大人了,身上有钱,难道还会饿着他?"成民那只手仍向妻子伸出着,"过来……"

李秀英听出,丈夫的语调中已有几分请求的意味儿。但她赌着气,偏不走向丈夫,甚至,偏不朝丈夫望一眼,谴责地说:"你也太无情了。两年多不见,儿子高高兴兴地回来才两天,你就逼他憋憋屈屈地走了。"

成民站起,走到妻子跟前,想轻轻将妻子拉到怀里,不料李秀英一甩胳膊一闪身,赌气躲开了他的手。

成民愣了愣,语重心长地说:"我是为自立好啊!他不但是你的儿子,也是我的儿子嘛。难道你我夫妻,还有第二个儿子不成?我爱他,和你是一样的。他理应去奔更有出息的人生……"

李秀英终于不忍与丈夫赌气了,也终于朝丈夫转过了脸,理解地说:"这我心里明白,可……可我不愿你们父子之间闹下什么误会……"

"我相信自立他不会记恨我的。"

李秀英扑在丈夫怀里哭了,她一手攥拳轻轻擂着丈夫的胸说:"那你要答应我,以后主动给他写封信,向儿子认个错儿。"

成民一边爱抚着妻子一边保证:"我一定,一定。我是不该那么冲动,但你想啊,他已然是受过高等教育的人了,又毕业于名牌大学,依了他自己,万一没为村里贡献什么能力,反而将份原本不必自己担的担子担在肩上了卸不下来,并且像家驹似的沾染了些坏习气呢?"

"我看你就是瞧不起我们农村人!几个赌的,就等于全村都赌了?赌过的,就不能教育好了?"李秀英说罢,身子在丈夫怀里一转,又打算不理丈夫了。

成民的双手,并未扳旋她的身子,却从后搂抱住她丰满又苗条的腰了。他将脸偎贴着妻子的脸,嘴凑近妻子的耳朵悄悄说:"我自己不早已经是农村人了吗?我瞧不起农村人,还和你结婚?还这么爱你宝贝着你?"

"反正我觉得,你总是以知识分子那种清高劲儿,不正确地看待我们农村人身上的缺点。"

"嚯,批判起来了!"成民不禁亲了妻子一下,"你呀,言过其实了。我算什么知识分子?于今而论,更是个小知识分子了。我承认,小知识分子身上的臭毛病也不少,体现在我身上的,我有则改之,无则加勉,行不?"

李秀英终于扑哧笑了,将头朝后一仰,反亲了丈夫一下。

院子里忽传来黄家驹的喊声:"自立!自立!"最后一句喊声未落,黄家驹也不敲门,一头闯了进来。

成民两口子赶紧分开,但那种耳鬓厮磨的情形,到底还是被黄家驹看个正着,三人都不免有点儿难为情。

李秀英红了脸说:"家驹,吃过了吗?我们正要吃,没吃跟我们一块儿吃吧?"

"吃过了。自立呢?我是来向他报告好消息的!今早我一上班,就和内蒙方面通了番长话。我借口我身体不太好,表达了辞职的意思。人家那边一听说自立要回大柳树来接替我,而且在大学又学的是企业管理,全体高兴!我和自立推心至腹地谈过,他对村里未来的发展,是很有些好想法、新想法、大想法的!与我比,他高瞻远瞩,他……他……"黄家驹终于看出成民夫妇表情不对劲儿,不说了。

成民冷淡地说:"自立他走了。"

黄家驹一愣:"走了? 哪儿去了?"

成民说:"反正是离开大柳树村了。"

黄家驹追问:"究竟哪儿去了?"

李秀英说:"家驹,别问了,连我们也不知道……"

黄家驹不禁愣了一阵,接着骂道:"他王八蛋! 他跟我说好的,他肯接替我! 从前,你们张家的人,总是贬损我们黄家的人老谋深算,不讲信誉。现在证明,你们张家的人也想变就变,全不为别人考虑! 他走怎么可以不预先告诉我一声,他这不是把我骗了,把我耍了吗?"

成民正色道:"家驹,你放肆! 别忘了这不是你自己的家,你又是在跟什么辈分的人说话!"

李秀英唯恐他们冲突起来,横身二人之间,息事宁人地说:"家驹啊,你原谅他吧! 其实,自立他走得也不是很情愿。"

"他什么时候走的?"

"那肯定是今天早晨才走的吧……"

成民轻轻推开妻子,望定黄家驹严肃地说:"家驹,即使他没走,也不会掺和大柳树村的事儿的,你就再也不要指望他什么了吧!"

黄家驹心里有几分明白了,他几乎是咬牙切齿地说:"张成民,你凭什么从中作梗? 如果我追不回来他,我永远不跨进你家门! 永远再不认你这门亲戚!"言罢,掼门而去。

李秀英后悔地说:"我刚才不该告诉他自立走得情愿不情愿。我当时是怎么了呢? 提那个干什么呢? 反而使他冲你发作了。"

成民又将妻子揽入怀,搂抱着,自言自语:"唉,这个家驹啊,自己应付不了责任了,一时又物色不到个他能信得过的人接替他,可不急呗! 我理解他……他是不是瘦多了?"

李秀英乖乖偎在他怀里,一声不出,只点了下头。

厂房旁的车库,司机正在那儿修一辆车,黄家驹跑过来,气喘吁吁地说:"快走,去车站!"

"不行啊经理,有点儿毛病。"

"你怎么偏偏这时候把它搞出毛病来!"黄家驹急得拍车盖。

"经理,不是我搞的!"

黄家驹一眼看到了旁边的摩托,问:"谁的?"

"我的。"

"带我去!"

司机骑着摩托,后边带着黄家驹,在马路上连连超车。

"咱们闯红灯了,后边有交警在追!"

"别理!"

又是一处红灯,黄家驹命令道:"闯啊!"

"经理,我实在不敢再闯了!"

交警的摩托追了上来,在他们面前一横。黄家驹瞪着司机训斥:"你误我大事,我回去再跟你算账!"他说完,撒腿就跑。

他冲入检票口时,一次列车刚刚离站。他也顾不上看清从哪儿开往哪儿的列车,追着喊:"自立!自立!"仿佛岳自立就在车上,仿佛自立只要听到他的喊声,必定会从车窗跳出来。

追到站台尽头,眼睁睁望着列车远去,黄家驹心里别提有多沮丧,低着头走到检票口那儿,却听哪儿有人在叫"家驹"。他目光四下里寻找,谁也没见着。以为自己听错了,狐狐疑疑地一转身,猛见岳自立近在眼面前,也落汤鸡似的。

他挥手就扇了岳自立一耳光,不觉解恨,反手又补了一耳光。

岳自立皱皱眉说:"我不是并没走嘛!"

黄家驹和岳自立回到村里,一个在村口拉网逮鸟的半大孩子看到他俩人,一边跑向成民家,一边喊:"岳自立回来啦!岳自立回来啦!"

成民家院子里立刻拥出一群人，二人心中不禁同时一惊，岳自立变了脸色说："糟了，我家出事了！"

他慌忙地跑到自家院门口，母亲正巧分开人群迎住了他。他忐忑地问："妈，家里怎么了？"

"儿子，家里没怎么。爹妈都好好的呢！……乡亲们一听说你走了，这不都聚来了，都埋怨爸妈不该太自私。大伙说咱们大柳树村，毕竟今非昔比了，该能为自己留住一位名牌大学毕业的大学生。"

岳自立环视大伙，大伙皆默默地，以充满信赖和希望的目光望着他。

张广泰老两口，成才夫妻，还有张艳双和狗狗，也老幼搀携、父子扶持地走来了。

李秀英小声对自立说："看，你连奶奶都惊动了。你再赌气，也不该那样啊！"遂将儿子推向张广泰老两口。

岳自立在他们跟前垂了头说："爷爷、奶奶，要骂，也别骂我爸妈，就痛痛快快骂孙子我一顿吧！是我自己一时赌气。"

王玉珍攥住他一只手说："大孙子，回来了就好，回来了就好。"

岳自立说："爷爷，我不走了。我留下，听众乡亲们的安排。我走半道就觉得我舍不得离开爷爷了。"

张广泰说："自立，乡亲们都不愿让你走，都希望你留下来，我心里倒也挺高兴的。但那一件事，我还是昨晚那么个立场。"

曹有贵从旁说："老哥，这一次你顺从一点儿民意，民主点儿好不好？"又对众人说，"同意由自立来接替家驹的，都鼓鼓掌，咱们就算来个鼓掌通过，行不？"

众人都鼓掌，并异口同声地说："行！"

张广泰说："乡亲们，咱们曲国经老村长生前，对我讲一番话。他说，什么时候咱们农民也有民主的强烈要求了，什么时候咱们中国的农村才有真正的前途了。以前，不是我张广泰独断专行，是你们把我惯成那样的。大事小情，党内党外，都看我的眼色，猜我的心思。有时候我愿意听听大家的想法,由大家拿主意,可你们由我一个人做主惯了,反而又都没主意了,自己把民主推开了,任凭我一个人独断专行,那我有什么办法?你们说,从前的情形是不是这样啊?"

众人都笑了。

张广泰又说:"幸亏我这个人内心里有乡亲的位置。要不从前的几十年,我就是一个直接压迫你们的人!"

众人又笑了。

张广泰接着说:"大柳树如今在许多方面都好了,那么凡是关系到群众利益的事,就应该更民主了。自立他究竟担得起担不起这份重担,我提议给他一次机会,让他当众讲讲他为什么那么有信心,然后来一次正正规规的全村投票。如果乡亲们用投票证明了对他的信任,我张广泰什么反对的话都不再说。要是不这样,我虽然老了,那也还是要坚决反对的!"

岳自立说:"乡亲们,我岳自立情愿接受民主选举的考验!"

众人又鼓起掌来。

李秀英朝家院使眼色,小声说:"你爸还在屋里呢!"

岳自立进到屋里,成民一言不发地看他。

"爸,还在生我气?"

"我好像听你爷爷在院外对你说他老了,是不?"

岳自立点了点头。

"儿子,不只你爷爷那辈老了,一个接一个地走了;爸这一辈人,也都半老了。时代催人老啊!"

岳自立不解父亲何以口出此话,沉吟着,一时就有些不知所措。

几天后的一个夜晚,张艳双抱着狗狗,悄悄将黄家驹送出大柳树村。黄家驹往"要事栏"上贴好"致大柳树乡亲的公开信"后,拎起旅行包,在背着狗狗的张艳双的陪同下,向村外走去。

望着黄家驹的身影在夜幕中走过小河,狗狗说:"妈,我看见我爸往皮箱里装了好多钱,是不是把咱家的钱都偷偷带走了啊?那咱俩以后还有钱花吗?"

张艳双将狗狗放在地上,拧他脸蛋笑道:"你这小精怪!完了,我看你是一点也不学我们张家人,太随他们黄家的根儿了!父子俩你还有提防着的心眼儿!"

黄家驹来到新新居前,门开着一条缝,他推门而入。这么多年了,新新居的招牌,早已没了颜色,黑不溜秋的,只剩一个模模糊糊的"居"字了。

黄家驹来到黄吉顺住的屋前,听到了黄吉顺在说话:"唉,现在只有你陪我一炕睡着了,来,贴个脸儿,再亲个嘴儿,嗯,真乖,你也睡吧,睡吧。"

黄家驹在门口犹豫,不知如何是好,他想了想,叫道:"姥爷,我能进吗?"

"家驹啊,快进来,快进来!"

黄家驹犹犹豫豫推门而入,炕上一条大黄狗,呼地站起,冲他龇牙咧嘴。黄家驹放下旅行包,害怕地贴墙而立。

"趴下,趴下,别冲他凶,他是我孙子!"

"哪儿来的一条狗?怎么还让它上炕了?"

"林局长怕我闷,给我要了这条狗,让它给我做个伴儿。"

"是条好狗。"黄家驹在炕边坐下了。

"那是!从公安局退役的老警犬。人家林局长,那能送我一条不起眼的狗吗?我还养成新毛病了,它不趴我身边,我就睡不着了。咦,你怎么进来的?学会穿墙术了?"

"你没插门。"

黄吉顺拍脑袋:"唉,老成这样了!晚上都忘插门就躺下了!"

"姥爷……"

"爷爷!"

"爷爷,你究竟打算什么时候搬到大柳树去啊?"

"嘿嘿,我想再往后拖一拖,吊吊大柳树的胃口,兴许能给我这房子作个更高的价! 家驹,你看你妈和林局长,他俩……有门儿吗?"

"但愿吧。"

"是啊,但愿他俩能成。日久见人心,原来人家林局长,也是个挺好的人。"

"您就别操他们那份心了! 让我妈住过来陪您,不是更好吗?"

"那是的,你妈说过几次。可她和林局长,现在不是正……她住过来,他们见面不是不方便了吗?"

"我要离开大柳树一段日子,今晚的票。不能经常来看您了,我不放心您。"

"你放心走你的,我身体还行。"

"我不当经理了。我这一走,可能时间会挺长,也许一年半载的,也许更长。"

"怎么? 他们就因为你那么点儿错,就把你给撸了? 他们……他们把事做得也太……那个了呀!"

黄家驹一笑:"不是的,是我自己要求辞职的,我累了,自立接替我。我也要像自立一样,去大学里镀镀金。"

"镀金? 这么决定也好,我支持。镀它金灿灿的一层金,那就不必再回大柳树了,直接回城里来,看哪个机关缺局长,别嫌官小,就去当!"

黄家驹笑了,看一眼手表:"不能多说了,我得走了。"

黄吉顺依依不舍:"这么,就走了?"

"火车不等人啊!" 黄家驹起身拎旅行兜,回头望黄吉顺,也依依不舍。

"我送送你……" 黄吉顺赶紧下炕。

"不用,何必呢!"

"我不是也得插门嘛！"

黄吉顺陪家驹走到店门口，二人又依依不舍地互望。

"家驹，跟爷爷，告别得……热乎一点儿吧！"

黄家驹放下旅行兜，情不自禁地拥抱他。

黄家驹走了，黄吉顺将一颗头探出门外，久久地望着，而大黄狗，卧在了他脚边。

村人们看了那封公开信，接连几天里，皆评说起黄家驹的劳苦功高来。对他的种种不满，似乎都到九霄云外去了。这使张艳双觉得非常替自己长脸，也使成才两口子感到欣慰，由于女婿不再是村中人物了的那份失落，得到了挺满足的补偿。

大柳树村礼堂里在举行正正规规的民选，台上斜摆一张桌，潘凡和林士凡坐在桌后。台下，张广泰、曹有贵、德先、自立陪着广布道尔基和乌日娜坐在第一排。

广布道尔基问："怎么没见你们那位金凤老大姐呢？"

张广泰忧郁地说："她病了，在住院。"

广布道尔基又问："你能陪我去看望看望她吗？"

张广泰点头。

乌日娜在与自立耳语，自立深情地看着她，握了她的手一下。

台上，秋林宣布："大柳树村的全体乡亲们，联合加工厂的全体职工，刚才，岳自立同志，已经向大家表达了他的决心和信心。为了选举的合法性，我们请来潘凡区长和林士凡局长做监票人。下面，按秩序，投票开始！"

礼堂的对开门开了，自立和乌日娜走出。

"我投了你一票。"

"以后我们就要在一起共事了，这真好！"

乌日娜笑了："只要我等你，你就要我这个蒙古族姑娘，这可是你在信里说的！”

“爱情也真好！”他们挽臂向前走去。

大喇叭里传出潘凡的声音：“乡亲们，再预先向大家透露一个好消息，市里和区里，决定将大柳树村树立为农业科技园区的试点区，再划分给你们一大片土地！并任命林士凡局长兼科技园区的主任，岳自立同志为副主任！”

……

两辆小轿车停在市内某医院的院子里，潘凡、林士凡、张广泰、曹有贵、秋林、德先走了出来。他们急匆匆地往医院里走，一位医生和一名护士迎上前来，医生说：“刚刚停止呼吸……”

护士将他们引进一间病房——李金凤病逝在床上。

潘凡扶张广泰坐在病床前的一把椅子上，张广泰握着李金凤一只手，缓缓淌下老泪来：“老姐，老姐，你怎么说走就走了？我舍不得你走哇！人要是真有下辈子，我张广泰还愿意和你在一个农村党支部里共事，再丢掉一次工人饭碗，再失去一次城市户口，我也在所不惜……”

由于岳自立们，中国人，特别是中国的男人们，似乎反而老得比以往任何时代都快了。

中国既快成老人们的了，也快成年轻人们的了。中国时代大舞台的中央，主角渐渐地不再是老人们而是年轻人了；它的台下，不再像以往的时代，年轻人只有喝彩捧场的份了，而是老人们望洋兴叹了。老人群中，间或有一批中年人自叹弗如。

转眼又到了一年的中秋节。究竟是哪一年，已经不重要，因为张广泰一过了八十岁，对于他，年份就停止了似的。并且，他总爱说他仍是八十岁。

现在的大柳树村，已经是一处花园般的现代农村了。

小院子里，狗狗在和张广泰下棋。

"将！你又输了吧？太姥爷你可连输三盘了！"狗狗起身欲跑，张广泰一把拉住他："别跑别跑，太姥爷再哄狗狗玩一盘！"

"说反了，您是强迫我陪您解闷儿，可这也不应该是我的任务啊！"

"狗狗，你别当成任务，当成义务，不就玩得高兴了吗？坐下坐下，最后一盘！"

狗狗不得已地坐下了，嘟哝："当成义务也不高兴，您棋太臭。我让您三步，您先走吧！"

王玉珍老太太，确切地说，王玉珍老奶奶，一身簇新的红裤绿褂从里间出来，问他："老家伙，你怎么还下棋，倒是去不去呀？"

他一抬头，见老伴儿脸上居然还敷粉抹脂的，眉心拧成个疙瘩说："哎呀呀，哎呀呀，你呀你呀，你那是个什么样子啊？你往哪儿去呀？你给我张广泰留点儿脸行不行？"

"我这样子怎么了？我大孙子叫我们老人都去表演秧歌的！"

她一提岳自立，张广泰顿时不言语了，她又说："自立张罗来了那么一大笔投资，全村人都高兴得合不拢嘴，今天举行奠基仪式，你不去捧场倒反对啦？"

张广泰挥挥手，不耐烦地说："你去吧你去吧！我不像你那么老来疯，我高兴在心里。"

王玉珍老太太叫狗狗："狗狗，跟太姥姥凑热闹去！"

狗狗刚想丢下棋子跟去，被张广泰一把扯住，命令道："不许，乖乖和我下棋，还没分个输赢呢！"

王玉珍嘟嘟哝哝地走了，狗狗哪会还有耐性陪太姥爷下棋呢？

张广泰看出来了，就哄狗狗，说领他去河边钓鱼。狗狗摇头，他也不管三七二十一，带上渔具，扯了狗狗就往河边走。

八十多岁的张广泰，是既怕热闹，又怕孤独和寂寞。路上，他问狗狗："狗狗，你黄家太姥爷和我，谁对你好哇？"

狗狗无精打采地回答："我哪儿还有个太姥爷？"

"就是你爸的妈的爸啊！"

狗狗站住想了半天,恍然大悟:"就是黄吉顺老爷子呀？他不让我叫他太姥爷,他让我一定要叫他太爷爷。"

张广泰大不以为然地纠正:"他算你的什么太爷爷！他和我一样,也只能算是你的太姥爷。辈分是这么分的。你爸的妈是你黄家太姥爷的女儿,所以呢,她的儿子,也就是你爸,是你黄家太姥爷的外孙。你是你爸的儿子,所以你是他外孙的儿子,外孙的儿子那也只能是重外孙。你是重外孙,你自然得叫他太姥爷才对。"

狗狗听得越发糊涂了。张广泰也觉得自己快把自己讲糊涂了,就不再讲解他的辈分学了。

张广泰和黄吉顺,两位八十多岁的老人,如今已不再争谁是原本的城里人了。城市户口对他们已没什么意义了。但他们似乎总还要为点儿什么争下去的。争了多半辈子,习惯了争点儿什么,于是在狗狗这个孩子前争宠。张广泰自己既当不成太爷爷,对黄吉顺一心想当太爷爷而非太姥爷的企图,那也是一有机会就予以戳穿的。

他追问狗狗:"我和他,谁对你更好点儿？"

狗狗狡黠地回答:"我妈嘱咐我,不许乱说这些。"

"嘿,学会明哲保身了！你妈是我孙女,你跟我说实话,我不传。"

"那我也不说！"

这孩子忽然朝远处大叫:"太爷爷！"黄吉顺拄着手杖缓慢走来,身后跟随着他家的大黄狗。

狗狗对黄吉顺大叫"太爷爷",张广泰心里酸溜溜的,狗狗想迎太爷爷跑去,被他一把拉住了小手不放。

黄吉顺听到狗狗的叫声,脸上每条褶子都在笑,加快了脚步。他走到跟前,狗狗终于从张广泰的大巴掌里挣出了小手。

黄吉顺抱起狗狗,亲了一阵,对张广泰说:"难怪我重孙子几天没去我那儿玩儿了,原来被你个老东西缠住了。"

大黄狗见了张广泰格外亲,直往他身上扑,伸长舌头不停地要舔他的老脸。

张广泰一边与狗亲热,一边说:"你甭来这套!这一个月狗狗都得在我家。"

黄吉顺寻思片刻,灵机一动地说:"咱俩换,如何?"

张广泰一听"换"字,两只老眼里顿时投射出警醒的目光:"又换什么?"

黄吉顺笑道:"让大黄狗陪你几天,让狗狗先陪我几天。反正都是狗,我拿大的,换你小的,你合算啊!"

不料狗狗生气了,从太爷爷怀里出溜地上,瞪着太爷爷抗议:"我不是狗!更不是小狗!我不跟你们玩啦!"

此刻村子东边响起锣鼓声、鞭炮声,狗狗又说:"我凑热闹去啰!"说罢撒腿就跑。

黄吉顺后悔不迭,连连道:"我怎么说我重孙子也是狗呢!老朽了,老朽了,完了,完了……"

张广泰纠正:"重外孙!他爸是你女儿的儿子!"又幸灾乐祸地说,"以后狗狗再不会理你了,只会跟我一个人亲了!"

黄吉顺笑道:"老东西,别把我想错了。我可不是狗狗,我是狗狗的太爷爷。所以呢,不管你怎么气我,我都不生气。你拿我干没治了吧?"

张广泰反唇相讥:"你就不是个老东西了?你可比我小一岁!我练一阵八卦,不拄拐棍了。你呢?没出息,反而离不开拐棍了吧?"

黄吉顺笑微微地说:"我喜欢。你们农村人土,你们拄的那才是拐棍。我们城里人文明,我拄的这叫文明棍。"

见黄吉顺一副不屑于斗嘴的样子,张广泰又说:"唉,老天真不公平。从前,你气得我一次次心口疼,气了我几十年。现在,我终于也可以气气你了,你倒不生气了。你怎么就不生气了呢?"

黄吉顺却转移了话题:"我这会儿想看个人去,老哥,陪我去吧?"

张广泰也笑了："一求我，就叫我老哥了。你想看谁去？"

黄吉顺沉默半晌，低声吐出两个字"大翠"。张广泰表情顿时肃然，他略一犹豫，随即点点头。

大翠的坟被平了，骸骨被火化了，装在一个挺贵的骨灰盒里，摆在了大柳树村的殡仪馆。殡仪馆是家驹主事时建的，骨灰盒是成才两口子出钱买的。

张广泰陪着黄吉顺到了那儿，黄吉顺将大翠骨灰盒从架上取了下来，抱在怀中，抚摸不止。那儿是花园式的，有花有树。馆前还有喷水池，池里养了群大红鲤，环境很是美好幽静。

两位同样怕热闹又怕孤独寂寞的老人，舒舒服服地仰躺在相向的两把竹躺椅上，望着水池中忽高忽低的喷水，递一句接一句地闲聊。

黄吉顺说："我喜欢这儿，死了就安置在这儿了，能安置在这儿也算福。"

张广泰说："别忘了你是有城市户口本儿的，这儿可是农村地界。不太屈你这城里人了吗？"

"别揭我老底儿了行不行？你知道吗，村里要建绿色农作物基地了。"

"知道。"

"庄稼就是了，还叫什么农作物！庄稼本来都是从绿色长起来的嘛，不等于废话吗？"

"你懂什么庄稼，那是指粮豆而言。农作物就包括了蔬菜瓜果，绿色就是说不上化肥的，收获了叫环保食品……"张广泰一副农业专家的口吻。

黄吉顺眼也不睁地抢白："我是不懂，我城里人哪懂这些！"

张广泰不再说什么，起身伸出双手，去捧黄吉顺怀里的骨灰盒。

黄吉顺抱紧不放："是我女儿！"

张广泰说："不是你当年搞那么一出，她还是我大儿媳妇了呢！"

黄吉顺双手不禁一松，骨灰盒被张广泰捧过去了。

张广泰归坐到躺椅上,瞧着骨灰盒,抚摸着,忆起往事,百感交集,老眼一时竟有些湿。

村子东边,高音大喇叭,又送来一阵哇哩哇啦的洋话。

黄吉顺问:"听说自立引了四千多万美元的投资?"

张广泰自豪地说:"那是。"

黄吉顺又问:"合咱们中国多少钱?"

张广泰掐指算了算,回答:"三亿多人民币。"

于是黄吉顺连道:"打住打住,听了上头! 唉,唉,想当年,我用三间大瓦房换你家两间小破房,你才贴补给我二十几元! 你说你多小气!"听来,黄吉顺的口吻竟有些愤然。

张广泰狠狠踹了他脚一下:"那是当年! 当年你一天卖一百碗馄饨才挣几角钱?"

黄吉顺却不出声了,似乎睡了。

那时,天已黄昏。通红的一轮大夕阳,将它暖暖的、金橘色的余晖,满是情义地照在两位老人身上。

张广泰也觉得发困,将骨灰盒放回到黄吉顺怀中,并摆弄他双手,使他在梦中抱着。之后,也睡在自己那张躺椅上了。

天黑了。张广泰醒了,推黄吉顺一块儿回家。一推不动,二推不动,三推,头往一边歪。

张广泰以为他死了,伏在他身上,悲情大恸,一把鼻涕一把泪,哭得像个孩子:"黄吉顺,黄吉顺,你不许死! 你死了,我找谁斗嘴去? 没个人斗嘴,我活得还有什么意思?"

黄吉顺偷偷睁开一只眼,暗笑。

村里,李秀英和张艳双,以及些个爱赶新潮的大姑娘小媳妇,在为小芹举行择婿活动,有点儿像电视里的《玫瑰之约》一类节目的活动。

他们笑闹着将小芹和林士凡推到一间新房似的屋里,从外边锁上了门。

城市里，一处报摊前，摊主在手持话筒吆喝："晚报，晚报！大柳树村拟招一百名城里女婿——给住房，给工作；有了孩子，小学中学都免费！"

城里小伙子们争相买报，边走边看，伴着"晚报，晚报，中共中央召开农村工作会议，中国农民面前又有新希望……"的吆喝声，消失在城市的人流中……

图书在版编目（CIP）数据

黄卡 / 梁晓声著 . — 青岛 : 青岛出版社 , 2014.12
（梁晓声文集 . 长篇小说 ; 9）
ISBN 978-7-5552-1319-2

Ⅰ . ①黄… Ⅱ . ①梁… Ⅲ . ①长篇小说—中国—当代
Ⅳ . ① I247.5

中国版本图书馆 CIP 数据核字（2014）第 283743 号

责任编辑　　常　红
特约编辑　　代　敏